Illustration de couverture :
Laurence Lager Barruel

LES EAUX PROFONDES

DU MÊME AUTEUR :

Editions Lucien Souny
Les Caramels à un franc
Le Vent mauvais
Les Caramels à un franc (Souny Poche)

Editions Milan
Deux journées à Bassora

Editions Philippe Olivier
Le Deuil de l'image

Editions Albin Michel
La Rosée blanche
Les Encriers de porcelaine

Editions Presses de la Cité
Le Domaine de Rocheveyre
Les Vignerons de Chantegrêle
Jours de colère à Malpertuis
Quai des Chartrons
Les Compagnons de Maltaverne
Le Carnaval des loups
La Tradition Albarède:
I. Les Césarines,
II. Grand-mère Antonia
Une Maison dans les arbres
Une Reine de trop
Les Familles françaises

Jean-Paul Malaval

LES EAUX PROFONDES

Lucien Souny

A Jean-François Propilosky

Cet ouvrage est paru en 1994 sous le titre
La Folie des justes

Editions Lucien Souny, 2007
Le Puy Fraud • 87260 Saint-Paul

PREMIÈRE PARTIE

L' hallali

I

Dans l'herbe haute et sèche, amalgamée aux touffes de genêts et aux hampes de ronces serpentant dans l'inextricable fouillis, déboula soudain une colonie de perdrix rouges. A tire-d'aile, elles rasèrent la barre de la colline, zigzaguant dans l'air comme pour échapper à une hypothétique volée de plombs.

Léon Goursat se frappa les cuisses de dépit. Ce n'était pas la première fois qu'il déplorait d'avoir laissé son fusil au râtelier.

— Même que ça aurait fait un sacré tir groupé avec le douze qui écarte bien, marmonna-t-il à mi-voix. C'était malheureux d'être tête en l'air ! Toujours à se promettre et ne rien tenir… Je dois à mon père ce trait de caractère. Et comme mauvaise graine ne se perd jamais, voici que mon petit Clément est du même bois, continuait-il, parlant tout seul dans l'immensité des ses terres de Lavialatte, ainsi qu'il en avait acquis l'habitude avec la force prégnante de la solitude, peu soucieux d'être surpris par une oreille indiscrète.

Par cette journée matinale de septembre 44, le petit brouillard avait, dans les fonds, toute les peines du monde à s'accrocher au relief formé par les bois et les taillis. Dans les Cousteaux, les pointes des grands chênes paraissaient des îlots de verdure posés sur un lac. Le paysan huma l'air : ça fleurait bon l'herbe sauvage, ça fleurait fort le frais regain sous la rosée. Il ramena son béret noir dominé d'une couronne délavée par la transpiration sur le devant et se décida à remonter jusqu'aux barbelés clôturant les fondrières. Contournant les ronciers, enjambant les larges fissures formées par les éboulements de terre en cet endroit condamné à la jachère, il se hissa sur la crête où il avait planté, dans les années trente, les pruniers de reines-claudes et les pommiers de saintes-germaines pour tenir la terre. La source, qu'il avait localisée à quelques dizaines de pas plus haut, était responsable de ces désagréments, une source que Delteil, son voisin, lui avait conseillé de capter. Il s'était même proposé de l'aider à creuser le puits. Quatre, cinq mètres, avait prophétisé le vieux, pour qui les sources n'avaient plus aucun secret depuis longtemps. A la moindre pluie persistante, tout le petit plateau se gorgeait d'une eau stagnante, couleur brique, qui pourrissait la culture sur un périmètre de cent bons pas. En son temps, il avait essayé d'y accoutumer le maïs et même le blé, sans succès malgré un drainage qui se révéla inopérant dans cette terre argileuse, qui collait à la semelle. Une terre tout juste bonne à réparer les blessures des arbres et à colmater les porte-greffes.

Maintenant, songeait Léon Goursat, j'ai cinquante-trois ans. Quelques arpents de terre cultivable de plus ou de moins ne changeront rien à l'affaire. Avec mes quatre hectares et demi, ça suffira bien à me mener à la retraite. Chaque fois que le mot retraite lui passait par la tête, il ne pouvait s'empêcher de jeter un coup d'œil vers la colline voisine où l'on apercevait, à la fin du village de Galiane, le petit cimetière derrière son haut mur de pierre rouge dominé par un bouquet serré de cyprès. Le garçon, soupira Léon, mon garçon entreprendra ce qu'il voudra. Mais, cré nom de Dieu, fit-il à haute voix, se lissant la moustache — une manie annonciatrice de sombres pensées —, j'ai l'impression que le garnement ne veut rien en tordre ! Pourtant, quand on a une femme et un petit qui pisse encore dans ses langes, ça doit donner goût à l'entreprise.

Depuis son retour du maquis, l'attitude de Clément désespérait son père : sa manière surtout de détourner toute conversation se rapportant à son avenir, comme si, précisément, l'avenir se résumait à profiter du gain facile procuré par le marché noir dans lequel le diable de gamin était passé maître, à transporter la marchandise à Limoges, Toulouse et même Paris. Maintenant qu'il n'y avait plus la ligne de démarcation, ça devenait un jeu d'enfant, tous ces micmacs autour du tabac.

Tout en caressant l'écorce rugueuse de ses pommiers, arrachant au passage quelques touffes de mousses sèches et craquantes sous les doigts, et dont la prolifération en ces lieux humides l'agaçait, il s'interrogeait sur les motifs entretenus par Emma, sa femme, à considérer encore ce mariage comme une catastrophe. Aussi lui semblait-il l'entendre clamer, là, près de son oreille, dans le vent qui se levait à mesure qu'avançait l'heure du matin, de sa voix de crécelle : « Que veux-tu, mon pauvre homme, nous aurions dû nous opposer jusqu'au bout à ce mariage. Il faut se rendre à l'évidence, notre fils est aussi immature que cette Line Strenquel — car elle l'appelait toujours par son nom de jeune fille, ne pouvant y associer celui des Goursat, celui que l'on ne pouvait porter qu'au terme d'une longue saison probatoire. Au lieu de m'encourager à briser cette union, tu as préféré jouer le généreux au grand cœur. Devant aussi peu de détermination, la futée s'est engagée dans la brèche. Nous voilà dans de beaux draps ! Bientôt, ça donnera un deuxième enfant, comme si ce petit Patrice, bien mignon du reste, ne suffisait pas à notre malheur. Qui donc l'élève ce garnement ? Si je n'étais pas là, que deviendrait-elle cette petite chose si fragile ? L'innocente ne sait même pas le langer correctement. Ce n'est pourtant pas sorcier. »

Cette femme, se disait Léon Goursat en coupant une petite pomme verte pour vérifier si le ver n'avait pas commencé ses ravages, a le goût du malheur. Elle ramène toujours tout sous l'angle le plus noir. Comment donc j'ai fait pour résister à une telle femme ? Et il se mit à compter sur ses doigts les années de bons et loyaux services sacrifiées à la cause conjugale. Ferdinand Strenquel, l'homme au goût bourgeois, l'homme symbolisant à ses yeux les mystères de la ville, et demain assurément les horreurs du progrès, cet homme dont il avait fini par apprécier les qualités comme s'il se fût agi d'un frère adopté sur le tard, ne disait-il pas : « Moi, une femme comme ça, je l'aurais dressée !… »

Goursat laissa choir les deux moitiés de pomme dans l'herbe. Dans la seconde, il trouva de petites chiures noires à la périphérie des pépins blancs. Ça donnera tout juste pour le cidre, jugea-t-il en rangeant son canif. La patience que j'ai su garder avec cette femme m'aura permis de conserver toute cette belle propriété de Lavialatte. La chicane aurait tout jeté entre les mains des gens de bien. C'est comme la laine d'un tricot, on tire le fil et tout se défait jusqu'au col. Puis s'en revenant à pas mesurés vers le chemin de terre jusqu'à la ferme, Léon Goursat aspirait à pleins poumons l'air qui baignait son domaine. Rien n'échappait à son regard, pas le plus petit détail, jusqu'aux ruches tapies sous les laurières qu'il faudrait un jour dégager des mauvaises herbes. Léon se plaisait à imaginer que l'ordre de sa propriété nécessitait un temps sacrifié pour chaque chose. Du temps, il n'en manquerait point pourvu que la fuite des jours continuât à lui prêter le goût du travail accompli.

*
* *

Selon un rituel bien établi, Ferdinand Strenquel et le docteur Franck Fayolle se rencontraient à La Nadalie le samedi vers le milieu de l'après-midi. Ils commençaient une partie d'échecs, histoire de trouver un prétexte à leur isolement dans la bibliothèque. Au bout d'un quart d'heure, Adeline venait avec un plateau chargé de tasses de café. Alors, d'un commun accord, les deux hommes s'éloignaient de la petite table ronde, laissant les orgueilleuses figurines d'ivoire face à face. Prenant place devant la baie vitrée, dans de profonds fauteuils défoncés où ils semblaient tous deux disparaître, jambes croisées à hauteur du visage, ils commençaient une de ces interminables conversations que les événements des derniers mois de guerre alimentaient.

Chaque fois qu'il revenait dans cette bibliothèque garnie d'ouvrages jusqu'aux poutres enluminées de vieil or et de rouge carminé, Ferdinand ne pouvait refréner un serrement de cœur. C'était là, près du guéridon, que son fils Adrien avait passé les derniers jours de sa vie en Corrèze, juste avant son départ pour Londres, et là même, face au parc baigné de lumière, qu'il avait décidé de s'engager dans les Forces françaises libres, sachant au fond de lui qu'il n'en reviendrait pas vivant. Et Fayolle croisait furtivement ce regard teinté de désespoir. C'était, comme à l'heure de la prière chez les croyants — qu'ils n'étaient ni l'un ni l'autre —, un court instant où les mots sont impuissants à dissoudre le silence.

Le médecin enlevait et remettait incessamment ses petites lunettes cerclées d'or, signe d'un trouble profond chez cet homme pour qui les objets usuels servaient de transfert. Ferdinand observait, non sans amusement, cette angoisse poindre. Ne disait-on pas au village, à Galiane-sur-Sévère, qu'Adeline avait menacé de quitter La Nadalie, maintenant qu'elle avait obtenu l'enfant désiré depuis longtemps ? Par ces ragots, le médecin payait sans nul doute son engagement dans la Résistance.

— Il y a plus grave que ces calembredaines, fit-il énigmatique, plus grave que les imbécillités colportées par ce Lafon, ce petit résistant du dernier quart d'heure, dont le seul titre de gloire est d'être venu m'avertir de l'attaque allemande dans les Grumières.

— Pourtant, c'est la vérité, nota Ferdinand.

— Oui, certes. Mais j'ai minimisé devant le Comité local cette information. Suite à cela, il a toutes les raisons de m'en vouloir. Comprenez-vous ? Si l'on s'écoutait, on n'en finirait plus de remplir des certificats de virginité à tous ces petits salauds qui ont attendu le dernier mois pour se coller un brassard de FFI.

Strenquel se redressa des profondeurs moelleuses du fauteuil pour se rapprocher de son ami.

— Qu'y a-t-il donc de plus grave ?

— Mes rapports avec le Comité de libération de Brivins.

— Vous en faites bien toujours partie ?

Un sourire de dépit traversa le visage du médecin. Les lunettes se posèrent définitivement sur le nez.

— Après tout, se défendit Ferdinand, ça ne me regarde pas.

— A qui donc puis-je parler de cette affaire, sinon à vous, vous qui ne m'avez jamais rien demandé, vous qui avez su échapper au ressentiment après le départ de votre malheureux fils à Londres ?

Doigts croisés sur la poitrine, il ajouta d'une petite voix, par crainte sans doute qu'Adeline pût surprendre la conversation à laquelle le médecin apportait tant de mystère :

— Le Comité me soupçonne d'avoir été en intelligence avec Lestard…

— Le docteur Lestard d'Augeat ? Le chef régional de la Milice ?

Fayolle acquiesça de la tête.

— Alors là, éclata Strenquel, franchement, il y a de quoi rire !

— Le Comité ne comprend pas pourquoi j'ai passé à travers les mailles du filet. Selon toute logique, j'aurais dû être arrêté depuis belle lurette. Il était de notoriété publique que, dans l'opinion, je passais pour le médecin du maquis.

— Si l'on s'en tient à ce principe, tous les résistants de la première heure, ricana Fayolle, sont donc suspects.

— Je serais de plus en plus enclin à croire qu'ils dérangent surtout ceux de la dernière heure, fit le médecin en déployant ses longs bras maigres. On veut nous éliminer. Voilà tout.

— A quelle fin ?

— Entre les héros morts et les intrigants de la Libération, il n'y aura bientôt plus la place de passer une feuille de cigarette, ricana-t-il. Et au fur et à mesure que la politique va reprendre ses droits, d'autres paramètres de jugement sur l'histoire vont gagner du terrain, millimètre par millimètre. Et nous serons, nous, remisés sur la touche.

Le médecin expliqua ensuite, d'un ton rageur, que ces attaques étaient par trop diffuses pour provoquer la moindre enquête, et qu'il attendait de pied ferme des preuves formelles, non des allégations ou quelques rumeurs savamment entretenues. Ferdinand Strenquel notait, une fois encore, que, même aux heures les plus graves, son ami ne pouvait se départir d'un goût maladif pour le jeu. A trop taquiner le second degré dans le discours, n'avait-il pas contribué lui-même à semer le doute dans les esprits carrés du Comité, peu roués à la plaisanterie en ces folles heures d'épuration ?

— Oui, dit le docteur, pourquoi n'ai-je pas été inquiété ? Mon cher Ferdinand, ça ne vous est donc jamais venu à l'esprit ? Allez ! Avouez donc, vous aussi, que vous vous êtes posé la question. Pour certains, c'est un mystère. Jules Pensennier et mon collègue d'Augeat, Lestard, savaient qui j'étais et quelle sorte d'activité je menais. Cependant, j'ai été épargné. Avouez qu'il y a eu, dans ce moment de folie que nous venons de traverser, de singulières attitudes. La faute provient du fait que je n'ai pas été coffré par la Gestapo.

Franck Fayolle prenait un malin plaisir à tourner le couteau dans la plaie. Avec son inimitable manière de railler le Comité local de libération, il ne faisait au fond que mettre le doigt sur ce qu'il faudrait bien nommer tôt ou tard les débuts d'une politique d'épuration, du reste réclamée à cor et à cri par les différentes factions de la Résistance nanties d'un pouvoir provisoire. En l'absence de garde-fous institutionnels, tous les abus étaient à craindre. La folie des justes, disait Fayolle, celle qui faisait de tout citoyen un criminel potentiel.

Après l'entrée d'Adeline, l'enfant sur ses pas, le docteur s'interrompit brutalement.

— Encore des messes basses, s'amusa-t-elle. Tu vois, ma petite-fille, poursuivit-elle en se tournant vers Coraline qui se rongeait le poing, les hommes, c'est ainsi fait. Ça se croit intéressant à cacher des choses, à nous, pauvres petits êtres fragiles, dépourvus de cervelle.

Ferdinand attira l'enfant sur ses genoux. Les petites mains prirent la large cravate pour en porter le tissu à la bouche.

— Voyez-vous ça ! Elle en est à goûter toutes les choses qui peuplent le vaste monde, fit le docteur. Pourtant, comment lui faire comprendre que ce n'est guère une plaisante confiserie ?

— Oh ! oh ! plaisanta Adeline, papa tient des propos bien sombres aujourd'hui. Je crois que nous allons le laisser. Allez, ma chérie, viens donc voir maman !

Au simple rappel de ce mot, papa, que sa charmante épouse lui envoyait de temps à autre, histoire de le piquer un peu, Fayolle en sursautait d'ennui, tant il se découvrait étranger à l'avenir même de sa propre famille. Une descendance qui se sera passée de moi, songeait-il avec amertume. Adeline se refusait à comprendre cet état d'âme.

D'un geste impérieux, le médecin envoya promener tous ces désagréments domestiques qui empoisonnaient sa vie. Le meilleur homme du monde perdrait son latin avec les femmes, se disait-il. Et se tournant vers l'invité, il reprit le masque froid et distant que Ferdinand lui avait connu dès leur première rencontre dans la folie de l'exode de 40.

— Je vais vous confier un pénible document, fit-il. Mais, je sais qu'un homme comme vous brûle du désir de crever l'abcès. Car, continua-t-il, le regard passant par-dessus les lunettes posées à la pointe du nez, vous et moi, dissemblables sur bien des points, avons au moins en commun la passion de la vérité. Même si celle-ci doit occasionner la plus atroce des déchirures, il ne faut jamais renoncer à l'affronter, n'est-ce pas?

Ferdinand Strenquel hocha la tête. Il n'existait qu'une seule vérité à laquelle il tenait plus qu'à sa propre vie: connaître enfin les circonstances qui avaient préludé à la chute de son fils Adrien. Aussi devint-il soudain blême comme la mort lorsque le docteur lui tendit une chemise cartonnée.

— Je vous devais ce service…

En levant le rabat, Ferdinand saisit, au vu des ailes déployées de l'aigle impérial allemand et de la svastika, que ce dossier émanait des services de la Gestapo.

— J'ai subtilisé ça aux archives de la sous-préfecture, il n'y a pas une semaine. J'ai pensé que ça serait mieux entre vos mains que dans celles de la commission d'épuration.

Strenquel tourna quelques pages, picorant au hasard. C'était bien le document qu'on lui avait passé sous les yeux lors de son interrogatoire au commissariat de Brivins. Vitrat et Belmont avaient souligné au crayon bleu les paragraphes les plus intéressants avec, dans la marge, chaque fois, un énorme point d'interrogation. Ces passages avaient trait à la double identité de son fils, Adrien Strenquel alias Patrick Rochelle, à sa présence en Corrèze et, surtout, à ses rapports avec le docteur Fayolle. Ferdinand lui montra le paragraphe le concernant. D'un large geste d'ennui, le médecin repoussa le dossier.

— Vous pensez bien que j'ai lu tout ça dans le détail. J'y suis, comme vous le constaterez vous-même, catalogué

« agent recruteur du 2e Bureau en Corrèze ». Maintenant, ça pourrait faire de l'effet sur une carte de visite.

Les deux hommes se regardèrent longuement. Ferdinand Strenquel baissa les yeux le premier.

— Je sais ce que vous pensez de moi, dit Fayolle. Que j'ai soustrait cette pièce des mains de la commission d'épuration pour me sauver. Car, étant désigné par la Gestapo de Toulouse, et qui plus est par leur propre service de renseignement, le fameux *Sichereits Dienst*, comme l'homme du 2e Bureau en Corrèze, il semble en effet surprenant que ces messieurs ne m'aient point inquiété. Croyez ce que vous voulez, cher ami, moi, je n'ai pas d'explication à fournir.

— Mais, dit Strenquel, étiez-vous réellement l'homme du 2e Bureau ?

— Ah ! sourit le médecin, ça vous agréerez bien que je sois cette sorte de zombie ! L'explication serait ainsi fournie sur les motivations du départ de votre fils à Londres. Hélas, non. Dans la semaine qui a suivi votre arrivée en Corrèze, je suis entré en contact avec Juglard et Declotz qui venaient de constituer à Brivins le groupe « Combat » et l'on m'a assigné, à la propagande, une responsabilité purement locale.

— Après tout, clama Ferdinand, vous n'avez pas à vous justifier.

— Si j'avais quelque chose à me reprocher, croyez-vous que je vous confierais ce dossier ?

— Je n'en sais rien, rétorqua Strenquel.

— Je vous le livre pour que vous enquêtiez vous-même sur l'arrestation de votre fils.

Ferdinand alla se placer devant la large baie. Des nuages bas couraient sur l'horizon dans un entrelacs de lumière jaune accentuant les contours, telles de protubérantes avalanches de neige déboulant au ralenti sur le dos austère de la forêt.

— Dans les locaux du commissariat de Brivins, avoua Strenquel, le type des Renseignements généraux, Lunier, m'a posé la question : le docteur Fayolle est-il gaulliste ? J'ai répondu que je n'en savais rien. Alors, son acolyte, Vitrat, s'est mis à me frapper à coups de règle sur les doigts, comme un forcené. Je crois qu'ils se foutaient tous de ce que je pouvais répondre. Leur opinion était faite sur vous, sur moi, sur toute cette immense connerie qui, à tout instant, pouvait faire de nous des héros ou des lâches, et même les deux à la fois. Qu'est-ce qu'une commission d'épuration peut comprendre à ça ?

Le médecin croisa les doigts derrière sa nuque et s'étira de fatigue.

— Elle a besoin de salauds pour alimenter l'appétit de revanche. Et si ça ne suffit pas, vous verrez, on en inventera autant que nécessaire et aussi longtemps que la haine occupera les esprits. Les cours de justice, les chambres civiques vont tourner à plein jusqu'à l'écœurement, jusqu'à ce qu'on comprenne enfin qu'il faudrait juger le peuple français tout entier, le peuple qui a acclamé Pétain, puis l'a renié, le peuple qui a exigé, hier, l'ordre des salauds, et qui, aujourd'hui, se délecte du châtiment.

Ferdinand Strenquel reconnaissait bien là, intact en son royaume favori, l'amateur des contradictions cyniques, l'amoureux de ce XVIIIe siècle chamboulé sur ses bases et qui aura tout connu : de la tyrannie de l'obscène morale à la légèreté de l'obsolète dévergondage. Aussi prit-il quelque fin plaisir à lui rappeler qu'il aimait, bien qu'il s'en défendît, l'époque présente plus que toute autre, parce qu'elle le confortait dans l'idée que l'histoire est un éternel recommencement, et qu'à tout considérer, cet état des lieux s'avérait plutôt rassurant pour l'avenir.

Quand leur attention se fut reportée sur le dossier de la Gestapo, la gravité reprit ses domaines. Fayolle désirait connaître le fond de la pensée de son voisin, non point sur lui-même — la cause semblait entendue —, mais sur ce qu'il faudrait appeler, tôt ou tard, l'affaire Adrien Strenquel.

— Je compte me rendre à Lesparre, sur les lieux mêmes du drame, et interroger les protagonistes, assura Ferdinand.

— Il y a, s'avança le médecin, deux individus qu'il faut absolument entendre : l'abbé Delcoste et le colonel Pasty. Ce sont les derniers hommes à avoir vu votre fils avant l'arrivée de la Gestapo. Ensuite, il sera plus difficile de remonter le cours des événements.

Strenquel avait hâte de lire les détails du rapport allemand, bien que, dans le bureau du commissariat de Brivins, Vitrat lui en eût déjà livré quelques extraits. A vrai dire, de cette journée noire où le monde s'écroula, il ne conservait qu'une cotonneuse sensation, les énigmatiques restes d'un cauchemar.

Les deux hommes se séparèrent sur une impression de gueule de bois. De cet entretien, Franck Fayolle craignait que subsistât l'ombre famélique d'un doute et, de son côté, Ferdinand Strenquel ne pouvait ôter de son esprit l'idée qu'il s'était, en son temps, étonné de l'insolente facilité avec laquelle le médecin circulait au milieu de la guerre sans écoper du moindre éclat, alors qu'alentour tout se défaisait. Mais la chance suffit-elle à faire d'un homme un coupable ? Telle serait la question que le médecin devrait affronter devant ses pairs en cette période de suspicion. Ferdinand s'était persuadé de rester en dehors de cette histoire : la Résistance, se disait-il, laverait son linge sale en famille.

Remontant le chemin de terre, il émergea sur les hauteurs de Galiane à la fin du jour. Le ciel gris acier était troué de taches jaunes qui attirèrent son regard. Depuis la mort d'Adrien, il avait acquis le goût de l'observation et trouvait de la beauté là où, pour le commun des mortels, il n'y avait rien que de très banal. Il lui semblait que l'âme errante de son fils, par les signes secrets de la nature en mouvement, essayait d'entrer en communication avec lui, pauvre hère pétri de doute et d'angoisse. Les forces même de la raison lui dictaient de se détourner de ces rêvasseries. Mais que n'eût-il pas donné pour que son rêve se vérifiât.

*
* *

De retour dans sa mairie de Galiane-sur-Sévère, Antoine Dubrot passait de longues heures à méditer près de la petite fenêtre donnant sur la cour de l'école communale où chahutaient les enfants. Parfois, quittant sa pose méditative, il se mettait à tourner autour de la table des délibérations. En fermant les yeux, il entendait encore les vociférations de Jules

Pensennier, les coups de canne répétés d'Etienne Chadal pour clouer le bec du fanatique. Ces terribles images remontaient des profondeurs tourmentées de sa mémoire, si lointaines déjà, tant sa période de détention au camp d'Eyjeaux avait distendu le temps, au point d'avoir fait de lui un étranger dans sa commune. Intuitivement, les habitants sentaient que leur maire n'était plus le Antoine Dubrot d'avant, toujours prêt à battre campagne pour préserver son autorité. Ils soupçonnaient même dans ce regard vide l'indélébile ressentiment d'avoir été lâché lors des terribles événements d'août 41. La petite Marianne, ripolinée de blanc pour faire disparaître les traces d'encre de l'outrage, avait retrouvé sa place sur le socle. Et sous le clou vide réservé au portrait du président de la République, un grand rectangle clair indiquait que la France n'avait pas encore choisi son prochain chef d'Etat.

Dans les premiers jours qui suivirent son retour, et avant que ne se constitue le conseil provisoire, Antoine Dubrot réunit la totalité des archives sur la table couverte d'un tapis vert. Scrupuleusement, il s'employa à trier tout ce qui concernait de près ou de loin la période durant laquelle la délégation spéciale, conduite par Baptiste Ponchet, avait géré les affaires de Galiane. Dubrot tint à effectuer ce travail seul, par crainte de ce qu'il allait découvrir, toujours hanté par le souci de ne point participer à la curée générale. Comme on pouvait s'y attendre, Ponchet et Pauliat, durant les dernières heures de leur pouvoir, s'étaient employés à faire disparaître les pièces compromettantes : la correspondance avec la Milice de Brivins, les états de réquisitions, le double des rapports sur les « activités antifrançaises » dans la commune. Aussi, Antoine ne trouva qu'une kyrielle de décrets, arrêtés et une masse de coupons de ravitaillement non distribués. Toutefois, dans leur hâte, les chefs de la délégation avaient oublié un petit cahier dans lequel se trouvaient consignées les opérations du Secours national. Au chapitre des collectes, le maire découvrit de quelle manière la petite bande s'y était prise pour détourner quelques fonds ainsi que des marchandises en principe destinées à garnir les colis des prisonniers.

Le ménage fait, Dubrot alluma dans le jardin communal,

avec les paperasses vichystes, un grand feu de joie. Puis il se résolut, suivant en cela les consignes du nouveau commissaire de la République, à constituer le conseil provisoire qui devrait siéger jusqu'aux prochaines élections municipales.

La séance dura une bonne demi-heure. De l'ancienne délégation nommée par Vichy, seule la candidature de Pierre Lafon fut retenue, eu égard à la mort de son fils Charly lors du massacre des Razets. Gautier, qui tenta de se faire introniser à la dernière minute, reçut de Lalet la plus terrible des répliques :

— Dis voir ? clama le bonhomme. Tu t'souviens du p'tit matin frisquet de février 43, quand le colonel boche Schmidt est venu faire l'inspection du village avant d'aller assassiner dans les Grumières ce malheureux gamin ? Qui donc lui a serré chaleureusement la cuillère à ce Boche ? C'est-y pas Auguste Gautier ? T'as déjà oublié. C'est fou ce qu'on perd la mémoire en ce moment. Moi, attention, c'est inscrit là-dedans ! continuait Lalet en se frappant la tête. Et tu vois, Gautier ? Tu vois celle-là, au-dessus de nous, la Marianne, mon gars, elle se souvient aussi. Alors moi, j'suis comme Jeanne d'Arc, j'entends les voix que j'souhaite bien entendre. Et la sainte Marianne me dit : « Gautier, c'est un collabo ! » Tu sais ce que ça veut dire, collabo ?

Et Lalet fit mine de mettre en joue l'ancien responsable de l'Union corporative paysanne. Celui-ci, défiguré par la peur, reculait lentement vers la sortie, comme si Lalet eût entre les mains un véritable mousqueton, de ceux qui abattirent, dans la liesse de la Libération, quelques pétainistes sans autre forme de jugement.

L'affaire se déroula sans témoin. La population du village avait préféré rester à la maison plutôt que d'assister au triomphe d'André Bernical, le communiste. A la réunion, Antoine Dubrot avait invité les personnes pressenties pour figurer dans le conseil. On y retrouvait les fiers-à-bras du dernier quart d'heure, tels Lalet, Bourzet ou Frémont, qui, sans ces événements exceptionnels, n'eussent eu aucune chance d'accéder à la mairie. Bernical, dont il était entendu dès le départ qu'il occuperait le poste de premier adjoint, imposa à la dernière minute deux de ses hommes : Barrat, le cantonnier, et Vacherin, un ouvrier agricole employé par Pauliat. Le choix n'était que trop symbolique pour passer inaperçu. Dubrot eût aimé contester ces deux propositions, surtout celle de l'ouvrier agricole, un bonhomme un peu simplet, qui avait été entraîné dans le maquis sans la moindre conviction et qui eût pu, au gré du hasard, tout autant tomber dans les griffes malfaisantes de Jules Pensennier. Mais, devant la fermeté toute de principe du chef FTP, Dubrot baissa pavillon. Lafon observait cette reculade avec amertume. Son opinion à l'égard du maire n'avait pas changé depuis l'époque trouble qui conduisit à sa démission. Il retrouvait un homme encore plus affaibli, irrésolu. Le rouge dirigera la commune, se disait-il, la tête baissée devant sa petite feuille de papier. Lafon eut envie de s'élever contre cette résignation du maire, mais il réalisait, après l'altercation avec Gautier, qu'il n'était plus en état, au sein de cette assemblée, de défendre le moindre bout de gras.

Les nouvelles prérogatives, dont se targuait Bernical, laissaient le maire indifférent. Au départ, cette volonté de constituer un petit groupe dans le conseil le surprit un peu, alors que l'homme, durant les semaines précédentes, s'était défendu de toute velléité. Bah ! songea Dubrot, le Parti l'aura contacté pour lui demander de jouer pleinement son rôle de communiste. Tout ça n'est pas si grave. Dans quelques mois, nous aurons des élections, et les gens de Galiane trancheront la question.

André Bernical se sentait d'autant plus à l'aise dans cette nouvelle assemblée qu'il n'avait point cherché à y figurer. N'était-ce pas le maire lui-même, au soir glorieux de la Libération, dans l'euphorie du moment, qui s'était avancé, lui proposant d'en faire son adjoint ? La concorde a un prix, s'amusait le chef FTP, et ce prix, pour une fois, c'est à moi d'en fixer le montant. Aussi, au moment de se retirer, et après que le maire eut présenté la nouvelle secrétaire de mairie, qui n'était autre que Paule Longy, l'institutrice, Bernical lança son premier petit discours devant les regards effrayés de Lafon et Dubrot. C'était une attaque en règle contre les collabos, mais d'une autre nature que celle de Lalet, un vibrant appel à l'épuration dans Galiane.

— Des Ponchet, des Pauliat, s'écria Bernical debout, sont encore en liberté, vaquant à leur besogne comme si de rien était. Ces lâches déshonorent notre commune. A moins d'avoir la mémoire courte ou d'être complice de ces gens, nul ne peut oublier qu'ils furent les bras agissants du traître Pensennier, qu'ils furent les instigateurs des réquisitions, des trafics en tous genres, des organisateurs zélés du marché noir… Je vais demander au nom du conseil provisoire que ces mauvais Français soient enfin l'objet d'une enquête sérieuse afin d'être inculpés, jugés comme ils le méritent, et châtiés d'une façon exemplaire.

— Ça non ! s'offusqua Lafon, vous n'aurez pas ma voix, si ma voix compte encore dans ce conseil.

— Tu as oublié ton petit Charly, jeta Lalet.

— Du calme, coupa Dubrot. Le conseil n'a pas pouvoir de décider une telle chose. C'est l'affaire de la justice.

Lafon ne savait au juste s'il devait rester ou quitter la séance. Certes, il avait été l'un des premiers à réclamer la mort d'Edouard Pauliat dans les chaudes journées de la Libération. Au fil des jours et des semaines, le père comprit que le destin tragique de son petit Charly ne pouvait reposer seulement sur la tête d'un seul homme dont la mort vengeresse ne changerait rien à l'effroyable douleur.

— Le conseil refuse donc la politique d'épuration que le Gouvernement provisoire de la République lui-même est en train d'instaurer ?

— Un conseil municipal ce n'est pas un gouvernement, reprit Dubrot. Si tu as envie de saisir la justice, fais-le en ton nom et n'engage pas le conseil.

— Moi, dit Barrat en se levant, je suis avec le camarade Bernical.

— Et moi aussi pardi, qu'j'suis avec lui, ajouta Vacherin. Pauliat, c'est un cochon. J'sais de quoi j'cause. Même qu'y m'doit des sous, l'saligaud. Ça pour l'boulot, l'verrat n'est point avare…

— Nous sortons d'une tragédie, coupa le maire, ce n'est pas pour y retomber à pieds joints. Le village n'a pas besoin que toute cette haine rejaillisse en surface. Nous aurons plus à gagner dans l'oubli.

Le bras tendu et généreux de Dubrot retomba, impuissant. Bernical, suivi de ses deux acolytes, sortit en claquant la porte. Le coquin a bien monté son coup, murmura le maire. Comme quoi, on n'est jamais assez prudent.

En visitant chacun des regards, il comprit que ce nouveau conseil ne le suivrait pas longtemps, que les Lalet, les Bourzet, dans leur for intérieur, donnaient raison au communiste. Décidément, se demanda Antoine, que suis-je encore revenu faire dans cette galère ? La première leçon n'était donc pas suffisante.

*
* *

— Mon Dieu, mon Dieu, quel marigot ! s'exclama Declotz en refermant vivement la porte capitonnée de son cabinet à l'hôtel de ville de Brivins.

— Marigot, marigot, répéta Juglard, le dos collé à une chaise Louis XIII, tirant comme un forcené sur son gros cigare. Marais à haut-fond vaseux et putride où batifolent les crocodiles. Savez-vous que ces petites bêtes neutralisent leurs proies en les entraînant vers ces profondeurs nauséeuses pour qu'elles y mûrissent à point avant de les consommer ? Où voyez-vous des crocodiles, vous ?

Un rire à nez retroussé déformait le visage de Laroque.

— Félix a toujours eu le sens de l'humour. C'est une des innombrables formes de la patience.

Declotz, agité comme une puce, hochait la tête. Enfin, il se décida à s'asseoir derrière le bureau.

— Décidément, c'est une fatalité de la démocratie ou quoi ? se monta le colonel FFI. Depuis cent ans, ce pays se délecte d'une vérité selon laquelle la politique ne cessera jamais d'être une comédie. Même aux heures tragiques, encore une comédie. Vous vous souvenez de Maluzier, l'ancien maire de Brivins ? Une heure avant l'attaque de la ville par la Résistance, l'homme offrait ses services comme on se pend. Avouez qu'il y a de quoi rire. Et ça continue. Vous verrez que de Gaulle sera le premier à se lasser de tout ça.

— Quand on était dans les bois, face à notre ennemi commun, on arrivait à un accord. Certes, ça ne se faisait pas sans difficultés, fit Juglard. Maintenant que l'orage est passé, la politique reprend ses droits.

— Avec l'entrée en force des communistes, nous serons condamnés à faire alliance avec les radicaux.

— Autant aller chercher Maluzier, ironisa Juglard.

— La question est de savoir si ce sont les radicaux d'avant-guerre ou une nouvelle mouture, lança Declotz.

— Qu'est-ce donc qui aurait pu les décider à changer? demanda Juglard.

Laroque, muet dans son coin, n'appréciait guère cet humour:

— Les chrétiens sociaux que nous sommes ne peuvent accepter avec gaieté de cœur de s'asseoir à côté des communistes. Je crois que je préférerais encore rester chez moi. Après tout, rien ne nous empêche de laisser les communistes et les socialistes se débrouiller entre eux. Dans moins d'un an, il y aura des élections, et nous présenterons une liste solide avec un programme bien construit.

Juglard agitait sa tête de droite à gauche, saupoudrant sa chemise blanche de lourdes cendres. D'un geste énergique, il balaya ces salissures et rajusta son nœud papillon qui s'en allait de travers.

— Arrêtez donc de dire des conneries à tout propos. Dans la période présente, nous ne pouvons pas laisser les communistes faire la pluie et le beau temps à Brivins. Les événements à venir sont graves, et chacun sera placé devant ses responsabilités. A la moindre bavure — et bien naïf celui qui oserait croire qu'il n'y en aura pas —, on nous collerait notre politique de la chaise vide sur le dos.

Quand Rose Cipriani entra, dégageant un suave parfum de chèvrefeuille, tous les regards obliquèrent dans sa direction.

— Ça va nous changer de cette puanteur de cigare, huma Declotz.

La jeune femme alla s'asseoir près du colonel FFI, posant sur le cuir du bureau une feuille garnie de noms, certains biffés, d'autres rajoutés.

— C'est l'enfantement dans la douleur ? demanda Declotz.

— Au forceps, plaisanta Rose.

Juglard, la bedaine secouée par un rire sardonique, se décida enfin à écraser son cigare dans la coupelle de cuivre qu'il avait conservée à portée de sa main.

— Nous avons préféré envoyer Rose dans la cage aux lions pour régler les ultimes points de détail de ces négociations, répétait Declotz à l'intention de Laroque nouvellement arrivé.

Rose Cipriani, tripotant la grosse broche accrochée à son chemisier jaune, hésita à parler, ne sachant trop comment présenter l'affaire dont il était entendu qu'elle en signerait le protocole au nom du groupe. Elle avait gagné cet insigne privilège en défendant avec fermeté, devant les résistants de Combat, l'idée qu'il faudrait, coûte que coûte, composer pour Brivins un conseil municipal de concorde, dans l'esprit même qui prévalut lors de l'unification des réseaux de Résistance aux heures décisives de la libération de la ville. C'est alors que Declotz et Juglard l'incitèrent à prendre les choses en main afin de conclure le meilleur accord possible. Lors des trois premières entrevues, Juglard participa d'une manière assez passive, se réservant seulement la parole pour accentuer quelques points de détail. On incita Declotz à rester en dehors du coup, en raison même du ton cassant qu'il affichait à tout propos et qui aurait pu mettre la négociation en péril.

— La seule grande question qui achoppe est celle du dosage, attaqua Rose. Pour ce qui concerne le programme, les points sont assez unanimement partagés. C'est le cas pour le contrôle de tous les journaux, la lutte contre le marché noir et la mise en place de la politique d'épuration… Les communistes estiment que, sans eux, Brivins serait encore sous la botte allemande, et que cet état de fait légitime une place de choix dans le prochain conseil. Autant dire, la majorité des sièges. Ça, nous l'avons refusé avec la plus vive énergie, suivis en cela par les radicaux et les socialistes. Alors, quand les communistes ont réalisé qu'ils ne parviendraient pas à imposer leurs visées, ils ont tenté de faire avancer leurs pions sous des appellations incontrôlées. Par exemple, tel nom émanant de la CGT, tel autre des Femmes de France, et même de je ne sais quel parti paysan. CGT, Femmes de France ou PC, autant dire la même chose. En additionnant toutes ces composantes, paraît-il apolitiques, on arriverait aux mêmes résultats que lors des premières propositions. Bref, dans la dernière ligne droite, je suis parvenue à faire entrer dans le décompte des sièges communistes, à la fois la CGT, les Femmes de France et les FTP. Au poste de maire, la candidature de notre ami Declotz est finalement acceptée. Quant à la question des trois premiers adjoints, il a été admis des représentants des organisations de la Résistance : FTP, AS et FFI.

— Quels noms ? s'inquiéta Declotz.

— Davoust pour les FTP, Lauwel pour l'AS et Juglard pour les FFI. Nous conservons les finances et nous laissons à Davoust les affaires sociales, et à Lauwel le ravitaillement. Cette perspective des affaires sociales confiées aux communistes les a décidés. Sans doute pensent-ils, avec ces nouvelles responsabilités, se tailler dans la ville une popularité telle qu'ils pourraient augmenter notablement leurs suffrages aux prochaines municipales.

— Bah ! ricana Juglard, nous tenons les cordons de la bourse.

Pierre Declotz soupira profondément, vidant une vieille et tenace angoisse, celle de devoir trébucher à la dernière marche. Cette fois, ça y est, jubilait-il. J'ai effectué un parcours sans faute, et qui plus est, je n'ai rien promis.

Un temps, Declotz soupçonna Juglard de chercher à lui ravir la place. C'était une idée de Franck Fayolle. Le petit médecin de campagne, si influent dans le groupe Combat, ne s'était pas gêné pour clamer à qui voulait l'entendre que le fameux colonel FFI Declotz n'avait aucune qualité pour briguer ce poste, requérant pour le moins une poigne de fer dans un gant de velours. « Notre Declotz est l'inverse : une main de velours dans un gant de fer ! » avait dit Fayolle. Pour stopper la fronde, Declotz chargea un de ses amis de la commission d'épuration de monter un dossier contre le médecin. Et la première rumeur commença à porter ses fruits, puisque Juglard, lui-même, estima utile de ne pas bouger le petit doigt. A l'heure où les vocations de Fouquier-Tinville ne manquaient pas, tout devenait possible…

Rose Cipriani se chargea de déboucher le champagne.

— C'est celui du Terminus Hôtel, expliqua Juglard. Douze caisses de dom pérignon que nous avons réquisitionnées. Il nous faut bien arroser la naissance du conseil provisoire de Brivins et souhaiter que notre ami Declotz soit l'homme de la situation. Du moins, ferons-nous l'impossible pour l'aider dans sa tâche. N'oublions pas que les prochaines élections seront difficiles à gagner.

Les yeux brillants, Declotz leva sa coupe tandis que Rose contemplait sa feuille de papier d'un air rêveur.

— Les communistes et les socialistes ont la majorité, jeta-t-elle. Tout bien réfléchi, je ne sais pas si le jeu en valait la chandelle.

— Tu ne vas pas nous gâter cette belle journée par ton pessimisme maladif, rétorqua Declotz en lui touchant l'épaule.

II

Une assiette de potage à peine ingurgitée, Ferdinand disparut dans son bureau. A vrai dire, il n'était guère dans ses habitudes de s'enfermer ainsi juste après le souper. Bien au contraire, il aimait s'asseoir près du poste de TSF pour écouter quelques nouvelles du front, méditer sur l'avance des troupes alliées. Cette écoute, au départ attentive, dégénérait rapidement en commentaires, explosions d'humeur ou éclats de rire. C'était selon les états d'âme du moment. Alors, il ne restait plus qu'à tourner le bouton, puisque l'audition en était couverte par un débit de paroles venimeuses. « Ça ne sert à rien, on ne t'entend pas », répétait Marie pour le calmer un peu. Il le savait bien qu'on ne l'entendait pas vociférer, que ses mots n'intéressaient personne. Une sorte de prêche dans l'immensité du désert. Qu'importe ! Ça libérait son âme de toute cette colère qui l'encombrait depuis la mort de son fils. En fait, c'est bien à lui qu'il semblait s'adresser, comme s'il voulait, par-delà le mur du néant, lui dire : « Tu vois, petit imbécile, ça ne sert à rien que tu te sois sacrifié. Les résistants de la dernière heure vont récupérer la mise, les partis politiques et le reste. Tout repartira comme si de rien était. Et dans dix ans, tout sera passé aux oubliettes. Se souviendra-t-on encore du moindre de vos sacrifices, enfants idéalistes ? Peut-être même n'arrivera-t-on plus à imaginer ce qui pouvait vous motiver, garçons à l'âme pure. »

Marie tournait et retournait dans sa minuscule cuisine. Quelle mouche l'a piqué ? se demandait-elle en fixant la porte de la cage d'escalier qui menait au bureau du grenier. Le moindre signe inhabituel perturbait le cours de leur petite existence à deux, faite de silences et de regards secrets. Les isolements soudains de Ferdinand dans son gourbi lui donnaient toujours des tortillons au creux de l'estomac. Déjà, dans sa tête, défilaient les mille et une hypothèses pouvant expliquer ce chamboulement. Chaque fois, c'est la même chose quand il revient de chez Fayolle, se disait-elle. Qu'est-ce que cet aventurier lui a encore fourré dans le crâne ? Marie craignait que le maître de La Nadalie n'attirât son Ferdinand de mari vers la politique. Comme elle suivait ces affaires d'actualité d'assez loin, les déceptions de 36 et les trahisons de 40 l'avaient confortée dans l'idée qu'il ne sortirait jamais rien de cette race exécrable qu'étaient à ses yeux les politiciens de tout poil. Elle s'imaginait que son mari était courtisé. Pourtant, l'ignorante pouvait dormir sur ses deux oreilles : il y aurait assez de volontaires sans qu'il soit nécessaire de susciter les vocations. On s'acheminait plutôt vers la bousculade aux portes des partis renaissants, où grouillaient les plus obscures et les plus ravageuses ambitions.

En proie à la plus vive des agitations, Marie se décida enfin à escalader les marches qui conduisaient à la soupente. Devant sa petite table encombrée, Ferdinand lisait, dans la pâle lueur d'une bougie vacillante, le dossier que lui avait confié Franck Fayolle. Il leva juste les yeux pour la regarder, s'étonnant de sa présence en ce lieu où d'ordinaire elle n'entrait jamais. Elle en avait pris l'habitude à Amiens : le cabinet de travail était à ses yeux le cadre intime qu'il convenait de ne point forcer.

Au moment où Marie se détournait pour saisir un tabouret, Ferdinand en profita pour faire disparaître le dossier sous un petit tas de journaux.

— Nous avons l'habitude de tout nous dire, attaqua Marie avec un visage chagriné dont les traits étaient accentués par la lumière basse.

Ferdinand soupira profondément.

— Je ne cache rien.

— Je te connais. Mieux que toi…

Il avança une main dans sa chevelure. Elle vint poser la tête contre son épaule. Doucement ses doigts palpaient la nuque raidie par la contrariété.

— Je ne veux pas que tu fasses de la politique, souffla-t-elle.

— De la politique ? se recula-t-il dans un éclat de rire. Mais où est-ce que tu vas chercher tout ça ? Je crois que tu devrais aller plus souvent voir ta fille à la ferme des Goursat. Ça te changerait les idées.

— Depuis son mariage, Line est si éloignée de moi. Comme si elle n'avait plus besoin de nous. Je ne peux pas savoir si elle est heureuse ou non. Avant, c'était un sentiment que je percevais tout de suite. Désormais, quand j'aborde cette question, elle me fait sentir que ça ne me regarde pas. Et j'ai beau lui dire que, quoi qu'il arrive, nous serons toujours là, derrière elle, prêts à la seconder, ça ne l'émeut pas le moins du monde. Pourtant, soupira encore Marie, c'est un sacrifice que nous faisons de rester ici. Nous serions tellement mieux à Amiens, au milieu de tous nos bons souvenirs. Qu'elle ne puisse pas comprendre, ça m'effraie.

Ferdinand fit pivoter sa chaise. Elle pleurait, immobile, dans le froid silence, sans que rien n'en parût. Ainsi souffrait-elle intérieurement sans qu'on pût discerner la moindre trace de son chagrin muet. Parfois, les mots trahissaient une émotion, comme en cet instant où l'angoisse de voir s'éloigner Ferdinand pour de futiles occupations subvertissait les forces de son caractère.

— Tu n'as jamais voulu de ce mariage. C'est pourquoi, forcément, elle ne dira rien qui puisse apporter de l'eau à ton moulin.

Marie redressa vivement la tête.

— Dis donc, sale hypocrite, tu n'en voulais pas non plus.

— Je n'ai pas été jusqu'à contrarier le courant de la source.

— Elle t'en a dit quelque chose ?

Ferdinand sentit qu'il valait mieux dévier la conversation. Les rapports avec les Goursat était un sujet trop sensible pour risquer le moindre approfondissement.

— Tu crains que Fayolle ne m'entraîne vers la politique, sourit Ferdinand, mais lui-même semble bien éloigné d'une telle tentation.

— Avoue que tu y as songé ?

— Ce sont des affaires qui te dépassent.

— Ne dis pas cela. De Gaulle vient de donner le droit de vote aux femmes. Il faudra dorénavant compter avec nous.

— Fayolle ne figure même pas dans le conseil provisoire de Galiane.

— C'est surprenant. Cet homme a l'air bouffi d'ambition.

Ferdinand levait les bras au ciel devant les verdicts péremptoires de sa femme. Il retrouvait bien là ses anciennes manies qui la faisaient se fier à des critères de jugement irrationnels pour définir les individus qui défilaient à portée de son regard inquisiteur.

— Alors, de quoi avez-vous parlé tout cet après-midi ? Tu me reviens tout retourné.

— Je suis comme d'habitude.

— Non, répliqua Marie, tu n'es pas comme d'habitude. Tu es dans la même excitation que lorsque tu as décidé d'aller chercher notre malheureux Adrien à l'usine Gillard pour lui faire traverser la ligne de démarcation.

Il la fixa, atterré, réprimant avec force le flot des larmes qui lui venaient au bord des paupières. Comment a-t-elle pu sentir cela, se demandait-il, par quelle sorte d'observation intuitive ? Quelques secondes encore, il résista tandis qu'elle le regardait toujours. Il l'eût désirée aux cent diables, puis tout se déversa dans un hoquet. Elle lui tendit un mouchoir pour qu'il épongeât son chagrin.

— Je veux savoir la vérité sur la mort de notre enfant, avoua Ferdinand. Même si je dois me rendre à Londres.

— Moi, je ne veux pas, protesta Marie, en se serrant contre lui. Ce sera trop dur de remuer tout ça. Laisse-moi imaginer ses dernières heures, sans venir y ajouter toutes ces horribles images de la réalité. Il a beaucoup pensé à nous avant de partir… Tu ne crois pas ? Qu'est ce que tu veux trouver de plus ?

— Je veux savoir pourquoi les Allemands l'ont arrêté. Qui était derrière tout ça ? Lorsque je le saurai, je crois que je trouverai l'apaisement. Nous ne sommes pas faits de la même façon. Toi, tu préfères rêver au temps de ses chères études au lycée d'Albert.

Dans la lumière irréelle de la soupente, Marie se recula avec un visage de martyr.

— Je n'aime pas ce qu'il a été durant les derniers mois de sa vie en Corrèze. Je déteste ce fils-là, fanatique, avec ses idées stupides sur la Résistance. Tout ça, mon Dieu, pour finir comme un chien dans un cul-de-basse-fosse pendant que tous ces salauds vont reprendre du poil de la bête et poursuivre leurs misérables petites carrières. Regarde la vérité en face ! Tous les grands responsables : de Gaulle, Thorez, tous étaient bien planqués ! Il aura fallu que des imbéciles se sacrifient pour qu'ils reviennent s'installer au pouvoir. La paix, la paix, pour combien de temps encore ? Tu te souviens en 1918 à Metz ? Tu disais qu'on ne verrait plus jamais ça, toutes ces horreurs ! Tu y croyais, toi aussi, à ces calembredaines. Laisse-moi oublier tout ça. Laisse-moi avec mon Adrien dans les belles années d'avant-guerre. Le reste n'existe plus.

Elle se laissa tomber d'épuisement sur le tabouret, son regard fixé sur le plancher.

— Rien ne m'empêchera d'aller chercher la vérité !

— Je sais. Tu ne feras, de toute façon, que ce que tu auras envie. mais, jure-moi, à l'avance, de ne jamais m'en parler, quoi qu'il arrive. Jamais.

A petits pas hésitants, elle redescendit dans la cuisine. Ferdinand attendit qu'elle eût soigneusement refermé la porte de la cage d'escalier pour se replonger dans le rapport de la Gestapo de Toulouse.

L'arrestation s'était produite le 24 février 1943 à 7 heures 30 dans l'église de Lesparre. Ce matin-là, le ciel était bleu-blanc. Sans un nuage. Une petite bise glacée, coupante, courait dans la longue rue principale du village. Derrière les volets clos, des regards apeurés suivaient la scène. Un jeune homme au fier port de tête se laissait conduire nonchalamment par deux agents de la Gestapo en ciré noir et chapeau mou. Derrière, à quelques dizaines de pas, des soldats allemands traînaient un mort par les pieds. Une longue trace rouge s'étirait depuis la porte de l'église.

*
* *

A Brivins, les membres de la fameuse association Le Quadrille du Reyssat se retrouvaient tous les quinze jours chez Jacques Saint-Assier, rue des Lilas. Plus que des réunions de travail, ces rencontres ressemblaient à de petites fêtes mondaines où l'on buvait et ripaillait son soûl, comme pour rattraper le temps perdu. C'était d'autant plus grisant pour ces bourgeois de s'adonner à de telles futilités qu'au chapitre des restrictions la Libération n'avait rien changé. Longtemps encore, il faudrait sacrifier moult argent afin d'honorer convenablement les invités.

Pour le Quadrille, il s'agissait de conserver des contacts privilégiés, au-delà des événements qui l'avait réuni, et dont le fruit dormait au fond d'une cave : six cents kilos — bon poids — de lingots d'or estampillés du sceau de la Banque de France, puisés au cœur des coffres de la Banque Maluzier dans les ultimes mois de la guerre. Afin de détourner les soupçons des chefs de la Résistance, Saint-Assier avait fait preuve, une fois encore, d'une grande habileté. Sans doute, à la faveur d'un interrogatoire du banquier de la place Saint-Benoît, l'affaire ne manquerait pas de refaire surface. Aussi s'attendait-il, avec des parades plein la tête, à ce qu'un Declotz vînt, tôt ou tard, y fourrer le nez. Cette perspective n'inquiétait guère deux des membres du Quadrille, Philippon et Gibaud. Mais le quatrième larron, Clément Goursat, avait une peur bleue malgré la confiance aveugle placée en ce fils à papa fortuné, capable, croyait-il, de déjouer tous les périls d'une enquête.

Pour l'heure, une consigne prévalait au sein de la fameuse association : attendre, bouche cousue, l'éclosion de jours favorables pour l'étalement des fortunes sur la place publique. La période actuelle s'enlisait dans les règlements de comptes tandis que l'avenir politique, teinté d'incertitudes, se délitait sous le poids grandissant des groupes issus de la Résistance.

A ces réunions bimensuelles, Clément Goursat hésitait à venir en compagnie de Line, alors que les autres membres ne manquaient pas d'y afficher leurs maîtresses. A force de s'entendre dire : « Existe-t-elle, oui ou non, cette Line Goursat ? », il se décida enfin à la conduire rue des Lilas. Saint-Assier se demandait bien pourquoi son ami avait honte de montrer son épouse. Ce sera une paysanne, pronostiquait-il, arriérée, sans un brin de conversation... Quand il ouvrit la lourde porte de l'appartement cossu qui se déployait au second étage sur toute la longueur de la bâtisse, le bonhomme en resta le souffle coupé.

— Petit saligaud, va ! Je comprends pourquoi tu nous la cachais celle-là, ironisa-t-il en aparté tout en la détaillant d'un œil lourd qui frisait l'effronterie.

Le fin visage de Line, aux traits réguliers et transparents qui donnaient à son regard une bouffée de fraîcheur, semblait venir d'ailleurs et contrastait avec l'atmosphère délétère de ce salon où erraient les fantômes de la nuit empuantis par l'odeur des cigares et les relents de cognac. Elle portait avec élégance une robe à fleurs formée de longs entrelacements de bleu, de jaune et de rouge. Elancée, elle se mouvait sur les tapis dans une sorte de balancement félin. Du reste, elle aimait accentuer sa gracilité par une large ceinture blanche serrée à l'excès, ce qui renforçait l'allure de son pas dansant quand elle faisait virevolter sa robe légère.

Clément n'avait d'yeux que pour elle et craignait que le regard des autres lui gâtât son naturel. Tant qu'il s'agissait de la fréquentation des petits paysans de Galiane, sa jalousie n'avait aucune raison d'éclore. Le fils unique, adulé par une mère complaisante, s'estimait bien supérieur à tous ces rejetons empotés. Avec la fréquentation du milieu de la rue des Lilas, toute une joyeuse bande de fêtards écornant quelques rentes de famille, l'affaire s'avérait dangereuse. C'était la seule et unique raison qui motivait son désir de la maintenir à distance de ce miroir aux reflets grisants.

Le petit Clément Goursat avait une opinion un peu simplette sur les femmes. Les gens qui hantaient le salon mordoré des Saint-Assier, Line les connaissaient depuis longtemps. Elle était, quoi qu'en crût Clément, plus délurée que lui. Son père l'avait conduite dans quelques-unes de ces soirées mondaines, notamment chez les Gillard, rue Cambon à Paris, sans que ne tombât sa virginité.

A cette époque de son existence, Clément Goursat n'avait encore qu'une vision simplifiée de la société. Durant l'adolescence, son père n'avait cessé de lui seriner au creux de l'oreille que l'homme n'échappe pas à sa condition, qu'un paysan demeure toute sa vie un paysan. Et même si ce bonhomme de la terre accède un jour à une certaine fortune, tout en lui — ses idées, sa démarche, sa manière de vivre — demeurera en l'état. En somme, la voix du sang fait un riche ou un pauvre selon le hasard de cette singulière loterie ; ensuite, la morale de la société affermit le choix du destin.

L'affaire de la Banque Maluzier brisa ses certitudes et fit de lui un homme muet. Est-ce dire que sa rencontre avec Saint-Assier lui ouvrit la connaissance du mal ? Le mal ! C'était un mot terrible qui avait marqué son éducation. Sa mère, la féroce Emma, gouvernée par une foi aveugle, l'avait, dans l'âge fragile où les premiers principes de la vie sont imprimés à jamais, entretenu de son catéchisme favori, évoquant le vaste commerce invisible des anges et des démons sur la tête des hommes.

Ce n'était sans doute pas un hasard si la découverte du mal coïncidait avec l'instant sublimé où il échappait enfin aux griffes de sa mère, car son entrée dans le maquis fut l'acte suprême de la désobéissance. Telles étaient les idées qui agitaient la tête du jeune homme pour qui le poids du trésor enfoui pesait sur son âme comme une malédiction.

Après que Line — tout étonnée que son mari ait pu, de son propre chef, nouer de telles amitiés avec la petite bourgeoisie de Brivins — eut disparu dans le vaste salon, où les airs de charleston que nasillait le pick-up allaient l'étourdir, Clément fit signe à Jacques Saint-Assier de s'approcher. Le bonhomme, enveloppant, caressant, comme il faisait toujours, plus par manie que par calcul, renouvela ses compliments sur l'épouse si longtemps cachée.

— Je voudrais te parler… Seul à seul, précisa Clément.

Le visage de Saint-Assier s'assombrit. C'était la première fois qu'il voyait chez ce garçon la marque d'un désarroi, lui qui d'ordinaire n'affichait aucun état d'âme particulier et paraissait indifférent à tout. Aurait-il craché le morceau à quelqu'un, ce petit imbécile ? se demandait l'industriel.

La porte du bureau refermée à clé, le maître des lieux pria Clément de prendre place devant une table basse garnie de revues parisiennes, telles que d'anciens *Signal* ou *L'Echo de la mode*. De l'un des grands placards en noyer qui tapissaient le fond de la pièce, il ramena deux verres et une fiole de cognac. Il servit abondamment et s'assit en face de lui.

— Alors ?

— L'existence de ces lingots d'or du Reyssat me pèse, jeta Goursat.

— Tu as parlé de ça à quelqu'un ?

— Non.

— Pas même à ta charmante femme ?

— Non.

— C'est déjà un point, soupira Jacques.

— Je crois que je vais quitter l'association.

Saint-Assier se leva brutalement, fit le tour de Goursat. Il avait envie de lui coller des gifles à ce petit paysan. Ça m'apprendra à faire le généreux, se reprochait-il. La raison lui commandait de discuter. Ce serait bien la première fois que je ne parviendrais pas à un résultat, se jura-t-il.

— Ah ! Foutre ! lança-t-il, tout sourire mais d'un ton empreint de fermeté, nous sommes les uns et les autres dans l'association comme les doigts de la main. Rien ne peut nous séparer.

— Je suis prêt à accepter qu'on redistribue la part qui me revient.

— Il n'en est pas question. Quand le moment sera venu, tu disposeras de cet or à ta convenance. Et nous rediscuterons par le détail de la bonne manière de le faire apparaître sans éveiller les soupçons.

Goursat se dressa d'un bond, ne contenant plus la vive agitation qui le tourneboulait. Ce garçon a peur, jugea Saint-

Assier, peur d'être inquiété par la justice. Voilà tout! Maintenant qu'il connaissait les causes de cette angoisse, Saint-Assier se sentait soulagé. Ce diable d'homme d'affaires pouvait venir à bout de tout problème, pourvu qu'il en comprît l'origine et le sens. Faisant le tour de son bureau, Jacques resservit une rasade appuyée de cognac, trinqua, retrinqua, expliquant, histoire de tâter la fragilité du terrain, qu'il n'y avait aucune raison de se faire du mouron, que lui, le grand financier, spécialiste en piraterie, tenait la situation bien en main.

— Si nous sommes découverts, arrêtés, jugés, emprisonnés, je ne supporterai plus le regard de ma mère. Plutôt me tuer!

— Qui est cette *mater dolorosa*? demanda Jacques. Encore une de ces mégères, marmonna-t-il, qui veulent dresser leur progéniture comme une portée de chiots. A vingt-deux ans, que t'importe, animal, son jugement? Elle ne possède aucun droit de regard sur ton existence.

— Déjà que je lui ai désobéi en m'engageant dans le maquis.

— Elle est de l'autre bord?

Clément Goursat hocha la tête.

— C'est comme mon père, fit Saint-Assier. Quand je suis allé avec ces « voyous », comme il disait, il a juré de ne plus me parler. Je lui ai dit: « De Gaulle va gagner. Tu te trompes, mon cher papa ». Il m'a répondu: « Je me fiche de me tromper. On ne choisit pas ses idées comme une martingale. » Le lendemain de la libération, les cosaques de Brivins sont venus l'arrêter. Je l'ai laissé moisir deux ou trois jours à l'ombre, histoire de l'amollir côté convictions, tout en m'assurant que les rouges n'allaient pas le fusiller entre-temps. Puis, je suis allé voir Juglard, et il m'a arrangé le coup au sein du Comité local de libération. On l'a laissé sortir. Note bien que mon père n'est pas du genre irréprochable. Il s'est assez mouillé avec ce con de Demongin et son Service d'ordre légionnaire. De là à lui faire des embrouilles, il y avait un pas de trop, mon ami. J'ai rendu des services à la Résistance, elle me devait bien la pareille, non?

Goursat restait muet d'admiration devant cette manière cynique de se jouer des événements.

— Pour toi, demanda Clément, tout est négociable?

— Mais, évidemment ! s'étonna Saint-Assier. Encore plus aujourd'hui que jamais. Du temps de Pétain, on ne pouvait rien discuter. Il n'y avait que des fanatiques et des salauds. Les uns étaient incorruptibles de connerie, les autres tellement corrompus qu'ils n'avaient plus rien à offrir. Désormais, on a l'embarras du choix, entre les justes et les ambitieux. Les justes rêvent d'un monde propre, définitivement lavé du pouvoir de l'argent, les autres, les ambitieux, sont empressés d'escalader les marches de la respectabilité. Ceux-là gagneront dans l'avenir. Ils auront besoin d'argent pour leurs campagnes électorales, pour faire tourner le moulin à promesses, hisser leur rêve de puissance jusqu'à l'Assemblée constituante.

Peu à peu, Saint-Assier sentait fléchir la détermination de son ami. Les rêves effacent la peur, songeait-il. Et Goursat, tout petit Goursat qu'il est, tremblotant devant sa maman, deviendra grand et aussi ambitieux que les autres, combinard lui aussi, se jurait Saint-Assier pour qui les bonnes actions de sa vie consistaient à convertir tout honnête homme à son système de valeurs.

— Declotz qui vient d'être élu maire de Brivins…

— Maire de Brivins ! s'étonna Clément. Déjà ?

— Eh oui ! maire de Brivins. C'était réglé comme du papier à musique. Declotz, dis-je, sait que nous avons attaqué la Banque Maluzier, et il sait très précisément qui faisait partie du commando. Je lui a remis 950 000 francs en billets. J'attends toujours le reçu. Pas de reçu. Declotz ne voulait pas laisser de semblables traces derrière lui. Mais, moi, j'ai pris mes dispositions. Et si Declotz, tout maire de Brivins qu'il est, nous cherche des embrouilles, je lui rafraîchirai la mémoire.

Quand le flacon de cognac fut vidé, Clément Goursat ne savait plus pourquoi, au juste, il était entré dans le bureau de son hôte. On se promettait un repas orgiaque pour un de ces prochains dimanches, au bord de la Sévère, dans une auberge de Saint-Rochette, un endroit à la mode que toute la fine fleur de Brivins fréquentait.

*

* *

Davoust et Murciat décidèrent d'un commun accord que les FTP s'installeraient à l'hôtel des Tilleuls, l'ancien siège de la Gestapo, où officiait Hans Bernner avant de disparaître dans la nature. La population de Brivins libéré y verrait, de l'avis même des communistes, plus qu'un symbole : la farouche volonté de tous les combattants FTPF sortis du maquis d'exercer pleinement leur rôle dans les futures décisions politiques. Du reste, les premiers résultats ne tardèrent pas à se faire sentir. Dans le Comité local de libération, les Francs-Tireurs et Partisans Français prirent une place prépondérante, propulsant même aux avant-postes Thérèse Moinot, l'ancienne danseuse du Goujon agile devenue responsable des Femmes de France, et quelques valeureux combattants tels que Davidat, Camps ou Martinie, peu aguerris à la rhétorique politicienne et à qui l'on promit, pour les rassurer, qu'ils n'auraient qu'à suivre le mouvement et dire amen à toutes les décisions prises par les anciens cadres.

L'hôtel des Tilleuls était une véritable fourmilière où l'on entrait et sortait sans cesse, cette armée grossissant et enflant comme une marée. Chacun venait y conter ses exploits du maquis, magnifiés ou imaginaires, pour se constituer une solide réputation. Les plantons de permanence notaient scrupuleusement noms et adresses, promettant une prochaine distribution de cartes, de bonnes cartes, celles-ci devant faire du Parti communiste le premier parti de France.

Cet afflux de la vingt-cinquième heure laissait Lutz sceptique.

— Là-dedans, fit-il, il y a plus de pétainistes que d'honnêtes travailleurs.

Ce n'était point l'avis de Floher, le « pur et dur » comme on l'avait surnommé, qui se vantait à qui voulait l'entendre d'avoir fusillé plus de miliciens dans la région de Brivins que la cour de justice n'en jugerait dans les prochains mois.

— Pour mener à terme l'épuration, faudra un large appui populaire, clama-t-il dans son uniforme de lieutenant. Pour l'instant, ça va. Mais dès que les cagoulards, Declotz et Juglard, auront repris du poil de la bête, on verra fleurir les amnisties. Le temps presse, camarades !

Murciat, qui portait une lourde machine à écrire Underwood récupérée à la sous-préfecture, lui fit signe d'avancer jusqu'à la salle de réunion — baptisée « Maurice Thorez », à la gloire du chef dont on attendait comme un événement le prochain retour de Moscou.

— Et tu laisses ton arme dans le couloir, comme tout le monde.

Le gaillard décrocha son parabellum en grommelant et le posa parmi le régiment de mitraillettes Sten et de pistolets Albion qui garnissaient une table. Depuis que Floher était passé responsable de la Milice patriotique, qu'il organisait à la tête de son commando les rondes de surveillance en gare pour piéger les trafiquants du marché noir, nettoyer à l'occasion quelques agents de la « Cinquième colonne », comme il disait, ce héros n'était pas à prendre avec des pincettes et ne cachait pas son hostilité à l'encontre de tous ces gratte-papier, pisseurs de motions et résolutions en tous genres, bien moins efficaces qu'un flingue en action.

Sur la tapisserie lie de vin de la salle de réunion — vaste, encore plus vaste et dénudée que lorsqu'elle accueillait à la belle époque les banquets et les noces, du temps, bien sûr, où l'hôtel des Tilleuls était encore un hôtel sélect de Brivins — étaient accrochés deux grands portraits de Lénine et de Staline. Entre les deux idoles, flottait le drapeau rouge arborant faucille et marteau en incrustation dorée et, en lettres capitales, « Section de Brivins du Parti Communiste Français ». Les tables de bois blanc placées en fer à cheval couraient sur la longueur de la pièce. De petits groupes s'étaient formés et papotaient dans la fumée âcre des cigarettes.

Davoust claqua dans ses mains et, d'une voix tonitruante, interpella les bavards.

— Camarades ! Camarades ! De la discipline ! Un peu de discipline !

Murciat, lui aussi, tapa dans ses mains énergiquement. Le tohu-bohu s'atténua peu à peu. Floher referma la porte d'un coup de talon et vint coller sa lourde carcasse contre le battant.

Il était là, féroce et dangereux, surtout docile au commandement, prêt à exécuter les plus basses œuvres pourvu que ce soit dans les intérêts supérieurs du Parti.

— Il y a deux questions à l'ordre du jour, hurla Murciat, le geste accompagnant la parole, par-dessus la table d'honneur où Jeanine, la dactylo, avait cru bon de planter trois grappes de petites roses rouges et sauvages dans un seau à champagne. Ces deux questions sont, continua Murciat, le compte-rendu des accords municipaux…

Un « ah ! » retentit en chœur dans la longue salle, un « ah ! » de plaisir extrême, un « ah ! » qui en disait long sur les résultats de la tractation.

— Et enfin, acheva Murciat, les premiers résultats exemplaires de la Milice patriotique.

Floher, fier comme Artaban, au seul rappel de sa noble fonction de sentinelle du nouvel ordre républicain, se sentit gonfler des côtelettes. Plus que jamais, il jouait de son autorité acquise dans les premières heures de la lutte. Ses titres de gloire étaient un attentat contre un responsable de la Milice et, surtout, l'attaque du train d'armes au tunnel de Saint-Martial. Il avait aussi été l'adjoint de Benoît Duc, ce qui lui conférait une incontestable aura auprès des jeunes du Parti. En revanche, cette popularité agaçait les chefs.

— Nous sommes enfin arrivés à un accord appréciable, jeta Davoust en brandissant sa grosse pipe de bruyère.

Aussitôt des types applaudirent. Tant d'empressement le dérangeait. Ce n'était pas une question qui pouvait se régler en deux coups de cuillère à pot. A ses yeux, il ne s'agissait pas seulement d'entrer en force au conseil municipal de Brivins pour changer la face du monde. En théoricien intelligent qu'il était, ce lecteur assidu des *Cahiers du communisme*, ce conférencier de l'école des cadres — là où l'on dissertait sur les textes de Marx et d'Engels, là où l'on apprenait *Le Manifeste* comme on l'eût fait d'une fable de La Fontaine — savait que, sans un rapport de force favorable aux « patriotes » — le terme était très à la mode —, la vieille droite reprendrait vite le pouvoir.

— Pas d'optimisme débridé, camarades ! jeta-t-il. C'est vrai ! C'est vrai, répétait-il d'une voix mesurée avant d'en grossir crescendo le timbre pour annoncer la suite de son propos vibrant. Nous avons obtenu un bon accord. Avec nos camarades socialistes, nous avons la majorité dans cette assemblée. Mais il n'y a rien d'extraordinaire à cela. Nous n'avons obtenu que la juste part qui nous revient. Oui camarades, nos héros, Benoît Duc, Pierre Fargeot, Philippe Moinot, ne seront pas tombés en vain, scanda Davoust histoire de réveiller l'assistance.

Sur certains FTP le discours avait un effet soporifique en comparaison des heures exaltantes vécues à traquer le collabo.

— Ah ! comme ils auraient voulu voir cette éclatante victoire, nos trois martyrs !

Des applaudissements fusèrent à tout rompre. Pour faire jaillir l'élan dans les poitrines, il n'y avait rien de tel que de citer le nom de Duc tombé durant l'attaque de la caserne. Et, songeait Murciat, l'addition de toute cette fièvre serait le carburant nécessaire au fonctionnement de la machine communiste dont l'ardeur suffirait à écraser les Declotz, les Juglard, à soulever les montagnes dans l'opinion, à faire des prochaines élections un succès retentissant, à renvoyer une bonne fois pour toutes la vieille droite aux poubelles de l'histoire.

— Mais attention ! ajouta Davoust maniant chaud et froid, excitation et apaisement, notre victoire prochaine sera ce que nous la ferons. La population de Brivins épaulera notre action d'autant plus que nous collerons à ses préoccupations : le ravitaillement et le châtiment des traîtres. Les difficultés de trouver de la viande pour les familles, du lait pour les enfants, du vin pour les travailleurs, sont pires qu'à la pire période de l'Occupation. Rien n'a changé pour l'honnête ouvrier. Qu'attend le Gouvernement provisoire pour agir contre les profiteurs ? Si c'est comme cela qu'on entend appliquer le programme du Conseil national de la Résistance à notre humble niveau ! Réquisitionnons les affameurs ! Arrêtons les trafiquants du marché noir ! Et que la marchandise saisie soit distribuée équitablement à la population laborieuse. Pour ce faire, nous disposons de la Milice patriotique. Elle a été créée pour protéger les victimes du désordre organisé par les agents de la Cinquième colonne agissant sous les ordres de tous ceux qui n'ont pas accepté la défaite de Vichy. Si besoin est, comme le fit la Révolution française, nous appliquerons la peine la plus sévère à ces affameurs du peuple !

Davoust se laissait gagner par le flot de sa rhétorique favorite et entraînait dans son sillage verbal la foule excitée par la perspective d'une épuration menée tambour battant.

Pourtant, des hommes tels Davoust ou Murciat — à la différence d'un Floher — n'avaient jamais prêché les liquidations sommaires. Les morts de Pensennier, du docteur Lestard, de Malevoy étaient à leurs yeux des erreurs commises dans la folie du moment. Forcément, argumentait Davoust, on ne saurait blâmer les exécuteurs de tels individus dont le comportement barbare fut au centuple de la peine qui leur a été infligée. Floher ajoutait, lui, qu'on aurait dû les torturer un peu, histoire de leur faire toucher du doigt l'horreur de leurs actes. Pour l'heure, Davoust réclamait des cours de justice avec des magistrats intraitables et des sentences exemplaires. « Nous laisserons même à ces salauds le droit de se défendre, avec un avocat désigné d'office s'il est nécessaire », clamait Murciat. Et dans son petit journal baptisé *A l'assaut*, Davoust écrivait édito sur édito pour exiger enfin une véritable politique de l'épuration avec la mise en place d'une administration chargée de cette besogne. Tout ce qui avait touché de près ou de loin le régime de Vichy devait être irrémédiablement châtié selon des peines graduées allant de l'indignité nationale à la mort, en passant par la confiscation des biens.

— Les cours de justice sont longues à se mettre en place, déplora Davoust. Ces contretemps donnent la chance à nos ennemis de s'organiser, de fuir leurs responsabilités, et pour certains de préparer leur prochaine défense.

— Et Maluzier, hurla un bonhomme dans la salle, qu'est-ce qu'on attend pour le fusiller ?

C'était la question redoutée.

Davoust et Murciat se regardèrent défigurés. Ils n'avaient pas l'habitude de se faire interpeller. Les temps nouveaux avaient fait d'eux des chefs adulés par leur base ouvrière. L'homme qui osait ainsi élever la voix était un partisan de Floher.

— Les gros bonnets vont encore passer au travers et on châtiera les lampistes, poursuivit Laujour.

Floher ricanait doucement. Sa position, rendue inconfortable dans la section pour avoir expédié dans une carrière, sur les hauteurs de Brivins, une cinquantaine de pétainistes, sans tambour ni trompette, lui interdisait de développer la moindre opinion devant l'assemblée des communistes. Les chefs, tout en reconnaissant ses mérites dans la mise en place d'une épuration « intelligente », jugeaient qu'il en avait assez fait, au risque de voir rejaillir cette inconséquence sur tout le Parti.

— Tu ne lis pas notre presse, camarade, fit Murciat, sinon tu saurais que nous réclamons à cor et à cri l'arrestation et le jugement de Roland Maluzier pour ses activités à la tête de la délégation spéciale de Brivins, pour ses écrits antisémites et anticommunistes dans *La Voix du Centre*.

Laujour s'avança face à la table d'honneur pour montrer sa détermination.

— Qu'on nous donne un ordre, et Maluzier sera expédié. On en a expédié d'autres qui le valaient bien.

— Nous espérions mettre la main dessus lors de la prise de l'hôtel de ville, mais il a réussi à filer.

Davoust mentait effrontément. Comment avouer à ces fanatiques que la peau de Roland Maluzier avait fait partie des négociations avec les gaullistes ? Cette péripétie eût montré la duplicité des rapports régissant les réseaux de la Résistance à l'heure où la seule vérité qui s'imposait était la vertu des justes.

— Est-ce qu'on sait seulement où il se cache ?

— Si nous le savions… fit Murciat.

— Alors, qu'on nous laisse enquêter, on le retrouvera.

— La section ne peut prendre de décision là-dessus.

— Ah ! Ah ! Voilà ce que nous sommes devenus, hurla Laujour, des communistes en peau de lapin.

— Je t'en prie, camarade, intervint Davidat, le petit nouveau promu aux plus hautes destinées, n'insulte pas ceux qui étaient aux premières heures dans le maquis.

C'était une élégante manière de faire sentir au blanc-bec, fût-il le lieutenant de Floher, que le fait d'être entré en 44 dans les FTP et d'avoir fusillé quelques collabos ne lui donnait aucun droit.

La tête dans ses mains, Lutz se marrait : que ce con de Davoust assume ses contradictions, qu'il les assume jusqu'à la lie. Lutz avait bien souvent émis le vœu que la section jette à la porte tous ces aventuriers pour qui le fait d'être communiste se résume à brailler contre le bourgeois, l'incantation seule devant servir de ligne politique. A chacune des interventions, on l'avait déjugé : la porte du Parti n'est pas seulement ouverte aux intellectuels. Sa force même, lui répliquait-on, réside dans le fait qu'on peut y accueillir des hommes aussi différents qu'un Laujour et un Lutz.

— Dans la prochaine motion adressée au commissaire de la République, Delanfroy, nous ajouterons au chapitre de l'épuration, suggéra Murciat pour calmer les esprits, que tous les responsables de la défaite, de la collaboration avec l'ennemi, doivent être jugés, y compris Roland Maluzier.

Laujour levait les bras au ciel, regardant à droite et à gauche pour vérifier si ses effets de manches recueillaient l'adhésion souhaitée.

— Des motions, des motions. Tout le monde s'en tamponne des motions. Si le Parti décidait l'élimination de Maluzier, ça ne traînerait pas, renchérit-il.

Lutz choisit ce moment pour entrer dans la danse. Il était excédé par ces invectives de coupeurs de têtes.

— Cessons donc de bavarder sur le sort de tel ou tel individu. Les cours de justice seront prochainement en place et feront leur travail. Ce n'est pas notre affaire. Nous ne sommes ni juges ni bourreaux. Par contre, nous devrions employer notre énergie à présenter un programme valable de reconstruction au sein du conseil. Le ravitaillement, voilà une question clé. Ce ne sont pas les coups de main des héros de la Milice patriotique qui vont rassurer l'opinion publique, bien au contraire.

— Mon camarade, s'enflamma Floher en marchant sur Lutz

le doigt pointé, la Milice patriotique a saisi des centaines de kilos de chocolat, de café, de biscuits, de beurre, de graisse, de lard, de jambons, qui ont été redistribués à ceux qui en ont le plus besoin. La Cinquième colonne affame le peuple. Nous agissons, nous les éléments les plus sains de la société…

— Ce n'est pas ce que disent les gens, riposta Lutz. Ils accusent certains des éléments de la Milice de s'emparer de marchandises à leur profit personnel.

Floher, les mains glissées dans le ceinturon, le toisait avec mépris.

— La Cinquième colonne continue sa besogne de propagande. Voilà tout. Et il est triste de voir des communistes comme toi répandre ces calomnies.

— Je n'ai pas de leçon à recevoir, fit Lutz.

— Tu n'arrêtes pas de critiquer le Parti. Toi aussi, salaud, tu finiras sur la liste noire.

— Tu n'es pas le seul, ici, à avoir fait de la résistance. A écouter tes bavardages, on croirait que tu étais le seul à avoir attaqué le train d'armes de Saint-Martial. J'y étais aussi. Et si Duc et Fargeot revenaient, ils ne seraient pas les derniers à le confirmer.

Les arguments de Lutz avaient peu de chance de modifier le climat de l'assemblée. Tout le monde avait envie d'en découdre avec les collaborateurs, surtout, comme disait Lutz, avec les « résistants de la vingt-cinquième heure » dont le passé n'était pas aussi irréprochable qu'on eût pu le croire, mais dont l'ardeur et la surenchère verbale tenaient lieu de faire-valoir. Curieusement, les premiers résistants, tels que Luski, demeuraient sur la réserve. Mais lorsque Davoust évoqua, en dernier point de l'ordre du jour, la cérémonie prochaine au cours de laquelle on devait baptiser une rue de Brivins, « Benoît Duc, héros de la Résistance », Luski protesta en disant qu'une telle manifestation était prématurée. Et comme Davoust expliquait que la mémoire du martyr appartenait désormais au Parti tout entier, et que l'organisation pouvait en disposer à sa guise, Luski répliqua d'une voix forte que l'homme n'avait pas été en plein accord sur toutes les questions, en particulier le pacte germano-soviétique dénoncé avant l'heure.

— Je peux même affirmer, poursuivit Luski, que Duc a été vivement critiqué ici même pour ses prises de position.

— Mensonge ! hurla Murciat. Mensonge !

— La décision de combattre Pétain a été prise dès juin 40 en comité de section, affirma Davoust.

— C'est faux, répliqua Luski. Vous êtes des menteurs ! Le Parti, à Brivins, est officiellement entré dans la lutte en août 41. Des gens comme Boscot, Duc, Moinot ou moi, ont agi contre l'avis du Parti. Nous avons bougé parce que les gaullistes bougeaient. Declotz et Cipriani étaient déjà dans le combat, que ça vous plaise ou non. Il y avait même un certain Rochelle, qui était l'ami de Duc, je peux en témoigner. Nous avions les meilleurs rapports avec les gaullistes à ce moment-là. La politique politicienne était le dernier de nos soucis.

Luski, devant les sifflets de l'assemblée, sortit en claquant la porte. Floher se retourna pour lui adresser un bras d'honneur. Alors, d'un ton patelin, Davoust clôtura la séance.

*
* *

Quand Adeline ne supportait pas la visite de quelqu'un, elle disparaissait en compagnie de sa fille, avec armes et bagages.

— Fuyons, ma belle, marmonnait-elle, fuyons avant qu'il ne soit trop tard.

Ces replis stratégiques amusaient son médecin de mari. Il y voyait la marque d'une sauvage indépendance. Bien sûr, on n'eût point imaginé un seul instant que la timidité pût être de la partie. Pourtant, il y avait de cela chez Adeline Fayolle, cet étrange mélange qui révèle, malgré eux, les timides de la société. Elle claqua la porte si rudement que, dans son vaste bureau du fond, Franck en sursauta. Il n'eut alors qu'à se dresser pour apercevoir, dans l'enfilade des portes entrouvertes, la silhouette ronde du maire de Galiane-sur-Sévère. Voilà qui expliquait la fuite de son épouse. Il n'était un secret pour personne qu'elle détestait cet homme. Nos attachements comme nos dégoûts sont aussi inexplicables, disait-elle pour définir cette attitude. En l'écoutant, Fayolle haussait les épaules: comme si je pouvais me permettre de refuser la fréquentation d'un malade sur sa seule mine…

Il s'avança un peu dans sa direction, puis jugea qu'il ne devait point en faire trop. Après tout, en venant sur ses terres en quémandeur, Antoine Dubrot devenait son obligé. Sa dernière visite remontait à l'assassinat d'Etienne Chadal.

Dubrot toqua contre le large volet de la porte-fenêtre du salon. Le propriétaire se signala d'une voix forte. Le maire traversa alors le couloir, hésita à aller dans la bibliothèque, puis bifurqua vers le bureau.

Le souffle accéléré par sa marche rapide, le visiteur s'affaissa d'une seule masse sur le fauteuil. La sueur lui collait les cheveux sur la nuque et les tempes. Des gouttelettes perlaient sur le col écru de sa chemise.

— Ça recommence, psalmodia-t-il. Voilà que ça recommence. Quel imbécile je suis de me faire mal avec tout ça. Je sais à l'avance ce que vous allez répondre. Que je devrais tout envoyer promener…

Fayolle, intrigué, le dévisageait en balançant ses fines lunettes sur le bout de ses doigts. Décidément, songeait-il, cet animal ne vient vers moi que dans les situations désespérées.

— Qu'est-ce qui recommence ?

— Nous avons cru que la guerre était finie. Mais, je puis vous l'assurer, elle n'est pas terminée. Les Allemands sont partis, mais les Français la poursuivent entre eux, maintenant, comme si les horreurs que nous venons de vivre ne suffisaient pas. Croyez-moi, cher docteur, le pire ennemi de l'homme, c'est lui-même, la lutte sourde qu'il se livre dans son cœur. Le mal est là, affirmait-il en se frappant la poitrine avec force, là, dans les profondeurs invisibles de l'âme. On croit tout connaître d'un individu, jusqu'à prendre des paris sur la solidité de sa raison, et voilà que se révèlent des abîmes insoupçonnés de haine et de désespoir. N'accordons la confiance à personne…

Il réfléchissait douloureusement au point que la complexité de son raisonnement l'absorbait tout entier et lui faisait poser un regard vide sur ce monde défait.

— Pourtant, quelle affreuse solitude ! Suis-je bien sûr de m'adresser à quelqu'un qui m'entendra ?

— Je vous en prie ! supplia le médecin.

— Bernical veut prendre sa revanche sur Pauliat. Pourtant, la brebis galeuse responsable de tous ces drames a disparu. Maintenant que Pensennier est six pieds sous terre, est-ce que ça donnera quelque chose de déterrer le fantôme ? J'avais juré mettre un terme à ces haines. Pour apaiser le climat, j'ai demandé à André Bernical de me rejoindre dans le conseil. A peine promu, l'animal monte en première ligne et exige, avec la plus vive énergie, des jugements, des châtiments.

Ils sortirent dans le parc. Le soleil déclinant semblait porter leurs silhouettes. L'image contrastée du médecin filiforme et du maire rond comme une boule de jeu de quilles, allant et venant sur le gazon, était du plus grand comique. Derrière les rideaux, Adeline observait ce manège : qu'est-ce qui peut bien pousser un Dubrot à s'entretenir avec Franck ? Ces deux hommes-là, ont-ils encore quelque chose à se dire ? Elle craignait que La Nadalie ne puisse redevenir ce havre de paix qu'elle avait connu avant-guerre, d'où sa méfiance devant la visite impromptue de cet oiseau de mauvais augure.

Fayolle répétait que l'arrestation de Pauliat entraînerait de nouveau les divisions, qu'il fallait par tous les moyens éviter dans le village une nouvelle affaire.

— Si Pauliat est arrêté, pourrez-vous faire quelque chose ? interrogea le maire.

Le médecin fit non de la tête.

— Je croyais, bredouilla Dubrot déçu, j'espérais qu'avec votre position au sein du Mouvement de libération nationale, vous pourriez avoir quelque influence…

— Bien sûr, avoua le médecin, j'essaierai… Mais je suis moi-même l'objet des plus extravagantes attaques sur mon passé de résistant.

Dubrot se tourna vers lui, ahuri.

— Vous ? Un traître ?

— Eh oui ! s'amusa Fayolle en dressant la tête comme un coq. C'est l'époque qui exige ce déferlement de haines et de calomnies. Nous vivons le temps du mépris. A croire que nous prenons un malin plaisir à nous détester, jusque dans les profondeurs de notre chair, à nous détester et à nous faire mal, en espérant trouver, sous la molle substance qui nous anime, à force de tourner le couteau dans la plaie, la dureté de cette foi ancienne que nous croyons à jamais perdue. Cette foi en l'homme, en l'avenir des idées, qui donnent un sens à l'histoire. Peut-être n'y a-t-il plus rien au fond de nous ? La guerre aura tout consumé. Alors il faut attendre, avec l'espoir que, peu à peu, les années de paix reconstruiront une conscience honnête. Auparavant, je crains qu'il ne faille subir cette folie rédemptrice.

Puis, au terme d'un long silence, Fayolle ajouta d'une voix lasse :

— Puisqu'il nous faut devenir des salauds jusqu'au bout, votre Bernical, il se trouve que j'ai les moyens de le faire chanter.

Antoine Dubrot se retourna stupéfait, percevant dans le regard du médecin un éclair de défi.

III

A la manie qu'elle avait de frapper son grand tablier de toile avec ses larges mains, Léon Goursat sentait bien que sa femme n'était pas dans son assiette. Et plus il tournait autour d'elle, et plus il sentait monter la colère des grands jours. Allant et venant, de la cuisine au cellier, Léon cherchait à comprendre ce qui agitait les fonds troubles d'Emma. Il s'interrogeait tellement qu'il ne pouvait plus rien entreprendre. Pourtant, ce n'était pas le travail qui manquait, tout un champ de pommes de terre à arracher. Le bigaut l'attendait dans sa brouette, le manche poli et lissé planté vers le ciel. Avec le retour du beau temps, c'était le moment ou jamais de s'y mettre. Les tubercules sécheraient en deux jours, et il n'y aurait plus qu'à les enfourner dans les sacs de jute pour le transport.

— Ah ! tu me cherches, mais tu vas me trouver, fit Emma d'une voix pincée.

Léon en resta interdit. C'est encore sur moi que tombe la giboulée, soupira-t-il.

— Tu trouves qu'il n'y a pas autre chose à faire que tourner dans mes jambes, poursuivit-elle en le foudroyant du regard.

— Ça non ! Je ne bougerai pas tant que tu ne m'auras pas dit ce qui te turlupine.

Emma se tourna vers l'évier de pierre où l'attendait un reste de vaisselle, surtout un gros faitout de fonte noire tout encrassé, mis à détremper dans une eau grasse. Avec une cuillère de bois, elle vérifia si le fond brûlé se détachait aisément, puis renonça quand elle sentit que la pellicule résistait au grattage.

— Après tout, la bru le fera bien, marmonna-t-elle.

Le terme écorchait l'oreille de Léon. La bru, c'était un mot d'une dureté sans égale. Et même s'il estimait que Line n'était pas sans reproche, il l'aimait bien sa belle-fille, ne serait-ce que pour le petit-fils qu'elle lui avait donné et dont il pronostiquait, à le voir briser les objets autour de lui, qu'il ne serait pas un fainéant, celui-là.

— Ces paresseux sont encore au lit, annonça-t-elle. Il est presque dix heures. Ça roupille comme des loirs. Ça fait la grasse matinée alors que le travail traîne à la maison. Mon Dieu, quelle misère !

— On ne peut pas se coucher à une heure du matin et être frais et dispos à la première heure du jour, répliqua Léon.

Emma s'avança près de la porte de la chambre, se saisit de la robe à fleurs posée sur unc chaise adossée à la cloison et chuchota par crainte d'être entendue du jeune couple :

— Tu as vu la qualité de ce tissu ? Son père la pourrit cette gamine. Ce n'est pas étonnant ensuite qu'elle ne se fasse pas à la vie d'ici.

Goursat était irrité par cette incessante critique de tout ce qui touchait de près ou de loin la belle-fille. Selon lui, et rien n'eût pu le faire changer d'avis, Clément était le grand fautif dans le couple. Mais, sur cette question, il n'avait pas droit au chapitre ; pour Emma, si Clément se débauchait, ça ne pouvait être que de la faute de Line qui l'entraînait, peu à peu, vers des goûts de luxe.

— Et ce décolleté ? C'est indécent, ce décolleté ! Ça veut dire ce que ça veut dire. Une robe comme celle-ci, c'est pour les grues ! C'est tout signé, je te le dis. Une robe comme ça, mon Dieu, ça dépeint la personne qui la porte.

Léon la considérait d'un regard noir. La mode, ce n'était pas son fort. Par contre, il déplorait, une fois encore, de se retrouver seul pour arracher ses pommes de terre. Et quant à cette défection de Clément, la robe, avec ou sans décolleté, n'y était pour rien.

— Où est-ce qu'ils vont à Brivins ? Tu le connais, toi, ce milieu ? Y paraît que ces Saint-Assier, souffla Emma, ne sont pas aussi saints que ça ! Ce sont des rupins. On sait comment les parvenus sont devenus riches. Une fortune, ça ne se trouve pas sous les sabots d'un cheval. En quoi notre Clément peut intéresser ces gens-là ? Je trouve ça louche. On les attirerait à ces soirées pour la petite que ça m'étonnerait pas ! Tous ces oisifs, ça n'a que le vice dans le sang. Tu devrais en parler au Strenquel. Tu passes le plus clair de ton temps à lui tailler des bavettes, ça ne te sera pas difficile...

— C'est ça ! explosa Léon tandis qu'Emma, après l'avoir bien asticoté, essayait par des « chut ! » appuyés de lui faire baisser sa grosse voix, je vais aller accuser sa fille de je ne sais quelle fantaisie surgie d'une tête mal tournée. C'est grave de dire des choses pareilles. Nous avons eu assez de problèmes par ta faute avec les Strenquel. Ma pauvre, tu ferais battre des montagnes ! Quel plaisir trouves-tu donc à ces méchancetés ?

Emma caressait le tissu de la robe du bout des doigts, jugeant du décolleté, de la transparence du tissu de voile, de tout ce qu'elle exécrait dans la mode par le biais de laquelle elle voyait poindre une dissolution des mœurs. A croire qu'elle en plaint sa part, jugeait Ferdinand Strenquel quand il l'entendait s'exciter sur ce chapitre. Le rôle qu'elle tentait de faire jouer à Léon était d'autant plus hypocrite qu'elle connaissait, là-dessus, par cœur le point de vue de Ferdinand. « La manière de conduire leur vie ne nous regarde pas », répliquerait-il sans l'ombre d'une hésitation. Quant aux accusations, il eût, de même, vite fait de les envoyer promener : « Vous voyez le mal partout, alors qu'il n'est que dans votre tête. Il ne suffit pas de prier du matin au soir pour réparer les désastres et les travers du monde. »

Cette alliance, qu'elle n'avait jamais acceptée, se déroulait sans un nuage, ce qui n'était pas à son goût, elle qui avait parié que les premiers heurts surviendraient avant la Saint-Jean. Le temps la déjugeait. Aussi rêvait-elle, dans ces soirées de Brivins, de stupres sans pareils par lesquels Clément ouvrirait enfin les yeux sur l'horreur de son mariage.

Excédé, Léon trouva qu'il avait assez perdu de temps en boniments et gagna ses terres de la plaine, brouette chargée d'outils en avant. Avec la tranche, aiguisée le matin même sur la meule à bras, il rasa l'herbe et les fanes de pommes de terre qui recouvraient les rangs. Il aimait le bruit coupant de la lame désherbant les pieds. La terre, peu argileuse en cet endroit, favorable à l'usage du jardin, tant les mottes se réduisaient en sable, était sèche à point, prête à rendre les tubercules qui s'étaient développés en son sein. Quand il eut avancé de plusieurs mètres, Léon ramena à la bidouchette mauvaises herbes et fanes séchées afin de les amasser au départ de la rangée. Puis, crachant dans ses mains, il se saisit vigoureusement du bigaut et retourna d'un coup un pied de patates. Les gros tubercules surgirent dans leur gangue de terre. Léon en choisit deux ou trois pour juger de la grosseur. Cette variété de bintje était ce qu'il réussissait le mieux. Puis, écartant des fourchons de son outil les mottes, il repoussa à l'arrière, sur la terre meuble, les patates avant de poursuivre son labeur d'un même geste énergique et franc.

Lorsque Clément apparut, l'outil jeté sur l'épaule, le père avait déjà retourné un large carré. Il était onze heures passées. Le soleil de septembre dardait tous ses feux, aussi fort et chaud qu'en plein mois de juillet. Léon s'épongea la nuque avec son grand mouchoir à carreaux bleus. Du bout de la rangée où il s'était posté, Clément lui adressa un petit signe et attaqua aussitôt. Léon l'observait, amusé de la manière dont il tapait dans la terre, comme un sourd, à un rythme désordonné qui ne tarderait pas à l'épuiser. Un petit mètre travaillé, le paysan tatillon et vétilleux s'interposa soudain, en jugeant des premiers résultats.

— Tu vois ça ? C'est du sale boulot. Toutes ces patates coupées en deux ! Faut attaquer entre les pieds, pas en plein dedans, bougre d'animal ! Et l'herbe, là, ça gêne, miladiou, pour voir où on travaille. Alors, on la racle avant, à la tranche, fi de garce !

Le jeune homme écoutait les remontrances avec agacement.

— Je veux bien croire que je ne suis pas doué pour la culture, mais le fait est que je ne peux rien entreprendre sans me faire engueuler. C'est la même chose avec Line. A croire que vous vous êtes donné le mot… Tout à l'heure, maman lui est tombée dessus. Je vais finir par penser que vous souhaitez qu'une chose : c'est qu'on quitte la maison. Marie Strenquel dit que les jeunes ne sont pas faits pour cohabiter avec les vieux.

Tout en réfléchissant, Léon Goursat rajustait les deux parties d'un tubercule tranché par le milieu. C'était comme s'il lui fallait s'apprêter à recoller les morceaux d'un différend qui allait tôt ou tard s'enclencher et dont les dégâts étaient imprévisibles.

Les deux hommes allèrent s'asseoir sous l'ombre d'un prunier. Léon fit sauter le bouchon de son litron de rouge.

— Là, je ne suis pas d'accord, ajouta le père. Je n'ai rien à redire contre ta femme. Seulement, ta mère est inquiète de vous voir passer des soirées entières à Brivins. Depuis que tu as acheté cette petite auto avec l'argent du tabac, tu ne tiens plus en place. Line a une éducation de fille de la ville, alors ta mère pense que c'est elle qui te pousse à sortir, à dépenser sans compter, à passer du bon temps pendant que nous trimons.

Clément subissait les assauts de son père d'un air buté. Une défense en bonne et due forme l'eût obligé à entrer dans une conversation peu désirée. Evoquer les relations de Brivins s'avérait un sujet scabreux, surtout dans les dernières dispositions où il se trouvait.

— En quoi cette famille d'industriels du porc peut-elle s'intéresser à toi ? Toi, le fils de paysan sans le moindre sou d'avance. Tu es insignifiant pour ces gens-là.

Le jeune homme grattait la mousse vert-de-gris qui avait proliféré sur le tronc du prunier. Il rongeait son frein. Léon, pour bousculer son indifférence, lui frappa l'épaule.

— Quoi donc ? réagit-il vivement. C'est pas la famille que je connais. Simplement le fils. Jacques. J'étais avec lui dans le maquis. Voilà tout. On a vécu des semaines difficiles au camp de la Coutance. Ça crée des liens.

— Et tu crois peut-être que ça pourrait, cette relation, déboucher sur une situation dans l'usine ?

Le jeune Goursat haussa les épaules en se détournant vers le champ de patates.

— Je t'ai posé une question ! hurla le père.

— Jacques est directeur commercial dans l'affaire familiale, autant dire rien, pour l'instant. Qu'est-ce que ça peut faire ? Je gagne de l'argent en faisant le trafic de tabac.

— Le marché noir, ça ne marchera pas toujours. Maintenant, la guerre est finie, tout va rentrer dans l'ordre.

— Eh bien, je ferai autre chose.

— Mais quoi ?

Clément, qui tenait le bigaut, envoya, de rage, promener l'outil dans le milieu de la terre, et il disparut, sans un mot de plus, au pas de charge. Léon Goursat le regardait s'éloigner, l'amertume au cœur. On dira, pensa-t-il, que je ne sais pas lui parler, que je manque de patience... Mais ces jeunes de maintenant, comment faut-il les prendre ? Putain de moine, j'aurais fait ça à mon père, moi, il m'aurait tué, tué comme un chien enragé par le sang du mouton ! C'est bien ça, enragé ! Ce diable de garnement est enragé. Maintenant qu'il a goûté à la belle vie, notre misérable bréjaude ne l'intéresse plus.

*
* *

Michalon, un grand gaillard aux larges épaules de rugbyman, boudiné dans une veste de toile, cachant une mine de papier mâché sous un large chapeau de feutre mou, arriva au 8 de la rue Jourdain. Il adressa un regard amusé à la façade grise sur laquelle on pouvait lire, en lettres d'une couleur bleu délavé, *La Voix du Centre*. Sur la porte d'entrée, un mince fil de plomb torsadé courait sur les huisseries. Il était tenu par deux gros cachets de cire rouge frappés du sceau de la République française. La seule idée de pénétrer dans quelques minutes derrière ces murs l'emplissait d'une jubilation sans égale. D'impatience, il jeta un œil sur sa montre. L'heure du rendez-vous était passée de quelques minutes seulement. C'était plus que ne pouvait supporter le délégué à l'information, en charge d'un volumineux et délicat dossier gagné sur le front des hautes luttes intestines au sein des FFI.

La traction avant noire déboucha en trombe de la rue du Palais-de-Justice — dont la grande masse de l'édifice arrière se dressait par-dessus les petits immeubles de ce quartier central de Brivins — et escalada le trottoir dans un bruit de ferraille. Le chauffeur, dans son uniforme flambant neuf, rehaussé d'un brassard rouge des FFI, descendit pour ouvrir les portières. Machinalement, son regard visita les alentours pour y déceler quelque éventuel tireur embusqué, précaution dictée par la psychose d'un prétendu activisme de la Cinquième colonne dans Brivins. En ce 17 septembre 1944, la reddition des troupes allemandes datait seulement de vingt-cinq jours, et la crainte envahissait les esprits. En fait, malgré quelques attentats à l'explosif contre des boutiques de commerçants connus pour leur appartenance au Service d'ordre légionnaire, et dont l'origine était simultanément imputée aux deux parties belligérantes par rumeurs et communiqués interposés, il n'y avait aucune poche de résistance. Les couvre-feux, les incessantes patrouilles de la Milice patriotique, toutes ces premières dispositions prises par le Comité de libération étaient hors de proportion avec l'état de la situation réelle. Il apparaissait aux habitants de la ville que les nouveaux maîtres de la situation cherchaient d'inutiles querelles, faute de grandes actions héroïques à se mettre sous la dent pour meubler leurs futurs états de service quand il s'agirait de fabriquer les héros.

L'huissier Petit sortit de sa sacoche noire une pince coupante.

— Par décision du commissaire de la République, Monsieur Delanfroy, annonça-t-il, je procède, au nom du ministère public, en ce 17 septembre 1944 à 10 heures 30, à la levée des scellés sur l'imprimerie Saint-Benoît, ex-propriété de Paul-Pierre Lamongie, demeurant 32 boulevard des Salins à Brivins, et gérant des journaux *La Voix du Centre* et *L'Eglise corrézienne* jusqu'à décision de saisie, prononcée le 23 août 1944, de ladite imprimerie, et de l'interdiction de parution desdits journaux pour « intelligence avec l'ennemi ».

Après deux tours de clé, la petite porte céda et s'ouvrit sur un couloir jonché d'affiches et de journaux.

— Vous êtes sûr que personne n'a pu pénétrer dans les

locaux sans y être autorisé? demanda Juglard d'un ton ironique. Il y a eu un véritable ouragan, ici.

Les bureaux de la rédaction étaient dans le même état de désordre. Des dossiers ouverts indiquaient que des pièces avaient été emportées. Michalon se tourna vers l'huissier.

— Vous aurez à répondre de ça.

— Je n'ai rien à voir là-dedans, se défendit le bonhomme.

— Exact, s'interposa Juglard. Comment voulez-vous que maître Petit puisse surveiller cette imprimerie jour et nuit. Ce sera plutôt à Lamongie de répondre.

— Où est-il? demanda l'huissier.

— Au camp de prisonniers des Farigoules. La cour de justice n'a été installée qu'hier. Si tout va bien, il sera jugé dans les prochaines semaines.

— Je demande à l'entendre, dit l'huissier, afin de pouvoir, le cas échéant, assurer ma défense.

— Allons, allons, fit Juglard d'un ton bon enfant, les propos de monsieur Michalon ont dépassé sa pensée. Tout le monde est à cran ces temps-ci.

La disparition de quelques dossiers compromettants n'intéressait guère Juglard. Du travail en moins, jugeait-il, et des procès inutiles dont on fera l'économie. Ce n'était évidemment pas l'avis de Michalon qui espérait en toute occasion se valoriser aux yeux des nouvelles autorités.

En traversant le petit bureau de Lamongie, l'huissier sauta sur un tabouret pour faire tomber le portrait de Pétain. L'un des derniers endroits où il devait encore trôner, plaisanta Michalon, pour qui ces détails avaient tellement d'importance.

Par une dizaine de marches, en contrebas, on accédait à l'atelier. Les vitres barbouillées au bleu de méthylène pour la défense passive ne laissaient que très peu passer la lumière. Aussi Petit chercha-t-il le tableau d'éclairage. Le spectacle du saccage qui s'offrait aux yeux des visiteurs les fit sursauter. Le matériel d'imprimerie avait été répandu à la diable dans les étroits couloirs formés par les linotypes: cassiers, casseaux et cassetins, châssis et taquoirs. Même une presse à morasse avait été basculée sur le flanc par des bras robustes, ce qui prouvait, si nécessaire, que le pillage était l'œuvre d'une bande organisée.

La surprise passée, les trois hommes s'installèrent dans le bureau de Lamongie, le seul endroit à peu près en ordre. Malgré la protestation du délégué à l'information, Juglard insista pour que le saccage ne fût point mentionné aux autorités. Une enquête, expliqua l'adjoint au maire de Brivins, entraînerait la pose de nouveaux scellés et retarderait d'autant la remise en service de l'imprimerie. Après tout, n'était-ce pas ce que les commanditaires du coup de main souhaitaient? Michalon signa donc le document de l'huissier, sans faire figurer le moindre commentaire. Par cet acte officiel, le délégué prenait possession de la plus importante imprimerie de la ville.

Après le départ de l'huissier, Michalon se monta contre Juglard avec de tels éclats de voix que le chauffeur vint pointer son nez jusque dans le couloir. Le délégué reprochait au chef FFI d'entraver le cours normal de la justice contre Lamongie. Et, à la seconde où il l'accusa de vouloir le protéger à des fins politiques, Juglard se dressa, main levée.

— Je ne laisserai pas dire ça, fit-il. Vous allez retirer ces propos ou, sur l'heure, je dépose une note à la commission d'épuration pour que lumière soit faite.

— Chiche, dit Michalon, je n'attends que ça. On n'épurera jamais assez. Quand nous aurons réglé le sort des vichystes, ce sera le tour de ceux qui les auront protégés.

— A ce compte-là, il ne restera plus grand monde pour faire tourner les administrations. Si l'on doit éliminer tous ceux qui ont travaillé sous le régime de Pétain, qui ont signé des lettres de fidélité, la France va manquer cruellement de cadres. La population se lassera vite des incertitudes d'une politique revancharde. Regardez donc les longues files d'attente devant les magasins! Le lait, le beurre, la viande, tout manque, comme aux beaux jours des réquisitions. Il n'y a même plus assez de véhicules disponibles pour transporter les marchandises. En France, la production de céréales est au plus bas. Le stock de farine sera vite épuisé. Et le pain, pour les Français, savez-vous, c'est sacré! Ce sont les seuls problèmes qui intéressent le peuple et non vos règlements de comptes. Quand on aura donné en pâture quelques têtes, la passion redescendra à hauteur du tiroir-caisse. Je connais les Français aussi bien que vous.

Le silence s'installa sur les derniers propos de Juglard. Michalon, qui était un pète-sec — dont l'impulsivité se trouvait vite relayée par une bonne dose de raison — sentait bien, en son for intérieur, qu'il s'attaquait à plus gros poisson que lui. Mais cette nouvelle responsabilité, qui venait de lui échoir des mains du nouveau commissaire de la République, lui tournait la tête. Juglard le fixait derrière ses lunettes de myope avec un mépris hautain. Des oiseaux de ce genre, il en avait maté plus d'un. L'état de flottement de la situation permettait l'éclosion de telles caricatures. Mais, l'ordre reprenant ses domaines, on verrait ces baudruches se dégonfler aussi vite qu'elles avaient enflé.

— Souhaitez-vous que je m'en aille ? proposa l'adjoint d'une petite voix perfide.

— Il était entendu, répliqua Michalon maintenant rasséréné, que vous participiez à ce projet. Vous représentez le conseil provisoire de Brivins.

— Alors, je reste. A la condition que je puisse discuter les prérogatives…

— Quelles prérogatives ?

— Celles que nous avons fixées avec Declotz.

— Je suis en droit de refuser, s'amusa Michalon.

— Dans ce cas, j'en référerais au maire, qui en référera au colonel Ebrard, le commandant de la place d'armes. Il y a encore deux cents FFI capables de se faire entendre dans cette ville.

Michalon dressa la tête, blême.

— Vous rendez-vous compte de ce que vous dites ?

— Notre mission est de rétablir la liberté d'expression à Brivins. Alors occupons-nous de cela et seulement de cela. Le nouveau maire entend disposer d'un journal. Si on l'en empêche, je crains le pire.

Le vieux, agacé de devoir faire front à cette caricature de nouveau bureaucrate, alla se dégourdir les jambes dans la salle de rédaction.

Du pied, il repoussait les paperasses jonchant le sol. Quelle mouche a piqué ce type ? se demandait Juglard. Pour qui se bat-il ? S'il veut s'imposer à la tête d'un quotidien à Brivins, je lui souhaite bien du plaisir. Voilà désormais qu'on se déchire entre nous. Comme si ce n'était déjà pas suffisant avec les FTPF...

Juglard se sentait envahi par une grande fatigue. Depuis que les événements l'avaient propulsé au premier rang des personnalités issues de la Résistance et promues, de ce fait, à une carrière politique, il ne disposait plus d'une minute à lui pour se livrer à ses occupations favorites. Pour l'instant, il s'agissait de survivre dans le désordre d'un Etat défait, où le moindre petit aventurier rêvait de s'imposer en jouant des coudes. Ce goût nouveau pour le pouvoir le désespérait d'autant plus que Declotz, selon lui, ne serait, à la tête de la ville, qu'un personnage de transition. En se démenant pour lui comme un diable, il ne satisfaisait pas la moindre ambition personnelle : tout au plus préservait-il Brivins d'une intense et dangereuse lutte entre factions. En raison de son passé au Parti radical, Juglard préfigurait — a contrario d'un Maluzier, radical également — l'honnête homme de la nécessaire réconciliation avant que les chemins ne se séparent à l'aube des prochaines joutes électorales.

Le chauffeur vint annoncer l'arrivée des journalistes. Michalon sortit pour les accueillir. Le délégué prétexta que le bureau de Lamongie était trop étroit pour s'y installer. En fait, l'occupation du cabinet directorial de l'ancien maître déchu de *La Voix du Centre* par un Michalon eût ressemblé à une provocation. Juglard se souleva à peine pour saluer les membres de la presse de Brivins. Il n'avait aucune sympathie pour la profession contre laquelle il avait dû batailler à l'époque où il dirigeait le Parti radical dans l'ombre de Roland Maluzier, bien avant que les deux hommes ne se brouillent.

Il y avait là Lesueur et Maurizet, les ex-rédacteurs du *Petit Courrier*, pressentis par Declotz pour rédiger le journal qu'il projetait de fonder. Patenôtre et Janicaud étaient d'anciens journalistes de *La Voix du Centre* et de *L'Eglise corrézienne*. La distance qu'ils avaient prise avec Lamongie en 43 leur avait sauvé la mise. Et c'est le cœur plein d'émotion qu'ils s'en revenaient en pays de connaissance, étonnés du désordre. Leur ancienne salle de rédaction ne ressemblait plus à celle qu'ils avaient connue quelques semaines auparavant. Sous l'œil amusé de Juglard, ils jugeaient, de-ci de-là, le volume des documents envolés: la collection des deux journaux, les archives photographiques, les dossiers politiques répertoriés canton par canton. Quand au cinquième homme, qui se présenta sous l'identité de Serge Gibaud, personne n'avait jamais entendu parler de lui dans le milieu de la presse. Ni à Brivins ni ailleurs. Pourtant, cette tête-là n'était pas inconnue à Juglard. Maurizet, surtout, était intrigué, au point de poser moult questions, toutes plus embarrassantes les unes que les autres.

— Je me porte garant de Serge Gibaud, trancha Michalon d'un sourire de circonstance.

Le déclic se fit dans la tête de l'adjoint au maire de Brivins. Voilà bien l'explication de la manœuvre, se dit-il. Ce fringant jeune homme en costard trois-pièces, à l'allure de dandy, les cheveux gominés, serait donc l'homme imposé par Michalon. L'homme que l'on sort du chapeau à la dernière minute.

— Vous aurez jugé, montra le délégué d'un geste large, dans quel état nous avons trouvé l'imprimerie.

— Lorsque nous avons quitté les lieux, le 23 août, précisa Janicaud, tout était en ordre.

— Vous avez une idée de ceux qui ont fait ça? demanda à tout hasard Michalon.

— Les communistes! suggéra Patenôtre.

— Faites donc attention à ce que vous dites, rigola Juglard. Les communistes sont nos alliés. Du moins, présentement. L'état de l'imprimerie n'a aucune importance. Le délégué va nous remettre ce bel outil en état de faire des journaux tout neufs, propres et sans histoire.

— En effet, ajouta Michalon, l'imprimerie Saint-Benoît va reprendre du service. Les ouvriers du Livre vont être appelés à remettre tout en ordre.

— *La Voix du Centre* va reparaître? s'étonna Patenôtre, dans un éclat de rire général.

Michalon expliqua avec force effets de manches que le

Comité de libération, en accord avec le commissaire de la République qu'il représentait ici, avait décidé la parution de nouveaux titres afin de ne plus laisser la population dans l'ignorance des événements. Et, pour ce faire, on aurait besoin de journalistes sains, talentueux, prêts à œuvrer pour dispenser la vérité contre la rumeur malsaine par laquelle les ennemis comptaient reprendre la situation en main.

Alors que l'auditoire, peu à peu, allait s'endormir sous l'effet de ce discours bêtifiant, Michalon en profita pour sortir sa fameuse carte :

— Serge Gibaud a fait d'alléchantes propositions financières pour la reprise de l'imprimerie Saint-Benoît…

— Elle n'est donc plus à Lamongie, se réveilla Janicaud.

— L'imprimerie a été confisquée jusqu'à nouvel ordre par décision du tribunal militaire. La commission a décidé qu'elle serait remise en service pour propager la vérité. Lamongie sera probablement condamné, au terme de son procès, à la saisie de tous ses biens présents et à venir.

— Je profite de l'occasion qui m'est offerte, s'interposa Juglard, pour faire à mon tour des propositions.

Les regards de Michalon et de Gibaud se croisèrent. Juglard poursuivit en expliquant qu'il avait aussi le projet de lancer un journal d'information sur Brivins et sa région.

— C'est bien joli de parler de la parution d'un journal, mais qui va avancer l'argent.

— Nous ne sommes pas nés de la dernière pluie, rétorqua Juglard. Le conseil provisoire de Brivins va engager, dans les prochains jours, après délibération, une collecte de fonds que nous appellerons « Contribution volontaire et patriotique ». Nous sommes assurés d'un franc succès. Existe-t-il un seul chef d'entreprise, un seul commerçant ou artisan, dans notre ville, qui ne se soit point réveillé le 23 août avec une conscience tricolore ?

Juglard assura ensuite le délégué qu'il lui présenterait, dans les prochains jours, un plan de financement en bonne et due forme pour le futur journal auquel Maurizet et Lesueur apporteraient tous leurs talents de chroniqueurs. Les deux hommes applaudirent cette décision et se crurent obligés d'émettre le vœu d'un respect scrupuleux de la charte du journaliste professionnel. Ce discours un brin prétentieux était une pierre jetée dans le jardin de Patenôtre et Janicaud qui avaient des idées et des principes de travail fort différents, des manies de polémistes indécrottables.

— Nous allons faire, dit Gibaud en direction de Patenôtre et Janicaud, un journal chrétien et social. Chrétien, parce que ce sont nos valeurs. Des valeurs que nous opposons au rêve matérialiste des marxistes et des communistes. Social, parce qu'il est temps qu'un journal se saisisse de la cause des gagne-petit, qu'enfin on ose écrire pour ceux qui n'ont jamais la parole…

— Le contraire m'aurait étonné, ricana Juglard. Cela va de soi, voyons, existe-t-il des chrétiens autres que sociaux ? Les autres, les cléricaux forcenés, les admirateurs de Philippe Henriot, se seraient-ils évaporés dans la nature par l'opération du Saint-Esprit ? A vous croire, mon cher Gibaud, Lamongie serait le dernier des fanatiques.

— Il se peut, piqua Gibaud, que certains chrétiens soient encore dévots à l'ordre condamné par l'histoire, mais nous sommes, nous, du côté de monseigneur Salièges contre les fidèles de Bazaine.

Ce freluquet ne manque pas de répartie, estima Juglard en se levant, le visage marqué par l'ennui. Mais qui donc financera en sous-main l'opération ? se demandait-il. Après avoir écarté trois ou quatre possibilités, il lui apparut que la Banque Maluzier était dans l'affaire. Pourtant, la carrière politique du bonhomme était fichue et sa banque sous scellés. Des scellés très provisoires, il est vrai, car on ne maintiendrait pas longtemps une banque de cette importance hors circuit. Il suffirait de nommer un nouveau conseil d'administration et le tour serait joué. Cependant, en l'état actuel, un important mouvement de fonds n'échapperait point aux auditeurs chargés d'enquêter sur le rôle de l'établissement sous l'Occupation.

Sur le trottoir de la rue Jourdain, Juglard se disait tristement que *La Voix du Centre*, tel le Phénix, renaissait de ses cendres. Qu'un Lamongie paye ou non la facture ne changerait rien. La relève était déjà assurée. Le chauffeur l'invita à s'asseoir dans la traction avant qui l'attendait :

— Je vais marcher un peu jusqu'à l'hôtel de ville, lui dit Juglard.

— C'est dangereux… Les consignes…

— Que voulez-vous qu'il m'arrive ? La guerre est finie. Les salauds vont être jugés, et les justes veillent sur nous.

*
* *

Bien avant son départ, Ferdinand Strenquel s'était préparé mentalement au déroulement de son enquête. Pour ne pas se laisser submerger par le temps, il décida d'arriver à Lesparre au petit matin. Le trajet accompli, il descendit dans une petite auberge, à Verdun, au bord de la Garonne. Le lendemain, il se fit réveiller aux aurores et, carte sur les genoux, reprit son voyage. Les derniers kilomètres, il les parcourut en longeant le fleuve sur une route bordée de platanes. Lesparre était un petit village endormi posé au milieu d'une vaste plaine, cerné par des champs de maïs et de tournesols. Il préféra abandonner sa traction à l'écart pour ne pas éveiller la curiosité des habitants. Evitant la grande place, il contourna un corps de ferme avec, pour perspective, le clocher carré de l'église. Cet édifice fortifié contrastait avec la fragilité des maisons d'habitation tassées autour de l'unique place et dont les toitures étaient si basses qu'elles semblaient écrasées par le poids du ciel. Ferdinand monta les marches du parvis, puis se retourna pour contempler l'enfilade des maisons jusqu'au goulet de la rue tracée entre de hauts murs de briques rouges habillés de lierre.

Strenquel mit quelques secondes pour s'accommoder à la sombre atmosphère de la nef. Sur les larges dalles jaunes, les vitraux dessinaient des figures de couleurs. Le rapport de la Gestapo de Toulouse faisait état d'un poste émetteur installé dans le clocher. En se retournant, il vit, partant de la tribune, une échelle meunière qui grimpait jusqu'à une trappe ménagée dans la voûte. A droite, deux longues cordes de chanvre pendaient dans le vide. Ferdinand monta sur l'estrade. De là, il dominait la longue nef. Et maintenant que ses yeux étaient habitués à la faible lumière, il distinguait, derrière l'autel, un passage arrondi, une sorte de déambulatoire, et la minuscule porte donnant, sans doute, comme dans toutes les églises, sur la sacristie.

Accoudé à la balustrade, il sentait monter en lui les traces diffuses d'un malaise, lové là, quelque part au creux du ventre. Que venait-il chercher au juste ? Quelle sorte d'apaisement ? Ferdinand fixait le christ mort, accroché au pilier de droite, la tête inclinée sur l'épaule, plutôt portée vers l'avant, comme suspendue sur le vide. Sur le torse amaigri jusqu'à désigner la saillie des côtes étirées par la chair meurtrie, on distinguait encore quelques lointaines traces de peinture rouge écaillée. Depuis longtemps, on avait omis de redessiner le sang sur le corps du christ, de sacrifier à ce rite naïf. L'idée même qu'il ne saignât plus dans l'éternité que par peuples interposés, jetés dans les charniers géants comme des escarbilles dans la gueule d'un four, avait conquis le cœur de l'homme. L'image du sacrifice rédempteur se répercuterait en écho tant qu'il y aurait des hommes pour croire encore à une fatale destinée du monde.

Un crissement semblable au diamant qui cisaille le verre lui fit pencher la tête par-dessus la rambarde. Un flot de lumière emplit l'église. Le curé avançait dans l'allée en trottinant tandis que la porte se refermait d'un claquement sec. Le vieil homme se retourna machinalement sans distinguer la silhouette qui le surplombait. Ferdinand se déplaça vers les marches et, cette fois, le craquement du vieux plancher de chêne attira l'attention du prêtre.

L'abbé l'observait attentivement.

— Venez donc vers la lumière, ordonna-t-il. Oh ! Non ! Ce n'est pas possible !

Le prêtre semblait retrouver le fil d'une vieille histoire.

— Vous ne seriez pas son père, par hasard ?

Comme Strenquel ne disait toujours rien, la gorge nouée, le curé poursuivit :

— Le père de ce jeune homme que les Allemands ont arrêté

au mois de février 1943. Il s'appelait Rochelle. Patrick Rochelle. Nous avons appris, par la suite, son exécution à la prison de Toulouse. Savez-vous que je prie encore pour le repos de son âme…

Ferdinand hocha imperceptiblement la tête. Assez cependant pour que le curé comprît.

— Je prie souvent. Mais peut-être n'êtes-vous pas vous-même croyant ? Il est vrai, ce jeune homme n'était pas croyant. Du moins, j'ai pu en juger lors de nos petites discussions dans la sacristie tandis que son adjoint transmettait les messages à Londres. Cependant, je me crois autorisé à recommander son âme à Dieu. Nulle destinée humaine ne peut laisser Dieu indifférent. Je suis assuré qu'il a accueilli dans son immense miséricorde cette âme noble et généreuse.

Ferdinand Strenquel serrait les poings dans ses poches. Ces propos le déchiraient alors qu'ils eussent dû le consoler, lui l'Antéchrist pour qui la mort était la raison finale de tout. Le curé Delcoste invita son visiteur à passer dans la sacristie. C'était le seul endroit confortable de sa cure.

— Je souhaiterais, proposa Ferdinand d'une voix cassée, que vous me racontiez comment mon fils est entré en contact avec vous. Ce n'est pas si loin dans le temps pour que vous ayez oublié les détails. Pour moi, qui suis parti sur les traces de mon fils, ces infimes petits éléments accumulés acquièrent plus d'importance que vous ne le pensez.

Le prêtre n'eut aucune difficulté à se remémorer l'image d'Adrien Strenquel, combattant de l'ombre sous le pseudonyme de Patrick Rochelle. Son passage éclair lui avait laissé une impression douloureuse, celle d'un homme désemparé dans l'attente d'une catastrophe imminente.

— Votre fils pressentait qu'on allait l'arrêter. Ses propos étaient ceux d'un homme qui se sait condamné par une maladie incurable. Il refusait mon secours, tout en s'interrogeant, ce qui, du reste, agaçait Alberti, son adjoint, le radio qui, lui, a été tué par les nazis dès leur entrée dans l'église.

— Il ne vous a pourtant rien dit clairement ? demanda Ferdinand.

— Une telle impression ne peut échapper au confesseur que je suis. Quand nous parlions des choses ordinaires de l'existence, il était possédé par une sorte de regard vague, comme si ça ne le concernait pas. A la réflexion, oui, je crois pouvoir dire qu'il ne se sentait plus concerné par le monde environnant, si ce n'est par la mission qu'il avait à remplir et qui l'accaparait totalement. Au-delà de sa mission, il n'imaginait que le néant, un néant vertigineux et sans fond qui l'apeurait et l'attirait à la fois. Je pense que votre fils sentait qu'il n'avait plus beaucoup de temps à vivre. Cet état de fait ne le révoltait pas. En cela, sans doute, son sacrifice comportait une certaine dimension mystique.

Delcoste hésitait à poursuivre. Strenquel l'écoutait la tête dans les mains, dans une sorte de recueillement absolu, comme pour percer du moindre mot quelque signe secret. Ces instants, après tout, songea le curé, lui appartiennent bien. C'était tout ce qui demeurait de son fils, ce court épisode de sa vie où le nom de Rochelle avait volé l'identité de celui que Marie appelait cet « autre fils ».

— La veille de son arrestation, continua le vieil homme, nous avons un peu marché dans la campagne environnante. Alberti, lui, avait choisi de rentrer chez le colonel qui les cachait. Nous étions seuls dans le froid brumeux de ce crépuscule de février. Rochelle parlait de son existence à Londres, de sorties nocturnes malgré le blitz, de ses promenades dans la banlieue, de son admiration pour le peuple anglais. Je lui ai demandé s'il avait de la famille quelque part en France. Il ne m'a pas répondu. Cela faisait sans doute partie des consignes de sécurité. Je me souviens lui avoir dit que leur présence n'était pas passée inaperçue dans le village, que certaines personnes s'interrogeaient sur ces deux étrangers. Alors, il s'est tourné vers moi : « Ce ne sont pas vos paroissiens que je crains le plus… » Après son arrestation, j'ai beaucoup réfléchi à la signification de ces quelques mots.

Ferdinand avait dressé la tête.

— Quel est votre sentiment sur les gens de Lesparre ?

— A la réflexion, je ne crois pas que la dénonciation vienne de là. Ça n'aurait pas suffi pour déplacer la Gestapo de Toulouse.

Veut-il dégager la responsabilité de ses ouailles ? se demandait Strenquel en l'observant dans les yeux.

— Si la dénonciation ne vient pas de Lesparre, d'où vient-elle ?

— J'ai revu votre fils quelques minutes avant son arrestation, continua le curé. C'est lui qui m'a demandé de quitter l'église quand la Gestapo est arrivée. Alberti était, à ce moment-là, dans le clocher, attendant une confirmation de Londres. Nous discutions, ici même, comme d'habitude. Les Allemands sont arrivés. Nous aurions pu fuir tous les deux. Mais il n'a pas voulu laisser Alberti seul. Plusieurs coups de feu ont été échangés. Alberti a été tué dans l'église. Quand votre fils a compris qu'il ne pouvait plus rien faire, alors il a tenté de fuir par cette porte-là, à droite.

Ferdinand Strenquel se dressa et alla l'ouvrir. Elle donnait sur l'ombre fraîche d'un jardinet abandonné. Il se faufila sous un amas de vigne vierge retombant du sommet d'un haut mur dévoré par la mousse. Le curé le suivit jusqu'au bout du jardin et montra la venelle. Au-delà de l'étroit couloir sombre envahi par des odeurs de pourriture, le soleil éclairait une fenêtre de bois et de champs. Ferdinand avança jusque dans la lumière aveuglante. Il émergea dans le pré qui glissait en pente douce vers la forêt, au loin.

— Là, s'exclama Delcoste d'une voix étranglée, la Gestapo l'a cueilli.

Ferdinand Strenquel promena longtemps son regard sur le bleu du ciel, le vert soutenu des bois à perte de vue et, tout au bout, l'horizon mauve.

*
* *

Malgré l'avis contraire du nouveau maire de Brivins, jugeant l'entreprise prématurée, les communistes décidèrent d'honorer la mémoire de leur héros. L'ancien employé de la

Banque Maluzier, Benoît Duc, était tombé à la tête d'une section FTP lors de l'attaque de la caserne Beaufil. Depuis ce drame, son nom, ses exploits guerriers — comme la prise du train d'armes au tunnel de Saint-Martial — étaient régulièrement rappelés dans toutes les réunions. On ne comptait plus les minutes de silence observées pour honorer sans cesse la mémoire de ce militant exemplaire. Cette manie de la prosopopée héroïque allait orner tous les discours. Chacun, sanctifiant ses martyrs en messes interminables, espérait ainsi agrandir le cercle des fidèles. Aussi Davoust lança-t-il, à Brivins, l'idée d'inaugurer au plus vite une plaque sur la façade de la Banque Maluzier, place Saint-Benoît. Puisque Duc avait été un employé de l'établissement, il était bien normal de lui rendre cet hommage suprême. Le projet était d'autant plus alléchant pour les chefs FTP qu'il s'agissait d'une banque, temple du capitalisme — et quelle banque ! —, celle de Maluzier, le traître vichyste recherché pour ses écrits anticommunistes dans la défunte *Voix du Centre*.

Rose Cipriani usa de tout son charme pour persuader les responsables du PC de différer cette cérémonie. Mais elle comprit très vite que cette manifestation faisait partie d'une stratégie de reconquête de l'opinion. Du reste, *L'Assaut*, la feuille de chou de la section locale, annonçait déjà en gros titre : « *Tous samedi à 15 heures à la commémoration du souvenir de notre héros Benoît Duc, commissaire politique du PCF, mort pour la France et la Liberté.* »

Juglard et Declotz se consultèrent pour savoir s'ils devaient se rendre à la manifestation. Se défiler passerait pour un affront aux responsables communistes et compliquerait les rapports au sein du conseil provisoire, s'y rendre reviendrait à cautionner l'opération politique : tel était le dilemme. Declotz opta pour la première solution et Juglard pour la seconde. Rose Cipriani s'enflamma dans une violente colère, déclarant à Declotz qu'il ne pouvait aussi grossièrement se défiler, ne serait-ce que par égard envers la mémoire de Duc, celui qui fut l'artisan de la réunification des réseaux de Résistance à Brivins. Elle menaça même de renoncer à toutes ses activités de négociatrice avec le PC si l'on persistait à ne plus écouter son avis. Declotz céda, la mort dans l'âme.

La place Saint-Benoît était noire de monde ; dix mille personnes selon les responsables, mais ceux-ci avaient une tendance naturelle à l'exagération. Davoust, Murciat, Floher, Laujour, Davidat, Camps et Martinie occupaient le premier rang sous un large calicot tenu par de robustes bras FTP en armes, et sur lequel on pouvait lire : « *Gloire à notre camarade Benoît Duc, héros communiste de la Résistance* ». Des membres du service d'ordre ménagèrent dans la foule oppressante un couloir pour laisser passer le maire et ses adjoints. Quand ils se retrouvèrent, eux aussi, propulsés au premier rang, sous le calicot, des applaudissements nourris retentirent.

— C'est nous qu'on applaudit ainsi ? interrogea Declotz ahuri.

— Il me semble que c'est un honneur dont on se serait bien passé, répliqua Juglard.

— Vous ne trouvez pas, dit Declotz à Davoust, que ces applaudissements sont un peu déplacés dans une cérémonie comme celle-ci qui exige un minimum de recueillement ?

— Le peuple est heureux, répliqua Davoust, de nous voir ainsi au coude à coude, franchement unis pour la reconstruction du pays. N'est-ce pas le général de Gaulle qui nous montre l'exemple ?

Avant que deux grands gaillards ne se décidassent à dévoiler la plaque apposée sur la pile droite du porche d'entrée de la Banque Maluzier, Davoust monta sur une petite tribune improvisée, et on l'exhorta à prononcer un discours. Il raconta par le détail les faits d'armes du héros, comment le PCF était entré dans la clandestinité à Brivins dès juillet 1940. Chacune de ses grandes phrases était ponctuée d'une claque énergique lancée par des militants disséminés dans la foule afin d'entraîner les milliers de personnes à communier dans la ferveur générale.

Quand Davoust en vint à évoquer les difficultés du ravitaillement et le peu d'enthousiasme des nouveaux services pour améliorer la situation, des « hou-hou-hou » s'élevèrent, des

« hou-hou-hou » contre Declotz, Juglard et Cipriani désignés comme les freins objectifs à toute accélération d'une politique répressive. Le maire songea alors à opérer un repli stratégique par un grand coup de théâtre dont il avait le secret. Juglard, qui avait saisi chez son voisin depuis quelques minutes son impatience d'en découdre, lui enjoignit discrètement de ne pas bouger. Du reste, en dressant la tête par-dessus les premiers rangs d'une foule compacte, Declotz comprit qu'il était prisonnier comme une proie au fond de sa nasse. Rose Cipriani s'amusait de la tournure des événements. Ça ne lui fait pas de mal de prendre quelques coups, se disait-elle. Ça lui donnera du caractère. La politique qui consiste à envoyer les autres au cassepipe est un vernis qui ne résiste pas au gros temps.

— Qu'attend-on pour agir contre les fauteurs du marché noir, continua Davoust, les affameurs qui poursuivent leur nuisible besogne contre les familles de travailleurs ? Notre Milice patriotique va devoir intensifier son action pour aller chercher dans les caves des profiteurs la marchandise que nous distribuerons à tous ceux qui en ont le plus besoin. La décision en sera prise au conseil municipal, assura Davoust dans les cris et les ovations.

— Quoi ? marmonna Declotz à Juglard, on veut dicter notre action sous la pression de la foule. Et ils croient que je vais céder ?

— Allons, conseilla Juglard, taisez-vous ! Le moment n'est pas opportun. Nous sommes là, comme des otages, que voulez-vous faire, sinon bonne figure ? Après, quand la messe sera dite, on avisera. Il n'est rien de pire qu'une foule communiant sur des idées simplistes. Mais quand tous ces braves gens seront retournés chez eux, les principes républicains retrouveront le haut du pavé. Que croyez-vous ? Les communistes ne tiendront pas indéfiniment la population de Brivins sous pression.

— Qu'attend le Gouvernement provisoire de la République, poursuivit Davoust d'une voix forte, pour financer un réseau de distribution des denrées alimentaires. On nous répond qu'il n'y a pas assez de véhicules disponibles pour acheminer la marchandise. Les camions, ça se fabrique ! Les travailleurs sont prêts à retrousser leurs manches. On nous dit qu'il y a pénurie de céréales. Les céréales, ça s'importe. On nous objecte qu'il n'y a plus d'argent dans les caisses. Mon œil, oui… Il est inadmissible qu'on ait trouvé un demi-milliard par jour pour donner aux Boches pendant quatre ans et qu'on ne soit pas capable, aujourd'hui, de dénicher quelques milliards pour financer la reconstruction de notre propre pays.

La liesse était à son comble. Davoust, bras levé, fit comprendre qu'il n'avait pas terminé sa prestation. Un apparent silence se creusa. Alors, il réattaqua sur le thème de l'épuration à coups de « qu'attend-on ? » qui rythmaient, cadençaient la force persuasive de son discours, d'autant plus persuasive que l'attente était, de tous les maux dont souffrait l'opinion à ce moment-là, le plus prégnant. Davoust annonça que la cour de justice de Brivins était enfin installée, et qu'on allait enfin juger sur pièces sa rigueur au vu des condamnations futures.

— Le camp des Farigoules est rempli de traîtres et de salauds, jeta Davoust, qui n'attendent que le coup de grâce du bourreau. Alors, nos martyrs seront enfin vengés. Mais l'épuration ne doit pas s'arrêter là. Elle doit s'étendre à toutes les administrations. Ceux qui ont servi l'ordre de Vichy ne peuvent rester à leur poste. Ce serait exposer le pays au sabotage. On entend dire, de-ci de-là, qu'il est scandaleux d'avoir tondu les chevelures de ces femmes collabos. Quelle belle affaire ! Il n'y a vraiment pas de quoi s'émouvoir ! Ces cheveux n'ont-ils pas servi de traversins aux Boches ? Ces cheveux aux relents de champagne ! Ces cheveux caressés par de vils soudards assassins. Ces tignasses puantes ne méritaient-elles pas une désinfection totale ?

La clameur s'élevait en rires et applaudissements, en « oui ! oui ! oui ! », des « oui ! oui ! » plus timides cependant. Declotz et Juglard baissaient la tête. Rose Cipriani regardait cette foule haineuse et revancharde avec dégoût, la même foule qui avait accueilli Pétain en 1942, qui avait cru aux bienfaits de la Révolution nationale, qui avait applaudi le châtiment des « terroristes ». Elle songeait à Benoît Duc avec douleur. Nous n'avons pas voulu cette comédie, se dit-elle. Nous n'avons pas risqué notre vie pour voir cette populace exhorter au lynchage. Si Duc avait été là, il n'aurait pas laissé dire ça…

Dans les premiers rangs, elle chercha un visage amical ému par cette grossière mise en scène, un proche de Duc par exemple, tels Luski ou Lutz, et ne le trouva point. Comment se fait-il qu'ils soient absents à l'instant même où est honorée la mémoire d'un frère pour lequel ils auraient donné leur propre vie ? s'interrogeait Rose. Davoust s'abaissait donc à flatter l'instinct haineux des foules blessées par quatre années de privations, de peurs, d'humiliations. Le jeu, décidément, est facile, se disait Rose qui avait envie de pleurer pour Duc, pour Rochelle, pour tous ceux qui étaient tombés.

Et quand, par un geste énergique, l'un des FTP dévoila la plaque, le brouhaha s'en revint comme une vague. Le discours musclé de Davoust terminé, l'intérêt retomba. En quelques dizaines de minutes, la place Saint-Benoît retrouva son aspect ordinaire. Rose Cipriani s'approcha du petit groupe de fidèles qui entouraient le chef de la section locale du PC.

— Ce discours, attaqua-t-elle, est une insulte à la mémoire de Duc. Le personnage méritait un peu de recueillement.

Floher s'avança sur elle.

— Tu veux que je te corrige ? hurla-t-il.

Le succès éclatant de la manifestation montait à la tête du chef de la Milice patriotique. Rose, sans manifester la moindre crainte, le laissa approcher encore. Murciat s'interposa avec vivacité.

— J'ai acquis le droit de dire ce que je pense, rétorqua-t-elle.

— Regardez-moi ça, s'excitait Floher, tenu à bras le corps par Murciat qui avait toutes les peines du monde à le contenir. Ça vient faire de la provocation. C'est le couplet sur les tondues que t'as pas supporté, hein ?

A l'écart, Juglard suivait la scène avec ennui. Le bras de fer ne fait que commencer, se dit-il en faisant signe à Rose de le rejoindre.

IV

La nouvelle des arrestations de Pauliat et de Ponchet se répandit comme une traînée de poudre à Galiane-sur-Sévère. D'autant plus vite que, les jours précédents, Lafon, avec une extrême application, s'était déjà chargé d'en entretenir les habitants, allant de maison en maison et de ferme en ferme. Aussi, en moins d'une demi-heure, la cour de ferme des Pauliat fut remplie de monde. Autour de Lafon, qui braillait à s'en briser la voix, il y avait Delteil, La Ramée, Goursat, Gautier et, de l'autre côté, autour de Bernical, se trouvaient Barrat et Vacherin, mais aussi Bourzet et Lalet. A mi-distance, pris entre deux feux, le petit détachement de la gendarmerie commandé par Jeantet. Cette image, la manière dont les rôles se trouvaient distribués, définissait parfaitement la nouvelle physionomie de Galiane-sur-Sévère. Jamais la cassure entre les deux camps n'avait été aussi prononcée qu'en ce début du mois d'octobre 1944, plus forte encore qu'au temps honni de l'Occupation, quand les Allemands firent leur entrée dans le village. Il y avait les partisans d'André Bernical et ceux de Pierre Lafon. On ne dirait plus jamais « les partisans de Dubrot », car on considérait déjà le maire comme quantité négligeable dans l'avenir politique de la contrée. En fait, une grosse majorité ne lui pardonnerait pas d'avoir fait entrer le loup dans la bergerie. Pour les gens de Galiane, le premier effet de ce mauvais choix conduisait donc Edouard Pauliat et Baptiste Ponchet en prison pour « intelligence avec l'ennemi ».

Posté à l'entrée de la maison, juste au bas de l'escalier, André Bernical attendait que le bonhomme sorte de sa tanière pour lui passer les menottes et le conduire au camp des

Farigoules. Barrat et Vacherin tournaient comme lions en cage. A proximité, quatre FTP armés de Sten montaient la garde. C'étaient d'anciens membres du groupe « Raoul » qui avaient décidé de venir prêter main forte à leur commandant des Grumières.

— Alors, nom d'Dieu, répétait Vacherin, ce qui, somme toute, agaçait tout le monde, l'saligaud, sortira-t'y pas ?

La perspective de voir son patron emmené entre deux gendarmes suffisait à son ravissement au point d'en faire le plus beau jour de sa vie. Et l'ouvrier agricole Vacherin se voyait déjà, après ce départ, à la tête de la ferme, faisant marcher tout ce joli monde à la baguette, de la même manière dont on l'avait traité, lui, dans le passé.

— Dis voir, questionnait-il en buvant des yeux Bernical, son nouveau maître, c'est bien vrai qu'on va tout lui saisir à ce saligaud ? Même p'têt qu'on va l'fusiller n'd'Dieu. Dis voir ? Si on l'saisit, j'suis prioritaire, moi, pour la ferme. Même que ça m'revient. Pas vrai, Barrat que ça m'revient ? Toi qui sais ça, Barrat, explique-moi donc.

Les autres partisans de Bernical se tenaient à l'écart. La haine nourrie envers les deux inculpés était la raison essentielle de ce ralliement, plus que tout autre considération idéologique. Bourzet, Lalet ou Frémont n'avaient pas oublié les réquisitions des beaux jours du maréchal et les profits réalisés par les deux lascars sur leur dos. Tout cela suffisait à provoquer une haine farouche, jusqu'à souhaiter flanquer Pauliat et Ponchet devant un peloton d'exécution.

Ceux, enfin, qui s'étaient spontanément placés du côté de Lafon, estimaient que les deux hommes avaient été suffisamment corrigés par les maquisards, et qu'il fallait aujourd'hui passer tout cela dans la trappe de l'oubli. Goursat, Delteil, et même La Ramée — qui avait fait partie des plus actifs lors de la correction — défendaient l'avis que les deux pétainistes n'avaient jamais dénoncé personne à la Gestapo et s'étaient simplement adonnés au trafic de viande à grande échelle avec les Allemands. Mais qui n'avait pas trafiqué à Galiane ? Et qui ne trafiquait pas encore ?

Le chef Jeantet de la gendarmerie d'Augeat, pris en tenaille entre les deux camps, ne savait plus ce qu'il devait faire. Bernical avait exhibé sous ses yeux l'ordre de mission pour arrêter Pauliat. Le colonel Ebrard, commandant la place d'armes de Brivins, l'avait signé. Tout était en règle. Cependant, avant d'agir, Jeantet avait exigé la présence du maire, ce qui était, à peu de frais, le moyen de gagner un temps de réflexion.

Du côté de Bernical, on s'impatientait de la lenteur des événements. L'un de ses hommes avait même proposé d'entrer en force dans la demeure, sans s'occuper de la gendarmerie. André Bernical avait refusé, estimant que la démarche devait être accomplie dans la plus stricte légalité afin de ne pas donner ensuite, à l'heure du procès, le moindre argument favorable à la défense.

— Ah ! protesta Lalet en direction du chef, quand il s'agissait d'arrêter les gars du maquis, ça demandait moins de temps, hein ?

— D'ailleurs, ajouta Bourzet, on se demande ce qu'il fait encore ici, ce chef de gendarmerie ? Faudra bien que l'épuration passe aussi par là…

Bernical écoutait ces propos avec indifférence, adossé au mur de la maison. Aucune expression ne se lisait sur son visage. Plus que jamais, l'homme était en plein accord avec ses principes : il estimait accomplir un acte hautement républicain contre un ennemi du peuple. Il y avait du sang d'accusateur public de la Grande Terreur de 1794 qui coulait dans ses veines. Le moindre fléchissement, à l'avenir, serait fatal, croyait-il. Coupons le bois mort de l'arbre, taillons même au-delà de la gangrène, jusqu'en la chair saine s'il le faut, ainsi sauverons-nous de la pourriture le corps social tout entier…

Cependant, l'excitation autour de cette affaire l'écœurait au plus profond de lui-même ; la ronde charognarde de Vacherin lui donnait envie de vomir. Mais on ne s'appuie que sur les forces dont on dispose. Bah ! jugeait-il, l'éducation politique fera le reste.

L'arrivée soudaine d'Antoine Dubrot et du docteur Fayolle relâcha la tension mortelle qui régnait dans cette cour de ferme.

Les partisans de Lafon retrouvèrent un peu d'espoir: peut-être Bernical reculerait-il sur ses principes intransigeants ? Et pour accomplir ce miracle, on comptait aveuglément sur Franck Fayolle. L'homme de La Nadalie était considéré comme une huile dans la Résistance, un gaulliste influent à Brivins, au sein du Mouvement de libération nationale, capable même de battre en brèche une décision de la commission d'épuration. Les gens de Galiane auraient été bien surpris d'apprendre que le médecin était aussi suspecté. Cette suspicion rampante amoindrissait déjà considérablement son influence au sein du milieu politique de Brivins. D'autre part, les arrestations de Pauliat et de Ponchet intervenaient dans un des moments les plus critiques: les factions les plus revendicatrices de l'épuration tenaient le haut du pavé, sans partage, contre les partisans de la réconciliation nationale.

En aparté, Fayolle et Dubrot conversèrent avec Jeantet quelques instants.

— Je ne peux que procéder à l'arrestation, déplora le chef de gendarmerie. Avouez que cette époque est folle. Hier, je devais arrêter Bernical. Et j'ai freiné l'exécution de l'ordre pour lui permettre de fuir. Désormais, je dois interpeller Pauliat pour des motifs exactement inverses.

— Mais cette fois, dit Fayolle d'un petit rire sec, on ne vous aura pas accordé le temps de lui laisser prendre la poudre d'escampette.

— Et partir où, grand Dieu ?

— Nous allons parler à Pauliat et ensuite à Bernical. Donnez-nous encore un petit sursis, sollicita Dubrot.

Au pied de l'escalier, le maire demanda l'autorisation à Bernical d'entrer dans la maison. Le chef FTP hésita:

— Cette comédie a assez duré. Et elle ne changera rien à notre détermination. Pauliat et Ponchet ont collaboré, y compris en rejoignant la Milice. Ce ne sont pas quelques légionnaires que nous arrêtons, mais de fieffés salauds qui ont conspiré contre la République. Souviens-toi du buste de Marianne souillé d'encre par Pensennier. Mon cher Dubrot, tu as la mémoire courte…

— Nos lendemains de paix seront à la hauteur du pardon.

— Eux, ils ont eu pitié? J'ai échappé de justesse au massacre de la grange des Razets. Et je me souviendrai, jusqu'à l'heure de ma mort, des rires insensés de Jules Pensennier devant le charnier, passant en revue, pour reconnaître les identités, l'interminable alignement de nos camarades suppliciés. Et je passe sur bien des détails… Peut-être, un jour, aurai-je le courage, la force mentale, de les raconter sereinement.

— Pauliat et Ponchet ne sont pas impliqués dans cette tragique affaire.

— Ils ont soutenu Pensennier. Sans eux, le salopard n'aurait pu occuper de telles responsabilités. Et même Jeantet le protégeait. Tout le monde, ici, couvrait ses exactions. Et toi, Dubrot, quand tu as dénoncé le lâche assassinat d'Etienne Chadal, te souviens-tu qui t'a défendu? Le village, tout le village était contre toi.

— Je sais ce qu'est la peur. Et cette peur avait gagné toute la population de Galiane.

— Tu as toujours été un idéaliste pétri de bon sentiments, ricana Bernical.

— Oui, je sais, fit Dubrot amèrement. Le même idéalisme qui m'a inspiré de te confier le poste de premier adjoint.

Ils entrèrent dans la grande cuisine et découvrirent un Edouard Pauliat abattu au milieu de sa femme et de ses enfants, défiguré par l'angoisse. Il se rappelait encore de quelle façon on l'avait traité à la Libération et, bien plus que la mort, il craignait que ne se répète sans fin le même châtiment.

— Docteur, cria Louise Pauliat, vous ne pouvez pas laisser faire ça. S'ils l'emmènent, ils vont me le tuer. Et vous savez, comme nous, docteur, vous qui êtes un homme de raison et de droiture, qu'il est innocent. C'est vrai, il a été du côté de Pétain. Mais quoi, ce n'est pas un crime tout de même. Toi, Antoine, tu as bien été du côté du maréchal. Mais, à la différence de mon Edouard, tu as su quitter sa politique à temps, avant que ça devienne compromettant. Lui, il n'a rien compris. Tu le connais, Edouard, c'est un homme comme ça, qui va au bout de ses idées. Mais il n'a jamais dénoncé personne. On ne peut pas prêter foi aux déclarations de notre commis de ferme. C'est un pauvre idiot. Pour un verre de rouge, on lui ferait dire n'importe quoi. A mon avis, les communistes le font boire. Peuh ! Sans nous, il serait déjà mort de faim depuis longtemps. Quand je pense à tout ce qu'on a fait pour lui…

Dubrot essayait d'interrompre cette infernale logorrhée quand il se fit prendre à partie par le fils, Gilles, menaçant l'assistance de s'emparer du fusil pour faire le ménage, comme le fasciste Manucci le lui avait appris.

— Ah ! Ah ! se gaussait-il. Si Orlando était encore là, ça déménagerait toute cette racaille de rouges.

Elyette, sa sœur, tenta de le calmer. En désespoir de cause, elle le conduisit vers la salle à manger où ses vociférations seraient étouffées par l'épaisseur des murs.

— Vous allez écoper d'un procès. Toutefois, expliqua Fayolle, les charges qui pèsent contre vous ne sont pas de celles qui pourraient entraîner une condamnation maximale.

— J'aurais pu tous les envoyer à la mort, pleurnichait Pauliat tandis que Louise appuyait ses dires d'un mouvement de tête continu. Je ne l'ai pas fait. Dans le village, je n'ai porté tort à personne. Pas même au communiste, quoi qu'il pense le contraire. C'est Pensennier qui a tout fait. L'individu avait une emprise incroyable sur nous. Ça, je le confesse. Maintenant qu'il est mort, on veut trouver d'autres responsables.

— Il faut l'écouter. C'est vrai ce qu'il vous dit, appuyait Louise Pauliat dont la pomme d'Adam saillante montait et descendait en vifs soubresauts.

— Je ne suis pas juge, répliqua Fayolle. Il ne sert à rien de me convaincre.

— Edouard, déclara Dubrot, il faut que tu comprennes que si nous essayons de te sortir de là, ce n'est que dans le seul but d'éviter la division du village. Une affaire de plus ou de moins ne changera rien. Pour nous, ce sera beaucoup de haine et de rancœur inutiles. Quant à ta culpabilité, c'est une affaire à régler avec ta conscience.

— Bon ! jugea Pauliat, puisque c'est comme ça, qu'ils viennent me prendre et qu'ils fassent de moi ce que bon leur semble…

— Attendez, proposa le médecin, je veux encore dire deux mots à Bernical, seul à seul.

De mauvaise grâce, le responsable FTP accepta de suivre Fayolle à l'écart des gens qui s'invectivaient.

— Pauliat est prêt à se constituer prisonnier.

— Et c'est pour me dire ça que vous m'attirez à l'écart ? Vous croyez peut-être que je n'ai que ça à faire, à parlementer ?

Le médecin tenta d'atteindre ce regard indifférent. Il voulait croire, derrière cette carapace de certitude, à l'ombre d'un doute ou d'un soupçon de pitié. Mais l'homme restait tout entier un bloc immuable, lisse et fort. Le massacre des Razets et la rencontre avec l'horreur avaient façonné en lui une foi indestructible. Il s'était juré, lors du sursis que lui avait accordé le destin en l'épargnant dans la fusillade, que la main des justes passerait sans faillir. Il était tout pétri de cette croyance aveugle. Fayolle sentit alors que sa mission allait échouer. Cet homme ne faiblira pas d'un millimètre, se dit-il en l'observant.

— Qui donc a visité, le fameux soir de la libération de Brivins, la prison où était enfermé Pensennier, avec un laissez-passer en bonne et due forme ?

Bernical se retourna brutalement. Le médecin le vit blêmir. Il se reprit aussitôt :

— On a trouvé Jules Pensennier pendu à l'un des barreaux de sa cellule, répondit Bernical.

— Oui, ricana Fayolle, ça, c'est la version officielle. En fait, il a été proprement « suicidé ».

— Si vous le dites !… Le sort de ce gibier de potence vous intéresse à ce point ? Si telle a été sa fin, je trouve qu'elle colle bien au personnage.

— Dans un Etat de droit, nul ne peut décider de faire justice lui-même.

A la manière dont Fayolle l'observait sans désemparer, André Bernical comprit que son interlocuteur savait toute la vérité sur cette fameuse nuit dans la prison de Brivins.

— Je l'ai, en effet, étranglé de mes propres mains. Si je ne l'avais pas fait, il serait encore vivant, à nous narguer. Avec tout ce qu'il savait sur les uns et les autres, il se serait bien trouvé quelques salauds de politiciens pour le sortir de là. Tout ça est entre nous. Du reste, ça n'intéresse personne. Qu'est-ce que vous vous imaginez ? Des exécutions sommaires, il y en a eu. Et il y en aura d'autres.

— Un jour, peut-être, Bernical, fit le médecin d'un ton froid, vous aurez à répondre devant la justice de cet acte. Tout homme, même un Jules Pensennier, a droit à un procès équitable. Si le milicien était encore vivant, il n'échapperait probablement pas à une condamnation à mort, quoi que vous en pensiez. En l'assassinant, vous avez soustrait à la justice un témoin capital dans l'affaire du massacre des Razets. On aurait ainsi pu connaître ses complices…

Le médecin lui toucha l'épaule pour l'obliger à prêter attention à la suite de son discours.

— Je vous propose un marché…

— Ne vous fatiguez pas, coupa Bernical en se détournant d'un pas. Un chantage, n'est-ce pas ? Je laisse filer Pauliat et son complice, et vous oublierez l'affaire de la prison de Brivins…

Franck Fayolle approuva de la tête.

— Décidément, vous êtes aussi pourri que les autres ! Allez donc vous faire pendre ! Je ne crains pas de m'expliquer sur mes actes dans la Résistance !

Les deux hommes s'en revinrent sans un mot. A la mine défaite du médecin, Antoine Dubrot comprit qu'il avait perdu la partie. Alors, le chef de gendarmerie monta dans la cuisine avec deux de ses hommes. De longs hurlements de bête s'élevèrent dans la pièce. Bernical ferma les yeux, la tête pleine du cri de sa fille traînée dans le petit bois, ces cris n'en finissaient plus de le réveiller la nuit.

*
* *

Depuis trois jours, les deux femmes se boudaient. Tout avait démarré après l'altercation relative à la soirée de Brivins chez les Saint-Assier. Clément était remonté des fonds de Lavialatte furieux contre son père, puis avait, d'un même pas, décidé de prendre l'air du côté d'Augeat, où il avait beaucoup d'amis qui partageaient la même oisiveté. Le soir, quand il rentra fort tard, bien après le dîner, Line le prit à partie :

— Tout ce que tu sais faire, c'est te défiler. Ah ! Monsieur n'est pas d'un grand courage quand il s'agit d'affronter la reine mère ! Mais lorsque monsieur a déserté sa maison, qui est-ce qui prend ? Tu devrais t'en douter un peu !

A sentir l'haleine chargée d'effluves de Picon, Line ne fut pas longue à réaliser que son petit mari avait fait la tournée des bistrots du chef-lieu de canton. Du fond de sa griserie, il essuyait les remontrances avec une sorte de sourire béat, appuyant parfois ses mimiques de gestes gauchement amoureux, ce qui avait pour effet d'amplifier la colère de sa femme.

D'ordinaire, devant une telle attitude, elle eût, sans une hésitation, plié bagage pour se retrancher chez ses parents dans la petite maison de Lavialatte-Haut. Mais comme elle savait son père parti dans la région de Toulouse pour enquêter sur la mort d'Adrien, elle ne voulut à aucun prix se retrouver devant sa mère qui aurait largement profité de l'aubaine ainsi offerte. Elle avait surtout besoin d'être écoutée. Elle n'avait pas envie d'entendre le sempiternel discours sur l'erreur d'un tel mariage entre la gentille petite fille du Nord et le grossier paysan du Sud-Ouest. Aussi, ce soir-là, décida-t-elle de faire front comme jamais.

Pendant que Léon Goursat était occupé dans ses étables — et quand il flairait une telle atmosphère chargée d'électricité, il retardait l'instant de s'en revenir avec son gros bidon de lait encore tiède —, Emma en profita pour se glisser vers la chambre des époux. Guettant les cris derrière la porte, elle ne put empêcher de signaler sa présence en venant tourner autour de Patrice endormi dans son berceau. C'est alors que Line surgit en trombe pour tomber nez à nez sur sa belle-mère. Une fraction de seconde, elles se foudroyèrent du regard.

— Décidément, envoya Line d'un ton sec, vous ne vous lasserez jamais de venir écouter aux portes. Que voulez-vous savoir ? Le couple bat la breloque ? C'est bien ça ? Navrée de vous décevoir. Ce ne sera pas encore pour aujourd'hui. Votre gentil petit Clément, irréprochable comme un ange, a les souliers à bascule, comme vous dites. Et je n'aime pas ça. Pourtant, ce n'est pas dans ses habitudes de boire. J'imagine donc qu'il y a une raison à cette horreur. Et je n'aimerais pas qu'elle se répète. Je vais vous en dire la raison… S'il n'ose pas clamer ses quatre vérités, c'est que le pauvre chéri a peur de créer la moindre peine à sa maman. Vous l'écrasez de votre autorité. A tel point qu'il est incapable de prendre la moindre décision utile. Laissez-le donc respirer. Et cessez de considérer que Clément vous appartient comme un enfant. Ça sert à quoi d'avoir vingt-deux ans d'après vous ?

Emma Goursat feignait d'arranger la disposition du drap sur le petit Patrice qui triturait du bout des doigts une vieille étoffe de couleur lui servant chaque soir pour s'endormir. Lorsqu'elle redressa la tête sous le lustre entouré d'une armada de petites mouches excitées, Emma avait préparé sa réplique.

— Mon Dieu, ce que tu es méchante ! Où vas-tu chercher toute cette méchanceté ?

Pour ne pas risquer de réveiller l'enfant, Line fit signe à sa belle-mère de descendre dans la cuisine afin d'y poursuivre à loisir leur joute. Emma subit un déluge de propos percutants. Line n'avait pas admis qu'on discutât ses toilettes.

— Après tout, fit-elle, je ne vous ai rien demandé. Ce n'est pas vous, et encore moins votre fils, qui payez le tailleur…

Cet argument de poids blessait Emma dans sa chair. L'idée même que son cher enfant ne disposât pas encore d'un bon métier pour nourrir convenablement sa femme l'irritait. En son temps, elle y avait vu une raison suffisante pour que le mariage ne se réalisât pas. Désormais, Clément dépensait sans compter l'argent du marché noir, ces subsides obtenus pour ses livraisons de tabac haché menu par Léon le dimanche. L'avenir ne paraissait en rien l'inquiéter, même quand sa mère tentait de lui démontrer que vivre d'un trafic n'était pas un avenir pour un garçon de son âge, père d'un enfant d'un an passé.

Dans cet affrontement, par la seule force des cris, Emma

réalisa que sa bru, comme elle disait en la nommant ainsi à l'extérieur, venait d'acquérir à son contact un sacré caractère. Nous étions désormais loin de la timide et douce Line Strenquel fondant en larmes devant une remontrance. C'est que ça nous prend le dessus, songeait Emma. Si ça continue, ça finira par nous jeter dehors.

Cette situation était surprenante pour une Emma qui avait tout imaginé à propos de Line : l'immaturité, l'inconsistance, mais non la prise d'autorité. Après tout, elle aura été à bonne école dans cette maison, dirait sûrement Léon, plus tard. Mais l'idée, pour l'instant, n'effleurait point le maître de Lavialatte. Il adorait sa belle-fille et lui découvrait des trésors de patience insoupçonnés.

C'est précisément dans une telle disposition d'esprit qu'il revenait de ses étables. Les éclats de voix avaient ralenti son pas. Après tout, il n'avait pas envie de jeter son grain de sel. Mais, au vu de la tournure des événements, il fut tenté d'exprimer l'opinion qui le turlupinait depuis l'algarade du champ de pommes de terre.

— Ma pauvre femme, tu donnes toujours raison à ton fils, clama Goursat dans un élan qui se brisa bien vite.

— Ta-ta-ta-ta-ta ! coupa-t-elle. C'est bien le tien aussi. Quoi de plus normal de défendre ses enfants quand ils sont aussi malheureux que notre petit Clément…

Line préféra se retirer de la partie. Elle avait pour principe de ne jamais s'immiscer dans leurs conversations. Aussi remonta-t-elle dans la chambre où son mari dormait déjà, cuvant les apéritifs.

Le lendemain et les jours qui suivirent, elle décida de ne plus parler. Elle avait honte de la violence qui s'était emparée d'elle, une violence si étrangère à son caractère affable. Une telle manière de répondre, fût-ce à Emma, était indigne d'elle.

De son côté, la forte femme était loin d'imaginer qu'il pût y avoir dans ce mutisme imposé les traces d'un remords mordant. Elle y voyait plutôt une tactique de plus pour briser la neutralité de son fils et obtenir ainsi, par un conflit ouvert, ce qu'elle n'avait pu conquérir sournoisement. Toute la faiblesse d'Emma reposait généralement dans la fausse opinion qu'elle se fabriquait de son entourage et des situations ordinaires. Dans son esprit, la plus banale des situations résultait toujours de très complexes et tortueuses intrigues. Incapable, en somme, de lucidité, de voir au-delà du bout de son nez, elle résumait l'univers des sentiments à quelques généralités simples affirmées haut et fort : l'amour ne peut être qu'une passade ; l'amitié, une relation intéressée ; l'argent, le mal ; le désir, une faiblesse de l'âme.

A la vérité, Line s'obligeait au silence pour ne pas risquer de clamer d'irréparables horreurs. Elle attendrait le retour de son père pour se forger une juste opinion d'elle-même. Serais-je devenue, comme Emma, s'interrogeait-elle, une femme acariâtre ? Aurait-elle réussi le prodige de me réduire à son image ?

La crise qu'elle sentait poindre au tréfonds d'elle-même exigeait une solution pour préserver l'avenir du couple. La réponse serait d'aller vivre l'amour au large, loin de l'étau maternel, à Brivins par exemple, et y lier des connaissances utiles.

*
* *

Cheminant avec difficulté sur ses deux cannes anglaises, le colonel Pasty montra par où Rochelle était entré dans sa demeure. L'image d'un Adrien, arme pointée en avant pour se présenter à un rendez-vous, arracha un sourire amusé sur le visage de Ferdinand Strenquel. Cette prudence lui ressemblait bien peu, se dit-il en songeant à nouveau aux circonstances du passage clandestin de la ligne de démarcation près d'Angoulême. Il lui avait fallu retenir le fougueux évadé pour l'empêcher de prendre des risques inutiles. Ce changement d'attitude, ne serait-il pas dû à un féroce entraînement à Londres dans les Forces françaises libres ? Pasty n'avait pas la moindre idée de cet état de fait.

— Enfin, s'étonna Strenquel, Rochelle a passé quatre nuits chez vous et jamais vous n'avez eu l'occasion de l'interroger ?

Ferdinand avait choisi de cacher que le jeune homme sur lequel il enquêtait était son propre fils. Il pensait que l'aveu de cette paternité fausserait la nature de ses rapports avec l'officier FFI. La version selon laquelle il menait son enquête pour le compte du 2e Bureau était, de toutes, la préférable. Et pour ce faire, le docteur Fayolle lui avait procuré tous les documents nécessaires, y compris des faux papiers.

— En fait, expliqua le colonel, nous n'avons que très peu parlé ensemble. A ce moment-là, il y avait grand risque à s'étendre sur des sujets futiles. Chacun savait exactement ce qu'il devait faire. Rochelle et Alberti n'ignoraient rien des dangers encourus. On les avait préparés au pire. Et quand le pire est survenu, Alberti a préféré se faire exécuter plutôt que subir la torture. Quant à Rochelle, il pensait pouvoir s'échapper. C'est du moins ce que m'a dit le curé Delcoste, qui fut le dernier à le voir dans l'église. Il espérait gagner la forêt la plus proche, mais avant de l'atteindre, il fallait franchir un large espace découvert, deux ou trois cents mètres. Vous vous imaginez bien que, s'il était parvenu dans cet espace, à supposer qu'il y soit parvenu, se reprit-il, les nazis l'auraient tiré comme un lapin. Rochelle a donc été arrêté avant même qu'il ait pu tenter de fuir. Ensuite, la Gestapo l'a torturé pour lui faire cracher l'organisation des réseaux. Les souffrances horribles qu'il a dû endurer, il les a prises sur lui. C'était de sa faute. Il aurait pu se suicider avec sa petite pilule de cyanure. Pourquoi ne l'a-t-il pas fait ? Je crois que cet homme était vaniteux. Il pensait se faufiler à travers les mailles du filet. Comment appelleriez-vous ça, vous ? Pour moi, c'est de la vanité ! Rochelle était pourtant un garçon intelligent. Il savait n'avoir aucune chance d'échapper aux griffes des nazis. Alberti a réalisé ça, lui, tout de suite. Il a ouvert le feu sur les Allemands, ce qui était une manière comme une autre de se suicider, les armes à la main.

— Il ne vous est jamais venu à l'esprit, soupira Ferdinand Strenquel, que Rochelle ait pu croire réellement en sa chance ?

— Il n'avait aucune chance. En tombant vivant entre leurs mains, il aggravait son tourment.

— Et mettait en péril les réseaux, compléta Ferdinand d'un ton amer.

Pasty le toisa une fraction de seconde avant de répondre.

— Exactement.

— Mais Rochelle n'a pas parlé, fit Strenquel.

— En effet, nous savons qu'il n'a pas parlé.

Les deux hommes s'en revinrent dans le salon. La bonne avait pris soin, auparavant, pendant qu'ils discutaient sur le bord de la terrasse, d'ouvrir en grand les lourds rideaux de brocard. La lumière dorait les objets précieux : de fort belles pièces d'ivoirine chinoise et africaine disposées sur des meubles Louis XV d'un goût exquis — tout comme le propriétaire des « Saules », exquis et bourré de certitudes. Il commanda du thé et s'informa après coup si le choix convenait. Ferdinand Strenquel se moquait éperdument de ces attentions. Il avait toutes les peines du monde à se mettre dans la peau d'un enquêteur du 2e Bureau. Les questions qu'il avait à poser étaient d'une brutalité sans égale et exigeaient, pour entendre les réponses, un esprit froid et dépourvu d'émotion, car il désirait obtenir du faisceau d'arguments une conclusion aussi claire que définitive et, pour ce faire, devait user d'une rigueur clinicienne sans faille dans son analyse des faits.

— L'abbé Delcoste, que j'ai interrogé, n'a pas la même vision que vous sur la personnalité de Rochelle, soumit Ferdinand en prenant place devant une tablette chinoise.

Pasty se laissa tomber sur sa bergère garnie de coussinets. Et quand il fut installé confortablement, enfin daigna-t-il lever le regard vers cet homme dont il ignorait exactement où il voulait en venir.

— En quoi la personnalité de Rochelle peut-elle vous intéresser ? répliqua l'officier d'une voix lasse.

— Ceci est mon affaire, rétorqua sèchement Strenquel.

Le colonel hochait la tête en se disant : décidément, ces gens du 2e Bureau ont bien du temps et de l'argent à gaspiller pour s'adonner à de semblables activités.

— Le curé de Lesparre nous a rendu de fiers services en transportant des messages aux groupes de maquisards des forêts de Bouconne et de Buzet. Je doute, par contre, que ses jugements sur les émissaires de Londres puissent avoir le moindre intérêt.

— Contrairement à ce que vous dites, coupa Strenquel, Rochelle avait conscience des menaces qui pesaient sur sa mission. Il s'en était ouvert au prêtre.

— Ah ! soupira l'officier. Je ne savais pas que ce garçon était croyant au point d'aller se confesser.

— Il s'est simplement exprimé dans une conversation ordinaire.

— Tous les hommes qui ont accompli de semblables opérations ont ressenti ça, jeta Pasty. On ne peut être sûr à cent pour cent d'une couverture, vous le savez fort bien si vous avez fait du renseignement.

Strenquel l'observait avec une attention tellement soutenue que l'officier en ressentit un malaise extrême.

— Savez-vous ce que Rochelle déclara au prêtre, la veille de son arrestation ? « Ce ne sont pas vos paroissiens que je crains le plus… »

Quand la petite bonne apporta le thé, les deux hommes se turent machinalement. Ferdinand Strenquel n'était pas sans voir l'embarras du colonel, touché par la précision des questions. Pourquoi, se demandait-il, le 2e Bureau s'intéresse-t-il avec autant d'insistance à un Rochelle. Des sacrifiés de ce genre, il y en a eu à la pelle. Du reste, comment aurait-il pu en être autrement ? A moins qu'il ne s'agisse de quelqu'un d'important… Le rejeton d'une huile ?

— Je ne sais pas pourquoi Rochelle a dit ça à Delcoste. Le curé est un vieux malin, suggéra l'officier. Il aurait voulu protéger sa paroisse de toute suspicion qu'il n'aurait pas agi autrement.

— Et vous, colonel, que croyez-vous ? lâcha Ferdinand brutalement, tant la question lui brûlait les lèvres depuis de longues minutes.

— La dénonciation vient du village. Ça ne fait aucun doute. Un collabo, ni plus malin ni plus bête que la moyenne de tous ces gens, a cru devoir signaler la présence de deux étrangers à Lesparre. Ça aura suffi à alerter la Gestapo.

— Comment se fait-il que vous n'ayez pas été interrogé ?

Pasty se redressa vivement.

— Dites aussi que c'est moi qui les ai donnés ! Non mais, franchement, de quel droit venez-vous remuer tout ça ? Si l'on dispose en haut lieu du moindre doute sur mes activités dans la Résistance, qu'attend-on pour me convoquer à Toulouse avec des charges précises, des preuves ?

— J'essaie de comprendre, expliqua Ferdinand, d'où est partie la dénonciation. Tout le monde savait à Lesparre que vous hébergiez ces deux étrangers. Vous auriez donc dû être inquiété. Il semble, poursuivit Strenquel, que l'on ait essayé de vous protéger. A croire que la ou les personnes qui ont organisé la chute de Rochelle et d'Alberti ne voulaient atteindre qu'eux. Du reste, les émissaires de Londres à peine éliminés, les ponts ont été coupés.

— Voyons ! Dans la clandestinité, c'est une règle absolue. Par contre, ce que vous dites là est faux pour les largages d'armes. Le plan initial concocté par les deux agents de Londres a été respecté à la lettre. Si Rochelle avait parlé, c'eût été la catastrophe. D'après les informations que nous avons eues, Patrick Rochelle est parvenu à bluffer la Gestapo en racontant qu'on changeait le dispositif chaque fois que tombait un agent. Il s'est condamné ainsi au peloton d'exécution, puisqu'il ne pouvait plus rien leur apprendre.

Ferdinand Strenquel avait les pires difficultés à conserver le masque de l'indifférence. Ce qu'il découvrait du caractère d'Adrien par ces révélations lui déchirait le cœur. Le colonel Pasty — qui n'était pourtant pas très doué pour la psychologie — soupçonna, à ce trouble, l'existence d'un lien étroit entre Rochelle et son visiteur.

— Vous connaissiez cet agent de Londres ?

— Oui, avoua Ferdinand. Assez bien.

— Je comprends alors, soupira l'officier.

— Vous, insinua Strenquel, vous ne l'aimiez pas ?

Dans un vague geste, Pasty montra que cette dimension du problème l'ennuyait, qu'il n'avait pas l'habitude de discuter des sentiments.

— Vous ne l'aimiez pas, insista Ferdinand, car si vous aviez eu la moindre sympathie pour ce jeune homme, vous l'auriez prévenu du danger. Je suis persuadé que vous saviez qu'il allait tomber dans un traquenard, et vous n'avez pas bougé le petit doigt.

L'accusation atteignit l'officier comme une gifle. Il se raidit, ne sachant plus quelle attitude adopter : réagir violemment ou courber l'échine sous la tempête. Debout déjà, Strenquel s'agitait de droite et de gauche.

— Je souhaiterais, poursuivit-il d'un ton rasséréné maintenant que l'estocade était donnée, que l'on examine au plus près l'emploi du temps des deux hommes, de l'instant où ils sont arrivés à Lesparre jusqu'à la seconde du drame.

C'est alors que le colonel Pasty réalisa qu'il ne servirait à rien de ruser plus longtemps. Le simple examen des faits et gestes des deux hommes suffirait à éclairer le plus inapte des enquêteurs. Puisque Delcoste avait déjà semé le doute dans la tête du visiteur, la suite du système de défense se déviderait à coup sûr comme une pelote de laine.

— Le soir même de leur arrivée, commença Pasty d'une voix lasse, les envoyés de Londres ont participé à une réunion intergroupes dans la cave de ma maison. Rochelle a développé l'idée qu'il fallait unir les réseaux de la Résistance, tous les réseaux, et les placer sous un commandement unique, lequel ne recevrait ses ordres que du général de Gaulle. Bien entendu, j'étais d'accord avec ces nouvelles dispositions. Comme vous le savez, les Alliés préparaient un débarquement, et dans cette optique, il s'agissait de coordonner toutes les forces. Pour certains groupes constitués dès 41, le diktat de Rochelle fut reçu comme une mainmise autoritaire sur leurs commandements. Ça voulait dire : fini de jouer à la guéguerre chacun dans son coin. Poussez-vous que je m'y mette. C'est moi qui arrive, maintenant que les choses sérieuses se profilent à l'horizon. Rochelle indiqua d'un ton ferme et sans ambages à ces chefs peu habitués à l'obéissance militaire qu'ils n'obtiendraient des armes et de l'argent qu'à cette condition. Et en cas de refus, précisa le jeune homme, attention aux foudres du haut-commandement. Entre le patriotisme et le brigandage, il n'y a qu'un pas… Les agents de Londres disposaient de 500000 francs pour arroser les chefs bien conciliants. Les autres n'ont eu qu'à se serrer la ceinture. La réunion, hélas, a tourné à l'affrontement. En particulier, l'un des responsables des maquisards planqués dans la forêt de Buzet, un certain Gaspard, a refusé tout net de se plier à ces conditions. Et plus tard, quand Rochelle s'est rendu sur place pour parlementer, il a été reçu avec une mitraillette sur le ventre. En revenant de son expédition, il m'a vivement pris à partie pour avoir invité ce Gaspard à notre réunion. Je lui ai suggéré de mettre un peu plus de diplomatie dans ses actes. Il s'est refusé à jouer les médiateurs, indiquant qu'il ne disposait pas d'assez de temps pour ça. Par la suite, ce Gaspard a organisé des opérations douteuses, en violation avec les ordres du commandement FFI. A la libération de Toulouse, je me suis entretenu de cette affaire avec un des officiers du Mouvement de libération nationale, le lieutenant-colonel Mallard, qui dirigeait à l'époque un groupe posté à Bouconne. Dans les heures qui ont précédé la tournée de Rochelle, Gaspard est venu le voir pour le convaincre de refuser les directives de Londres. Il lui a même dit : « Ces petits cons ne vont pas traîner longtemps dans le pays, je m'en charge… »

Ferdinand Strenquel cachait mal le trouble qui lui torturait l'estomac. Il se détourna vers la large fenêtre qui s'ouvrait sur le parc ensoleillé. Les yeux mouillés de larmes, il serrait les dents. Tu ne vas pas trébucher maintenant que tu arrives au but, se disait-il. Tu as voulu savoir, alors tu ne peux t'en prendre qu'à toi-même, y compris si la vérité est insupportable à entendre, ça valait quand même la peine.

— Ainsi, ajouta Ferdinand d'une voix cassée, tournant le dos à l'officier, Patrick Rochelle et son compagnon ont été livrés à la Gestapo par un chef de la Résistance…

*
* *

En la voyant partir à grands pas, tous les jours sur le coup des quatre heures de l'après-midi, vers la maison du haut, la maîtresse de Lavialatte soupirait : « Ah ! ça va conspirer son aise… » Emma était loin de la vérité. La mère et la fille parlaient peu en buvant une infusion de tilleul. Près d'elles, il y avait toujours ce portrait d'Adrien que l'on avait fait tirer en grand format. Marie, durant de longs moments, imaginait un peu de vie sur ces traits figés pour l'éternité.

— Maman, conseilla Line, tu ne devrais pas te torturer ainsi.

— Adrien, c'est toute ma vie, soupirait-elle. Les êtres que nous aimons meurent, et c'est une partie de nous-mêmes qui s'en va. Beaucoup de gens s'imaginent que la mort est devant nous, à nous attendre. En fait, la mort est présente dans chacun de nos actes. Nous mourons chaque fois que nous perdons un rêve, renonçons à un projet. Toutes les circonstances de l'existence ne font que nous préparer à cet instant. Je n'ai pas eu la force d'empêcher Adrien de partir à Londres, je suis morte un peu plus ce jour-là. Le reste, a-t-il tant d'importance ?

— Enfin, s'offusqua Line, je suis là, moi, et bien là, vivante plus que jamais !

Marie se mit à caresser ce visage ainsi qu'elle le faisait autrefois lorsque la petite fille était rendue jalouse du trop d'attention accordée à son frère.

— Je n'aime pas quand tu parles ainsi. On dirait que tu souhaites disparaître.

Et comme Marie ne répondait rien, Line la fixa avec peur.

— Je ne peux pas imaginer que tu ne sois plus là.

Elle demeurait dans cette pose terrible, chargée d'indifférence, à croire que l'angoisse de sa fille la laissait de marbre.

— J'ai remarqué, poursuivit Line, que vous n'êtes plus comme avant, papa et toi.

— Je lui en veux terriblement de n'avoir pas su retenir Adrien, répliqua-t-elle d'un ton sec. C'était son devoir de père de l'empêcher de faire cette bêtise. Et voilà que maintenant il s'inquiète de savoir qui est derrière sa mort. Je sais qui est responsable de sa mort. C'est lui et c'est moi ! Nous deux, parce que nous n'avons rien fait pour interrompre cet engagement stupide.

Tout en cheminant dans la petite maison, de la cuisine à la chambre, Line déplorait l'état des badigeons, ces bleus et blancs pisseux. Ici, rien n'avait changé depuis le mois de juin 40 où on les avait installés dans ce provisoire qui s'éternisait.

— Papa ne veut pas faire entreprendre quelques travaux ?

Marie tourna son visage vers la lumière de la porte ouverte sur le balcon. Entre les barreaux de la balustrade en fer forgé courait la vigne vierge avec les premières éclaboussures de rouge dans les feuilles d'automne.

— Il faudrait que nous nous décidions à vendre la villa d'Amiens.

— C'est toi qui refuses ?

— Il y a tellement de souvenirs là-haut. Tellement de rêves brisés.

— Il faut marcher résolument vers l'avenir, plaida Line.

— Penser à l'avenir, soupira Marie, avec tous ces morts derrière nous, ça ne signifie rien. Arrive un temps où la balance pèse plus vers le passé que vers l'avenir. Toi, ce n'est pas pareil. Tu as tant de belles années devant toi. Et encore, sache donc ne pas les gaspiller. Pousse ton mari à bouger des pattes de sa mère.

— Ne t'en fais pas, soutint Line. Ne t'en fais pas. Emma m'impressionne bien moins qu'avant.

— Je suis heureuse de l'apprendre. Mais cette femme a des ressources insoupçonnées. Ce n'est pas, à proprement parler, une mauvaise femme, mais elle ne voit le monde que par sa rancœur.

— Pourquoi la rancœur ?

— Le docteur Fayolle m'a raconté qu'en 1914 elle avait été placée à la ville chez un notaire. Ce notaire aurait été son amant.

Line se recula, prise d'un fou rire.

— Emma ? Un amant ! Ce n'est pas possible !

— Elle a ensuite épousé Léon Goursat par dépit amoureux. Car Emma a toujours espéré que le notaire ferait d'elle une dame de Brivins. Le rêve s'est cassé. Il y a de quoi être amer, après un amour contrarié, non ?

— Je parie que Clément ne sait rien de tout ça.

— Tu ne vas pas t'empresser de lui en parler, non !

Un instant, Line imagina Emma aux prises avec la fièvre des passions, et le rire la reprit. Emma avait donc, au temps joyeux de sa jeunesse, eu le cœur battant la chamade à se rompre ! Cet élan ravageur s'était mué en une sécheresse d'âme qui avait tourmenté l'enfance de Clément. Pourquoi tant d'hypocrisie ?

L'aveu extraordinaire n'était pas tombé aussi innocemment qu'un cheveu sur la soupe. Depuis des jours et des jours, Marie attendait une occasion pour le glisser, avec l'espoir évident que Line en tirerait avantage. Faire tomber la haridelle de sa juste hauteur pétrie de passions ordinaires calmerait toute volonté de puissance. Dès lors cesserait-elle de se dresser, telle une statue d'orgueil. Tout être possède une faille dans la cuirasse par où glisser la rapière, songeait Marie dans un ravissement que percevait à peine Line tout occupée à plaindre Léon, le souffre-douleur d'un amour contrarié.

Les deux femmes, pour se dégourdir un peu les jambes, s'engagèrent sur la route de Lavialatte. Accablés par un été terrible, les champs environnants portaient encore les stigmates de la sécheresse. Malgré les petites pluies de septembre, l'herbe n'avait pas encore reverdi comme les autres années. Les deux promeneuses avançaient à petits pas vers les hauteurs de la colline, jusqu'à disposer d'une large vue dévoilant Galiane-sur-Sévère, Chèvreroche et, en appui sur l'horizon, les puys de Merliac, masse jaune composée d'une mosaïque de champs en friche et de parcelles labourées.

Sur ces hauteurs, le vieux Delteil retournait sa terre pour y semer du blé. Line et Marie s'amusaient à l'entendre tempêter en patois contre son attelage qui tirait la charrue de travers. Quand le paysan vit approcher les femmes, il leur fit un signe en levant son béret.

— On se promène ? cria-t-il.

Et le vieux jugea qu'il serait plus convenable d'approcher. Il passa devant ses bêtes pour chasser les grappes de mouches agglutinées sur les naseaux.

— Qu'est ce qu'il fabrique donc le Léon ?

— Il prépare les comportes pour la vendange, répondit Line.

— Je le sais, avoua Delteil. C'est manière de parler, parce que je dois lui donner un coup de main. Nous nous somme vus à la ferme de Pauliat.

A son grand étonnement, au simple rappel du nom de Pauliat, les femmes ne bronchèrent pas. Alors, il s'approcha un peu plus, histoire de vérifier si elles connaissaient bien la nouvelle qui faisait le tour du pays. Marie humait la bonne odeur de terre et de suint d'animal qu'exhalait le vieux.

— Vous savez pas ?... Le maquis a arrêté Edouard Pauliat et Baptiste Ponchet. Ils sont à Brivins, au camp des Farigoules. On chante partout que les propriétés et les terres vont être saisies. Vous rendez-vous compte ? Ça va loin, l'affaire !

Dans l'attente d'une réaction, le bonhomme parut réfléchir. Depuis ces dernières heures, à sa façon, il tâtait le pouls de l'opinion pour savoir s'il existait à Galiane un fort courant en faveur de Bernical.

— Ils en ont profité du régime, hasarda Delteil. Mais je suis comme votre beau-père, madame Goursat, je trouve que ça mérite pas qu'on prenne leurs propriétés.

Delteil jouait l'équilibriste sur les deux arguments pour jauger vers quel côté la balance pencherait. Il n'était point nécessaire d'être grand devin pour comprendre que les gens de Galiane étaient hostiles à ces arrestations.

— Ils ont déjà payé. Les maquisards leur ont pelé le cul sur les cailloux du chemin des Vieilles Vignes.

— Si ces deux hommes ont volé quelques bons citoyens, il y a qu'à leur faire rendre cet argent, suggéra Line.

— Mais, ajouta Marie avec un petit sourire narquois, si l'on devait faire rendre l'argent du marché noir, on n'en finirait plus.

— Oh là là ! Oh là là ! fit Delteil en levant les bras au ciel, ce qui mit un terme à la conversation.

Les deux femmes continuèrent jusqu'au calvaire, puis s'en revinrent d'un même pas égal par le petit chemin creux qui contournait le vallon. Entre elles, il fut bien sûr question des arrestations évoquées par Delteil.

— Avec cette guerre, maugréait Marie, quel que soit le côté

où l'on se situe, personne n'aura été épargné. Maintenant, on traîne les lampistes devant les pelotons d'exécution, comme on y a traîné ton frère. Ce sont toujours les mêmes qui appuient sur la détente. Ton père refuse d'admettre ça. Mais, en dehors d'une poignée de salauds qui vont, à de rares exceptions près, survivre à ce naufrage, les Français sont-ils aussi coupables qu'on veut bien le dire ? Alors qu'ils ne demandaient rien à personne, on est venu les enrôler dans cette tragédie.

A Brivins, dans le salon des Saint-Assier, Line avait entendu un semblable discours. Le ton en était, certes, plus cynique, voire franchement rigolard, comme tout ce qui se disait sous ce toit : « A présent, clamait la petite femme de Saint-Assier, qu'on nous laisse rire et profiter de la vie, rattraper tout ce temps perdu. Oui ! Ça servirait à quoi de se lamenter ? De toute façon, aucune leçon ne sera suffisante. Ce pays se condamne à une guerre tous les vingt ans. »

V

— Vise un peu là, clama Gégette, comment qu'on considère les libérateurs ? C'est un plaisir de voir ça !

Le voisin, rajustant son large béret, zieutait une petite beauté qui faisait les cent pas dans le hall de la gare de Brivins.

— Qu'est-ce qu'on peut serrer comme cuillères. Depuis qu'j'suis dans la Milice patriotique, putain, je n'ai plus que des copains. Mais moi, à tout considérer, j'préfèrerais encore serrer les nénés de cette donzelle.

— T'es vraiment obsédé, quoi ! merde !

— T'en tâtais beaucoup des comme ça dans les bois, gars ? C'était pas tous les jours qu'on s'vidait les burettes.

— A la Libé, je te dis pas…

— Tu veux dire les tondues ? Après les Boches, on leur a montré qu'on savait faire aussi. Pas vrai, Gégette ?

Et il lui balança une vigoureuse claque sur l'épaule.

— Eh ! gueula un milicien en approchant, le nerf de bœuf par-dessus tête, Manichon ? Manieur de nichons…

— Tu vas la fermer, connard ! J'veux pas qu'on m'appelle comme ça. Juste au moment où j'allais lui roucouler un de ces regards féroces à foudroyer une nonnette, voilà qu'tu viens m'casser la baraque.

— Laquelle ? demanda Laclavette.

— Celle qui fait tapisserie dans son tailleur orangé.

— Elle fait pas tapisserie, nota Gégette, elle attend son julot. C'est tout. Qu'est-ce que tu peux être con !

— T'crois qu'elle est en main ? s'interrogeait Manichon avec un air désespéré.

— T'paries que je la contrôle ? proposa Laclavette.

Le milicien s'approcha d'un pas conquérant pour demander à examiner les papiers. Gégette se détourna vers les guichets pour cacher son rire. Manichon guignait la scène avec le trac d'un comédien qui va faire son entrée. Il attendait un signe de Laclavette pour enfin s'approcher, roulant les épaules.

— Chef ? Vous pouvez voir si ses papiers sont en règle ?

— Allons, allons, proféra Manichon bon enfant, tu ne vas pas embêter cette gentille petite dame.

La jeune femme observait les miliciens, un mélange de peur et de surprise sur le visage.

— Je crois, oui, que ses papiers sont en règle, ajouta Manichon en roulant des œillades sur le corsage évasé.

— Non mais, s'offusqua la jeune femme, vous vous prenez pour qui ?

Foudroyé d'un œil noir, Manichon comprit alors qu'il n'aurait aucune chance de la séduire par cette méthode. A croire qu'en matière amoureuse, il ne lui restait plus qu'à « forcer les tondues », comme il disait. D'un geste, il tira la bretelle du sac à main qu'elle portait en bandoulière et en versa le contenu sur les dalles.

— Ça va pas, non ? cria-t-elle en cherchant désespérément quelque secours d'une foule qui ne bronchait pas, tant les miliciens étaient redoutés.

Il n'y avait là rien que de très ordinaire dans ce sac : le bâton de rouge à lèvres d'une grande marque d'avant-guerre et le petit étui à maquillage en ivoire. Pour un esprit étriqué comme celui de Manichon, une panoplie de ce genre-là fleurait la cocotte, la putain, la « tondue ».

— Un cadeau des Boches ?

Gégette tenta de s'interposer, mais Manichon le repoussa violemment. Dans sa petite tête, il cherchait n'importe quel prétexte pour embarquer cette fille. Le désir le rendait malade comme un chien enragé.

Au buffet de la gare, situé dans l'aile droite, Floher somnolait, les coudes sur le zinc. Il était ivre de discours et d'apéros. Depuis des jours et des jours, le chef de la Milice patriotique n'arrêtait pas d'expliquer à la cantonade qu'il fallait faire de la

Corrèze une démocratie populaire. « Merde ! s'exclamait-il en montrant son pistolet et ses hommes en armes, on a tout ce qu'il faut pour réussir ! C'est pas un peigne-cul comme Declotz qui va arrêter le vent de l'histoire… » Laclavette vint le tirer de sa somnolence par de tels cris qu'il dégringola du zinc, le visage congestionné.

— Viens vite, camarade, y'a ce con de Manichon qui fait du grabuge…

Quand Floher parvint dans la salle des pas perdus, le milicien avait sacrément avancé en besogne. La jeune femme en larmes n'attendait plus que le fourgon du camp des Farigoules pour être embarquée. La gifle magistrale expédia Manichon contre le panneau des horaires. Tout s'écroula dans un bruit infernal. Les badauds refluèrent de peur. Dans ce climat incertain où les groupes en venaient souvent aux mains, il n'était pas rare d'entendre siffler quelques balles perdues.

— On est là pour arrêter les trafiquants et non pour faire du plat aux petites bonnes femmes, gueula le chef en faisant virevolter sa grosse carcasse. Suffit que je tourne le dos pour qu'une connerie se pointe à l'horizon. Merde alors ! Avec des coups foireux comme ça, on va se faire haïr des masses. Qu'est-ce qu'on attend de nous ? L'arrestation des profiteurs. Nous sommes les éléments les plus sains du peuple. Alors, soyons au moins dignes de notre uniforme héroïquement gagné dans le maquis.

En un tour de main, Floher reconstitua sa patrouille, prête à entrer en scène dès l'arrivée du train de 22 heures 10 en provenance de Bordeaux. C'était là, à la descente des voitures, qu'il flairait son gibier. Rien de très professionnel dans la méthode d'investigation. Le gros bonhomme humait les mines d'un œil attentif. « Le crime se lit sur les visages », avait-il coutume de dire à ses hommes, si fiers de jouer aux gendarmes et aux voleurs. En fait, Floher alpaguait au hasard les porteurs de grosses valises. Quelquefois, ça tombait à pic, ce qui authentifiait instantanément le bien-fondé de sa science personnelle. Quand ce n'était — le plus souvent — qu'une méprise de plus, il renvoyait alors d'une bourrade le malheureux tenu pour responsable de ne pouvoir confirmer la justesse de ses a priori.

Après quatre années de pétainisme, Floher avait la conviction d'une France corrompue, gangrenée jusqu'à l'os. Se situant parmi les éléments les plus sains de la société, sain et pur puisque combattant émérite de la première heure contre la maladie, il était tout indiqué pour prescrire ses récipés sur le bon peuple. A quoi reconnaissait-on un élément corrompu ? A sa bonne mine ? A sa mise ? A ses propos ? Le premier signe, n'était-ce pas d'abord de n'avoir pas été résistant, ne serait-ce qu'un tout petit brin dans quelque tout petit recoin de l'âme. Mais le signe le plus évident, le plus manifeste, c'était de ne point souscrire avec ardeur à ces formules selon lesquelles la moindre critique à l'égard des vaillants et courageux libérateurs constituait une grave atteinte au redressement de la France. Mais le crime des crimes, le crime suprême, l'impardonnable crime, s'appelait… marché noir…

Guettant à l'écart, comme il l'avait vu faire tant de fois aux agents de la Gestapo — les mêmes maux exigeant sans doute les mêmes remèdes —, Floher suivait les allées et venues, la main plaquée sur son étui à pistolet. Il ne se lassait jamais de cette faction vigilante. Depuis qu'on l'avait nommé gardien de la République renaissante, de nuit comme de jour, infatigable, il était sur la brèche. L'entrée du train en gare fit se précipiter ses hommes sur le quai. Ils se postèrent à dix mètres l'un de l'autre pour filtrer le flot des voyageurs.

Dans la petite foule qui se pressait vers la sortie, par-delà le couloir sur lequel veillait le poinçonneur de billets, le chef de la Milice repéra un jeune homme dont le chapeau en feutre mou lui parut d'un genre suspect. A cette réaction, Floher n'eût sans doute pu donner aucune explication rationnelle : elle relevait de son instinct de traqueur. Il fit signe à Laclavette et à Magnard de prendre le quidam en chasse. La proie semblait ne point se douter de ce qui l'attendait. Dans le hall, l'homme se planta près d'un chariot des postes. Il regardait de droite et de gauche. Floher le désigna discrètement d'un petit signe de tête à Manichon.

— Cet oiseau attend quelqu'un. M'est avis que le bonhomme est un salopard de première.

Parmi l'attroupement des personnes venues attendre les voyageurs du train surgit un jeune homme en blouson de cuir qui s'avança vers le chariot. Les deux individus, à quelques signes extérieurs convenus, durent se reconnaître, puisqu'il fallut à peine quelques secondes pour les décider à sortir de la gare, l'un derrière l'autre. Cette manœuvre éveilla l'attention du chef milicien qui hésitait encore. Sur le parvis, Floher se jeta sur eux, arme au poing. Laclavette et Magnard leur collèrent la mitraillette sur le ventre.

Au fond de la poche du voyageur, ils trouvèrent une liasse de billets de banque. En cela, rien de plus normal. Mais, dans celle du jeune homme au blouson, ils saisirent un paquet soigneusement ficelé contenant six cents grammes de tabac ! Le chef de la milice fit amener ses prises au pied du fourgon cellulaire qui était garé près du bar Terminus.

— Comment tu t'appelles ? questionna Floher.

Le trafiquant d'herbe à Nicot hésitait à répondre. On lui avait conseillé, en cas d'arrestation, de ne rien déclarer aux miliciens, et d'attendre l'interrogatoire des enquêteurs de la commission de triage, plus soucieux des droits de la défense. Un vif coup de poing à l'estomac plia l'homme en deux. Et aussitôt Magnard, qui ne voulait jamais être en retard d'une brutalité, le redressa en le précipitant contre la carrosserie du fourgon.

— Tu vas répondre, petite frappe ? Sinon, je te casse ta belle petite gueule !

— Moi, fit l'autre type, celui qui avait le chapeau de feutre mou, je ne connais pas cet individu.

— La ferme ! gueula Laclavette. Tu parleras quand on te le demandera !

A la seconde gifle, le sang se mit à dégouliner du nez.

— Y pisse la raisinée comme de rien, releva Magnard.

— M'est avis qu'on ferait mieux de le rentrer dans le fourgon pour le passer à tabac, suggéra Laclavette.

— Moi, je trouve que cette correction devant la population,

c'est de la véritable instruction civique, dit Floher en lui assenant un coup de savate magistral dans le bas-ventre.

Le trafiquant tomba à terre, recroquevillé par la douleur.

— Merde alors, sa caboche a rebondi sur ma godasse, déplora Magnard en lui filant un bon coup de pied en pleine tête.

Un petit attroupement venait de se constituer. Il y avait ceux qui se réjouissaient de voir un collabo se faire corriger. Un collabo ? Qu'en savaient-ils ? Ou du moins, un salaud qui payait pour les autres. L'essentiel, c'était de voir le sang couler. Le sang des autres. Qu'importait la culpabilité de ce sang, pourvu qu'il lavât celui versé pendant l'Occupation. Enfin, il restait un petit nombre, la peur au ventre, pour qui la guerre continuait avec ses horreurs. Un petit nombre qui gardait le silence comme il avait gardé le silence pendant les quatre années précédentes.

Floher se tourna vers les gens. Tout auditoire réveillait invariablement en lui un déclic : le désir de prononcer un discours.

— Ces deux individus sont des trafiquants du marché noir, lança le chef de la Milice patriotique. Affameurs pendant l'Occupation, ils continuent leur sale besogne au service de la Cinquième colonne. Même si le crime est moins grave que ceux commis pour aider la Gestapo, c'est tout de même l'acte très grave d'un ennemi du peuple. Un traître reste un traître. Ces sales individus s'engraissent sur la misère des Français, s'empiffrent pendant que nos soldats se battent héroïquement à la Pointe de Grave et meurent pour la liberté. Non ! hurla Floher en levant le poing, nous ne laisserons pas ces traîtres nous poignarder dans le dos !

D'une bonne giflette, Magnard expédia le chapeau du voyageur voltiger dans les airs.

— On s'décoiffe quand le chef parle, tança Laclavette.

— Je n'ai rien à voir…

Le coup de poing dans les côtes lui coupa le souffle. Des applaudissements retentirent, des jurons et des cris fusèrent. Puis on chargea les deux coupables dans le fourgon.

A l'entrée du camp des Farigoules, on traîna les prisonniers dans le baraquement d'accueil. Bordieu, responsable de la commission de triage, découvrait la tête tuméfiée avec horreur. De l'index, il fit signe à Floher de le rejoindre dans le couloir.

— Cette fois, je te colle un rapport, fit-il. Ça fait la quatrième fois depuis le début de la semaine. Si jamais y en a un qui claque, tu passeras en cour de justice.

Floher le toisait en rigolant.

— J'épure. Et je n'ai pas de leçon à recevoir. Les socialos de ton espèce, camarade, j'en fais un tous les matins. Et ton rapport, je m'en torche, mon gars !

Bordieu fit apporter une serviette pour éponger l'hémorragie de l'arcade sourcilière.

— Votre nom ? demanda-t-il après avoir fait asseoir le jeune homme devant son bureau.

— Goursat, répondit-il en tenant la serviette appuyée contre sa joue comme un cataplasme. Il épela son patronyme. Goursat Clément, né à Galiane-sur-Sévère, le 23 septembre 1922.

*
* *

La quête de la vérité ne cessera jamais d'être une épreuve, se disait Ferdinand Strenquel en revenant à son hôtel de Verdun-sur-Garonne. Il roulait lentement. Les hauts platanes bordant la chaussée faisaient alterner des masses d'ombre et des éclats lumineux sur son pare-brise, ce qui lui gênait la vue déjà embuée par l'envie sourde de pleurer. Il s'arrêta à hauteur d'un petit ponton installé par les pêcheurs, qui surplombait de quelques mètres les eaux paisibles de la Garonne. Ferdinand vint s'asseoir au-dessus du vide, jambes pendantes. Ce serait une grande et belle et noble action, se dit-il, que de retrouver ce Gaspard. Et défila dans sa tête un dialogue imaginaire, un questionnaire des plus redoutables sur l'affaire de Lesparre. Et en quelques minutes, quelle bordée d'injures reçut l'ancien chef de groupe de la forêt de Buzet ! La colère était à peine visible sur le visage de Ferdinand, juste quelques imperceptibles mouvements de lèvres.

Depuis ces mois de solitude, il intériorisait toutes les questions qu'il se posait inlassablement. Pourtant, le docteur Fayolle lui avait conseillé de s'en ouvrir à lui. Sans résultat. Ce genre de questions relevait du domaine intime, aussi impénétrable qu'une forteresse. Les remparts dressés pour se protéger des importuns lui garantissaient une paix mortelle, sans espoir de rejoindre jamais les vivants ordinaires. Cette cassure dans sa vie avait cimenté le goût pour l'exil intérieur par lequel l'homme blessé finit pas trouver le salut. A la vérité, c'eût été tellement plus simple d'être croyant, d'espérer dans le simple écoulement des jours qui le séparaient de la mort. Le temps, se disait-il, ne fera que m'éloigner d'Adrien chaque jour un peu plus, jusqu'à perdre les contours de son image. De même, ma mémoire, faiblissant avec l'âge, altérera jusqu'au souvenir de sa courte existence. La seule façon digne d'honorer Adrien, voulait-il se persuader, serait d'arrêter illico cette plaisanterie absurde. Déjà, l'idée lui était venue en juin 40, et le passage à l'acte avait été différé à cause de Line. La question de ce côté-ci ne se pose plus, se dit-il, puisque Line a épousé un gentil garçon qui, à coup sûr, la protégera de l'avenir.

Ferdinand Strenquel sentit un tressaillement nerveux dans ses longues jambes en surplomb du fleuve. Une force étrange le tirait vers les fonds verdâtres moirés d'éclats d'argent. Il ferma les yeux, pensa à bloquer la respiration avant d'entrer dans l'écume. L'idée de crever cette eau glauque, qui se refermerait sur lui, et d'y séjourner de longues semaines, ballotté au gré du courant, lui souleva le cœur. Cette chose molle, se dit-il en tâtant sa cuisse d'une main ferme, te deviendra étrangère, aussi étrangère que les cadavres sur lesquels tu marchais, comme en un mol tapis, trébuchant dans le râle et le sang, au chemin des Dames, durant l'ultime assaut. D'un mouvement de reptation des fesses sur le caillebotis, il amena son corps au point de déséquilibre. Et c'est alors qu'une parole tonna en lui : « Avant le grand saut, il te faut lui écrire. Tu ne peux pas partir sans un mot, sans rien. »

En reprenant le volant de sa voiture, il se sentait émerger

d'un long engourdissement. C'était comme s'il se mouvait désormais à côté de lui-même, détaché de son visage qu'il observait étrangement dans le rétroviseur. Ce sera facile avec ce sentiment de ne déjà plus exister, ricana-t-il.

Strenquel monta directement dans sa chambre et n'entendit pas l'hôtesse qui lui demandait s'il désirait dîner. Il tourna le verrou pour ne pas risquer d'être dérangé. De même, il ferma les lourds rideaux de toile écrue sur la fin du jour qui allongeait l'ombre des ormeaux sur l'étendue des champs. Le fleuve était noir comme la nuit qui s'en venait à petits pas de l'horizon souligné d'un cerne écarlate. Il tira rageusement sur le tissu pour obturer toute image vivante du monde.

La lettre qu'il écrivit à Marie, courte au point de tenir sur un seul feuillet de bloc-notes, commençait ainsi : *« Ma chère Marie, quand tu recevras ce courrier, j'aurais mis un terme à mon existence. Je suis navré de la peine que cette nouvelle va entraîner, mais je ne pouvais continuer à vivre comme si de rien n'était, à respirer, à bâiller aux corneilles tandis que... »*

Après qu'il eut rédigé sa lettre, il la relut attentivement et trouva que la manière dont il évoquait son suicide était ridicule. Il s'appliqua donc à rédiger une autre version. Cette fois, elle lui parut d'un intellectualisme désolant, compassé. Ce n'était qu'une sorte de misérable littérature comme il en fleurit aux rayonnages des kiosques de gares. Ferdinand comprit alors qu'une telle crise intérieure se situait au-delà des mots. A quoi bon, se dit-il, écrire une lettre pour justifier un acte qui ne concerne plus le monde des vivants ? A moins qu'il ne s'agisse d'un malentendu, d'un appel au secours... Des deux moutures, Ferdinand ne conserva que les généralités. Le ton était désormais sec et froid, ainsi qu'il convenait, jugea-t-il en humectant du bout des lèvres le rabat de l'enveloppe.

En longeant le fleuve, il suivait des yeux le vol des martinets qui grappillaient des insectes. Ils montaient et descendaient dans le ciel, chutaient plutôt sur leur proie, avant de se relancer d'un coup d'ailes. La nuit était douce et chaude, chargée d'une odeur de vase qu'exhalait le fleuve. Par-delà la route, les arbres, le toit mauve des maisons, Ferdinand observait la beauté de la lumière si longue à mourir absorbée par le crépuscule. A l'entrée de la place, il croisa un groupe d'adolescents occupés à goûter la quiétude du soir. L'un d'eux, grand et mince, l'accompagna du regard. Se sentant observé, Ferdinand se retourna brutalement. Le regard s'effaça aussi vite. A l'instant de glisser l'enveloppe dans la boîte aux lettres, il hésita. Le jeune homme, de l'autre côté de la place, le regardait de nouveau. Ferdinand Strenquel retira vivement la main, comme sous l'effet d'une brûlure, et replaça la lettre dans sa poche. Demain, se dit-il troublé, ce sera plus facile. Demain, il ne sera pas encore trop tard.

*
* *

Sur la large façade de l'imprimerie Saint-Benoît, l'inscription *Les Nouvelles du Centre*, en hautes lettres rouges, avait remplacé le bleu délavé de *La Voix du Centre*. De l'ancienne calligraphie, on avait juste conservé la forme des lettres. Cette idée maladroite faisait jaser ceux qui estimaient déjà que du journal de la collaboration à celui de la Libération, il n'y aurait guère de différence. Le nouveau directeur, Serge Gibaud, fit ajouter en sous-titre dans un noir au blanc : *Quotidien chrétien et social*. Entre les mêmes murs de l'imprimerie Saint-Benoît, qui n'était pas encore débaptisée dans l'attente de la décision de justice sur le sort de Lamongie, on tirait aussi le journal de Declotz, *Brivins-Presse*, qui, lui, avait adopté comme bandeau une formule peu engagée : *Grand quotidien d'information*.

Flanqué de son conseil municipal, Declotz avait inauguré son journal en se félicitant du renouveau de la presse dans la ville. Les premiers numéros de *Brivins-Presse* étaient sortis sur quatre pages dans un petit format, un peu ridicule, mais imposé par les restrictions de papier. Quant à l'autre quotidien, *Les Nouvelles du Centre*, Juglard, déjà ennemi juré de Gibaud et de Michalon, s'arrangea, par un tour de passe-passe, à en retarder le plus possible la naissance. Il prétexta que le peu de papier disponible devait être consacré en priorité à un journal apte à publier les communiqués officiels dans leur intégralité, les mercuriales et les décrets administratifs, plutôt que des prises de position polémiques. Cette manœuvre fut rapidement déjouée par la ténacité de Michalon, qui n'hésita pas à faire intervenir une personne influente pour que le papier leur fût acheminé sans le contrôle du Comité local de libération. Le quotidien lança donc sur le marché ses premiers numéros avec une bonne semaine de retard. Dans les premières éditions, l'équipe de Gibaud s'employa à produire un journal ressemblant trait pour trait à son concurrent, mais certaines informations municipales n'y figuraient pas : Juglard, qui poursuivait les *Nouvelles* d'une haine insensée, avait imposé à ses services un certain embargo. Gibaud ne désirait point se démarquer par quelques éditoriaux engagés. Pour l'instant, il respectait la trêve à la lettre afin d'échapper aux foudres de Juglard.

Dès les premiers jours, les éditions des *Nouvelles du Centre* conquirent une audience record. Le succès tenait sans doute à la mise en page aérée, rendue possible par un octroi bienveillant de papier ; le quotidien donnait l'illusion d'un journal à part entière, comparable à ceux qui paraissaient avant la guerre.

Journellement, Declotz se faisait communiquer le résultat des ventes par un employé dans la place. Au bout d'une quinzaine de jours, le maire jugea que son petit *Brivins-Presse* avait perdu la partie face au concurrent, et ce malgré les manœuvres de son adjoint. Aussi décida-t-il d'engager des rapprochements stratégiques avec Serge Gibaud, pour ne pas risquer de perdre par un entêtement stupide son influence dans la ville. Juglard, qui avait beaucoup bataillé pour lancer *Brivins-Presse*, jugea cette capitulation tel un coup de poignard dans le dos. « Quoi ! hurla-t-il, que veut dire ce renoncement ? Il faut nous battre pour imposer notre journal. Nous disposons bien d'assez d'argent. Un peu moins aux Milices, un peu plus au droit d'informer !... » Declotz demanda à rencontrer le patron des *Nouvelles*, qui le reçut à bras ouverts. Le lendemain, fort de ce premier succès, le quotidien publiait son premier éditorial qui annonçait la couleur. Janicaud l'avait rédigé à la demande de Gibaud, qui se contenta seulement de le signer pour, dit-il, se faire connaître de l'opinion. Le texte portait sur le rôle de l'homme nouveau issu de la tourmente. Serait-il lâche, égoïste, délateur, profiteur, tel que le régime de Vichy l'avait désiré ? L'homme de la Libération serait donc un bon chrétien, respectueux de la justice sociale, de la liberté de pensée, et irait répandre ses principes dans tous les partis politiques futurs pour améliorer l'état moral de la société. Faut-il créer un parti politique chrétien ? s'interrogeait l'éditorialiste. Non ! répondait-il. Ce serait faire du cléricalisme. La leçon du passé aura bien été retenue : il ne faut plus jamais que l'Eglise soit sujette à de telles accusations.

Gibaud avait sur le journalisme des vues désarmantes. Si un quotidien, pendant trois cent soixante jours de l'année, ne doit que satisfaire le goût du lecteur pour le ragot de sous-préfecture ou, au pire, servir à plier les savonnettes, par contre, il retrouve, les cinq derniers jours, toute sa noble utilité au service d'une belle ambition politique. Sur cette question, Declotz et Gibaud avaient une conception identique. Ils ne tardèrent donc pas à s'entendre. Declotz savait que le prix de cette compromission sur le dos de *Brivins-Presse* conduirait tôt ou tard à une rupture avec Juglard.

Michalon se frottait les mains. Par la seule magie d'un malheureux petit journal à l'influence encore incertaine, les points de vue de Declotz se rapprochaient de ceux du commissaire de la République, Delanfroy. Depuis quelques jours seulement, les consignes du Gouvernement provisoire étaient d'éviter par tous les moyens que les groupes issus de la Résistance ne jouent contre le pouvoir central avec l'appui des Milices patriotiques, cette situation de désordre risquant de profiter au PCF. Le seul garde-fou demeurait le Comité local de libération, malmené à hue et à dia, il est vrai, car il était le terrain de prédilection où s'embourbaient les querelles hégémoniques. Depuis plusieurs semaines, il apparaissait clairement que Davoust comptait asseoir son autorité dans la population en forçant le trait sur les thèmes sensibles de l'épuration et du ravitaillement, pierres angulaires de la contestation populaire se dressant contre le nouveau pouvoir.

Declotz, le maire de Brivins, avait compris qu'en se démarquant de son conseil municipal — véritable fourre-tout politique imposé par les circonstances —, et surtout de son premier adjoint, Juglard, au lourd passé radical, il s'assurerait des perspectives à droite. Restait évidemment à offrir à celle-ci, clouée au pilori par l'opinion depuis la chute du régime de Vichy, une garantie suffisante. Les histoires de ravitaillement, d'épuration et autres amusements, Declotz s'en souciait comme de sa première chemise. La seule question qui le hantait jour et nuit était de gagner les prochaines élections municipales. Laroque lui avait fait toucher du doigt les données du problème. Chaque parti politique reconstitué présenterait une liste homogène, et même Juglard prendrait la tête d'une équipe formée au sein du Parti radical. Autant dire que Declotz se retrouverait seul. Seul et isolé. Sur la touche.

Quand Serge Gibaud, un soir, vint frapper du pommeau de sa canne de dandy contre la vitre de la Citroën qui devait reconduire le maire à son domicile, Declotz tomba des nues. Il le fit monter à côté de lui sur la banquette et ordonna au chauffeur d'aller faire un tour.

— Le groupe Floher de la Milice… Vous savez, ce fou qui se prend pour un justicier. Il est sur le point d'arrêter Roland Maluzier.

Le maire de Brivins sursauta. C'était donc vrai ce qui se murmurait un peu partout : l'homme n'avait pas quitté la ville. Quelle imprudence ! En d'autres heures, le sort de l'ancien député-maire de Brivins, et ancien ministre, ne lui aurait fait ni chaud ni froid. Mais là, à cet instant où tout se délitait, où les ambitions politiciennes reprenaient le dessus, quelle proie fabuleuse qu'un Maluzier, mais aussi quel danger…

— Je ne savais pas que Roland Maluzier vous intéressait au point de risquer votre peau à protéger un collabo, ricana Declotz.

— Si Floher tombe dessus, il n'y aura pas même un jugement. Vous pouvez me croire. Il sera fusillé dans l'heure. On ne peut pas laisser faire ça. Qu'ils descendent quelques bonniches ou des sous-fifres, on s'en fout, mais un ancien ministre de Gaston Doumergue, ce n'est pas tolérable.

— Ni le laisser juger, ajouta Declotz.

Gibaud rajusta son chapeau, signe d'embarras ou d'impatience chez cet homme qui avait hâte de connaître enfin ce que voulait Declotz. De son côté, le maire s'amusait un peu. Ce n'était pas si souvent qu'il lui était donné une telle aubaine, apparaître en personnage clé sur la scène de l'histoire.

— De plus, nous devons lui être reconnaissants d'avoir beaucoup donné à la Résistance dans le dernier quart d'heure.

Le patron des *Nouvelles* éclata de rire.

— Lui a-t-on laissé une autre chance ?

— On n'est pas maître de son destin, ajouta Declotz. Même si nous feignons de croire l'inverse, parce qu'il nous agrée de penser que nous serions quand même pour quelque chose dans le mouvement de l'histoire, nous ne sommes que les jouets de la destinée humaine. Moi, continua-t-il, j'étais, en 1940, un petit représentant de commerce à La Ménagère. Un soir, une amie est venue frapper à ma porte, comme vous le faites à cet instant, et je suis entré dans la Résistance. Bien sûr, j'avais des convictions comme tout le monde. Aujourd'hui, même un chien avec un chapeau mou possède des convictions. La conviction de celui qui gueule le plus fort et qui rameute ainsi les suffrages. Présentement, tout le monde est communiste. C'est normal. Ce sont eux qui braillent le plus. Hier, c'était Pétain. Demain ? Qui sait, peut-être arriverons-nous à élever un peu la voix ? Avant-guerre, moi, j'étais plutôt dans la frange des bons catholiques. La messe du dimanche. Le denier du culte. Je votais Maluzier aux élections plutôt que pour l'Union républicaine. Bref. Un Français ordinaire. En ces heures de folie, on oublie que la Résistance était peuplée de gens ordinaires. Désormais, on bâtit des images de héros à coups de distribution de prix et de médailles. Roland Maluzier a voulu sauver ses titres, son pouvoir, sa banque. Quand on n'a rien à sauver, il est facile de choisir. Alors, il a voté timidement la confiance à Pétain. Erreur fatale. Au prix de son honneur. Mais un homme politique n'a que faire de l'honneur. C'est une notion qu'il faut laisser à la populace.

Declotz regardait Gibaud avec amusement. Le journaliste

hochait la tête. Les états d'âme de ce maire, il n'en avait que faire. L'angoisse qui le tenaillait, qu'un Maluzier pût tomber entre les mains des communistes, était plus forte que tout. Cela signifierait l'aveu du vol des lingots d'or, une enquête, et sans doute la chute au bout.

— Où est-il ? demanda le maire.

— Vous ne croyez tout de même pas que je vais vous dire ça, sans autre garantie que votre bonne mine ?

— Je n'ai rien à donner en échange.

— Sûrement pas votre parole d'honneur. La leçon que vous venez de me faire est édifiante.

Le maire lui prit la main.

— Qu'allez-vous imaginer ? J'ai besoin de Maluzier. J'ai besoin de tout ce que cet homme a représenté et représente encore.

— D'accord, dit Gibaud. Mais à la moindre entourloupe, vous entendrez parler de moi.

— Croyez-vous un seul instant que je suis prêt à donner Maluzier aux communistes ? Qu'y gagnerais-je ? Des queues de cerises !

— Il est chez moi, avoua le journaliste.

— Alors, réfléchit Declotz, je ne vois qu'un seul endroit où il pourrait loger en toute sécurité.

Un petit rire nerveux secoua son visage.

— Ça pourrait être cocasse, ajouta-t-il en fixant Gibaud dans les yeux.

— Quoi donc ?

— Le seul lieu où il serait en sécurité, c'est chez Rose Cipriani. Là même où nous avons installé notre imprimerie clandestine en juillet 40. Les communistes n'auront pas l'idée de venir le chercher à cet endroit. Les deux hommes topèrent comme on conclut un marché entre maquignons.

*
* *

C'est de la bouche même de Franck Fayolle que Line apprit l'arrestation de son mari. Afin d'éviter les criailleries de désespoir, Marie jugea que les Goursat devaient être tenus en dehors de cette affaire. En la faisant monter à la petite maison, on gagnait un peu de temps pour inventer une explication plausible à l'absence de Clément. Line s'effondra littéralement, ce qui aviva la colère de sa mère.

— Tu as bien plus de chagrin qu'à la mort de ton frère, reprocha-t-elle. Avec tous ces trafics, ça devait finir par arriver.

Fayolle se caressait le visage de fatigue. Tout cela tombait bien mal en l'absence de Ferdinand dont on était sans nouvelles depuis quatre jours.

— Il vous a écrit ? demanda le médecin.

— Non, dit Marie. D'ailleurs, ce n'est pas du tout dans les habitudes de cet homme-là d'écrire.

— Il vous a tout de même dit qu'il partait sur les traces d'Adrien ?

— Hélas oui !

— Pourquoi hélas ?

— J'appréhende le retour, avoua-t-elle. Du reste, je lui ai demandé de ne rien dire quoi qu'il apprenne.

— Comment pouvez-vous fuir la réalité à ce point ?

Marie se saisit du visage de sa fille et essuya du plat de la main les grosses larmes qui dévalaient sur ses joues.

— Ça ne sert à rien de se lamenter. Tu seras toujours une enfant, une éternelle enfant, murmurait-elle.

Line se retourna d'un seul mouvement. C'était une réflexion qu'elle n'avait pas entendue depuis longtemps et dont l'usage remontait avant son mariage.

— On lui a enlevé son petit mari idiot avec ses idées de contrebande, et ça meurt de chagrin déjà. Du tabac !... s'exclama-t-elle. A-t-on idée de se mettre dans des situations pareilles pour du tabac ?

— Tu as l'air de prendre ça à la légère, réagit Line, mais c'est grave, très grave. Il risque sa vie.

Fayolle éclata de rire :

— Clément va écoper d'une amende. Et il devra débourser tout ce qu'il aura gagné en plusieurs mois de trafic. Voilà tout.

Marie se tourna vers le médecin :

— Je ne fuis pas la réalité, mais je me moque éperdument de connaître les circonstances de l'arrestation d'Adrien. Je savais qu'à partir du moment où cet enfant mettrait un doigt dans l'engrenage, il serait englouti. J'ai demandé à son père d'arrêter le cours de cette tragédie. Il n'a rien tenté. Il a cru, lui aussi, qu'il s'en tirerait. Quel homme stupide ! Je lui en voudrai jusqu'à ma mort.

Le médecin se détourna, pensif.

— Docteur ? gémit Line. Vous ne pouvez rien faire pour lui ?

Il vint s'agenouiller près d'elle. Quand il y a du bobo quelque part, c'est réglé comme du papier à musique, on s'en va demander au gentil petit docteur de faire l'impossible. Hier, Dubrot, aujourd'hui, Line Goursat, et demain ? Qui sera mon prochain client ?

— Bien sûr que je vais essayer. Mais je ne suis plus en odeur de sainteté en ce moment au sein du Comité de libération.

— Ils vous cherchent des noises ? s'amusa Marie. Un homme comme vous, tellement irréprochable…

Fayolle se demandait s'il n'y avait pas de l'ironie dans la voix, mais il feignit de n'y voir aucune malice.

— Vous ne m'appréciez guère, n'est-ce pas ?

La question du médecin la décontenança.

— Qu'est-ce qui vous fait dire ça ?

— Vous pensez encore et toujours que je suis complice de votre mari dans le départ d'Adrien à Londres.

Marie regardait le vide alentour. C'était une épuisante conversation qu'elle ne désirait pas reprendre là où les balles du peloton d'exécution y avaient mis un terme. Aussi, le sentiment d'épuiser d'incommensurables ressources de futilité la gagnait chaque fois que s'imposait à elle la reconstitution de ces longs mois tragiques.

— Je vois, se dressa vivement Line, que je peux compter sur vous tous ! Quel dommage que papa ne soit pas là. Lui, au moins, il écoute ce que j'ai à dire.

En coup de vent, elle traversa la pièce, claquant la porte derrière elle. Sur la seconde, Fayolle espéra une réaction de la mère. Elle demeurait prostrée dans l'indifférence. Alors, il sortit aussi, intrigué par cette passivité qui ne lui ressemblait guère. Cette femme, se dit-il, sombre dans une crise terrible. Comment se fait-il que Ferdinand ne m'en ait pas parlé ? Ah ! maugréa-t-il en s'installant dans sa voiture, ces gens du Nord, ça ne parle jamais de soi. Quelle fierté mal placée.

Line Goursat, plus qu'elle ne marchait, courait pour calmer son désarroi. Il lui semblait que cette agitation la rapprochait de son Clément, que toute cette peur allait briser enfin les murs de la prison. Soudain, à proximité du petit bois et de la palombière où, autrefois, ils se retrouvaient pour faire l'amour, elle s'arrêta. Au loin, on percevait encore le bruit de la voiture du docteur Fayolle s'éloignant vers la route du puy de Merliac. Lui ne peut rien, récapitula-t-elle. Maman s'en fiche ! Papa est absent, et qui sait pour combien de jours ? Et je ne peux pas compter sur ma belle-famille… A aucun prix… Emma et encore moins Léon ne devaient apprendre la vérité. Leur fils en prison ? Voilà bien le comble de l'ignominie. Au pire, Line savait qu'elle pourrait se tourner vers Emma. Quant à Léon, on pouvait tout craindre. Cet homme, qui était l'intégrité même, jusque dans les actes les plus insignifiants de la vie quotidienne, n'accepterait jamais que son fils pût lui infliger un tel déshonneur. Line l'avait vu exécuter son chien, le malheureux Camille, d'un simple coup de fusil, après qu'on eut accusé l'animal d'avoir attaqué un troupeau de moutons. La semaine suivante, le massacre recommença. « Ah ! s'exclama Léon, je savais que mon chien n'y était pour rien. Tans pis, comme ça, on ne trouvera plus rien à redire ! » Tel était Goursat : prêt à sacrifier son chien pour éteindre la rumeur.

Pour la première fois de son existence, Line sentit qu'elle devait prendre une décision, cesser enfin de toujours s'en remettre aux autres pour régler ses propres affaires. Sinon, rien ne serait obtenu pour son Clément. Mais quelle décision ? Pour leurrer Emma et Léon sur les raisons de l'absence de leur fils, elle avait bâti un scénario plausible. Jacques Saint-Assier avait proposé une place à Clément. On le retenait à Brivins pour examiner cette proposition. On l'employait même à l'essai avant de conclure un contrat de travail. C'est alors que la figure de Saint-Assier se dessina dans sa petite tête sous l'angle héroïque du sauveur. Non seulement on allait utiliser le personnage pour duper la belle-famille, mais, en plus, on irait le convaincre de mettre toutes ses relations sur le pied de guerre pour délivrer Clément. Cette lumineuse idée la remplissait d'espoir. Line, pour une fois, ne se trompait guère. Jacques Saint-Assier était à Brivins le seul homme influent qui pût sortir Clément Goursat du guêpier.

VI

Quand il s'était agi de mettre en place les Milices patriotiques pour assurer l'ordre issu de la Résistance face aux menaces de la Cinquième colonne, le commandant Ebrard avait clamé, l'enthousiasme dans la voix, devant les toutes jeunes recrues : « Il n'est pas nécessaire d'être policier pour faire du bon travail. » Le chef FFI, commandant la place d'armes de Brivins, devait bien vite déchanter devant les abus des séquestrations arbitraires, au point qu'il se vit obligé d'ajouter à son discours : « Toute arrestation doit être signalée et confirmée par ma signature. » Chaque semaine, en passant en revue la liste des nouveaux détenus, la commission de triage devait procéder à la remise en liberté de 80 % des cas, tant les motifs fournis s'avéraient, au vu des documents d'enquête, fantaisistes. La plus grosse prise dont put se targuer la Milice patriotique fut l'œuvre d'une dénonciation. Chez un petit commerçant de Brivins, on découvrit, dans les fonds de sa cave, une cargaison imposante de marchandises. Le service du contrôle économique procéda au recensement du trésor et passa ainsi une journée entière à compter les 3400 boîtes de conserve, les milliers de saucissons, de jambons, les mottes de beurre, de fromages…

Devant la prolifération du marché noir, le commandant Ebrard accorda, non sans hésitation, aux services compétents l'autorisation du contrôle téléphonique et postal. Rien de plus facile, puisque ces mesures autoritaires semblaient encouragées par l'opinion. Le courrier dénonciateur affluait comme aux plus belles heures de la collaboration. A une différence près : cette fois, la morale était sauve, la délation s'opérant au nom sacré du patriotisme.

Le recrutement dans la Milice dépassait toutes les prévisions. Il ne manquait pas de volontaires pour remplir cette noble et belle cause qui n'était, en fait, qu'une besogne de simple police, puisque les inspecteurs capables de mener des enquêtes plus approfondies se trouvaient alors sous les verrous. La prolifération des groupes, s'accusant mutuellement des pires maux, entraîna d'inimaginables bavures. Dans ce désordre, quelques éléments incontrôlés profitèrent des réquisitions pour faire main basse sur les marchandises et alimenter le marché noir qu'ils étaient censés combattre. Il n'était pas rare, non plus, de voir les miliciens faire bombance avec leurs prises, jurant après coup, la main sur le cœur, les avoir distribuées aux bonnes œuvres. Peu importe ! Declotz, étonné devant le succès de la collecte pudiquement nommée « Contribution volontaire », sous la pression des chefs de la Milice, leur attribua un bon million sur les deux et demi collectés. Malgré les protestations de Juglard, trouvant cette aumône scandaleuse et estimant qu'à ce compte-là il eût autant valu la distribuer aux passants, le vote fut emporté sans autre discussion au simple rappel des prétendues exactions de la Cinquième colonne. Intrigué par les excellents résultats de la collecte, Juglard fouilla dans le dossier et découvrit que la plus importante donation provenait de Demongin, l'ancien chef de la Légion de Brivins, miraculeusement épargné à l'heure des règlements de comptes. Cinq cent mille francs : celui-là aura grassement payé son pardon, ricana Juglard en refermant le dossier.

Dans l'attente des premiers procès, le camp des Farigoules ne cessait de s'emplir de nouveaux arrivants. La lie de la terre y était rassemblée pêle-mêle : collabos, pétainistes, trafiquants du marché noir, etc. La commission de triage, le triage comme on disait, instruisait tant bien que mal les dossiers. Il s'agissait d'un pâle dégrossissage avant de les faire suivre en cour de justice. A leur simple lecture, un esprit quelque peu perspicace eût pu déceler par avance le degré des condamnations. A croire que les inculpés étaient jugés avant même la comparution. Il y avait seulement une dizaine de cas pour lesquels le peloton d'exécution était assuré : pour les autres pleuvaient les années de prison, la confiscation des biens, l'indignité nationale.

Bordieu dirigeait le triage sans grande conviction. Selon lui, la fine fleur de la collaboration était absente des Farigoules — dont l'âme principale, Roland Maluzier, mais aussi nombre de notables, maires, conseillers généraux, pour lesquels on ne pouvait obtenir du Comité de libération le moindre ordre de mission afin de les appréhender dans les formes prévues par le Gouvernement provisoire. Et au fur et à mesure que les jours s'écoulaient, qu'on s'éloignait des heures glorieuses de la Libération — temps héroïques et bénis par toutes les promesses d'une impitoyable justice populaire —, le fléchissement et l'indécision gagnaient du terrain. En cet automne 44, il ne se passait plus un jour sans que le nouveau commissaire de la République, Delanfroy, mît en garde les Milices et les commissions d'épuration contre les débordements : arrestations hâtives, dossiers bouclés à la hâte, exécutions sommaires. Et désormais, le commandant Ebrard, d'ordinaire si expéditif, s'y prenait à deux fois avant de signer un acte d'écrou.

Dès son arrivée au baraquement cinq, une smala de gueules grises et hirsutes tomba sur Clément Goursat. En découvrant sa belle frimousse tuméfiée, les prisonniers impressionnés imaginèrent aussitôt être en présence d'une huile de la collaboration. Lorsqu'il révéla les misérables raisons de son arrestation, l'angoisse les reprit. Si l'on s'acharnait à torturer un quidam avec un tel zèle pour une peccadille, que seraient alors les prochains interrogatoires ?

Goursat alla se réfugier sur son lit picot, les yeux fixés au plafond où passaient quelques rais de lumière entre les tôles ondulées disjointes. Une odeur de bois pourri, d'humidité et de pieds fermentés embaumait l'espace assombri. L'éclairage était apporté par une petite fenêtre basse grillagée. De là, on disposait d'une vue imprenable sur les autres baraquements, séparés seulement par d'étroits couloirs en terre battue le long desquels allaient et venaient les gardiens, certains d'entre eux tiraillés par des molosses, des bergers allemands aux flancs amaigris. Clément repensa à ses chantiers de jeunesse à Lodève. Il retrouvait les mêmes baraquements en sapin, avec les odeurs en plus, le soleil et les rires en moins. Le moindre mouvement lui provoquait des douleurs musculaires. Et sa tête semblait vide, incapable de raisonner. Pourquoi l'avait-on roué de coups ? L'image de cette foule rigolarde sur le parvis de la gare de Brivins, tandis qu'il se tordait au sol, le poursuivait sans cesse. Il avait encore devant les yeux la gueule hilare d'un vieux bonhomme mal rasé, montrant ses chicots dans l'explosion de ses ricanements, qui frappait des mains en cadence pour ponctuer les coups. Plus tard, au cœur de la nuit, tandis que la soif lui brûlait la gorge, il songea à Adrien, aux tortures qu'il avait endurées pendant les longues heures d'interrogatoires dans les geôles allemandes. Quelle différence y a-t-il entre ce Floher et un tortionnaire de la Gestapo ? se demanda-t-il. Tous deux ne portent-ils pas le même plaisir sadique sur le visage ? En atterrissant devant le responsable du triage, le monde reprit un visage humain.

Quand il découvrit qu'un nouveau détenu se nommait Goursat, Pauliat imagina aussitôt qu'il s'agissait de son vieil ami Léon. Ils ont même arrêté un Léon Goursat, jura-t-il en éclatant de rire. A ce train-là, la France entière va se retrouver sous les verrous. Le lendemain, au repas de midi, l'ancien secrétaire de la délégation spéciale de Galiane, étonné et déçu à la fois, put enfin approcher Clément.

— Qu'est ce que tu as bien pu faire pour tomber dans ce cul-de-basse-fosse ?

Le jeune homme narra sa mésaventure par le détail. Et Pauliat fut le premier surpris du passage à tabac.

— Ils m'ont correctement traité, jura-t-il. J'ai même pu voir mon avocat. C'est Me Lambertin. Je te le conseille. C'est un rapide celui-là. Je peux t'assurer que si les maquis s'amusaient encore à me corriger, comme ils l'ont fait à Galiane en août, ils entendraient parler de moi, cette fois.

— Alors, il faut croire que mon crime est plus grave que le vôtre, répliqua vivement Clément.

Cette réaction jeta Pauliat dans une telle consternation que le jeune homme s'en voulut aussitôt d'avoir stupidement cédé à ses pulsions.

— Ne t'inquiète donc pas. Ils ont des projets pour ce qui me concerne. Leur saloperie de commission n'arrête pas de me promettre le poteau d'exécution. Si je dois mourir de cette façon, ajouta-t-il les yeux mouillés de larmes, je voudrais bien savoir ce qu'on me reproche. Dis-voir, mon petit Clément, tu me connais ? Est-ce que j'ai fait du mal à quelqu'un dans le village ? Tu ne m'écoutes pas. Bien sûr, tu as été dans le maquis, toi aussi, et tu penses que je ne mérite rien d'autre que douze balles dans la peau.

Depuis qu'il croupissait aux Farigoules, Edouard Pauliat évoquait sans cesse son innocence sur tous les tons aux autres détenus, bien sûr, mais aussi aux gardiens qui ne l'écoutaient pas. Ces questions sur sa culpabilité, il paraissait se les poser à lui-même. Sans trouver de réponse satisfaisante. Les nuits de solitude, il les passait à reconstruire le long trajet de ces quatre années de pétainisme. Et il ne trouvait pas une seule raison suffisante pour descendre aux enfers.

Le camp des Farigoules, avec son triage, ressemblait à une sorte de purgatoire. Il y avait ceux qui ne se faisaient plus aucune illusion sur la sentence du Dieu qui allait bientôt les juger. Les noires rives de l'Achéron n'attendaient plus que leur arrivée pour commencer la fête macabre. Les autres croyaient en la clémence d'un Dieu raisonnable. Ceux-là offraient les mines torturées du repentir, puisant dans la moindre information venue de l'extérieur quelques raisons d'espérer encore un peu au paradis.

Au premier interrogatoire, Clément crut devoir mentionner son appartenance au groupe « Combat ». L'adjoint de Bordieu, un petit homme au désagréable visage de fouine, un certain Endrau, lui demanda de citer quelques noms de résistants qui pourraient témoigner en sa faveur. Bien sûr, il eût été facile d'évoquer ses amis du Quadrille, Saint-Assier, Gibaud, Philippon, mais Goursat hésita à cause du vol des lingots. Faire figurer son nom au milieu de ces aventuriers lui parut un risque inutile à prendre. Endrau décelait ses hésitations avec amusement.

— Alors ! ces noms ? insista-t-il.

— J'ai suivi l'instruction militaire au camp des Renardières, durant l'été 44, avec le commandant Ebrard.

— Rien que ça, s'étonna Endrau.

Le fonctionnaire du triage réunit ses deux mains comme un prêcheur, plus exactement comme un donneur de leçons qu'il était.

— Voyez-vous Goursat, ils disent tous ça ! Tous les salauds qui sont au camp des Farigoules disent qu'ils ont appartenu ou aidé la Résistance. A croire qu'il n'y avait que ça : des résistants.

— Mon beau-frère, avança encore naïvement Clément, assuré de son petit effet sur le gratte-papier, appartenait au 2e Bureau de Londres.

— Ah ! Et il s'appelle comment ce beau-frère providentiel ?

— Adrien Strenquel. Son nom de guerre était Patrick Rochelle.

— On se renseignera. On le convoquera pour témoigner.

— Je crains que ce ne soit plus possible.

— Et pourquoi donc ?

— Il a été fusillé par la Gestapo à Toulouse.

— Allons donc ! Un héros. Encore un héros, ricana Endrau peu convaincu. Autant dire que nous voici au point de départ.

A cette seconde même, Clément pensa à Fayolle. Comment avait-il fait pour l'oublier celui-là ? Alors, en désespoir de cause, il narra les circonstances de son arrivée au camp de la Coutance, en mars 43, avec le docteur Fayolle. Il ajouta même, pour donner plus de véracité à ses dires, que le médecin portait un nom de guerre : Simon.

— Vous n'avez pas de chance, l'interrompit Endrau. Le docteur Fayolle, nous le connaissons à la commission. Nous le connaissons tellement qu'il y a même un dossier contre lui. Alors, je ne vous conseille pas d'évoquer son témoignage. Cette manœuvre-là pourrait aller à l'encontre de ce que vous souhaitez.

Goursat tombait des nues. Même Fayolle, l'homme qui œuvra dans l'ombre dès 40, avant même que la Résistance n'existât, était dans le collimateur des épurateurs. Où allait-on ?

— C'est une histoire de fous, hurla Clément. Moi, avoua-t-il, je veux bien admettre que j'étais la deuxième roue de la brouette dans la Résistance, que ma participation ou non n'aurait probablement rien changé. Mais Fayolle, ce fut un fédérateur des réseaux.

Les petits yeux de fouine le fixaient avec attention.

— Il se peut, jeune homme, que vous ayez été dans la Résistance. Cela ne lavera en rien le crime pour lequel vous êtes ici. Vous avez été pris en flagrant délit de trafic de tabac. Vous vous apprêtiez à échanger six cents grammes de gris contre une coquette somme. De plus, l'individu avec lequel vous étiez en affaire est recherché pour ses activités parisiennes au sein de la Gestapo. Cet ignoble personnage était un habitué de la rue Lauriston, si ça vous dit quelque chose…

Clément Goursat baissait la tête. Décidément, cette histoire de tabac ressemblait à un cauchemar. Il allait finir par se réveiller et tout rentrerait dans l'ordre.

— Vous connaissez un avocat ?

A tout hasard, il cita le nom évoqué quelques heures auparavant par Edouard Pauliat.

— Bon. Nous le contacterons.

Le gardien, qui était resté durant tout l'interrogatoire planté derrière lui, le fit lever d'un geste brutal et le tira par la manche pour précipiter sa sortie dans le couloir.

— Jeune homme ! fit Endrau. Il est préférable de ne pas faire état, dans le dossier d'accusation, de votre passage dans la Résistance.

— Pourquoi ça ?

— Ça n'arrangerait rien.

Clément Goursat fixa tour à tour les deux hommes, la brute et la fouine, et sentit confusément qu'on voulait fabriquer, à partir de cet interrogatoire bâclé, une conclusion hâtive.

— Non ! jeta-t-il d'un ton autoritaire qui surprit Endrau. La vérité est la vérité. Le docteur Fayolle devra venir témoigner.

*
* *

Léon applaudissait l'initiative — qu'il croyait prise par son fils — d'aller se faire embaucher par Saint-Assier dans son usine. Line fut, sur la seconde, horrifiée par la facilité avec laquelle le mensonge avait été accepté. En cela rien d'étonnant, cette nouvelle correspondait à un rêve secret qui agitait les parents : voir enfin leur fils accéder par relations à un bon et solide métier. Et Emma, d'ordinaire si perspicace, à l'instinct si aiguisé, ne flaira pas l'ombre de la menterie. Et quand Line prétexta de retrouver son mari à Brivins pour justifier son rendez-vous avec Jacques Saint-Assier, le départ ne souleva aucune objection, pas même à l'instant où elle parut dans une toilette un brin sophistiquée pour un rendez-vous ordinaire.

Line Goursat prit le tacot de 1 heure 40 à Saint-Rochette. Lorsqu'elle se retrouva rue des Lilas, devant l'imposant immeuble des Saint-Assier, elle avait l'estomac noué. Elle se sentait la tête vide. Que dirait-elle ? Qu'oserait-elle ? A l'instant d'appuyer sur le petit bouton de cuivre de la sonnette, elle renonça, paralysée sur le trottoir. Reprenant peu à peu ses esprits, elle s'admonesta : « Tu dois te reprendre, se jura-t-elle. Petite imbécile ! Tu ne peux plus reculer maintenant, sinon Clément continuera à croupir dans sa prison. » Le doigt vint se poser sur la sonnette et un tintement aigrelet se répandit dans tout l'immeuble. C'était comme si elle avait frappé elle-même les trois coups avant d'entrer en scène. Ce trac était d'autant plus ridicule qu'elle était déjà venue rue des Lilas. Mais, cette fois, elle provoquait l'invitation, forçait la lourde porte de la demeure. Et Line Goursat, tout en sachant dans son for intérieur, presque par instinct, que seul Saint-Assier détenait les clés de la prison, doutait du succès de la démarche. Pourquoi ces gens, dans leur position, s'engageraient-ils à défendre les intérêts d'une petite famille de paysans ? Quel argument décisif emporterait la décision ? Line Goursat ignorait tout, évidemment, des liens secrets formés par le Quadrille du Reyssat. Du haut de sa candeur, elle croyait que Saint-Assier les invitait à ses soirées pour satisfaire une pure amitié qui eût pris naissance dans le maquis.

La petite bonne, que Line reconnut aussitôt, vint lui ouvrir. Tenant la porte entrebâillée, elle offrait un regard interrogateur à la visiteuse, que visiblement elle feignait de ne point reconnaître. Line en ressentit un pincement au cœur. Comment donc, elle ne se souvenait plus d'elle ? Un comble !

Dans l'appréhension des événements qui allaient suivre et sur lesquels elle fondait tant d'espoir, Line Goursat, la gorge nouée, n'arrivait plus à articuler la moindre parole. Et ce malaise se trouvait amplifié par l'air indifférent de l'employée de maison qui, semblait-il, prenait quelque plaisir à ce jeu.

— Je suis Line Goursat, bredouilla-t-elle. Et je désirerais m'entretenir avec Monsieur Saint-Assier.

— Vous avez pris un rendez-vous ? demanda la bonne sur ce ton froid caractéristique des maisons bien tenues, protégées par des domestiques zélés. Monsieur ne reçoit que sur rendez-vous.

— Je suis une amie de la famille, osa Line.

La bonne laissa transparaître un rictus. Line crut lire aussitôt sa pensée : « Parce que c'est venu hanter le salon une soirée, ça se croit déjà dans une haute position. » A la vérité, la jeune femme exagérait l'importance des mœurs bourgeoises à Brivins. Devant une semblable situation, Fayolle, le caustique Fayolle, eût dit avec son air méprisant qui soulevait des armées d'ennemis sous ses pas : « Les Saint-Assier, que croyez-vous jeune naïve, ne sont que des bouseux qui ont amassé une petite fortune. Aucune éducation. Et encore moins de classe dans le sang. Du reste, à Brivins, il n'y a que du gros paysan qui a troqué le coutil contre la soie, mais qui porte la soie comme le coutil. » Certes, Line n'appréciait point la société de Brivins à sa juste hauteur, mais elle conservait, sur les gens riches, une image définitive dont l'exemple était les Gillard, une grosse fortune arrogante armée d'un esprit de suffisance sans bornes. Les Saint-Assier n'étaient pas les Gillard, loin s'en fallait. Et quel que fût le compte en banque des uns et des autres, ils ne vivaient pas la puissance de l'argent selon les mêmes valeurs. Et il y avait, chez les Saint-Assier, plus de sens humain que chez les Gillard, parce que la notion de pauvreté était encore inscrite dans leur mémoire, comme une fatalité surmontée à la force du poignet.

La domestique la fit entrer dans le couloir et lui recommanda d'attendre. Les yeux rivés sur les hauteurs de l'escalier, Line envisageait avec angoisse l'idée qu'on pût ne pas la recevoir aujourd'hui même. De contretemps en contretemps, la situation ne ferait qu'empirer pour Clément, retenu prisonnier tel un vulgaire collabo. Ça n'aurait donc servi à rien son engagement dans la Résistance ! Que valent ces nouveaux dirigeants de la Libération qui soupçonnent même le docteur Fayolle ? Elle était plongée dans ces sombres pensées, tremblante sur ses jambes, lorsque l'employée, à mi-hauteur de l'escalier, par-dessus la rambarde, lui fit signe de monter. Line sentit son cœur bondir dans la poitrine. Elle aspira profondément une grande bolée d'air fleurant l'encaustique et la térébenthine, et se décida à escalader résolument les marches quatre à quatre.

Jacques Saint-Assier l'accueillit avec un large sourire. A la pâleur du teint, il comprit aussitôt qu'un événement grave venait d'arriver. Sans plus s'attarder en propos futiles, il la fit entrer dans son bureau. Elle promena les yeux sur le désordre régnant alentour. Des verres à pied tachés d'un fond de porto attendaient sur un plateau qu'on vînt les emporter. Sur le tapis, des dossiers ouverts vomissaient des chemises bistrées enfermant des feuillets en pelure agrafés. Sur le bureau, un livre de compte à l'italienne était ouvert et occupait toute la surface. Saint-Assier jeta au sol le bouquin qui l'embarrassait et la pria de s'asseoir en face de lui.

L'homme écoutait le récit sans l'interrompre. Parfois, Line Goursat laissait, par de longs silences, percevoir son angoisse. A la fin, Saint-Assier fit préciser quelques détails pratiques qu'il nota sur une feuille de papier posée devant lui, sur le cuir havane du bureau. Ces gestes précautionneux encouragèrent Line à penser qu'enfin on allait efficacement engager des démarches.

Il vint se placer devant elle. Dans son petit gilet gris, les manches de la chemise retroussées jusqu'aux coudes, l'embonpoint apparaissait d'autant plus qu'il avait dégrafé les deux derniers boutons du bas pour se mettre à l'aise. Saint-Assier, peu sensible à vrai dire au désarroi de cette femme, songeait avant tout aux risques que cette arrestation faisait courir à l'association. Il conservait encore en mémoire la dernière prestation de Clément Goursat dans ce même bureau où il lui fallut calmer, du reste sans difficultés, sa peur d'être démasqué. Qui sait ? se demandait l'industriel, cet imbécile est bien capable, lors d'un interrogatoire un peu musclé, de tout raconter.

— Qui vous a conseillé de venir me voir ? demanda-t-il.

— N'êtes-vous pas le seul homme influent que je connaisse à Brivins ? Et aussi un peu l'ami de Clément ?...

Le terme « influent » le ravissait de surprise. Qu'on le considérât ainsi, ou du moins que ce pauvre Clément Goursat l'eût présenté sous ce jour-là, démontrait une position de plus en plus en vue dans l'esprit de ses proches. Je suis le chef dont on rêve pour préparer l'avenir, répétait-il inlassablement devant toutes ces têtes excitées par les plaisirs de l'heure : la vengeance, la haine et le mépris.

— Je pensais, se reprit Saint-Assier, que vous l'aviez rencontré et qu'il vous avait conseillé dans ce sens.

— Je ne peux pas le voir. Tout au plus peut-il se faire assister par un avocat et, paraît-il, une fois que le dossier sera instruit.

Saint-Assier hochait la tête. Il savait la manière dont on s'était occupé de son père et comment les droits de la défense s'étaient exercés.

— Bon Dieu de bon Dieu, jura-t-il, pourquoi est-il allé s'emmerder avec du petit trafic de tabac ? C'est minable, minable, minable, répétait-il en se rapprochant d'elle.

Le fin visage de Line, ses yeux vert d'eau illuminés par la lumière du dehors l'excitaient comme lors de leur première rencontre. Une si belle femme, se disait-il, pourquoi a-t-elle épousé cet imbécile de Goursat ? Un tel charme, se dit-il, mérite mieux que d'aller se mouler dans la peau d'une paysanne.

L'amateur d'amours ancillaires ne rechignait pas à bousculer ses bonnes puisées parmi les filles de ferme venues s'émanciper à la ville. Peu lui importait le dessin souvent disgracieux des formes : il prenait du plaisir à les prendre, se détachant aussi vite, écœuré par l'ignorance de ces âmes simples. En revanche, Line lui inspirait un fumet de passion interdite. Déjà, il l'imaginait en maîtresse, flouant ce petit idiot de Goursat, cocu idéal, se disait-il, et venu au monde pour être cocufié... Du reste, se persuadait Saint-Assier, l'esprit déjà tourneboulé à l'idée d'effleurer du bout des doigts cette peau blanche et lisse, troublante comme un parfum enivrant, cette fleur-là ne peut raisonnablement s'étioler à l'ombre. Il lui faut, pour se révéler dans toute sa grâce émouvante, la pleine lumière.

Line Goursat ne percevait pas le désir qu'elle inspirait. Elle n'avait, du reste, aucune conscience de sa capacité de séduction. Sans doute créait-elle le trouble en raison même de cette fraîche indifférence affichée à l'égard de tous les hommes, hormis Clément. C'était son unique amour. Et comme tout ce qui est unique, le prix s'en trouvait amplifié : elle ne pouvait imaginer un homme l'aimant mieux ou différemment.

— L'argent, répliqua Line Goursat. Ça rapporte un peu, ce trafic de tabac.

Saint-Assier faillit éclater de rire en songeant à tout cet or qui dormait dans la cave d'une grange abandonnée qu'il avait fini par acheter dès les premiers jours de la Libération.

— Votre mari est dans le besoin à ce point-là ? Je veux dire jusqu'à prendre le risque de livrer lui-même le tabac... La ferme ne rapporte donc pas assez ?

L'industriel n'avait aucune idée de ce que pouvaient rapporter quelques hectares de terre. Et, en revanche, le silence pudique de Clément sur sa situation avait fait accroire qu'il n'était pas dans le besoin, au point de renoncer même à sa part de butin. Cette découverte l'emplit d'une jubilation intérieure. Voilà comment je la gagnerai... Car, si je veux la conquérir, se disait Saint-Assier, il me faut lui apporter quelque chose que cet idiot de Goursat ne pourra présentement pas lui donner.

En faisant riper son fauteuil sur le tapis, il se rapprochait imperceptiblement d'elle, tel un chasseur qui ne veut point risquer d'effaroucher sa proie. Quand leurs genoux ne furent plus qu'à quelques centimètres, il se jeta à l'eau en lui prenant la main. Line comprit ce geste affectueux comme un gage d'amitié. Mais il s'attardait un peu, alors elle se détourna légèrement de lui en croisant les jambes. La jeune femme flaira aussitôt à la mine déçue de Saint-Assier quelques intentions galantes. Elle était embarrassée pour lui, si embarrassée qu'il prit cette réaction pour un encouragement.

— Je vais faire sortir Clément, jura Saint-Assier dans un beau geste, estimant que la minute était enfin venue d'étaler les immenses capacités de son pouvoir dans la ville.

— Sans procès ?…

— Bien entendu, sans procès.

— Ma belle famille, ajouta-t-elle timidement, serait très affectée d'apprendre que son fils est en prison. Vous savez comment sont les gens d'ici. Les idées sur l'honneur comptent parfois plus que tout le reste. Et, de même, l'annonce dans les journaux, pouvez-vous empêcher ça ?

— Assurément, jura-t-il.

Saint-Assier s'amusait en imaginant Goursat pleurnichant à l'idée que sa mère, sa chère mère, pût découvrir ses secrets bien gardés. Comme si l'existence pouvait garantir tout homme de la tentation des vices ordinaires ! se dit-il en contemplant l'émouvant visage rosi de honte.

— Je réalise, ajouta l'industriel, le courage qu'il vous a fallu pour venir me trouver. J'éprouve même quelque jalousie envers votre mari.

— De la jalousie ? sursauta Line.

— Mesure-t-il sa chance de posséder une femme de votre qualité, volant à son secours, prévenant les foudres des parents ? Vous pensez à son déshonneur et peu à votre humiliation, continuait-il. Car on peut éprouver de l'humiliation à venir…

Saint-Assier ne put terminer sa démonstration. Déjà la jeune femme était dressée, blême. Tout à coup, elle prenait conscience de ce regard humiliant qui palpait ses formes, du désir qui étincelait dans ses yeux ronds et globuleux. L'industriel choisit cette seconde de désarroi pour revenir vers elle, l'entourer de mille gestes de repentir, déplorant ce mot stupide pris à contresens de ce qu'il avait, dans son esprit, voulu signifier.

— Comment pourrai-je vous faire savoir où en est l'état de mes démarches ? demanda l'homme déjà soucieux de l'avenir de son inclination évidente.

Elle ne pouvait raisonnablement se faire contacter à Lavialatte. C'eût été éveiller l'attention d'Emma.

— Dans trois jours, à la même heure, je reviendrai vous voir, proposa-t-elle.

— Trois jours, c'est parfait, nota Saint-Assier en l'accompagnant jusqu'à la porte de son appartement, lui serrant chaleureusement la main au passage, l'assurant par avance du plein succès de sa démarche.

Line Goursat atterrit sur le trottoir. Elle était abasourdie. Mais, peu à peu, tout en cheminant vers l'hôtel où elle avait décidé de passer la nuit en l'attente du prochain tacot du matin pour Saint-Rochette, la certitude que son sauveur gagnerait la partie lui permettait de retrouver un peu de paix.

*
* *

Pierre Declotz n'était pas revenu chez Rose Cipriani depuis août 44. Deux mois et demi seulement s'étaient écoulés, dix semaines qui paraissaient être des années. Depuis la prise de la ville, que d'événements précipités, de revirements, d'ambitions déçues, d'illusions perdues!... Les temps nouveaux accouchaient difficilement d'une démocratie. On attendait que le général de Gaulle fixât la date des prochaines élections, tandis que, sur le front d'Alsace et dans les poches côtières, on se battait encore. Les joutes politiques n'étaient pas à l'ordre du jour pour ces combattants enrôlés dans la 2e DB. Il y avait de l'impatience à voir enfin tomber les ultimes citadelles pour s'en revenir aux jours sacrés des grands-messes politiques.

Retrouvant Rose dans la villa de la Croix Bleue, le maire de Brivins s'installa sur le divan, face au piano droit. Sur le pupitre était ouverte la partition des *Arabesques* de Claude Debussy. La jeune femme servit deux doigts de Brandy et trinqua dans un silence teinté de regards soupçonneux. Qu'a-t-il donc à me demander, songeait-elle, qui ne puisse attendre le lendemain à la mairie ?

— Nous avons retrouvé Roland Maluzier, jeta Declotz brutalement.

Rose Cipriani faillit en échapper son verre. Elle se souvenait parfaitement que, durant les ultimes préparatifs de la prise de

Brivins, le 24 août 1944, le sort du député-maire avait fait l'objet de rudes tractations avec les communistes. Ensuite, on avait conseillé au personnage indésirable de prendre la poudre d'escampette et de se faire oublier. Cette décision avait échauffé les esprits au sein du groupe « Combat ». Laroque voulait abandonner Maluzier à son destin et avait indiqué qu'il ne saurait, en tout état de cause, lui prêter le moindre secours. Juglard et Fayolle avaient souhaité, de leur côté, qu'on le fasse passer en Espagne, pour éviter le pire : que le bonhomme tombât entre les griffes des FTP. Declotz avait opté pour la première solution : ne rien faire qui puisse ensuite alimenter une campagne sur la duplicité des gaullistes, théorie chère au PCF. « La droite, clamait Davoust à qui voulait l'entendre, a su placer ses œufs dans plusieurs paniers. Elle aura joué Pétain et de Gaulle en même temps. »

Lors de la constitution du Comité de libération, l'affaire avait refait surface avec un Murciat exigeant l'arrestation sur-le-champ de Maluzier : « Y a-t-il homme mieux informé que lui sur la collaboration en Corrèze ? » Davoust avait pris le relais : « Qu'attend-on pour nationaliser la Banque Maluzier et installer à sa tête un comité patriotique d'entreprise ? » Juglard avait sauvé la situation en expliquant que la Banque Maluzier et l'homme Maluzier, ce n'était pas la même chose, et qu'il convenait de traiter le problème selon les nouvelles lois de la République : « Qui indemnisera les actionnaires ? Comment conciliera-t-on la nouvelle tutelle étatique avec les implications financières de l'établissement bancaire dans la bonne moitié du tissu industriel de Brivins ? »

— Les communistes ont donc réussi à mettre le grappin dessus ? s'étonna Rose.

— Grâce à Dieu, non !

— Quoi donc ? Il est entre les mains de qui alors ?

— Les nôtres.

— Les nôtres ! Pour quoi faire ?

Pierre Declotz se caressait le visage de contentement. Le poil rugueux grattait sous ses doigts. C'était une sensation agréable qu'il prolongeait devant la mine impatiente de Rose Cipriani.

— J'ai besoin de Roland Maluzier.

— Tu as besoin de Maluzier ! répéta Rose. Quoi donc ? Ce n'est quand même pas un animal de compagnie que l'on traîne par le licol !

— Hier, le sort de Roland Maluzier m'était indifférent. Aujourd'hui, il m'intéresse.

— Le Comité de libération est clair là-dessus...

— Je me fiche du Comité de libération. Dans six mois, nous aurons les élections municipales. Pour les gagner, nous devons constituer un nouveau parti. Ensuite, il faudra voter pour adopter une nouvelle constitution. Et, enfin, élire une assemblée constituante pour la faire appliquer cette constitution. Je serai candidat à la mairie de Brivins et à la députation. Et pour ce faire, j'ai besoin de Maluzier, de ses conseils, de ses lumières, de ses appuis discrets. Une tâche importante nous attend : rebâtir une droite populaire et sociale, tolérante et ouverte sur les grands projets d'avenir pour la reconstruction du pays. Sans Maluzier, je n'arriverai pas à ramener au bercail les brebis égarées dans la tourmente. Après les procès viendra l'heure du pardon. Il nous faut devancer le mouvement en s'y préparant d'ores et déjà, ma chère Rose !

Quand le maire proposa d'installer provisoirement Roland Maluzier chez elle, Rose bondit en arrière de terreur, comme si elle venait d'entr'apercevoir un fauve dans son salon. Alors, Declotz joua sur toute la gamme des sentiments. Il savait que c'était le seul moyen de fléchir sa détermination.

— Je hais cet homme, jeta Rose. Comment me résoudre à cohabiter avec un individu que j'exècre ?

— Maluzier ne t'importunera pas. Il est conscient du sentiment qu'il inspire.

Rose Cipriani n'en revenait pas des mutations opérées chez Declotz. En quelques semaines, l'homme froid, un brin Robespierre dans l'âme, était devenu cette caricature de politicien cynique, ambitieux et sans principe. Elle crut nécessaire de lui en faire la remarque.

— Ma métamorphose n'est dictée que par les événements, marmonna-t-il à deux doigts du visage de Rose, jusqu'à se saisir d'une mèche de cheveux.

— Arrière ! ordonna-t-elle en le repoussant. Tu me dégoûtes.

— Mais non. Disons que tu as quelques difficultés à me suivre. Je suis sûr que Roland Maluzier aura des arguments convaincants.

— Surtout, jura Rose, ne compte pas sur moi pour lui faire la conversation.

— Quoi ? Tu voudrais qu'on reste l'arme au pied devant les communistes ? Si l'on ne réagit pas, dans six mois, on aura une démocratie populaire en France. Les communistes ne parlent que d'étatiser, contrôler, planifier. Ils vont utiliser les socialistes comme marchepied. Juglard est prêt à leur servir la soupe.

— Ne raconte pas de bêtises.

— J'avais chargé Juglard de m'installer un journal sur les décombres de *L'Eglise corrézienne*. Ce fut le fiasco. *Brivins-Presse* ne plafonne qu'à quelques milliers d'exemplaires. Alors, j'ai décidé de reprendre la vieille équipe de *La Voix du Centre*. Eux, au moins, savent travailler.

— Tu n'as rien décidé du tout, ricana Rose Cipriani en le toisant d'un regard féroce.

— Du moins, se reprit-il, je me suis adjugé leur appui, ce qui revient au même.

— Tu as tort de lâcher Juglard.

— On m'avait toujours conseillé de me préserver des francs-maçons comme d'une guigne.

De dépit, elle dodelinait de la tête.

— Je regrette presque l'époque du réseau où nous étions tous unis comme les doigts de la main. Maintenant, la discorde s'annonce. C'est peut-être ce qui forgera l'avenir, les luttes intestines…

— Il nous faut passer de la béatitude illusoire de la Libération au réalisme de l'après-guerre. Même si la capitulation de l'Allemagne n'est pas encore signée, c'est une question de mois. Désormais, une ère nouvelle s'ouvre, et il nous faut cesser de faire de la politique comme si l'ennemi était encore dans nos murs. Que fait le conseil provisoire que je préside ? Il passe le plus clair de son temps à voter des résolutions inapplicables, des motions de principe boursouflées d'états d'âme.

Je suis convaincu que ce n'est pas en collectant des bidons de lait, en redistribuant les prises du marché noir aux cantines, en réquisitionnant des camions pour acheminer les denrées alimentaires, aussi légitimes soient ces mesures, que nous construirons un Etat moderne. Cette situation de pénurie, on pourrait finir par s'y complaire et faire du provisoire une politique poursuivie à long terme. Je ne suis rien. Un maire de pacotille. Une potiche. Je n'ai même pas pu décider le conseil à voter une enveloppe supplémentaire pour mon journal. Tout l'argent file en pansements sur des jambes de bois. Les Milices se payent largement sur la collectivité, soi-disant pour protéger le citoyen contre les menaces de la Cinquième colonne. A qui fera-t-on croire ces âneries ? Des factions sont en train de s'installer, paraît-il pour épurer, mais je crains que, si l'on continue à leur laisser les armes, elles ne mettent à exécution quelques mauvais coups contre nous…

Rose fit mine d'applaudir.

— J'en connais qui n'auraient pas risqué un cheveu dans l'aventure si on leur avait dit qu'un tel discours serait possible un 22 octobre 1944.

Declotz effleura le visage de Rose. Une fois encore, il savait qu'elle ne pourrait rien lui refuser. Leur amitié était née aux jours incertains de l'Occupation : il faudrait plus d'une contradiction et plus que l'usage des bassesses politiciennes pour y mettre un terme.

Ils descendirent à la cave et, les yeux humides, observèrent les tracts ronéotés des temps héroïques, l'encre séchée et craquelée sur les rouleaux, la machine à écrire qui avait servi à taper les rapports secrets, et même un *Adolphe*, relié cuir pleine peau, de Benjamin Constant, laissé par Patrick Rochelle juste avant son départ pour Londres.

— Qui sait, soupira Declotz, tout ça finira peut-être un jour dans un musée…

— Crois-tu que tout ce que nous avons fait soit impérissable ? Rien ne sera profitable aux générations futures. Te souviens-tu de Rochelle ? demanda-t-elle en caressant le livre de Benjamin Constant. Nous avons évoqué ça un jour. Lui-même, idéaliste jusqu'au bout des ongles, désespérait que son sacrifice puisse servir de leçon. Il n'y aura jamais de leçon suffisante pour éclairer les consciences. Le propre des générations est de se renouveler pour tomber et retomber sans cesse dans la même ornière.

Quelques heures plus tard, accompagné de Serge Gibaud, Roland Maluzier fit une entrée discrète. Rose Cipriani n'en revenait pas de sa maigreur et de son teint hâve. Il lui tendit la main pour annoncer quelques remerciements, mais elle resta de marbre. Alors, il leva sur elle un sourire de bête traquée. Puis il hocha la tête comme s'il venait soudain de réaliser toute l'horreur qu'il pouvait inspirer. Rose décela que le mépris armé dont elle avait fait preuve le blessait profondément. Maluzier se souvenait-il encore qu'autrefois il était capable de toutes les bassesses pour plaire ? Car tel fut, au fil de la IIIe République qu'il hanta, tout son programme : plaire, plaire sans désemparer, plaire aux maîtres de forges, aux céréaliers, aux forts des Halles, aux ménagères, aux ouvriers, aux femmes de diplomates, aux petits épargnants, aux généraux, plaire jusqu'à la folie. Ainsi, il s'était maintenu sur la vague. Ai-je plu ce soir ? demandait-il fébrilement à ses conseillers après un discours. Désormais, on ne l'aimait plus. Il était Pétain, Laval, Henriot, Darlan, Brinon, Déat... Une cristallisation de toutes ces haines. La ville entière murmurait son nom en l'imaginant déjà devant un peloton d'exécution. Il y avait des gens, et pas seulement des résistants, des communistes, mais des gens sans importance qui demandaient au détour d'une conversation, comme s'il se fût agi d'une question ordinaire : « A-t-on fusillé Maluzier ? »

Rose conduisit le pestiféré à la cave. Au passage, il ramassa un ancien tract reproduisant l'Appel du général de Gaulle et le lut attentivement, sans doute pour la première fois. Que n'ai-je pas su comprendre assez tôt ? se dit-il en laissant tomber la feuille ronéotée. Mais il aurait fallu s'accommoder de la haine, se satisfaire du silence et se résoudre enfin à ne plus plaire.

*
* *

Marie Strenquel et Line Goursat avaient tout prévu, sauf qu'un matin le chef de la gendarmerie d'Augeat apporterait un pli bleu de la cour de justice annonçant l'inculpation de Clément pour trafic illicite et vente prohibée de tabac sur la voie publique. Jeantet, avant qu'Emma n'eût ouvert le pli, refusa le petit verre de rouge et disparut aussitôt pour ne pas avoir à répondre à des questions embarrassantes. La maîtresse de Lavialatte dut relire trois fois au moins la lettre officielle du tribunal de Brivins pour réaliser ce qui était arrivé. Elle avait quelques difficultés à interpréter les mots qu'elle lisait, tant il lui paraissait que cette histoire ne la concernait en rien. A l'instant de réaliser enfin, en répétant le nom du prévenu dans sa tête, elle s'effondra sur une chaise, face à la petite fenêtre ouverte sur l'ombre des tilleuls. Elle poussa un tel cri de bête, si déchirant et incisif que Line, occupée à la lessive dans le cellier, accourut à toutes jambes, croyant que sa belle-mère venait d'avoir un malaise. Elle trouva une Emma décomposée, au bord de l'évanouissement, et comprit aussitôt d'où venait ce trouble en découvrant le pli sur le bord de la table encombrée d'épluchures de pommes de terre.

Le premier choc passé, la maîtresse de Lavialatte courut fermer portes et fenêtres, puis elle entraîna sa belle-fille vers la chambre du haut, où le petit Patrice faisait rouler une locomotive en bois ripoliné sur le parquet. Le mouvement de va-et-vient causait un vacarme infernal. Line le prit sur ses genoux.

— Garce ! hurla Emma. Tu étais au courant…

Elle lui tendit le papier remis par Jeantet.

— Tu savais cette misère et tu ne m'as rien dit. C'est de mon Clément qu'il s'agit, tout de même, poursuivit-elle, les mots s'étranglant dans les larmes. Tête basse pour ne pas voir la colère déferler sur le visage de sa belle-mère, Line caressait les boucles châtaines de son fils. Le chagrin qui submergeait Emma l'eût rendue pitoyable pour quiconque, mais bien peu pour Line qui découvrait dans cet accablement les raisons de se réjouir des mille humiliations infligées en d'autres temps. Face à Emma Goursat, la jeune femme ne pouvait plus se contenir et censurer en elle l'esprit ravageur qui la tenaillait. Elle se métamorphosait en une autre créature, dure et vindicative.

Voyant les larmes de sa grand-mère, Patrice se mit aussitôt à pleurnicher et à gigoter. Lassée, Line le reposa à terre. L'enfant alla illico s'agripper au tablier d'Emma.

— Pauvre petit innocent, fit-elle en le soulevant, ton papa est en prison. Si ce n'est pas malheureux ! Maintenant que ces voyous sont au pouvoir, on voit comment ça tourne.

Line Goursat avait juré de ne rien dire, quoi qu'il arrive, de ses démarches à Brivins pour le faire libérer. Pas même à Clément. Elle ne voulait point qu'on pût la soupçonner d'entretenir la moindre relation avec Saint-Assier. Depuis son retour à Lavialatte, elle avait médité la scène de la rue des Lilas. Et elle en avait conclu que l'industriel en pinçait pour elle, ce qui ne manquerait pas de compliquer la situation. Line sentait assez confusément que son coup de main ne serait pas gratuit. Mais, sur ce terrain, Saint-Assier — se promettait-elle — aurait affaire à une ingrate. Le bonhomme rondouillard avec ses gros yeux vicelards ne lui plaisait guère. Elle détestait même ses airs de supériorité.

Emma recouvra bien vite ses esprits et, à la seconde même, estima que la situation n'était pas aussi grave qu'il semblait. Elle avait amassé de l'argent en vendant ses oies grasses de Noël. Il y avait bien de quoi amadouer le juge le plus intransigeant, comme cela s'était produit en 1935 pour un litige de bornage. Et, hochant la tête, reniflant sa colère, elle se voyait déjà dans le cabinet sombre de Me Madel-Bourgon, notaire à Brivins, le conseiller de la famille, connaissance soigneusement entretenue à petits coups de cadeaux appétissants. Au moment de la guerre 1914-1918, elle y avait été employée comme bonne et conservait, par-delà le temps, les meilleures relations possibles.

Le malheureux Clément était prisonnier au camp des Farigoules, mais que faisait donc sa femme à Brivins ? La question tomba, acerbe. Ça ne perd pas le nord, se dit Line avec aigreur. Décidément, le malaise n'aura duré qu'un déjeuner de soleil… La jeune femme fit front du regard. Après tout, même si elle ne pouvait rien dire de sa visite chez l'industriel, elle n'avait rien à se reprocher.

— Alors, qu'as-tu fait durant tout ce temps à Brivins ? Une nuit entière à te goberger. Allons, allons, on ne va pas une nuit entière en ville sans y faire quelque chose. A moins, insinua-t-elle d'une petite voix sifflante, d'y être attendue.

Line se recula, rouge de colère.

— Je ne vous permets pas de mettre mon honneur en doute.

— En tout état de cause, répliqua Emma, Clément sera mis au courant.

— Clément a autre chose à penser qu'à vos idées tordues. Et, pour l'heure, il serait plus intelligent de réfléchir à une solution. Avec ces idioties du marché noir, il s'est mis dans un sale pétrin.

— Si mon fils a pris ces risques, ingrate, fit Emma, c'est pour que tu puisses te nipper à La Ménagère ou chez Dubonny, au Grand chic, ma chère !

Devant l'âpreté du timbre des voix, Patrice, pleurnichant de nouveau, se réfugia dans les jambes de sa grand-mère. L'enfant tendait ses petites mains pour qu'on le soulevât, mais en vain : Emma était tout entière prise par la violence de ses sentiments. Cette fille Strenquel, dont elle n'avait jamais admis la présence à Lavialatte, avait le don de lui faire perdre tout contrôle, surtout depuis qu'elle avait commencé à prendre un certain aplomb.

— Je suis allée à Brivins sur les conseils du docteur Fayolle pour rencontrer des gens influents du Comité de libération, ne serait-ce que dans le seul but de faire prévaloir que Clément fut un résistant avant tout. Ce fait-là doit peser aussi dans la balance.

— En pleine nuit ? Tu raconteras ça à d'autres, ma petite !

— Je suis allée à l'hôtel.

— A l'hôtel ?

Emma Goursat avait envie de lui flanquer des gifles. Elle était jalouse à la place de son fils, jalouse pour dix. Car Emma, quand elle était possédée par un sentiment, ne l'éprouvait pas à moitié. Elle s'y adonnait pleinement jusqu'au délire.

Dans son esprit chaviré, elle imaginait Line dans les bras de Saint-Assier — car elle avait flairé qu'il s'agissait de cet homme ou de son alter ego — sur un lit défait, avec, à portée du geste, une bouteille de champagne et deux flûtes remplies du liquide pétillant posées sur une table ronde juponnée de satin. A cette vision d'horreur se superposait l'image d'un Clément menotté, la joue collée aux étroits barreaux de sa cellule, appelant sa mère à la rescousse comme il le faisait autrefois, enfant, quand il sentait venir les convulsions — les vers, disait-on faute d'explication plausible — et qu'elle venait lui appliquer sur la poitrine un petit cataplasme d'ails hachés menus.

En la voyant ainsi empêtrée dans ses noires pensées, Line se demandait par quelle sorte de méchante divagation elle voyait le mal partout, refusant toujours d'accorder la moindre confiance. Elle se rappela alors la récente discussion qu'elle avait eue avec sa mère sur les années d'Emma passées à la ville. Son amant d'alors, se dit Line, qu'elle a aimé sans doute et qu'elle a perdu ainsi que meurent les amours impossibles, l'a marquée au point de ne plus pouvoir envisager les rapports humains qu'à travers le commerce impitoyable du mensonge, des trahisons et de l'abandon.

— Dès demain matin, j'irai voir Me Madel-Bourgon, jura Emma. Lui, il dira ce qu'il convient exactement de faire avec ces voyous qui ont remplacé les gens du maréchal. Surtout, il ne faudra rien dire à Léon. Le pauvre idiot ne comprendrait pas. Qu'on enferme un garçon simplement parce qu'il transportait du tabac sur lui, il ne le croirait pas un seul instant. Il penserait qu'on lui cache des choses plus graves. Pour le reste, ma petite, tu ne perds rien pour attendre.

VII

Un excès d'autorité porta la Milice patriotique, en cette fin du mois d'octobre 44, à lancer ses troupes dans un processus accéléré d'épuration. Comme les premiers procès tardaient, selon certains, à s'engager, une idée se répandit: on ne les ouvrirait qu'au compte-gouttes et les chefs de la collaboration active finiraient par passer entre les mailles du filet. Les peines exemplaires promises se commueraient en petites tracasseries. La disparition soudaine de Roland Maluzier accrédita la thèse selon laquelle certains membres du Comité de libération avaient ourdi sa protection. D'autres rumeurs insistaient pour proclamer que l'ancien maire de Brivins avait été exécuté depuis belle lurette et que ses os gisaient dans les profondeurs glauques des carrières de grès sur les hauteurs de la ville.

Afin de presser le mouvement, Floher, soutenu par une fraction importante de la commission d'épuration, décida de passer aux actes. Ainsi appréhenda-t-on Philippe Marcellin, le maire de Saint-Messine, puis Pierre Barzinet, celui de Merliac. Quand la traction arriva à Chèvreroche et que le chef de la Milice patriotique fit déployer ses hommes autour de la demeure de Paul Martoire, les volets des maisons d'alentour se fermèrent aussitôt. Bien que démis de ses fonctions aux premières heures de la Libération, le vieux Martoire bénéficiait du soutien de son village pour lequel il avait œuvré sans qu'on pût lui reprocher quoi que ce fût, hormis, bien entendu, son engagement forcené et inconditionnel derrière la bannière du maréchal. Les sévices dont fut victime sa fille Léa, pour avoir entretenu des relations avec un officier de la Wehrmacht, soulevèrent des prises de position mitigées. Relâchée à la demande de Dubrot et sous les pressions du docteur Fayolle, elle raconta en long et en large les cruautés qu'elle avait subies. « Certes, la donzelle a le feu au cul, disait-on dans le village, mais est-ce une raison suffisante pour lui coller sur le dos les origines de la défaite française ? » Au Comité de libération, à Brivins, le bruit courut que cette Léa Martoire était devenue la maîtresse de Fayolle, ce qui eût expliqué le rôle du médecin à son égard. Mais ce n'étaient là que pures allégations. Après avoir été tondue et promenée comme une bête curieuse dans toutes les festivités du secteur, violée à plusieurs reprises par de fiers héros de la Résistance, le médecin jugea que cette punition avait assez duré, d'autant qu'on ne pouvait retenir contre elle aucune charge sérieuse, sinon d'avoir eu pour amant un bel officier teuton.

Floher et ses acolytes, Laclavette et Magnard, surgirent, mousquetons à la main, dans la grosse maison carrée des Martoire, située en plein cœur du village, face à la place. La porte s'enfonça sous le choc des crosses, les vitres en verre cathédrale volèrent en éclats. Pendant ce temps, Manichon et Gégette prenaient position dans le jardin jouxtant l'arrière de la demeure. A peine eurent-ils le temps d'armer leur mitraillette qu'ils virent la fenêtre du premier étage s'ouvrir et un bonhomme se jeter dans le vide, traversant dans un bruit de branches cassées une tonnelle de vigne. Gégette courut dans sa direction et le mit en joue. Le garçon leva les mains et lança un regard de bête traquée.

— C'est-y l'maire çui-là ? questionna Gégette. M'a tout l'air d'un gamin.

— Présente-toi ! ordonna Manichon en le tirant par l'encolure de la chemise.

— Maxime Martoire, bredouilla le garçon en essuyant du revers de la manche quelques gouttes de sang qui perlaient d'une griffure sur la joue.

— Alors mon gars, on essaie d's'faire la malle ? fit Gégette.

— C'est ton paternel, l'ancien salopard de maire, qu'on recherche, dit Manichon.

— Oùsqu'il est ? demanda Gégette.

Floher avait déjà visité la demeure des Martoire de fond en

comble, sans succès. La famille avait décampé sans laisser d'adresse, sauf le gamin qui s'était attardé pour ranger ses petites affaires pendant que sa moto l'attendait contre le muret. Le chef de la Milice patriotique, agité par une colère intérieure qui lui tordait l'estomac, fit traîner le garçon dans le petit salon. Manichon et Gégette n'attendaient plus que le signal pour le passer à tabac. C'était devenu une manie, désormais, chaque prise était suivie d'un court intermède d'horions et de gifles, histoire d'attendrir la proie, comme ils disaient. A force de jouer du biceps, les miliciens prenaient goût à la formule. Et plus les jours passaient, et plus on tapait fort. Et d'une manière sacrément vicelarde : à l'estomac, aux tripes, au foie, là où ça ne laissait aucune trace, à cause des remontrances de Bordieu.

Magnard ramena de la cuisine un litron de rouge. Floher le rejoignit et ferma la porte pour qu'on ne les entende pas.

— On a raté ce salaud ! déplora-t-il.

— Qu'à cela ne tienne, répliqua Magnard, on peut faire causer son rejeton. Martoire n'a pas dû filer bien loin.

— Je me demande, s'interrogeait Floher, qui a pu le mettre au courant de notre venue.

— Le gosse, reprit Magnard.

— Bien sûr qu'il y a le gosse ! Mais on n'a rien contre lui.

D'un geste d'ennui, le chef leva le papelard officiel de la commission.

— C'est Paul Martoire qu'on doit arrêter et pas son fiston. Tiens ! Lis-donc, espèce d'abruti !

— C'est à voir, coupa Laclavette qui venait d'entrer.

Le milicien se versa un ballon de rouge qu'il bascula cul sec. Puis, s'essuyant les babines d'un revers de manche, il extirpa des photos de sa poche. Laclavette, qui avait l'habitude de fouiner dans tous les recoins, avait mis la main sur ce trésor dans la chambre de Maxime Martoire, au premier étage. Les documents avaient été tirés en sépia par un procédé d'exposition à la lumière naturelle. Le premier groupe était composé de Léa, Maxime Martoire, Gilles Pauliat, Paula Mauricée, Charly Lafon et Claude Pestour. En maillots de bain, ils se tenaient tous par l'épaule au bord de la Sévère. Au dos, une main avait noté les identités ainsi que l'année : 1939. Sur cette photo, tous ces adolescents semblaient s'aimer, sans l'ombre d'un nuage en vue. Bientôt, la guerre sèmerait la discorde et la haine entre toutes ces familles.

Floher détaillait les visages et il s'attarda sur ceux de Lafon et de Pestour.

— Ces deux-là sont morts à la grange des Razets. Les Boches ont surgi au petit matin et ça a été comme à la parade... On cherche toujours le salaud qui a donné l'information à la Gestapo. Le seul à s'en être tiré, c'est Bernical. En se carapatant, il a vu Pensennier parmi les Boches. Seulement, Pensennier, on l'a trouvé pendu à la prison de Brivins. Un pendu, ça ne parle plus, tu comprends ?

— Mais ce Pensennier, il est encore là sur cette photo ! jura Laclavette en le désignant sur un des clichés. Regarde ça.

Le chef collabo, en uniforme de légionnaire, était debout, fier comme toujours, bombant le torse, tandis qu'à ses pieds était assis Maxime Martoire. A droite, debout également, il y avait un autre personnage que Floher hésitait à reconnaître. Toutefois, le grand feutre mou finit par lui rappeler quelqu'un.

— Manucci ! fit-il. C'est Orlando Manucci, le fasciste italien. Celui-là, on l'a descendu après la prise du siège de la Milice.

— Alors, conclut Laclavette, ça suffit bien pour arrêter le gosse. Au moins, on rentrera pas bredouille, comme des cons.

Floher regardait la photo attentivement, ce qui lui donna une idée pour mener son interrogatoire. Il y avait là assez d'indices pour faire craquer ce petit imbécile. Faute d'avoir le père, ce serait aussi une manière de victoire sur le fuyard que d'impliquer le fils dans cette sale affaire.

Dans le salon, Manichon et Gégette jouaient avec le percuteur de leur mitraillette, à tendre et détendre le ressort. Le bruit métallique terrorisait Max Martoire. C'était comme le déclic d'une gâchette qui tire à vide. Alors, il se forçait à fixer la pointe de ses chaussures pour ne pas voir les canons dirigés dans sa direction. Au moindre incident, je prends une rafale, se disait-il. Après, on démontrera que c'était un accident. Pourquoi avait-il traîné ainsi dans sa maison ? Tout ça pour rassembler des vieilleries et des saloperies de souvenirs...

Le retour des trois autres gaillards de la Milice patriotique lui fit dresser la tête. Max ne se faisait guère d'illusions sur la suite des réjouissances. Il s'était déjà préparé à ne rien avouer sur l'endroit où se réfugieraient ses parents, malgré les gros poings menaçants des tordus de service qui, en l'absence de leur chef, avaient promis de les lui faire tâter jusqu'à plus soif.

— Maxime Martoire, dit Max, 22 ans, ânonna Floher en examinant la pièce d'état-civil.

Puis, dressant la tête, d'un air amusé, il ajouta :

— Signes particuliers ? Fils de collabo notoire et collabo lui-même.

Avant que le garçon n'eût réagi, le chef de la Milice patriotique leva les photos qu'il tenait écartées entre ses doigts comme une donne de cartes. Max, mort de trouille, se mit à trembler. Cette fois, pensa-t-il, je suis fait comme un rat avec cette manie imbécile de tout conserver, même ces misérables clichés compromettants.

— Autre signe particulier, poursuivit Floher, homme de main de Jules Pensennier et d'Orlando Manucci.

Les autres s'approchèrent et firent cercle autour de la proie. Ils le fixaient avec des yeux de haine. Résigné, Max se demandait qui se jetterait sur lui le premier. A moins que, disciplinée, la meute attendît le signal de la curée, un signal, qui, seul, appartenait à Floher. Le plus excité était le petit teigneux à la moustache taillée fine, trait aigu ponctuant sur le visage un caractère rigide et intransigeant. C'était Manichon, ce Manichon qui avait des fourmis dans les jambes. Sa technique, c'était de savater dès que les proies étaient au sol, vulnérables. Il les faisait se tordre de douleur en appuyant les coups dans « le mou », comme il disait, en fait le gras du corps. Ce Manichon était tellement dérangé que Gégette devait, sur ordre de Floher, le surveiller. Et lorsqu'il commençait à donner de la savate, on devait déjà s'apprêter à l'arracher de force à sa besogne, tant il semblait ne jamais devoir s'arrêter. Magnard, qui avait été torturé par les Allemands avant de s'évader en 43, durant son transfert à Angoulême, lors d'une attaque surprise du maquis, lui avait expliqué cent fois que, passé un seuil, il ne sert plus à rien de frapper, car la victime devient insensible à la douleur. Mais Manichon ne l'entendait pas de cette oreille. Il était persuadé d'être le meilleur cogneur du groupe, celui dont le coup de savate était si vicieux qu'il eût fait parler un mort.

— Oui, reconnut Maxime Martoire soudain dressé par de solides poignes devant le visage de Floher, oui, c'est vrai, je connaissais Jules Pensennier. Et alors ? Est-ce un crime d'être photographié à ses côtés ?

L'argument lui paraissait d'une évidence telle qu'il reprit espoir. Après tout, que pouvait-on lui reprocher ? Martoire ne put contenir un éclair de défi dans le regard. Floher mesura, sur l'instant, que le gamin ne serait pas aussi facile à tordre que prévu. Gégette aiguisait son poing contre son autre main grande ouverte. Ça l'agaçait toute cette attente inutile. Ça l'agaçait de voir Floher jouer les Bordieu et les Endrau, prendre des gants pour poser les questions, comme si l'on en prenait, à la Gestapo, du temps où Pensennier conduisait les nazis dans les Grumières pour y traquer le résistant.

Floher sortit de sa poche la dernière carte de son jeu. C'était un portrait de Pensennier avec une dédicace de la main même du chef de l'ancienne Milice : « A Max, mon jeune ami fasciste qui fera de grandes choses si les petits cochons ne le mangent pas !... »

— La tournure est plaisante, commenta Floher, mais foutrement révélatrice.

— Tout ça, cria Martoire, ce sont des bêtises. Je n'ai jamais été fasciste. D'ailleurs, Pensennier considérait tous les gens autour de lui comme des fascistes. C'était une de ses folies. Vous le savez bien, ce type était fou, fou à lier.

— Et ça ? fit Floher en montrant la photo du groupe au bord de la Sévère. Tu les reconnais ? Charly Lafon, Claude Pestour ? C'étaient de bons copains en...

Il renversa le morceau de carton.

— En 1939. Après, ça s'est gâté. Pensennier a enrôlé de petits saligauds comme toi pour faire la sale besogne des mouchards et des indicateurs. Est-ce que, par hasard, tu n'aurais pas appris à ton estimable maître fasciste l'emplacement du camp des Grumières, où s'étaient engagés tes petits copains devenus des ennemis à abattre ?

Floher tenait à pleine poigne l'encolure du garçon.

— Je n'ai rien à voir avec ça. Rien du tout.

— Tes copains Charly et Claude ont été fusillés avec soixante et un de leurs camarades.

Max Martoire s'était affaissé sur le parquet ciré. Il pleurait. Pour des Gégette ou des Manichon, ces larmes de trouille équivalaient à des aveux. Mais Floher savait que ces photos ne constitueraient pas une preuve suffisante devant la cour de justice. Et déjà, il lui semblait entendre les ricanements de Bordieu : « C'est du petit poisson qui n'a pas la taille réglementaire, ironiserait-il. Alors, que fait-on dans ce cas-là ? On le remet à l'eau. »

Depuis des mois et des mois, Floher était obsédé par l'affaire du massacre des Razets. Il lui paraissait impensable qu'il n'y eût pas, derrière cette tragédie, une machination gigantesque avec des dizaines de notables impliqués. L'enquête n'avançait pas, puisque les deux principaux protagonistes avaient disparu : Pensennier, bien sûr, exécuté dans sa cellule, et Hans Bernner, le chef de la Gestapo de Brivins, évanoui dans la nature, avec le flot de fuyards, vers l'Allemagne ou l'Espagne. Si les différents rapports sur cette question faisaient état de la seule responsabilité de Jules Pensennier, on attribuait l'origine du drame au pur hasard, à l'intuition d'un Bernner rusé. Cette explication ne satisfaisait pas ceux qui avaient le désir d'entretenir la polémique autour du drame. Si le Comité de libération de Brivins était soucieux de cicatriser les blessures du passé, un Davoust énonçait, dans chacune de ses interventions, une litanie : « Fera-t-on un jour la lumière sur l'affreux massacre des Razets ? » Louis Floher était assez tenté, faute de trouver le véritable responsable, de fabriquer quelques boucs émissaires. Il en avait souvent caressé l'idée en ramassant, de-ci de-là, des pauvres bougres. A ses yeux, le moindre petit fil conducteur en direction des Razets pouvait faire jaillir l'étincelle. Et ce Martoire, songeait-il en se caressant le visage, ferait-il l'affaire ? Le lien détonant entre Pensennier et les deux martyrs des Razets — Lafon et Pestour — étant établi, il ne resterait donc plus qu'à mettre la mécanique en route.

Floher et Magnard s'en revinrent dans la cuisine. Le conciliabule dura quelques minutes. Puis Magnard sortit, songeur. Il appela Laclavette. L'entretien fut de courte durée. Les trois hommes disparurent enfin. Floher fit signe à Gégette et à Manichon de le suivre au-dehors.

Quand ils arrivèrent à hauteur du portail, un homme se détacha du groupe de villageois qui s'étaient réunis de l'autre côté de la route.

— Je suis le nouveau maire, dit-il, Jean Debrugère. Et j'entends qu'on m'explique enfin ce qui se passe ici.

Le chef de la Milice patriotique se retourna vers la maison des Martoire et, dans un grand soupir de fatigue, jeta :

— Nous sommes là pour arrêter le petit Martoire. Il est accusé par la commission d'épuration d'avoir joué un rôle d'informateur dans le massacre des Razets en 1943.

Le maire hésita, puis demanda d'une voix un peu tremblotante :

— Vous êtes sûr de ce que vous dites ?

— Nous avons des preuves, ajouta Floher. Bien entendu, l'enquête déterminera le niveau de ses responsabilités.

C'est alors que trois coups de feu retentirent dans la maison. Deux coups brefs, presque simultanés. Puis un dernier, quelques secondes plus tard. Les gens s'éparpillèrent sur la place, allant se réfugier derrière le lavoir. Comme Gégette et Manichon se précipitaient vers l'entrée de la maison, mitraillette en position de tir, Floher les arrêta d'un geste. Il y eut alors un long silence. Les habitants n'osaient bouger de peur que la fusillade reprît. Magnard émergea enfin du couloir d'entrée. Il tenait son revolver au bout du bras pendant. Floher fit mouvement vers lui.

— Le prisonnier a tenté de s'échapper en sautant par la fenêtre du jardin. J'ai été obligé de tirer.

Floher fit signe à Gégette et à Manichon d'aller chercher le corps. Puis il se tourna vers le maire :

— Conduisez-moi à votre bureau. Je dois téléphoner à Brivins. Et ensuite, j'aurai besoin de votre témoignage.

Les badauds sortaient de leurs cachettes, lorgnant les soldats avec crainte. Vingt et un ans ou vingt-deux ? se demandait-on, tant les avis divergeaient sur l'âge du petit Martoire qu'on allait bientôt porter en terre.

*
* *

Clément Goursat passait le plus clair de son temps sur sa paillasse à attendre qu'enfin on lui envoie l'avocat exigé à cor et à cri. Sa défense était déjà toute prête. J'ai accepté, dirait-il devant le juge, de livrer du tabac pour un type rencontré dans un bar, la veille, en échange d'un peu d'argent. Mais, poursuivrait-il, je n'ai jamais eu le sentiment de mal agir. Tout au plus ai-je voulu rendre service. Et je vous le confesse, terminerait-il, j'ai été abusé. Voilà toute la vérité. Et c'est à ce moment-là qu'interviendrait le témoignage de moralité du docteur Fayolle. Le système de défense de Clément ne brillait guère par son originalité. Tous les trafiquants du monde prétendent être des victimes. Tout cela serait peu convaincant à l'heure où la cour de justice, submergée par les dossiers, expédierait les condamnations en série. Mais il était rassurant pour Clément Goursat de s'appuyer sur la certitude que le procès lui rendrait vite la liberté. A force de tourner et de retourner les arguments dans sa tête, il finissait par s'endormir dans la moiteur écœurante du baraquement surchargé, jour après jour, par de nouveaux arrivants.

Le quatrième jour de sa détention, en fin d'après-midi, un gardien vint le chercher. Deux cents mètres seulement séparaient le bâtiment où on l'avait jeté du bureau des entrées. Le soleil était encore vif pour la saison et enluminait la barre de l'horizon. Les maisons de Brivins, qui s'étalaient au-dessous du camp, étaient patinées d'une belle couleur mauve. L'odeur de pourriture qui montait du sol contrastait avec cette image paisible d'octobre, de belle arrière-saison. Ce sera enfin pour parler avec mon avocat, se dit-il, puis, après coup, on me reconduira dans ce cul-de-basse-fosse. A moins, songeait-il terrorisé, que ce soit une visite de ma mère… Il appréhendait l'instant où il se trouverait devant elle. Aussi avait-il préparé une réplique de taille : « Après tout, ça arrange bien tout le monde que je fasse du marché noir ! » Ses yeux, trop longtemps accoutumés à l'obscurité du baraquement, se promenaient sur le paysage du camp formé d'abris de fortune, de barbelés tissés à la hâte et de prisonniers sales et gris, parqués comme un troupeau de rats. Il avait l'impression étrange de traverser un immense champ d'ordures. Il était une de ces ordures déposées en marge de la ville, à la lisière d'un monde propre qui, à ses pieds, savourait la quiétude du soir.

On lui désigna une chaise dans la pièce destinée aux interrogatoires. A travers la porte, il entendait le cliquetis d'une machine à écrire et une bousculade. Il se dit qu'on devait traîner un prisonnier dans un sale état. Une porte claqua plus loin. Puis un long silence s'enchaîna avant que la dactylo ne se remît à sa besogne. Clément Goursat sentit alors qu'on l'observait par l'entrebâillement de la porte, comme s'il s'agissait de vérifier que le prévenu était bien là, remisé dans l'attente. Un grand éclat de rire lui fit tourner la tête.

— Ce n'est pas possible ! sursauta Clément. Toi, ici ?

— C'est plutôt toi qui es ici, canaille ! jura Jacques Saint-Assier en lui secouant la tête.

C'est alors qu'il découvrit le visage marqué par les coups.

— Qui t'a fait ça ?

— Oh ! C'est rien, fit Clément. Rien du tout.

— Ah non ! Ce n'est pas rien.

Jacques Saint-Assier pénétra dans le bureau de Bordieu en trombe. Clément, en le voyant agir, ne savait au juste ce qu'il devait faire. Cet animal, se dit-il, va faire des histoires pour ça, et c'est encore sur moi que ça va retomber ! Enfin, il se décida à approcher des éclats de voix qui fusaient depuis le bureau.

Bordieu était debout, au garde-à-vous devant Saint-Assier qui l'apostrophait. Un gardien attiré par le vacarme voulut intervenir, mais le responsable de la commission lui fit signe de déguerpir.

— Ah ! Mais que si ! J'exige un rapport ! Je le remettrai moi-même à Delanfroy. Ici, bordel de Dieu, ce n'est pas le siège de la Gestapo !

— Ce sont les types de la Milice patriotique, avoua Bordieu.

— La Milice patriotique ? Ces voyous !

— Je n'ai cessé de les mettre en garde contre les débordements…

— Mais où se croient-ils, ces cons ? Je veux des noms !

— Ça suffit, protesta Bordieu.

— Comment, ça suffit ? On maltraite un de mes amis injustement arrêté.

— Ça, c'est autre chose !

— Vos « miliciens » de merde lui auraient foutu du tabac plein les poches pour le faire accuser que ça ne m'étonnerait guère !

— Arrêtez ! s'enflamma Bordieu. Prenez votre Goursat sous le bras et disparaissez ! Puisque le colonel Ebrard a signé la levée d'écrou, moi je m'incline.

— Quant à la fameuse Milice patriotique, continua Saint-Assier, sachez, pour votre gouverne, que ses actions, à partir d'aujourd'hui, sont rendues illégales. Le Gouvernement provisoire de la République vient de prononcer sa dissolution et son désarmement. Ce n'est pas trop tôt à ce que je vois !

Bordieu hésitait à le croire. Saint-Assier avait la réputation d'un bluffeur à la grande gueule. Cependant, il était aussi l'homme le mieux informé, fréquentant avec assiduité le cabinet du commissaire de la République, Delanfroy. Bordieu se rassit derrière son bureau, épuisé par une telle avalanche.

— Si vous dites vrai, je me conformerai à la loi, avoua-t-il en soupirant. Et croyez, du reste, que je ne serai pas mécontent d'une telle mesure. Ces types de la Milice, nous les avons armés bien imprudemment dans le désordre consécutif à la Libération pour assurer le maintien de l'ordre et l'application des décisions du Comité de libération, mais ils me font plus souvent froid dans le dos que chaud au cœur.

— Donnez-moi le nom du tortionnaire, continua Saint-Assier, afin que j'en fasse moi-même état à Delanfroy.

— Vous alors ! Quand vous tenez un os…

— Je ne m'en irai pas avant de le savoir. Et si vous continuez à le couvrir, vous tomberez avec lui.

— Louis Floher, jeta-t-il avec ennui, partagé entre le souci de préserver son petit avenir de gratte-papier et la peur de représailles des FTP. Le colonel Ebrard est au courant de ses agissements. Si ça ne vous embête pas trop, vous direz que c'est lui qui vous a livré l'information, parce que moi je ne veux pas être mêlé à cette affaire. Les passages à tabac sont monnaie courante et, dirons-nous, constituent le moins grave des agissements. Il y a aussi les exécutions sommaires. Hier encore, le fils du maire de Chèvreroche a été descendu dans des circonstances qui restent à éclaircir.

A mesure que la voiture les emmenait vers les profondeurs de la ville, Clément retrouvait la juste beauté des choses : les maisons et les rues ordonnées, les passants bien habillés, les femmes élégantes. Il s'en retournait vers la civilisation avec le sentiment de l'avoir quittée depuis longtemps.

— Tu sais que tu as une femme épatante, dit Saint-Assier. Elle est venue me trouver pour que je te sorte de ce guêpier. Entre parenthèses, te mettre dans une situation pareille pour une pincée de tabac, il y a de quoi rigoler !

— Je n'en reviens pas qu'elle ait eu ce courage, jeta Clément.

— Mon vieux, expliqua Saint-Assier, on croît connaître la femme qu'on aime jusqu'au jour où l'on découvre qu'on ne sait, en fait, rien d'elle. L'amour n'a pas la vertu d'ouvrir les yeux, ça rendrait plutôt aveugle, c'est bien connu. Tu croyais ta femme timide, effacée, ne s'intéressant qu'à la futilité, et voilà qu'elle se révèle tout le contraire. Voilà au moins une leçon profitable dans tout ce gâchis !

Décidément, Clément n'aimait pas que Saint-Assier louât son épouse en ces termes équivoques. L'industriel était, d'ordinaire, un brin donneur de leçons et, de fait, il ne ratait jamais l'occasion d'étaler sa science. Mais là, il paraissait à Clément que cette mésaventure avait tissé des liens entre Line et le parangon, une sorte de complicité qui autorisait Jacques Saint-Assier à lui parler de sa femme sur un ton supérieur. La chose était d'autant plus surprenante qu'ils se connaissaient seulement depuis trois semaines. Par une sorte de pincement au cœur, Clément jugea que ce sentiment — auquel il se croyait à jamais étranger — venait de l'atteindre pour la première fois de sa vie : la jalousie. Le silence boudeur dans lequel il s'enferma ne pouvait passer inaperçu aux yeux d'un homme tel que Saint-Assier. C'était évidemment une preuve de faiblesse dont il eût été plus sage de se défier dans l'attente d'autres certitudes sur l'état réel de ses soupçons. Se peut-il qu'il soit piqué à ce point ? se demandait Saint-Assier en le chahutant un peu. Si tel est le cas, toutes mes chances sont ouvertes, car il n'est rien de pire que la jalousie pour dégoûter un amour.

— J'ai quelques inquiétudes, fit l'industriel, au sujet de cet interrogatoire musclé…

Clément hocha la tête avec un rictus d'ennui.

— Si tu veux être rassuré concernant notre petite association, je dirai que je n'ai pas parlé. D'ailleurs, pourquoi m'aurait-on posé une question au sujet de ces lingots d'or ?

La question brûlait les lèvres de Saint-Assier depuis la première seconde des retrouvailles, mais il ne voulait pas faire montre d'empressement par crainte que Clément attribuât son intervention salvatrice à la peur qu'il fût, tôt ou tard, en veine de confidences avec les questionneurs de la commission.

— Cet argent sortira de sa cache au moment opportun, ajouta Saint-Assier.

— Qu'appelles-tu un moment opportun ?

— Laissons les nouvelles institutions se mettre en place. Les périodes d'incertitude sont une plaie pour les affaires.

Line, pendant ce temps-là, attendait avec anxiété en arpentant le salon de la rue des Lilas. Odile Saint-Assier avait beau expliquer que la libération de Clément n'était plus qu'une simple formalité, elle ne parvenait pas à la croire. Qu'un fou de justice se mette en travers et tout serait à recommencer, disait-elle avec ce pessimisme maladif qui la déchirait depuis ces dures journées.

Un coup de frein strident porta leurs regards à la fenêtre.

— C'est eux ! cria Odile en s'amusant de l'agitation de Line Goursat, de cet amour qui la possédait.

Line s'engouffra dans l'escalier pour venir chuter directement dans les bras de Clément. L'étreinte se consuma dans le silence des larmes. Saint-Assier regardait son épouse à mi-étage. Il songeait à l'absurdité des mariages de raison, au temps gâché à courir derrière un mensonge. Quand je lui dit « je t'aime », pensait-il, est-ce à moi-même que j'adresse ce compliment d'usage ? Où vais-je encore trouver la force de mentir envers et contre tous ? Il escalada les marches, la frôla, puis disparut dans le salon, tête basse. Odile pressentit par une sorte d'intuition ce qui lui torturait l'esprit. Depuis le premier instant, elle avait deviné que Jacques accomplissait cet exploit uniquement pour Line. Il fallait être aveugle pour ne pas voir l'émotion qui agitait cet homme, d'ordinaire si fort, cachant bien sa sensibilité sous des tonnes de cynisme. Pourtant, Odile Saint-Assier ne lui en voulait pas. Il était dans l'ordre des choses qu'il dirigeât son regard vers une femme telle que Line Goursat, innocente et fraîche. Tout le plaisir logeait dans la tentation corruptrice.

Quand le couple parvint dans le salon, Jacques avait rempli les coupes de champagne. L'industriel ne pouvait envisager un tel succès sans quelque sérieux arrosage tandis que Goursat avait hâte de prendre congé de son sauveur pour essayer, dans la solitude, de démêler les fils compliqués qui s'étaient tissés autour de sa personne. Line ne songeait qu'au retour de son Clément, qu'à l'épreuve évitée d'un douloureux procès, et ne comprenait guère les émotions cachées qui s'agitaient autour d'elle. Odile goûtillait le champagne qu'elle ne prisait guère et qu'elle humait pour faire comme tout le monde, adressant à la jeune femme resplendissante des œillades discrètes. La possédera-t-il, celle-là, comme les autres ? se demandait-elle.

Clément offrait une mine si abattue que Jacques le gavait de champagne pour le remonter. Il était agacé par les propos chahuteurs de l'industriel qui faisait rire sa femme aux éclats.

— J'ai envie de rentrer, fit-il.

Line paraissait déçue que cette soirée fût si précocement écourtée. Derrière ses grosses lunettes de myope, Saint-Assier détaillait la scène avec une attention soutenue. Cette petite étouffe dans son cercle de cul-terreux, se disait-il. Bah ! nous lui donnerons l'occasion de grandes réjouissances.

— Jacques, dit Odile, tu ne peux pas abuser de la patience de nos amis à ce point-là. Tu vois bien que nos deux amoureux ont besoin de se retrouver seuls.

La porte de la chambre d'hôtel refermée, Clément se jeta sur le lit, le visage contre le tissu râpeux, et il sombra dans une crise de larmes, comme un enfant. Line restait interdite et le regardait gémir, ne sachant quelle attitude adopter. Pour la première fois, elle voyait un homme en pleurs.

— Tout va bien, lui murmura-t-elle à l'oreille tout en essayant de le mettre sur le dos. Tout va pour le mieux. C'est fini, fini.

Soudain, Clément bondit hors du lit, le regard convulsé par une colère d'impuissance. Line comprit que l'origine de la crise n'était pas seulement due à sa captivité.

— Oui ! Mais à quel prix ?

— Comment à quel prix ?

— Il aura fallu que tu demandes à cet homme de me sortir de là. Je connais Saint-Assier. Qu'a-t-il exigé en échange de cette générosité ?

— Mais rien, fit Line. Rien du tout. Je suis allée le trouver parce qu'il est ton ami.

— Ce n'est pas mon ami, s'agitait Clément. Et ce ne sera jamais mon ami ! Comment peux-tu imaginer un seul instant que deux hommes aussi différents que Saint-Assier et moi puissions être proches ?

A cette seconde, Line évita bien de lui parler de la cour pressante que Saint-Assier lui avait prodiguée lors de sa visite rue des Lilas. Ce genre de révélation aurait enclenché, entre les deux hommes, un détestable conflit dont elle ne voulait point être le centre. Après tout, pensait-elle cependant, quel mal y a-t-il à ce qu'un homme tente sa chance auprès d'une femme qui lui plaît ? Longtemps, elle s'interrogera sur ce silence ; il marqua une étape décisive dans ses relations avec Clément, la fin de cette admiration béate qu'elle lui vouait en toutes occasions.

Pour l'heure, elle mit dans sa réponse un tel accent de sincérité que Clément ne put résister au désir de se jeter dans ses bras. Leurs corps enlacés basculèrent sur le lit. Line voulut ménager quelques préparatifs à l'explosion de leurs désirs, comme ouvrir les draps, prendre le temps de se dévêtir. Mais il avait une telle envie d'elle pour faire taire son angoisse qu'il la prit là, dans la fureur de l'instant. Le plaisir, très vite, les submergea comme une vague brutale. Puis l'écume se retira d'eux insensiblement, coulant sur le plat silence.

Ensuite, le regard perdu vers le plafond, Clément ne pensa plus qu'à Saint-Assier et à la place qu'il venait si brutalement de prendre dans sa vie. Il s'en voulait d'avoir accepté sa part d'or. Désormais, il se sentait définitivement lié à cet homme aux instincts maléfiques.

— Tout compte fait, dit-il en portant la main sur le visage qui reposait tout près du sien, et sur les lèvres douces à peines entrouvertes, j'aurais préféré rester au camp et ne rien devoir à cet individu.

*
* *

Sa valise bouclée, Ferdinand Strenquel descendit à la réception. Il refusa le petit déjeuner et paya la note. La lettre était encore dans sa poche. Elle l'attendait depuis la veille.

Dehors, il faisait un temps radieux pour la saison, quoique légèrement perturbé par un vent d'autan. Les premiers pêcheurs avaient pris place sur le ponton et regardaient dériver les bouchons sur l'eau calme, puis les ramenaient d'un vigoureux coup de poignet. Ferdinand se pencha pour examiner l'eau verte de la Garonne. Il vit son image distordue dans l'ondoiement soyeux de la lumière. Ecœuré, il se recula en pensant que, selon toute logique, il devrait être en ce moment, sous l'onde, une marionnette désarticulée. D'un pas pressé, il remonta jusqu'à sa voiture.

Il roula jusqu'à Lesparre à toute allure. L'idée de le rater lui apparaissait telle une catastrophe : cet homme était le seul avec qui il pourrait encore parler. Quand il arriva, l'office de huit heures était achevé. Sur les conseils d'une vieille dame, il alla vers la forêt. Le vieil homme était juste parvenu au pont du canal quand il le rejoignit. Pour son âge avancé, il marchait à belle allure. A l'entrée de la forêt, le curé Delcoste décida de faire une halte. D'ordinaire, il s'arrêtait toujours à cet endroit. Rien n'aurait pu l'empêcher de respecter ce rituel.

— Ne vous fatiguez pas à tout me raconter, déclara le curé avant même que Ferdinand n'eût ouvert la bouche, le colonel m'a déjà tout expliqué. Maintenant, il vous faut tourner la page.

Strenquel hochait la tête. Il toucha la lettre dans sa poche, puis la sortit comme à regret.

— De quoi s'agit-il ? demanda le curé.

— Une lettre d'adieu à ma femme.

— Mais vous ne l'avez pas envoyée et vous ne le ferez pas.

— Qu'en savez-vous ?

— Sinon, ce serait fait. Quand vous avez quitté Lesparre précipitamment, il y a deux jours, j'ai pensé : « Cet homme va mettre fin à ses jours. » Et je n'ai pas dormi de la nuit en pensant à vous. Alors, j'ai prié. Vous trouvez cela stupide, je suppose ?

— Non.

— On n'écrit pas une lettre avant de se suicider. Ou alors c'est qu'on hésite à le faire à un point tel que la lettre d'adieu est une sorte d'appel au secours.

Delcoste s'assit sur une vieille souche couronnée de pleurotes. Ferdinand marchait de droite à gauche, de l'ombre à la lumière qui tapissaient la clairière. Le curé se mit à le fixer droit dans les yeux. Il semblait lui dire : « Vous n'êtes tout de même pas revenu me voir sans raison. » Ferdinand n'arrivait pas à parler, paralysé devant le vide des mots, tel un équilibriste cherchant le point ultime qui décidera son départ sur le fil.

— Il y a trois attitudes possibles, l'aida Delcoste. Le mépris par le suicide, la haine par la vengeance. Enfin, l'oubli par l'amour. L'amour pour la mémoire de votre fils. L'amour pour vous-même, pour le monde tel qu'il est.

Ferdinand Strenquel regardait les profondeurs mystérieuses de la forêt. Le vent qui soufflait sur la plaine amenait des odeurs de feuillages et de mousses. Il respirait à pleins poumons.

— A l'instant de poster ma lettre, commença-t-il, et il s'agissait pour moi du dernier geste précédant l'irrémédiable, un grand jeune homme mince m'a observé avec insistance de l'autre bout de la place. Je me suis dit : « On dirait Adrien. » Avec la tombée du jour, la physionomie imprécise renforçait l'illusion de cette image, au point que j'en ai ressenti un trouble intense. Un trouble tellement fort que j'ai renoncé à poster la lettre et que j'ai différé, en quelque sorte, l'ultime décision. Depuis cette seconde, cette image surgie du crépuscule me hante. Je ne peux m'empêcher de penser, bien que cette éventualité soit absurde pour un agnostique tel que moi, qu'Adrien a voulu me dire quelque chose comme : « Ne te suicide pas ! Tu as encore tellement de choses à réaliser sur la terre. Alors, fais-les, et ce sera le plus grand hommage que tu puisses rendre à ma mémoire. »

Delcoste se redressa péniblement sur sa canne de frêne écorcé. L'heure était venue de reprendre la marche. Ni force ni raison ne pouvaient le détourner de son programme. Ils pénétrèrent dans la forêt et les murmures du vent s'atténuèrent. Seules les cimes des grands arbres s'agitaient. Côte à côte, ils avançaient entre deux tapis de fougères, dans un étroit chemin que bordait un muret dévoré de mousse.

— A la vérité, fit Delcoste à peine essoufflé par la marche, il se dessine en vous une force qui ramène Adrien à la vie dans votre âme. N'est-ce pas ce que vous souhaitez ? Savoir s'il est près de vous, si vous pouvez lui parler à tout instant, l'interroger peut-être. A la seconde même de poster votre lettre fatidique, vous l'avez interrogé. Et il s'est signalé à vous. Ne me dites pas comment. Cela, au fond, ne me regarde pas.

— Je ne conçois cette illusion que sous l'angle de la faiblesse d'un esprit tourmenté ou en proie à la folie, répliqua

Strenquel. J'aimerais parfois être dépourvu de mémoire. Ainsi, tout serait tellement simple. Il suffirait de poser un pas devant l'autre. Et j'oublierais cet insupportable sentiment de la faute commise.

— Quelle faute ?

— Je n'ai pas eu la force suffisante pour l'empêcher de partir. Mon plus grand remords est assurément de n'avoir su lui parler. Il s'est éloigné vers les ombres sans un signe d'adieu, comme on quitte le monde par surprise sur la pointe des pieds.

— Il y avait en lui une force plus grande que la vôtre, un appel. Cet appel, personne n'aurait pu l'en détourner. Cette inexplicable force est le signe de l'existence de Dieu. A moins de croire que seul le hasard forge les destins. Sous le vocable du hasard, Dieu voyage incognito. Ce qui est écrit…

La suite se perdit dans un geste large. Ferdinand Strenquel s'arrêta, se retourna vers la lumière dorée qui fusait derrière lui, à l'orée du bois. Delcoste se retourna aussi. Les deux hommes se dirent adieu par une longue poignée de mains.

— Chacun sa prière, fit le vieux prêtre avec un sourire protecteur et discret. Croyant ou non, chacun a la sienne…

Ferdinand avança vers la lisière, vers le large espace de la plaine livré au vent. Il traversa le canal d'où l'on distinguait, au loin, une fois la butte escaladée du chemin de halage, la grosse tour carrée de l'église de Lesparre. J'ai connu autrefois, murmura-t-il, un grand bonheur qui est venu mourir dans ce lieu désolé, mais je ne le savais pas. Il m'aura fallu le silence amer de l'exil pour en mesurer la valeur.

DEUXIÈME PARTIE

Le silence des armes

VIII

L'annonce du désarmement des Milices patriotiques par le Gouvernement provisoire fut reçue avec une certaine incrédulité. Cette décision était d'autant plus surprenante qu'elle précédait de quelques jours seulement une importante réunion du Conseil national de la Résistance devant décider d'un statut pour les organisations FFI. A Brivins, la note que fit apporter le commissaire de la République, Delanfroy, interrompit en plein travail les gens du Comité de libération. Lauwel, Bourdin, Davoust et Murciat, entre autres, clamèrent aussitôt que cette décision scélérate constituait un premier pas vers la liquidation des groupes de la Résistance et la mise sous l'étouffoir des organisations civiques. Félix Juglard scrutait les mines défaites avec amusement. Il faisait partie de ceux qui estimaient que la Milice patriotique avait assez fait régner la terreur chez les petites gens, faute de gros poissons à ferrer. La mort, dans des conditions plus que suspectes, du jeune Max Martoire n'avait fait qu'envenimer le débat, les jours derniers, et élargir la fracture entre ceux qui réclamaient une épuration expéditive, et les autres pour qui chaque dossier devait faire l'objet d'un examen sérieux.

Declotz fit circuler la note signée par Delanfroy afin que chacun se pénètre des termes de la décision gouvernementale. Le maire provisoire de Brivins ne s'intéressait guère aux rodomontades fusant de-ci de-là. Les réflexions s'adressaient à lui, puisqu'il était considéré comme le plus gaulliste de l'assemblée, mais il feignait, selon son habitude, de n'y prendre garde, le regard pointé sur des objectifs plus lointains. Et il savait que la belle union de façade, façonnée de faux-semblants, de compliments hypocrites et d'allégeances sournoises, ne passerait pas l'hiver.

Le lendemain, Delanfroy convoqua dans ses bureaux du boulevard du Moulin, le Comité et les chefs de la Milice. Le nouveau commissaire de la République portait avec élégance le costume trois-pièces, la cravate à pois blancs et la chemise au col amidonné. Le geste, le regard, la voix, tout en lui était calculé pour impressionner. Il abusait volontiers de la litote pour ne pas heurter, mais on sentait, derrière sa manie de répéter habilement ses propos sur plusieurs tons, qu'il y avait de la fermeté dans son caractère et une volonté farouche d'être compris plutôt dix fois que pas du tout. Il adressait de fréquentes œillades à Davoust et à Murciat, parce qu'il savait que là résidait la difficulté de sa mission. Légèrement à l'écart, Floher mijotait dans son jus. On lui avait recommandé de ne pas trop s'exposer. En clair, ses récents exploits faisaient jaser dans le pays.

Delanfroy, avec ce tact qui faisait l'admiration de Juglard, expliqua qu'avant Noël toutes les Milices devraient déposer les armes et que les cadres désirant s'enrôler dans l'armée régulière pouvaient d'ores et déjà faire acte de candidature. Le commissaire réservait un certain mépris à ces FFI qui avaient préféré la défense de l'arrière plutôt que de se battre utilement sur la côte Atlantique ou dans les Ardennes. Quand Davoust prit la parole, Delanfroy le toisa, la haine sur le bout des lèvres. Son anticommunisme n'avait d'égale qu'une crainte : voir les FTP de Brivins constituer un pouvoir factieux. La suspicion, en ce début du mois de novembre 44, répondait à la préoccupation nationale du débordement des pouvoirs jugée suffisamment grave au sommet pour que le gouvernement crût nécessaire de prendre la décision de désarmer les Milices populaires.

— En présence d'une Cinquième colonne réorganisée, se manifestant partout — douze attentats à Brivins depuis la Libération de la ville —, s'insurgea le chef FTP, nous ne pouvons admettre la disparition des Milices, qui sont constituées des éléments les plus sains de notre peuple. Il s'agit là d'une erreur. Et nous élevons la plus solennelle protestation contre cette mesure. Le gouvernement doit comprendre que, s'il veut rester fort, il lui faut s'appuyer sur le peuple en armes. C'est pour une France forte que doivent être reconnues, armées et aidées les Milices patriotiques.

Les propos de Davoust paraissaient bien timides pour un Floher s'agitant sur sa chaise et brûlant de lever la voix malgré les recommandations. L'attitude placide du colonel Ebrard, l'artisan de ces Milices, le déconcertait encore plus. Comment donc, se disait Floher, on lui ôte tous ses hommes, on le prive d'armes, et il reste là comme une chiffe molle ? A bout de patience, le chef de la Milice se dressa. Tous les visages se tournèrent dans sa direction avec appréhension, les mêmes visages qui avaient écouté Davoust avec lassitude, persuadés qu'une protestation de principe de plus ou de moins ne changerait rien à l'affaire.

— On veut priver nos jeunes combattants de leur arme, lança-t-il. Beaucoup d'entre eux ont eu le mérite de gagner sur le champ de bataille le fusil qu'ils portent avec honneur. Souvent, ils l'ont arraché à l'ennemi. Toujours, ils l'ont dignement utilisé. Comment ne sauraient-ils pas le porter aujourd'hui fièrement devant tout le monde, tels l'insigne de leur sacrifice et la marque de leur titre valeureux de combattants ? Que craint-on ? continuait Floher. L'épuration ? Plus que jamais, il faut châtier les traîtres, nettoyer les administrations. Ceux qui ont servi le régime de Vichy, et que l'on trouve ici et là toujours en place, doivent disparaître, sinon le pays sera exposé au sabotage.

Les participants baissaient la tête. Davoust et Murciat se regardaient avec ennui. Jusqu'où pourrait-on couvrir Floher ? semblaient-ils penser. Seul Delanfroy fixait le chef de la Milice dans les yeux pour lui montrer qu'il se défiait de ses propos et qu'à l'avenir il aurait un adversaire résolu.

Floher termina son speech en scandant avec force l'incantation qui revenait le plus souvent dans ses discours, à la différence que, là, il ne se trouvait pas devant ses hommes tout disposés à l'applaudir, mais face à des gens décidés à lui couper les ailes :

— Gloire à nos valeureux FTPF qui ont étonné le monde par leur ardeur au combat libérateur !

Contre toute attente — et surtout à la grande surprise de Juglard qui espérait une réplique en règle —, le préfet joua la modération, soulignant que lui aussi considérait à juste titre l'action des FTP :

— Pourquoi ces craintes ? Le peuple de France, qui a saisi le Boche à la gorge et l'a chassé de notre territoire, a, par ce magnifique mouvement, repris sa place à la tête des nations civilisées. Désormais, le péril est passé. Faisons confiance sans restriction au grand patriote, le général de Gaulle, lequel saura parler au nom de notre pays le jour où s'élaborera le statut moderne de la paix et du travail. Restons unis derrière lui, clama-t-il dans le fracas des applaudissements.

En sortant du bureau de Delanfroy, Murciat et Floher s'accrochèrent sous l'œil taciturne de Davoust.

— Le jour où nous aurons déposé nos armes, cria Floher, ce jour-là, nous aurons tout perdu. Tout. Tout ce pourquoi nous avons combattu. Mais, qu'ils viennent les chercher. Je les attends de pied ferme !

Davoust essayait de comprendre de quoi seraient faits les lendemains. Depuis des jours et des jours, il s'interrogeait sur le sens de cette course contre la montre, chez les Alliés, pour conquérir les points stratégiques. Jusqu'où l'Armée rouge avancerait-elle ? Berlin ? Paris ? Avec le « valeureux petit père des peuples », on pouvait s'attendre à tout. Et en quels termes se conclurait la capitulation de l'Allemagne ? Pour savoir qui, de Floher ou de Murciat, aurait raison, il faudrait attendre le retour de Maurice Thorez. Le chef communiste sera amnistié par de Gaulle, se dit Davoust, et, en échange, on déposera les armes. Et alors, Floher ira à la trappe.

De la pièce voisine, Serge Gibaud avait suivi les débats tout en prenant des notes. Le patron des *Nouvelles du Centre* comptait, pour la prochaine édition, rédiger un édito qui s'intitulerait : « *Le silence des armes* ». La teneur de l'article porterait sur l'impérieuse nécessité de liquider les Milices patriotiques dont l'action finirait par nuire aux buts louables pour lesquels elles avaient été créées. Il prendrait pour exemple les dérives de la Révolution française avec l'instauration de la Terreur de 1794. En conclusion, Gibaud démontrerait que la justice ne peut que s'exercer dans un climat serein, et que le général de Gaulle aurait besoin, à l'avenir, de savoir où se situe le pouvoir, dans les factions armées ou au sommet de l'Etat.

Michalon, le délégué à l'information, le rejoignit, un petit sourire au coin du visage. Delanfroy finissait de ranger ses papiers tout en chantonnant. Quand il arriva dans le cabinet, il ouvrit les rideaux de la porte-fenêtre qui donnait sur le parc.

— Ce Floher n'a pas fini de nous donner du fil à retordre, jeta Michalon.

— Si j'ai bien compris la situation, récapitula Delanfroy, les représentants de l'Armée secrète traînent les pieds. Mais je crois qu'ils finiront pas se ranger de notre avis. Restent les communistes. J'ai toutefois trouvé un Davoust nettement sur la réserve. Il attend de voir ce que dira Thorez. Si ce Floher pouvait se trouver isolé sur son île, ça serait plus facile de le dégommer.

— Et vous savez, vous, comment Thorez va parler à son prochain retour de Moscou ? demanda Michalon.

— Thorez voudra que son parti gagne les élections. Et bon Dieu, on ne peut pas aller aux municipales avec des Milices en armes aux portes des mairies ! Donc, ça désarmera forcément tôt ou tard. Qu'importe. On attendra le temps qu'il faudra. Vous m'avez bien compris ? De la fermeté, certes, mais porte ouverte au dialogue, toujours, ricana-t-il.

— La situation sera tributaire des procès, souligna Gibaud. L'opinion s'attend à ce que des têtes tombent. C'est là qu'un Floher joue sur du velours. Les cours de justice sont à peine installées. La question posée est de savoir qui on va juger ? On n'a que l'embarras du choix. Le camp des Farigoules déborde.

Delanfroy alla chercher un paquet de Lucky Strike dans un petit secrétaire supportant un téléphone. Il les distribua autour de lui.

— Les collabos empêtrés jusqu'au cou, dit le préfet, ceux-là, on les leur donnera. Floher pourra jouer à son sport favori.

— Et Maluzier ? fit Michalon.

— Chut ! s'offusqua Delanfroy, on ne prononce pas ce nom-là ici. Ce n'est pas un collabo cent pour cent. Le serait-il, du reste, qu'on ne pourrait le livrer comme ça ! Que gagnerait-on ? De la rhétorique revancharde. Des arguments antiparlementaires.

— Ce qui m'a le plus étonné, jeta Gibaud, c'est la facilité avec laquelle Pierre Declotz est entré dans notre jeu. Il a accepté de cacher Maluzier sans la moindre réticence.

— Oui, fit Michalon, nous sommes loin du petit Saint-Just de la Libération.

— En vérité, le bonhomme veut garder la mairie et — qui sait ? — gagner peut-être la députation. Pour l'heure, interrogea Delanfroy en tirant sur sa cigarette, vous voyez quelqu'un d'autre ?

— Juglard ! émit Michalon.

Gibaud haussa les épaules.

— Il retournera au Parti radical. C'est sa famille, après tout.

— Heureusement que nous avons partiellement fait échec à son journal, sourit Michalon qui se souviendrait jusqu'à la fin de ses jours de l'empoignade de la rue Jourdain.

— Il ne faut pas crier victoire. Les éditoriaux à l'emporte-pièce de notre ami Gibaud peuvent faire baisser les ventes, dit Delanfroy.

— En tout cas, je ne varierai pas d'un iota.

— C'est une autre histoire, rétorqua Delanfroy. Vous avez raison. Mais il n'empêche que *Brivins-Presse* peut reprendre du poil de la bête sur nos tâtonnements.

— C'est pourquoi, fit Gibaud, je compte contrebalancer nos campagnes antimiliciennes par du social. Une page entière, tous les jours, sur la situation des gagne-petit.

— Sur ce chapitre-là, donnez donc la parole aux communistes, ça les amadouera un peu.

Comme ils abordaient à nouveau le sujet des prochaines élections municipales fixées au mois d'avril, Delanfroy expliqua que l'avenir serait subordonné au fameux emprunt de la Libération dont le coup d'envoi venait d'être donné.

— Nous verrons alors quels sont nos soutiens, en dehors des chambres de commerce. Pour en finir avec ce Juglard, prophétisa le préfet, je ne vois pas le Parti radical faire des scores aux élections municipales. Les électeurs se souviennent de 38, des revirements de Daladier. Les partis qui oublieront de se ripoliner partiront au casse-pipe. Tout ce qui rappellera la débâcle ira à la débâcle.

*
* *

De retour à Galiane-sur-Sévère, Ferdinand réserva sa première visite au docteur Fayolle, avant même de passer embrasser Marie. Près de sa mère, Coraline jouait avec sa brouette d'enfant à charrier de petits tas de feuilles répandues sur le gazon autour des tilleuls. En entendant le vrombissement du moteur de la Citroën, elle alla se réfugier dans les jupes de sa mère. Adeline la souleva dans ses bras comme pour mieux la garantir face à cette peur qui la faisait tressaillir. Ferdinand Strenquel s'avança pour les embrasser et eut quelques mots d'apaisement pour la petite fille. La mère ajouta que les enfants adoraient se faire peur et que sa Coraline chérie n'échappait pas à la règle. A chacune de ses visites, Ferdinand s'étonnait de voir cette petite changer à vue d'œil. Et quand il se mettait à la dévisager, Adeline se sentait gênée, troublée jusqu'à la racine des cheveux. Se rendra-t-il compte un jour, se répétait-elle, qu'Adrien est le père de cette petite fille ? Cet état finira-t-il par se remarquer ?

Dans les moments de spleen, Adeline se replongeait dans la lecture de son journal intime. Tout y était scrupuleusement consigné dans le moindre détail. La bonne centaine de feuilles était tout ce qui la rattachait à cet épisode de sa vie. Les mots qu'elle avait griffonnés représentaient bien plus que le fruit de cet amour. Un jour, finissait-elle par se persuader, un jour viendrait où Coraline apprendrait la vérité sur son père. Alors, il ne resterait plus qu'à détruire le document.

Adeline Fayolle conduisit son visiteur jusqu'à la grande volière des faisans. Le médecin était dans le sous-bois, effectuant la grande tournée d'inspection pour protéger sa faune. La prise était bonne, car il s'en revenait les poches pleines de collets, de minces brins de laiton obtenus par la crémation de fils électriques enduits ensuite de saindoux pour masquer l'odeur humaine. Le braconnier Fraysset, son estimable voisin, en serait pour ses frais aux aurores quand il visiterait ses pièges, et les petits lapins de garenne pourraient continuer à batifoler dans les choux pommés de Pauliat.

En baissant la tête sous les cépées de châtaigniers, Fayolle aperçut Strenquel et ralentit le pas. Il ne s'attendait guère à cette visite à une heure aussi tardive de fin d'après-midi. Le médecin sortait éreinté de ses consultations du matin à Augeat, où il avait installé un cabinet. Présentement, il s'avouait peu décidé à soutenir une conversation difficile. En fait, Fayolle était loin de se douter à quel point Ferdinand avait résolu dans sa tête les questions métaphysiques qui le déchiraient depuis des mois.

— Savez-vous, mon ami ? J'ai été inquiet pour cette si longue absence, avoua le docteur en l'entraînant vers l'allée située au cœur du parc.

— Elle m'était sans doute nécessaire.

Ferdinand ramassa deux gros marrons à la peau lisse et soyeuse. Il y en avait en quantité, parsemés sur le gravier du chemin. L'odeur, la couleur, la forme, le plaisir que l'on pouvait trouver à les sentir, à les contempler et à les toucher, lui rappelaient le temps éloigné de l'école primaire quand, à Walbach, le maître d'école faisait dessiner et peindre à la gouache ces fruits d'automne pour illustrer un récit d'une promenade en forêt de Kuberg. Ferdinand ramenait dans ses petites poches de menus trésors que livraient les sous-bois : les feuilles de hêtres ou de cerisiers sauvages aux teintes flamboyantes, les olives rouges des églantiers, les glands coiffés de leur cupule.

Franck Fayolle n'osait poser la question fatidique sur les résultats de l'enquête à Lesparre.

— J'ai même eu envie d'élever des paons, fit le médecin dans un large geste vers le parc. Ça aurait apporté un peu de couleur dans le paysage. Mais les chiens qui rôdent m'en ont dissuadé. On ne peut pas passer son temps à se fâcher avec le voisinage.

Au grand portail de fer, les deux hommes se retournèrent vers le château de La Nadalie. La lambruche, cette vigne sauvage qui couvrait la façade nord, dessinait sur la pierre de larges flammes sanglantes qui s'élevaient jusqu'au soubassement de la toiture.

— J'ai trouvé ce que je cherchais, avoua enfin Ferdinand d'une petite voix étranglée par l'émotion.

— Je savais que vous trouveriez, ajouta Fayolle l'air embarrassé, soucieux de ne point s'engager plus avant dans la conversation.

— Vous saviez, vous ?

— Oui. Je savais.

— Par le 2e Bureau ?

Le médecin le fixa dans les yeux, mais ne répondit pas.

— Vous saviez, répéta Strenquel l'air songeur, et vous m'avez laissé dans l'ignorance.

— Je voulais que vous découvriez la vérité sur la mort de votre fils par vos propres moyens. D'ailleurs, m'auriez-vous cru ? Je n'en suis pas persuadé.

— Qu'Adrien ait été donné par un de ses propres frères d'armes est une découverte écœurante, scandaleuse.

— J'avais peur, ajouta Fayolle, que vous vous rendiez ensuite à Toulouse pour rencontrer le salopard.

— Vous avez imaginé que j'aurais pu le tuer ?

Fayolle hochait la tête. Pris d'un doute à cet instant de la conversation, Strenquel se tourna vers lui et saisit le revers de sa veste.

— Vous auriez voulu que je le tue, n'est-ce pas ? Navré de vous décevoir. Puisque nous voici arrivés à l'heure des grands procès, ne trouvez-vous pas que celui-ci n'aurait pas sa raison d'être ? Pour l'instant, on condamne la collaboration. Il n'y a pas que des salauds dans un seul camp. Votre Résistance était aussi truffée de salopards, de lâches, d'imbéciles, comme ce Gaspard. Je n'ai plus qu'à confier les résultats de mon enquête au tribunal de Toulouse et la machine se mettra en mouvement.

— La Résistance, dit Fayolle, est pleine de secrets redoutables. La raison, à l'heure présente, commande, quoi que vous puissiez croire, de les oublier. Dans six mois, dans un an, qui pourra encore comprendre ce que nous avons été, ce qui a fait de nous des bêtes sauvages ?

Le médecin comprit rapidement que son ami bluffait, qu'il n'avait point envie de saisir les tribunaux militaires pour faire tomber la tête du traître.

— La perspective d'un procès est au-dessus de mes forces, avoua-t-il. C'est là qu'il faut chercher la raison de ma lâcheté.

Ferdinand s'avançait vers le château tandis que le médecin le regardait s'éloigner avec un serrement de cœur.

— Je n'en crois rien, hurla Fayolle. Vous mentez. Je sais que vous n'êtes pas un lâche.

Cet homme-là, se dit-il, serait capable de remuer ciel et terre pour faire surgir la vérité. La vraie raison de ce renoncement est ailleurs. Toute bonne raison a son explication. Marie ? Ne serait-ce point Marie qui lui aurait demandé, avant son voyage à Lesparre, de ne plus jamais évoquer cette affaire devant elle au risque de la perdre ?

Dans la bibliothèque, les deux hommes tournèrent les fauteuils vers la baie pour observer les couleurs du crépuscule. La fragile pâleur qui résistait aux rougeoiements de petits nuages étirés redessinait le fil de l'horizon. Autrefois, songeait Ferdinand, Adrien croyait que le soleil tombait dans la mer. Nous marchions sur la plage du Touquet, main dans la main, pour aller voir de plus près ce prodige. Les vagues lointaines l'engloutissaient et, longtemps encore après son naufrage, les éclats rouges et jaunes dansaient sur les flots gris, telles des épaves de peu.

— Avez-vous repris votre place dans le Comité de libération ? demanda Ferdinand.

— Non, répondit le médecin. Je vous avouerai que je n'ai rien fait pour ça. La blessure que l'on m'a infligée n'est pas prête de se cicatriser. Personne, du reste, n'a encore osé me traîner devant la cour de justice. Mais, savez-vous ? Je ne désespère pas de prendre ma revanche.

— Contre Declotz ?

— En effet, Declotz est l'homme à abattre.

— Bien que vous apparteniez à la même famille…

— Ça n'a rien à voir. Il y a les adversaires politiques. Ceux-là, on les combat à la loyale. Et les ennemis politiques se trouvent le plus souvent dans votre propre camp.

— Et Juglard ?

— Je lui en veux de n'avoir pas eu le courage de me défendre au sein du Comité.

— Je n'aurais pas pu imaginer hier encore que vous aviez des ambitions politiques.

— Le désir de revanche donne des ailes… Ces appendices-là sont en train de me pousser dans le dos. Ne les voyez-vous pas ? dit Fayolle en se levant, tournoyant dans la lumière qu'il venait de faire surgir en pressant la poire de la lampe du guéridon.

Adeline vint proposer des apéritifs. Ferdinand, réalisant l'heure tardive, se décida à prendre congé. Le médecin le raccompagna à sa voiture.

— Quant à ce Gaspard, dit-il soudainement, ne vous inquiétez pas trop pour lui. Voulez-vous que je vous prédise son avenir ? Un jour, une voiture roulant au pas parviendra à sa hauteur. Il se retournera, surpris. Et ce sera fini. Juste trois ou quatre coups de feu.

La dernière phrase de Fayolle le laissa sans voix. Ainsi, une équipe était déjà à pied d'œuvre pour nettoyer les écuries d'Augias. C'est alors qu'il se rappela la crainte qu'il avait inspirée au colonel Pasty. Le vieil homme l'avait pris pour un de ces bourreaux chargés des basses œuvres. De la même manière, les accusateurs publics envoyaient à l'échafaud en 1793 les « ennemis du peuple ». L'histoire, se dit-il, ne cessera donc jamais de se répéter, réduisant l'homme à l'état de juste ou de salaud. Ferdinand imaginait déjà la tête ahurie de ce Gaspard à l'instant de tomber sous les balles des justiciers de la Résistance. Après tout, n'aura-t-il pas été un héros à la prise de Toulouse ou dans quelqu'autre obscur combat ? Cette partie de sa destinée passerait donc au compte des profits et pertes. La seule erreur de Lesparre suffirait à en faire un homme à abattre, irrécupérable, dont on s'empresserait de noyer la mémoire sous une chape de plomb.

Ferdinand retourna à sa maison de Lavialatte comme si de rien n'était. Marie l'examina et vit à sa mine fatiguée qu'il avait été jusqu'au bout de ses interrogations. Elle lui posa deux doigts sur les lèvres quand il voulut parler et, ce geste-là, impérieux, suffit à installer un moment de silence.

— Tu as reçu une lettre de Régis Gillard, fit-elle en lui versant une grosse assiettée de potage. Ça fait drôle ce nom-là. Je croyais ce passé complètement évanoui.

Il recula sa chaise pour dégager ses genoux de sous la table et croiser les jambes. Le président-directeur général de la briqueterie Gillard et Cie lui annonçait sans détour que le tribunal militaire de la place de Paris venait de décider la mise sous séquestre de l'entreprise pour avoir servi l'appareil de production nazi et collaboré avec le IIIe Reich. Un comité interprofessionnel était en train de procéder à une enquête approfondie sur les activités de Gillard pendant la guerre. Le rapport serait ensuite transmis à une commission qui trancherait en dernier ressort. La décision pourrait aller jusqu'à la confiscation des usines. Régis Gillard espérait obtenir de Ferdinand Strenquel — son ancien directeur de la briqueterie d'Amiens — un témoignage en sa faveur portant sur deux points : le P.D.G. ne fut jamais un partisan du national-socialisme, et le même P.D.G. aida une cinquantaine de familles juives à fuir aux Etats-Unis et au Canada. Gillard omit de souligner au passage le service rendu à Adrien après son évasion du stalag d'Hazebrouck. Mais Ferdinand ne songeait qu'à cela : la manière dont il avait été reçu, les faux papiers, la voiture. Sans son aide, il n'eût jamais pu, en ce temps-là, ramener son fils en zone Sud.

Il ferma la lettre et la glissa dans sa poche. Marie se détacha de sa cuisinière près de laquelle elle restait plantée des heures sans bouger et vint se poster derrière lui.

— Je suppose que tu vas l'aider.

— Il n'aura pas affaire à un ingrat. A la vérité, Régis Gillard n'a jamais été nazi. Il avait le choix entre fermer ses usines pendant la durée de la guerre et collaborer…

Repoussant son assiette, Ferdinand se mit à arpenter la petite cuisine de long en large. Marie le suivait du regard avec inquiétude. Cet homme finira par me faire mourir, songeait-elle en scrutant son air abattu.

— J'ai pris de grandes décisions, commença-t-il. Je vais profiter de ce voyage à Paris pour régler enfin nos affaires. Dès le mois prochain, nous allons commencer les travaux de réfection de cette petite maison : agrandissement en surface et hauteur.

— Et avec quel argent ? demanda Marie, les mains croisées sur la poitrine.

— Je vais vendre notre villa d'Amiens.

Marie devint blanche.

— Je savais qu'en quittant notre maison en juin 40, nous n'y reviendrions jamais. C'était comme une sorte de pressentiment.

Ferdinand la saisit par les épaules, essayant de réveiller en elle, en la secouant un peu, quelque énergie perdue.

— Nous n'avons plus que notre fille. Tu ne voudrais pas que l'on s'éloigne d'elle ?

— Non, murmura-t-elle, bien sûr. Mais là haut, c'était toute ma vie.

— Ici, nous recommencerons à être heureux, comme avant. Tu verras, suppliait Ferdinand.

— Je ne crois pas, fit-elle d'une petite voix blessée.

— Notre existence va repartir. Adrien n'aurait rien souhaité d'autre…

— Ah ! Je t'en prie, s'éleva-t-elle, ne parle pas d'Adrien. Adrien n'a plus rien à voir avec nous. Il n'existe plus. Alors ne lui faisons pas cette injure de parler à sa place. Tu le sais bien ! Il n'était pas croyant.

A cette seconde, Ferdinand eût aimé évoquer son séjour à Lesparre, les paroles apaisantes du curé Delcoste, la dernière conversation d'Adrien avant l'arrivée des Allemands. Se livrer eût libéré en eux cette charge émotionnelle dévoreuse. Mais il réalisa qu'elle ne le souhaitait pas. C'eût été, pour elle, le tuer une seconde fois que de se préparer un tant soit peu à accepter sa disparition.

— Tu feras comme tu l'entends, dit-elle. De toute façon, je n'ai plus aucun désir de remonter à Amiens. De ça aussi, je ne veux plus que tu me parles. De ça aussi, répétait-elle.

Ferdinand s'approcha pour la serrer contre sa poitrine. Elle conservait face à lui un regard vide, immensément vide. C'est alors qu'il comprit pour la première fois qu'elle était malade, gravement malade.

*

* *

Mon locataire, disait Rose Cipriani en parlant de Roland Maluzier, mon locataire m'a sonné de très bonne heure ce matin. Cette désignation un peu méprisante fit rire aux éclats Serge Gibaud. Maluzier était tout ce que l'on pouvait imaginer, sauf un locataire. Car Rose devint vite son obligée. Le vieux renard savait flatter à merveille pour se mettre les gens dans la poche. Et Rose n'y avait pas coupé.

Au fond de sa tanière, le député-maire déchu de Brivins ne semblait guère contrarié par sa réclusion. On lui avait aménagé une prison confortable. Il passait le plus clair de son temps à lire et à écrire ; à lire surtout les journaux qu'on lui apportait et qui le divertissaient. On l'entendait s'esclaffer, comme il l'eût fait, sans nul doute, dans son cabinet de l'hôtel de ville du temps où on le sollicitait chaque fois que se composait un nouveau gouvernement. A d'autres moments de la journée, il venait coller son nez au ras du soupirail avec vue imprenable sur les parterres de fleurs qui longeaient le mur de la villa. En tendant l'oreille, les rumeurs de la cité descendaient jusqu'à lui, et se pressaient alors en sa mémoire mille souvenirs du temps des années glorieuses. Quand il en avait assez d'être debout devant ce rai de lumière qui lui tombait sur le visage, il se glissait jusqu'à la petite table lui servant de bureau. Il trempait la plume dans l'encrier noir et continuait à rédiger ses souvenirs. Le projet n'avait d'autre ambition que de le satisfaire, disait-il. Mais Rose Cipriani, qui avait découvert cette activité, le soupçonnait de préparer son retour sur la scène politique par un livre devant justifier son attitude durant les années Pétain. La narration, par exemple, d'une entrevue avec le président Doumergue, en 1926, au plein moment des attaques sur le franc qui entraînèrent l'arrivée de Poincaré et la division, une fois encore, dans le clan des radicaux-socialistes, lui demanda de laborieux efforts. Maluzier, jeune banquier et fils de banquier, expliquait alors sa vision d'une politique monétaire dans laquelle on devrait jouer sur les mécanismes inflationnistes pour doper l'expansion de l'économie : vision peu orthodoxe pour l'époque et dont l'avenir ferait singulièrement grand usage.

Rose lui descendait ses repas. Au début, elle se contentait de poser le plateau sur la dernière marche de l'escalier, puis disparaissait aussitôt. Roland Maluzier était comme tous les hommes : il avait besoin de parler à une personne capable de l'écouter attentivement. La pesante solitude des journées sans histoire lui prêtait un visage de chien battu. Alors, l'hôtesse prit l'habitude de s'arrêter un peu lors de ses visites obligées pour échanger quelques mots de convenance. Un soir, il y eut une vraie conversation. Et comme il prit ce qu'elle disait sur le pétainisme avec une moue de dédain, Rose vida son sac. L'ancien ministre de Doumergue se fit agonir sans un cillement du regard, au point qu'elle se demanda plus tard s'il ne l'avait pas aiguillonnée intentionnellement pour établir une relation normale, autre que de prisonnier à geôlier. Le lendemain, Maluzier formula de plates excuses, comme lui seul savait les envoyer, de si émouvantes excuses qu'elle en ressentit de la gêne pour lui. Cet homme, se dit-elle, serait prêt à subir les pires humiliations pour un peu de considération.

Comme la lecture des journaux nationaux ne lui demandait guère plus d'une heure, et celle des feuilles locales une dizaine de minutes, Maluzier se trouvait vite à court d'occupations. Certains jours, l'écriture devenait difficile, surtout quand il abordait un épisode scabreux de sa carrière et qu'il devait longuement réfléchir à la part mystifiante de la réalité pour que le texte se révélât profitable dans l'avenir. Aussi demanda-t-il à Rose de lui procurer, pour ces longues plages de temps, quelques livres. Elle énuméra tout ce qu'elle possédait dans sa bibliothèque. Entre les romans contemporains qui ne l'intéressaient pas et les philosophes de la Révolution française qu'il méprisait, Maluzier ne trouva rien qui pût retenir son attention. Il n'était point homme à lire pour se distraire et ne concevait cette occupation que par profit personnel. Il suggéra alors qu'elle se procure les deux tomes des *Mémoires* du cardinal de Retz. Rose Cipriani sursauta à l'énoncé de cet auteur.

— Vous connaissez ce Paul de Gondi, dit Maluzier, coadjuteur de Paris, et surtout ennemi juré de Mazarin ? Que dis-je ? Conspirateur professionnel. Mais, attention, pour la plus noble des causes qui vaillent : le pouvoir, l'insatiable appétit du pouvoir. Cet homme-là ne voulait pas — Dieu l'en garda fort heureusement, sinon son style en eût été gâté, comme ce fut le cas de ces philosophes dont vous m'avez cité les noms il y a un instant —, cet homme, dis-je, ne rêvait point à une méthode pour gagner le bonheur de son semblable…

— Il voulait égoïstement parfaire le sien, répliqua Rose.

— Point du tout. On ne se rend pas heureux en élevant son ambition bien au-dessus de ses capacités. Lisez donc *l'Ecclésiaste* : « Tout est vanité dans l'existence et poursuite du vent. » Mais voilà, par une bien étrange contradiction, Dieu nous prête une vie fort généreusement, et il nous faut bien, dès lors, en faire quelque chose. Tout le malheur de l'homme provient de son désir absolu de réaliser une grande chose de sa petite et provisoire destinée. La sagesse lui recommanderait donc de ne pas bouger, de taire ses rêves de grandeur et de chercher au fond de lui tous les contentements dont l'âme a besoin pour se distraire. Paul de Gondi batailla comme un forcené pour conquérir une impossible destinée…

— S'il avait réussi à renverser le cardinal Mazarin, qu'y aurions-nous gagné ?

— Assurément rien. Si le cardinal avait réussi sa folle entreprise, nous eussions obtenu un piètre homme politique et perdu probablement un grand écrivain, un de nos meilleurs stylistes du XVIIe.

— J'ai bien connu un garçon, révéla Rose, qui lisait assidûment le cardinal de Retz pendant la guerre. Cette occupation, alors, me paraissait tellement futile. Se passionner pour ces choses-là pendant que nous risquions notre vie dans la clandestinité, ça relevait de la pure provocation. Ce garçon s'amusait énormément de ma réaction. « Comment donc, s'étonnait-il, les événements auraient-ils ce pouvoir de nous anéantir à ce point ? J'ai pris le parti de vivre comme si de rien n'était… » Au fond, ajouta Rose, vous ne faites rien d'autre que ce que faisait Ro…

La voix étranglée par l'émotion, par le retour d'un souvenir lointain, elle s'arrêta de parler, le regard dans le vide. Maluzier comprit qu'elle avait aimé, sans doute, cet homme-là, et qu'il s'était éloigné pour ne plus jamais revenir.

Dans la pénombre de la cave — Rose exigeait par sécurité qu'il ne s'éclairât qu'à la bougie — les regards se croisèrent. Maluzier, qui détestait le silence au point d'y voir le signe d'un absurde état d'incommunicabilité entre les êtres, avança le tabouret pour se rapprocher de la jeune femme assise sur l'avant-dernière marche de l'escalier.

— Nous aurions pu nous connaître en d'autres circonstances, dit-il, et une telle suspicion n'eût point existé entre nous.

— Vous n'auriez, répliqua Rose, même pas jeté un regard sur moi. Qu'aurais-je représenté à l'époque où vous étiez ministre ? La disgrâce a le mérite de vous rendre attentif au monde environnant. Mais revenu au zénith, vous aurez vite oublié les visages du temps d'infortune.

— Qui vous dit que j'aspire à revenir au pouvoir ?

— Les hommes politiques sont tous taillés dans cette sorte de bois, ricana Rose, qui plie et ne se casse que très rarement. Vous êtes de cet acabit. Pour l'instant, les jours de victoire sonnent le glas à vos oreilles, mais les temps prochains réclameront votre retour sur la scène. Devant l'incompétence qui semble se dessiner chez les nouveaux cadres issus de la Libération, on choisira finalement les anciens gestionnaires de Vichy. Pourquoi croyez-vous que l'épuration ne se fera pas dans la haute administration ? Pour cette unique raison. Certes, nous pourrions former ces nouveaux cadres. Mais le temps nous manque.

— Tel que vous me voyez, je suis déchu de tous mes titres, fit Maluzier. Et, qui plus est, dessaisi de ma banque… Un administrateur a été nommé à ma place.

— Bah, fit Rose, vous avez encore un journal.

— Quel journal ?

— *Les Nouvelles du Centre*, qui ont remplacé *La Voix du Centre*.

Roland Maluzier haussa les épaules.

— Croyez-vous que je puisse y risquer la moindre signature ?

— Bien sûr que non ! Mais il y a, autour de vous, encore assez de gens pour signer à votre place. L'article intitulé « *Le silence des armes* » semble bien inspiré par un Maluzier qui aurait envie de hisser le drapeau blanc.

L'homme partit d'un grand rire. Ça ne lui était pas arrivé depuis longtemps.

— Vous êtes, tout compte fait, d'une plaisante compagnie, jugea l'ancien ministre avec un ton de regret dans le grain de la voix. Ah ! que n'ai-je pas vingt ans de moins... Le loup ne sortira pas du bois, poursuivit-il, le visage redevenu grave. Car, à peine apparaîtrais-je en chair et en os aux rabatteurs qui encerclent mon domaine, que retentirait une longue salve d'artillerie. Les rouges assoiffés de sang bleu et les crocodiles de la SFIO ne guettent que cet instant où ils pourront danser sur ma dépouille.

Rose Cipriani comprit que le vieil homme avait choisi de se complaire dans sa situation plutôt que de s'aigrir le caractère à la déplorer. En un sens, c'était la force extraordinaire de ce Maluzier.

Serge Gibaud entrait chez Rose comme dans un moulin. Il avait obtenu le droit de venir rencontrer l'ancien maire de Brivins à n'importe quelle heure du jour et de la nuit. A vrai dire, ses visites étaient assez rares. Les deux hommes parlaient essentiellement du journal — ces conversations avaient mis la puce à l'oreille de Rose sur les pouvoirs occultes du politicien déchu — ; Gibaud faisait lire ses éditoriaux. Le vieux renard y ajoutait deux ou trois phrases par-ci par-là, histoire de pimenter la sauce.

Cette fois-là, Rose se retira. C'était la première fois que le journaliste la surprenait en conversation animée avec Maluzier. Il s'en étonna.

— Qu'allez-vous penser ? jura l'ex-maire. Mon hôtesse a l'honnêteté des justes.

— Elle pourrait aussi en avoir la folie, ajouta Gibaud.

— Si j'avais votre âge ! soupira Maluzier en lui touchant le bras.

— Elle a une réputation d'impitoyable tigresse.

— Qu'à cela ne tienne ! Le plaisir n'en serait-il pas décuplé ?

Le journaliste avouait volontiers en pincer un brin pour Rose. Mais, en ces folles journées de la Libération, les sentiments étaient souvent étouffés par de vagues a priori de peur. On se méfiait de tout le monde. Et Gibaud se disait : « Dans ma position, la belle Rose n'en profiterait-elle pas pour me tirer des renseignements afin de les servir tout chauds à l'affreux Declotz ? » Quand Maluzier comprit les craintes de Gibaud, il éclata de rire.

— Mademoiselle Cipriani, avança le vieil homme, ne trahira jamais un sentiment. Décidément, la jeunesse ne comprend rien aux femmes. C'est un terrible paradoxe. Lorsque cette intelligence vous vient enfin, il est trop tard.

*
* *

Pas une seule seconde, Léon ne soupçonna l'arrestation de son fils pour cause de marché noir. Aussi, en revenant à Lavialatte, Clément eut-il droit à une kyrielle de questions sur ce fameux Saint-Assier, l'usine et l'emploi qu'on lui offrirait à la première occasion. Il passa l'épreuve en lâchant des réponses évasives. Et maintes fois, sa mère se crut obligée de voler à son secours.

— Tu ne vois pas que tu l'agaces avec tes questions !

— Je suis son père tout de même, protestait Léon. J'ai bien le droit de connaître l'avenir de mon fils.

— En tout cas, repartait Emma, il ne le devra pas à toi.

— Ah ! Comment ça ? se demandait Léon. C'est bien dans le maquis qu'il a rencontré ce Saint-Assier. Et ce n'est pas toi, si je me souviens bien, qui l'a poussé à s'y engager…

Clément était tout honteux devant ce tissu de mensonges. Il y voyait d'inutiles complications. Et le fait que Saint-Assier fût mêlé à la comédie jusque dans sa famille lui empoisonnait l'esprit. Encore une fois, l'individu ne se révélait-il pas dans un de ses plus beaux rôles, en héros de ses turpitudes ? A croire, songeait-il, que je ne peux plus exister sans ce bonhomme providentiel !

Cependant, dans la grande famille — hormis Léon tenu en

dehors du coup —, il n'y avait qu'Emma pour croire que Saint-Assier n'était pour rien dans la libération de son fils. Tandis que Line contactait l'industriel de la rue des Lilas, sa mère était allée voir, comme elle l'avait promis, Me Madel-Bourgon, le conseiller de la famille. Les bras chargés de bonnes marchandises, histoire d'ouvrir plus grandes encore les portes du cabinet du boulevard Anatole-France, elle avait atterri devant un notaire déjà fort occupé. Il s'apprêtait à la renvoyer en lui expliquant sur un ton poli qu'on devait prendre rendez-vous quand il avait aperçu les beaux foies gras sous le torchon blanc. Il avait écouté son histoire en se demandant quel rôle il pourrait bien jouer dans cette intrigue.

Faute de parvenir à la renvoyer comme elle était venue, Madel avait compris qu'il fallait gagner un peu de temps, biaiser pour préserver auprès de la pauvre femme quelque considération. Il s'était donc employé à lui brosser une situation terrifiante de ces premiers mois de libération.

— Force n'est plus au droit, clamait-il. On arrête les gens comme aux beaux jours de la Terreur. La guillotine en moins. Mais peu s'en faut pour qu'elle revienne.

Emma Goursat avait expliqué qu'elle avait toujours cru au maréchal et considéré ce de Gaulle comme un voyou à la solde des Anglais. Ces idées simplistes avaient fait rire le notaire.

— Ce n'est pas une chose à dire, désormais, avait-il remarqué d'une petite voix. On risque la prison pour moins que ça.

— Entre nous, n'est-ce pas ? avait dit Emma en se retournant vers la table vide du clerc que Madel avait pris soin d'éloigner, comme chaque fois qu'il recevait l'une de ses innombrables conquêtes, qui ne cessaient de lui réclamer service sur service.

— Les murs ont des oreilles, avait-il répliqué non sans quelque agacement.

En étalant ses anciennes convictions pétainistes, Emma croyait naïvement attacher le notaire à sa cause. L'homme savait qu'il ne pourrait rien tenter pour la simple et bonne raison qu'il ne jouissait d'aucune accointance au sein du Comité. Et pour couronner le tout, le président du tribunal de Brivins, le juge

Sardel, maintenu à son poste par le nouveau pouvoir, faisait mine de ne plus le connaître. Il n'est jamais flatteur d'avouer, fût-ce à cette petite paysanne sans le moindre gramme d'instruction, qu'on ne dispose plus d'aucune relation utile. Madel avait donc joué au grand seigneur. C'était un rôle qu'il aimait tenir en toutes occasions, surtout devant les petites gens influençables. Et quand Emma avait pris congé, elle était plus que jamais convaincue que le brave homme tirerait son fils du guêpier.

Comme un fait exprès, la libération de Clément Goursat était intervenue le lendemain. En l'apprenant de la bouche même de Line, elle s'était écriée :

— Ah ! le saint homme a entendu ma prière.

La singulière nature de la réflexion avait suscité chez la belle-fille de pressantes questions. La bigote croit-elle qu'une prière a le pouvoir de délier les chaînes, se dit-elle. Line s'était alors fait raconter la visite chez le notaire de Brivins et n'avait pu contenir son envie de rire. Sur la seconde, elle avait voulu ôter ses belles illusions à la belle-mère, puis avait décidé de n'en rien faire. Il y avait plus d'avantage à entretenir le malentendu, ainsi se préserverait-elle d'une explication scabreuse sur ses rapports avec l'industriel. Clément avait accepté par tranquillité d'entrer dans le jeu du double mensonge. De plus en plus, on décidait à sa place ce qu'il convenait de faire, de dire, de dissimuler, et, sans quelque état d'âme, il en eût découvert un grand contentement. Désormais, il s'habituait à sa lâcheté, comme un vice sans lequel on ne peut plus vivre. Tout avait débuté avec l'or du Reyssat. A partir de cet instant où il n'avait pas trouvé en lui assez de force pour s'en dépouiller, ce secret le tenant pieds et poings liés en des mains corruptrices, il glissait sans résistance sur une planche savonneuse. Maintenant, c'était Line qui se trouvait prise, elle aussi, entre les mailles du filet. Mais comment pouvait-il lui expliquer l'être malfaisant et dangereux qu'était Saint-Assier, alors qu'il venait de le sortir des geôles ? Pour que Line prêtât foi à ses dires, il faudrait lui avouer toute l'affaire du Quadrille : l'attaque de la Banque Maluzier quelques jours avant la Libération, les lingots soustraits aux FFI, l'association occulte…

Les propos admiratifs de son père le torturaient.

— Ah ! je suis fier de toi, disait Léon en l'entraînant vers son étable pour lui montrer les deux petits veaux nés dans la semaine.

— Pourquoi donc ?

— Tu as été à la hauteur pour une fois ! Tu as su tirer parti de tes bonnes connaissances. C'est bien. Le signe même d'une grande qualité. Ta mère et moi, nous en avons eu des relations. Ça je peux te le jurer. Eh bien, ça ne nous a jamais profité. Comment nous avons fait pour être aussi bêtes ? Je ne sais pas.

Il y avait bien longtemps que de tels compliments n'étaient pas sortis de la bouche du père Goursat.

— La terre est une ingrate, continuait Léon. Elle récompense bien mal ceux qui la servent. C'est pas une affaire pour toi. J'ai mis longtemps à comprendre ça. Pourtant, ta mère a voulu m'en persuader. J'étais aveugle. Je refusais la vérité. Voilà ! Je voudrais te dire que je me suis trompé. Une bonne place à la ville te sera bien plus profitable que toutes ces misérables années à t'échiner pour ne rien gagner. Surtout que tu ne seras pas un employé ordinaire. Quand on est dans les bons papiers du patron comme tu le seras, c'est pas la même chose. Ça permet de monter en grade.

Léon Goursat observait son fils avec des yeux nouveaux. Il lui montra fièrement ses veaux, signe d'une confiance accrue. Désormais, on se parlait d'égal à égal : Clément était devenu l'héritier légitime des Goursat par les choix judicieux qui lui ouvraient les portes de l'avenir.

A cette seconde, Clément n'eût rien désiré d'autre que mettre enfin un terme à ce malentendu qui faussait les rapports avec son père. Ce malentendu le transformait, bien malgré lui, en cet être prodigieux que Léon avait toujours espéré mettre au monde. Mais, paniqué, Clément restait là, sans voix, à l'écouter, impuissant à taire le flot d'éloges qui le submergeait. Rien n'a changé en moi, eût-il aimé crier, rien. Et cette confiance dont tu veux me couvrir, pensait-il, est bâtie sur une imposture.

IX

Durant les journées pluvieuses de décembre 44, la cour de justice prononça les premières condamnations à mort. Le président du tribunal, Sardel, ne faisait pas dans la nuance. Le peuple réclamait des têtes, on lui en donnerait. « Pour l'heure, disait Serge Gibaud, qui assista pour son journal aux premières audiences, histoire de tâter le pouls de l'opinion, on préserve les gros bonnets et sacrifie les petites bonniches. » On expédia ainsi dans l'autre monde les deux jeunes serveuses du Terminus Hôtel pour « relations intimes avec l'ennemi ». Cette formule signifiait qu'elles avaient non seulement couché avec des officiers allemands, mais aussi, par la même occasion, livré des renseignements. Les avocats tiraient généralement leurs argumentations de la quasi-similitude de dossiers étayés par une longue série de témoignages invérifiables. Quand, d'aventure, on amenait des témoins à la barre, ceux-ci s'empêtraient dans leurs dépositions. En l'état normal d'une justice qui ne dût pas son installation aux instances militaires, ils eussent été confondus dans la seconde. On attendait avec impatience le jugement de Demongin, l'ancien chef de la Légion de Brivins. Le procès dura une matinée. Par deux fois, on fit évacuer la salle d'audience. Le président du tribunal avait juré que le nom de Roland Maluzier ne serait pas prononcé. Les deux avocats de Demongin exigèrent le témoignage de l'ancien maire. Celui-ci étant en fuite, la comparution était rendue impossible. La défense demanda alors le renvoi des débats aux calendes grecques. La foule protesta avec véhémence, hurlant que le procès était truqué, qu'on voulait protéger les notables pour éviter une véritable condamnation de la collaboration en Corrèze. Devant le chahut, le président ordonna la poursuite de l'audience à huis clos. Trois jours plus tard, on annonça la peine infligée au commerçant de Brivins : cinq ans d'indignité nationale, confiscation de ses biens présents et à venir. La même peine tomba sur une dizaine d'autres miliciens. Leurs activités au sein de l'organisation ressemblaient à peu près à celles d'un Baptiste Ponchet ou d'un Edouard Pauliat, dont les procès ne s'ouvriraient pas avant le début de l'année 1945. On infligea aussi trois années de prison à Lamongie pour propagande proallemande. Deux éditoriaux de *L'Eglise corrézienne*, rédigés en 43, lui valurent cette peine sévère. Assez saignants, ils appelaient au « meurtre des judéo-maçons ».

Jusqu'alors, treize condamnations à mort avaient été prononcées ; trente-cinq prévenus furent frappés d'indignité nationale ; quatorze eurent leurs biens confisqués. Cette première vague de procès eut pour effet bénéfique de calmer les esprits. A vrai dire, elle intervenait à point nommé, juste après la dissolution des Milices patriotiques qui devinrent la Garde civique. En ce début de décembre, les armes n'étaient pas toutes déposées à la caserne Beaufil. Floher s'y refusait plus que jamais, engagé qu'il était avec son groupe dans la bataille du lait. A trois reprises, il fit investir la coopérative laitière de Brivins pour approvisionner les comités des ménagères, tenus par les militantes des Femmes de France. Floher comptait sur ces actions populaires pour redorer son blason passablement terni dans la ville après des descentes intempestives chez certains commerçants et la razzia sur des denrées dont on prétendait qu'elles furent ensuite revendues au marché noir.

L'hiver annonçait les pires difficultés. Les files d'attente se multipliaient devant les étalages des commerces comme aux beaux jours de l'Occupation. Il y avait même des gens qui ne se gênaient pas pour clamer haut et fort que la situation était pire que pendant la guerre. Où étaient donc les responsables de cette gabegie ? Chacun possédait sur le bout du doigt une explication imparable pour justifier son action à la tête des instances dirigeantes. Du côté des Davoust et des Murciat, on attribuait cette situation à l'action néfaste de la Cinquième colonne, au sabotage organisé du ravitaillement, avec la bienveillance du Gouvernement provisoire, par les fonctionnaires de Vichy encore en place. Chez les Declotz et les Juglard, on misait énormément sur le succès de l'emprunt national de la Libération à 3 %. On s'était fixé pour la Corrèze un objectif d'un demi-milliard de francs d'ici le 15 décembre. Cet appel à la contribution patriotique de tous les Français devait conduire à assainir l'état des finances en éliminant la fausse monnaie injectée par les Alliés durant la guerre, à rendre productif l'argent en réduisant le volume des bas de laine fauteurs d'inflation.

*
* *

Davoust et Murciat se mirent en quête d'un local pour installer le siège de la section de Brivins du PCF. L'affaire se conclut avec un marchand de vins qui disposait d'un garage rue Berthou, non loin du centre-ville. Le locataire passait pour un « sympathisant ». On nommait ainsi toute personne susceptible d'aider l'action des communistes sans pour autant partager leurs opinions. Les responsables de la section recommandèrent le plus grand secret sur cette nouvelle installation. Tout devait s'opérer sans que la DGER ne pût s'en alarmer. C'était la version officielle donnée aux cinq ou six militants qui déménagèrent, en pleine nuit, les archives remisées jusqu'alors à l'hôtel des Tilleuls. A la vérité, la consigne de la direction locale était de se séparer au plus vite des FTPF afin que la confusion ne pût être entretenue plus longtemps dans l'opinion.

Le lendemain, en arrivant à son bureau, Floher trouva les rayonnages vides et s'en étonna à peine. A cette époque, la disparition de liasses d'archives était fréquente. C'est ainsi que les documents récupérés dans le bureau du colonel Werner Schmidt, qui avait commandé la garnison allemande de Brivins jusqu'à sa reddition, furent envoyés à Moscou via Marseille. Il en fut de même de bien d'autres prises effectuées en zone Sud. Les petites archives du PCF de la ville pouvaient-elles présenter le moindre intérêt? La question passait à des kilomètres par-dessus la casquette du chef de la nouvelle Garde civique.

En entrant, peu avant midi, à l'hôtel des Tilleuls, Davoust déplora, devant les gardiens en faction dans le couloir, le désordre des locaux. Les armes traînaient dans tous les recoins. Il y avait même une mitrailleuse de Junker qu'il fallait enjamber pour atteindre le fond du couloir. On ne pouvait ouvrir un tiroir sans tomber sur des grenades US quadrillées ou des pains de plastic. Ce décor de veillée d'armes irritait Davoust. Lorsque les types de Delanfroy vont débarquer ici, songeait-il, ça va faire du vilain. Et, poussant la porte de la salle de réunion baptisée salle André Marty, il tomba sur un Floher les pieds jetés sur le bureau. Les deux hommes se dévisagèrent avec insistance. Il ne saurait indéfiniment y avoir deux directions à la tête du PC à Brivins, se dit Davoust. Le chef des Gardes civiques se comportait exactement comme s'il ne devait répondre de ses actes que devant Marty, qu'il avait rencontré récemment à Paris, et qui l'avait entretenu sur la nécessité de maintenir la pression armée partout où ce serait possible, tant que l'Armée rouge avancerait ses troupes en Europe.

Davoust dégrafa son long manteau gris et s'assit sur une caisse de munitions devant Floher, le poil hirsute.

— Mon camarade, dit Davoust d'un ton patelin, depuis que Maurice est à Paris, le Parti a retrouvé sa direction…

— Pourquoi, coupa Floher, le Parti n'était pas dirigé avant ?

— Le retour de Maurice laisse supposer que de Gaulle va prononcer son amnistie sur sa prétendue désertion.

Floher ricana en se raclant la gorge. Ce n'était un secret pour personne : l'ancien chef FTP, adjoint de Duc, n'avait guère apprécié que Thorez se réfugie à Moscou pendant que les communistes se faisaient massacrer en France.

— Je n'ai rien à redire là-dessus. Souhaitons simplement que cette « négociation » n'interfère pas dans le processus révolutionnaire que nous sommes en train d'instaurer.

— Quel processus révolutionnaire ? interrogea Davoust avec inquiétude.

— Notre Garde civique, quoi qu'en dise ce con de Delanfroy, constitue une armée révolutionnaire dans notre pays. Cette armée est prête pour le pouvoir. Jamais la situation ne nous a été aussi favorable. Quand Joseph aura franchi l'Elbe, qu'est-ce qui pourra l'arrêter ? Les Ricains seront incapables de contenir une contre-offensive allemande dans les Ardennes. Pour peu que les nazis reprennent Paris, il n'y a qu'un pas ! Et alors, l'Armée rouge entrera en triomphatrice dans la capitale. Faut nous tenir prêts pour ce grand jour, mon camarade, au lieu de jouer les défaitistes. Ton attitude me rappelle l'époque où Duc lançait les premières actions contre les pétainistes. Toujours à chier dans ton froc.

— Cette question-là n'est pas à l'ordre du jour, tonna Davoust. Tu délires. Et si tu continues à faire le con, c'est tout le Parti qui va pâtir de tes actes inconsidérés.

— Je t'emmerde, se dressa Floher. Et sache que si tu te mets en travers, je te passerai sur le corps, fit-il en élevant son revolver qui ne le quittait plus, et qu'il portait à la hanche, dans son étui ouvert.

Davoust jubilait dans son for intérieur. Ces menaces, c'était tout à fait ce qu'il avait envie d'entendre. Ça le confortait dans son opinion selon laquelle il fallait maintenant liquider Floher et toute l'équipe de fanatiques qu'il encadrait, comme on taille dans une poire blette. Depuis une semaine, il ne réfléchissait plus qu'à cette affaire délicate par laquelle se jouait sa carrière dans l'appareil du Parti. Quant à la meilleure méthode à employer, il y avait l'attentat. C'était un risque impossible à l'heure où se mettaient en place les hommes de Delanfroy. Restait alors à le compromettre. Certes, il y aurait le désagrément d'un scandale dans l'opinion. Mais comment en faire l'économie ?

Avant de quitter Floher, occupé à garnir de débris de caisses de munitions son poêle Godin, le chef du PCF lui signifia qu'après les propos qu'il venait d'entendre, il lui était désormais impossible de revenir un jour dans ce coupe-gorge.

— Je ne connais pas les positions de Marty, ajouta Davoust, mais je connais celles de Maurice et du secrétariat. La consigne est de déposer les armes, de retrousser les manches et de travailler à la reconstruction du pays. Maurice, dans les semaines à venir, ne tiendra pas un autre langage. De Gaulle va signer avec Joseph un pacte franco-soviétique dans les jours prochains. La France ne sera pas une démocratie populaire à la manière bolchevique. Notre but est de gagner les prochaines élections. Et ce ne sont pas les factions armées qui nous y aideront.

La fumée lourde qui s'était répandue dans la pièce par la porte du poêle les fit tousser, crachoter, au point que Floher dut ouvrir en grand la fenêtre donnant sur le parc.

— Tout ça pour quelques postes de ministres, ricana le chef de la Garde civique.

Puis il se retourna avec vivacité, accrochant à pleine poigne le revers du grand manteau gris.

— Nom de Dieu, le pouvoir est là, à portée de la main. Une petite pichenette et il tombe dans notre escarcelle. Je ne peux pas admettre que nous ayons fait tout ça pour des clopinettes. Il faudrait rentrer dans le rang ? Retrousser les manches ? Et continuer à suer le burnous pour des patrons qui vont recommencer à s'enrichir sur notre travail ? Ça ! Jamais !...

*
* *

— Maintenant, pleurait Clément, mon père me croit au mieux avec Saint-Assier, engagé dans son équipe de direction. Je n'ai pas osé lui avouer que tout ça, c'était du vent. Rien que du vent !

— Ah ! s'esclaffa Line, encore heureux que tu aies gardé le secret. Ça n'aurait pas arrangé nos affaires.

Clément Goursat sursauta, sidéré par la réplique. Comme elle était loin, perdue dans les limbes du souvenir, sa Line d'antan qui se désespérait pour une insulte d'Emma. Cette découverte lui arracha le désir de quitter précipitamment la chambre pour marcher un peu dans la nuit, comme il le faisait autrefois pour écouter les chants de la nature. Au-dehors, il pleuvait des cordes. On entendait même le dégueulis continuel d'une dalle percée, non loin de la fenêtre. Et la seule idée de se retrouver dans la nuit, sous la pluie pénétrante et glacée, lui donnait des frissons. Il s'enfonça encore plus profondément sous la grosse couette en duvet d'oie, haute comme une montagne. Un châle sur les épaules, Line était appuyée contre le bois de lit. Cette diablesse du Nord, se disait Clément en la regardant dans le faible éclairage de la bougie posée sur la table de nuit, cette diablesse m'est de plus en plus étrangère.

— Et tu as raconté toute cette histoire à ton père ?

— Bien entendu !

— Moi, je n'aurais jamais osé. J'en aurais rougi de honte jusqu'aux oreilles.

— Il va bien falloir, fit Line d'un ton sec, que tu deviennes enfin adulte…

— Là, l'interrompit Clément, on croirait entendre ton père. Jure-moi que c'est lui qui t'a soufflé ces mots dans le creux de l'oreille ? Allez, jure-le !

Un temps, Clément avait espéré, par la seule force de son amour, détruire l'aura de ce père dressé telle la statue du Commandeur. Mais Line avait, bien qu'elle s'en défendît, la nostalgie du temps de sa jeunesse passée à Amiens. Et ces années-là étaient tout imprégnées des odeurs du père. C'étaient les cadeaux continuels, les longues stations au salon de thé à déguster des paris-brest, les soirées parisiennes au cinéma ou au théâtre. Au fil des jours, Clément réalisa qu'il ne pourrait jamais rivaliser avec ce temps heureux d'avant-guerre où toute la famille Strenquel était réunie. Et la manière, par exemple, dont il imagina parvenir à la soustraire au salon des Saint-Assier la blessa profondément, si cruellement qu'il n'échapperait plus sa vie durant à ce perpétuel reproche. Que veut-il faire de moi ? Une paysanne attachée à son lopin de terre ? se demanda-t-elle en découvrant qu'il désirait la cacher comme un trésor. L'affaire du camp des Farigoules avait permis à Line de jouer de sa pleine autorité en lui démontrant qu'elle était capable de toutes les décisions. Il devrait maintenant ôter de son esprit l'image de la gamine gâtée, décrite si généreusement par Emma. Du reste, depuis cette affaire, elle affichait dans ses propos une détermination nouvelle. Cette mue était perceptible jusque dans le timbre de la voix.

Tandis que Line lisait *La Reine Isabeau* de Michel Zévaco, Clément attendait encore sa réponse : qui donc exigeait qu'il devînt adulte ? Elle était capable du plus grand des mutismes devant une question embarrassante. Dans ce trait de caractère, il retrouvait la petite adolescente secrète et timide du temps de son arrivée en Corrèze avec le flot des réfugiés. Cette attitude obligeait Clément à s'interroger, plus qu'il ne l'aurait sans doute souhaité, sur l'avenir même de son amour. Il ne lui suffisait plus qu'elle répondît « oui » à la question rituelle : « m'aimes-tu ? »

— Mais enfin, fit Line en posant son gros bouquin sur le tissu doré de la couette, si je ne t'aimais pas, crois-tu que j'aurais remué ciel et terre pour te sortir des Farigoules ?

— Je ne voudrais pas que ma liberté se fasse sur un malentendu, ajouta Clément.

— Je t'en prie, ne recommence pas ! fit-elle en reprenant sa lecture.

Alors, pour vérifier le bien-fondé de ses paroles, il s'approcha contre elle, promena une main sur ce long corps emprisonné dans une camisole de coton, tenta de remonter le tissu sur les cuisses. Mais elle se déplaça légèrement vers le bord du lit comme pour échapper à la main baladeuse. Clément insista pourtant. Il savait qu'elle aimait les caresses sur la pointe des seins. Cette fois, elle lui reprocha d'avoir les doigts glacés.

Profitant du fait que Patrice toussotait dans son petit lit au fond de la chambre, Line glissa hors de la couche pour vérifier l'agencement des couvertures. Son mari la suivit des yeux, le regard allumé de désir.

— Je ne veux pas. Tu vois bien que Patrice ne dort pas à poings fermés.

La diablesse, se dit Clément, sait que je m'endors d'ordinaire comme une souche. Alors, pourquoi se refuse-t-elle à moi ? Mentalement, il rechercha la dernière fois où ils avaient fait l'amour. Ça remontait à cinq jours.

— Cinq jours sans, proclama-t-il en avançant la main, doigts écartés, sur le livre.

— Vous, les hommes, il n'y a que ça qui vous intéresse !

— Vous, les hommes, les hommes, répétait Clément. Y a-t-il un autre homme dans ta vie ?

Instantanément, Line ne put s'empêcher de penser à Jacques Saint-Assier, sans parvenir néanmoins à chasser cette image. Elle se rendit compte que Clément aussi songeait à lui.

Le jeune homme eût souhaité qu'elle se défendît. mais il ne comprenait pas qu'elle était lassée de ce jeu-là, qu'elle n'avait pas envie, encore une fois, de se justifier, de jurer sa fidélité. Il y a plusieurs façons de tromper un mari, se dit-elle. Rêver à un autre homme, fût-ce par image fugitive, n'est-ce pas aussi de la tromperie ? Les yeux au plafond, elle cherchait dans sa tête la raison qui lui rappelait la figure si controversée de Saint-Assier. L'homme n'avait rien qui plaidait en sa faveur : ni beau ni laid, un visage indifférent. Simplement, il avait su poser la question à laquelle elle ne songeait plus depuis longtemps : serait-elle encore séduisante ? Clément avait réussi à endormir en elle ce désir de plaire. Jacques Saint-Assier, lui, avait su en réveiller les illusions tentaculaires.

*
* *

Delanfroy distribua ses dernières Lucky Strike, chiffonna le paquet et l'expédia en direction de la corbeille ; comme d'habitude, il rata sa cible, ce qui amusait le policier en faction au fond du bureau. Adossé au secrétaire d'acajou supportant le téléphone, Serge Gibaud torturait la pointe de sa cravate. A côté, dans le profond fauteuil de cuir, Michalon, le délégué à l'information, tenait, posé sur ses jambes croisées, un lourd dossier.

Le commissaire de la République était occupé à lire attentivement *A l'assaut*, le journal des FTP. Floher avait signé un grand article encadré en première page intitulé « *Quels sanguinaires ?* » Pour en faciliter la lecture, Michalon avait souligné les passages essentiels au crayon bleu.

— Vous rendez-vous compte ? fit Delanfroy en levant la tête vers le colonel Ebrard qui paraissait au garde-à-vous près de la bibliothèque.

— Oui monsieur, dit-il.

— Ça passe la mesure !

Delanfroy replongea le nez dans le journal.

— Ecoutez ceci : « *On dit: "Ah! ces communistes, quels sanguinaires!... Le sang français n'a donc pas assez coulé ?" Non! Nous les communistes, nous les patriotes, nous ne sommes pas des sanguinaires. Nous voulons que justice soit faite pour ceux qui, pendant quatre ans, se sont mis au service de l'ennemi. Pendant que l'armée de la France va à Berlin pour libérer nos prisonniers, ces traîtres s'apprêtent à la poignarder dans le dos. Il faut ranger parmi les pires traîtres Roland Maluzier, Philippe Marcellin, Pierre Barzinet, Paul Martoire. Qu'attend-on pour châtier ces hommes ? Faudra-t-il que le peuple en armes se charge du travail si les tribunaux continuent à baisser la garde, à rechigner devant la noble besogne ?...* »

Le commissaire releva la tête, défiguré.

— Comment appelez-vous ça, Ebrard ?

Depuis le début de l'entrevue, Delanfroy ne mentionnait plus le grade. Il disait « Ebrard » pour « colonel Ebrard », afin de bien montrer sa supériorité sur toute autre autorité à Brivins.

Le commandant de la place d'armes demeurait figé dans son garde-à-vous ridicule.

— Pourquoi vous ne me répondez pas ? insistait Delanfroy.

— Un appel au meurtre, monsieur.

— Ah ! se leva le commissaire, heureux de vous l'entendre dire. J'ai reçu des consignes strictes du Gouvernement provisoire. Les Milices, toutes les Milices, sans exception, doivent déposer les armes. A Brivins comme ailleurs. Quel est votre sentiment sur la question ?

— Je suis d'accord, monsieur. Mais nous ne maîtrisons pas certains groupes hostiles à ces mesures.

— Vous voulez dire : l'auteur de cet article. Si ce Floher ne menaçait l'ordre républicain qu'avec son stylographe, nous lui pardonnerions. Mais notre plumitif dispose d'hommes en armes. Et cela, c'est autrement plus préoccupant que ses élucubrations.

— Exactement, acquiesça le colonel Ebrard d'un mouvement de tête.

— De combien d'hommes dispose-t-il ?

— Une cinquantaine, mais...

— Mais quoi ?

— Je ne connais pas les rapports qu'il entretient avec l'ancien maquis FTP. Peut-être sont-ils tous derrière lui, prêts à répondre à la moindre sollicitation.

— Nous allons le savoir, coupa Delanfroy.

D'un geste énergique de la main, il renvoya Ebrard. Et à l'instant où celui-ci s'apprêtait à refermer la porte capitonnée sur ses talons, le commissaire l'interpella de nouveau :

— Pour ce qu'il est convenu d'appeler « l'affaire Martoire », toutes les décisions prises ne relèvent plus que de ma seule compétence.

Un signal aigrelet retentit dans le téléphone. Le commissaire fit signe à Gibaud de décrocher.

— Davoust vient d'arriver à la réception, fit le journaliste.

— Parfait, s'exclama Delanfroy en se frottant les mains, on va être fixés.

Michalon et Gibaud passèrent dans la pièce à côté, entraînant avec eux le policier de faction. Ensuite, par l'interphone, Delanfroy ordonna à sa secrétaire de faire entrer Davoust. Le chef du PCF refusa de poser son long manteau gris, comme s'il voulait se réserver une sortie rapide au cas où la discussion tournerait au vinaigre.

Le commissaire lui tendit le journal en lui montrant l'article de Floher. Davoust hochait la tête, sans même regarder la feuille de chou.

— Vos amis, qui sont au Gouvernement, déclara Delanfroy, ont signé l'ordonnance par laquelle les Milices ont été déclarées dissoutes. Or, il se trouve qu'à Brivins ces Milices continuent leur activité dans la plus complète des illégalités.

— Monsieur le commissaire, coupa Davoust, la Milice patriotique n'existe plus. Il n'y a que la Garde civique. C'est tout à fait légal.

— Ce qui n'est pas conforme à la loi, ce sont les armes dont ces groupes disposent. Vous comprenez bien qu'on ne saurait tolérer des factions qui n'obéissent plus au pouvoir central et décident de leur propre autorité de faire justice.

— Si la commission d'épuration faisait correctement son travail, ces groupes n'auraient aucune raison d'exister. Sur quelle force voulez-vous vous appuyer pour neutraliser les ennemis du peuple ? Sur la police ? Les cadres sont en prison pour collaboration avec…

— Alors, se dressa Delanfroy, vous, responsable du PCF, vous approuvez cette déclaration-là de votre camarade Floher, cet appel au meurtre ?

Le commissaire fondit sur Davoust, tous gestes déployés, décidé à ne lui laisser aucune initiative dans le débat.

— Puisqu'il en est ainsi, je vais ordonner une perquisition à l'hôtel des Tilleuls pour y récupérer les armes, ordonner aussi l'arrestation de Floher et de ses complices. Ainsi que…

Il le fixait droit dans les yeux. Davoust ne baissait pas la tête d'un poil. Que croit-il, se disait le chef du PCF, qu'il va m'intimider ? Je n'ai pas tremblé devant une colonne allemande, et c'était autrement plus impressionnant.

— Votre arrestation, termina Delanfroy. Votre arrestation également si vous persistez dans cette voie. Enfin ! Enfin ! continua le commissaire de la République en marchant de long en large dans son vaste bureau, vous sembliez d'accord lors de notre première entrevue. Maurice Thorez lui-même appelle à déposer les armes partout où c'est nécessaire… La question a déjà été négociée en haut lieu.

— La section du PCF de Brivins, moi-même et l'ensemble du secrétariat n'avons plus rien à voir avec ce Floher, dit Davoust d'une voix blanche.

Delanfroy se retourna, la stupéfaction sur le visage. Cette réaction, tellement inattendue après les premières passes d'armes, le laissait sans voix, tout occupé maintenant à réfléchir sur la manière d'aborder ainsi la situation nouvelle.

— Vous voulez dire, poursuivit-il une fois réinstallé derrière son bureau, que ce Floher n'agit plus au nom de votre parti ?

— C'est exact. Vous pouvez opérer votre perquisition, récupérer les armes, arrêter Floher, ça m'est égal. Du reste, le siège du PCF n'est plus à l'hôtel des Tilleuls. Vous me permettrez de ne pas vous révéler sa nouvelle adresse pour des raisons évidentes.

Davoust défit alors son large manteau. Des gouttes de sueur perlaient sur son visage. Toute expression de sévérité semblait s'être évaporée dans ce soudain relâchement après un tel bras de fer. Le commissaire l'observait, intrigué par sa découverte, lui qui était persuadé, quelques minutes auparavant, qu'un complot se tramait à Brivins. Delanfroy ignorait à cet instant que Davoust avait préparé dans le détail cette entrevue et que sa seule crainte était de ne point parvenir à s'expliquer jusqu'au bout. Bien que le jeune fonctionnaire d'Etat ne possédât pas une grande expérience, il avait une intelligence naturelle et pragmatique refusant de réduire les motivations humaines à quelques a priori sectaires. La violence menaçante de ses premiers propos perdait toute raison d'être. Il ne s'agissait plus d'ouvrir une brèche dans la défense de l'adversaire. Désormais, on se retrouvait entre gens de bonne compagnie, prêts à s'entendre par-delà l'adversité de façade.

— Mais, demanda Delanfroy, Floher possède-t-il le crédit qu'on lui attribue généralement chez les FTP ? Car, si tel était le cas, il y aurait une réaction massive dans l'hypothèse où je procéderais à son arrestation.

— C'est à craindre, en effet.

— Alors, je ne puis compter que sur vous pour neutraliser Floher. Je vous laisserai le temps nécessaire. Toutefois, il nous faut déjà fixer ici une échéance. Disons : février 45. Février 45, répéta le commissaire, et toutes les armes seront au râtelier.

Redressant la tête avec une moue d'amusement sournoise, Davoust fixait la lampe napoléonienne posée sur la cheminée, derrière le commissaire.

— Je crois que nous faisons fausse route. Il nous faut l'un et l'autre régler cette affaire au plus vite.

Delanfroy tendit l'oreille comme pour mieux vérifier le sens de ce qu'on venait de lui susurrer.

— Vous voudriez qu'on vous débarrasse séance tenante du bonhomme ? Mais, mon cher Davoust, s'amusait Delanfroy, pour ça, il nous faut des billes. Nous ne sommes pas, quoi que vous en disiez, dans un Etat d'exception, où l'on peut appréhender n'importe qui sans motif légitime.

— Je comprends parfaitement. Aussi, je vais vous transmettre un rapport secret qui vous permettra d'éliminer ce gêneur.

— Un rapport secret, s'étonna Delanfroy, et sur quoi donc grand Dieu ?

— Sur l'assassinat de Martoire, du petit Maxime Martoire.

— L'affaire Martoire, répéta Delanfroy. Je tenais ça au chaud pour vous la coller sur le dos. Vous avez bien fait de m'en parler. Il y a déjà une enquête en cours là-dessus. Le nouveau maire de Chèvreroche est un témoin capital et…

— Bah ! sourit Davoust. Vous n'avez rien de précis. Sinon, nous serions déjà dans la mistoufle. Les documents que nous allons vous transmettre enverront Floher devant les tribunaux. Pour les conséquences, nous nous en chargerons dans le Parti. Cette solution est de loin la meilleure. Ensuite, tout rentrera dans l'ordre. Et, ainsi, pourrons-nous, les uns et les autres, retourner à nos occupations favorites.

*
* *

Au rassemblement agricole de Brivins, Pierre Lafon se fit élire délégué du nouveau Comité de défense et d'action paysanne. Cette nomination, comme on pouvait s'y attendre, ne se déroula pas sans mouvements de salle. Lorsque le nom de Lafon fut avancé pour représenter le secteur d'Augeat, des voix s'élevèrent évoquant les anciennes activités du candidat au sein de l'Union corporative et du syndic, à l'époque honnie du maréchal Pétain. Mais il suffit à l'agriculteur de Galiane-sur-Sévère de rappeler que son fils était tombé dans le maquis, à la grange des Razets, pour qu'on le désignât malgré tout.

Fort de cette nouvelle charge, Pierre Lafon s'attacha à constituer autour de lui un petit groupe de travail. Tout naturellement, il retourna chercher son vieux complice Gautier, puis Jarrige et Maury — des hommes qui avaient siégé dans l'équipe de la délégation spéciale aux côtés de Ponchet et de Pauliat. Ces premières cooptations soulevèrent aussitôt les critiques de Bernical et de ses amis : « Avec un Pauliat en moins, ce nouveau syndicat ressemble à l'ancien. Ce n'était pas la peine de faire tout ça pour en revenir au même point. » Blessé par ces remarques et tout imprégné par la nouvelle philosophie du Comité, Lafon décida de contacter le maire adjoint de Galiane pour lui proposer d'entrer dans la nouvelle équipe. Bernical lui signifia qu'il refusait de s'asseoir à côté d'un collabo tel que Gautier : « Et si je te parle encore, répliqua le communiste à Lafon d'un ton sans appel, ce n'est que par égard à la mémoire de ton malheureux fils. »

A la salle des fêtes de Galiane-sur-Sévère, pour sa première initiative publique, Lafon vint lancer un appel à produire pour nourrir la Corrèze déficitaire en céréales, tellement déficitaire qu'il fallait s'attendre pour l'année 45 à une pénurie de farine panifiable : un manque d'ores et déjà estimé par les responsables du ravitaillement à près de 20000 quintaux.

Des voix s'élevèrent dans la petite salle pour réclamer une fois encore la fin des taxations de l'époque de Vichy et le relèvement des prix agricoles. Le nouveau délégué certifia que toutes ces questions avaient été débattues au rassemblement de Brivins devant les nouvelles autorités. Un cultivateur du secteur d'Augeat affirma qu'il était nécessaire de créer des coopératives agricoles. « Les paysans, jura-t-il, veulent bien produire comme on le leur demande, mais à la condition de profiter du fruit de leur travail et non de s'échiner pour des intermédiaires. Ces expéditeurs, ces courtiers se nourrissent sur le dos du paysan. »

Pierre Lafon avait acquis, tout au long des années passées dans les organisations agricoles, une certaine méfiance à l'égard des promesses politiques. Longtemps, trop longtemps, il avait cru dur comme fer à un syndicalisme étranger à toutes opinions politiques et capable de les digérer toutes. La période de l'Occupation avait bousculé à jamais ses rêves d'antan. Qui mieux que le maréchal sera à même de comprendre les paysans ? se disait Lafon. Ce ne sera assurément pas de Gaulle, encore moins Thorez dont le rêve est de supprimer toute propriété privée pour soviétiser les campagnes. Cet homme désormais désabusé était de plus en plus persuadé que la voix des agriculteurs ne serait entendue et comprise qu'à la condition de peser d'un juste poids politique. Aussi prêcha-t-il pour un parti paysan ! Alors l'assistance comprit qu'il se présenterait aux prochaines élections. « Le syndicalisme de nos vieux est fini, enterré, jura-t-il. Désormais, il nous faut siéger dans tous les rouages de l'Etat si l'on veut être considérés autrement que comme de misérables culs-terreux. »

Comme la salle des fêtes était imprégnée d'une humidité glaçante, Lafon invita ses amis au café Bournat. Louise, la patronne, dans sa tenue noire de deuil qu'elle portait depuis le jour où son mari avait disparu dans le grand charnier de 14-18, servit des grogs à l'eau-de-vie. Les hommes firent cercle autour du gros mirus qui ronflait au centre de la pièce.

— T'y crois, toi, Lafon, aux coopératives ? demanda Jarrige.

— Trop tôt pour se prononcer, répondit prudemment Lafon. Faut attendre que le nouveau régime se mette en place. Pour l'instant, vous voyez, tout comme moi, où en est le pays. Le marché noir continue. A Brivins, les gens n'ont droit qu'à 250 grammes de viande par semaine et par personne. Du côté de Beaulieu et de Meyssac, ils ont tellement de pinard que les gars ont demandé l'autorisation d'échanger l'hectolitre de vin contre trois cents kilos de patates à ensemencer.

— Et le lait devient introuvable, ajouta Lalet.

— Surtout depuis qu'on en a interdit la vente aux particuliers, la vente directe à la ferme, coupa Bourzet.

— Le cheptel a été détruit par les réquisitions forcenées. Faudra des années avant de retrouver les bonnes laitières, pronostiqua Jarrige.

— La coopérative, reprit Gautier, c'est une idée des rouges.

— C'est vrai, dit Lafon. Tellement vrai qu'au rassemblement du Comité d'action paysanne de Brivins, les types de la CGT sont venus faire l'éloge du mouvement coopératif. Ouvriers, paysans, ont-ils dit, c'est du pareil au même ! Groupons-nous face aux intermédiaires, aux profiteurs, voilà ce qu'ils sont venus prêcher.

— Qui les avait invités ? demanda Jarrige.

— Comme si on avait besoin de les inviter, ricana Maury. Ça joue des épaules pour se placer au premier rang.

— Qu'est-ce que tu veux, ricana Lalet, sans les FTP, on aurait encore les Fridolins sur le dos. C'est ça qui leur donne du pouvoir. De Gaulle l'a bien compris. Tu crois qu'il a pris des ministres communistes pour le plaisir. Sans eux, rien ne peut se faire maintenant. C'est comme ça.

— Si ça se trouve, ajouta Bourzet, Bernical va gagner les élections municipales.

La réflexion un brin provocatrice n'était pas tombée là innocemment. On savait désormais que le grand choc aurait lieu vers la fin avril 45, et que Lafon ne cachait plus à son entourage l'intention de se faire porter à la tête d'une liste uniquement composée de paysans. Cette petite nuance était envoyée à l'adresse des adjoints de Bernical, Barrat et Vacherin, tous deux salariés.

— Dubrot se représentera-t-il ? questionna Gautier. Voilà la grande inconnue. Car s'il revient, ça changera tout.

Les partisans de Lafon n'osaient croire que le vieil Antoine pût avoir cette mauvaise idée. A Galiane, on estimait que le maire avait commis assez d'erreurs dont la plus grave était d'avoir mis le pied de Bernical à l'étrier. Pourtant, dans les heures fiévreuses de la Libération, personne n'eût compris qu'André Bernical restât sur la touche. L'idée qu'il dût occuper un poste dans la nouvelle municipalité paraissait la récompense logique de son action dans la Résistance. Mais, avec l'effritement des peurs et l'érosion du désir de vengeance consécutifs à la liesse libératrice, les esprits se remettaient à penser en toute indépendance. Et chacun tendait à retourner vers son ancienne famille politique. Même si l'on clamait, la main sur le cœur, qu'il n'y avait plus de droite, on trouvait dans ce nouveau parti qui venait de naître beaucoup d'avantages et des ambitions voisines d'une organisation d'avant-guerre, l'Union républicaine démocratique. Il s'agissait du MRP, le tout nouveau Mouvement républicain populaire, dont le docteur Fayolle avait pris la tête pour la région d'Augeat, lors de la réunion constitutive à Brivins présidée par Pierre Declotz.

— Dubrot veut-il aller au MRP ? se demanda Lafon, fâché dans l'âme qu'on n'eût pas pensé à lui confier la responsabilité du nouveau mouvement, plutôt qu'à ce Fayolle, ce médecin qui, disait-il, avec ses hectares de terre en friche, ne connaît rien aux affaires des paysans.

Pourtant, Lafon savait qu'il ne pouvait espérer jouer le moindre rôle au MRP, car il n'avait pas été résistant. Sans ce titre, point de salut ! Le bonhomme ne pouvait même pas se prévaloir du plus petit quart d'heure de lutte contre l'occupant, contrairement à beaucoup que l'on voyait plastronner. Certes, il y avait bien eu l'affaire des Grumières, lorsqu'il décida d'avertir Fayolle d'une imminente attaque allemande, mais les circonstances furent précisément étouffées par Fayolle lui-même ; sans témoin, comment prouver son héroïsme quand l'opinion publique elle-même vous a déjà classé pétainiste, un pétainiste qui n'aurait pas fait de mal à une mouche, mais pétainiste quand même ?

— Fayolle a-t-il les cuisses aussi propres qu'on veut bien le dire ? suggéra Gautier qui, récemment, sur le sujet, avait eu une longue conversation avec Lafon. A ce qu'il paraît, on l'aurait mis à l'index du Comité de libération. On ne saura pas pourquoi, bien sûr. Mais on a prétendu qu'il avait cherché à protéger la petite Martoire… Léa, vous savez, cette gamine qui traînait toujours avec son officier allemand.

— Moi, j'ai du mal à le croire, s'étonna Lalet. Fayolle a une jolie femme à la maison. Qu'irait-il faire avec cette Léa ?

— Elle est jeunette, ricana Lafon. Les jeunettes, ça fait tourner la tête. Avoue Lalet que tu te la serais bien appuyée ?

— Y a certains types du maquis qui ne se sont pas privés, jeta Bourzet. Ça ne les gênait pas de passer après les Boches.

— En tout cas, trancha Gautier, Léa est libre, et son frère pourrit deux mètres sous terre avec du plomb de FTP dans l'estomac. Maxime, lui, c'était un innocent. Il a payé pour les autres, le pauvre chien.

— Vous ne vous souvenez pas, fit Lalet, il traînait avec Pensennier et le fasciste italien.

— Tout comme Gilles Pauliat, ajouta Bourzet.

— Et alors, répliqua Gautier, c'est un crime, ça ? Max Martoire était un gamin un peu turbulent, comme tous les gamins de son âge. Mais il n'aurait fait de mal à personne.

— Ah ça oui ! fit Lalet.

Et tous reprirent en chœur pour reconnaître que les épurateurs du maquis l'avaient descendu pour rien, par dépit, par vengeance, par bêtise.

— Au lieu de faire le joli cœur avec sa Léa, jeta Gautier, Fayolle ferait mieux de nous trouver pourquoi on a tué ce gosse !

Louise Bournat revient de la petite cuisine exiguë avec sa bouilloire fumante et proposa à la cantonade de remettre une dose de remontant.

— Ah ! soupira-t-elle, je n'ai même pas assez de chaises pour vous faire asseoir.

X

Au-dehors, pluie et neige tombaient sans discontinuer. Léon Goursat rentra un gros fagot pour activer le feu dans la cheminée. Sur son chemin, surtout en franchissant l'étroite porte de la cuisine, il sema des kyrielles de brindilles. Emma, le balai à la main, piétinait sur ses pas. Quand il jeta le fagot sur les landiers, sans le délivrer de son vîme torsadé, tout le conduit s'enflamma, pétillant d'escarbilles.

— Tu vas mettre le feu à la cheminée, hurla Emma tandis que, dans ses jambes, Patrice applaudissait de joie.

La fureur des flammes les obligea à reculer jusqu'à la table de la cuisine. Léon était content de lui. Comme à l'ordinaire, sa femme tempêtait son aise : un signe de bonne santé dans cette maison. Le matin même, il avait négocié la vente de ses deux veaux pour un bon prix. Ça paierait la nourriture des cochons qui faisaient du lard dans la porcherie, labourant la terre meuble de l'enclos malgré les deux fers plantés dans le groin. Bientôt, on fêterait la Saint-Cochon en les expédiant au saloir.

Emma n'aimait guère voir son diable d'homme la mine enjouée. Tandis qu'il s'affichait ainsi, elle montrait la mine inverse par un paradoxal jeu de vases communicants. Les brindilles du fagot semées dans la cuisine allumèrent les hostilités. Mais, à cet instant, rien n'eût pu renverser la bonne humeur de Léon. Le béret dressé haut et légèrement pincé sur son front dégarni, il la regardait pester. Il lissait ses bacchantes, l'air absent.

— Tu diras plus que t'as froid, lança-t-il. Et toi, le loupiot ! C'est qu'il a grandi le diablotin. Bah ! çui là a d'qui t'nir ! Dans la famille, on f'ra des petits quand les poules auront des dents. Tant mieux, la race des Goursat, c'est pas de la roupie de sansonnet !

Sa femme hochait la tête en récupérant l'enfant baladé en l'air comme une bûche de bois.

— Tu vas le faire rendre !

Line, émergeant de la chambre, vit le grand feu avec délectation.

— On sent que vous êtes là, Léon. Parce que, d'ordinaire, deux branches en pointe, ça suffit pour la journée.

— Pourtant, nom de Dieu, jura Léon, c'est pas l'bois qui manque.

— Tant que l'hiver n'est pas là, c'est pas la peine de le gaspiller, rétorqua l'épouse grincheuse.

— Qu'est ce que ça peut bien t'faire ? C'est pas toi qui fais le bois. Et quand les réserves des Cousteaux seront épuisées, les os ne t'feront plus mal.

Après ces prises de bec, il jugea que le mieux pour lui était encore de ne pas traîner dans les jambes de sa femme. Justement, ça tombait bien, parce qu'il avait un plancher de charrette à refaire. Léon Goursat adorait travailler le bois. Souvent, il avouait que si on ne l'avait pas obligé à être cultivateur, il serait sûrement devenu menuisier, menuisier-charpentier même. En fait, il avait été domestique à Brivins au lendemain de la Grande Guerre, mais c'était une expérience douloureuse dont il ne parlait jamais.

Dans le sous-sol de sa grange attenante à l'étable, Léon avait dégagé le plancher pourri du tombereau, rongé surtout par le charroi du fumier qui corrodait les bois les plus résistants. Il vint vérifier la qualité des entretoises à coup de ciseau. Cette fois, on ne réparerait que le plateau. Pour ce faire, il disposait de belles planches de chêne qu'il avait fait tirer à la scierie de Saint-Rochette. Elles étaient déjà sciées à la bonne longueur et dégauchies ; il ne restait plus qu'à les assembler. Il se saisit de la première pièce qu'il posa sur l'établi, reniflant au passage la bonne odeur de bois. D'un vigoureux coup de maillet sur la crête du valet, il immobilisa la planche avant de la travailler par de longs coups appuyés de varlope. Il aimait, peu à peu, voir apparaître, dans la chair dure du bois, les veines grises, les ocelles des nœuds.

A peine venait-il d'ajuster la première pièce que l'on vint frapper à la porte de la grange. Pour se préserver du vent froid chargé de gros flocons, Léon avait tiré soigneusement le verrou de l'intérieur. Sous sa grosse pelisse de mouton, Auguste Gautier apparut dans l'encadrement de la porte. Le visiteur s'ébrouait pour faire tomber sur la terre battue les petits amas de neige, puis il se délesta du manteau. Derrière une fragile cloison de planches disjointes, le troupeau voisin dégageait une tiède atmosphère chargée d'une forte odeur de suint et d'urine.

— Alors mon vieux Léon, fit Gautier en soufflant sur ses doigts gourds, tu bricoles un peu à ce que je vois !

— Comme tu vois, répliqua Goursat en le dévisageant dans la lumière basse qu'apportait la petite fenêtre voilée de toiles d'araignées.

Depuis la déclaration de guerre, Auguste Gautier n'était pas venu à Lavialatte. Les deux hommes ne se fréquentaient pas. D'autant que ce Gautier, dans les différentes organisations agricoles, n'avait jamais favorisé Goursat, et cela sous tous les régimes. Quand il y avait un bon coup à jouer, on ne pensait jamais à lui. Aussi Léon avait fini par considérer que le syndicat — quelle que soit sa dénomination — était, comme le reste, un attrape-couillon. « On ne vient jamais vous voir un lendemain de grêle, avait-il coutume de clamer. Bien sûr, c'est copain comme cochon avec les assurances. »

— Tu te demandes pourquoi je viens te rendre visite ? demanda Gautier devant la mine étonnée de Goursat.

— Oui, un peu, avoua Léon. Si c'est pour le syndicat, tu peux retourner d'où tu viens. Moi, je cotise plus depuis que ton ami Pauliat est venu me réquisitionner mes vaches et mes veaux. Des syndicalistes comme ça, j'en fais un tous les matins en m'levant.

Gautier, embarrassé, se racla la gorge. Cet écorché vif, décidément, on ne sait jamais comment le prendre, se disait-il en tournant le regard de droite à gauche.

— Non. Tu te trompes. C'est pas pour le syndicat. C'est pour Pauliat.

— Pauliat ? s'étonna Léon Goursat. Qu'est ce qu'il vient faire dans tout ça ?

— Comme tu le sais, on l'a arrêté. Et bientôt, il va être jugé. Son avocat, Me Lambertin, nous a demandé de produire des témoignages de moralité en sa faveur. J'ai été chargé de passer chez tous ceux qui le connaissent bien pour recueillir une signature sur ce document.

Le propriétaire des Vieilles Vignes tendit un texte dactylographié sur lequel figuraient déjà des paraphes, à peu près une dizaine. On y comptait Lafon, Jarrige, Maury, le curé Séverac… Instinctivement, avant même de lire le contenu du texte, Léon chercha le nom d'Antoine Dubrot.

— Le maire n'a pas signé ? demanda-t-il d'un ton méfiant.

— Je ne l'ai pas encore vu. Mais…

— Il signera pas, trancha Léon. A mon avis, il signera pas. Si Antoine signe, je veux bien. Sinon…

Gautier s'assit sur le timon de la charrette comme on se laisse choir de fatigue. Quelle mauvaise idée de m'avoir envoyé chez Goursat, se disait-il abattu. Je suis le dernier type capable de le convaincre. Tous les autres avaient refusé estimant que tenter le coup n'en valait pas la chandelle avec ce Goursat renfermé et solitaire. Lafon avait quand même insisté. « Léon Goursat, avait-il dit, il faut le prendre avec les sentiments. »

— Ce procès sera un déshonneur pour notre village, fit Gautier, l'amertume dans la voix. Que gagnerons-nous à voir Bernical triompher, le jour où on viendra saisir tous les biens de notre camarade ?

Du revers de la main, Léon balayait les guirlandes de copeaux jonchant son établi. Il pensait au jour où les deux hommes étaient venus réquisitionner sa Banou et à la manière dont il les avait chassés. L'événement avait fait le tour de la commune et même du canton. Pourtant, Jeantet n'était pas venu avec ses gendarmes l'arrêter, comme il l'avait craint.

— Je reconnais, jeta Léon embarrassé, que Pauliat ne m'a pas dénoncé comme il aurait pu le faire quand je l'ai chassé de mon étable, mais c'est pour moi une question de principe de ne pas signer. Je me souviens d'Etienne Chadal assassiné dans sa maison, de ces deux gamins de notre village fusillés aux Razets. Souvenons-nous d'eux.

— Lafon a perdu son fils. Qui mieux que lui peut en avoir conservé du ressentiment ? Mais il sait bien que ce n'est pas Edouard Pauliat le responsable de sa mort.

— Oh ! fit Léon en redressant la tête, ça mériterait réflexion. Bien sûr, Pauliat, il n'a pas tenu le mousqueton qui a tué le petit Charly, mais, sans lui, ce Jules Pensennier, il n'aurait pas pu jouer le rôle qu'il a eu dans la Milice, et peut-être que le camp des Razets n'aurait pas été attaqué.

— Si Edouard n'avait pas servi Pensennier, ça aurait été quelqu'un d'autre. Sur cette époque, nous avons une responsabilité collective.

— Parle pour toi, dit Goursat. Moi, j'ai jamais été membre de la délégation spéciale. Bien sûr, je comprends la position de Lafon, après ce qu'il a vécu. Mais à la Libération, quand Lalet et La Ramée ont bouclé Edouard Pauliat dans sa porcherie, qui donc gueulait le plus qu'il fallait lui trouer la peau ? Si Delteil ne l'avait pas retenu, ton Lafon l'aurait étranglé de ses propres mains.

— Depuis, soupira Gautier, Lafon a réfléchi. Le curé Séverac lui a été d'un grand secours pour l'aider à comprendre que la vengeance ne règle rien, mais qu'elle ensemence à nouveau la haine.

— Moi, se défendit Léon, j'ai aucune haine envers Pauliat, aucune idée de vengeance. Pourquoi faudrait-il que je signe ce papier sur sa moralité alors qu'il n'en a pas ? Il a profité du régime pour s'enrichir. Tout le monde le sait. Le trafic des vaches, c'était lui le grand manitou. Je ne veux pas signer ton papier. Je ne suis pas d'accord. Tu me fais du chantage aux bons sentiments. Ça continue comme sous le maréchal. On oblige les gens à s'mouiller pour des idées qui sont pas les leurs. Merde alors ! Pauliat savait ce qu'il faisait en entrant dans la Milice. Toi, Gautier, t'as jamais été aussi loin. Tu étais dans la Légion, ça je le sais… Mais, la Milice, c'était une autre paire de manches !

— Pauliat s'est trompé, reconnut Gautier. Et là-dessus, on est bien d'accord. Mais il y a une différence entre un Pensennier et lui.

— C'est vrai, mais la peine de justice sera en conséquence.

— Selon son avocat, il risque la prison et la saisie de tous ses biens. Autant dire qu'avec un tel jugement, ce sera un homme fini.

Gautier se dressa dans ce moment de silence chargé du gémissement des bourrasques qui soufflaient au-dehors, faisant frémir les toiles d'araignées de la fenêtre et tomber du plafond de minuscules débris de foin. Il s'avança vers lui. Goursat regardait la lumière sur ses vitres encrassées. Il se répétait qu'il ne signerait pas, qu'il ne signerait toujours pas même s'il s'agissait de son propre fils. Dans cette vie, on ne possède rien d'autre que son honneur, se dit-il. On vient au monde nus comme des vers de terre. L'honneur, ça permet de vivre la tête haute. C'est le plus important. Quand on a cloué le cercueil, les arpents de terre ne comptent même plus. Ce n'est même pas la peine de se disputer toute une vie pour un lopin. Mais l'honneur, c'est comme une trace qu'on laisse aux vivants. Voilà la vérité, se disait Léon Goursat.

— Tu as été pétainiste, tout comme nous, jeta Gautier. Ton orgueil devrait-il en souffrir, tu n'a pas été meilleur que nous. Bien sûr, le marché noir ne t'a pas profité autant qu'il a servi Pauliat, mais ce n'est pas de ton fait. Tu n'auras pas été assez malin pour t'enrichir, voilà tout.

Le propriétaire de Lavialatte accueillit ces propos fielleux avec une certaine distance qui l'étonna lui-même. En d'autres heures, il serait entré dans une violente colère. Il reconnaissait une part de la vérité dans ce que soufflait Gautier. Mais il savait bien qu'il n'avait jamais eu la moindre ambition de profiter du régime ni d'ailleurs de s'enrichir. Dans la vision de sa propre destinée, il savait qu'une fortune ne frapperait jamais à sa porte et qu'aucun de ses actes ne forcerait l'occasion.

— J'ai cru au maréchal comme tout le monde. J'ai fait du marché noir comme tout le monde. Et alors ? Je suis toujours un pauvre diable qui n'arrête pas de trimer du matin au soir. Pauliat est devenu riche.

— Il l'était avant la guerre.

— Disons qu'il est devenu encore plus riche avec la guerre. Il a ruiné des paysans en leur enlevant leurs vaches, leurs bœufs et leurs chevaux. Moi, j'ai volé personne.

Gautier partit d'un grand rire.

— Tu as toujours eu de l'orgueil mal placé. C'est le grand défaut des Goursat, de se croire supérieurs à tout le monde, même dans la misère. Ton père était comme toi, tellement à cheval sur les principes qu'il a fait de toi un garçon malheureux.

— Je ne signerai pas, fit Léon en lui montrant la porte.

*
* *

Régis Gillard avait envoyé son chauffeur attendre Ferdinand Strenquel à la gare d'Austerlitz. A peine les regards se croisèrent-ils au bord du marchepied que les deux hommes se reconnurent.

— Paulin, mon vieux Paulin, s'écria Ferdinand en l'étreignant.

Puis il se recula pour mieux le dévisager :

— Tu as juste quelques cheveux blancs de-ci de-là.

— Penses-tu, fit le chauffeur, c'est de la neige. Tout juste un peu de neige qui tombe sur Paris.

— Hélas, cette neige-là, elle ne fond pas.

Strenquel prit place dans la Mercedes, à côté du chauffeur qui le conduisait rue Cambon. Le boulevard Saint-Germain était encombré de convois militaires et des chars américains étaient postés tout au long des terre-pleins de la place de la Concorde. La petite neige qui tombait d'un ciel d'encre fondait instantanément au contact du pavé, sauf sur le pare-brise de la voiture où elle s'agglomérait derrière les essuie-glaces. Strenquel songeait qu'il n'était pas revenu à Paris depuis l'hiver 40, quand il avait rejoint Amiens pour récupérer son fils. Il lui semblait retrouver la ville intacte, comme si rien ne s'était passé. Partout, on se heurtait à des attroupements devant les boutiques.

— Triste Noël qui approche, confia Paulin.

— Moins triste, en tout cas, que le précédent.

— Y a rien à bouffer ici. A moins d'avoir des picaillons pour s'approvisionner au marché noir.

La voiture aborda la rue de Rivoli et fut arrêtée par un barrage de contrôle. Le FFI approcha de la vitre, jeta un œil soupçonneux à l'intérieur du véhicule et fit signe de circuler.

— Ils cherchent des armes. Le bruit circule que Hitler veut engager une contre-offensive dans les Ardennes et reprendre Paris comme en juin 40. Personne ne croit vraiment à un retournement de situation. Comme il y a des attentats de temps en temps, les FFI fouillent les bagnoles suspectes.

— Quels attentats ? demanda Ferdinand.

— Des boutiques qui sautent. Des règlements de comptes. L'autre jour, dans le seizième, une grenade a atterri en plein milieu d'un appartement. Les six occupants, gosses compris, ont été tués. Plus tard, on a appris que c'était une famille de collabos. Impossible à vérifier. C'est pourquoi le patron ne sort jamais. Lui aussi a peur. Pourtant, merde, tu connais Gillard, il n'a rien à se reprocher. Si tout le monde s'était comporté comme lui pendant la guerre, il y aurait eu moitié moins de saloperies, je te le jure.

Strenquel hocha la tête pour indiquer qu'il partageait son avis, et il ramena son chapeau sur le devant des yeux, signe d'ennui manifeste.

— Maintenant, fit-il en soupirant, je déteste Paris.

Comme chaque fois qu'il pénétrait dans les bureaux directoriaux des établissements Gillard et Cie, il s'assurait de l'état de sa tenue dans le vaste miroir vénitien du grand couloir. Il longea la baie vitrée qui donnait sur le jardin d'hiver, puis gagna la petite salle où d'ordinaire le patron faisait patienter ses visiteurs. La pièce était nue avec, seulement, des cartons entassés derrière la porte. Une main avait écrit au crayon rouge sur chacun des paquets ficelés « Pour la Ve cour ». Approchant de la fenêtre, Ferdinand vit sur les toitures des immeubles voisins la neige qui commençait à gagner de l'épaisseur. Les rideaux avaient été enlevés et une poussière grise s'était agglomérée sur les croisillons. Depuis quand n'a-t-on pas fait le ménage ici ? s'étonna Strenquel, de plus en plus intrigué au fur et à mesure que le temps passait. Ce n'est pourtant pas le genre de la maison !

Au bout de quelques minutes d'attente dans ce froid silence, Ferdinand Strenquel décida de pousser la porte du couloir qui menait au bureau de direction. La moquette rouille était poudrée de taches blanchâtres. Signe d'incessants passages et de déménagements, se dit-il. Au fond, il se heurta à la porte en capiton noir. Il frappa une fois, deux fois, puis entendit un vague mouvement. Rien. Il recommença. Cette fois, la grosse porte s'entrebâilla sur le petit visage rond de Régis Gillard.

— Ah ! c'est vous mon cher Strenquel, s'écria le président-directeur général en le tirant dans son bureau par le revers de la veste.

— Vous m'attendiez bien, oui ?

— Parfaitement, mon ami. Parfaitement. Mais depuis une semaine, continua-t-il en baissant la voix, j'ai les fonctionnaires de la commission d'épuration sur le dos. Ça fouille partout. Ça questionne sans cesse. Je finis par en voir jusque dans ma chambre à coucher. Nous allons nous rendre dans mon appartement. Mon épouse sera ravie de vous voir et, surtout, c'est un endroit neutre, si vous comprenez ce que je veux dire…

A l'instant de s'engager dans l'étroit escalier en colimaçon pour rejoindre l'espace privé de ce bel hôtel particulier où son père avait installé ses bureaux dès le début des années vingt, Régis Gillard se tourna vers Strenquel :

— Je suis désolé pour votre fils. C'était un garçon délicieux, brillant et plein d'avenir. Denis m'en parle souvent. Ils s'adoraient tellement ces deux-là. Et Marion, de retour des Etats-Unis, quand elle a appris la nouvelle, a fondu en larmes.

Strenquel ne put s'empêcher de renifler son vieux chagrin qu'il croyait étouffé. En constatant l'émotion soulevée par ses propos, Gillard se détourna par pudeur.

— Allons dans mon bureau privé. J'ai un excellent whisky écossais que les fonctionnaires de l'épuration n'auront pas. Car, vous savez, jeta-t-il, ces gens sont des voyous. Sans commune mesure avec les fascistes, certes. Je veux dire toute cette clique à Darnand, Doriot et autres salopards dégénérés dans le genre de De Brinon. Ah ! ce De Brinon, quel cafard ! Ce sont ces gens-là qui ont fait du mal à la France. Bien plus que les Allemands avec lesquels il faudra s'entendre de nouveau dans l'avenir si l'on veut maintenir l'Europe hors des griffes du bolchevisme. Les Allemands ont été corrects. Je ne peux pas me plaindre.

Ferdinand éclata de rire. Ce naturel était désarmant. Etait-ce le fait de la richesse qui autorisait en 1944 une telle hardiesse de ton, à une époque où plus personne n'osait émettre la moindre opinion personnelle ?

— Bien entendu, je ne suis pas d'accord, dit Strenquel. Après tout, c'est votre affaire de défendre cette position si vous croyez qu'elle est encore justifiable, même devant une commission.

— Vous plaisantez, s'offusqua Gillard. Si je tenais devant ces imbéciles de tels propos, ils me boucleraient dans leurs geôles où pourrissent pêle-mêle la racaille et les fins esprits. Ce qui a perdu Pétain, continua Gillard, c'est l'antisémitisme. Nous n'avions pas à céder sur ce terrain. L'occupation de notre pays, à laquelle nous ne pouvions plus rien sinon s'en accommoder, ne justifiait pas un tel alignement sur les phobies nazies. Les Français sont les Français. Moi, j'ai sauvé tous mes juifs. Pas un n'a été raflé et déporté. Pas un. Ça m'a coûté une fortune. Certes, pas plus que deux mois de grève en 36. Mais, je m'en fous. La peau d'un juif, la peau d'un communiste, la peau d'un franc-maçon, ça vaut n'importe quelle peau d'homme. Un pays qui déteste ses enfants est perdu, mon cher Ferdinand, et Hitler a compris cela en voyant venir à lui toute cette clique dégénérée qui grouillait autour du vieux maréchal, disposée à vendre ses enfants pour des nèfles. Moi, j'ai toujours vendu au prix fort ma marchandise aux Allemands. Jamais je n'ai baissé la culotte devant eux. Et aujourd'hui, on me reproche d'avoir fait du commerce avec ces gens. Avec qui devais-je faire du commerce ? Les Anglais, par-dessus le Channel ? Cet argent gagné dans le commerce avec le diable m'a permis de nourrir mes ouvriers, il a sauvé mes juifs et rempli les poches de mes actionnaires ; ces mêmes actionnaires qui, aujourd'hui, siègent dans la commission d'épuration interprofessionnelle. Moi, je dis que ce pays va de canaillerie en canaillerie. Que ce soit la canaillerie du maréchal ou celle du général, c'est toujours la canaillerie…

Ferdinand écoutait ce réquisitoire, bras croisés, quand une grande dame drapée dans un sari en cachemire se glissa entre eux, tout doucement, avec de petits pas de chatte. Aussitôt, il reconnut Aude, l'épouse de Gillard, la femme de lettres, amie de Colette, qui signait ses romans Balwin — Aude Balwin — et qui s'était inventé une biographie américaine alors qu'elle était née et avait grandi à Nancy.

Le vaste salon lambrissé, chargé de vieil or et garni de porcelaines chinoises parmi les plus rares que l'on trouvait à Paris, lui apparut désolé et froid en comparaison de l'ambiance qu'il avait connue ici-même avant-guerre, quand les Gillard y organisaient de folles soirées.

— Mon cher ami, dit Aude après avoir exprimé les politesses et regrets d'usage, ce pauvre Régis se fait beaucoup de mauvais sang à cause de cette mésaventure. Nos anciens amis banquiers du Crédit de Paris nous ignorent désormais comme si nous étions devenus des pestiférés.

— Cet ingrat d'Albertinet, qu'a-t-il été, éclata Gillard, sinon un collaborateur comme les autres ? Maintenant, il est au mieux avec le nouveau ministre des Finances. Ça ne jure plus que par de Gaulle. Te souviens-tu, ma chère Aude, du grand portrait de Pétain qu'il avait fait installer dans son bureau du boulevard Haussmann et devant lequel il se prosternait comme un Arabe devant la Kaaba ? C'est à mourir de rire. Tous ces jeunes cons, ces fondés de pouvoir du Crédit de Paris voudraient bien se voir offrir ma place sur un plateau. C'est que je pèse lourd, en ce moment. Neuf unités de production. Seize filiales. Un chiffre d'affaires qui avoisine les dix milliards. Près de six mille salariés…

Aude apporta les whiskies et invita à trinquer à la belle époque d'avant-guerre, tandis que Ferdinand observait Gillard qui développait son discours sur la laideur des temps nouveaux. Il ne croyait pas à la chute de cet homme qui avait traversé 36 avec une seule petite grève, tout à l'image du père qui avait bâti cet empire, dans les années vingt, sur les grands travaux de reconstruction des cités du Nord dévastées par la guerre. Les lendemains de victoire auront besoin d'un Gillard pour reconstruire le pays, songeait-il. Ce ne sont pas les braillards des comités et commissions en tous genres et les excités du contrôle économique qui prendront les décisions utiles. Ou alors, tout ira de mal en pis, et la France s'enfoncera dans un régime semblable au Directoire.

*
* *

Le fameux rapport secret de Davoust tenait en vingt-cinq pages. On y relatait, minute par minute, l'opération conduite à Chèvreroche par Louis Floher à la tête de sa Milice. On y annonçait que Floher s'était donné pour objectif de trouver quelques « coupables » — quitte, si nécessaire, à en fabriquer — afin de prouver que le massacre des Razets était un complot monté de toutes pièces par les maires pétainistes du secteur comme Martoire, Delavault, Barzinet, le groupe obéissant à Roland Maluzier, pierre de touche essentielle dans ce dispositif. A cette heure, les éléments de l'enquête dont on disposait du côté FTP ne permettaient pas d'étayer l'existence d'un tel complot. L'avis général, conforté du reste par André Bernical, seul survivant de cette tragédie, désignait pour seul responsable de l'opération Jules Pensennier, chef milicien, « suicidé » aux premières heures de la Libération dans sa petite cellule de Brivins. Louis Floher, avec ce souci constant de flatter une opinion publique frustrée de châtiments, avait imaginé de constituer un faux dossier pour y impliquer ces notables. Le rapport expliquait ensuite que le fils de l'ex-maire de Chèvreroche, Maxime Martoire, avait été proprement « exécuté » dans ce seul but. Par des documents photographiques, Floher avait découvert les liens du jeune homme avec Pensennier. Ces éléments étaient loin de constituer des preuves sur la prétendue implication du jeune Max dans l'affaire de la grange des Razets. Aussi Floher avait senti, au terme du premier interrogatoire, que sa cabale ferait long feu devant la commission d'épuration, celle-ci recommanderait alors la remise en liberté du jeune homme. Le chef de la Milice patriotique avait donc décidé de faire abattre le jeune Martoire et de présenter illico, dans un rapport, la version d'une tentative de fuite.

Les premières pages de ce rapport parurent bien décevantes à Delanfroy qui se demanda s'il n'y avait pas là, de la part des communistes, une volonté de manipulation. Serge Gibaud qui lisait, lui aussi, les feuillets au fur et à mesure, par-dessus l'épaule du commissaire de la République, s'écria :

— Tout ça, c'est du roman. On n'arrivera pas à impliquer ce Floher simplement sur la base d'un tel récit.

— L'affaire est tellement énorme qu'il se trouvera nombre d'esprits chagrins pour y voir de notre part la volonté d'une provocation anticommuniste.

— Pourtant, fit le journaliste en arpentant le bureau, le regard posé sur les documents photographiques joints au dossier, Davoust avait l'air sincère, plus que jamais décidé à abattre son rival gênant. Il y a plus d'intérêt à ce jeu-là qu'à monter une manipulation.

— D'autant que Davoust sait parfaitement que nous ne sommes pas des enfants de chœur disposés à engager la mécanique judiciaire sans quelques solides preuves.

Pris d'un doute, Delanfroy feuilleta fébrilement l'ensemble du dossier. Soudain, sa mine s'illumina de surprise.

— Voici ! s'écria-t-il en brandissant les aveux de l'un des participants à l'opération de Chèvreroche. Davoust avait glissé un de ses fidèles dans la place. Il s'appelle Marc Laclavette. Il a tout raconté ici, dans une déposition signée.

Et le commissaire de la République se mit à lire d'une voix chargée d'excitation : « *Le camarade Floher a fermé la porte de la cuisine. "L'intérêt du Parti, nous dit-il après s'être assuré que les deux autres camarades ne pouvaient l'entendre, est d'impliquer les grosses huiles pétainistes dans le massacre des Razets. La question n'est plus de savoir où est la vérité. Il n'est qu'une seule vérité, celle qui sert nos intérêts. On attend de nous des résultats autres que ceux qui conduisent à de minables arresta-*

tions de trafiquants du marché noir. L'heure est venue de sortir une grosse affaire avant que l'on nous contraigne à déposer les armes. En conduisant les anciens maires de Chèvreroche, de Saint-Messine, d'Augeat, de Brivins, devant le peloton d'exécution, nous marquerons un coup décisif contre les droites revanchardes et l'abject radicalisme d'un Maluzier." Notre camarade a ensuite expliqué comment nous devrions procéder. Tandis qu'il conduirait Gégette et Manichon au-dehors, Magnard devrait abattre le jeune Martoire. Nous sommes revenus dans le salon. Martoire pleurnichait, affaissé sur le parquet. Magnard a regardé par la fenêtre, puis s'est tourné pour faire signe de me déplacer vers le couloir. Une fois placé derrière le jeune homme, toujours le visage appuyé contre le tapis, le camarade Magnard a levé son pistolet et lui a tiré une balle dans la nuque. Il a fait volte-face et a tiré deux autres coups de feu dans la fenêtre par où l'évasion était supposée. J'ai déplacé la tête de côté pour ne pas voir le visage défiguré par la balle tirée à bout portant. A ce moment-là, le sang s'est mis à dégouliner sur le parquet à gros bouillons. Magnard m'a jeté un sourire ennuyé. Il a posé son arme sur le sol, puis a agrippé le cadavre par les pieds pour le tirer jusqu'à la fenêtre. Dans le mouvement, le tapis glissait avec le corps. "Aide-moi donc au lieu de rester là planté sans rien faire ! m'a-t-il crié. T'as jamais vu un macchabée ? C'est pas Dieu possible !" Ensuite, nous sommes descendus sur la place. Magnard est sorti le premier de la maison avec son revolver à bout de bras. Devant notre chef Floher et l'attroupement des badauds sur la place, il a crié : "Le prisonnier a voulu s'échapper. J'ai dû l'abattre"... »

Le journaliste des *Nouvelles du Centre* applaudissait à tout rompre. Enfin, se disait-il, ça va bouger dans le Landerneau. De quoi pisser de la bonne copie et, pour une fois, avoir l'impression de servir à autre chose que de compter les chiens écrasés. Delanfroy, quant à lui, retrouva sa mine impassible. Il voyait dans cette opération machiavélique le bon moyen pour conduire les communistes à déposer les armes.

— C'est ce qui s'appelle nous livrer l'animal sur un plateau, nota Gibaud.

— Ce Floher faisait de l'ombre à Davoust, voilà le résultat, dit Delanfroy en se levant.

Il alla jusqu'à la grande porte-fenêtre. La pluie qui tombait sans discontinuer avait drainé des flaques de boue rouge jusque sur la terrasse formée de belles dalles en calcaire. Les grands protège-pots des lauriers-roses, ripolinés d'un blanc pisseux, semblaient désolés à la sortie de l'allée, avec, au centre du petit parc, le piédouche en pierre taillée, délesté de sa statue de bronze depuis 42 pour faire du sulfate de cuivre.

— Qu'allez-vous faire, désormais ? questionna le journaliste.

— Je vais charger Ebrard d'instruire le dossier, de mener les interrogatoires.

— Pourquoi justement Ebrard ? J'avais cru comprendre que…

— Un homme qui cherche à se racheter de ses erreurs fait toujours du zèle. De plus, avec Ebrard, on ne pourra pas m'accuser d'avoir proposé ma propre équipe pour mener l'affaire. Ebrard a envoyé des collabos en prison, il peut bien faire de même avec un résistant.

— Avez-vous mesuré les conséquences ? questionna Gibaud. Ce Floher est considéré comme un héros, comme un résistant de la première heure. L'opinion flairera la manœuvre. Et rien ne dit que les communistes joueront le jeu jusqu'au bout.

— Ce ne sera pas cet homme-là que nous jugerons mais l'autre, l'envers de la médaille, celui qui se sera rendu coupable par fanatisme politique.

Delanfroy s'avança vers son petit secrétaire d'acajou et souleva le combiné téléphonique.

— Demandez-moi Ebrard ! ordonna-t-il.

Puis, posant les doigts sur le microphone, il ajouta en se tournant vers le journaliste :

— Mon cher, il ne suffit pas d'avoir été un héros une fois dans sa vie pour être lavé à jamais de tout soupçon.

— Souhaitez-vous que je publie ces photos ? demanda Gibaud en brandissant les documents du dossier secret.

— Vous ne parlerez de cette affaire que lorsque l'acte d'accusation sera en ordre. Allô ?… Colonel Ebrard ? dit Delanfroy. Vous allez procéder sur-le-champ à l'arrestation de Louis Floher pour « crime de guerre ». Oui, insista-t-il, vous avez bien entendu, « crime de guerre »…

*
* *

A peine Gautier eut-il quitté Léon Goursat, la mort dans l'âme, qu'il se persuada de parler à Emma. Elle seule pourrait fléchir la détermination du propriétaire de Lavialatte. Pouvait-il rencontrer là-bas oreille plus attentive ? Jamais Emma Goursat n'avait caché ses idées favorables au maréchal, même si, désormais, la tendance chez les bonnes familles, à Galiane-sur-Sévère comme ailleurs, était de mettre ses convictions sous l'éteignoir. Récemment, le curé Séverac, réputé pour avoir en son temps soutenu la politique de Pétain jusque dans le fond de sa sacristie, était même monté en chaire pour inciter ses ouailles à souscrire à l'emprunt national de la Libération. « Vous êtes de bons Français, les meilleurs des Français, alors la conclusion est claire : dès demain, vous porterez aux caisses publiques les billets qui dorment chez vous !… »

Dès qu'elle vit Gautier, tout penaud derrière la porte, son sang ne fit qu'un tour. Comme toujours, elle imaginait le pire face à cet oiseau de mauvais augure. La dernière fois qu'elle avait discuté avec lui, c'était pour éviter, après la fameuse bagarre des réquisitions, que Pauliat et Ponchet n'envoient les gendarmes. Elle avait espéré obtenir le soutien du bonhomme. Mais, bien au contraire, le membre de la délégation spéciale d'alors avait répliqué que la politique du maréchal n'était pas un paillasson sur lequel on pouvait s'essuyer les pieds !

Emma le fit avancer. Elle l'écouta sans même lui proposer une chaise pour s'asseoir. Ce n'était pourtant pas dans ses habitudes. Mais elle n'avait pas envie qu'il s'attarde dans la cuisine.

— Pourquoi Louise Pauliat n'est pas venue me demander ça ? Nous étions amies autrefois. Et qui mieux qu'elle sait combien je désapprouve les méthodes de ces voyous qui ont battu son malheureux mari. Bien sûr, bien sûr, ajouta-t-elle, qu'Edouard n'a jamais fait de mal à personne. Tout au plus, envoya-t-elle avec un sourire malicieux, a-t-il voulu prendre la politique du maréchal pour un paillasson et s'en servir de marchepied…

Gautier baissait la tête. La fière garce, se dit-il, ne m'a pas raté au passage ! Décidément, ces engins-là, ça n'oublie rien jusqu'à la dernière goutte de vie. Ce n'était pas l'envie qui lui manquait de signer le petit couplet certifiant l'incomparable moralité d'Edouard Pauliat, mais elle ne pouvait se résoudre à trahir son Léon à ce point. Gautier sentit qu'il n'arriverait à rien en usant de cette manière brutale. Aussi proposa-t-il de laisser son document pour qu'elle pût en discuter en toute tranquillité avec le mari.

— J'arriverai bien à le convaincre, dit-elle en reconduisant son visiteur sur le perron. Je le ferai pour Louise. C'est la seule qui vaille quelque chose dans cette maison !

La porte refermée, elle s'installa près de l'évier. Un peu de lumière tombait de la fenêtre qui le surplombait. Elle lut attentivement le texte préparé par l'avocat de Pauliat. Elle pesait chaque mot, car Gautier ne lui en avait pas laissé le loisir, comme s'il allait de soi de s'engager par une signature les yeux fermés.

Le certificat était rempli d'idées générales sur l'honnêteté naturelle et foncière du paysan, sur les vertus de la discipline que les gens simples accordent à tout pouvoir, fût-ce le plus critiquable. Il n'y avait là rien de ressemblant au caractère de Pauliat. C'était tout le contraire d'un homme simple, honnête, discipliné. Son avocat est un idiot, songea-t-elle. Ce maître Lambertin ferait condamner un innocent aux galères. Et dire, soupira-t-elle en élevant les yeux vers les cimes décharnées de ses deux tilleuls honnis qui lui cachaient la plus belle des vues sur Galiane, qu'il a failli assurer la défense de mon pauvre Clément ! Ah ! que Dieu soit loué de m'avoir ainsi conseillé Alexandre Madel. Avec quelle rapidité — à peine vingt-quatre heures — la question a été réglée ! Ce Madel-Bourgon, ce cher Alexandre, est le meilleur homme de Brivins, le plus influent qui soit, bien qu'il s'en défende le sacripant ! Lorsque cette affaire lui revenait en mémoire, elle se pâmait d'aise à imaginer que son Madel avait tout plaqué, séance tenante, pour délivrer, tel don Quichotte au royaume de Micomicon, le fils d'Emma Goursat, cette bonne Emma pour laquelle, croyait-elle encore, le gaillard conservait le plus doux des souvenirs.

Sur le chapitre de la rapidité d'intervention du notaire de Brivins, Line s'était bien gardée d'apporter le moindre démenti. D'ailleurs, comment eût-elle pu lui faire entendre raison, lui faire comprendre que le valeureux chevalier n'avait même pas levé le petit doigt ? Du reste, l'eût-il fait que son geste aurait eu la notable efficacité d'un coup d'épée dans l'eau…

— N'empêche, poursuivit Emma, cet avocat est un idiot ! Il va nous le mener à sa perte notre Pauliat, avec des idées de ce genre. De toute façon, pas besoin de le regarder une minute cet avocat pour voir sa malice et sa coquinerie ! Pour rendre service à Pauliat, faudrait éviter de le signer, ce texte. C'est un vrai tissu de bêtises ! Mais faut quand même le signer pour Louise.

Dans cette disposition d'esprit, elle alla trouver Léon. Le marteau, la scie égoïne, le rabot, tout vola par-dessus tête. Emma restait de marbre.

— Je sais, hurlait-il, et j'enrage de penser que tu vas encore obtenir ce que tu cherches. Tu veux donc que je le signe ce…

— Pour Louise Pauliat. Simplement pour elle. Nous avons toujours eu de bons rapports. Et un jour, Edouard sortira de sa prison. Qu'est-ce que tu lui diras ? J'ai refusé de signer parce que tu as voulu me prendre une vache. Dans dix ans, toutes ces histoires seront passées aux oubliettes. Mais tu peux être sûr d'une chose, mon pauvre Léon, et ça je te le garantis, dans dix ans, à Galiane, tout le monde se souviendra que tu n'as pas signé.

Emma usa à satiété de tous les arguments possibles pour le convaincre. La première vague de colère passée, Léon fit mine de ne pas entendre. Mais agacé de planter les clous de travers, de scier si gauchement à en éclater les fibres du bois, il renonça, le béret en bataille, à poursuivre son travail. Il monta dans la cour. Elle le suivit pas à pas. Il entra dans la cuisine se servir un remontant, un petit coup de vin piquant que les premières gelées avaient ennobli. Elle était encore là, plantée devant lui.

— Tia-tia-tia-tia ! fit-il pour imiter son débit de paroles. Et elle lui répliqua sur le même ton, mesuré pour une fois.

A bout de nerfs, il céda pour avoir enfin la paix.

— Je signe, je signe, bordel de Dieu ! Je signe, je signe. Et que ton Pauliat aille au diable vauvert. Je signe et qu'on ne m'en parle plus !

Elle lui amena le papier sous les yeux d'un geste autoritaire, le regardant pour mieux savourer sa victoire.

— C'est un complot, jura-t-il en découvrant que Gautier avait laissé le document à Lavialatte. A croire que mon avis a tant d'importance que ça ! Au tribunal de Brivins, sait-on seulement ce que je représente ? Goursat, Léon Goursat, ça va bien les intimider, tu ne crois pas ?

Et il parafa d'un tracé hésitant. Aussitôt, elle fit disparaître la lettre.

— Je tiens à la porter moi-même à Louise. Je veux qu'elle sache ce qu'on pense d'eux.

Léon l'observait se démener avec une profonde envie de rire. En lissant ses fières bacchantes tout imprégnées du tanin de pinard, il se demandait si la création avait bien pu engendrer femme plus autoritaire. Puis il retourna se consoler avec un deuxième grand verre de vin. Emma lui jeta un regard noir qu'il ne vit pas. Après ce coup de Jarnac, elle n'aura pas l'outrecuidance de me reprocher d'aimer ma piquette, pensait-il en prenant un troisième petit coup, dégusté celui-là jusqu'à la lie, à en claquer la langue de contentement. A ses yeux, cette âpreté n'avait pas sa pareille dans toute la Corrèze. Côtes-de-lavialatte, château-goursat, s'amusait-il. Un muid et demi l'an, rien que pour faire goûter aux amis…

*
* *

Les membres de la commission reçurent Ferdinand Strenquel dans le milieu de l'après-midi. Il remonta la rue de

Rivoli en longeant le jardin des Tuileries. Avec le léger redoux, la neige, tombée en abondance la nuit précédente, se mettait à fondre et transformait les larges caniveaux en rigoles bruissantes. Devant le Louvre, un convoi militaire américain était en faction. Plusieurs types battaient la semelle autour d'une roulante dont la petite cheminée crachait une fumée blanche. L'un d'eux s'avança pour marchander du chocolat et des paquets de cigarettes. Ferdinand le repoussa. L'Américain maugréa en retournant vers son camion dont la portière était restée ouverte, battant au vent glacé. D'un bon pas, Ferdinand gagna le Palais de Justice par le Pont-Neuf et le quai de l'Horloge.

Strenquel prit place devant cette fameuse commission qui empêchait Gillard de dormir depuis deux semaines. Elle était composée de quatre civils et de deux militaires de haut grade. On lui fit jurer de dire toute la vérité. Il s'exécuta. Puis le greffier, qu'il n'avait point aperçu de prime abord en entrant dans la grande salle, ânonna les indications d'état civil auxquelles Strenquel répondait chaque fois par un hochement de tête. Ferdinand nota l'air blasé des juges. Aussi, en répondant aux premières questions, eut-il l'impression de ne servir à rien, persuadé que l'affaire était déjà jugée. L'un des fonctionnaires de l'épuration donna lecture du long rapport d'accusation, le regard sans cesse fixé sur le volumineux dossier d'où il tirait toutes les informations débitées confusément. Quand il eut terminé, le président, un colonel du Ravitaillement, demanda à Strenquel s'il était d'accord avec les éléments dictés.

— Pardon, mais…

— Levez-vous, je vous prie, ordonna l'officier.

Ferdinand se leva et vint placer la chaise devant lui pour prendre appui sur le dossier comme il eût fait d'une barre de tribunal.

— Je n'ai rien compris à ce galimatias, fit-il. Pour que je puisse vous répondre, il faudrait me communiquer les pièces du dossier afin que je les examine à tête reposée.

Les membres de la commission s'observèrent tour à tour. Sans doute n'avaient-ils point l'habitude qu'on leur pose de semblables questions. Selon Gillard, cette instance chargée d'instruire les dossiers était coutumière d'une procédure expéditive devant l'avalanche des cas à traiter.

— Les avocats de l'accusé disposent de ces documents.

— Parce que, s'étonna Strenquel, je devais examiner ce dossier avec la défense de monsieur Gillard ? Vous m'en voyez surpris, car je n'entretiens pas avec monsieur Gillard les relations privilégiées dont vous me soupçonnez.

Le jeune fonctionnaire le fusilla du regard.

— A quoi jouez-vous, monsieur ? Est-il vrai, oui ou non, que la société Gillard et Cie a travaillé pour l'Allemagne ?

— Bien entendu. Dans l'état de la situation à cette époque, la société était dans l'obligation de commercer avec l'occupant.

— Vous le reconnaissez donc. C'est un point, jura le petit fonctionnaire, un point à partir duquel nous devons déterminer quel était le degré d'allégeance à l'ennemi.

— Je suppose que vous ne m'avez pas fait venir pour me poser simplement cette question. Quatre-vingt-dix pour cent des entreprises existantes en France, actuellement, sont dans ce cas. Et la société Gillard, comme les quatre-vingt-dix pour cent des autres, n'avait pas d'autre choix que produire ou disparaître. Elle a choisi de survivre, fût-ce au prix d'un grave cas de conscience, d'un insoluble dilemme. Et à la place de Régis Gillard, je n'aurais pas agi différemment.

— Eh bien, cher monsieur, ricana le petit fonctionnaire, vous seriez aujourd'hui inculpé de collaboration économique avec l'ennemi.

Strenquel hocha la tête d'ennui et sentit que sa prestation, décidément, allait tourner court. C'est alors que l'un des membres, se présentant comme expert financier, formula le constat selon lequel le chiffre d'affaires de la société avait doublé en quatre années de guerre par rapport à ce qu'il représentait en 1939. Ferdinand Strenquel comprit aussitôt qu'on voulait orienter ses déclarations sur le fait qu'il avait cessé de travailler pour Gillard dès juin 1940.

— Gillard, argumenta Strenquel, m'a proposé en effet de remettre en état, après les bombardements de juin, l'usine que je dirigeais à Amiens. Cela s'est déroulé en décembre 40. J'ai refusé l'offre pour des raisons purement personnelles. Nous étions repliés en zone Sud, où s'étaient scellées de nouvelles attaches pour ma famille et moi-même. De plus, mon fils s'étant évadé grâce à Gillard…

Le petit fonctionnaire se dressa aussitôt.

— Vous sortez de la question.

— Pas du tout, objecta Strenquel. On me demande de fournir un témoignage sur l'action de Régis Gillard durant l'Occupation, je suis disposé à dire tout ce que je sais. Je ne suis pas venu ici pour qu'on me dicte les réponses. Si tel est le cas, je préfère, et j'en demande la permission à monsieur le président de la commission, me retirer.

L'expert financier reconnut qu'on devait entendre le témoin sur tout ce qu'il avait à dire concernant les activités de Gillard durant la période 40-44, y compris celles étrangères à la gestion de son entreprise, afin que le tribunal pût se faire une idée exacte de la personnalité de l'accusé. Ferdinand épia les visages avec attention. Il ne leur trouvait plus l'air blasé qu'il avait constaté dès le début de l'entretien. Il lui parut même qu'une fraction était assez favorable à l'industriel.

— J'ai évoqué il y a un instant, reprit Ferdinand, l'entretien que j'avais eu en décembre 40. Lors de cette rencontre, Régis Gillard s'est ouvert à moi sur son sentiment réel concernant la situation d'alors: « Je vais poursuivre mes activités à la tête de la société, m'a-t-il assuré, parce que je n'ai pas d'autre choix. Mes ouvriers m'exhortent à le faire. » L'un des dirigeants de la CGT lui a même fait remarquer: « Travailler pour l'Angleterre ou pour l'Allemagne, c'est toujours travailler pour des capitalistes. » Tel était l'état d'esprit à ce moment-là dans notre pays. Régis Gillard a ensuite évoqué devant moi ses craintes sur la dérive antisémite de la politique française conduite par Pétain et Laval. C'est pourquoi — et cela est vérifiable — il a organisé le départ de ses salariés juifs et de leurs familles vers les Etats-Unis et le Canada. Sa propre fille, Marion, et son épouse, Aude, ont collaboré avec le bureau de l'émigration pour faciliter les formalités d'accueil, tant à New York qu'à

Toronto. Il y avait alors peu de gens conscients des menaces pesant sur la population juive. Gillard, et c'est tout à son honneur, avait déjà pris ses responsabilités. Et si ses activités clandestines avaient été découvertes, tout capitaine d'industrie qu'il fût, la Milice et la Gestapo l'auraient arrêté. Et sans doute ne parlerions-nous pas aujourd'hui de l'affaire Gillard.

En retrouvant Régis et Aude dans leur hôtel particulier de la rue Cambon, Ferdinand Strenquel risqua un pronostic sur les conclusions futures de cette commission.

— Il n'en sortira pas grand-chose. Le seul argument en votre défaveur, fit-il en touchant le bras de Régis, est que vous avez doublé le chiffre d'affaires de la société entre 40 et 44. Peut-être serez-vous condamné à une grosse amende.

— Je ne regrette rien, jeta Gillard en resservant du whisky. Si c'était à refaire, j'agirais de même. Croient-ils que je vais me mettre à genoux ?

— Voyons mon chéri, intervint Aude après avoir ôté de ses lèvres un long fume-cigarette où grillait une Camel au suave parfum de miel, nous nous plaignons la bouche pleine. Pensons plutôt à quelques malheureux amis : Robert Brasillach que l'on va fusiller comme un chien, Drieu qui a déjà tenté de mettre fin à ses jours et que les charognards traquent comme un gibier. Je ne partageais pas leur antisémitisme, leur médiocre engagement collaborationniste. Mais d'abord, on leur fera payer le seul crime impardonnable par ces temps de mépris : avoir été des écrivains doués.

— Heureusement, ricana Gillard pour qui les fréquentations de sa femmes ne valaient pas tripette, que ma chère Aude Balwin n'a pas mélangé sa plume avec ces vitrioleurs.

XI

De retour peu avant Noël, Ferdinand Strenquel retrouva son épouse silencieuse et fermée comme jamais. Elle ne voyait plus en lui que l'oiseau voyageur porteur de mauvais augures. A Amiens, il avait vendu un bon prix la villa du boulevard de Beauville. Désormais, l'installation définitive à Galiane-sur-Sévère pouvait commencer. Marie refusait l'idée même de devoir affronter une nouvelle existence. Celle-ci lui apparaîtrait comme une rupture définitive avec le passé. Sa mémoire restait accrochée aux années heureuses, aux années antérieures à la fracture qui l'avait brisée. Les temps futurs n'avaient pour elle plus le moindre sens. La rivière des jours coulait à ses pieds. Sur la rive, immobile, elle n'en contemplait plus le flot, mais son esprit vagabondait de la source pure aux écueils récents de l'amont. De son côté, Ferdinand se demandait s'il disposerait d'assez de force pour lui redonner l'élan qui conduirait vers les retrouvailles d'un bonheur perdu.

Malgré tout, Strenquel conservait ce caractère fonceur qui le poussait à entreprendre avec promptitude et allant. C'était une des qualités qu'un Gillard avait immédiatement remarquée au point d'en faire un de ses lieutenants à la tête d'une des entreprises les plus importantes du groupe. A peine revenu à Galiane, il décida sans plus attendre d'entamer les travaux dans la petite maison qu'Emma leur avait donnée. Franck Fayolle accepta de les héberger pendant la durée du chantier. Cette disposition satisfaisait Ferdinand. Peut-être, espérait-il que la fréquentation journalière d'Adeline allait distraire Marie et lui redonner un peu d'appétence pour les choses de la vie.

La fête de Noël fut donc célébrée à La Nadalie, chez les Fayolle, au coin du feu, à tisonner. La neige était tombée la veille sur la Corrèze en telle abondance que tous les petits villages éloignés des gros bourgs semblaient coupés du monde, inaccessibles. Il n'y avait que Patrice et Coraline pour apprécier ce décor de désolation que leurs petits yeux découvraient pour la première fois. Les deux enfants n'avaient qu'un an d'écart et se ressemblaient un peu dans la forme du visage. Il y avait, dans ce front haut et dégarni, commun aux deux garnements, la marque de fabrique des Strenquel. Seule Adeline savait distinguer ce détail. Fayolle, lui, désirait ne rien voir. Tout oublier. La question était réglée une fois pour toutes. Et jamais Adeline n'évoqua ce passé tumultueux : elle respectait son serment. En dehors des malades auxquels il consacrait le plus clair de son temps, le médecin suivait les événements avec une grande attention, lisant et relisant les journaux qu'il traînait partout avec lui, jusqu'à en garnir les sièges de sa voiture. Parmi son entourage, Strenquel était le seul à savoir qu'il se préparait à embrasser une carrière politique, rêvant de conduire à Galiane-sur-Sévère la liste MRP, ce nouveau parti qu'il avait rejoint. Il s'en était ouvert à Ferdinand. La confidence avait tissé de nouveaux liens entre eux, plus solides. Si solides que Strenquel n'hésitait pas à critiquer quelques aspérités de son caractère : « Si vous désirez faire de la politique, conseillait-il, faudra abandonner un peu cet air condescendant qui gâte de prime abord vos rapports avec les gens. » Fayolle se défendait alors en levant les bras au ciel, mais non sans une coquetterie affectée et bien peu sincère : « Voudriez-vous que je participe, moi aussi, au prochain remplissage du marigot de la République ?... »

Pour le repas de Noël, les propriétaires de La Nadalie sacrifièrent quelques faisans. Emma et Léon Goursat refusèrent l'invitation. « Il y a les bêtes à s'occuper », jurèrent-ils ensemble. Chacun flaira la dérobade. La Nadalie, tout de même, ce n'était pas le bout du monde, tout au plus vingt bonnes minutes de marche. Personne n'insista ; d'autant que Line apporta plus tard quelques explications sur cette attitude boudeuse. Emma détestait l'idée que la maison dont elle avait hérité lors de son mariage — et qui dorénavant était possession des Strenquel — fût transformée par de grands travaux qui allaient en effacer les caractéristiques initiales. Cette sentimentalité eût été incompréhensible sans la connaissance exacte des souvenirs douloureux qui s'y rattachaient. Ferdinand crut honnête de lui montrer les plans qui prévoyaient la jonction des deux bâtiments et l'ajout d'un nouvel espace devant lier le tout. Emma fit bonne figure devant les projets. Mais, à peine les talons tournés, elle attaqua Léon pour l'amener dans son camp. A vrai dire, le maître de Lavialatte se fichait pas mal de ce que cette maison allait devenir. « Après tout, lui lança-t-il, tu la leur as donnée, oui ou non ? Alors tu n'as plus rien à dire. » La vexation atteignit son comble lorsque les ouvriers maçons ramenèrent sur le plateau de leur camionnette les meubles qu'Emma avait cédés au moment de la débâcle. « Nous voilà bien récompensés de notre générosité, persifla-t-elle. Maintenant que ça a récupéré un peu d'argent, nos vieilleries ne les intéressent plus. Ah ! C'était bien assez bon autrefois. Oh ! là, là ! Ce que les parvenus ont la mémoire courte ! »

Polis comme toujours, les Fayolle n'osèrent pas demander pourquoi les vieux Goursat avaient décliné leur invitation. A la fin du repas, l'explication leur fut apportée par Line dans le long chapitre des récriminations réservées à la belle-mère. Tout fut passé en revue, jusqu'à la fameuse mésaventure du camp des Farigoules et la démarche chez Madel-Bourgon. Les rires qui s'enchaînèrent sur les belles illusions d'Emma ne furent pas du goût de Clément qui préféra sortir pour se rafraîchir les idées. Ferdinand en avait de la peine pour lui et l'accompagna au-dehors.

Ferdinand découvrait que sa petite Line adorée avait bien misérablement changé au contact des Goursat. Désormais, elle se complaisait à exprimer sur sa belle-mère des avis d'un goût fort déplacé. Sur ce point, du moins, Emma pouvait s'enorgueillir d'avoir gagné en l'entraînant dans ses eaux fielleuses.

Dans la neige épaisse qui collait lourdement aux semelles des bottes, Clément et Ferdinand firent le tour du parc. A l'orée du bois, ils dérangèrent des corneilles qui s'élevèrent, lentes et lourdes, au-dessus d'eux, tournoyant sur la cime des hêtres avant de disparaître dans le brouillard. Ils s'engagèrent dans le petit chemin qui conduisait vers les profondeurs de la forêt. Dans le bois, on ne distinguait plus que les grosses masses sombres des houx et des lauriers qu'on eût pu confondre avec d'inquiétantes physionomies incrustées dans le grain vaporeux du paysage assombri par la neige. Ils cheminaient à petits pas, côte à côte, sans même se regarder. Clément Goursat se demandait pourquoi Strenquel l'avait rejoint. Je vais encore avoir droit à une leçon de morale, se disait-il en pensant au trafic de tabac. Après tout n'est-il pas lui-même complice en allant donner un coup de main à mon père pour couper les manoques ?

Clément était bien éloigné de la vérité. Depuis plusieurs minutes, Ferdinand voulait engager la conversation sur Line et ne savait comment s'y prendre. Mieux que quiconque, il avait noté le caractère tendu des relations entre elle et son mari, et ne voulait point, par maladresse, jeter de l'huile sur le feu, mais plutôt apaiser le péril qu'il sentait poindre dans le couple.

— Je suis très embêté, souffla Ferdinand, la respiration coupée par la marche difficile dans la neige, très ennuyé vraiment par les propos de Line sur ta mère.

Clément se retourna en haussant les épaules.

— J'ai l'habitude. Ça n'a jamais bien marché entre elles deux. Cette hostilité a débuté avant notre mariage. Maman n'a jamais admis cette union.

— Je sais, fit Strenquel en dodelinant de la tête. J'ai dû intercéder bien souvent pour éviter le pire.

Le jeune homme reprit sa marche. Ferdinand sentit qu'il désirait échapper à cette discussion, car tel était le caractère de son gendre, fuyant, fuyant toujours la réalité jusqu'à ce qu'elle l'accule et l'oblige à réagir. Strenquel le rejoignit en quelques enjambées, à la hauteur d'un ruisselet coupant l'étroit chemin. Sur les bords gelés courait une délicate frise de glace aux découpures de dentelle.

— Il faut éviter que les relations empirent entre ta mère et Line, conseilla Ferdinand. Car, ajouta-t-il, devançant les protestations du jeune homme, je sais que ma fille a aussi des responsabilités dans ce conflit ouvert. Je trouve désormais ses propos inutilement agressifs. Il est visible qu'elle est remontée comme une pendule.

Clément Goursat observait la pointe de sa botte en train d'écraser méticuleusement la délicate frise de glace.

— Depuis qu'elle m'a sorti de prison en faisant intervenir Saint-Assier, je constate qu'elle n'est plus la même.

— Tu veux dire, précisa Ferdinand, que cet événement lui a donné une certaine ascendance ?

— J'aurais préféré qu'elle ne fasse rien et me laisse livré à mon sort.

Strenquel se racla la gorge. Ce garçon, se dit-il, fait son petit complexe parce que, pour une fois, il n'a pas été en mesure de dominer sa femme.

— Saint-Assier a bien agi en venant en aide à l'un de ses amis, jeta Strenquel. Il dispose d'assez de relations pour cela. Il appartient à la caste montante à Brivins. Je trouve plutôt flatteur qu'il ait cette bonne opinion de toi. Dans l'existence, on a souvent besoin de faire intervenir ses relations. Le contraire relève d'un orgueil mal placé. Tu ne crois pas ?

— Hélas ! répliqua Clément avec une sorte de rage contenue, je crains que Saint-Assier n'ait agi pour d'autres raisons…

— D'autres raisons ?

— Line.

— Tu veux dire, reprit Strenquel, qu'il serait attiré par Line et que… Mais, c'est ridicule. Je connais ma fille. Je peux affirmer qu'il n'y a aucune équivoque là-dedans. Si elle est allée voir ce Saint-Assier, ce n'est que pour toi et pour la bonne raison qu'il n'y avait que lui pour te sortir de ce guêpier aussi vite.

— Si vous aviez été à Galiane à ce moment-là, qu'auriez-vous donc fait ? questionna Clément.

— J'aurais posé le problème à Fayolle ?

— C'est ce qu'elle a tenté. Et Fayolle a répondu qu'il ne pouvait rien faire dans l'immédiat.

— En effet, il est au plus mal avec le CDL. Déjà qu'on lui reproche d'avoir protégé Léa Martoire.

Les deux hommes sautèrent le ruisselet pour gagner la profondeur des taillis dans lesquels se perdait le sentier. La neige s'était remise à tomber à gros flocons. Elle descendait toute droite au milieu des arbres de la forêt décharnée dans un frôlement de soie. Il est jaloux de ce Saint-Assier, se dit Ferdinand. Voilà le problème. Et pour peu qu'Emma ait flairé cet ombrage, elle aura mesuré immédiatement le parti à tirer de la situation.

— Bien sûr, maugréa Goursat, vous défendez votre fille, et c'est bien naturel. Mais qui me dit que je n'ai pas raison ? Elle a vu Saint-Assier à trois reprises. Et la dernière fois, j'ai bien senti un trouble entre eux. Une chose bizarre.

Strenquel ne pouvait se résoudre à croire Line capable d'infidélité. Elle avait traversé une adolescence sans histoire, tellement sans histoire qu'Adrien ne ratait jamais l'occasion de la moquer sur l'absence de ses amoureux. Il semblait que les garçons ne l'intéressaient pas. Il y avait même fort à parier que Clément était son premier et unique amour. C'était peut-être là que résidait le problème. Line traversait-elle une crise dont les premières traces — au-delà des invisibles agitations de son âme — seraient le ton nouveau arboré contre Emma, la fidèle gardienne de l'ordre familial ? Ferdinand essaya de rassurer Clément tout en lui prodiguant quelques conseils pour resserrer les liens affectifs entre eux.

D'un même pas, ils s'en revinrent par les hauteurs du bois, une sorte de raccourci que Ferdinand connaissait bien pour y avoir cherché les champignons à l'automne. Sur la crête, le vent violent les cueillit et, assez peu vêtus, ils durent se résoudre à presser la marche pour gagner une belle sapinière où ils trouvèrent un abri contre la tempête de neige. Pour reprendre leur souffle, ils s'assirent sur un tronc de pin basculé le long du chemin de débardage. En levant les yeux, ils voyaient les tourbillons de neige s'engouffrer dans le couloir formé par les grands arbres agités dans toutes leurs membrures. Des paquets tombaient autour d'eux, comme de petites avalanches sur le toit incliné des branches de sapins.

— Attendons que ça passe un peu, conseilla Ferdinand en sortant un cigare.

Il eut toutes les peines du monde à l'allumer à cause du vent qui s'infiltrait dans les plis de son manteau, juste entrouvert pour y abriter l'éclosion d'une mince flamme d'allumette.

— On ne va pas passer la nuit ici, s'impatienta Clément.

— Peut-être vous faudra-t-il envisager de vivre en dehors de Lavialatte, suggéra Strenquel en tirant de larges bouffées, hachant sa phrase entre chacune des aspirations. Cette promiscuité n'est pas bonne pour un jeune couple. Je ne voudrais pas me mêler de ce qui ne me regarde pas, mais…

— J'ai longtemps espéré que vous retourneriez à Amiens, avoua Clément. Alors, je vous aurais suivi dans votre usine.

— J'ai décidé de tourner la page, trancha Ferdinand qui ne désirait pas débattre de cette question avec son gendre. Fayolle m'a convaincu de vivre ici dans ce pays. Les travaux terminés, je te parlerai d'un projet qui me tient à cœur.

— Un projet ?

— Oui, un projet. Quoi d'étonnant à cela ? Un homme sans projet d'avenir, s'amusa Ferdinand, est un homme mort. Tu ne crois pas ?

— Alors, soupira Goursat, je dois être mort sans le savoir.

— Chez les Goursat, poursuivit Ferdinand sur le même ton ironique, on ne voit l'avenir que par l'expérience du passé. Tu as été élevé dans cette philosophie. Et chaque fois que je discute de ton avenir avec Léon, il me parle de sa petite propriété, de son tabac, de son blé.

— C'est vrai. Mon père a l'ambition que je devienne ce qu'il s'est résolu, contraint et forcé, à devenir lui-même. A tel point que ma mère a toujours défendu l'idée que je devienne un ouvrier à la ville. C'est pourquoi elle était contre notre mariage. Ce mariage ne pouvait que me détourner des rêves qu'elle avait fondés sur moi.

— Ta mère a une vision idyllique de la ville. Elle y voit tout le contraire de ce que nous connaissons ici. Je me demande si elle sait de quoi elle parle. Moi, j'aime ce pays, et ce pays donnera ce que nous serons capables de lui demander. Je n'oublierai jamais qu'Adrien était tombé amoureux de la Corrèze. Si j'avais su le retenir parmi nous, si j'avais eu assez de force en moi pour le persuader de ne pas partir à Londres, il serait là, aujourd'hui, à me dire : « Papa, nous allons entreprendre de grandes choses. Ici même ! Oui, ici même ! »

Une fois parvenus à l'orée de la sapinière, ils traversèrent un champ sous la bourrasque, puis enjambèrent avec difficulté les barbelés, car les pans de leurs manteaux s'accrochaient aux griffes de fer. Au bas du vallon, le parc et le château étaient noyés dans un glacis de brume. Les vents tourbillonnants projetaient sur les visages des flocons piquant comme des aiguilles.

Sous les marronniers de l'allée, Strenquel soupira enfin, tout en jetant son mégot qu'il avait tenu au bout des dents.

— Merde alors, quelle virée ! fit Clément.

— Dans mon enfance vosgienne, j'ai connu de semblables tempêtes, dit Strenquel en contemplant le ciel de bronze.

*
* *

En recevant l'ordre d'appréhender Louis Floher, le colonel Ebrard resta ébahi. Que se passe-t-il à Brivins ? Un coup d'Etat ! pensa-t-il en allant se planter, comme il le faisait chaque fois lorsqu'il devait trouver une solution, devant la large fenêtre de son bureau donnant sur la cour de la caserne Beaufil. Durant de longues minutes, il suivit des yeux les FFI qui préparaient un convoi de ravitaillement pour la Pointe de Grave, où l'on se battait encore avec acharnement pour réduire les poches côtières tenues par les traînards de la Wehrmacht. L'humiliation que lui avait infligée Delanfroy lui restait en travers de la gorge, mais, face à une telle autorité, que faire, sinon courber l'échine ? Tôt ou tard, le pouvoir central s'étendra jusque dans le plus petit recoin de la France profonde et, bon gré mal gré, les héros se démettront avec, pour toute récompense, quelques hochets épinglés sur le revers du veston. Et pour ceux qui auront espéré jouer une carte personnelle en francs-tireurs, la facture se paiera au prix fort.

Quand il revint s'asseoir derrière le petit bureau où trônait la photo de sa femme et de son fils — image dont il ne s'était jamais séparé même lorsqu'il avait fallu courir dans le maquis —, sa décision était prise. Ce n'est pas Floher qui fera bouillir la marmite, se dit-il amèrement, blessé dans son amour-propre qu'on lui eût confié cette désagréable mission. Ça ressemble à une mise à l'épreuve. La moindre faute et je saute, dit-il à mi-voix en fixant le petit cadre doré posé devant lui. Il saisit le téléphone et activa la magnéto.

Un détachement FFI de la place d'armes de Brivins, une vingtaine d'hommes, dégringola une heure plus tard d'un GMC américain devant l'hôtel des Tilleuls. Le sergent qui commandait le peloton, un petit bonhomme rondouillard, la joue marquée par une méchante balafre mal cicatrisée, aboya quelques ordres. Aussitôt les soldats se déployèrent au pas de gymnastique autour de l'immeuble. Quand le sous-officier FFI estima le dispositif en place, il envoya trois de ses hommes, grenade en main, à l'intérieur de l'hôtel. Bousculant la porte qui céda sur une poignée d'hommes ahuris, regroupés dans le couloir, les soldats investirent prestement le vestibule du siège de la Milice patriotique, jouant du plus total effet de surprise.

— Pas de résistance ! hurla le sergent en pénétrant à son tour dans le couloir. Nous venons arrêter le commandant Floher. Ordre du commissaire de la République !

Tandis que le sergent parlementait dans la salle de réunion avec l'ensemble des miliciens, Floher se fit coller au mur par un pistolet-mitrailleur à l'instant même où il s'apprêtait à sauter par la fenêtre de son bureau.

— On n'est jamais trop prévoyant, maugréa-t-il en se retournant vers son gardien.

Dans le couloir, Laujour, son lieutenant, hurlait à pleins poumons :

— Qui sont ces provocateurs ? Des agents de la Cinquième colonne !

Pourtant, il avait reconnu le sergent qui dirigeait le détachement. Et tous les hommes engagés portaient sur l'avant-bras le brassard des FFI. Ils venaient tous de la caserne Beaufil.

— On a reçu l'ordre d'arrêter ton chef. Tiens-toi tranquille et tout se passera bien, rétorqua un soldat en brandissant son mousqueton.

— Alors, arrête-nous tous, continua Laujour. Tu entends, tous ! Nous voulons tous suivre notre camarade. Solidaires. N'est-ce pas, camarades, tous solidaires.

Les autres, le visage appuyé contre le mur, se fichaient de la harangue.

— T'y comprends qué'qu'chose toi à ce bordel ? fit l'un des gars à son voisin, le regard pointé vers le plafond.

— Tu sais bien qu'ils veulent nous désarmer !

Dans le bureau voisin, deux FFI remplissaient à la hâte un grand sac de jute avec tous les dossiers qu'ils raflaient sur les étagères et dans les tiroirs des meubles. Floher observait l'agitation d'un air rogue alors qu'un troisième militaire le tenait au bout de son PM. Ils n'oseraient pas tirer, songeait-il en regardant la fenêtre entrouverte. Mais, comme il fit un pas de côté, le canon se dressa aussitôt. Ces cons, jura-t-il entre les dents, ils me tueraient comme un chien.

— Ebrard devient fou ou quoi ? lança Floher aux hommes qui s'activaient dans son bureau. Prenez les armes aussi. Ne vous gênez pas !

Le sergent entra, jetant un œil narquois sur la grande carcasse dressée devant lui.

— Si ça ne tenait qu'à moi, fit-il d'une petite voix mielleuse, on irait te fusiller là-bas près de ce mur.

— T'emmerde pas, clama Floher. Fais-le donc ! Après tout, tu ne serais pas le premier. La Gestapo a eu la même idée que toi. Tu te souviens pas de Moinot ? C'est justement là-bas que les Boches l'ont descendu avec vingt de nos camarades… Tu peux pas t'en souvenir, c'est vrai. Suis-je bête ! T'es arrivé dans le maquis au lendemain de la Libération. Pas vrai ?

— Tu la fermes, sale coco ! hurla le sergent en lui décochant un vigoureux coup de poing dans l'estomac.

Floher grimaça pour retenir la douleur. Les lopettes ne m'impressionnent pas, se dit-il en se tournant de côté pour visionner le parc. Des FFI étaient postés derrière les gros tilleuls prêts à intervenir à la moindre embrouille. Ebrard n'a pas pu prendre ça sur lui, songeait-il. Ça vient d'en haut. Un coup de force sans précédent. S'agira de ne pas mollir !

Mais une fois dans le couloir, le chef FTP réalisa qu'il était le seul à être appréhendé. Un sentiment d'angoisse lui traversa l'esprit.

— Ebrard aurait pu se donner la peine de venir. Merde alors ! cria-t-il.

Comme on l'entraînait vers la sortie où l'attendait le GMC et une petite garde d'honneur, le chef de l'ex-Milice patriotique se dégagea des mains qui l'enserraient.

— Si quelqu'un tente quoi que ce soit, lança le sergent en direction des hommes sur le perron de l'hôtel des Tilleuls, ce sera un carnage.

Les FFI se jetèrent sur Floher. Il se retourna, si grand que sa grosse tête surnageait dans la mêlée :

— Laujour ! hurla-t-il. Va avertir Davoust et Murciat. Faut tirer des milliers de tracts pour informer la population qu'on assassine la Résistance, les FTP, et qu'on égorge la démocratie !

Les soldats portèrent Floher dans le camion bâché. Une fois la ridelle relevée, toute force l'abandonna. Etre arrêté par les FFI comme un vulgaire collabo, y a-t-il plus grand déshonneur ? marmonna-t-il la tête dans les mains, affaissé devant ses gardiens, de jeunes recrues qu'il ne connaissait pas.

*
* *

Dans les premiers jours de l'année 1945, le facteur, qui faisait sa tournée à bicyclette, apporta à La Nadalie une lettre émanant des autorités militaires de Toulouse. Marie Strenquel observa cette missive avec méfiance. Tout ce qui pouvait venir de Toulouse n'annonçait que le malheur. Adeline, assise près d'elle, s'étonna qu'elle ne cherchât point à savoir ce que contenait au juste l'enveloppe. Elle en fit la remarque dans une formule si délicate que Marie n'en subodora pas le sens.

— Bah ! coupa-t-elle, mon mari s'occupe de toutes ces affaires auxquelles je n'entends rien.

Malgré la curiosité qui la tenaillait, Adeline n'insista pas devant cette femme indifférente, assise face au parc. Le froid sec était revenu sur une neige à peine fondue. Dans les parties exposées au nord, il y avait encore de larges plaques blanches qui illuminaient le paysage, soulignant le vert des prés et le cerne mauve des taillis. La lettre demeurait sur le guéridon. Il faudrait le retour de Ferdinand pour qu'elle révélât son secret. A plusieurs reprises, Adeline fut tentée de l'ouvrir. Elle voulait savoir. Après tout, elle se disait que cette curiosité n'était en rien malsaine. Adrien lui appartenait un peu. Même si ce lien était secret, il existait tout de même. Elle avait porté dans son ventre l'enfant pour lequel elle sacrifia ses rêves de liberté. Maintenant elle savait qu'elle ne quitterait jamais La Nadalie ni le mari qui ne s'intéressait plus à elle, enfermé qu'il était dans le mensonge dévorant le peu d'amour restant encore. J'ai le droit de savoir, se disait-elle en regardant la lettre, autant que sa mère qui refuse de connaître la moindre vérité. Je suis sans doute la dernière femme qu'il a aimée.

Adeline adorait se raconter des histoires qu'elle consignait, du reste, dans son journal intime. A l'annonce de la mort d'Adrien, elle magnifia la passion qui les avait jetés l'un vers l'autre durant l'été 41. La réalité était, bien sûr, plus cruelle que l'apparence. Durant les rares instants de lucidité, qui lui venaient d'ordinaire de la souffrance, elle redécouvrait qu'Adrien, ce si bel amant au regard ténébreux, s'en était allé vers la mort en ignorant l'existence d'une petite fille aux bouclettes blondes, qui serait, dans l'avenir, son portrait fidèle jusque dans le caractère idéaliste et rêveur. Adeline se préparait à vivre, grâce à Coraline, la continuation d'un rêve brisé, proscrit à la lumière du jour.

Pendant que Marie s'occupait à préparer le repas dans la cuisine, Adeline alla retrouver la fameuse lettre, la caressant du regard. Qu'annonce-t-elle ? Les circonstances de sa mort ? se demandait-elle.

Elle ne savait rien sur l'affaire de Toulouse, sinon que la Gestapo l'avait fusillé au terme d'un long interrogatoire. Strenquel, tout autant que Fayolle, avait décidé de garder le secret sur les trahisons qui avaient conduit à l'élimination du résistant. Ce mutisme était protégé par de biens étranges raisons. Franck Fayolle voyait dans ce destin éclair l'image de la tragédie grecque tandis que Ferdinand entretenait avec le disparu une déploration conduite chaque jour dans le secret de l'âme, incessamment recomposée, et poursuivie jusque dans l'au-delà. Cette ferveur quasi mystique — un mysticisme bien personnel, il est vrai, dont seuls les athées sont capables en certaines occasions — l'éloignait du désir de tapage que l'annonce de la vérité eût nécessairement entraîné autour de lui. Adeline porta l'enveloppe à la lumière. Le fin papier laissait entr'apercevoir une sorte d'avis officiel. Elle la reposa religieusement sur le guéridon. Elle se souvenait de l'après-midi d'orage comme si c'était hier et ressentit dans le creux du ventre un lointain désir inassouvi. Depuis des mois et des mois, elle n'avait pas fait l'amour. Elle s'imposait une continence absolue, comme pour magnifier le souvenir de cet amour fauché par la mort.

Strenquel revint d'Augeat peu avant midi. Il aborda Line avec une humeur massacrante, se plaignant du prix des denrées sur le marché, aussi chères que pendant l'Occupation.

— Pour toute explication, on n'arrête pas de nous parler des difficultés d'acheminement, maugréait-il. Qu'attend-on pour tout remettre en ordre ? A Brivins on ne dispose que de 6 à 7 000 litres de lait par jour. C'est une incroyable pénurie. La mairie a créé une commission pour résoudre le problème. Vous rendez-vous compte, est-ce qu'une commission a un jour réglé quoi que ce soit ? Les premiers résultats de l'enquête ont conclu à la nécessité d'organiser des collectes à la campagne. Les paysans ont tellement de lait, depuis qu'on a interdit aux particuliers d'aller s'approvisionner directement à la ferme, qu'ils le conservent pour faire du beurre. Alors, la commission réagit en décrétant que la totalité du lait doit être livrée aux collecteurs. Seulement, pour collecter le lait, il faut des camions. Il faut donc réquisitionner des véhicules. La mairie a créé une nouvelle commission pour étudier la meilleure façon de s'en procurer sans provoquer de nouvelles difficultés.

— Dans l'administration, ajouta Adeline, on fait la chasse aux anciens fonctionnaires de Vichy. Ne vaudrait-il pas mieux s'occuper du ravitaillement et laisser ces hommes faire leur travail ? Qu'y gagnerons-nous ? Procès sur procès… Et, au terme, nous en serons au même point.

La colère d'Adeline paraissait un peu abstraite. L'épouse du médecin ne savait à peu près rien de ce que le mot restriction pouvait bien signifier ; elle répétait ce qu'elle entendait dire autour d'elle. Son mari ramenait de ses longues tournées chez les malades, qui étaient pour l'essentiel des cultivateurs, de bons légumes, de la viande appétissante. Bien souvent, on payait ainsi les consultations.

Dans la cuisine, Marie avait installé les couverts. Ferdinand déballa ses patates, ses haricots secs et son bon kilo de bœuf à braiser. Sa femme regardait les gros morceaux sanguinolents avec dégoût. Elle n'éprouvait plus aucun appétit. Et, tout bien intentionné qu'il était, Ferdinand ne savait plus quoi faire pour éveiller en elle quelque intérêt pour les choses terrestres. A l'instant de se laver les mains au petit lavabo, Adeline lui fit un signe de la tête pour l'attirer vers la bibliothèque. Elle lui tendit la lettre.

Ferdinand en déchira le revers d'un index glissé dans l'échancrure et il déplia le petit papier imprimé.

— Des nouvelles d'Adrien ! jeta-t-il d'une voix forte.

A ce cri, Marie faillit en échapper le plateau qu'elle tenait, au point que tasses et coupes s'entrechoquèrent et que quelques larmes de thé — qu'elle avait préparé pour compléter le frugal repas — se répandirent sur le dragon imprimé dans le bois laqué.

— Ce n'est pas très malin, protesta Marie en surgissant dans l'entrebâillement de la porte. Décidément, tu ne rates jamais l'occasion de te distinguer.

— Les restes de notre fils…, dit Ferdinand d'une voix blanche, incapable de finir sa phrase.

— Mon Dieu, réalisa Marie, mon Dieu, mon Dieu ! Nous allons devoir encore supporter toutes ces épreuves…

L'imprimé informait la famille que le service des armées

rendait le corps d'Adrien Strenquel, provisoirement inhumé à Toulouse le 16 mai 1943. En regardant la date du retour, Ferdinand réalisa qu'il ne disposait plus que de trois jours pour organiser les obsèques.

*
* *

Dans ce marigot qu'était le Brivins politique, l'arrestation de Louis Floher jeta une lumière crue sur le petit peuple des crocodiles affairés autour du pouvoir naissant. « On attendait Maluzier au pilori et on nous sert Floher », rumina la foule des incrédules. Mais, comme l'on n'aimait ni l'un ni l'autre — pas plus l'ancien maire pour ses revirements successifs qui le conduisirent jusqu'au pétainisme militant que l'ancien chef des FTP en disgrâce pour ses coups d'éclat sanglants —, la passion retomba vite, bien plus rapidement que ne l'avait espéré Delanfroy.

Les Nouvelles du Centre annoncèrent sèchement l'événement en quelques lignes. Le commissaire de la République avait recommandé à Gibaud de s'en tenir à l'information pure, de réserver son vitriol pour l'heure bénie du procès. « Vous lâcherez vos chiens quand je vous le dirai », avait-il ajouté d'un ton ironique, pour faire sentir à son entourage qu'il tenait tout : les partis politiques, les groupements de Résistance, la presse, et même la Banque Maluzier, désormais gérée par un administrateur ad hoc.

La surprise passée, Laujour, le petit lieutenant de Floher, courut à la recherche de Davoust. Les deux hommes convinrent de se rencontrer en terrain neutre, au Goujon agile par exemple, où la veuve Moinot officiait désormais, non plus sur la scène comme au temps de l'Occupation, mais derrière le tiroir-caisse. Le chef du PCF de Brivins écouta le récit du FTP avec une bienveillance affectée qui n'était guère dans l'esprit de la maison. Si Laujour avait eu un brin de discernement, au bout de deux minutes d'entrevue, il aurait compris que le Parti avait décidé de faire passer le commandant Floher au compte des pertes et profits du Grand Soir. Mais Floher était devenu son dieu, une sorte de cocktail alambiqué de Maurice Thorez et de Joseph Staline. Le héros de l'attaque du train de Saint-Martial avait passé des mois à lui seriner dans le creux de l'oreille que les gratte-papier du Parti, s'ils roulaient des biceps à la tête de la Milice patriotique, n'étaient qu'un frein à l'avance des idées révolutionnaires. Aussi, le camarade Laujour tomba-t-il de très haut lorsque Davoust lui assena d'un trait:

— Nous considérons désormais que Floher n'est plus un communiste.

De rage, Laujour voulut défendre son idole:

— Si Floher n'est pas un des nôtres, alors qui peut se prévaloir de l'être?

— Ce camarade, reprit Davoust en tournant le couteau dans la plaie, agit en dehors du Parti. Son action relève d'une attitude fractionniste. Maintes fois, nous l'avons mis en garde contre ses manières d'agir en dehors de toutes consignes. Par exemple, le Parti ne lui a jamais commandé d'aller arrêter le jeune Maxime Martoire.

— On ne cesse de parler de l'épuration, des menaces de la Cinquième colonne, des agents de la DGER infiltrés dans les comités de Libération pour les torpiller de l'intérieur, des fonctionnaires collaborationnistes sapant les mesures prises pour améliorer le ravitaillement. Alors, tout ça n'est plus valable?

— Bien entendu, se rebiffa Davoust d'une petite voix posée, regardant sa montre pour mieux faire comprendre à ce crétin qu'il ne lui accorderait pas plus de temps que nécessaire. Bien entendu, c'est toujours valable. Mais quand Floher clame à pleins poumons dans la salle des pas perdus de la gare de Brivins que le peuple doit rester en armes afin de préparer l'arrivée de l'Armée rouge sur notre territoire, il va à l'encontre de notre ligne. Ce genre de propos conforte des Declotz et des Delanfroy dans leur combat contre nous.

— Quelle est alors cette fameuse ligne?

— Nous, communistes, reprit Davoust, nous devons nous comporter loyalement à l'égard du Gouvernement provisoire, respecter notre parole. Maintenant que le régime de Vichy est par terre, que le Boche est bouté hors de nos frontières, que la capitulation allemande est une question de semaines, que la démocratie est rétablie…

— La démocratie bourgeoise d'un de Gaulle, oui ! Moi, je chie dessus !

— Nous allons préparer les élections municipales, les législatives ensuite, poursuivit Davoust. Et nous appellerons les travailleurs à retrousser les manches pour mettre la machine économique en état de marche. Nous veillerons à occuper les postes clés dans le prochain gouvernement pour faire appliquer nos propositions. Il n'y a pas d'autre ligne que celle-ci, Laujour…

A la seconde où Davoust vida cul sec son petit verre de muscat pour clore le débat, Laujour lui porta la main au revers du manteau, s'y agrippa dans un geste d'impuissance meurtrie.

— Floher m'a demandé de te contacter pour que le Parti engage une campagne pour sa libération.

— Je vais soumettre ta proposition au comité. Mais, d'ores et déjà, mon cher camarade, ne t'attends surtout pas à une décision favorable.

— Qu'est-ce que tu me chantes là ? La décision du comité sera ce que tu en décideras. Voilà tout. Je ne suis pas né de la dernière pluie.

— Il y a une enquête ouverte sur l'affaire Martoire. Floher est accusé d'avoir descendu le gamin. C'est grave, extrêmement grave. Une affaire de droit commun. Tu ne voudrais pas que tout le Parti soit éclaboussé par un acte aussi irresponsable, aussi irréfléchi…

— Arrête, arrête, se recula Laujour, tu me fais mal au ventre.

— Le Parti, continuait Davoust sur sa lancée, doit rester en dehors de cette lamentable affaire. Le Parti ne porte aucune responsabilité…

— Quoi ? hurla Laujour, vous lâchez Floher ? Vous l'abandonnez à ces hyènes qui vont le mettre en pièces ?

— C'est l'évolution de l'enquête qui déterminera notre position, conclut Davoust en se dirigeant vers la porte. Si Floher est innocent, nous le défendrons.

— Alors, jura Laujour, j'apporterai les preuves de son innocence. Et tu seras obligé de le défendre de gré ou de force.

La porte fermée, Laujour recommanda un petit verre. La veuve Moinot, la veuve de la résistance comme l'on disait, approcha la bouteille en se dandinant.

— T'as entendu ça, Thérèse ? Mais c'est affreux.

— J'en dis rien, fit-elle. J'en dis rien.

Thérèse Moinot avait été un peu la femme de tous ces héros qui passaient au Goujon agile du temps de la clandestinité pour déposer ou prendre un message. Désormais, elle jouait à merveille la mater dolorosa. La petite danseuse de beuglant avait acquis — comme le lui avait prédit Duc en son temps — de la respectabilité. Dorénavant, en toutes occasions, elle versait des larmes avec une facilité déconcertante de pleureuse professionnelle, des larmes sur les héros, des larmes sur les prisonniers, les valeureux FFI au combat, des larmes pour le plaisir des larmes. Au premier rang des belles commémorations, elle était là, toujours présente, pour larmoyer sur le passé, le présent et l'avenir.

Laujour maugréait devant le petit vin liquoreux qui lui prêtait du vague à l'âme. Depuis que son chef était sous les verrous, il ne savait plus où il en était. Il sentait bien que certains de ses camarades étaient déjà prêts, par crainte, à tout plaquer. Une position officielle du Parti eût tout gommé, se persuadait-il. Mais Laujour feignait de ne pas avoir compris, attribuant ce reniement à Davoust seul, un Davoust prétendument rendu poltron par les menaces du commissaire de la République.

La veuve Moinot avança sa large poitrine jusque sur le zinc, parée de gros bijoux de pacotille qu'elle s'était fait offrir par quelques soldats américains en bordée.

— Mon petit Laujour, fit-elle d'une voix éraillée par l'abus des cigarettes qu'elle pompait l'une à la suite de l'autre, tu devrais faire attention.

— Attention à quoi ? maugréa-t-il, le nez pointé sur les roploplots.

— Il y a de l'orage dans l'air. Des fois, des fois, hésitait-elle, faut prendre la température. Le fond de l'air est à l'orage. Je vois des nuages. De ces gros nuages qui préparent la tempête…

Thérèse Moinot adorait mimer ces grands airs mystérieux quand elle se rêvait comédienne. Dans la vie ou au théâtre, c'était la même chose. L'essentiel, n'était-il pas qu'elle y occupât un poste central, là où se font et se défont les écheveaux compliqués de l'existence ? Les deux ou trois petites indiscrétions qu'elle avait entendues de l'affaire Martoire suffisaient à son bonheur.

Loin de l'intrigue qu'elle tentait de lui faire percevoir, du gros grain qui se dessinait sur l'horizon, Laujour zieutait les nichons en marmonnant d'incompréhensibles invectives contre Davoust et les pisse-motions, les comitards peureux et les coupeurs de cheveux en quatre. Thérèse se reculait, juste ce qu'il fallait pour éviter les trajectoires d'une grosse main coquine.

— Tu te souviens du temps de Fargeot ? fit Laujour. Qu'est-ce qu'on a pu se marrer ! C'était pas le Boche qui nous empêchait de rigoler. Depuis la Libération, c'est plus pareil. On sent que les copains ont changé. Chacun revient chez soi. La franche camaraderie fout le camp. Toi, se dressa Laujour, t'es devenue une bourgeoise. Tu as su te placer avec les huiles. Note bien que c'est tout à ton honneur. T'es une dame maintenant. Je crois qu'il serait fier, non ? Ça, c'était un bon copain, Moinot. Pauvre Moinot ! Même qu'il possédait une sacrée éducation politique, qu'il en aurait remontré à des Davoust et des Murciat. Une bon Dieu de perte pour tout le Parti. Ah ! là, là ! Les Boches se sont pas trompés de cible. C'est pas un Davoust qu'ils auraient buté.

Thérèse pleurait, les deux coudes sur le zinc, Laujour aussi, reniflant sa nostalgie, à deux doigts d'effleurer la belle poitrine offerte. L'odeur de cette chair épanouie dans la pénombre du Goujon agile, avec tous ces souvenirs rôdant alentour, le troublait jusqu'à la racine des cheveux.

XII

Ferdinand chargea Marie d'annoncer la nouvelle à ceux de Lavialatte. En lui confiant cette délicate mission, il espérait la faire coopérer un peu aux destinées de la famille dont elle paraissait de jour en jour tellement s'éloigner. Line, qui connaissait l'événement depuis la veille et qui avait cru préférable de n'en rien révéler à sa belle-famille, même à son mari, cachait assez mal sa douleur. Le chagrin l'atteignait avec quelques mois de retard. Ce retour sous la forme d'un cercueil plombé donnait une dimension matérielle à la mort d'Adrien. Elle appréhendait l'instant où il lui faudrait jeter un regard sur le bois vernissé et imaginer sa présence à quelques centimètres, décomposé dans son enveloppe de métal, et attendre enfin que la terre se referme sur lui à jamais. Cet enfouissement lui apparaissait comme symbole même d'une deuxième mort. Line avait souvent parlé avec Adrien de la mort et de l'au-delà. Désormais lui revenait en mémoire tout ce qu'il avait pu dire sur le sujet : « Ma chère petite sœur, disait-il, nous retournons au néant. Et que sera notre néant ? Peut-on, une seule seconde, se le représenter mentalement ? Ce sera, affirmait-il avec une sorte d'amusement comme s'il désirait ainsi éveiller en elle une peur, ce sera comparable à ce que nous avons connu avant notre naissance, le même néant. Nous ne serons pas plus après notre mort. Certes, c'est assez absurde à croire, c'est même à se demander si tout ce que nous vivons là a le moindre sens. »

Lorsque sa mère pénétra dans la cuisine de Lavialatte, Line disparut aussitôt dans sa chambre. Pour un empire, elle n'eût souhaité assister à une telle conversation : les préparatifs de l'enterrement de son frère. Emma, elle, était bien trop à l'aise dans ce genre de situation : la mort ne l'effrayait en rien, elle y voyait le simple passage vers une deuxième vie. Ça lui est facile, se disait Line au bord des larmes, d'aborder ces questions, puisqu'elle possède un cœur qui n'a jamais battu pour personne.

Marie Strenquel annonça la nouvelle sèchement. Emma réagit à peine, frileusement adossée contre le four entrouvert de sa grosse cuisinière en fonte noire. Devant cette attitude qu'elle prit pour de l'indifférence, Marie jugea qu'il n'y avait donc plus matière à s'épancher. Toutefois, les deux femmes s'observèrent encore quelques secondes en silence. A la vérité, ni l'une ni l'autre ne trouvait les mots d'usage pour sortir de la situation. Tout avait été dit sur Adrien. Chacun avait versé ses larmes. Emma avait assez répété, pendant des jours, comme une pénitence : « Quel malheur ! Quel grand malheur ! » Ce leitmotiv avait bercé les soirées entre les deux familles. Désormais qu'il s'en revenait troubler l'oubli installé d'un commun accord, on ne trouvait rien à dire de plus. Certes, Emma saurait à merveille mimer le chagrin pour ne pas demeurer en reste au moment de la cérémonie. Dans le petit cimetière de Galiane, elle n'aurait guère à se fatiguer, cet enterrement-là n'attirerait pas les foules. Tout au plus une dizaine de personnes, pronostiquait-elle. Et encore ! Ces pauvres gens viendront pour nous. Qui connaît les Strenquel en Corrèze en dehors des Fayolle ? C'est alors que, réfléchissant au décorum de la cérémonie, Emma fut saisie d'effroi :

— Comment allez vous faire ?

— Nous avons déjà vu le maire. Il va nous accorder une concession dans le cimetière.

— Le corps ? Où allez-vous déposer le corps avant la cérémonie ?

— Chez nous, c'est impossible à cause des travaux engagés.

— Oui, oui, s'énervait Emma devant la lenteur de cette déduction. J'ai bien compris. Mais où alors ?

— J'avais pensé vous demander, glissa Marie avec d'infinies précautions.

— Nous demander quoi ?

— Peut-être pourriez-vous l'accueillir à Lavialatte ?

Emma baissait la tête. C'était tout ce qu'elle craignait. Comment refuser un tel service ? Déjà, elle entrevoyait la violente réaction de Léon. Depuis la signature du certificat de moralité en faveur de Pauliat, une signature un brin forcée, les rapports n'étaient plus au beau fixe.

— La solution serait d'installer le corps dans notre salle à manger, suggéra-t-elle.

Les deux femmes allèrent sur place pour se rendre compte de la manière dont il faudrait agencer la pièce. Emma expliqua avec l'assurance d'une spécialiste qu'il s'agirait de faire disparaître les meubles sous deux ou trois draps blancs, le miroir surtout.

— On dit que l'âme des morts s'y reflète, fit Emma qui croyait dur comme fer à ces sornettes. Mais, depuis le temps, l'âme de votre malheureux fils est au ciel, soupira-t-elle. Nous poserons le cercueil sur deux tréteaux. A la tête, nous mettrons une tablette, un peu d'eau bénite dans une soucoupe, blanche de préférence, avec un brin de buis bénit aux Rameaux. On procède toujours ainsi par chez nous.

Marie était absorbée dans une méditation fort éloignée des propos d'Emma Goursat, si bien qu'elle écoutait à peine. A travers le rideau ajouré, elle voyait le village sur la colline voisine baignée d'une lumière assombrie, le cimetière ceinturé d'un haut mur, comme un bateau, avec, à l'avant, les voiles sombres d'une rangée de cyprès. L'église au centre, les maisons autour, le cimetière un peu à l'écart : toute la vie était ainsi représentée en raccourci dans cette image. Elle ressentit au fond d'elle-même une impression d'ironie féroce. C'est aussi là-bas que j'irai, se dit-elle. Avec lui. Bientôt. Elle mesura la distance : un petit kilomètre à parcourir à vol d'oiseau.

Hier même, Dubrot lui avait montré l'endroit où la tombe serait ouverte. Tout contre le mur d'angle. En redressant la tête, on pouvait voir la ferme de Lavialatte, la petite maison à quelques centaines de mètres où le destin les avait conduits en juin 40 ; et par-dessus, le ciel immense et large, sans cesse chamboulé, par où Emma croyait que les âmes s'évaporaient. Marie avait arraché une poignée de terre fine. A deux pas derrière elle, le fossoyeur avait cru devoir s'immiscer dans le silence : « Dans cette terre-là les corps s'y conservent bien… » Dubrot s'était retourné avec un regard assassin. Marie, hochant la tête, avait ajouté : « Vous savez, parvenu à ce stade, tomber en poussière cinquante ou cent ans plus tard n'a aucune importance. »

Emma, pour la sortir de sa torpeur, lui tirailla le revers de la jupe :

— A propos, avez-vous pensé à prévenir notre curé, Sylvain Séverac ?

— Pour quoi faire ?

— Comment pour quoi faire ? s'étonna Emma roulant d'énormes yeux de folle. Mais, pour la cérémonie religieuse !

— Il n'y aura pas de cérémonie religieuse, fit Marie d'un ton indifférent.

— Pas de cérémonie religieuse…

— Adrien n'était pas croyant, expliqua Marie. Nous ne pourrions pas le trahir à ce point. Du reste, nous ne l'avons jamais fait baptiser.

— Pas baptisé ! s'écria Emma avec effroi.

Elle se recula contre sa cuisinière, soumise à une folle agitation. Des tics animaient son visage qui se transformait en un masque hideux. Marie la regardait aller et venir sans comprendre. Soudain, la petite bonne femme, le cheveu en bataille, gestes bloqués, muscles tétanisés, s'avança sur elle.

— Pas baptisé ! Pas croyant ! Comme un chien alors ! Enterré comme un chien, ce pauvre garçon ! Oh non ! Ce n'est pas possible ! Je regrette, mais ce ne sera pas possible ! J'en mourrais de honte. Accueillir dans ma maison, dans notre maison, une dépouille pour une cérémonie civile ! Ça ! Jamais !

Marie tentait de discerner dans le désordre de ce monologue orageux où Emma voulait en venir. Et elle comprit qu'on refuserait à son fils l'entrée de la maison de Lavialatte parce qu'il était mort sans baptême. Elle soupira profondément. Se peut-il, songea-t-elle, qu'on soit arriéré à ce point ?

— Si seulement il avait reçu l'extrême-onction avant de passer, glissa-t-elle. Encore, je ne dis pas…

— Mon fils a été fusillé par des SS. Les nazis n'avaient pas pour habitude de charger les prêtres d'administrer l'extrême-onction à leurs victimes, ajouta Marie exténuée.

— Ce sera non ! jeta Emma d'une horrible petite voix sifflante. Non et non !

Des larmes de sueur couvraient son visage, collant les bouclettes sur le front buté.

— Vous avez peur, constata Marie. Peur. Peur du qu'en-dira-t-on.

— Chez nous, reprit Emma, on baptise les enfants dans le premier âge.

— Vous ne pensez pas, soupira Marie, que ce pauvre Adrien a eu sa part, alors pourquoi s'acharner encore sur lui pour ces bêtises ? Il a donné sa vie pour la liberté, pour que des gens comme vous puissent continuer à exister normalement.

Emma Goursat redressa la tête. Nulle honte dans son regard. Rien ne la ferait dévier de ses certitudes. Jamais. Elle pensa qu'il eût mieux valu conserver le maréchal que de voir triompher ces résistants sans foi. Adrien avait été l'un de ceux-là, l'un de ces antéchrists. Sa mort ne lui était qu'indifférence. La mort d'un être qui n'a pas été consacré par le baptême équivaut à la mort d'un animal, pensait-elle. Elle aurait voulu clamer tout cela, mais n'en eut point le courage. La pitié, sans doute. La pitié pour la détresse d'une mère affligée.

*
* *

Au fur et à mesure que Roland Maluzier avançait dans l'écriture de ses confessions, il chargeait Serge Gibaud de mettre les chapitres en lieu sûr. L'ancien ministre craignait d'être arrêté à tout moment, et surtout que ses geôliers fissent main basse sur les mémoires, notamment sur certains passages dérangeants qui développaient les circonstances de la reddition des Allemands à Brivins. Certes, le bonhomme avait passablement enjolivé l'affaire. A l'en croire, c'était lui, Maluzier, qui avait évité à la ville de connaître, dans ces heures décisives, un véritable bain de sang face à l'impétuosité des groupes de résistants.

Gibaud, bien qu'il eût donné sa parole, lisait les épisodes du feuilleton avant d'aller les porter dans le coffre de l'ancienne Banque Maluzier, le seul endroit totalement sûr à Brivins. « Pendant la guerre, avait expliqué Roland Maluzier, l'un de mes employés, un communiste, Benoît Duc, n'y avait-il pas caché les premières armes des FTP ? Comme si je ne le savais pas à l'époque ! J'aurais pu le dénoncer cent fois ce garçon à la Gestapo. Je ne l'ai pas fait. Voyez, chère Rose Cipriani, que je ne suis pas tout à fait le monstre que l'on dépeint journellement au petit peuple pour l'exciter contre ma personne. » La jeune femme n'en croyait pas un seul mot : « Duc a toujours dit que ses armes, trois ou quatre pistolets, de la cheddite, des détonateurs, un rouleau de cordon Bickford, étaient en effet cachées dans un coffre de la banque, mais à la barbe de la direction », confiait-elle à un Serge Gibaud qui s'amusait, dans le même temps, à penser que la vérité sur cette affaire, comme sur bien d'autres, serait inéluctablement celle qu'on écrirait.

Installé au volant de sa traction, devant l'entrée du personnel de la banque, attendant que le gardien vienne le conduire à la salle des coffres, Gibaud découvrit dans la dernière liasse la relation du fameux casse. L'ancien ministre attribuait aux proches de Declotz et de Juglard l'initiative de l'opération montée contre sa banque. Durant cette période critique marquée par un fort recrutement, les réseaux de Résistance avaient eu besoin d'argent, et tous les moyens furent employés pour s'en procurer. La narration prenait une autre tournure lorsque Maluzier accusait Declotz d'avoir fait main basse sur au moins six cents kilos de lingots d'or appartenant à la Banque de France, et placés en dépôt à ce moment-là à Brivins : « Qui donc a renseigné le chef de la Résistance ? Où se trouve actuellement cet or dont on sait qu'il n'a pas été utilisé par l'intendance FFI ? Quand réapparaîtra-t-il ? Avec quelles complicités ? Et au service de quels intérêts ? » se demandait Maluzier. En cas de nécessité absolue, pensa le journaliste, par exemple une disparition brutale de Roland Maluzier — sait-on jamais ? —, il sera urgent de retrouver ces feuilles-là et de les détruire en toute hâte. Personne ne doit tomber là-dessus. Faire disparaître immédiatement ce fragment du récit serait un risque bien trop grave, qu'un Maluzier ne me pardonnerait point, se dit-il. Ce serait alors me désigner, à ses yeux, tel l'un des instigateurs de l'opération. Gibaud rangea soigneusement le paquet dans l'enveloppe en carton kraft, nota le chiffre 18 sur le coin et l'entoura. C'était donc le dix-huitième paquet qu'il plaçait dans le coffre. Contrairement aux autres, celui-ci avait l'avantage d'être explosif, aussi détonant, ricana-t-il, que celui de Duc. Sa divulgation entraînerait un séisme sans précédent dans le nouveau milieu politique de la Corrèze. Caressant l'objet, le journaliste ressentait au fond de lui-même une indéfinissable impression de puissance. Mais l'homme, qui avait érigé le cynisme en règle de vie, réalisa très vite qu'il ne pourrait jamais s'en servir, au risque de se dévoiler, même pour se prémunir de la pire des situations. Il y a là une telle frustration, pensa-t-il, que la possession même de cet or ne saura jamais totalement la combler. L'ancien ministre eût été sans doute interloqué de découvrir que son seul lien avec le monde extérieur avait été l'un des exécutants du hold-up de la banque. Gibaud y vit une telle ironie du destin qu'il ne put contenir plus longtemps un fou rire. Et la soudaine apparition du gardien des coffres n'en arrêta point le flot. Aussi, l'employé affecta un tel air d'incrédulité que ce spectacle amplifia le rire tonitruant du journaliste.

Après le dépôt du manuscrit, il passa en coup de vent au journal, rue Jourdain. Janicaud et Patenôtre surveillaient au marbre le montage de la dernière édition. Du bureau vitré qui donnait sur l'atelier, Gibaud leur adressa un petit geste amical. Dans un placard, derrière un gros paquet d'enveloppes, il alla dénicher une bouteille de veuve-clicquot qu'il avait fauchée dans les cuisines de la sous-préfecture, puis la roula dans une vieille édition des *Nouvelles*. A l'instant de quitter le journal, maintenant qu'il s'était procuré ce qu'il était venu chercher, Janicaud le rattrapa dans le couloir d'entrée. Il tenait encore à la main la morasse humide de la prochaine édition.

— Je te fais confiance, fit Gibaud en le regardant d'un air las.

— Ce n'est pas pour ça.

Janicaud n'ignorait plus à quel point le directeur du journal se fichait du contenu des éditions dès lors qu'elles ne comportaient pas un de ses éditos ou une affaire importante qu'il avait lui-même supervisée. Sur ce point, il tranchait radicalement avec un Paul-Pierre Lamongie, le patron à l'époque de l'Occupation, qui surveillait le journal à la virgule près.

— Quand se décidera-t-on enfin à parler de l'affaire Martoire ?

— Il faut attendre l'inculpation définitive.

— On ne parle que de ça à Brivins. Je ne peux pas traverser une rue sans qu'on m'interpelle. Si ça continue, on va nous accuser de couvrir les communistes.

Un sourire traversa le visage de Gibaud.

— Les élections municipales sont dans trois mois. D'ici là, l'opinion publique aura tout oublié.

Le journaliste se rendit ensuite directement chez Rose Cipriani qui apparut dans l'encadrement de la porte, ses lunettes rondes posées sur le bord du nez. Elle tenait un livre à la main. C'était une manière, cette lecture, de se rapprocher de Rochelle dont le ténébreux regard venait hanter ses rêves. Le docteur Fayolle l'avait informée des obsèques à Galiane-sur-Sévère. L'annonce de cet événement eut pour effet immédiat de réveiller en elle le spleen teinté d'un indéfinissable sentiment de gâchis. Depuis plusieurs heures, elle songeait à l'absurdité de l'histoire, impression d'autant plus saillante que, dans la cave de sa maison, se cachait un Roland Maluzier ne cessant à longueur de journée d'expliquer que l'homme, a contrario de toutes les idées reçues, n'a que peu de poids sur les événements. Goutte d'eau perdue dans l'océan, le choix individuel — révolte ou soumission à un ordre établi — est dévoré par l'infernale roue du hasard et de la nécessité. L'histoire écrase l'homme sans lui abandonner le moindre gramme de latitude, pensait-elle, tout en lui laissant espérer qu'il détient le levier de quelques commandes obscures.

L'explosion du bouchon de champagne agaça Rose au point qu'elle s'en retourna s'asseoir dans le cercle de lumière de la lampe chinoise.

— Ne me dis pas que tu n'aimes plus le champagne ? fit le

journaliste en brandissant deux coupes. Enfin quoi ! Tu ne vas pas porter le deuil de ce Rochelle jusqu'à la fin de tes jours !

Il laissa couler les bulles le long de la flûte inclinée jusqu'à ce que la mousse se mît à déborder. Puis il la tendit. Rose ne daigna point tourner la tête.

— Plus j'y songe et plus je me sens responsable de sa mort, dit-elle. Moi seule pouvait encore le retenir ici.

— Je n'ai jamais rencontré ton Rochelle, avança Gibaud, mais je crois ce que m'en a dit Juglard. C'est bien Juglard qui l'a fait passer à Londres ?

— Oui. Et Simon.

— Simon ?

— C'était le nom de guerre de Franck Fayolle.

— Juglard m'a dit que Patrick Rochelle était un garçon ambitieux. Intelligent et ambitieux. S'il avait survécu à la guerre, de Gaulle lui aurait confié une mission diplomatique.

— Rochelle visait une carrière de diplomate ? s'étonna Rose.

— C'est la seule explication de son départ pour Londres.

— Si tu avais connu Adrien Strenquel alias Patrick Rochelle, tu ne pourrais pas avancer de telles bêtises. Tu crois qu'il y a toujours de secrètes motivations dans chacun des actes de l'existence. Mon pauvre ami ! Je te plains… Parfois, il arrive que des hommes s'engagent sans rien demander en compensation. Toi, fit Rose, tu ne peux rien comprendre à une telle attitude. Forcément, tu es de cette sorte d'hommes pour qui tout est monnayable. Hélas, à croire que notre société d'après la Libération a bien changé, je ne vois plus aujourd'hui autour de moi que cette race, l'appétit aiguisé par les honneurs et l'argent, l'œil sans cesse en éveil pour saisir la moindre miette de pouvoir qui tombe du gâteau. Mais, en 1940, quand Rochelle est entré pour la première fois dans ma maison, j'ai tout de suite senti qu'il appartenait à une espèce rarissime dont les malheurs de l'époque allaient réclamer le sacrifice. Il portait un regard attristé sur le monde, comme s'il sentait confusément devoir le quitter prématurément. Demain, on ne pourra même plus croire qu'un Rochelle a existé en chair et en os. On dira : cette étoffe de héros, c'est de la propagande ! Peu à peu, au fil des années, il deviendra pour les générations, pour nous-mêmes, je le crains aussi, une figure étrangère.

Gibaud alla jusqu'à la fenêtre dont les volets entrouverts donnaient sur la rue. Un petit groupe à bicyclette passait lentement.

— Pourquoi alors, demanda Serge Gibaud d'une voix blanche, ne lui as-tu pas dit que tu l'aimais ? Pourquoi ? Il fallait mettre tes actes en accord avec tes sentiments. Il fallait lui dire : ne pars pas à Londres. Reste avec moi. Aimons-nous de la manière ordinaire, ainsi que des amants. Et tu aurais pu mesurer ce que voulait l'homme extraordinaire, l'étoffe du héros. Tu aurais vu s'il était disposé à sacrifier sa future carrière de diplomate à une Rose Cipriani.

— Si je lui avais demandé cela, soupira Rose, Rochelle serait resté.

— Tu en es si sûre ?

— D'une manière absolue.

Gibaud approcha le tabouret du piano et vint se placer à quelques centimètres d'elle.

— Tu l'as aimé à ce point ? dit-il d'une petite voix en saisissant sa main. Comment as-tu fait pour laisser fuir un tel amour ?

Il vint poser ses lèvres sur les longs doigts fins étalés dans la paume de sa main. Elle ne résista pas, le regard perdu dans la nuit de la pièce.

— Je suis jaloux de cet homme, fit-il. A en crever. Comment peut-on être jaloux de quelqu'un qui est mort ? Peut-être s'agit-il d'un invincible rival. Quoi qu'il arrive, je sais que tu ne l'oublieras jamais. Jusqu'à la seconde de ta mort.

Rose hochait la tête doucement. Alors, il la prit dans ses bras. Elle avait trop mal pour résister. Par un secret instinct, il savait que c'était le moment ou jamais. Certes, elle ne l'aimerait pas autant que Rochelle, mais qu'importait le prix à consentir. Depuis des semaines, Serge ne pensait qu'à cet instant où le regard de Rose Cipriani chavirerait. Il l'attira sur le tapis, à la limite du cercle de lumière jaune.

*
* *

Le refus d'Emma Goursat jeta un voile d'incompréhension entre les deux familles. Ferdinand dut arracher de la bouche de sa femme les arguments de la maîtresse de Lavialatte, mot à mot. « Mais enfin, répétait-il, tu es bien sûre qu'elle a dit ça ?... » Marie hochait la tête d'ennui, n'aspirant plus qu'à retourner vers son royaume favori, le mutisme, dont il lui paraissait qu'elle n'aurait point dû le quitter pour se risquer en territoire ennemi. Les Goursat étaient, plus que jamais, à ses yeux, les soutiens, passifs certes, mais soutiens quand même, des sauvages qui lui avaient ravi son fils. Ferdinand regrettait de lui avoir confié cette mission, persuadé plus que jamais qu'il aurait réussi là où elle avait échoué. Il se faisait beaucoup d'illusions. Même un Léon Goursat ne put rien faire pour infléchir la décision lorsqu'Emma vint lui en parler. Elle avait jugé stratégique de prendre les devants, car, se disait-elle, connaissant Strenquel comme ma poche, il va tenter de cuisiner ce pauvre Léon qui est fichu, avec sa stupide bonté, de tout accorder. Elle ne se trompait guère. La discussion tourna court. Léon avoua que, sur le chapitre de la religion, son Emma était pire que la Sainte Inquisition, qu'elle y sacrifierait n'importe quel intérêt pourvu que le principe fût sauf.

Retrouvant le docteur Fayolle à La Nadalie, Ferdinand lui confia :

— Je me heurte à une psychologie qui dépasse l'entendement. Nous sommes en plein Moyen Age.

— Pourquoi ne pas en parler au curé Séverac ?

Ferdinand Strenquel estima qu'il avait maintenant une pratique suffisante des hommes de la foi pour risquer l'aventure. Depuis la chute du régime de Vichy, Séverac, qui avait manifesté jusqu'en 43 un soutien actif à la politique du maréchal, ne prêchait plus que pardon et tolérance, et la réconciliation de toute la grande famille chrétienne afin de terrasser dans les âmes les dégâts d'hier. Cependant, il conservait la fâcheuse habitude d'évoquer dans ses homélies les événements de l'heure. Cet exercice scabreux lui valait les inimitiés de ceux qui, hier, l'avaient soutenu dans la croisade contre le bolchevisme. Là où la prudence aurait exigé un peu de discernement, il mettait un grain de folie. C'est dans une telle disposition d'esprit qu'il accueillit Ferdinand dans le presbytère que la commune lui avait alloué tout contre l'église.

Cet après-midi-là de grand vent qui desséchait la campagne, Strenquel fut en veine de confidence. Il raconta l'itinéraire de son fils, l'enquête qu'il avait menée à Lesparre, sa visite au curé Delcoste, enfin le refus d'Emma Goursat de recevoir le corps d'Adrien à Lavialatte. Avant le dernier couplet, il lui sembla que Séverac était dans les meilleures dispositions. Mais au rappel de la détermination d'Emma, le visage du curé se ferma.

— Votre fils n'était point baptisé, fit Séverac les deux mains jointes. Je ne peux rien, sinon prier pour le repos de son âme et souhaiter que Notre-Seigneur, dans son immense miséricorde, prenne pitié de lui, ce dont je ne doute pas…

Ce curé, songeait Ferdinand la mort dans l'âme, prétendrait donc disposer d'un pouvoir plus grand sur son Dieu que sur Emma. Voilà qui est singulier ! Forcé de révéler le fond de sa pensée, Séverac admit qu'il ne pouvait blâmer la position intransigeante de sa paroissienne. Strenquel comprit alors l'absurdité de sa démarche. A quoi bon discuter avec ces fanatiques ? se dit-il. Une seule attitude possible : conserver la tête haute et se moquer de tous ces prédicants, ces grenouilles de bénitiers, qui s'imaginent, au nom de leur croyance, détenir quelque vérité sur la couleur du monde. Il fixait le balancier doré de la pendule rythmant le silence. Un sentiment de honte l'envahit : si mon pauvre Adrien me voit en ce moment, de l'enfer ou du paradis, le fou rire doit l'animer ! Quelle mouche a donc piqué mon vieux père ? doit-il se dire. Je ne lui ai jamais demandé d'aller me quémander une place d'éternité…

Strenquel balbutia quelques mots de regrets et s'enfuit comme un voleur. En juin 40, lorsqu'il était allé demander un abri pour sa famille, il avait éprouvé le même embarras. Dans les heures prochaines, je dois recevoir le corps de mon fils, maugréa-t-il en traversant la place de Galiane, et je ne sais même pas encore où le faire déposer. A croire que la malédiction poursuit ce pauvre enfant ! Ses pas le dirigèrent vers la mairie. Antoine Dubrot paraissait tout ratatiné près de son poêle à bois dans la pièce enfumée. Le maire se dressa pour le saluer. Il éprouvait une sincère amitié pour cet homme du Nord dont l'installation au pays le remplissait d'aise.

Ferdinand comprit très vite que Dubrot ne désirait pas commenter les attitudes d'Emma et de Séverac. Il commit seulement un geste d'impuissance qui signifiait : « C'est ainsi ! Ni vous ni moi n'y pourrons jamais rien. » Grâce aux événements de la guerre, Antoine Dubrot avait acquis une redoutable philosophie teintée de tolérance et de compréhension, sans laquelle il eût continué sans doute à être une sorte de caricature de maire, autoritaire et vindicatif, bourré de certitudes, plus soucieux de l'avenir de ses suffrages que des obligations de sa charge.

— La solution, fit-il en triturant de ses longs doigts tremblotants une grosse règle en bois tachetée d'encre violette, c'est d'installer ici même une chapelle ardente. Nous n'avons jamais connu une semblable situation. Qu'importe ! J'en prends la responsabilité. Notre mairie accueillera la dépouille de votre fils. La République lui doit bien ça, non ! Sans les sacrifices d'hommes tels que votre malheureux Adrien et tels que mon regretté ami Etienne Chadal, nous vivrions encore sous la dictature. Si vous m'y autorisez, je pourrai dire quelques mots dans ce sens au moment des obsèques.

Par principe, Strenquel détestait l'idée qu'on pût transformer un événement aussi intime qu'un enterrement en tribune politique. Il craignait par-dessus tout que l'on vînt gloser sur la mémoire de son garçon. En cette époque où les héros se comptaient sur les doigts de la main, une fâcheuse tendance à la prosopopée gagnait les nouveaux venus sur le devant de la scène, soucieux de se fabriquer l'intègre et irréprochable auréole républicaine.

— La condition, dit Ferdinand, c'est que ce soit vous, et vous seulement.

Devant le sourire embarrassé, Dubrot réalisa ce que signifiait au juste le peu d'empressement à accueillir l'idée d'une oraison funèbre.

— N'y voyez, fit-il, aucun dessein de ma part. Je nourris peu d'ambition sur mon avenir politique dans ce village.

Ferdinand hésita à lui faire préciser sa pensée. La vie politique de Galiane-sur-Sévère était, après tout, une affaire qui ne le concernait pas. A travers l'attitude d'Emma et du curé Séverac, il avait mesuré combien, ici, il était encore un étranger. On semblait lui reprocher la méconnaissance des coutumes, alors qu'il s'agissait de tout autre chose. Les coutumes, ici, n'étaient pas différentes de ce qu'elles étaient ailleurs. Seule différence : l'intransigeance bornée qu'on appliquait à son encontre.

— La politique municipale, avança Ferdinand, est une affaire qui ne me regarde pas.

— Comment ? s'éleva Dubrot. Vous êtes, à Galiane-sur-Sévère, un citoyen comme n'importe quel autre. Et je compte bien le dire dans mon petit discours. Ce sera ma dernière apparition. Après, je jette les gants.

— Vous ne revenez pas aux municipales.

— Sûrement pas ! L'attitude d'un Bernical a suffi à m'ouvrir les yeux. Cet homme a été, à mon égard, d'une ingratitude qui dépasse les bornes.

— Pourquoi ? s'étonna Strenquel. Vous vous attendiez à quelques remerciements ? André Bernical estime que la place qu'il occupe dans votre conseil lui revient de plein droit, qu'il l'a gagnée dans le maquis. Ce qui n'est, vous en conviendrez, pas faux…

— Il y a plus grave.

— Quoi donc ?

— Je ne lui pardonnerai jamais d'avoir fait arrêter Edouard Pauliat.

— Pourtant, l'homme a été responsable de votre destitution.

— Voilà une affaire qui concernait notre village. Qu'est-ce qu'une commission d'épuration peut comprendre à l'attitude d'un Pauliat ? Je vous le donne en mille.

— Je crois, ajouta Ferdinand, qu'il a profité des faveurs scélérates accordées par un régime pourri.

— C'est cela même. Vous avez raison. Ce sont les gens qui ont donné du pouvoir à Pauliat qu'il faudrait juger. Ceux-là, on ne les connaît plus. Les premiers procès touchent des gens sans importance.

— Je crains, déplora Strenquel, qu'on ne s'intéresse jamais aux responsables du désastre. Il faudrait remonter bien avant la guerre et confondre tous ces hommes politiques qui ont préparé dans l'inconscience, la bêtise et l'incompétence, le lit de Hitler. Quand on aura jugé Pétain, Laval et quelques thuriféraires du régime, on s'estimera quitte.

— Nous portons tous une part de responsabilité dans cette tragédie, fit Dubrot. Tel que vous me voyez, j'ai signé la lettre de fidélité à Pétain. Puis j'ai été destitué. Si je n'avais pas été destitué, touché, blessé dans mon orgueil, serais-je devenu un opposant au régime de Vichy ? Je ne cesse de m'interroger sur ce qui a fait de moi un réfractaire au maréchal. C'est une question qui me hante sans cesse. Si je ne la règle pas rapidement dans ma tête, alors elle ne le sera jamais. Demain, on ne comprendra plus rien à tout ça. Les positions se radicaliseront. Il n'y aura plus que des braves et des salauds. J'ai basculé, avoua Dubrot, quand j'ai été blessé dans mon amour-propre.

— Il y a eu l'assassinat de votre ami Chadal.

— Chadal avait vu clair bien avant moi. J'étais aveuglé par mon petit pouvoir de notable. Je me disais : en signant la lettre de fidélité à Pétain, je sauverai mon fauteuil de maire. Voilà ce que je pensais alors. Je n'ai jamais rien pensé d'autre. Si Chadal n'avait pas été assassiné, j'aurais continué à louvoyer. Et aujourd'hui, je serais devant une commission d'épuration, comme Edouard Pauliat.

— Ce sont là, demanda Strenquel, les raisons qui vous poussent à partir ?

Dubrot enfila deux petits rondins de chêne dans le four du poêle. De lourdes volutes de fumée se répandirent dans la salle des délibérations. Ferdinand leva les yeux sur la petite Marianne posée sur le socle de bois blanc. L'encre violette de l'offense en maculait encore le visage, telle la trace lointaine et douloureuse qui avait marqué la destinée de Dubrot.

*
* *

Dès leur arrivée, Laujour avait décidé d'allumer un feu devant la grange abandonnée pour faire chauffer les gamelles. Gégette allait sans cesse puiser des débris de planches en vieux chêne lustré et vermoulu dans les mangeoires délabrées de l'étable voisine. Pour l'instant, une fumée lourde dégageant une forte odeur de punaise et d'urine stagnait entre les bâtisses ravagées par le lierre.

— T'es sûr que personne nous a vus ? s'inquiéta Laujour. Là, ce serait le bouquet.

— Moi ? avoua Gégette, j'comprends foutre rien à tous ces micmacs. Pourquoi qu'on se cache ? La guerre est finie.

— Non, ricana Laujour. La guerre n'est pas tout à fait finie. Le Boche a quitté le pays, mais les collabos sont toujours au pouvoir. La preuve ? Notre chef, qui a voulu s'y attaquer, est maintenant en prison. C'est le monde renversé. Les salopards tiennent le haut du pavé et les justes sont poursuivis.

Gégette leva les yeux au ciel. On lui avait filé un « péteu », comme il disait, un minable petit « péteu » à la place de sa solide mitraillette. Sur l'instant, ça lui parut stupide de n'avoir que cet objet minable pour se battre contre les salopards de la Cinquième colonne. On racontait partout que ceux-ci disposaient d'un armement gigantesque, des explosifs à revendre. Bref, ça recommençait comme en quarante, pensait-il. Comme quoi, on était mieux armé du temps du maquis. C'était le bon temps. Quand on manquait de flingues, il n'y avait plus qu'à se faire gentiment un camp de l'AS…

— Ça fait trois plombes qu'on poireaute, gars ! fit Manichon, les mains enfoncées dans les larges poches de son pantalon de toile américaine, occupé, comme toujours, à se tripoter comme un malade. Ça me rappelle le jour où on a coincé le p'tit Martoire…

— T'as pas autre chose à raconter, coupa Laujour excédé.

— Oui. Pasque, fit Gégette, ce jour-là on aurait mieux fait de rester couchés. C'est-y pas vrai c'qu'on raconte ? Que le camarade commandant a des problèmes avec cette affaire ?

Laujour lui adressa un regard chargé de dégoût. Ça n'a aucune éducation politique ! Ça passe tout son temps à bavarder sans rien savoir ! Pendant ce temps, les gaullistes et les MRP nous enfoncent à petits coups de bobards, joyeusement. Et le Parti, au lieu de réagir, ça joue au libéral attendri qui tend la paluche aux cathos. Maintenant, paraît même que lesuretons prêchent en chaire pour le gagne-petit. On aura tout vu. Si ça continue avec les sermons sociaux, les cagoulards vont nous piquer tous nos suffrages. Duc aura eu sacrément raison de se faire descendre, soupira-t-il, comme ça, au moins, il sera parti au paradis de la classe ouvrière avec ses illusions.

Pour se protéger de la pluie fine qui brouillait le paysage, rendant les masures environnantes fantomatiques dans le glacis de brume, Laujour remonta le col de sa vareuse et s'engagea dans un parterre d'orties dont les hautes tiges lui giflaient le pantalon. Au-delà du petit muret formant l'ancien enclos, le chemin tombait raide à travers la sapinière et débouchait, après quelques lacets, directement sur la Sévère. C'est à cet endroit précis que Gégette avait repéré les nasses posées pour capturer les écrevisses. Agrippé à une racine, Laujour se laissa glisser dans le courant. A travers les mailles du piège, il repéra une douzaine de cannibales agglutinés à la tripaille qui servait d'appât. Laujour chercha sur la rive abrupte une voie plus facile pour remonter sur le terre-plein. Il avançait à contre-courant sur plusieurs dizaines de mètres et trouva un gros pied fourni de noisetier. En un tour de main, il se hissa sur le pré.

— Que fais-tu là, camarade ? lui cria-t-on du bois de châtaigniers.

Le lieutenant FTP chercha dans l'inextricable fouillis formé par les cépées une physionomie d'homme. André Bernical surgit alors dans son dos. La vigoureuse tape sur l'épaule le fit se retourner de surprise.

— Tu as manqué de réflexe, ricana le paysan en le toisant. Si j'avais voulu, je te descendais cent fois.

— Hé, l'ami, le Boche ne traîne plus dans le maquis. Pas vrai ?

Celui que l'on nommait Raoul dans la résistance avait conservé une barbe de sanglier et une allure d'homme des bois qu'il aimait entretenir en souvenir du temps des Grumières et du camp des Razets. Il portait une large veste de chasse en velours côtelé dont la poche arrière enflée indiquait qu'elle recélait quelques pièces de gibier braconnées dans les Hautes Roches.

La pluie, qui tombait à nouveau, fine et pénétrante, obligeait Laujour à effacer du revers de la manche les gouttelettes agglutinées sur ses gros sourcils fournis. Bernical, sous son chapeau de feutre marron, l'observait en s'interrogeant.

— C'est pour me voir que tu attends ici de si bon matin ? Tu ne sais pas où j'habite. Les camarades de Brivins t'ont donc si mal renseigné…

Un petit sourire narquois gagnait le visage du visiteur.

— J'ai ordre de te parler, loin des oreilles indiscrètes et des regards aussi… Il se trouve, tu ne l'ignores pas, que nous sommes surveillés comme le lait sur le feu. Si tu vois ce que je veux dire…

— Je vois, soupira le paysan en scrutant le petit nuage de fumée blanche stagnant au dessus des toitures de la ferme abandonnée. Tes hommes sont là-bas ?

— Ils ne doivent rien savoir de notre conversation.

— Oh ! là, là ! rigola Raoul, que signifient donc toutes ces cachotteries ?

Laujour lui fit signe d'avancer vers le couvert des bois. Ils s'engagèrent dans un chemin qui les rapprochait de la rivière, bordé de fougères piétinées par les troupeaux de vaches venues se désaltérer.

— C'est le commandant Floher qui m'envoie, dit Laujour. Ebrard l'a fait arrêter. On lui reproche la mort du petit Maxime Martoire, le fils de l'ancien maire du bourg de Chèvreroche. En fait, c'est le père qu'on voulait coincer, mais voilà, le gamin a essayé de s'enfuir et un de nos gars l'a descendu.

— Je suis au courant, précisa Bernical en jouant avec une bogue de châtaigne. On ne parle plus que de ça. Mais moi ? questionna-t-il en relevant soudainement la tête, qu'est-ce que je viens faire là-dedans ?

Laujour grimaça devant l'impatience du paysan. On l'avait bien prévenu : Bernical, c'est un dur à cuire, un dur à tordre, un dur dans tous les sens du terme. Et s'il résiste, il n'y a qu'un moyen, les menaces !

— Il nous faut sortir Floher du guêpier par tous les moyens. Sinon, nous aurons une sale affaire sur le dos. Une condamnation d'un de nos chefs de la première heure sera une catastrophe. Ça rejaillira sur tout le Parti, sur la Résistance communiste. Et ça ne s'arrêtera plus là. Il y aura d'autres enquêtes. Nous serons tous dans le collimateur.

— Je n'ai rien à me reprocher, se dressa Bernical.

Le lieutenant le fixait avec un petit sourire de doute.

— Et l'affaire de la prison de Brivins ?

— Tu parles de Jules Pensennier ? demanda Bernical.

— Oui. Jules Pensennier.

— Il méritait cent fois la mort. Et tu ne trouveras personne ici pour le regretter.

— Là n'est pas la question, ajouta Laujour. Il aurait dû être jugé. On n'a pas le droit de faire justice soi-même.

— Pensennier a été étranglé par mes propres soins, soutint Bernical, le soir de la prise de Brivins. Et non trois mois plus tard. Mais Floher y a été un peu fort dans la dernière période avec ses exécutions sommaires. L'affaire Martoire est la goutte d'eau qui fait déborder le vase.

— Il a fait ce qu'on lui a demandé, coupa Laujour. Mais, aujourd'hui, la situation ne tourne pas comme on le souhaiterait. Il faut déposer les armes. Et il se trouvera assez d'opportunistes dans le Parti pour nous foutre dans la mistoufle. Les résistants, ça embarrasse tout le monde. Davoust est prêt à nous sacrifier pour ses intérêts. La ligne de Thorez, c'est : déposer les armes et retrousser les manches. Nous, on a rêvé de prendre le pouvoir pour faire de la France une véritable démocratie populaire et instaurer un régime de soviets. Ça, mon camarade, on peut tous faire une croix dessus. On l'a dans le baba. Alors, maintenant, pour se refaire une virginité, le Parti est prêt à se débarrasser de gens comme nous. Si on sauve Floher, ils y regarderont à deux fois avant de s'attaquer à un autre copain.

Bernical se redressa pour masser son mollet ankylosé par sa

trop longue station accroupie, agitant la jambe pour atténuer le fourmillement.

— Que veut-on de moi au juste ?

— Il faut que tu témoignes.

— Que je témoigne de quoi ?

— Tu es le seul rescapé du massacre de la grange des Razets. Il n'y a donc plus que toi pour apporter la vérité sur ce qui s'est réellement passé lors de l'attaque allemande. Tu dois dire devant la commission d'enquête, chargée du dossier Floher, qu'il y avait un autre homme à côté de Pensennier pendant le massacre, un autre milicien.

— Et qui donc ?

— Le jeune Maxime Martoire.

Bernical se mit à remuer la tête de droite à gauche, puis, ôtant son chapeau, l'essora comme un torchon.

— Pensennier était bien seul. Alors, tu me demandes de faire un faux témoignage ?

— Je veux que tu contribues à sauver un copain.

Bernical marchait de long en large. Le courant de la rivière, grossi par les dernières pluies et la fonte des neiges, faisait un bruit infernal. Il replanta le chapeau sur ses oreilles, le regard perdu dans les profondeurs brumeuses du taillis. Laujour, derrière lui, silencieux, guettait sa réponse. Le paysan se retourna vivement.

— Pourquoi ferais-je cette fleur à ce camarade ? cria-t-il. C'est grave, un faux témoignage. Très grave. Ce gamin des Martoire est mort pour rien et on me demande de salir sa mémoire. Ce serait le père, encore… Le père était un collabo notoire. Un collabo comme il y en avait beaucoup. Ni plus ni moins. A la différence que c'était le maire de Chèvreroche, c'est tout.

— On a retrouvé des photos qui prouvent que le gamin était aussi de la sale graine. Des photos où il pose à côté de Pensennier. Et sa sœur Léa, tu sais qui elle est ? Une putain. Une saloperie qui s'est faite baiser par les Boches. Si, avec ça, on n'arrive pas à sauver notre camarade, c'est à désespérer de tout.

Bernical resongeait aux événements de cette terrible journée où le groupe qu'il commandait avait été massacré sans coup férir, massacré jusqu'au dernier. Ceux qui ne tombèrent pas sous les balles furent achevés contre le mur de la grange. Et les blessés qu'on rechigna à traîner devant le peloton d'exécution furent abattus un par un, méticuleusement, une balle de Lüger dans la tête, par les hommes du colonel Schmidt.

— Jules Pensennier était le seul milicien présent. Je suis formel, précisa Bernical. Et c'est lui qui a guidé les Allemands jusqu'à la grange. Il n'y avait personne d'autre. Et on ne saura jamais qui nous a donnés. Dans ma haine aveugle, j'ai étranglé Pensennier avec une cordelette. Je l'ai soulevé à bout de bras jusqu'à ce que les vertèbres du cou cèdent. Il est mort sur le coup. C'est alors que j'ai réalisé la stupidité extraordinaire de mon acte. J'aurais dû l'interroger avant de l'envoyer en enfer. Il aurait fini par me livrer le nom de ses complices. Mais voilà, à la prison de Brivins, ce soir-là, j'ai perdu la raison. On peut perdre la raison par haine, par haine pure. Je ne pensais plus qu'à venger ma fille, ma fille que ce salaud a violée. Et je l'ai obligé à rire, à rire comme il riait quand les Boches pissaient sur les cadavres alignés devant la grange. Ça me réveille la nuit, ce rire. Tu peux comprendre ça ? Laujour, peux-tu comprendre ce que je ressens au fond de moi ? Le gamin, il ne fallait pas le descendre. C'est un mort de trop. La goutte qui fait déborder le vase.

Le lieutenant, pris de pitié, s'approcha pour lui toucher l'épaule. Instinctivement, Bernical se recula. Laujour sentit qu'il avait utilisé tous les arguments possibles. Restaient maintenant les menaces.

— Tu dois témoigner, camarade, fit-il, dans l'intérêt même du Parti. C'est le Parti qui te le demande. Le Parti compte sur toi. Et le Parti sait qu'il ne s'adresse pas à toi en vain.

Bernical baissait la tête de rage. Depuis la première seconde, il savait qu'on allait lui servir ce petit couplet final devant lequel un vrai communiste ne résiste jamais.

— Floher a descendu le petit Martoire par erreur, récapitula le paysan, et la seule solution pour réparer, ce n'est pas l'aveu de la faute, mais faire du gamin un coupable. Sa présence en compagnie de Pensennier pendant le massacre des Razets en fait un coupable idéal. Donc, ce brave copain Floher a eu raison de le flinguer. Au final, il n'y a plus d'affaire Martoire.

— Il n'y a que toi qui…

— Et ma conscience, coupa Bernical sèchement. Ma conscience me dicte qu'on ne doit pas salir la mémoire d'un innocent.

Laujour éclata de rire en venant se poster au milieu du chemin, sous l'œil embarrassé du paysan.

— La seule conscience que je connaisse, fit le lieutenant, c'est la conscience de classe. On doit savoir de quel côté tu te situes.

— Et dans le cas où je refuserais de témoigner ? soupira Bernical.

— Mon camarade, ne m'oblige pas à être plus méchant que je ne suis, mais dans ce cas, nous serions obligés, certes à contrecœur, de sortir l'affaire de la prison de Brivins. Je suis sûr que tu n'aimeras pas t'expliquer sur cette « erreur »…

Je suis comme les écrevisses dans la nasse, pensait Bernical en détachant le panier. Pour l'aider à remonter sur le pré, Laujour lui tendit la main. Le paysan refusa. Il agrippa les aspérités rocailleuses pour se hisser. Une fois sur l'herbe, les mains et les genoux graissés de boue, Bernical, levant la tête vers le lieutenant, hurla dans une rage impuissante :

— J'irai, camarade, j'irai témoigner. Le Parti peut compter sur moi pour ses basses œuvres. Mais ce sera la dernière fois. Il faut bien un jour que tout ait une fin dans cette dégueulasserie de monde.

Gégette et Manichon avaient posé les gamelles en fer blanc sur les braises. Une odeur de haricots dans le jus de poulet s'élevait jusqu'aux narines. Laujour emplit les quarts de pinard.

— Paraît que le poulet aux écrevisses c'est délicieux, fit Gégette pour rompre le lourd silence qui venait de s'installer depuis l'arrivée des deux hommes.

XIII

Dans les heures qui précédèrent l'arrivée de la dépouille d'Adrien à Galiane-sur-Sévère, le ton monta entre Line et Emma. En découvrant qu'on refusait à son frère la chambre de deuil qu'il était en droit d'attendre des vivants, avant de quitter à jamais la surface sensible du monde, une violente colère s'empara de la jeune femme. La virulence surprit un peu son père, au point qu'il tenta presque désespérément d'en atténuer les contrecoups. Maintenant que l'affaire était en bonne voie grâce à Antoine Dubrot, il lui conseilla vivement de se placer en dehors. Line promit d'accéder au souhait de son père, mais à peine arrivèrent-ils dans la cuisine de Lavialatte, que l'algarade commença, si brusquement que Léon courut chercher Ferdinand pour calmer le jeu.

Emma promenait ses petits yeux pétillants de malice des jours de grande colère sur sa belle-fille. Ce nouvel affront contre sa famille confirmait tout ce que Line pensait des Goursat : des êtres arriérés, malfaisants, sans un gramme de sentiment dans la tête, pingres et hypocrites. En l'espace d'une minute, elle couvrit sa belle-mère de tous les défauts imaginables. La maîtresse de Lavialatte attendait l'épuisement de la logorrhée avec une patience d'ange. Seuls, quelques tics trahissaient sur son visage une envie d'en découdre. Dans son for intérieur, elle préparait les arguments qui allaient faire mouche et laisser sa bru sur le carreau. Elle se promettait d'irréparables blessures pour laver les infâmes propos qu'elle lui jetait comme du venin. Quand elle sentit le ton mollir, la voix trébucher, alors Emma comprit que c'était à son tour d'entrer dans la danse.

— Ah ! Ah ! Tu veux t'installer à Brivins pour jouer les grandes dames, n'est-ce pas ? Oh ! je comprends bien que ce n'est pas pour y travailler ! Ma pauvre fille ! Tu ne sais fichtre rien faire de tes dix doigts. Tu t'imagines, peut-être, qu'un patron engage une ouvrière sur sa bonne mine ? Même un Saint-Assier, ça hésite deux fois plutôt qu'une avant de signer un contrat de travail. On ne sait rien faire, repartit-elle comme si elle se parlait à elle-même, mais on veut conquérir une position enviable. C'est que, dans cette famille Strenquel, on ne se mouche pas du pied. On ne se prend pas pour rien. Et que feras-tu, ma chère, à Brivins, toute une sainte journée ? Tu te rouleras les pouces ? Quand je pense qu'on n'est même pas fichue de cirer ses chaussures et qu'il faut que ce soit moi qui le fasse. Franchement, ma chère, il y a de quoi rire. Mais, tu n'aurais jamais dû te marier ; tu aurais dû rester avec tes parents. Ça aurait fait un malheureux mari de moins. Tu as été trop choyée. Ce n'est pas de ta faute. Ce sont tes parents, des gens inconscients qui t'ont enseigné de si mauvaises manières. Il t'aurait fallu en trouver un sur mesure... Un qui en ait ! Un Rotschild ! C'est ça, un Rotschild ! Un richard ! Avec des bonniches à la maison ! Ma chère, ici, c'est pas le genre, hélas ! On trime pour gagner quatre sous. Et tu aimerais sans doute les faire valser, si je n'y prenais garde. Car, bien sûr, quand on ne sait pas gagner l'argent, il ne reste plus qu'à le voler. Y a pas d'autre solution ! Je parierais que c'est toi, dévergondée, qui as poussé mon malheureux petit Clément à faire ce trafic de tabac, où il a fini par se faire prendre la main dans le sac. Si je n'avais pas été là, il serait encore en prison...

Line, défigurée, faisait front à ces propos. Elle serrait les poings dans les poches du tablier pour ne point écouter la haine qui montait en elle. Emma s'épuisa dans ce long monologue. Et quand elle fut à bout de respiration, cherchant l'air qui lui manquait pour repartir de plus belle, Line revint à la charge.

— Clément et moi, nous pouvons vivre en dehors de Lavialatte. C'est cette crainte-là qui vous désespère. Tandis que nous serons à Brivins, vous pourrez me maudire tout à votre aise et aller ensuite à confesse le dimanche. Et dans la solitude de votre cuisine, vous aurez raison, toujours raison, puisqu'il n'y aura personne pour vous contredire. Même ce pauvre Léon n'ose pas s'opposer à vous, au point qu'il ne rentre se mettre à table à midi qu'à contrecœur. Mais vous n'avez plus aucun pouvoir sur votre fils. Voilà le drame ! Vous ne pouvez rien au fait que nous nous aimons. Vous avez horreur de cette passion. Que vous restera-t-il à haïr quand nous ne serons plus là, à portée de votre regard vindicatif ? Je vous plains, savez-vous !

— Je ne veux pas de ta pitié, garce ! dévergondée ! fulminait Emma en sentant qu'elle était loin l'époque où la timide Line Strenquel se laissait émouvoir. Avec le temps, elle s'était endurcie à ces joutes, aguerrie à ces combats. Et la lutte ouverte, qui s'était amorcée après le mariage, présentait un bilan plutôt favorable à la jeune femme. Peu à peu, elle avait grignoté ses parts d'autorité et prouvé à son mari qu'elle n'était plus la petite fille fragile de l'été 40 qu'il avait consolée de ses rêves perdus.

Le départ du couple de Lavialatte était ce que redoutait le plus Emma, bien qu'elle clamât crânement le contraire. Eloigné de sa chère mère, Clément finirait par tomber totalement dans les griffes de Line, pensait-elle. Je ne serai plus là, disponible, afin de dispenser le contrepoison aux mauvaises manières de la dévergondée. Pesant le pour et le contre — exercice favori pour une Emma calculatrice —, elle espérait ainsi que, dans cette situation extrême, le temps finirait par jouer en sa faveur. Les difficultés créées par la vie quotidienne, les conflits générés par de mauvaises fréquentations finiraient par épuiser ce bel amour et, blessés, rompus, les tourtereaux s'en reviendraient au nid douillet de Lavialatte. Et là, mazette ! quelle victoire ! Triomphe total de la raison contre la fantaisie !

— Si vous refusez d'accueillir mon frère à Lavialatte, je peux vous jurer, répéta-t-elle, qu'à la première occasion, nous quitterons la maison. Du reste, la ville fera le plus grand bien à nous tous. Et en premier lieu à Patrice ! fit-elle.

— Je voudrais bien voir ça que tu emmènes Patrice ! Tu veux sa mort, ma parole !

— Patrice suivra ses parents. Pour qui vous prenez-vous ?

Emma Goursat tressaillit d'angoisse. Elle n'avait pas réfléchi à cette éventualité. La grand-mère était folle de l'enfant. Il ressemblait trait pour trait à son père. En l'observant des jours entiers, elle retrouvait le petit Clément du temps jadis.

« Ah ! ça ne devrait jamais grandir ! », répétait-elle incessamment.

La maîtresse de Lavialatte cacha du mieux qu'elle put son désarroi. Si la dévergondée comprend qu'elle peut m'atteindre avec Patrice, se dit-elle, alors elle s'engouffrera dans la faille avec la volonté démoniaque d'une harpie. Line ne se souciait guère de ces subtilités psychologiques. Elle proposait un marché. C'était à prendre ou à laisser. Elle espérait encore avoir par le chantage ce que la raison n'avait su obtenir. Elle croyait que c'était là le seul langage qu'Emma pût comprendre.

Lorsque Léon et Ferdinand escaladèrent les marches du perron qui conduisait à la cuisine, la vague était déjà passée, s'était épuisée à remonter la grève. Ils découvrirent deux femmes exténuées. Et à voir la mine d'Emma, Strenquel comprit qu'elle avait dû riposter à forte partie.

Ferdinand s'en voulait d'avoir cru, une seule seconde, au sang froid de sa fille. Quand il s'agissait d'Adrien, rien ne se pouvait contenir : ni les larmes, ni la colère, ni le mutisme. Il alla la prendre dans ses bras et, se tournant vers Emma, commença à débiter des excuses. Léon trouva la situation tellement outrée qu'il l'interrompit.

— Ferdinand n'a pas à te présenter des excuses, lança-t-il. Est-ce que ça nous regarde que ce pauvre Adrien soit baptisé ou non ? Si tu crois en Dieu, laisse-le donc régler ses affaires tout seul. Chaque fois que les hommes s'en mêlent, ça tourne au malheur. Figurez-vous, continua Léon en se tournant vers Strenquel, que je n'ai jamais pu lui tirer ça de la tête, toutes ces histoires de curés. Quand je pense qu'elle a failli se faire bonne sœur ! De la religion, il en faut, bien sûr, mais pas trop. Voilà ce que je pense.

— Gros bêta ! répliqua-t-elle, tu n'y connais rien à ces choses-là. Tu iras en enfer, et ce sera bien mérité.

— J'y suis déjà, dit Léon. La raison de ton attitude, ce n'est pas ton bon Dieu. La raison, je la sais moi ! Tu crains ce que les gens de Galiane penseront si nous accueillons Adrien. Voilà l'unique raison.

— Et alors, où est le mal ? Ce n'est pas naturel d'être en règle avec ses croyances ?

— Antoine Dubrot va installer une chapelle ardente à la mairie pour accueillir le pauvre Adrien. Ce sera sans doute mieux pour le qu'en-dira-t-on ? Tu imagines d'ici les réactions au village ? Que vont-ils penser de nous, les gens, quand ils vont apprendre qu'on a refusé de faire entrer le corps d'Adrien chez nous ? Tu veux que je te le dise ? Ils diront : « Ces Goursat, ce sont des sauvages ! » Des sauvages, cria Léon, la main sur son visage pour cacher l'envie soudaine de pleurer de rage et de désespoir.

*
* *

L'avocat de Louis Floher, Me Lambert, fit savoir aux membres de la commission d'enquête sur l'affaire de Chèvreroche qu'il disposait d'un témoin capital. Tous se regardèrent avec la plus grande des surprises. Cette révélation tombait comme un coup de théâtre, intervenant tout juste au moment où on allait enfin se décider à boucler le dossier pour le transmettre à la chambre civique. Le cas Floher était réglé sur le papier. Restait donc à prononcer, au terme d'une petite journée de débat, une condamnation, entre dix et vingt ans de prison. C'était tout ce que l'on pouvait requérir pour un crime de droit commun compte tenu des états de service dans la Résistance du commandant Floher. Le dossier contenait le témoignage accablant de Laclavette. Mais on y avait ajouté, pour gonfler encore l'acte d'accusation, quelques autres témoignages sur des exécutions sommaires perpétrées dans les environs des Farigoules. On ordonna même à une équipe de pompiers de visiter les profondeurs glauques des carrières où l'on avait jeté les cadavres. La seule information qu'on put tirer de cette mise à jour du charnier, c'est que Roland Maluzier ne figurait pas parmi les victimes. Ce constat mit un terme à la rumeur qui circulait à Brivins selon laquelle les communistes auraient exécuté l'ancien ministre dès la première semaine de la Libération. On exhuma des miliciens, des soldats allemands, et surtout Vitrat et Belmont, deux inspecteurs de police. Pas de quoi fouetter un chat. D'autant que, lors des auditions, Louis

Floher, devant les photos des cadavres mis à jour, lança d'un ton amusé : « Quoi donc ? Il fallait remettre ces tortionnaires en liberté ? Messieurs, vous avez la mémoire courte !… »

Pour faire durer le suspens, l'avocat annonça qu'il présenterait son témoin le lendemain aux aurores. Durant ce laps de temps, le président de la commission ordonna qu'on allât chercher Floher à la prison de Brivins. A l'air goguenard qu'il afficha devant les enquêteurs, le président Sardel comprit qu'une manœuvre de dernière minute se dessinait.

— Avez-vous connaissance d'un témoignage capital ? demanda-t-il.

— Ne suis-je pas au secret ? Comment pourrais-je savoir quelque chose ? répliqua Floher.

Dans le bureau voisin, Sardel téléphona à Delanfroy pour l'informer de l'évolution de la situation. Le commissaire de la République, en apprenant la manœuvre de dernière minute pilotée par la défense, avoua son scepticisme.

— Tout cela ressemble à du bluff, nota-t-il. Vous verrez que ce témoin se révélera être un ballon de baudruche.

— Je connais maître Lambert, insista le président Sardel, ce n'est pas son genre de s'engager pour des nèfles. Il a employé le terme de « témoin capital ». Monsieur le commissaire, les mots ont un sens précis dans notre…

— Je sais ce que veulent dire les mots, coupa Delanfroy agacé.

Il fit deux ou trois fois le tour de son grand bureau. Il restait sur la dernière impression de l'entrevue avec Davoust. Se pourrait-il que les communistes me jouent un sale tour ? s'interrogeait-il. Et l'idée de se faire rouler dans la farine, d'essuyer un ricanement général à Brivins venant de gens tels que Declotz, Lauwel ou Juglard, lui donnait des sueurs froides. Ces cannibales ne rêvaient-ils pas de le voir tomber à chaque instant ? Il faut dire que, fort des prérogatives accordées par le pouvoir central qui l'avait envoyé à Brivins, il n'avait pas ménagé ses coups pour limiter, voire entraver, les ambitions des nouveaux politicards locaux.

Sans réfléchir plus longtemps sur les conséquences de sa

réaction, Delanfroy décida de convoquer Davoust sur-le-champ pour lui demander quelques explications. Le responsable communiste de Brivins était installé dans son nouveau bureau, rue Barthou, quand on vint lui annoncer que le commissaire de la République désirait s'entretenir avec lui d'une affaire grave.

— Je ne suis pas au courant, répondit-il aux pressantes questions de Delanfroy.

Et comme le fonctionnaire insistait lourdement, trop lourdement, Davoust devina que les hommes restés fidèles à Floher avaient monté une opération pour tirer leur chef de ce mauvais pas, si magistrale qu'un commissaire de la République en perdait son sang-froid. Le chef de file du PCF se voulut rassurant et expliqua qu'il ne disposait pas, dans son entourage, d'un témoin sérieux qui pût prétendre contrecarrer les thèses du rapport secret. Mais, à peine le combiné reposé, Davoust se rendit à l'hôtel des Tilleuls.

L'accueil fut plutôt frisquet. Deux ou trois excités gueulaient qu'un communiste comme Davoust, ils en faisaient un tous les matins. En traversant les bureaux, il se sentit rassuré de découvrir que la garde fidèle à Floher s'était réduite comme peau de chagrin et que les armes de guerre garnissaient le râtelier soigneusement mis sous cadenas. Il y avait juste quelques petits calibres de poing qui traînaient de-ci de-là. L'incrimination de Floher a eu l'effet escompté. Tous nos bons copains ont fait dans leur culotte, pensa Davoust. Bah, ça finira par revenir au Parti, tôt ou tard.

Laujour l'attendait dans le petit bureau.

— Les nouvelles vont vite, fit-il. A croire, camarade, que tu disposes d'une ligne directe avec la commission d'enquête.

— Le commissaire de la République m'a informé de la déposition d'un témoin capital.

— C'est qu'on a de belles relations, ricana le lieutenant. Et tu viens aux nouvelles pour rassurer ton cher ami gaulliste ?

Davoust partit d'un grand rire.

— Tu peux rigoler, mon camarade ! Nous savons, clama Laujour, que c'est toi qui as monté ce coup d'éclat contre Floher. Certains FTP font de l'ombre au grand politicien.

— Je n'ai rien monté du tout.

— Mon œil ! s'exclama Laujour.

— Il y a eu un rapport secret qui a été transmis à Ebrard. J'ignore qui a fait ça.

— Tu pourrais le jurer sur ta conscience politique ?

— Bien entendu. Ce rapport comprenait des informations sur la manière dont le jeune Martoire a été exécuté.

— C'est ce salaud de Laclavette qui a craché le morceau. Depuis, le gazier, il a gagné du galon à Limoges. Belle récompense pour les traîtres. Celui-là, m'est avis qu'il ne perd rien pour attendre.

La morgue de Laujour lui soulevait le cœur. Décidément, pensait-il, un Floher peut en cacher un autre.

— Si tu disposes de moyens réels de sortir Floher du trou, ce dont je ne doute pas, alors fais-le, avertit Davoust. Je m'occuperai du reste. Après, tu diras au héros de rentrer sagement chez lui et d'y rester jusqu'à la fin de ses jours.

— C'est une menace ?

— Un conseil, camarade. Un sage conseil !...

Le lendemain, en compagnie de l'avocat, André Bernical se présenta au palais de justice. Pendant qu'on s'occupait dans la salle du greffe à vérifier son identité, Gibaud sauta sur le téléphone et donna sèchement à Delanfroy le nom du mystérieux témoin. Davoust, qui se trouvait à côté de lui dans le bureau de la sous-préfecture, dodelina de la tête.

— Il s'agit, expliqua-t-il, du seul rescapé du massacre des Razets. Il commandait le camp au moment de l'attaque allemande. Je devine, suggéra le communiste, ce qu'il va faire comme déposition : que le jeune Martoire était présent auprès de Jules Pensennier au moment du massacre.

— C'est vrai ?

— Bien sûr que non ! Jusqu'alors, Bernical a toujours prétendu qu'il n'y avait qu'un membre de la Milice à la grange des Razets, ce Pensennier précisément.

— Ça change tout, sursauta Delanfroy. Floher va prétendre qu'il n'a fait, après tout, qu'exécuter un petit salaud de milicien mouillé jusqu'au cou dans le drame des Razets. En un mot comme en mille, la commission va le blanchir.

Le commissaire porta un regard froid sur le visage indifférent de Davoust.

— Vous saviez ?

— Non. Je ne savais pas, se défendit le communiste.

— Vous saviez ! insista Delanfroy. Et vous avez joué sur les deux tableaux.

Davoust se leva pour enfiler son manteau.

— Que vouliez-vous ? Le désarmement des Milices ? C'est fait. Vous n'avez plus qu'à ramasser les armes. Floher est discrédité quand même. Ses hommes l'ont lâché. Je l'ai vérifié. Ça dépasse toutes mes espérances. Du reste, vous l'avez constaté vous-même. Aucun mouvement ne s'est dessiné en sa faveur, mis à part cette opération montée par un de ses lieutenants. En définitive, vous êtes gagnant vous aussi, non ?

— Dehors ! hurla Delanfroy. Foutez-moi le camp. Sinon je vous fais corriger par mes hommes.

*
* *

Le convoi mortuaire traversa Galiane-sur-Sévère à la nuit tombée. L'un des convoyeurs descendit du véhicule sur la place déserte, où le vent du nord levait des nuages de poussière, et s'adressa au café Bournat pour demander la mairie.

Dans la cuisine enfumée par le mauvais tirage de la cuisinière, il y avait le petit cercle des habitués : La Ramée, Delteil, Lalet, éclusant quelques grogs pour se soutenir le moral.

— On ramène le fils des réfugiés, dit La Ramée. Celui qu'est allé à Londres pour se faire trouer la peau.

— Je ne connaissais pas, ajouta Lalet.

— T'souviens pas ? reprit Delteil. Un grand gaillard aux cheveux noirs. Il a habité tout le temps chez les Fayolle à La Nadalie.

— Juste quelques mois, précisa La Ramée.

— J'ai pas fait bien attention, dit Lalet.

Comme le chauffeur s'impatientait, Delteil se dévoua en grommelant. D'un geste, il désigna le grand immeuble carré après l'église, dont on distinguait, de la place, la façade faiblement éclairée.

Pour la circonstance, le maire avait jugé nécessaire d'inviter l'ensemble des élus du conseil. Seul Bernical s'était déplacé. Aussi fallut-il que Ferdinand Strenquel prêtât main forte pour transporter le lourd cercueil plombé jusqu'au catafalque. Une fois la bière installée, les convoyeurs se retirèrent sans un mot. Le maire les raccompagna jusqu'au camion. Embarrassé par le silence, Bernical se recula contre le mur de chaux de la petite mairie.

Sur le bois vernissé, une petite plaque rectangulaire était apposée ; on pouvait lire : « Adrien Strenquel (Patrick Rochelle) 1919-1943 ». Ferdinand caressa du bout des doigts les lettres gravées en incrustation et se recula brutalement, saisi par l'émotion. Bernical lui présenta un fauteuil dans lequel il se laissa tomber comme une masse.

Quand Dubrot revint, il portait un drapeau tricolore plié sous le bras. Il en recouvrit le cercueil méticuleusement, vérifiant que la bordure fût égalisée partout.

— J'avais demandé à mon conseil d'être présent, fit-il en touchant l'épaule de Strenquel. Présentement, je ne peux que déplorer les absences.

Ferdinand releva la tête lentement.

— Ça n'a vraiment aucune importance.

— Nous vivons le temps du mépris, souffla Dubrot en fixant Bernical. Maintenant que tout danger est écarté, chacun ne pense plus qu'à son petit destin personnel. Dans un an, on aura oublié le sacrifice de ces hommes.

— La raison est ailleurs, soupira Ferdinand. Après tout, à Galiane, nous ne sommes que des étrangers.

Comme la lumière crue qui tombait du plafond leur blessait les yeux, Antoine Dubrot se décida à aller quérir un chandelier dans l'église. La lumière enfin atténuée, Ferdinand se décida à se rapprocher du cercueil et vint poser son front contre le bois. Le maire fit signe à son adjoint que l'heure était venue de se retirer sur la pointe des pieds.

Le froid du matin éveilla Strenquel et le trouva, tel qu'il

s'était endormi, la tête posée sur le bois du cercueil. Il souffla la bougie et sortit dans la cour. Un brouillard à couper au couteau enveloppait les maisons dont on distinguait à peine les contours sombres. Une odeur de fumée d'âtre flottait dans l'air. Cette funeste journée sera à jamais marquée dans ma mémoire par ce parfum de bois humide mal consumé, songea-t-il en voyant la silhouette de Franck Fayolle émerger de la brume. C'était son premier visiteur. Et ce serait le dernier. Même Léon Goursat ne viendrait pas. Jusqu'à l'ultime seconde, Emma l'en empêcherait par tous les arguments de chantage possibles.

Le médecin alla se placer au pied du catafalque et, absorbé dans une longue méditation, il essaya de reconstituer aussi précisément que possible le visage de celui qui serait pour l'éternité le père de sa fille, le père de Coraline conçue quelques jours seulement avant son définitif éloignement. Un jour, murmura Fayolle, je dirai la vérité. Je te dois bien ça, cher Patrick Rochelle ! Bien que j'eusse toutes les raisons du monde de te haïr. Ta fille ne pourra grandir sans savoir la vérité sur son véritable père. Ce serait le plus ignoble des mensonges qu'il se puisse concevoir. Dès qu'elle sera en âge de comprendre, je te jure que je délivrerai Adeline de son serment. Et au cas où je viendrais à disparaître entre-temps, un testament en révélera le secret. Ainsi soit-il sur mon honneur, se dit-il. Mon seul honneur. Ce que je dispose en somme de plus cher. Puis il se recula d'un pas et, détournant les yeux, retrouva Ferdinand dans la cour.

Un incommensurable sentiment de solitude les étreignait.

— Même sa mère ne viendra pas, soupira Strenquel. Cessera-t-elle donc un jour de m'en vouloir ?

— Elle m'en veut aussi, fit Fayolle. Mais moi, ça n'a aucune importance.

— Pour elle, Adrien est mort et enterré depuis longtemps. Autant dire que cette cérémonie-là ne revêt aucun sens.

— Parfois, dit Fayolle, quand une souffrance devient tellement insupportable, il arrive que l'esprit se défende en anesthésiant toute trace dans la mémoire. Votre femme a anéanti son Adrien des années noires. Je l'ai surprise hier en train de lui parler. Ce fils-là appartient aux années d'avant-guerre. Ne serait-ce pas le seul souvenir qu'elle aimerait conserver de lui, de ce temps où tout était si simple, sans relief ?

Line et Clément arrivèrent une heure avant la cérémonie. Elle hésita à franchir la porte de la mairie. Quand elle aperçut le cercueil, de loin, sous le drap tricolore, ça ne lui parut pas aussi terrible qu'elle l'avait soupçonné. Aussi se décida-t-elle à approcher. Machinalement, elle — qui ne croyait en rien — se signa. Ce geste, presque inconscient, était une manière d'approche, ainsi qu'un salut réservé aux morts. Car elle brûlait d'envie de lui parler, à mi-voix, pour dire, avant qu'il ne fût trop tard, qu'il lui avait beaucoup manqué durant ces longs mois, qu'il serait maintenant plus près d'elle et qu'elle saurait où se rendre pour le voir. Mais aucun son n'émergea de sa gorge nouée.

A l'heure établie des obsèques civiles, Antoine Dubrot et six porteurs entrèrent dans la chapelle ardente. Lafon avait prêté son attelage, un vigoureux cheval breton tirant un étroit plateau. On plaça le cercueil sur le chariot, et ainsi, à pas lents de promeneur, le cortège funèbre traversa le village désert.

Une traction noire attendait à l'entrée du cimetière. Juglard en descendit et, ôtant son large chapeau noir, il vint se placer contre la pile d'entrée. Au bout de la petite allée, Adeline Fayolle tenait Marie Strenquel par les épaules ; derrière les deux femmes en noir, une longue fosse ouverte et un monticule de terre ocre sur lequel le fossoyeur avait laissé traîner sa pelle. Comme pour l'enterrement d'Etienne Chadal, le maire avait fait installer dans l'allée deux tréteaux pour recevoir le cercueil. Fébrilement, cette fois, Dubrot replaça le drap tricolore, puis chercha dans le fond de sa poche un papier plié en quatre sur lequel était griffonné un petit discours. Levant les yeux sur la maigre assistance, à peine une douzaine de personnes, il jugea ridicule une telle initiative, d'autant que son oraison était censée s'adresser à la population du village alors que celle-ci n'avait pas jugé utile de se rendre à la cérémonie.

Marie observait la scène, le regard vide. Et, à l'instant où l'on fit coulisser sur les deux cordes de chanvre la bière au fond du trou, elle poussa un grand cri de bête qu'on égorge.

Ferdinand se précipita pour la prendre dans ses bras, mais elle le repoussa vivement d'un geste rageur en suppliant qu'on la reconduise à La Nadalie. Fayolle fit signe à sa femme de l'installer dans la voiture.

Strenquel décida de rester encore quelques minutes au bord de la fosse. Sous le ciel bleu-blanc, près du petit muret qui donnait sur le vide de l'espace, devant cette fosse ouverte telle une plaie dans sa chair, il avait le sentiment de voler quelques secondes à l'éternité. Une main lui toucha l'épaule. Il se retourna, résigné à quitter le cimetière hors duquel la vie l'appelait, comme si le monde, dans ce lugubre enclos, n'eût pas d'autre sens que l'acceptation de la mort annoncée. Le beau visage de Rose Cipriani vint se glisser dans ce vide de l'âme qui l'étreignait douloureusement. Il l'observa, étonné qu'elle fût là, dans cet instant, pour lui rappeler l'ordre d'un temps ancien qui avait emporté Adrien dans les abysses du néant. Elle lui offrait un tendre regard mouillé de larmes. Alors, bouleversé, Ferdinand lui prit la main.

— Merci, merci, fit-il d'une petite voix blessée. Merci d'être venue. Finalement, votre présence eût suffi à son bonheur. Donc au mien, forcément. Comprenez-vous cela ?

L'ample fichu rose avait glissé sur les épaules de la jeune femme, et ses longs cheveux noirs libérés flottaient au vent. Strenquel la regardait en souriant. Il la trouvait belle et ne pensait plus qu'à la stupide cause qui avait éloigné Adrien d'elle.

— Vous êtes la vie, glissa-t-il. La vie même. Tout le reste n'a pas de sens. Que n'eût-il pas choisi de rester près de vous, ce petit imbécile !

— Justement, fit Rose en l'arrêtant au milieu de l'allée, je n'ai pas su lui dire que je l'aimais. Alors, sans doute, serait-il resté ?

Ferdinand amena sa main à hauteur de la chevelure que le vent mélangeait, puis il toucha le visage, imperceptiblement, jusqu'à effleurer les larmes qui coulaient sur les joues rosies par le froid.

— Moi, à sa place, jura-t-il, je ne serais pas parti. Je crois que j'aurais tout compris… Adrien était dévoré par un idéalisme stupide, comme tous les idéalismes. Il faut se contenter de l'heure qui passe et ne croire en rien d'autre. Car tout le reste est illusion. On fait marcher les peuples avec des illusions. On leur remplit la tête de rêves carnassiers. Tout ça n'est que folie. Mais quand on a enfin compris la finalité des choses terrestres, il est trop tard.

Juglard et Fayolle, face à face, s'observaient, la haine chevillée au regard. Le médecin n'avait pas encore digéré sa complaisante facilité dans l'affaire qui l'avait opposé à Declotz au sein du Comité de libération. Depuis cette date, les deux hommes ne s'étaient pas rencontrés et le temps n'avait rien arrangé à l'affaire. Sur le fond de la question, Fayolle se fichait des accusations mesquines formulées à son encontre, d'autant que la suite des événements n'avait guère apporté d'eau au moulin des arrivistes de la Résistance. Seule la participation de Fayolle à la naissance du MRP ajouta une touche d'incompréhension au personnage.

— Tu n'as pas amené Declotz ? demanda le médecin ironiquement.

— Notre alliance ira jusqu'aux prochaines élections municipales. Après, chacun son destin.

— Pour composer ta future liste, tu t'appuieras donc sur le Comité de libération ?

— Forcément.

— Quelle erreur ! jugea Fayolle. Le programme du CNL est inapplicable. De Gaulle fait semblant d'y croire. Et tu verras, si on lui force trop la main, sur les nationalisations par exemple, il partira.

— Pourquoi inapplicable ? Comme si nous avions un autre choix devant nous…

— Les Américains vont nous couper l'herbe sous le pied. Nous avons eu un aperçu de ce qui nous attend à Dumbarton Oaks. Et à la conférence de Brazzaville, de Gaulle n'a fait qu'exalter des vœux pieux sur la pérennité des valeurs révolutionnaires dont tout le monde se contrefout. L'argent, le business, tels sont les maîtres
mots. Entre le capitalisme et le communisme, y a-t-il une autre

voie ? Ce sera, de toute évidence, la grande question de l'après-guerre.

— Si je ne m'abuse, te voilà au MRP, maintenant ? fit Juglard en l'entraînant vers la sortie.

— Je suis où se construit l'avenir.

— Un jour, sans doute, serons-nous face à face…

— Ce sont les délices de la démocratie que de pouvoir se haïr fraternellement.

Juglard replanta son chapeau de feutre sur sa tête et avança jusqu'à la portière de la voiture que le chauffeur en uniforme FFI tenait grande ouverte.

— Nous ne sommes plus dans le même camp, déplora Juglard, néanmoins nous aurons réussi de grandes choses. La fraternité a soudé la Convention quand la République était en danger. Puis la démocratie l'a défaite. L'ambition humaine navigue incessamment entre ces deux pôles, le rêve qui conduit à la terreur et à la folie, et le réel qui ramène à la triste et ennuyeuse raison.

Adeline dévorait Rose Cipriani du regard. C'était la première fois qu'elle la voyait en chair et en os. Comme il a dû l'aimer, songeait-elle avec un serrement de cœur. Au bout de l'allée, elle arrêta Ferdinand en grande conversation avec Rose.

— Je suis l'épouse de Fayolle, fit-elle. Et vous, vous êtes Rose Cipriani. Je peux vous dire quelques mots en aparté ?

Elle l'attira sur la route.

— Rose ! cria Juglard par la vitre ouverte, ne t'attarde pas trop s'il te plaît. Dans une heure, il faut que nous soyons à l'hôtel de ville.

Les deux femmes marchèrent jusqu'au calvaire.

— Savez-vous que Rochelle m'a souvent parlé de vous ? Et toujours d'un ton passionné. La vérité est qu'il vous a aimée comme un fou.

Rose baissait la tête.

— Vous n'avez pas le droit de dire ça, se défendit-elle. Qui sait où nous en serions aujourd'hui si ce garçon était toujours vivant ? Certains prétendent même qu'il visait une carrière de diplomate. De là à s'imaginer qu'il n'a rejoint Londres que dans ce seul but…

— Comment pouvez-vous dire une pareille bêtise? s'offusqua Adeline. L'engagement de Rochelle était désintéressé. Sa haine du nazisme était telle qu'il ne supportait plus de devoir vivre à genoux.

— En ce temps-là, c'était une raison suffisante pour se battre. Mais qui peut encore croire à ça aujourd'hui? J'avoue que le personnage était déroutant. Quand nous nous rencontrions, il me parlait d'amour, d'une façon un peu vulgaire, à croire qu'il ne songeait qu'à s'amuser, à passer son temps du mieux possible. Désormais, lorsqu'il m'arrive de resonger à cette extraordinaire époque, je ne sais plus quoi penser. Un de mes anciens camarades de la Résistance, Duc, Benoît Duc, et qui fut du reste l'ami de Rochelle à Brivins pendant ses mois de présence en Corrèze, disait volontiers qu'il y avait chez ce garçon un mélange de frivolité et de sérieux, et que tout son charme émanait d'un mélange subtil des deux. Il pouvait parler de choses fort sérieuses avec la plus grande des désinvoltures. Finalement, c'était un esprit d'un autre siècle. Il eût tant aimé vivre à une époque tranquille, sans relief. C'eût alors été un dandy futile, cultivant l'insolence comme un héros de Stendhal.

Antoine Dubrot, assis, jambes pendantes sur le bord de la plateforme de la remorque, fit signe à Ferdinand de s'approcher.

— J'ai manqué à tous mes devoirs, avoua-t-il. Mon petit discours est resté au fond de la poche.

— Que vouliez-vous déclamer? Il n'y a rien à dire. Rien. Absolument rien.

Bras ballants, Ferdinand offrait l'air confus que le maire lui avait connu en 1940, la première fois qu'il s'était présenté à lui. Réfugié ou évacué? Un petit sourire amical passa entre eux. L'insupportable vérité, c'est que mon fils a été donné aux tortionnaires nazis par un chef de groupe de la Résistance, donné par bêtise, par jalousie, par une de ces sortes de haine que l'on ne parvient jamais à expliquer et dont la révélation nous fait toucher le fond marécageux de l'âme humaine, pensait-il en fixant Dubrot dans les yeux. Mais cela ne se peut dire dans une oraison funèbre. Pourtant, ne serait-ce pas le moment ou jamais, avant que ne se referme la trappe ?

Les porteurs s'assirent aux côtés d'Antoine Dubrot ; l'un d'eux s'empara des brides de cuirs et fouetta le pelage frémissant du cheval. Ordre de départ. Strenquel avança au milieu de la route, les mains au fond des poches. Du bout des doigts, il touchait le télégramme que Régis et Denis Gillard lui avaient adressé. Peine immense partagée, disait le petit papier bleu. Du regard, il suivit le chariot jusqu'à l'entrée du village, jusqu'à ce qu'il disparût dans le dédale formé par les premières maisons de Galiane. Page tournée, pensait-il en revenant lentement vers la voiture de Fayolle qui l'attendait sous un prunier.

*
* *

Le commissaire, joliment surnommé « Desanfroid » par les journalistes, déboula à l'imprimerie Saint-Benoît une heure avant le bouclage du journal. Retranché dans son bureau, Serge Gibaud contemplait rêveusement le feuilleton en cinq épisodes qu'il avait rédigé les jours précédents sur l'affaire Martoire et qu'il ne publierait jamais. Quel gâchis ! se dit-il en laissant choir les feuillets dactylographiés dans la poubelle. Puis, dressant la tête, il aperçut à travers les vitres le commissaire dans la salle de rédaction. Les mains sur la couture du pantalon, Janicaud et Patenôtre écoutaient les ultimes consignes.

— Je veux, ordonnait Delanfroy sur un ton sans réplique, que paraisse, dans la prochaine édition des *Nouvelles*, un article annonçant la confiscation des armes saisies à l'hôtel des Tilleuls. L'opération a été conduite par le colonel Ebrard à la tête d'un peloton de FFI. Il n'y a eu aucune résistance. Désormais, vous pouvez écrire, conclut fièrement le commissaire, qu'il n'existe plus à Brivins de Milice patriotique ! Vous préciserez, du reste, que cette fameuse Milice compte à son actif de beaux succès qu'il convient, à l'instant de sa disparition, de saluer. Des succès qu'il faut replacer dans le cadre de la politique d'épuration et du ravitaillement. L'existence de la Milice patriotique a été rendue nécessaire dans les premiers jours de la Libération alors que la police, la justice, le contrôle économique n'étaient pas en mesure de fonctionner. Désormais, ces institutions sont rétablies dans leur autorité et leur intégrité. L'activité de la Milice, parallèle à l'ordre républicain, constitue un facteur de trouble auquel il convient de mettre fin.

Janicaud prenait la déclaration de Delanfroy en sténo ; il fit préciser deux ou trois termes, puis il alla s'asseoir devant sa machine à écrire.

— Vous me donnerez à lire votre papier avant de le faire composer, fit le commissaire d'un air soupçonneux.

Etonnés par la présence dans les locaux de l'imprimerie, à une heure aussi tardive, d'un fonctionnaire de l'importance de Delanfroy, les rédacteurs de *Brivins-Presse*, Lesueur et Maurizet, sentirent qu'il y avait décidément anguille sous roche et se précipitèrent aux nouvelles.

— Il y aurait les ciseaux d'Anastasie derrière tout ça que je ne serais qu'à moitié étonné, cria Lesueur à Maurizet qui le suivait d'un pas hésitant.

En voyant approcher les hommes du journal concurrent, Gibaud gagna en hâte la salle de rédaction et fit un petit signe à Delanfroy. Les poignées de mains distribuées, le commissaire recommença son speech pour les nouveaux venus. Visiblement cette information n'intéressait guère Lesueur. Pour cette fraction de l'opinion qu'il représentait, il apparaissait clairement depuis bien des jours que le dépôt des armes par les Milices patriotiques était un fait acquis. Beaucoup ignoraient la complexité des tractations engagées. Mais les interrogations de Lesueur portaient sur un point précis qui intriguait un certain milieu à Brivins : quelle impérieuse raison avait bien pu motiver la remise en liberté de Louis Floher ?

— Je n'ai pas de commentaire à formuler sur une décision de justice, répliqua sèchement Delanfroy.

— Mais, insista Lesueur pugnace, quel a été l'élément déterminant qui a influencé la commission d'enquête ? Il y a seulement vingt-quatre heures, le procès Floher était annoncé comme l'affaire la plus importante à Brivins après celle du massacre des Razets. Le président Sardel est muet comme une carpe. Ce n'est pas dans ses habitudes…

Delanfroy fixait la pointe de ses chaussures. Assis sur le coin du bureau, Gibaud ne comprenait pas pourquoi le fonctionnaire ne donnait pas une version plausible de la situation. Un silence, pensait-il, sera pire qu'un beau mensonge.

— Nous subodorons, émit Lesueur, qu'un marchandage a été conclu. Le dépôt des armes contre la peau du communiste. N'était-ce pas un marché de dupes ? Selon toute évidence, on aura prêté à ce Floher plus d'importance qu'il n'en a en réalité. L'affaire serait risible s'il n'y allait pas de la mémoire d'une jeune victime. Tout le monde sait que ce Floher avait la détente sensible. Notre avis est que Maxime Martoire a été proprement exécuté. Et les assassins demeurent impunis pour d'obscures raisons. Je ne sais pas quelles seront les intentions des *Nouvelles*, mais nous, à *Brivins-Presse*, nous avons carte blanche pour traiter l'affaire. Notre directeur, Juglard, veut que la lumière soit faite et…

— Attention à ce que vous écrirez, menaça Delanfroy. Mon collègue Michalon, le délégué à l'information, y veillera personnellement.

— Vous voulez dire, ricana Lesueur, que vous seriez prêt à nous censurer ?

Le commissaire hocha la tête d'une manière timidement affirmative.

— Jusqu'alors, dit Maurizet, la censure de presse était réservée aux informations pouvant servir aux ennemis de l'intérieur. Je ne vois pas en quoi l'affaire Martoire menace la sécurité intérieure ?

— Elle tend à discréditer une composante importante de la Résistance. En tant que représentant du pouvoir central, je ne peux pas laisser salir les FTPF. Tous vos écrits seraient basés sur des suppositions, des allégations. L'enquête a déterminé que ce Maxime Martoire était en définitive un agent actif de la Milice de Darnand. Ce jeune homme a tenté d'échapper aux résistants chargés de l'arrêter. C'est alors qu'il a été abattu. La commission d'enquête a constaté, poursuivit Delanfroy d'une voix hésitante, que les hommes chargés de son arrestation étaient effectivement mandatés pour le faire.

Lesueur soupira profondément.

— Ne vous fatiguez pas. Nous n'en croyons pas un seul mot. Aussi serez-vous contraint d'appliquer la censure, répliqua le journaliste. Et l'opinion publique saura d'une manière ou d'une autre qu'on lui cache la vérité.

— Michalon n'a pas encore signé le bordereau de contingentement de papier, insinua Delanfroy. Et, que je sache, sans papier, votre feuille de chou a peu d'avenir. Par la même occasion, vous aussi, jeune homme !

— Arrêtons ce jeu de massacre, s'interposa Gibaud. La question, de toute évidence, ne peut être réglée que par Juglard.

— En tout cas, renchérit le commissaire, vous voilà prévenus.

Aussitôt, Delanfroy tourna les talons. Les journalistes attendirent craintivement qu'il eût franchi le couloir pour reprendre leur discussion. Lesueur était outré de la tournure des événements : on ne parviendra pas à mettre la presse au pas comme sous le régime de Vichy, promit-il. Dès lors, il ne restait plus à Gibaud que de jouer les tampons entre les nécessités du pouvoir et ses excès. Ce rôle ne lui demanderait guère d'efforts, tant il possédait déjà l'art de louvoyer entre Delanfroy et Declotz, les deux frères ennemis, l'un et l'autre s'arrogeant des autorités sur les mêmes plates-bandes.

Dans l'heure qui suivit la descente du commissaire de la République rue Jourdain, Lesueur toucha Juglard à l'hôtel de ville. Le radical-socialiste qu'il se sentait redevenir au fur et à mesure que se rapprochait l'échéance électorale d'avril 45 avait commencé ses petites consultations pour constituer l'équipe qui allait bientôt ferrailler à ses côtés. C'est en plein milieu de ses rendez-vous que le coup de téléphone de Lesueur lui parvint. Les menaces proférées par Delanfroy contre *Brivins-Presse* l'incitèrent aussitôt à renvoyer les deux ou trois personnes qui attendaient et à faire rappliquer dare-dare son journaliste. Il ne nourrissait aucune confiance à l'égard des standardistes pour prolonger au téléphone la discussion.

Le médiocre tirage de *Brivins-Presse* avait convaincu Pierre Declotz de renoncer à toute ambition sur sa ligne éditoriale, laissant de fait le champ libre à Juglard. Peu à peu, le quotidien de la Libération, celui qui annonça le premier la reddition allemande, et qui se voulait être encore longtemps le porte-parole de la Résistance tout entière, devint le journal radical grâce auquel son chef escomptait prendre la mairie. En voyant, chaque jour un peu plus, cette dérive, Declotz s'amusait de la tournure des événements. Le compromis négocié avec Delanfroy et Michalon lui avait ouvert les colonnes des *Nouvelles du Centre*. Cette situation suffisait amplement à son bonheur, d'autant que l'équipe de Gibaud avait hissé le tirage à près de douze mille exemplaires, ce qui était énorme pour la Corrèze, alors que son concurrent ne dépassait pas les trois mille.

Juglard écouta Lesueur sans broncher. Il n'attachait guère d'importance aux rodomontades du commissaire. En vieux briscard de la politique, il savait mieux que quiconque que tout se réduit à de sordides marchandages sur fond de rapports de force.

— L'affaire Martoire, s'emballait le journaliste, c'est de l'or en barre. Avec ça, on peut doubler nos ventes. Deux mois avant les élections, qu'espérer de mieux ? Il y a des gens qui ne savent pas encore que nous existons et ce que nous représentons. Ce sera l'occasion ou jamais de nous faire connaître.

Le vieux bonhomme jouait à faire tourner son chapeau sur l'axe d'une règle. C'était chez lui le signe même d'une profonde réflexion. Pourquoi, se demandait-il, Delanfroy protège-t-il les communistes ? Qu'a-t-il conclu avec eux ? Depuis que Juglard avait décidé de s'engager dans la course municipale, tout dans son esprit se ramenait à cette échéance. Autour de lui, il ne voyait plus que des ennemis disposés à le faire trébucher. Et sa rencontre, l'après-midi même, avec son ancien ami Fayolle, aux obsèques de Rochelle, lui laissait une douloureuse impression de solitude. Comment ai-je pu être assez bête pour abandonner cet idiot au MRP ?

— Je sais par Rose Cipriani, fit Juglard en bâillant de fatigue, que Gibaud préparait une longue enquête extrêmement documentée sur les agissements de la Milice patriotique et de son chef Floher. Désormais, nous savons qu'elle ne paraîtra jamais. Il faut savoir pourquoi le président du tribunal a décidé de classer l'affaire. Quand on saura ça, le reste sera aisé à comprendre. Et à nous l'initiative !

— Mais, dit Lesueur, le président Sardel refuse de répondre.

Juglard éclata de rire.

— Mon gros benêt, tu crois peut-être qu'on va nous mâcher le travail. Sardel a tellement de casseroles au cul que Delanfroy en fait son toutou.

— Quelles casseroles ?

— Il était en poste sous Vichy. C'est lui qui, en 41, a fait envoyer Boscot, le militant communiste, à Drancy. Ça ne l'aurait pas gêné de faire fusiller Floher en 45. La haine des juifs, des communistes et des francs-maçons n'a pas disparu en même temps que Pétain et Laval, mon petit. Il nous faudrait prouver qu'il existe une magouille entre gaullistes et communistes sur l'affaire Martoire et sortir ça juste avant le premier tour des municipales. Voilà ce qu'il faudrait… Mais, nous saurons… Je jure que nous saurons ! Je sais par qui nous saurons, s'amusa Juglard. Je te donnerai la matière au fur et à mesure. Quant aux menaces du roitelet de sous-préfecture, tout dépendra de ce que nous grappillerons. Il y a tellement de façons de faire éclater un scandale.

XIV

Line Goursat prit le tortillard d'une heure quarante pour Brivins. Le compartiment du train était empli de marchandises grossièrement empaquetées et ficelées. Ça fleurait à plein nez la viande fraîchement débitée. Le contrôleur enjambait les obstacles avec une dextérité d'acrobate. Quand je songe, se dit la jeune femme, qu'on a jeté en prison mon Clément pour un peu de tabac, alors que tout ce trafic se fait maintenant au grand jour.

— C'est la même corrida tous les jours ! lui glissa le contrôleur dans le creux de l'oreille. A Brivins, les bouchers sont en grève. Alors, pensez-donc, ça tourne à plein, le commerce. Vous verrez, ma bonne dame, ça commence à marchander jusque sur le quai de la gare… Avec les convois américains qui remontent du sud, c'est le bouquet. Y a des jours, c'est plus une gare, c'est un souk. Et puis les Ricains, on peut pas le leur enlever, ils ont ça dans le sang, le business. Quand je pense qu'on n'arrive pas à organiser le ravitaillement. Qu'on leur confie donc l'affaire, vous verrez que ça ne durera pas longtemps ce marasme…

En effet, dans la salle des pas perdus de la gare de Brivins, les marchandises s'étalaient à même le dallage sur de grandes serviettes maculées de sérum. Dans les frêles allées formées par cette installation provisoire se pressait la foule des acheteurs, allant et venant, discutant les prix comme au bon vieux temps. Près de l'entrée, des gens de la CGT et du comité des Femmes de France tenaient un calicot tendu sur lequel on pouvait lire : « *Ouvriers-paysans, restons unis contre les profiteurs* ». L'un des manifestants brandissait un porte-voix. Il avança au milieu des cageots, dans une sorte d'indifférence générale.

— Ouvriers, paysans ! harangua-t-il, dénonçons ensemble l'attitude antinationale des groupements commerciaux qui dressent les gens des villes contre ceux des campagnes. Les bouchers et les grossistes affament la population de Brivins pour mieux conserver leurs marges juteuses… Hélas ! poursuivit-il après un court silence, ce que nous connaissons aujourd'hui est comparable aux heures les plus terribles de l'Occupation, avec, bien entendu, les occupants en moins…

Rue des Lilas, la petite bonne, cette fois, accueillit Line par un large sourire. L'odeur d'encaustique et de térébenthine lui rappela le moment d'angoisse qu'elle avait traversé quand elle s'était présentée devant Saint-Assier. Cette fois, la démarche, bien que tout aussi importante, ne conservait pas le caractère tragique de la première visite. Aussitôt elle monta au premier. On la pria de s'asseoir à deux pas de la porte du bureau. La voix forte de Jacques Saint-Assier, ses ricanements, ses apostrophes retentissaient à ses oreilles. Cet homme possède quelque chose de diabolique dans la manière d'agir, se dit-elle en sentant monter en elle un trouble sentiment de répulsion et d'attirance à la fois. Elle savait que, pour mettre un terme à la crise profonde qui agitait son existence, elle devrait en passer par là.

La porte s'entrouvrit sur un petit employé qui émergea, des dossiers sous le bras, et, épaules courbées, tête basse, passa devant elle en trombe sans même jeter un regard dans sa direction. Elle le suivit des yeux jusqu'en bas de la cage d'escalier, puis, relevant la tête, se trouva nez à nez avec l'ogre, cravate défaite, chemise entrouverte sur un poitrail au poil dru.

— Ah ! souffla-t-il, cette chère Line Goursat. Quel plaisir de retrouver ce charmant visage. Vous m'apportez donc un peu du soleil de votre campagne. Cette grève dans la boucherie a fichu un bazar ! Mais, notez bien, ces bougres ont raison. Ne voyez-vous pas qu'ils veulent nous recoller une commission d'achat, comme au bon vieux temps du maréchal ? Non mais, ils nous prennent pour qui ? A croire qu'on se sera battu pour rien dans le maquis. Tous ces contrôles, ces carnets d'achats, et autres bêtises, ça n'empêche que le commerce de fonctionner normalement. Et ça favorise le marché noir.

Saint-Assier, tout en parlant, le verbe haut selon son habitude, la fit entrer dans son cabinet empuanti par la fumée des cigares. Puis, accompagnant du geste son déplacement vers le siège offert, il lui effleura le sommet de l'épaule. Instantanément, il en éprouva un fort désir. Et dans la brièveté de l'instant où leurs regards se croisèrent, ils parurent tous deux penser à la même chose. Et, pour la première fois, Line réalisa pourquoi Clément lui avait fait une crise de jalousie, le soir de sa liberté retrouvée. Suis-je idiote, pensa-t-elle, cet homme est amoureux de moi. Ne serait-ce pas le moment ou jamais d'en tirer avantage ? Dans la seconde, elle s'en voulut d'avoir risqué une telle pensée. Je n'ai jamais dévié d'un pouce, ce n'est pas le moment de commencer. Emma serait bien trop contente d'avoir enfin quelque chose à me reprocher. Elle croisa les jambes, tira soigneusement sur sa jupe pour cacher au regard d'ogre le plus possible de chair dont il semblait se nourrir, ses couteaux aiguisés par la pâleur de la peau qu'il prisait comme une neige vierge que l'on foule pour la première fois. Et comme ce plaisir-là, de s'attarder sur le galbe des jambes, lui était si brutalement enlevé par le geste impérieux de la visiteuse, il leva les yeux vers son visage qu'il examina tout à loisir : ce ravissement-là, au moins, elle ne pourrait le lui interdire. Il y mit tant d'insistance et s'attarda si longtemps qu'elle en fut rapidement troublée. Il se demandait dans son for intérieur s'il parviendrait malgré tout à la faire rougir. Elle songea à baisser les yeux, mais comprit, dans la seconde, que c'était là tout ce qu'il attendait d'elle, cette soumission par laquelle elle lui ouvrirait les portes toutes grandes. Leurs regards bataillèrent dans ce cabinet à l'éclairage diffus, ce qui renforçait encore l'impression d'intimité du face-à-face. L'amour, se dit Saint-Assier, est une prise de possession du corps, et chaque centimètre rogné est une victoire. Il accueillait donc en triomphe ce premier long regard échangé. La jubilation se lisait dans ses yeux et dans ses gestes. Aussi, lorsque Line lui fit sa proposition, après avoir expliqué par le détail — trop sans doute — que le couple ne pouvait plus rester à Galiane, et qu'il devait trouver pour survivre à lui-même un autre territoire — la ville, la grande et belle ville —, il sauta sur l'occasion.

— J'ai besoin d'un commercial, dit Saint-Assier en se donnant volontairement l'air de réfléchir pour ne pas trop montrer d'empressement à une solution qui lui convenait au-delà de toute espérance. Ce travail consiste à repérer les élevages de qualité sur les foirails ou dans les fermes, à procéder aux achats, le moins cher possible bien sûr, ricana-t-il. Pensez-vous que ce travail conviendrait à Clément ? Si tel est le cas, je l'embauche le plus vite possible. Allons ! Il ne peut pas passer le reste de son existence à faire du trafic de tabac. Fait-il toujours l'imbécile avec…

Saint-Assier s'interrogeait sur l'hésitation qu'elle mettait à répondre à sa proposition. Se peut-il qu'elle ait engagé cette démarche sans son accord ? Car, si je ne me trompe, pensa-t-il, la dernière fois, l'animal à gueule de cocu a plutôt mal accueilli la main salvatrice que je lui ai tendue. Se douterait-il que je désire lutiner sa jolie femme ? Le bougre devrait en être fier. Saint-Assier n'a pas l'habitude de faire des fleurs sans en tirer quelque avantage. Que croit-il ? Son or travaille pour lui. Il est riche, plus qu'il ne l'imagine. Quoi donc alors ? Il peut bien me laisser un peu sa belle pouliche troublante. Je n'ai point l'habitude de m'aiguiser l'appétit sans conclure. Je le jure, se promettait-il en l'observant de pied en cap avec ses petits yeux pétillants, je conclurai. Tôt ou tard. Je conclurai !

— J'ai voulu m'enquérir de votre avis avant de prendre le risque de lui en parler, avoua Line embarrassée.

— Ce qui veut dire qu'un tel travail pourrait très bien ne pas lui convenir. C'est tout de même plus gratifiant que de jouer au cul-terreux, non ? Si je ne me trompe, il y a une ferme à travailler dans votre patelin ?

— Mais, coupa Line, nous ne nous entendons pas avec les parents.

— J'ai bien compris, fit Saint-Assier en se levant de son large bureau pour mieux s'en venir flairer la belle fille qui semblait lui promettre des soirées de folie.

Il ne songeait plus qu'à la subtile et périlleuse stratégie qu'il allait mettre en place pour la conquérir.

— Je suis décidée à venir habiter à Brivins, osa Line dans un élan de bravoure qu'elle ne soupçonnait pas et qui la surprit elle-même.

C'est le moment ou jamais de forcer les portes du destin, se dit-elle. Trop de tiédeur ne risque-t-elle pas de décourager les intentions de cet homme providentiel ?

— Ecoutez ! Je vais vous donner quelques conseils, dit Saint-Assier en traînant un fauteuil pour s'asseoir tout près d'elle.

La lourde banquette où il l'avait installée ne lui permettait aucune fuite, aucun repli stratégique. Elle sentit qu'elle était à sa merci. Alors, elle se leva aussitôt, promenant son pas dansant dans la grande pièce à la lumière tamisée. Il la buvait du regard, allant et venant. Trouvera-t-elle à sa nouvelle existence à Brivins tellement d'intérêt, se demandait l'ogre, pour promener ce beau corps-là, délivré enfin des oripeaux de sa campagne, et exiger toujours, toujours, toujours plus d'espace ? Une lueur d'inquiétude le saisit. Il ne faudrait pas qu'elle me vienne à la ville seule, plaquant à la ferme son falot de mari… Qu'en ferais-je moi de cette pouliche sans bride ni mors ? La présence de ce Clément Goursat est nécessaire à la réussite de mon entreprise. Les maris, se dit-il en la regardant onduler des reins, sont les garants de l'ordre. Livrée à elle-même dans Brivins avec de longues soirées de liberté, ce serait à coup sûr la perdre plus vite. Le mari, au moins, la tiendra sagement à la maison le soir tandis que je m'occuperai des après-midi.

— Allez convaincre votre Clément que son avenir est ici. Essayez de lui faire comprendre l'erreur d'un refus entêté. Et puis, quand notre affaire sera conclue, soupira Saint-Assier, nous nous mettrons à chercher un petit logement agréable.

Line le fixait éberluée. Voilà que l'ogre décidait tout, comme pour lui, sans le moindre embarras. Il dessinait les contours de leur avenir avec une facilité déconcertante. Pour enrober tout cela de convenances, il tartinait quelques bonnes grosses couches de compliments, d'un genre compassé : « Je vous estime tous deux savez-vous ? Comme si vous étiez de ma propre famille. A tel point que je n'agirais pas autrement avec l'un des miens. Ah ! Clément ! Ce cher Clément ! Après toutes les bêtises que nous avons faites ensemble… Je suis assuré qu'une femme comme vous, intelligente, évoluée, comprend à merveille ce que je veux dire… » Line Goursat était trop rusée pour se faire des illusions sur la sincérité du personnage. Mais il s'avérait être la seule planche de salut pour la délivrer des humiliations de sa belle-famille. Et la perspective d'une rupture brutale et décisive seule importait désormais, comme une réparation à l'outrage.

*
* *

Le dossier classé sans suite de l'affaire Martoire souleva dans la population une vague de scepticisme plus que de rage. La colère était réservée aux difficultés du ravitaillement. Delanfroy se persuada que l'attente était la meilleure solution à une riposte qui eût risqué d'amplifier le doute à son encontre. Aussi courbat-il l'échine sous la bourrasque, en zélé commis de l'Etat, ruminant sa rancœur. Pierre Declotz, aux anges en constatant que le frère ennemi était en odeur de discrédit dans la ville, s'exclamait devant son entourage chaque fois qu'il en avait l'occasion : « A-t-on vu Delanfroy aujourd'hui ? C'est dommage. J'aurais quelques questions à lui poser… » Le commissaire de la République ne quitta guère son bureau du boulevard du Moulin pendant une semaine. Gibaud et Michalon passaient et repassaient plusieurs fois par jour pour le tenir au fait de la situation. Le patron des *Nouvelles* lui rappelait qu'on ne parlait que de ça dans la ville, l'affaire… D'ailleurs, on ne disait plus que « l'affaire » pour désigner l'ultime bras d'honneur de la Milice patriotique avant sa dissolution. Histoire de se rendre utile dans ce no man's land où Delanfroy pataugeait lamentablement, Gibaud proposa quelques parades, comme l'usage de la rumeur :

— Lançons une rumeur ! fit-il. Ecrivons, par exemple, que les communistes eux-mêmes auraient livré un rapport secret pour liquider leur camarade Floher et que la cour de justice en tête se serait laissé abuser et même carrément embobiner par ce document.

L'idée de mouiller Davoust et Sardel par la même occasion fit éclater de rire Michalon qui croyait tenir là un boomerang du plus bel effet.

— Voyons ! soupira Delanfroy, quel profit glanerons-nous dans cette opération ? La populace flairera une plus grande magouille encore, un coup monté de vaste envergure. Je préfère, et de loin, la situation actuelle où chacun tire ses conclusions sans rien savoir…

Au bout d'une dizaine de jours, Delanfroy crut pouvoir enfin mettre le nez dehors. La population était sous le choc de la toute première grève des bouchers. Ce mouvement tendait à répondre au climat de suspicion dont la corporation était de plus en plus l'objet. On lui reprochait de s'adonner sans vergogne à l'abattage clandestin pour faire passer de la viande sans contrôle, achetée 25 et revendue 80 francs le kilo. Ceux qui n'avaient pas les moyens d'acheter à ce prix se voyaient réduits à leur ration quotidienne : 80 grammes. Aussi le service du Ravitaillement voulut-il recourir, comme à l'époque de Vichy, au renforcement du contrôle d'achat. Le commissaire de la République trouvait que cette foire d'empoigne autour de la bidoche était une aubaine, un dérivatif idéal. Il se préparait donc à quelques descentes spectaculaires chez deux ou trois bouchers notoirement connus pour leur esprit collaborationniste, histoire de flatter l'opinion et de s'assurer à peu de frais le retour d'une autorité bafouée, lorsque Gibaud vint lui mettre sous le nez la dernière édition du journal de Davoust *A l'assaut*. Tripotant avec dégoût la feuille de chou qui lui souillait les doigts d'encre, il tomba net sur le titre qui le fit bondir sur son fauteuil.

— Oh ! les salauds !

D'un geste rageur, il expédia la feuille vers le milieu de la pièce. Gibaud la ramassa soigneusement.

— Vous avez bien lu ?

— Je sais ce qu'ils peuvent écrire.

— Ça mérite quelque attention, quand même !

— Je vous dis, tempêtait Delanfroy, que les propos tenus dans l'article de ce torchon m'indiffèrent. Ils osent, maintenant, le soutenir après nous l'avoir livré pieds et poings liés.

C'est un comble. Et on ne peut rien faire, rien dire. Rien ! Sinon continuer à baisser la garde. Et attendre la fin de l'orage.

Le titre, « *Louis Floher, résistant de la première heure, inquiété par les revanchards de Vichy* », couvrait toute la largeur du journal communiste. L'auteur expliquait en conclusion, après avoir raconté l'arrestation du chef de la Milice patriotique, puis sa récente remise en liberté : « *On a voulu condamner l'un des plus anciens et des plus glorieux militants FTPF qui fut à l'origine du MLN. Quelle erreur ! On se rendit vite compte que le camarade Floher était l'objet d'un complot ourdi par les revanchards de Vichy, tels que le président du tribunal de Brivins, le citoyen Sardel. Tandis que l'on se voudrait intraitable envers les vrais résistants, on se montrerait plutôt clément à l'égard de ceux qui se sont faits les complices de l'ennemi... Curieuse justice que celle qui se joue du renversement des rôles...* »

— Tout va de mal en pis, marmonna Delanfroy abattu. Dans moins de deux mois, nous aurons les élections municipales. Si ça continue, les communistes vont faire un carton. Declotz est un mauvais candidat. Plus le temps passe, et plus j'en suis persuadé.

— Il a l'avantage d'être blanc comme neige sur l'affaire.

— C'est tout de même un mauvais candidat. Juglard va lui tailler des croupières. Je vois ça d'ici : l'homme de la Résistance qui a renié ses engagements en frayant avec le MRP, l'homme si droit qui a trahi le Comité de libération... Et patati et patata. Et ça n'en finira plus. Juglard est mieux placé que tout le monde pour parler de l'esprit du CNL. Declotz n'a jamais rien compris à un programme politique.

— En cela, il a de l'avenir, ricana Gibaud. Ça lui évitera de faire des promesses.

— Il y a un minimum quand même. Declotz croit qu'en changeant de cravate tous les jours, il va gagner les suffrages des bonnes femmes.

— Le vote des femmes, c'est une nouvelle inconnue, dit Gibaud. Comment vont-elles voter maintenant qu'elles ont obtenu ce droit ?

— Je n'ai aucune inquiétude là-dessus, ajouta Delanfroy en ouvrant la porte-fenêtre sur la terrasse. Elle voteront comme les maris. Ça serait bien le comble…

— D'autant, poursuivit le journaliste, que ce serait facile de se débarrasser de Declotz. Mais aurions-nous un candidat de rechange ?

— Sacré Gibaud ! rigola Delanfroy, vous êtes plus rapace que moi. Nous irons au combat avec ce canasson. Voilà tout. Mais, livrez-moi donc votre botte secrète, ça me paraît très instructif.

— Il n'y aurait qu'à sortir le ministre Maluzier de sa cachette. On collerait ça sur le dos de Declotz et le tour serait joué.

Delanfroy hochait la tête, pensif.

— Maluzier n'est pas un pion dont on peut disposer. Et d'ailleurs, un Declotz vaudrait-il la peine qu'on tire cette cartouche-là ?

— En l'état actuel des choses, que risquerait Roland Maluzier devant une cour de justice ?

— Cinq ans d'indignité nationale et six mois de prison, fit le commissaire en levant la tête pour observer le journaliste dans les yeux. Pourquoi me demandez-vous ça ? Il s'impatiente ?

— Non. Il écrit ses mémoires.

— Ah, il écrit ses mémoires ? s'étonna Delanfroy, c'est donc qu'il compte revenir sur la scène un jour. Maluzier est de l'espèce qui rebondit toujours. Quand l'heure de la réconciliation de tous les Français sonnera, nous irons le tirer de son trou. Mais pas avant.

Les membres du comité de la section communiste de Brivins avaient largement forcé la main, au cours d'un débat houleux, pour que Floher fût défendu dans le journal *A l'assaut*. Davoust et Murciat, les deux inséparables, tentèrent, tard dans la nuit, de faire échec à l'opération. Ça ressemblait trop à une réhabilitation pour que l'affaire se conclût aussi légèrement. On assista même à un incroyable déballage autour du fameux rapport secret pour forcer la main. Davoust prit là un risque insensé, sachant qu'à tout instant Laujour pouvait l'accuser d'en avoir transmis copie aux autorités devant la petite assemblée. Sans doute, Davoust savait-il que Laujour ne commettrait pas un acte d'une telle audace. Il est des limites qu'un militant communiste ne franchit jamais, quelle que soit la gravité des enjeux.

— Floher a fauté, reconnut Laujour, mais qui n'a pas fauté ? Toi ? jeta-t-il à Murciat, tu as bien fait fusiller des miliciens dans la cour de l'hôtel Terminus ? Et l'on n'est pas venu t'arrêter pour autant…

— Dans les heures qui ont suivi la Libération, c'était encore permis, déclara Davoust. Six mois plus tard ? Non ! Là, c'est impardonnable.

La mise aux voix donna raison à Floher sur le premier point : on devait publier un article pour le défendre devant l'opinion. Mais, sur le second point, le même Floher, malgré les discours acharnés de Laujour, fut désavoué. Cette deuxième décision du comité prévoyait que Louis Floher était déchargé de toutes ses responsabilités dans le Parti. Pendant une interruption de séance, Murciat avait fait savoir que si Davoust était mis en minorité, il démissionnait du Parti dans la seconde même. A vrai dire, le comité ne portait guère ce chef dans son cœur et il n'eût pas versé des larmes sur son départ, mais on craignait que cette démission n'entraînât une enquête des instances parisiennes et une liquidation à terme de la direction de Brivins.

Après l'épreuve, les deux inséparables se retrouvèrent dans le petit bureau, le seul endroit où s'isoler dans ce vaste garage. Davoust et Murciat avaient de quoi se réjouir. Le vote n'avait-il pas préservé l'essentiel ? Et l'idée de scinder la question en deux points était une astucieuse méthode qui avait permis aux deux parties de sortir du débat la tête haute. A partir de là, il serait toujours temps d'aviser pour en finir avec les derniers appuis de Floher au sein du comité.

— Je vais passer pour quoi auprès de Delanfroy ? se lamentait Davoust. Pour un type sans parole…

— L'opinion de ce gaulliste t'importe tant ?

— On a besoin de conserver les meilleurs rapports. Tu voudrais laisser le champ libre à un Juglard, un Lauwel ?

— On verra. On verra, coupa Murciat que ces préjugés agaçaient au plus haut point. Le plus urgent n'est-il pas d'en finir avec cette affaire ?

Davoust regardait sur les étagères la panoplie en bon ordre des robinets en bois abandonnée par le propriétaire dans la hâte de l'aménagement.

— J'ai découvert, dit Murciat, comment ce renégat de Laujour a réussi à faire témoigner notre camarade Bernical. Il est allé le trouver à Galiane-sur-Sévère pour le menacer de révéler le coup de la prison de Brivins s'il ne témoignait pas. Tu te souviens qu'il est allé dans la nuit de la Libération « exécuter » ce chef milicien, ce Jules Pensennier.

— Et Raoul s'est affolé à ce point ? demanda Davoust. C'est incroyable.

— Laujour lui a fait gober que c'était un ordre dans l'intérêt du Parti.

— Tout ça, c'est bien beau, soupira Davoust, mais ça ne suffira pas non plus pour sauver Bernical.

* * *

Les travaux à Lavialatte-Haut s'éternisaient. La neige puis les pluies incessantes en avaient ralenti le rythme, d'autant plus que la démolition des toitures réserva quelques mauvaises surprises sur l'état des murs. Malgré l'infinie précaution des ouvriers, l'un des pans de la façade avait bougé, puis s'était fissuré.

— Ah ! c'est canaille le brasier, clama le maçon. Si j'avais un conseil à vous donner, poursuivit-il en roulant une cigarette de tabac gris, ça serait d'écraser tout ça et d'en construire une neuve un peu plus loin dans la terre.

— Comment ? répliqua Ferdinand. Vous n'y pensez pas. Une maison moderne en parpaings crépis ? Jamais ! Cette pierre est magnifique. Tout à fait dans le style du pays…

A la vérité, il fallut se résoudre à remonter le mur qui avait été ébranlé et, pour ce faire, trouver de nouveaux quartiers pour remplacer ceux qui s'étaient révélés pourris par le salpêtre. Il y avait belle lurette que les carrières d'où l'on extrayait les moellons de grès avaient disparu. Aussi pour s'en procurer, Ferdinand Strenquel dut acheter à Delteil, pour une bouchée de pain, une vieille masure en ruines qui trônait au milieu d'un pré, cernée par un bosquet de lilas et de ronces. La démolition de la vieille grange permit la récupération de belles pierres taillées, si lourdes et volumineuses qu'il fallut deux journées pleines de charroi et la mobilisation de robustes bras pour amener les blocs sur le chantier.

Chaque matin, Ferdinand venait surveiller l'évolution des travaux. Cette assiduité lui permit d'apporter quelques correctifs au plan initial. Ainsi, on le voyait errer au milieu des décombres avec l'air soucieux de quelqu'un qui ne veut point rater son grand projet et qui vérifie incessamment les mesures pour mieux déjouer par avance quelque anomalie. Depuis qu'il avait décidé de s'installer en Corrèze, Strenquel avait l'impression de tout recommencer à zéro. D'abord, se disait-il, tu construis ta maison, une maison dont tu auras conçu, dans le moindre détail, tout l'aménagement, celui-ci devant répondre parfaitement à l'idée que tu te fais du confort et de l'esthétique. Car toute demeure répond à un compromis entre l'usage et la beauté. L'usage d'abord ! Et la beauté ensuite ! Si, par chance, on parvient à marier les matériaux nobles, le bois et la pierre… Quand tu auras réussi ta maison et que tu seras enfin installé, les pieds bien ancrés à Lavialatte, alors seulement tu pourras souffler un peu avant de repartir de plus belle. Alors, ce sera le moment ou jamais de lancer ton grand dessein porteur d'avenir.

Il s'attarda dans l'espace de ce qui serait un jardin d'hiver et se prit à imaginer l'apparence finale. De l'endroit même où il se trouvait, par-delà l'écran de chênes et de châtaigniers puissants, on devinait Galiane-sur-Sévère, tandis qu'au premier plan s'étalerait une vaste terrasse de verdure qu'il peuplerait d'arbustes d'ornement pour atténuer le vert intense des herbes et des feuillages. Il y disposerait quelques subtiles taches de couleurs chaudes : le blanc nacré des seringats, le parme des lilas, le jaune des forsythias, le rose vif des cassis-fleurs. Enjambant le rebord qui soutiendrait la large baie, Ferdinand se dirigea vers le figuier dont les jeunes pousses étaient chargées de gros bourgeons laiteux. Par quel miracle a-t-il échappé au gel ? se dit-il. Faudra que je pose la question à Léon. Mais, depuis plus d'une semaine, il n'avait pas aperçu le maître de Lavialatte. Sans doute éprouvait-il quelque légitime honte à ne pas avoir assisté à l'enterrement. Au soir de la triste cérémonie, le docteur Fayolle avait, du reste, déclaré d'un ton pincé, sous l'œil indifférent de Marie : « Qu'une Emma ne se soit pas déplacée passe encore, mais Léon ? Quelle tristesse ! Comment un homme peut-il avoir aussi peu de personnalité ? La garce l'écrase sous son talon et il ne fait rien pour se défendre. »

Strenquel ne lui en tenait cependant pas rigueur. Sous des dehors lâches, pensait Ferdinand, ce Goursat possède de nombreuses qualités humaines. Mais voilà ! Que ne consentirait-il pas pour sauvegarder la paix dans sa demeure ? Léon était façonné dans le bois ancien. Secret et taciturne, il préférait confier les grandes colères à la solitude de ses terres et prendre à témoin l'immensité du ciel ou la muette réponse du vent. Strenquel n'eût pas su expliquer pourquoi il songeait à nouveau à Léon chaque fois qu'il s'approchait de ce figuier. C'était là, jadis, qu'ils s'étaient longuement parlé pour la première fois, seul à seul, et que le paysan lui avait fait comprendre l'amour infini de sa terre.

Absorbé dans ses pensées sur les impérieuses raisons qui pouvaient retenir un homme accroché à une terre ingrate, il n'entendit pas sa fille approcher à pas de chatte. Ce n'est qu'à l'instant où elle fut devant lui qu'il s'aperçut de sa présence, enveloppée dans un gros chandail de laine, les cheveux au vent. Elle promenait un air d'étonnement, comme pour lui donner l'impression que la rencontre était fortuite. Ferdinand savait que cette surprise feinte cachait d'obscures raisons.

— Tu sais bien, fit-il sur un ton amusé, que je suis sur mon chantier tous les jours à la même heure.

Elle promena un regard sur le désordre des gravats, des quartiers de roche retaillés traînant de-ci de-là comme autant d'obstacles au milieu des brouettes, des planches à coffrages et des tas de sable.

— Ça n'avance pas vite.

— Tu as devant toi un travail méticuleux de restauration. Il ne s'agit pas d'entasser des parpaings sottement. Chaque pierre, au contraire, doit être retaillée, mise en place pour jointer parfaitement.

— Cette bicoque en valait-elle seulement la peine ?

Ferdinand leva les yeux au ciel. Il lui semblait entendre Marie, une Marie qui ne fût pas, comme c'était déjà le cas, si éloignée de la réalité au point que toutes ces agitations la laissaient indifférente. Si elle pouvait retrouver, au moins, sa causticité d'antan, pensa-t-il en fixant le ciel blanc par-dessus les grands chênes.

— Je suis très inquiet pour ta mère, susurra Ferdinand.

— Maman ? Tu crois ? Elle a juste un peu de peine quand elle repense à notre passé. C'est tout.

— Ce n'est pas ce que je veux dire, coupa-t-il.

— Vous êtes amusants tous les deux. Quand l'un va bien, l'autre se porte au plus mal.

— J'ai noté à quelques petits signes…

Devant la mine ébaubie de sa fille, Ferdinand réalisa, une fois de plus, qu'il prêchait dans le désert. En vérité, Line était tellement éloignée de ses préoccupations, baignant dans cet égocentrisme qu'il avait engendré malgré lui pour la protéger du monde extérieur. Malgré ses craintes, il ne se sentait pas en droit de briser cette belle insouciance qui s'agitait sous ses yeux médusés. Ce tourbillon d'air pur l'entraîna vers la crête de la colline d'où l'on pouvait juger des proportions de la future maison. Il lui montra comment les abords seraient aménagés et quelles sortes d'essences d'arbres il planterait.

— Tu devais prévoir deux grands tilleuls. Là ! montra-t-elle. Comme en bas.

— Des tilleuls ? sourit Ferdinand. Avant qu'ils n'arrivent à la taille de ceux qui ombragent la cour de tes beaux-parents, il faudra compter trente ans au moins. Autant dire que j'aurai rejoint Adrien.

— Voyons ! Tu n'as que…

Elle parut réfléchir. Ferdinand guetta sa réponse et vit qu'elle ne savait pas au juste son âge.

— Quarante-sept, quarante-huit. C'est jeune encore, non ?

— Cinquante et un cette année, ma chère.

L'étonnement gagna son regard. Ferdinand comprit qu'elle vivait hors du temps. A vingt-trois ans, se dit-il, on croit encore que ça ne finira jamais, qu'on dispose de l'éternité devant soi.

— Qu'à cela ne tienne. Ces grands tilleuls dont tu rêves, toi et Patrice, vous en profiterez. On ne plante pas un arbre pour soi.

— Alors, c'est vrai, tu en planteras comme chez les Goursat ? Léon, ce pauvre Léon, doit se quereller régulièrement pour éviter de les abattre. Tu connais la vieille ? Quand elle a une idée en tête… Elle dit que ces grands arbres devant la maison, ça pourrit les toitures et ça fait de l'ombre, de l'humidité…

— Je n'aime pas que tu parles de cette manière, remarqua Ferdinand.

— Comment ça ?

— Les Goursat !… Tu en parles avec un air de doux mépris. Mais après tout, c'est ta famille. C'est la famille que tu as choisie. Et la vieille… Emma : la vieille ! Ce n'est pas convenable. D'abord, elle n'est pas plus vieille que moi. Il se trouve que nous avons le même âge.

— Tu plaisantes ? s'offusqua Line. Toi, tu n'as rien à voir. L'âge, ce n'est pas une question d'années.

— Je me demande souvent jusqu'où ira cette aversion que tu éprouves pour ta belle-mère…

— Justement, l'interrompit Line, c'est une question que je voulais aborder avec toi.

Il réalisa alors qu'elle était venue uniquement dans ce but et que, peu à peu, ne sachant trop comment poser la question, elle l'avait amené à ce point limite pour qu'il réagît.

— J'ai de bonnes raisons ! fit-elle en reprenant ce visage buté qu'il lui découvrait de plus en plus souvent, trop à son goût.

— A Noël, j'ai eu une conversation avec ton mari et…

— Je ne sais pas ce qu'a pu te dire Clément, mais moi, tu vas m'écouter attentivement. Je suis ta fille après tout.

Les derniers mots le firent sourire. Elle avait tout de lui, en effet, le fin visage, la taille élancée, la démarche un peu sautillante. Tout. Sauf le caractère. Je passe mon temps à raccommoder les bêtises des autres, songeait-il, à consoler les susceptibilités égratignées, tandis qu'elle, autrefois si réservée, se complaît à mettre les pieds dans le plat à tout propos.

— C'est inimaginable, dit-il, ce que le mariage a pu te changer le caractère.

— Je ne suis pas d'accord avec l'attitude d'Emma, poursuivit-elle en faisant mine de ne rien entendre. Léon, sais-tu, est désespéré de ne pas avoir reçu notre Adrien dans sa maison. Il est vexé, mortifié, à un degré que tu ne soupçonnes même pas.

— Je vais aller le voir, jura-t-il.

— Ça ne changera rien.

— Je ne compte rien changer.

— C'est encore nous qui allons céder devant le dragon en jupe. Léon et toi, c'est assez. Moi, j'ai décidé que je ne céderai pas d'un pouce. L'affront qu'elle a fait subir à notre famille passe la mesure.

— Ne te mêle pas de ça, supplia Ferdinand. C'est déjà assez difficile d'entretenir des relations normales…

— Il s'agit de mon frère, tout de même. Non ?

— Tu es heureuse avec ton mari. Clément est un gentil garçon…

— Il est surtout écrasé par l'autorité de sa mère.

— Et tu es en train de prendre le relais !

Line se recula, les mains sur les hanches, furieuse.

— Oh ! C'est incroyable d'entendre ça !

Strenquel lui saisit le coude. Vivement, sa fille se dégagea. Alors, par des gestes désordonnés, il se jeta sur elle, la prenant à bras-le-corps, la secouant contre lui, comme il le faisait quand elle était encore adolescente et qu'elle se laissait gagner, pour un oui pour un non, par cet air frondeur.

— Ecoute-moi donc ! Clément digère assez mal l'idée, je

dis bien l'idée, que pour le tirer de prison tu sois allée voir ce Jacques Saint-Assier.

— Cet idiot t'a raconté ça ? Mais qui pouvait le sortir de là, sinon l'industriel de Brivins ?

— Tu as parfaitement bien agi, précisa Ferdinand avec d'infinies précautions oratoires. Il n'empêche que, depuis cette affaire, il nourrit une étrange jalousie à l'encontre de cet homme.

— Il va pouvoir en nourrir d'autres, et de fameuses, ricana Line. Je suis retournée le voir, pas plus tard qu'hier pour lui demander d'engager Clément dans son entreprise. Il est d'accord. Si cet idiot accepte la place qu'on lui offre, nous n'aurons plus qu'à plier bagages et à dire adieu à Emma.

— Tu veux dire que vous allez vous installer à Brivins ?

— Et le plus tôt sera le mieux.

— Non, supplia Ferdinand en l'entraînant vers la route. Tu ne peux pas obliger ton mari à faire ça !

— J'ai décidé, rétorqua Line, que nous irions vivre loin du tyran en jupons.

— J'ai toujours pensé qu'il vous fallait prendre un peu de distance avec Lavialatte, mais pas comme ça, si brutalement. C'est insensé !

Line riait devant les réactions de son père. Elle riait de l'idée qu'il se faisait de l'avenir ; selon lui, tout finirait en catastrophe. Je ne suis plus, cher papa, se disait-elle, la petite fille timide d'autrefois que tu prenais sous le pli de ton veston pour lui cacher la vue effrayante des cadavres disséminés le long des routes de l'exode, avec ces myriades de grosses mouches bleues qui leur dévoraient les yeux. Tu ne voulais pas que je voie l'abominable réalité en face. Tu désirais plus que tout me préserver à jamais de la laideur du monde. Mais, cher papa, se disait-elle au plus profond d'elle-même devant le désarroi de Ferdinand, tu n'auras pas toujours été là pour me protéger. Et dans ces moments de douleur, mes appels sont restés lettre morte. Tu étais sur ton île. Et j'ai dû me débrouiller toute seule.

Ce ravissement affiché le désespérait. Se pourrait-il qu'elle prît goût à la vie de cette manière, en se jouant des êtres, des faiblesses d'Emma qu'elle aura fini par déceler, des lâchetés de ce pauvre Clément aux épaules tellement étroites qu'on en viendrait à le prendre en pitié ? Ce n'était certes pas l'envie de la raisonner qui lui manquait, mais il sentit que la prendre dans ses bras, comme autrefois, ne suffirait pas à la reconduire sur les chemins ordinaires. Elle aura découvert, se dit-il, dans les replis souterrains de l'âme humaine, les mécanismes obscurs par lesquels on dépèce un individu de toute volonté. Elle a parfaitement mesuré combien son Clément est amoureux d'elle et, dès lors, qu'il sera aisé de le ravir à la puissance d'Emma. De la mère possessive, il passera sans transition à l'épouse autoritaire.

— Et si Clément refuse ? soumit Ferdinand.

Cette question lui parut tellement aberrante. Elle partit d'un grand rire.

*
* *

Avant de parler à Clément de sa démarche secrète, Line avait voulu tâter les réactions de son père. Conclusion : celles-ci étaient loin de correspondre à l'idée qu'elle s'en était faite. Elle avait imaginé que l'affront d'Emma pouvait à jamais dissoudre les dernières traces de convivialité entre les deux familles. D'où venait donc cette lâcheté de son père, car, selon elle, après l'affaire des obsèques, il ne pouvait plus y avoir d'accommodement possible ? Elle se sentait seule, mais plus déterminée que jamais. Il lui paraissait même qu'elle était la seule à pouvoir prendre cette décision dont, plus tard, son père lui saurait gré.

Tandis qu'elle s'apprêtait à rejoindre Clément alors qu'il fendait du bois dans les Cousteaux, elle accumulait les arguments pour expliquer la défection de son père. Craindrait-il que nous nous séparions ? songeait-elle. Je serai bien la dernière à croire en une telle éventualité. Clément me suivrait au bout du monde si je le lui demandais, se disait-elle. Notre amour est plus fort que tout. Aussi faut-il m'appuyer sur la force de ce sentiment pour sauver la situation. Alors qu'il est encore temps. Line avait admis l'idée que, avec le temps, à ce jeu de lente usure, Emma finirait par gagner la partie.

Pour le rejoindre, elle n'avait qu'à se laisser guider par les claquements réguliers de la masse contre le coin, ce talon métallique qui s'enfonçait lentement dans les fibres du bois. Maintenant, il ne semblait plus très loin. Juste le petit ruisseau du Roc pelé à traverser, jugea-t-elle. Mais quand elle fut sur l'autre rive, parmi les hautes fougères, au pied des Cousteaux, elle eut l'impression de s'être perdue. Elle écouta. Les claquements de la masse avaient totalement disparu. Il a bien le droit de prendre un peu de repos, se dit-elle en scrutant les noires profondeurs de la forêt. Soudain, de petits coups retentirent de nouveaux, rapprochés ceux-là, hésitants. Ils indiquaient que Clément posait juste son coin dans la veine du bois, le martelant tout juste afin qu'il ne mordît que l'écorce. Puis, estimant la pièce d'acier en place, il éleva la masse pour frapper en cadence, ahanant sur l'ouvrage.

Les claquements secs couvraient toute la forêt. Line n'avait qu'à se diriger vers la source même de l'écho pour retrouver son chemin. Elle traversa une vaste châtaigneraie, coupa à deux reprises la laie qui montait en serpentant et fut étonnée, à l'instant de reprendre son souffle, que la coupe entamée par Clément fût si loin de Lavialatte, beaucoup plus qu'elle ne l'avait soupçonné au départ.

Quand elle parvint à sa hauteur, Clément avait enfoncé le coin jusqu'à la garde dans le tronc de chêne. Alors, sans même prendre le temps de se laisser distraire, il plaça dans la fissure son deuxième coin, et par quatre coups secs et vifs, le tronc rendit l'âme en un long craquement. Alors, Clément acheva de le fendre en cognant dans la large fracture à même le côté saillant de sa masse. Soudain, la pièce de bois s'ouvrit.

Clément se redressa, la sueur perlait sur son visage. Devant lui, il y avait une cinquantaine de billes qui attendaient de subir le même sort. Line alla s'asseoir sur le bûcher que le jeune paysan avait commencé à bâtir.

— Tu peux m'écouter trente secondes ?

— Tiens ! sourit Clément. Tu me parles désormais. Je croyais que tu ne devais plus m'adresser la parole.

C'était ce qu'elle s'était juré en découvrant qu'il ne la soutiendrait pas face à sa mère, préférant jouer l'autruche et guetter le moment favorable pour refaire surface. Aux premiers mots, il l'arrêta :

— Si c'est encore pour me parler de cette malheureuse cérémonie, ce n'est pas la peine. Je suis aussi écœuré que toi par l'attitude de ma mère. D'ailleurs, je ne me suis guère gêné pour le lui dire. Mais tu sais comme elle est. Elle me regarde, muette, avec l'air de quelqu'un qui pense : cause toujours... Je crois qu'il faut renoncer à obtenir d'elle un désaveu sur son comportement. Si c'est ce que tu cherches, ma pauvre Line, tu perds ton temps. Car comme dit mon père : « Elle est possédée par ses curés ». Bah ! ça ne changera rien. Désormais, Adrien est enterré. L'essentiel pour notre avenir c'est que nous nous aimions.

— Alors, avertit-elle, il va falloir me le prouver...

— Est-ce que j'ai encore besoin de te prouver mon amour ? Tu es incroyable quand même ! Ça fait une semaine qu'on ne se parle plus. Tu ne trouves pas que ça a assez duré ?

Il tenta d'approcher la main de son visage. Elle lui saisit le poignet pour écarter le bras tendu vers elle, sans le repousser toutefois, comme si elle voulait suspendre la conclusion de ce geste à la réponse qu'il apporterait.

— Ça fait deux ans et demi que nous sommes mariés. Pendant tout ce temps, je ne t'ai jamais rien demandé, dit-elle gravement. Je n'ai jamais quémandé la moindre preuve d'amour, répéta-t-elle.

Comme il voulut expliquer que cette passion qui les unissait depuis l'été 40 n'avait point besoin de preuve pour exister, elle l'arrêta net dans le feu de ses paroles d'un simple regard autoritaire.

— Il va falloir une grande et grave décision, affirma-t-elle énigmatique.

Clément relâcha le geste tendu vers elle et recula d'un pas. Ce n'était pas dans ses habitudes de parler ainsi, d'un ton aussi ferme. Dans la minute précédente, il avait espéré l'épilogue de la crise et le retour, à petits pas, certes, vers les rives de la pure passion qui, déjà, avait survécu à tous les embarras.

— Après ce qui s'est passé à Lavialatte, je ne peux plus me résoudre à vivre sous le même toit que ta mère.

— Le même toit ? s'inquiéta Clément.

— Aussi, j'ai décidé que nous irions nous installer à Brivins.

— A Brivins ? Rien que ça…

— Je ne plaisante pas, prévint Line. Ce sera comme ça où nous nous séparerons.

Le visage blême, Clément tenta de faire mouvement dans sa direction. En prévision de cette manœuvre, Line était descendue du bûcher où elle avait pris place au début de la conversation. Résolue plus que jamais à ce qu'il ne la touchât point, elle s'était postée à une distance respectable de Clément.

— C'est un malentendu, balbutia-t-il.

— Nous allons vivre à Brivins. Une nouvelle existence nous y attend.

— Aller à Brivins pour y faire quoi ? s'écria Clément. Je n'ai pas de travail. Nous y vivrons de l'air du temps ? Des aides de ton père ? Je n'en veux pas !

— Pauvre idiot, s'exclama Line en croisant les bras sur sa poitrine. Mon père vaut bien ta folle de mère.

— Je t'interdis de parler d'elle comme ça. Elle a des torts. Je le confesse. Mais ce n'est pas une raison.

— Que crois-tu ? Je t'ai trouvé un travail à Brivins, révéla Line.

Clément Goursat la fixa, hébété.

— Dans l'entreprise de Saint-Assier.

Il reçut la nouvelle comme un coup de massue. Une force impuissante à émerger grondait en lui. Elle l'avait donc revu ! Non seulement elle l'avait revu, mais elle continuait à entretenir des relations suivies. Pourtant, n'avait-elle pas juré ne jamais plus le contacter, cet oiseau de mauvaise augure, ce bourgeois cynique de Brivins pétri de vices et de détestables manières ? La première fois, on pouvait encore lui reconnaître quelques circonstances atténuantes, pensa-t-il. Désormais, quelle trahison !

— Décidément, hurla Clément, tu n'as aucune pudeur !

— Les bonnes relations, c'est fait pour s'en servir. D'ailleurs, il n'a pas hésité un seul instant. Il a la meilleure opinion de toi. Ne crois-tu pas qu'il s'agit pour nous de profiter de la situation ? Ça ne s'offrira pas tous les jours.

— Laisse-moi donc rire un peu. C'est de toi qu'il a la meilleure opinion.

— Tu ne vas pas recommencer avec ta jalousie. Le temps est venu de nous débrouiller seuls.

Clément sentit qu'il n'y aurait plus, en définitive, que les coups et les gifles pour faire reculer l'étau dont les mâchoires se refermaient sur lui. Mais à quoi bon ? se dit-il dans un geste de rage impuissante. Ne serait-ce pas l'effet même de ma lâcheté à renverser l'ordre des choses ? Il réalisa douloureusement, comme une fatalité, qu'elle était plus forte que lui, déterminée à risquer son amour. Il avait perdu la partie. Ce sera d'autant plus vite perdu, que tu renonces déjà à te battre, pensa-t-il en serrant les poings au fond de ses poches. Tu renonces parce que tu as peur de la perdre. Mieux que quiconque, tu sais qu'elle ira jusqu'au bout de son idée, quoi qu'il lui en coûte. Il ne sera pas de désastre assez grand pour la faire reculer maintenant qu'elle a fait son choix. Tu verras, lui avait dit sa mère après sa libération du camp des Farigoules, elle recommencera à voir ce Saint-Assier. Ta femme a flairé en lui, le luxe, la richesse, la puissance de l'argent, l'odeur des salons. Ce sera comme une drogue. A la première occasion, elle y retournera. Et Dieu sait ce que ces deux-là combineront…

La perspective d'un travail à Brivins n'était cependant pas pour lui déplaire. Tôt ou tard, il eût fallu prendre une décision utile, puisque son père estimait depuis toujours qu'il ne ferait jamais un paysan. Mais que son avenir dût tout à ce Saint-Assier, dont il était profondément jaloux, et que cet avenir fût marchandé par sa femme en son nom, pour ne pas dire sur son dos, l'emplissait d'un douloureux sentiment d'humiliation.

A peine eut-elle obtenu un accord résigné que Line se précipita vers Emma Goursat. Etre la première à lui apprendre la grande nouvelle était, à ses yeux, une sorte de revanche sur l'affaire des obsèques d'Adrien. L'annonce eut pour cadre la cuisine. Elle prit une voix posée et, contrairement à son habitude, elle parla sans détour. Quelques mots suffirent à clarifier la situation. A sa grande surprise, Emma accueillit ses propos sans broncher, la tête haute. Puis, elle tourna soudain le visage vers la petite fenêtre qui dominait l'évier comme pour cacher une vive émotion. Arriverai-je à lui arracher des larmes ? se demandait Line. Réussirai-je l'exploit de la blesser enfin ? La jeune femme n'osa s'approcher pour se réjouir des possibles dégâts de son action.

Emma Goursat savait désormais qu'elle n'arriverait plus à retourner la situation, d'autant que Léon, qui avait assisté à la scène, voyait d'un œil contemplatif son fils partir vers une belle carrière à la ville. Le reste, les larmoiements de sa femme, il n'en avait que faire.

— As-tu oublié que, nous aussi, on est partis nous installer à la ville en 1919 ? Et qui l'avait décidé ? Tu as vite déchanté, bien sûr, comme pour tout ce qu'on a entrepris.

— Tu ferais mieux de te taire, répondit-elle. Si nous sommes revenus, c'est à cause de ton père.

— Ils sont jeunes, répliqua-t-il. C'est bien naturel qu'ils aillent voir ailleurs si le soleil brille aussi bien qu'ici. Avec un peu de chance, ils réussiront mieux que nous.

Dans les jours qui précédèrent le départ à Brivins, Clément essaya de parler à sa mère, mais n'y parvint pas. Il était noué par l'idée qu'elle découvrît qu'il n'était pour rien dans cette nouvelle installation et qu'elle lui était imposée sans qu'il n'eût à dire son mot. Pourtant, il eût fallu être aveugle pour ne pas voir ce qui se passait dans le couple. Clément suivait sa femme d'un air hâve, allant et venant sur ses pas tel un petit chien docile. A ce jeu, Emma Goursat avait donc trouvé plus fort qu'elle. Et voyant qu'elle ne pouvait plus exercer la moindre parcelle d'autorité sur son Clément, elle essaya Patrice en désespoir de cause. Dès cet instant, les repas furent entièrement centrés sur les discours d'Emma selon lesquels le petit garçon ne s'adapterait pas à la nouvelle existence et que ce désordre nuirait gravement à sa santé. Là-dessus, au moins, la maîtresse de Lavialatte rencontra en Léon un terrain favorable.

— Laissez-le donc chez nous, proposa Goursat, le temps que vous soyez confortablement installés.

— Oui, renchérit Emma, comme ça, sa mère aura tout loisir pour organiser son temps…

La réflexion était tellement chargée de sous-entendus que Clément dressa l'oreille et, jetant un regard d'ennui sur sa femme, il la vit clairement hausser les épaules. Depuis qu'elle avait conquis le droit de faire les valises, Line n'offrait plus qu'un caractère effacé, réservant son mépris aux réflexions les plus désobligeantes.

— Je suis d'accord pour vous laisser Patrice, admit-elle.

Emma ressentit ce recul comme une consolation à sa défaite. Aussi en profita-t-elle pour verser sa petite larme en portant l'enfant sur ses genoux — ce qu'elle ne faisait que très rarement — et envoyer au passage quelques piques, de petites paroles plaintives sur les inconséquences de ces malheureux parents tirant à hue et à dia l'innocente créature. Même si elle avait mal au cœur, Line se disait qu'elle ne pouvait tout refuser aux Goursat, et qu'après avoir marqué des points, il fallait laisser un gage de bonne volonté.

Que le petit Patrice devînt ainsi l'objet de tractations et de marchandages agaçait Clément. Mais il renonça à en discuter un traître mot. Il avança la main dans la chevelure bouclée de l'enfant qui se tenait replié tout contre la poitrine de sa grand-mère. Alors Emma, d'un geste protecteur, le serra contre elle. Clément retira sa main, vexé.

— Ça nous fera une compagnie, dit Léon. Car, après votre départ, la maison sera bien vide !

TROISIÈME PARTIE

Jours de victoire

XV

La jonction sur l'Elbe des troupes américaines et soviétiques dans les ultimes jours d'avril 45 sonna le glas de la guerre. Les communiqués militaires, qui se succédaient à la radio et dans les journaux, n'intéressaient guère qu'une minorité de gens. A Galiane-sur-Sévère, depuis longtemps, on considérait la guerre comme terminée. Tout ce qui se déroulait au-delà des frontières françaises, ce lointain théâtre des opérations, ne les concernait pas, et encore moins les cyniques accords de Yalta. La seule discussion qui courait autour du café Bournat, épicentre du séisme qui allait secouer pendant trois semaines la vie du village, était celle des élections municipales. On en avait fixé tardivement le premier tour pour le 29 avril. On savait qu'Antoine Dubrot ne se représenterait pas. Il l'avait fait savoir à son entourage. Et ses ennemis s'étaient chargés du reste. Dans le village, personne ne le regretterait. Au contraire, on se félicitait ouvertement de son départ. Si ces réactions puériles l'atteignaient au plus profond de lui-même, il s'arrangeait pour ne surtout rien laisser transparaître de ce trouble intime afin qu'on ne s'en réjouît pas trop. Jusqu'au dernier moment, Pierre Lafon, qui s'était désigné expressément en successeur naturel, avait craint qu'il ne changeât d'avis. Aussi entra-t-il en campagne dès les premiers jours de mars pour annoncer à la population que Dubrot devait passer la main, qu'il avait assez accumulé d'erreurs et de bêtises. En vérité, le maire avait pris une décision irréversible depuis de longs mois déjà, depuis qu'André Bernical l'avait frappé dans le dos en s'attelant à diviser son équipe. Aussi observait-il cette vaine agitation avec lassitude, méditant au passage sur l'ingratitude des habitants de Galiane.

Léon Goursat, l'un de ses derniers fidèles, fut très étonné de découvrir que le maire ne briguait pas un nouveau mandat.

— Quel dommage ! Mon pauvre Antoine, ce serait encore toi qui gagnerais, fit Léon. Tu leur en remontrerais, moi je te le dis.

— Bah ! rétorqua-t-il, quand on n'a plus de jus, mieux vaut passer son chemin. Et puis, il y a tellement de candidats. Lafon, Bernical, énuméra-t-il. Fayolle… Si ça continue, il n'y aura pas assez de gens à Galiane-sur-Sévère pour remplir toutes ces listes.

— Alors que dans tout ça, jeta Léon, il y a à peine de quoi en faire une convenable.

— Tout le monde en veut. Après tous ces événements dramatiques, je pensais, dans ma grande naïveté, que les gens étaient dégoûtés de la chose publique. Force m'est de constater qu'il n'en est rien. Bien au contraire. A croire que chacun espère en découdre, plus que jamais, conquérir d'illusoires petits pouvoirs. Rien que de la médiocratie en vue. Regarde Fayolle. Qui aurait pu penser qu'un homme aussi lucide, subtil, se jetterait dans la mêlée ? Il paraissait tellement différent de tous ces arrivistes. Que croire ? Qui croire ?

— La place est bonne ! ironisa Léon.

— C'est ce qu'on dit. Mais, ça déchantera. Je te jure que ça déchantera.

— Ah ! ricana Dubrot, il y avait moins de volontaires en 41. Quand il a fallu se défendre contre Pensennier et que les gendarmes sont venus m'arrêter, je les ai cherchés les appuis fidèles. Lafon, l'homme qui veut conquérir la place et qui met tant de passion dans cette campagne, n'était-il pas à ce moment-là du côté de Pétain ? On a la mémoire courte à Galiane. Sa chance — c'est malheureux à dire — lui vient du martyre de son fils. La mort héroïque du pauvre Charly en a fait malgré lui un résistant.

Léon Goursat promenait son béret sur sa tête pour s'aérer le crâne. Le soleil, qui dardait durement, leur brûlait les épaules et, du regard, ils cherchèrent un petit coin ombragé. Ils choisirent la belle ombre d'un cerisier, dérangeant un couple de pies qui alla se poser un peu plus loin dans un vaste champ moucheté de boutons d'or.

— Que veux-tu, mon pauvre Antoine, les gens n'ont la reconnaissance de rien. Tu as rendu des services et voilà le résultat. C'est tout juste, maintenant, si on ne vient pas te chier dessus. Ça ne jure plus que par Lafon ou par Bernical. Je me demande même qui va voter Fayolle.

— Moi, affirma Dubrot. Moi, je voterai pour le docteur. C'est un homme droit. Chaque fois que je suis allé le voir, il m'a donné de bons conseils. Après l'assassinat du vieux Chadal, il m'a même supplié de rester calme, que ça ne servirait à rien de se rebeller. Mais, je lui devais bien ça au vieux Chadal. Je lui devais bien un petit acte de rébellion. Résultat : trois ans d'emprisonnement. Je ne regrette rien. Depuis, un ressort s'est brisé en moi. Ce monde qui renaît après la guerre, je n'y comprends plus rien. A croire que j'appartiens toujours à l'ancienne époque, celle où l'on avait encore quelques principes républicains dans les tripes !

— Ça fera au moins deux voix pour Fayolle, ajouta Léon Goursat, parce que, moi aussi, je lui donnerai ma confiance. C'est pas un paysan comme Lafon ou Bernical, mais c'est quelqu'un qu'a jamais varié.

Tirant à lui une branche basse du cerisier, Goursat grappilla instinctivement quelques graines. D'un coup d'ongle, il les ouvrit une à une. Le petit point noir, minuscule comme un grain de poivre, indiquait les dégâts des derniers gels de mars.

— Trois sur dix, pronostiqua-t-il en faisant le tour de l'arbre. Les cerises seront claires cette saison.

— Par contre, ajouta Dubrot en avançant dans l'herbe haute, ça sera une bon Dieu d'année de fourrage.

— Tu sais ce qu'on dit des années de foin ? demanda Goursat.

— Des années de rien, ajouta Dubrot en piétinant le trèfle.

Les deux hommes avancèrent vers la bordure du taillis et se retournèrent pour considérer l'espace jusqu'à la crête de la colline.

— Maintenant que ton fils est installé à Brivins, fit Dubrot, ça doit te laisser du travail ?

Léon éclata de rire.

— Ce bougre-là ne m'a jamais aidé. Tiens ! Je peux te garantir qu'avec ça un patron ne fera pas fortune. Etant jeune, sa mère l'a pourri. Sa gentille petite femme a bien vite compris qu'il fallait le tirer de nos pattes. Surtout de celles de sa mère.

Antoine Dubrot observait son vieil ami avec amusement. Goursat, pensa-t-il, est tout le contraire d'un imbécile, bien qu'on prétende l'inverse au pays. Le brutal départ de Clément et de Line vers la ville avait attisé les commérages. A Galiane, on disait volontiers que Léon s'était révélé impuissant, une fois encore, à calmer les fièvres autoritaires de son dragon de femme, et que le couple n'avait plus trouvé que la fuite comme solution. Mais que ne raconte-t-on pas, au pays, dès qu'un homme ne pense plus comme tout le monde ? Voilà une espèce en voie de disparition, se dit-il en suivant Goursat du regard, une espèce qui va bientôt nous faire cruellement défaut. L'avenir ne réclame plus que des cyniques et des fanatiques ; des cyniques pour gouverner le monde et des fanatiques pour croire aux recettes de l'avenir. Avec ces froids calculateurs et ces troupeaux bêlants, tout ira de mal en pis. Les Goursat, avec leurs six vaches et leurs cinq hectares, n'auront plus droit au chapitre. On les plumera comme de la volaille. Viendra même le temps où on les désignera du doigt tels des freins au progrès. Mais, aujourd'hui, que savons-nous du progrès ? maugréait Dubrot. Les millions de morts de la catastrophe ! Et rien ne garantit que ça ne recommencera pas. Tout ce que nous avons accepté durant ces années de guerre ne laisse présager que désordre pour l'avenir. L'histoire a rendu Bernical féroce comme un chien de garde, l'histoire dont hier encore il semblait se défier, voilà que lui aussi y a pris goût, le saligaud ! Mais qu'est-ce que l'histoire, saison après saison, sinon une grande faucheuse qui balaie les peuples au nom de cruelles utopies.

Adeline accueillit la décision de son mari par une violente colère. D'ordinaire, elle ne discutait pas ses choix, mais le voir ainsi descendre dans l'arène, « s'abaisser à ça » comme elle disait d'un ton méprisant, la blessait dans son amour-propre. Peut-on vivre quinze ans avec un homme sans le connaître plus ? se demandait-elle tandis qu'il subissait ses remontrances avec un petit air de moquerie qui la mortifiait de rage. A vrai dire, Àdeline n'avait rien compris à cet homme, ni aujourd'hui ni hier. L'essentiel de son existence se résumait à soigner des malades incurables, à côtoyer journellement la souffrance et la mort. Le peu de liberté que lui abandonnait sa clientèle, en dehors des consultations et des visites à domicile, il le consacrait à éplucher les journaux, puisant dans les commentaires de l'heure quelques raisons de se réjouir ou de désespérer du monde. Le goût de la politique lui était donc venu de l'ennui.

La manière dont furent conclus les accords de Yalta, et surtout la façon dont on évinça une représentation française, réveilla en lui un esprit critique que les désenchantements de la Libération avaient quelque peu mis à mal. « C'est le moment ou jamais, jura-t-il à Ferdinand Strenquel, qui lui rendait visite à ce moment-là, de relire Alexis de Tocqueville. Croire, comme tous ces imbéciles, que l'avenir des nations peut se régler d'un trait de plume entre trois consciences bornées d'illusions sur le nivellement des nationalismes relève de la pire des utopies, et l'avenir nous fera rendre gorge. Quand donc cessera-t-on de penser que l'*homo politicus* peut avoir quelque prise sur l'inéluctable gravitation de l'histoire ?..

En écoutant fulminer sa femme qui arpentait la large terrasse baignée de soleil, où elle avait installé des chaises longues, Fayolle rêvait à une grande solitude que son existence n'avait su encore lui offrir. Il lui prenait souvent un désir ravageur de tout envoyer promener afin de se placer en marge du monde.

— Que vous imaginez-vous, mon pauvre ami ? Vous serez laminé à ce jeu-là. Nos paysans n'ont que faire d'un homme tel que vous à la tête de leur conseil municipal. Vous ne parlez pas comme eux. Vous ne pensez pas comme eux. En un mot, vous êtes un étranger, clamait-elle avec ce singulier voussoiement qu'elle utilisait seulement dans ses heures de grande colère.

Ce ton volontairement guindé servait surtout à éviter un brutal dérapage des mots. Evidemment Adeline ne pouvait soupçonner que son mari se souciait bien peu de l'issue de cette consultation électorale. Fayolle, en joueur invétéré, escomptait tout juste gagner un petit rôle dans ce théâtre d'après-guerre.

— Ma chère Adeline, si vous comptez me faire peur, vous perdez votre temps. Je me présenterai aux élections quelles que soient mes chances. Il s'agit, pour moi, de vérifier deux ou trois petites choses sur l'âme humaine. J'ai donc besoin de me coltiner à la réalité crue, si vous voyez ce que je veux dire.

— Alors mon ami vous allez être gâté, ce me semble, gâté au-delà de toutes vos prévisions.

— Que voulez-vous dire ?

— La période de la Résistance ne vous a donc pas suffi ! Des lâchetés de Declotz aux trahisons de Juglard, que voulez-vous de mieux ? N'a-t-on pas atteint le fond de la noirceur ?

Franck Fayolle regardait l'alignement des marronniers en fleur, la belle allée dorée par le soleil d'avril. Il avait sur le bord des lèvres deux ou trois phrases assassines. Vous aussi, ma chère Adeline, se retint-il, vous avez voulu vérifier ces deux ou trois petites choses qui donnent du piment à l'existence. Ce jeune homme que j'ai eu le malheur de conduire jusqu'à vous, jusqu'à portée de votre ensorcelant regard, qu'en avez-vous fait ? Un petit personnage de vaudeville. Je peux bien jouer le mari floué de Madame Bovary… Pour clouer ainsi le bec à sa femme, il eût fallu que Fayolle se prît au sérieux. Malgré bien des efforts, il ne parvenait pas à mettre un peu de sévérité dans ses jugements. Une belle haine l'eût naturellement aidé, car, sans fiel, on ne parvient à rien en politique, d'autant que, par-dessus le marché, il prenait plaisir à s'analyser dans le plus simple appareil de son désarroi. Mari cocu, se jugeait-il, et futur politicien raté !

— Ne venez pas vous plaindre après coup, continuait Adeline. Consoler un chagrin aussi vulgaire qu'un revers électoral serait au-dessus de mes forces, le sommet du ridicule.

*
* *

En le laissant entrer dans son cabinet de travail, rue des Lilas, Jacques Saint-Assier prit la mine fermée du maître face au serviteur. La poignée de main tendue de Clément Goursat retomba comme elle était venue. Ce n'est pas parce que je lui fais cette fleur, encore une fois, se disait l'industriel, qu'il va me taper sur le ventre. Saint-Assier faisait semblant de compulser un dossier, tournant et retournant quelques feuilles noircies de chiffres alignés sur des colonnes soigneusement tracées. Jugeant sans doute que la comédie avait assez duré, que son futur employé était suffisamment mal à l'aise, il dressa la tête.

— Ta gentille petite femme, commença-t-il pour s'interrompre aussitôt afin de mesurer l'effet produit par ces mots. Ta gentille petite femme est venue récemment pour me proposer de te prendre dans mon entreprise. Sur l'instant, j'ai dit oui. Sans la moindre hésitation. A cela, il y avait deux raisons. La première, c'est que nous sommes liés par une petite fortune qui dort tranquillement dans l'attente de jours meilleurs. La seconde, c'est que je n'ai jamais rien su refuser à une jolie femme. Alors, je suis lié, tel que tu me vois, par cette parole. Bien sûr, il n'y a rien d'écrit entre nous. Comme on dit, les paroles s'envolent... Mais, rassure-toi, ce qui est dit est dit. Voilà !

L'industriel, le regard fuyant, triturait le capuchon ivoirine de son gros stylo. Goursat lui faisait l'effet d'une limace gluante, de celles qu'il écrasait sous le talon sur le bord des chemins de son enfance. Comment, se demandait-il en l'observant, a-t-il pu accepter de sa femme une telle humiliation ? Faut-il qu'elle le méprise pour me l'envoyer ainsi, pieds et poings liés, comme un petit toutou...

Saint-Assier n'ignorait rien des noirs sentiments que Goursat éprouvait à son égard. Il avait pu en mesurer l'importance avec l'affaire des Farigoules. Cet imbécile aura senti que sa petite femme m'intéresse, se disait l'industriel. Mais que fera-t-il pour la tirer de mes griffes ? se demandait-il avec amusement. Rien de plus que ce qu'il fait aujourd'hui en venant quémander de nouvelles faveurs. Curieuse façon de se défendre !

Depuis la soirée où Clément Goursat vint maladroitement lui proposer de renoncer à sa part des lingots d'or du Reyssat,

Saint-Assier considérait que ce jeune homme n'était qu'un petit paysan pleutre sans envergure, un type à emmerdements.

Clément ne comprenait qu'à demi ce discours dont les subtilités lui passaient par-dessus la tête. Il sentait bien que Saint-Assier jouait son numéro favori de petit patron pour qui un emploi est un cadeau du ciel, un généreux sacrifice. Et elle était loin, bien loin l'image du gentil bourgeois de Brivins jurant son indéfectible amitié, la main sur le cœur.

— Mais, dit-il en le fixant soudainement droit dans les yeux, que sais-tu faire au juste ? C'est une question que je n'ai même pas abordée avec ta femme.

— Je pensais, bredouilla Clément, que cette question était réglée…

— Nous allons la régler, maintenant, coupa Saint-Assier.

— J'ai un brevet d'électricien.

Saint-Assier éclata de rire, montrant de belles dents jaunes qui lui barraient le visage.

— Un brevet d'électricien ! Quelle est cette fantaisie ? Je te destine au commercial. Le seul rapport que je vois, ironisa-t-il, c'est que, dans le commerce aussi, le courant doit passer…

Goursat ne savait s'il devait partager ce rire. Rire de lui-même, rire du fait que Line lui imposait une épreuve dont il ne sortirait pas indemne.

— Le seul commerce que tu as fait, remarqua Saint-Assier, c'est le trafic de tabac au marché noir, celui qui t'a causé tant d'ennuis. C'est le seul bon point pour toi. Et ce n'est déjà pas si mal. Je te ferai même un aveu. Sans cette affaire, je n'aurais pas songé un seul instant à t'engager. Car, à te voir, ainsi, tellement innocent dans tes manières, comment soupçonner la canaillerie ? Les crétins qui t'ont arrêté en gare de Brivins ont dû jouer ça au pifomètre. Ce n'est pas Dieu possible. Enfin, moi, tu me conviens tel que tu es. Un homme à qui on donnerait le bon Dieu sans confession est taillé pour le commerce. Tu es fait pour ça. Laisse-donc tomber l'électricité. Ça ne nourrit pas son homme.

Une semaine plus tard, dans les premiers jours de mars 45, Clément Goursat se retrouva au volant d'une bétaillère

Hotchkiss, battant campagne pour visiter foires et marchés. Là, il y fit la connaissance de tous les courtiers à la solde des Viandes Saint-Assier SA. Ils conduisaient Goursat dans les fermes les plus reculées de la campagne limousine, lui indiquaient sur quelle sorte de bétail il devait jeter son dévolu et, surtout, le prix qu'il convenait d'y mettre. Rapidement, Goursat comprit ce qu'était en réalité la fameuse « Viandes Saint-Assier SA ». Il y avait deux sortes de circuits. L'un passait par l'abattoir municipal, l'autre, le plus important, était dirigé vers l'abattage clandestin qui s'opérait dans les environs de Brivins, en pleine campagne, loin des regards indiscrets. La nuit venue, on devait convoyer la marchandise vers la ferme clandestine, et, avant le jour, les quartiers de viande réservés au marché noir étaient distribués chez les grossistes et les bouchers participant au réseau de vente, en même temps que la marchandise provenant du bétail légalement abattu et vendue, elle, au tarif taxé des tickets de rationnement.

Clément Goursat passa rapidement maître dans l'art du maquignonnage, ce qui conduisit peu à peu l'industriel à réviser son jugement alors qu'il semblait pourtant sans appel. Il voyait Saint-Assier deux fois par semaine à l'usine située boulevard Leblanc, à l'entrée ouest de Brivins, dans cette partie de la ville réservée aux entrepôts et traversée par le chemin de fer. Ils faisaient le point sur l'état des transactions pour la mise en conformité des carnets d'achat en cas de contrôle de la commission économique chargée de lutter contre le marché noir. Tout cela prenait un minimum de temps. Chaque fois, Goursat tentait d'obtenir quelques éclaircissements sur la manière dont on jugeait son travail. Immanquablement, l'industriel détournait la conversation. Depuis longtemps, il avait compris où le petit paysan voulait en venir : revendiquer une augmentation de son fixe ou obtenir, comme on le lui avait laissé imprudemment entendre, une commission.

En rentrant le soir, exténué, et le plus souvent assez tard dans la nuit, il trouvait sa femme au lit en train de lire. Elle dévorait roman sur roman, par ennui, disait-elle. Il dînait rapidement d'un repas frugal et tombait aussitôt de sommeil. Line, elle, ne trouvait du plaisir qu'accrochée aux basques de ses héros favoris. Entre le sombre Julien Sorel, le lumineux Fabrice del Dongo, son cœur balançait. Alors que Clément s'inquiétait de ce qu'elle pouvait bien faire durant ses longues journées, elle le regardait sans répondre, le regard perdu dans le vague. La lecture semblait la rapprocher d'Adrien ; elle retournait ainsi sur ses traces en visitant les lieux imaginaires qu'il avait lui-même hantés avant-guerre. Elle profitait de ces rares instants pour lui parler, lui écrire des lettres étranges qu'elle s'empressait de détruire ensuite par peur que Clément ne tombât dessus et crût à quelque folie.

Le jeune mari s'interrogeait en regardant la pile des livres s'accumuler dans le petit coin bibliothèque qu'elle s'était aménagée. Ce n'est pas possible, songeait-il, qu'elle passe tout ce temps à bouquiner… Que fait-elle alors ? Elle flâne dans les rues, visite les magasins, et qui sait, se demandait-il la gorge serrée, si elle ne va pas traîner un peu vers la rue des Lilas ? Ce lieu de tous les dangers et de toutes les jalousies, Goursat en était proscrit depuis qu'il était à la solde de l'industriel. A cela, il y avait une raison simple : Saint-Assier ne mélangeait jamais, bien qu'il laissait souvent paraître le contraire, l'amitié et les affaires. Faute de mieux, Clément repensait aux paroles prophétiques de sa mère : « Une fois à la ville, ta femme n'aura plus que le désir de se promener, de se distraire. Pendant que tu t'échineras au travail, qui sait à quel vice elle s'adonnera ?.. »

Une fois par semaine, en général le jeudi, son père venait lui rendre visite. Les discussions tournaient autour du confort matériel. Le petit appartement que Saint-Assier leur avait trouvé, grâce à un ami agent immobilier, était perché au second étage d'une ruelle sombre du centre de Brivins. La fenêtre de la cuisine donnait sur la cour intérieure qui exhalait une odeur d'eau pourrissante dans les profondeurs verdies de mousse. La fenêtre du salon ne recevait le soleil que l'après-midi. A peine les rayons disparaissaient-ils derrière les toitures des immeubles d'en face que le soir semblait tomber brutalement comme une chape de plomb. Ferdinand n'aimait guère ce lieu. Il lui rappelait ses débuts difficiles dans la profession, à Metz, tout de suite après la démobilisation de 1918.

— Je vais vous trouver un meilleur logement, proposa-t-il. Que diriez-vous d'une de ces petites villas avec un jardinet vers la place de la Croix-Bleue ? Le soleil y darde tout le jour.

— Nous ne pourrions jamais nous offrir ça ! avoua Line.

— Combien gagnez-vous ?

— 2800 F, dit Line. Saint-Assier a promis une commission. Tant que Clément est à l'essai, il faut nous contenter de ce fixe. Pour ce logement, nous payons 640 F. Avec l'impôt cédulaire et les retenues de la retraite, ça nous laisse dans les 1500 F pour vivre.

— Je peux vous aider, suggéra Ferdinand toujours prêt à ouvrir son portefeuille.

— Ça non ! jura Line. Si Clément l'apprenait, il ne me le pardonnerait pas.

— Ce Saint-Assier n'est pas très généreux, dit Ferdinand. Il pourrait payer ses ouvriers un peu mieux.

— Toujours est-il que nous sommes tout de même plus heureux qu'à Lavialatte.

— Il faudrait demander ça à ton mari.

— Oh ! fit Line, Clément aime son travail. Ce qui l'enrage, c'est de penser qu'il manipule dans une journée dix ou vingt fois son salaire. C'est drôle tout cet argent dans son portefeuille.

— Il transporte toutes ces sommes sur lui ?

— Les paysans veulent être payés en espèces.

Ferdinand Strenquel conduisit sa fille à La Ménagère. Sous le prétexte de faire un petit tour, il lui remplit sa garde-robe, son garde-manger. Elle feignit de n'y voir qu'une habitude prise bien avant l'installation à Brivins, alors qu'elle n'eût point accepté la même valeur en argent liquide. Cette attitude faisait partie des bizarreries qui amusaient Strenquel.

*
* *

A l'ouest de Brivins, au bout d'une douzaine de kilomètres de route étroite serpentant dans une des plus belles forêts corréziennes, se cachait le château de la Coutance. De style XVIIIe, cette demeure avait été dessinée par Mathurin Broussard, un architecte à qui l'on doit, entre autres créations, le plan de l'évêché de Limoges ainsi que la chapelle de la Visitation. Le grès rose, propre à cette région de la Corrèze, avec lequel on avait édifié ce joyau, portait en divers endroits l'outrage des ans, car la pierre subissait plus qu'une autre l'usure due à l'humidité. L'encadrement des baies et des fenêtres à meneaux avait été taillé dans un granit rose, d'un rose moins prononcé que celui de la pierre gréseuse environnante. Le mariage, ainsi désiré pour des raisons de solidité évidente, s'avérait du plus bel effet avec la patiente patine du temps. On pénétrait dans l'espace végétal du château par une large allée, bordée de chênes bicentenaires, qui se terminait sur un bassin à la Le Nôtre dessiné dans le granit du même rose qui avait servi à décorer le château et à façonner les escaliers en fer à cheval. A l'arrière de la demeure, le parc continuait en pente douce jusqu'à la forêt.

Le château de la Coutance avait appartenu à diverses familles fortunées, mais jamais à une de ces grandes souches nobles qui marquèrent jadis l'histoire de France. La mémoire du lieu s'en trouvait donc réduite à une longue succession d'obscurs propriétaires qui en acquirent la jouissance au gré des fortunes. Au début du siècle, un limonadier parisien, Félicien Gillibert, délaissant les emprunts russes, l'acheta pour placer son argent. A la retraite, il vint s'y installer et trouva le cadre tellement romantique qu'il notifia par testament la volonté de s'y faire inhumer sous une belle dalle de granit sur laquelle il fit graver une curieuse épitaphe : « Le bon vin conserva Félicien Gillibert (1848-1932) et en fit un voyant. » Le fils, Léonce, un gros bonhomme ventru, convertit le château en hôtel de luxe, réputé bien au-delà de la contrée, et qui fut hanté par quelques personnalités de la IIIe République venues là en galante compagnie.

Ce refuge confortable à l'écart de Brivins était tout à fait ce qui convenait de mieux à Pierre Declotz pour y tenir le premier rendez-vous historique de sa future entrée en politique.

La constitution, en décembre 44, du MRP n'avait été qu'un petit galop d'essai. Certes, en se faisant propulser à la tête de ce nouveau mouvement, qui rassemblait tout autant les gaullistes que les anciens membres des partis de droite dissous durant l'Occupation, il gagnait la première manche de son pari, la plus facile. Restait à convaincre les cénacles bourgeois de la ville, la petite finance, l'industrie et le commerce, de ses réelles motivations à leur égard. Seul un Roland Maluzier pouvait lui permettre d'accomplir un tel prodige dans un milieu qui avait été, d'une manière générale, tièdement collaborationniste, et en face duquel Declotz passait pour un chef résistant épurateur. Alors, il s'attacha à gagner la confiance de l'ancien ministre. Maluzier se résigna à écrire des lettres d'introduction. Ces billets rassurants sur les futures intentions de Declotz eurent un effet magique. En quelques semaines, il obtint l'appui des cercles argentés de la ville. Roland Maluzier acquit l'assurance, en contrepartie de ce sérieux coup de pouce, de ne jamais devoir paraître devant une cour de justice pour ses activités vichystes. C'était un minimum, car, dans l'inconfort de sa retraite, le politicien, au vu de l'évolution des événements, se remettait à espérer en un retour possible sur le devant de la scène. Dès le premier instant, il avait jugé, et bien jugé, que ce Pierre Declotz, tout compte fait, convenait parfaitement aux mois de transition: suffisamment rigide pour dresser les factions contre lui et assez pourri pour ne risquer de les défaire. Présentement, rien ne laissait augurer dans le pays une victoire du MRP. Les sirènes du Conseil national de la Résistance suffisaient à combler les angoisses de l'heure: aujourd'hui, l'enfer du rationnement, demain, le paradis pour tous! L'ancien ministre Maluzier se disait que cette IVe République appelée de tous côtés ne serait en rien différente de la précédente. Un ripolinage de façade des institutions ne changerait pas la mariée. Comme par le passé, il faudrait continuer à ruser et à mentir pour conquérir les suffrages. A ce jeu, pronostiquait-il, les plus professionnels d'entre nous l'emporteront de haute main sur les amateurs drapés de pureté.

Dans l'air surchauffé d'un beau matin d'avril, les premières Citroën envahirent les allées du Château. Les hommes gagnèrent aussitôt la demeure avec un sérieux de circonstance, tandis que les femmes, en robes d'été, se répandirent sur les gazons, piétinant les premiers crocus de la saison. La meneuse de revue, qui portait comme un gant la dégaine du prénom garçon manqué dont on l'avait affublée, Fabienne, les cheveux noirs coupés à la garçonne, entraîna la compagnie vers les chaises de jardin dispersées dans l'ombre dorée d'un cèdre du Liban. L'amie de Fabienne, Rolande, celle dont on disait au fameux bar du Chêne fleuri, sur un ton méprisant, qu'elle « marchait à la voile et à la vapeur », applaudit l'escapade aventureuse des talons hauts dans le terrain accidenté par un pavage délabré.

— Vous croyez que nous allons pique-niquer ici ?

Les rires repartirent de plus belle. Fabienne allait d'une oreille à l'autre répandre son petit jeu de mots qu'elle venait d'inventer et qui, de toute évidence, se prêtait admirablement bien à la situation.

— Pique-niquer, sans doute ! Mais niquer, sûrement pas !..

— Ça serait quand même plus smart à l'intérieur, cria Floria qui avait encore échappé à la confidence du petit mot d'esprit pour être restée en retrait sur le confortable gazon. Floria était une belle brunette aux parures extravagantes, cultivant à outrance son genre un brin vulgaire d'italienne impudente. A tout propos, elle employait le terme de « smart » sans en connaître la signification. Elle disait tout aussi bien que le discours de son amant était smart, mais que les gens qu'il fréquentait ne l'étaient point. Bref, il fallait être smart en toute occasion pour correspondre au goût du jour. Elle hésitait à se mélanger aux jeux de ces femmes. Par sa position, Floria se croyait autorisée à prendre un peu de champ et à observer cette agitation avec condescendance. Après tout, elle était la maîtresse en titre de Pierre Declotz. Et Pierre Declotz n'était pas n'importe qui à Brivins ! Ne disait-on pas qu'il était l'homme de la situation, briguant tous les postes : maire, député et, qui sait ? ministre !..

Léonce Gillibert se crut obligé, devant ses visiteurs, de faire faire le tour du domaine. Il remettait au goût du jour les bonnes vieilles recettes hospitalières d'avant-guerre, bien qu'il s'agisse de personnes envers lesquelles il ne savait quelle attitude adopter. Ces nouveaux maîtres issus de la Résistance seraient-ils, à l'endroit des plaisirs, du même bois que ceux qui peuplèrent les petits soupers de l'Occupation ? En bon restaurateur, Gillibert s'autorisait à croire que la seule attitude possible serait, encore une fois, de se ranger sous la bannière du grand parti des aubergistes. Toutefois, des gens tels que Philippon, le petit ingénieur des Ponts et Chaussées, Darmon, le nouveau fondé de pouvoir de la Banque Maluzier, ou encore Ramirez, négociant en fruits et primeurs, riaient sous cape en feignant de découvrir la belle enfilade de suites, le grand salon mordoré avec ses tapisseries représentant des scènes de chasse, la salle de jeu peuplée de petites tables rondes au-dessus desquelles semblaient flotter les halos jade des lampes à suspension. Ils étaient des habitués de la Coutance, au point d'y venir perdre régulièrement quelques coquettes sommes au poker, à la canasta, et d'y basculer sur les bergères vieux rose quelques filles alanguies.

En attendant le retour des invités, Rose Cipriani relisait une dernière fois le discours que Declotz allait prononcer. D'un trait de plume, elle supprimait les adjectifs en trop et les redondances nichées au détour des phrases. Par la fenêtre lui parvenaient les éclats de voix des donzelles. Rose vint se placer contre le lourd rideau en toile de Jouy pour observer Floria tout à loisir. La maîtresse de Declotz se tenait légèrement à l'écart des autres filles. Sa lourde chevelure brune tranchait avec le style des deux garçonnes dont les physionomies semblaient sortir d'une revue de mode des années 30. Les petites robes droites, courtes, charleston, leur prêtaient une allure de danseuses du Caveau de la Gaîté. C'était là un genre prisé par Philippon qui s'amusait avec une volupté sans pareille à les voir se dévergonder ensemble. « Ce sont mes joyeuses catins », disait-il en les exhibant au bar du Chêne fleuri. Floria rêvassait en tirant de longues bouffées sur une cigarette américaine. Que peut-il donc lui trouver ? se demandait Rose les yeux fixés sur elle. Cette fille est vulgaire, bête comme ses pieds, sans un gramme de conversation.

— Tu es jalouse ? demanda Gibaud qui s'était glissé sans bruit derrière elle enroulant délicatement ses bras autour de la taille de la jeune femme. Je devine comme dans un livre ouvert le fond de ta pensée. Tu te demandes ce que fout Declotz avec cette fille.

— Pourquoi dis-tu que je suis jalouse ?

— Je n'ai jamais pu savoir s'il y a eu quelque chose entre Declotz et toi.

Rose Cipriani se retourna en éclatant de rire. Gibaud la prit aussitôt dans ses bras, amena ses lèvres à hauteur de l'oreille, mordillant le lobe, puis descendit le long du cou. Rose se dégagea vivement quand elle sentit qu'il voulait imprimer un suçon.

— Tu as de l'orgueil mal placé, dit Gibaud.

— Je n'ai pas envie de porter les marques amoureuses de ces pouffiasses, fit-elle d'un ton pincé en désignant le parc.

— Tu ne comprends pas pourquoi un Declotz préfère une Floria stupide à une Rose subtile ?

Elle haussa les épaules et recula à cause des bruits de pas dans la pièce voisine.

— Aimer une femme intelligente relève d'un plaisir un brin masochiste, déplora Gibaud. Pourquoi faut-il tout nommer, disséquer, analyser ?

— Tu serais donc épuisé à ce point de vivre avec moi ? s'enquit Rose avec un regard malicieux.

— Je n'arrive toujours pas à comprendre si je compte vraiment pour toi.

— Allez ! se monta Rose, va donc rejoindre les Rolande, les Fabienne et leurs sœurs. Là, tu trouveras le repos du guerrier.

Deux serveurs en livrée noire et blanche tirèrent sur les tapis cinq ou six bergères. Declotz attendit que chacun eût pris ses aises pour se diriger vers le large bureau qui marquait la frontière entre lui, le maître d'œuvre, et ses obligés. Il promena un regard dédaigneux sur chacun de ces visages et n'y vit que de l'incrédulité. A quoi s'attendaient-ils tous ces imbéciles ? se demandait le politicien en se caressant le visage. A voir Roland Maluzier en chair et en os ?

Serge Gibaud, assis sur une petite chaise, non loin de Rose, avait ouvert son calepin pour prendre quelques notes. Ce geste était une manière de justifier sa présence ; du reste, une présence qui attira l'attention d'un des participants, Justin Béranger, le président-directeur général de Brivins-Mécanique, une entreprise de fabrication de machines-outils.

— On nous avait conviés à une réunion privée, et voici qu'un journaliste se trouve là, tout disposé, je suppose, à décrire cet événement dans sa gazette et, qui plus est, à y mentionner les noms des participants.

Le journaliste se défendit en précisant qu'il n'était là qu'à titre personnel et que, s'il le fallait, il rangerait calepin et stylographe. Le rouge monta aux joues de Declotz.

— Mes amis, fit-il d'un ton décidé, notre Parti, le MRP, ne va pas, derrière l'église, accoucher d'une liste pour les prochaines municipales. Bien au contraire, au terme de cette magnifique journée, le nouveau bébé républicain sera baptisé plutôt dix fois que pas du tout et nous célébrerons des messes pour que prospère la progéniture.

Si Michalon, Laroque ou Ramirez prirent la métaphore à la rigolade, ce ne fut pas le cas de Darmont ou de Béranger qui trouvèrent l'allusion d'une intolérable insolence, voire d'un anticléricalisme primaire. Tous deux, dévots et bigots, ne supportaient point que l'on touche à la chose sacrée, même pour placer un mot d'esprit. Aussi la singulière formule eut-elle pour conséquence de conforter la mauvaise opinion qu'ils avaient par ouï-dire du personnage. « Ma parole, souffla Darmont dans l'oreille de son voisin, il aura soutiré l'appui de notre pauvre Maluzier par la force. Décidément, ce malheureux vit un enfer. Quand donc le supplice cessera-t-il ? »

Cette réaction amusait un Gibaud qui n'en perdait pas une miette. Ça joue les tartufes offusqués, se dit-il, mais ça entretient en cachette quelques petites maîtresses. Je voudrais bien voir, moi, à quoi ça ressemble un Darmont à cheval sur la gueuse !..

Jugeant un peu tardivement que la plaisanterie n'était pas du goût de chacun, Declotz s'arma d'un air grave pour débiter les grands principes libéraux du nouveau parti. C'était un exercice obligatoire auquel il devait sacrifier et pour lequel, à vrai dire, il nourrissait une profonde aversion. D'ailleurs, il avait chargé Rose Cipriani de rédiger le discours. Elle avait ce talent-là de trouver en toutes occasions les mots nécessaires.

— Nous sommes le Parti de la liberté, attaqua le politicien, le Parti de la liberté de penser, de la liberté syndicale, de la liberté de l'enseignement, de la liberté d'entreprise. Nous voulons la révolution, certes ! Mais par la loi, seule. La loi ! Non par la violence…

Declotz, d'une voix monocorde qui s'imposait à lui quand il en était réduit à lire un discours, prôna le credo selon lequel on devait rétablir par les moyens politiques l'esprit de liberté dans le tissu social mis à mal par les années noires de l'Occupation. A la fin, il réserva quelques mots pour la politique extérieure de la France. On y retrouvait les grands principes d'avant-guerre, avec des formules telles que « France généreuse » ou « France fraternelle au service de la paix », des formules dont on avait abusé jadis avant que l'arrivée des troupes étrangères sur notre sol nous fissent comprendre ce que la générosité et la fraternité des peuples signifiaient exactement en Europe. Il souhaita, la main sur le cœur et des trémolos dans la voix, que le Rhin devienne pour l'éternité une inviolable frontière, ce qui aviva les applaudissements et eut pour effet d'effacer la détestable image du bébé républicain porté sur les fonts baptismaux.

Après l'étalage des grands et nobles principes par lesquels la France allait recouvrer l'autorité et le prestige d'antan, on passa aux petites besognes républicaines. Declotz, flairant que la partie serait rude, se délesta de sa veste et engagea le débat sur la cuisine électorale. Le ton monta rapidement sur la composition de la liste. Chacun désirait se percher au plus haut pour se garantir quelques chances de siéger dans le futur conseil municipal, échappant ainsi au couperet de la proportionnelle. Declotz gérait l'opération, selon l'habitude, avec brutalité. Il avait déjà établi l'ordre des candidats et ne voulait y déroger sous aucun prétexte. La constitution du conseil provisoire, en août 44, et les interminables tractations avec les composantes du CDL l'avaient traumatisé à un point tel qu'il s'était juré de ne jamais plus s'engager dans une telle aventure. Mais voilà, on n'était pas en août 44. La politique ne se pratiquait plus à la hussarde. Là où il eût fallu mettre du doigté, il laissait s'imprimer une raideur inutile, et là où il eût été préférable de loger quelque fermeté, il affectait de la mollesse. Si bien qu'à midi, la liste était encore au point mort. Tout ce que l'on savait au juste, c'est que Declotz tiendrait la tête, quoi qu'il arrive. Devant ces cafouillages, Serge Gibaud courut au téléphone pour avertir Delanfroy du désastre. Dans le même temps, à Brivins, Juglard concoctait la sienne. Ce n'étaient pas les offres de service qui lui manquaient, mais les indispensables notabilités faisaient défaut, celles qui, précisément, frappaient à la porte d'un Declotz brouillon. Gibaud réalisait que le découragement risquait de les faire tomber dans l'escarcelle de Juglard qui, lui, n'allait pas cracher dessus.

Delanfroy surgit dans la mêlée comme un diablotin d'une boîte à surprises. D'un trait d'autorité, il assainit les velléités des uns et refréna l'ardeur des autres. En quelques minutes, la liste fut composée. Seul Michelin Géraut, un agent immobilier de Brivins, se dressa en fulminant qu'on ne l'y reprendrait plus à cette comédie. A l'instant de claquer la porte sur ses talons, il constata plein d'amertume que personne ne le suivait dans sa désertion et que son petit coup de théâtre était resté sans effet.

Michalon, le délégué à l'information, les mains enfouies dans les poches de sa veste tiraillée à l'encolure, s'avança vers le journaliste :

— En voilà un qu'on retrouvera sur la liste de Juglard. Il était pourtant pétainiste comme cochon, anti-francs-macs. Bah ! Rien de tel que l'ambition pour oublier les grands principes.

Laroque, qui s'était levé lui aussi pour se dégourdir les jambes, alla vers Gibaud. Et lui posant la main sur l'épaule :

— Avez-vous vu ça ? jura-t-il après s'être assuré que les

Ramirez, les Béranger et autres Darmont ne pouvaient l'entendre. Ça n'a rien foutu pendant la guerre. C'est venu dans la Résistance en août 44…

— Fin août, précisa Michalon en rigolant.

— Et ça voudrait occuper les premières places. Merde alors !

— Sans eux, souffla Gibaud, ce sera impossible de gérer la ville.

— Tout est dans l'équilibre, dit Laroque en mimant des mains les deux plateaux de la balance imaginaire par laquelle on doserait au gramme près les miettes du pouvoir.

Posté sur la haute marche qui conduisait à la salle de jeu, Delanfroy dominait l'assistance de sa fine stature de dandy, toisant les visages, distribuant les sourires aux uns, les petits gestes amicaux aux autres.

— Ce qui me rassure, fit Darmont à Béranger, c'est que Delanfroy maîtrise la situation. On m'avait dit le plus grand mal de ce Declotz. Je n'osais le croire. Mais après une telle réunion, force m'est de constater qu'il sera difficile de s'entendre durablement avec cet homme. A moins que le pouvoir ait cette vertu magique de l'assouplir un peu. A force de graisser les cuirs, fût-ce les plus roides, ils s'arrangent à l'usure du temps.

— Y a-t-il quelque chose à espérer de ces hommes qui ont été dans la Résistance ? Ils y ont pris de détestables déformations. Avez-vous entendu ces accents d'autorité ? Se croyait-il encore à la tête de ses troupes de va-nu-pieds ? Ah ! Quand donc reverrons-nous Roland Maluzier ? soupira l'industriel.

— Son retour, hélas, dit Darmont, n'est pas pour demain. La banque lui a partiellement échappé, du moins en théorie…

— Je le vois d'ici, ricana Béranger, dire d'un ton de chien battu, comme lui seul sait le faire : « Moi ! mes pauvres amis ! je suis ruiné. Je n'ai plus un sou vaillant devant moi. Ces résistants m'ont tout pris… »

— Ce qu'il nous faut, c'est lui éviter un procès. Avec Sardel, il risque la confiscation de ses biens, donc le peu d'influence qu'il conserve encore dans la banque. Je crois que nous l'avons obtenue cette faveur. Sinon, comme vous pouvez l'imaginer, je ne serais pas là à faire l'imbécile.

Declotz rejoignit le commissaire de la République sur la haute marche.

— Alors, dit Delanfroy, nous avons quand même fait du bon travail. Un banquier, énuméra-t-il, des industriels, des commerçants, trois ou quatre ouvriers et paysans pour donner dans le social, quelques vrais résistants mais pas trop, avec ça, vous prenez la ville, mon cher !

— Qui est donc ce Saint-Assier que vous avez ajouté sur ma liste à la dernière seconde ? s'inquiéta Declotz en feignant de découvrir ce qu'il connaissait depuis longtemps.

— Un industriel. Vous ne vous souvenez pas ? Il était dans le maquis.

— Son père n'a-t-il pas collaboré ?

— Comme tout le monde. Ni plus ni moins.

— Un ami de Gibaud ?

— Un homme de talent en tout cas, ajouta Delanfroy. Vous en aurez besoin pour le ravitaillement. Qui, mieux que lui, pourra vous trouver en claquant des doigts de quoi nourrir tous ces gagne-petit qui, à force de crever de faim, finiront par grossir les rangs des communistes.

A demi-mot, Declotz trouva donc la confirmation de ce qu'il soupçonnait : ce Saint-Assier était bien l'homme du commissaire avec qui il faudrait composer. Ça sera, jugea-t-il, moins difficile qu'avec Davoust ou Murciat aux heures héroïques où le romantisme de la Résistance tenait encore le haut du pavé.

Léonce Gillibert annonça la suite du programme d'une voix de maître de cérémonies. Dans la salle à manger, sous les lustres vénitiens, s'étalaient, sur le blanc immaculé des longues nappes en coton brodées, les bouquets d'asperges, les tranches de foie gras moirées de truffes, deux cochons de lait patinés de gélatine dorée, une pièce montée sur son socle de nougatine dominée par un petit drapeau tricolore en pâte d'amande…

En voyant arriver à la queue leu leu cette belle brochette de personnalités, l'un des serveurs se dévoua pour quérir les dames du parc.

— Les filles ! cria Rolande enfin rassurée, ce ne sera pas un pique-nique !

*
* *

Après le camouflet de l'affaire Martoire, le juge Sardel retrouva bien vite le poil lustré des grands fauves indestructibles en taillant en pièces quelques petites proies miliciennes. Ces exploits redorèrent son blason de magistrat intraitable jusque chez les FTP qui avaient estimé scandaleux qu'on s'attaquât à un résistant de la trempe de Floher pendant que les collabos attendaient leur sort en se roulant les pouces aux Farigoules. Pour sa défense, le juge n'hésita pas à révéler la responsabilité de Delanfroy dans le fiasco. « Avec un dossier basé sur des présomptions, jura-t-il dans le petit cercle qui faisait et défaisait l'opinion à Brivins, nous sommes allés directement au non-lieu. » Sardel, en jouant des coudes, désirait obtenir une relative indépendance pour conduire selon ses propres armes les futures affaires.

Au fil des semaines, procès après procès, le juge acquit la certitude que l'épuration n'irait pas aussi loin que le prétendaient certains politiciens dans leurs discours. Une fois Pétain et Laval traduits devant la Haute Cour, les lourdes condamnations prononcées, leurs thuriféraires expédiés à la mort ou à perpétuité, le pouvoir politique laissera retomber la pression, se disait le magistrat qui n'avait point envie d'être rangé parmi les présidents de tribunaux zélés. Aussi assista-t-on à une succession de renvois pour absence de preuves alors que, deux mois plus tôt, les mêmes affaires eussent été bâclées en quatre coups de cuillère à pot.

Dans ce climat d'incertitude, Me Lambertin estima que l'instant était propice pour son client. Il fit jouer toutes les relations dont il disposait au palais afin de faire inscrire au rôle du tribunal de Brivins l'affaire Edouard Pauliat.

Dans les longues heures précédant l'ouverture de l'audience, l'avocat recommanda à son client de ne jamais se risquer à déborder des questions posées.

— Vous savez, dit-il, c'est une des spécialités du président Sardel, la stratégie de l'araignée. On tisse une toile bien ténue pour enfermer le prévenu. Ensuite, on utilise le bavardage inconséquent de l'inculpé pour resserrer encore mieux les mailles du piège. Certes, je ne suis pas là pour vous apeurer. Mais, moins vous en direz, et mieux ce sera.

Edouard Pauliat s'attendait au pire. Je ne suis pas une huile, déplorait-il. Je n'ai rien à offrir en échange. Alors, on va me descendre comme à la parade. L'occasion est trop bonne pour tous ces gens ivres de vengeance.

A voir son client effondré, la tête dans les mains, tellement pitoyable, l'avocat jubilait intérieurement. Pouvait-on souhaiter meilleure disposition pour gagner la pitié des juges ? Aussi, durant les ultimes heures, il s'employa à entretenir les effets ravageurs de cette bénéfique angoisse. On ne juge que l'apparence ! disait Me Lambertin. Il en avait vu défiler à la barre de beaux miliciens frondeurs et cyniques, dont l'attitude méprisante était le plus souvent le seul crime, ressortir avec une condamnation à mort tandis que d'autres fieffés salauds, tueurs sans vergogne à qui l'on aurait donné le bon Dieu sans confession, écopaient de dix ou quinze ans de prison.

En se retrouvant dans le box des accusés entre deux gendarmes, face à une assistance hostile et rigolarde, Pauliat fondit en larmes. Le président du tribunal, peu impressionné par cette réaction émotive, donna lecture de l'acte d'accusation. C'était, comme toujours, un salmigondis de griefs où se mêlaient son appartenance à la « bande à Pensennier » de triste mémoire, le trafic de bétail, le détournement des colis réservés aux prisonniers, le marché noir et autres vilenies caractéristiques des années sombres. Les mots se mélangeaient dans sa tête lourde. Il lui parut même à un moment de cette longue lecture que sa personnalité se dédoublait et que toutes ces horreurs s'adressaient à un autre Pauliat.

A la seconde où commença l'interrogatoire, Lambertin se rapprocha du box. Il le fixait intensément droit dans les yeux comme pour lui rappeler les mille et un conseils distillés durant les longs mois de détention. Pour sa défense, Pauliat s'attarda à décrire, avec juste ce qu'il fallait de maladresse dans la formulation, la forte ascendance exercée sur lui par le chef milicien en ce temps-là. Il dépeignait les violentes colères dont Jules Pensennier était coutumier, avec surtout cette manie de brandir une arme à tout propos. Sardel doutait de ce récit. Il savait, pour les avoir fréquentés, ce qu'étaient les miliciens, le rôle exact que ceux-ci avaient joué, les appuis qu'ils avaient rencontrés. Cet homme, se disait le juge, a suivi Pensennier par intérêt, et qu'importe le poids des humiliations rencontrées. Le juge tenta alors d'enfoncer le clou en évoquant par le détail la longue liste des exactions commises par cette bande dont le sommet fut sans nul doute le massacre des Razets. L'avocat bondit sur son siège au seul rappel de ces événements, clamant avec véhémence que son client n'avait rien à voir avec cette tuerie effroyable, qu'il avait seulement secondé le chef milicien pour les réquisitions dans les fermes. Le président rappela à cet instant du procès la profanation perpétrée dans la mairie de Galiane-sur-Sévère. Lambertin sortit alors de son dossier, avec un sourire de contentement, une déclaration du maire de cette commune. Par cette lettre de complaisance, Antoine Dubrot indiquait que l'accusé n'avait joué qu'un rôle passif dans l'affaire.

— Bien sûr, s'éleva l'avocat en agitant ses larges manches, mon client aurait dû réagir contre ce crime infâme perpétré sur le symbole même de notre République. Il est resté passif. « Passif », ainsi que vous l'indique le maire, l'un des témoins clés. Passif, dirais-je, comme tous les autres membres du conseil municipal. Passif, comme le maire lui-même. Passif, parce que mon client, comme tous les autres témoins, craignait les représailles de ce fanatique.

— Il arrive parfois, vous en conviendrez, maître, glissa Sardel d'un air ironique, que la trop longue passivité devant un crime équivaut à une complicité…

— Mon client, précisa Lambertin, était passif devant les crimes commis contre la France comme les quarante millions de Français rangés derrière le maréchal Pétain.

Lambertin avait tenu à ménager les effets de sa réplique par de longs silences entre les mots. Il voulait qu'elle éclatât en plein visage du juge, car elle contenait quelques sous-entendus devant lesquels Sardel ne pouvait pas rester indifférent. N'avait-il pas été, lui-même, de ces « hommes passifs », et complices a fortiori d'avoir trop usé de cette passivité, en étant demeuré magistrat sous le régime de Vichy, en ayant signé la lettre de fidélité à Pétain et condamné quelques communistes tels que Boscot pour des actes de résistance ?

— Ah ! cher maître, répliqua Sardel, vous êtes décidément incorrigible. Jamais on ne vous empêchera de jouer avec les mots.

Pauliat, tremblant sur son siège, ne comprenait rien à ces subtilités de palais. A un moment, il profita du brouhaha de la salle pour faire signe à son défenseur.

— Comment jugez-vous l'évolution des choses ? demanda-t-il fébrilement.

Il lui paraissait que tout se déroulait comme s'il était déjà jugé depuis longtemps et que ces échanges de bons mots n'étaient qu'un rituel auquel on se conformait depuis des siècles, depuis que l'on jugeait des hommes.

L'avocat fit mine de ne rien comprendre à l'angoisse de son client.

— Comme prévu, fit-il en lui touchant la main.

Quand vint le moment des explications sur le trafic de bétail, Edouard Pauliat se heurta à un faisceau de questions implacables. Sardel voulait tout savoir sur la manière dont se conduisirent les réquisiteurs. Il exigea même qu'on lui traçât l'emploi du temps d'une journée de ces préposés au ravitaillement. Rapidement, l'accusé perdit pied. Il chercha quelque secours du côté de son avocat.

— Ce n'est pas à Me Lambertin qu'il faut répondre, mais à moi, s'écria Sardel.

Edouard Pauliat comprit qu'on voulait le condamner uniquement sur le trafic, à la condition qu'on parvînt à lui faire avouer qu'il collectait des bovins pour les revendre à son propre compte. Lors des interrogatoires devant la commission de triage, il avait soutenu mordicus n'avoir pas retiré un seul sou de ses activités. Et son avocat l'avait vivement encouragé à nier. « Ils ne disposent d'aucune preuve tangible, lui avait-il dit, sinon des témoignages obtenus sous la foi du serment. » Me Lambertin savait que le seul moyen de confondre son client était de reprendre toute la comptabilité autour des bons de réquisitions. L'opération supposait une enquête financière approfondie chez tous les éleveurs de la région. Les cours de justice avaient d'autres chats à fouetter qu'un petit paysan de Galiane-sur-Sévère.

— J'ai fait ça de bonne foi, s'écria-t-il, de bonne foi, avec le sentiment de servir la France. On avait rendu les réquisitions obligatoires. J'étais désigné pour faire ce travail. Que croyez-vous ? Je ne faisais pas ça de gaieté de cœur.

— Ce n'est pas cela qu'on vous reproche. Le ministère public vous accuse d'avoir détourné du bétail pour le revendre au marché noir.

— Je n'ai jamais fait ça, soupira Pauliat au bord des larmes. Je suis un honnête homme. J'ai été abusé par la politique de Pétain. Ça, oui, je peux le jurer ! On ne m'y reprendra pas à faire confiance au moindre politicien.

La salle entière éclata de rire. Lambertin jeta une œillade appuyée en direction de son client, comme pour lui faire comprendre qu'il venait de marquer un point décisif, et qu'à choisir, mieux valait encore passer pour un imbécile.

Le président Sardel possédait dans son dossier un rapport détaillé sur le trafic effectué par Edouard Pauliat et Baptiste Ponchet — qui serait jugé, lui, dans des conditions moins favorables le mois suivant. Ce texte contenait toutes les réponses possibles aux interrogations que n'importe quel juge était en devoir de se poser. Le trafic, estimé à deux cents têtes de bétail, avait rapporté la coquette somme, au cours actuel du marché noir, de six à sept millions de francs. Pourquoi hésitait-il donc à sortir ce document ? A cette hésitation, il y avait une raison des plus embarrassantes : l'homme qui avait apposé sa signature sur la dernière page de l'enquête n'était autre qu'André Bernical. Le juge Sardel n'avait guère envie que le nom de ce personnage fût prononcé dans cette enceinte compte tenu du rôle qu'on l'amena à jouer dans le fiasco de l'affaire Martoire. Il lui semblait déjà entendre la réaction sarcastique de Me Lambertin : « Décidément, ce Bernical est l'homme providentiel. Chaque fois qu'on a besoin d'un joker, on sort cette marionnette. On l'a utilisée pour blanchir Floher. L'utilisera-t-on pour noircir mon client ? »

A quoi bon agiter ces fonds troubles et risquer, devant les journalistes de Juglard aux aguets, un camouflet de plus, songeait le juge, puisqu'une condamnation sera tout de même prononcée, preuve ou non à l'appui, une petite condamnation de principe ?

Le président Sardel s'employa donc à démontrer que l'accusé avait été, bien qu'il prétendît le contraire, un acteur zélé de la réquisition, employant jusqu'au chantage pour obtenir gain de cause, outrepassant les droits ordinaires d'un petit délégué au ravitaillement. En voyant venir ce nouvel angle d'attaque, Me Lambertin choisit ce moment du procès pour sortir de son chapeau la pétition signée par l'immense majorité des propriétaires terriens de Galiane-sur-Sévère.

— Tous les éleveurs de bétail qui ont eu à subir les assauts d'autorité de ce zélé ravitailleur, persifla l'avocat, ont signé cette lettre de soutien à leur camarade.

— Que dit ce document ? s'étonna Sardel. Décidément, si ça continue, nous allons finir par déplorer l'époque où des Pauliat sévissaient !

— Tous ces gens, monsieur le Président, se portent garants de sa moralité. Certes, ils ont dû subir les réquisitions. Mais tous proclament que ces mesures ne relevaient pas de la responsabilité de cet homme. Si ce n'avait été mon client, cela aurait pu être n'importe lequel d'entre eux figurant sur cette liste.

Pauliat agitait la tête dans toutes les directions, abasourdi, ignorant tout de cette démarche. Lorsque Lambertin lui eut expliqué de quoi il retournait, le paysan céda à une crise de larmes qu'il avait toutes les peines du monde à dissimuler. Le village ne m'a donc pas condamné, se dit-il. Et un sentiment de fierté lui envahit la poitrine. Ah ! les braves gens. Les braves gens ! murmura-t-il.

XVI

A peine l'ouverture de la campagne des élections municipales proclamée, Franck Fayolle se lança farouchement dans la partie. Il avait soigneusement mitonné une petite liste, pour l'essentiel formée d'anciens compagnons de route d'Antoine Dubrot. Il y avait là les Mauricée, les Jubert, les Franchet, qui avaient démissionné au moment de la fameuse délégation spéciale et qui n'avaient pas voulu revenir à la Libération dans le conseil provisoire à cause de la présence de Bernical. Il restait encore deux petites places à pourvoir pour que cette liste fût bouclée. Le médecin songea à Léon Goursat. Il entreprit le cultivateur de Lavialatte qui ressentait, au fond de lui-même, une grande fierté d'avoir été pressenti, bien qu'il jugeât par ailleurs l'idée saugrenue.

— Mais je ne sais rien de ces affaires-là, se défendit-il.

— Juste une petite réunion par mois.

— Vous, jeta Léon, vous êtes capable. Vous êtes même très capable. Bien plus capable que ce Lafon qui a été de toutes les combines avec son compère Gautier. Mais moi, fichtre, je suis un pauvre type qui a tout juste obtenu son certif.

Le médecin parvint à lui arracher un accord du bout des lèvres en jurant de ne lui confier aucune sorte de responsabilité si, par malheur, il se trouvait élu. C'était compter sans Emma… La question revint deux jours plus tard au cours d'un examen médical de routine. Emma Goursat présentait une tension de 18-10. Ce n'était pas le résultat habituel.

— Il y a quelque chose qui vous chagrine ? demanda naïvement Fayolle en ôtant le stéthoscope de ses oreilles.

— Oui, fit-elle d'une petite voix pincée.

— Vous avez eu une contrariété ?

— Avant de discuter avec Léon, répondit-elle, vous auriez pu sonder mon avis !..

Le médecin leva les yeux au plafond.

— Je croyais qu'il s'agissait, sourit-il, du départ de vos enfants pour Brivins.

— Oh ! ça, marmonna-t-elle, c'est une autre histoire. J'ai fini par m'en faire une raison. Ne vous inquiétez pas, ils reviendront. J'ai connu ça, moi aussi, l'engouement pour les lumières de la ville.

— Alors, c'est donc moi, se résigna-t-il, qui en suis la cause...

La maîtresse de Lavialatte appela Léon sur-le-champ. L'homme, prévenu de ce qui allait advenir, rappliqua dare-dare. Fayolle observait cette agitation en se retenant de rire. Parviendrait-on jamais à saisir la psychologie de cette femme, se demandait-il.

— Tu vas annoncer au docteur que tu renonces à te présenter aux élections.

— Oui, dit Léon, penaud d'être traité comme un enfant, je ne peux pas envisager ça. Nous avons beaucoup trop de travail à la ferme.

Sans grande illusion, Fayolle réitéra son souhait de voir un Goursat sur sa liste, usant au passage d'un peu de flatterie en expliquant qu'il réservait une grande estime à cette famille et qu'un homme tel que Léon pourrait apporter une utile contribution à la vie politique locale. Le mot « politique » la fit sortir de ses gonds.

— Vous croyez que nous n'en avons pas assez souffert de la politique ?

— Nous avons plutôt souffert, répliqua le médecin, d'absence de politique.

— C'est vrai, admit Emma, nous étions du côté du maréchal. Les gens de Galiane ne comprendraient pas que nous ayons aussi vite viré de bord.

— Parle pour toi, s'offusqua Léon. Moi, je n'ai jamais été du parti de ton maréchal.

— Tu es ce que je suis, voilà tout, coupa-t-elle d'un geste sans appel.

Par-dessus son épaule, Léon Goursat fit comprendre par un rictus ennuyé qu'il ne pouvait désobéir à sa femme. Dès cet instant, le médecin estima amèrement qu'il ne servirait à rien d'insister. Pourtant, hier encore, il était assuré de son accord. La détermination avait fondu comme neige au soleil. Emma Goursat n'avait cessé de pilonner son malheureux mari jusqu'à ce qu'il rendît les armes sans condition. Ces dragons-là, se dit Fayolle en la regardant s'agiter, le feu aux joues, choisissent merveilleusement leurs époux. Par quel prodige les flairent-elles dans la foule des prétendants, aussi aptes à céder à leurs moindres caprices, à démissionner devant la plus petite injonction, à obéir en toutes occasions ?

En narrant cette scène à Strenquel, le fou rire les prit. Et, bien que Ferdinand prétendît que le médecin, pour une fois, n'avait pas su la caresser dans le sens du poil, ils convinrent au bout de quelques minutes que le fond du problème venait de ce que Fayolle était gaulliste, et qu'Emma avait conservé, au fond du cœur, une petite place nostalgique pour le malheureux vainqueur de Verdun — arrêté depuis peu à Sigmaringen, où il s'était retranché au milieu de ses derniers fidèles.

— Croyez-vous, lança alors Fayolle, que les habitants de ce village aient conservé à l'égard de Pétain quelque considération ?

Strenquel ne désirait pas faire de la peine à son ami, mais il était clair, à son petit sourire contrit, que la réponse se passait de commentaire.

— Alors, continua Fayolle, vous pensez ça vous aussi ? Comme ma femme.

— Quelle mouche vous a piqué pour vouloir ainsi en découdre avec les vieux démons ?

Le médecin se détourna, ennuyé. L'avis de Strenquel lui importait plus que tout, bien plus que celui de sa femme en tout cas, dont les jugements étaient toujours exagérément pessimistes.

— Vous pensez donc, attaqua de nouveau Fayolle, que Pierre Lafon va gagner avec son parti paysan.

Strenquel hocha la tête :

— Cela m'ennuie que vous mettiez tant de passion dans cette affaire, dit-il.

— Ce Lafon, continuait Fayolle en s'agitant, a été de toutes les cabales contre Antoine Dubrot. Et s'il n'a pas suivi Pauliat et Ponchet jusqu'au bout, c'est simplement pour ne pas avoir obtenu les responsabilités escomptées dans l'Union corporative paysanne. Les électeurs de Galiane seraient bien inspirés de s'en souvenir avant d'aller aux urnes. Il lui aura fallu attendre la première attaque des Grumières par une colonne allemande pour qu'il s'engage un peu. Et encore, du bout des lèvres.

Strenquel s'amusait de la manière dont le médecin attaquait son rival. Il y mettait une sacrée dose de mauvaise foi en passant sous silence les services que Lafon rendit aux maquis lorsque son fils, le malheureux Charly qui trouva la mort aux Razets, s'y engagea, ébranlant par cet acte les convictions pétainistes de son père.

— Pourquoi essayez-vous de me convaincre ? répliqua Ferdinand. Mon vote vous est acquis, vous le savez bien ! Mais pas celui d'Emma Goursat. Sa réaction ne suffit-elle pas à vous ouvrir les yeux ? Lorsque la situation était critique, on a fait appel à des hommes tels que de Gaulle ou Jean Moulin. Mais, la paix revenue, la tentation conservatrice reprend le dessus. La guerre, si elle a entraîné des privations, la perte de vies humaines, souvent d'êtres chers, n'a jamais ouvert les yeux à personne. Il n'y a pas de leçons suffisantes dans l'histoire. Demain, à la moindre étincelle, tout peut recommencer. Regardez ce qu'il s'est passé pour Edouard Pauliat. On l'a condamné à six mois de prison et vingt mille francs d'amende. Tous les gens de Galiane ont signé la pétition qui l'innocentait, du moins partiellement. Même Goursat ! Vous rendez-vous compte ? Goursat qui a failli lui planter une fourche dans le ventre ! Emma a obtenu ce reniement prodigieux de son mari. La solidarité dans le village a joué. Ici, c'est l'usage depuis des siècles, on lave son linge sale en famille ! Dubrot avait pressenti la chose en demandant à Bernical de ne pas l'arrêter. On a déjà oublié les saloperies qu'il faisait avec

Pensennier. On a oublié le trafic opéré sur le dos de tous ces paysans. Tout peut donc repartir. Il se trouvera bien un Pensennier pour jouer le salaud intégral, des Pauliat et des Ponchet pour le suivre. Lorsque mon fils s'est engagé dans la Résistance, j'ai essayé de lui expliquer tout cela. Mais je n'ai pas su trouver les mots, les arguments. Aujourd'hui, tout est simple à comprendre, il suffit d'observer attentivement.

Un soudain malaise s'installa entre les deux hommes. Cette diatribe, c'était exactement tout ce que Fayolle n'avait pas envie d'entendre, persuadé de remporter haut la main l'élection, alors que, une semaine auparavant, il paraissait tellement détaché d'une semblable vanité. Décidé à battre campagne, Fayolle ne comprenait pas que son ami Strenquel ne fût pas à ses côtés, le cœur empli d'enthousiasme. Ferdinand, en le regardant s'éloigner, se demandait si cette fièvre allait le tenir bien longtemps.

Le médecin voulut en avoir le cœur net. Il alla de maison en maison, de ferme en ferme. Quand il évoquait le nom de ce nouveau parti qui devait, comme il disait avec ce ton bête qui s'empare souvent des meilleurs hommes lorsqu'ils se laissent submerger par les démons de la politique politicienne, rendre à la France sa place dans le concert des nations, on ouvrait d'immenses yeux d'incompréhension. Immanquablement, on finissait par lui demander s'il était bien gaulliste, partisan de ce de Gaulle qui dirige le Gouvernement provisoire. Après avoir affirmé qu'il était, en effet, gaulliste, on lui jetait au visage que la situation actuelle n'était, certes, pas meilleure qu'à la pleine époque du maréchal : mêmes privations, mêmes réquisitions sur les foirails, mêmes injustices…

— Tout de même, s'offusquait Fayolle, de Gaulle est le chef de la France libre, notre libérateur.

— Les libérateurs, répliqua un paysan des Rocs, vous appelez ça des libérateurs, vous, les gens qui ont corrigé Pauliat, les salauds qui ont fusillé le petit Martoire ? Moi, j'appelle ça des tueurs !

Et quand, à l'inverse, il tombait sur un des nombreux partisans de Bernical, il s'entendait dire que son de Gaulle se roulait les pouces à Londres pendant que les communistes se faisaient descendre dans les maquis, et que l'épuration avait fait la part belle aux notables, aux Marcellin, aux Barzinet, acquittés faute de preuves.

Maintenant que Pierre Lafon était assuré du renoncement d'Antoine Dubrot, il pouvait chercher à gagner les suffrages un à un. Fort de sa nouvelle élection dans les instances locales de la Confédération générale de l'agriculture, organisme succédant à l'éphémère Comité de défense et d'action paysanne, il comptait obtenir l'appui unanime des cultivateurs de Galiane-sur-Sévère. Son élection à la Confédération avait été gagnée contre la tendance dure prônant l'alliance antitrusts des ouvriers et des paysans inspirée par le PCF. Les propos modérés servirent Lafon, surtout lorsqu'il avança que l'ancienne Union corporative, à laquelle il avait donné beaucoup de son temps et de son argent, avait, contrairement à l'idée reçue, protégé les réfractaires et ravitaillé les maquis. Depuis sa brillante élection à la tête de la CGA, il ne cessait plus de clamer à qui voulait l'entendre une sorte de justification des errements du passé plutôt qu'un mea-culpa démobilisateur. Même si l'on venait d'enterrer la célèbre Union corporative paysanne et donner au mouvement syndical agricole une nouvelle organisation plus démocratique, Lafon ne cachait donc pas aux anciens pétainistes de Galiane sa nostalgie de la défunte dame de Vichy.

— Il serait maladroit et injuste pour notre profession, disait-il, d'éliminer tous les paysans qui ont eu une activité politique durant la période de l'Occupation.

Gautier suivait Lafon comme son ombre avec le seul espoir de se retrouver premier adjoint dans le futur conseil municipal qui sortirait des urnes le 13 mai 1945. Ce rôle de second ne l'embarrassait guère, car il avait toujours possédé l'âme d'un suiveur. Sa faible personnalité, affichée en toutes occasions, réclamait, pour s'épanouir un peu, l'ombre du chef. Au cours des visites chez les cultivateurs de Galiane, il arrivait fréquemment que Lafon commençât une phrase et que son acolyte la terminât. Cette sorte de candidature bicéphale amusait les détracteurs de la liste du parti paysan. Ils y voyaient la naissance d'un duo infernal où l'un et l'autre finiraient par se déchirer. Lafon disait :

— La liste Bernical, c'est la liste rouge.

— La liste des communistes, précisait Gautier. On ne peut pas confier nos affaires aux soviets.

— Même si on leur reconnaît des qualités, reprenait Lafon.

— D'avoir été à la pointe du combat dans les maquis, complétait Gautier.

— Maintenant, nous ne sommes plus en guerre, grâce à Dieu.

— Alors, il faut opter pour des gens raisonnables.

Le duo parlait d'un ton méprisant du docteur Fayolle.

— Ce cher homme, lançait Lafon, vit dans un château, accapare les bonnes terres cultivables pour faire de la friche et y laisser proliférer le gibier.

— Un gibier que les paysans comme nous n'ont pas le droit de chasser.

— Que peut-il comprendre à nos problèmes, cet homme ? lançait Lafon.

— Rien, répondait Gautier. Rien. D'ailleurs, il s'en moque. Ça ne songe qu'à faire carrière dans la politique. Si par malheur nous l'élisions, le châtelain biglerait sur des positions plus élevées, comme le conseil général, la députation.

Pour le combattre plus efficacement, on ne l'appelait plus que le châtelain. Franck Fayolle était devenu, dans la peinture qu'ils en faisaient, une sorte de seigneur dépravé du haut Moyen Age. Cette caricature faisait souvent rire. Mais, à la longue, il finissait par en rester quelque chose dans l'opinion. Surtout qu'André Bernical compléta les attaques en annonçant des révélations extraordinaires sur de prétendues relations avec Léa Martoire. La rumeur refaisait surface, alimentée par la haine. Elle revenait à l'heure des élections comme une odeur de lisier portée par le vent.

*
* *

Juglard avait compris que, pour se démarquer de ses deux autres adversaires, le MRP et le communiste, il devait démontrer l'existence d'une entente occulte sur le dos de la Résistance, et que lui seul conservait les mains blanches, fidèle en cela à ses grands principes.

— Nous savons, grommelait-il en tournant en rond dans son cabinet d'avoué du boulevard Voltaire, que gaullistes et communistes se sont entendus à Brivins pour éviter un retentissant procès sur les pratiques expéditives de l'épuration. Ainsi a-t-on évité à Louis Floher le déshonneur d'une lourde condamnation.

L'homme qui, à Brivins, incarnait la SFIO, Albert Lauwel, un grand type sec à la fière bacchante, et qui avait pour mérite d'être, avec Juglard, l'artisan des rapprochements entre radicaux et socialistes, l'écoutait avec un sourire amusé.

— Mon cher Juglard, fit-il, vous adorez ces relents de marigot. Vous avez toujours aimé ça, patauger dans cette merdouille.

— Oh ! Lauwel, ne m'insultez pas, je vous prie.

— Je ne vous insulte pas. Je constate, une fois de plus, que nous perdons du temps dans des considérations secondaires. Que Delanfroy ait monté une mayonnaise, ça ne serait pas la première fois. Il a dû gérer la crise des Milices patriotiques. Le PCF a été débordé, alors Davoust aura demandé de l'aide.

— Vous pensez ça, vous ?

— Bien sûr. Floher est éliminé quand même.

— Avez-vous lu l'édito de *A l'Assaut* ? Davoust parle de complot.

— Le malheur vient de ce que les communistes veulent toujours avoir le dernier mot sur tout. Mettez-vous à la place d'un militant de base. Il interroge sa direction pour connaître les raisons de l'élimination de Floher. Alors, pour se justifier, comme d'habitude, on crie au complot.

— Nom de Dieu de nom de Dieu, je vais sortir tout ça ! Ça va faire du ramdam dans le pays !

— Avec votre feuille de chou ?

— Lauwel ! Vous ne m'aimez pas. Je sens que vous ne

m'aimez pas, larmoya Juglard. Mais vous devrez me supporter, voilà tout. Par devoir. Vous vous dites : les radicaux, ce sont les frères maudits. Depuis des décennies, on essaie de s'entendre, sans succès. Il y aura toujours, hélas, le Front populaire entre nous, et la fameuse pause jamais digérée.

Lauwel soupirait, les bras croisés sur la poitrine, la mine sage. Jamais, on n'obtiendrait de lui la moindre expression d'état d'âme. Sous sa moustache opulente, il cachait un fil de lèvres serrées. Il appartenait à cette espèce qui ne parle jamais à tort et à travers et que l'on ne peut surprendre en flagrant délit de propos inutiles, d'idées exubérantes.

— Je pense, dit-il en pesant les mots attentivement par crainte de blesser cet homme sanguin, que nous ne gagnerons pas avec des arguments de ce genre. Nous gagnerons en exposant notre politique, le programme des nationalisations, les lois antitrusts, la revalorisation des salaires, et quelle constitution pour la France de demain…

Gagné par l'ennui, Juglard fermait les yeux.

— Oui, oui, oui, tout ça, ce sont nos options pour l'avenir, le programme du CNR. Très bien, très bien. La politique, c'est toujours s'occuper de la veuve et de l'orphelin. Mais les municipales, ce sont des élections locales tout de même. Ne faudrait-il pas y mettre un peu de piquant ? Pour une fois qu'on tient la queue du Mickey, je ne vais pas me gêner pour la décrocher.

Juglard comprit qu'il ne servait à rien de convaincre ce jeune loup de la SFIO. Blum, Mendès France étaient ses idoles. Lui, Juglard, il n'en avait plus depuis longtemps. Pouvait-on encore se raccrocher à des figures telles que Herriot ou Daladier ? Alors, afin de jouir d'une paix royale, il proposa une sorte de compromis.

— Vous vous occuperez de haute politique, suggéra-t-il. Laissez-moi le marigot, je vous en conjure. C'est là que je me complais le mieux. Vous ne me changerez pas à mon âge. Au fil des années, j'ai acquis des manies politicardes dont il serait trop tard pour me défaire.

Lesueur et Maurizet partirent en chasse à Chèvreroche. Le

maire leur confia de bonne grâce les clés de la maison Martoire. Sous le grand tapis du salon, ils trouvèrent les taches brunes de sang. Les journalistes notèrent donc que le jeune homme avait été abattu à plus de trois mètres de la fenêtre par où l'on prétendit qu'il avait tenté de s'échapper. Mesurant les distances à longues enjambées, Maurizet releva un croquis topographique à main levée qu'il adjoindrait comme pièce à conviction à son enquête que publierait *Brivins Presse*.

— Une recherche un tant soit peu sérieuse aurait débouché sur la certitude d'un meurtre, souligna Lesueur.

— On l'a descendu dans le milieu de la pièce et, ensuite, on a maquillé grossièrement ça en fuite. La ficelle est un peu grosse, conclut Maurizet.

Le maire de Chèvreroche, Jean Debrugère, contacté la veille au téléphone par Juglard, avait promis de dire tout ce qu'il savait aux deux enquêteurs envoyés par le journal de Brivins. Pourtant, les rédacteurs le trouvèrent sur une certaine réserve, soucieux de ne rien révéler qu'on ne sût déjà. Il répondait évasivement aux questions posées. Lesueur, qui avait le talent opiniâtre de ces journalistes qui ne lâchent jamais l'os avant d'en avoir puisé la substantifique moelle, parvint toutefois à lui faire reconnaître que Floher était sur la place quand les trois coups de feu avaient retenti dans la maison. Deux hommes étaient ensuite sortis. L'un d'eux tenait un revolver. Celui-ci, précisément, hurlait, en direction de son chef, qu'il avait été contraint d'abattre le prisonnier. Lesueur tenta alors d'obtenir une description de l'homme au revolver : taille moyenne, visage carré, chevelure coupée en brosse, cicatrice d'une ancienne blessure sous l'œil droit. Maurizet notait scrupuleusement ces informations sous le regard inquiet du maire.

— Vous êtes entré dans la maison Martoire après le drame ? demanda Lesueur.

— Pas tout de suite. Le chef de la bande, un certain Louis Floher, m'a demandé l'autorisation de téléphoner à Brivins. Je l'ai donc accompagné à la mairie.

— Vous avez entendu ce qu'il disait au téléphone ?

— J'ai voulu sortir du bureau pour le laisser seul, mais il m'a fait signe de rester.

— Il voulait donc que vous soyez témoin ?

— Sans doute.

— Quelle a été la nature de cette conversation ? Vous vous en souvenez ?

— Parfaitement. Il s'est borné à indiquer ce qui s'était passé, selon lui.

— Et ensuite ? continua Lesueur.

— Nous sommes allés dans la maison des Martoire.

— C'est vous qui le lui avez demandé ?

— Non. C'est lui qui a insisté pour que je l'accompagne afin que je me rende compte exactement de la situation. Quand je suis entré dans le salon, il y avait une forte odeur de poudre brûlée. La fenêtre du fond, celle qui donne sur le jardin, était ouverte, les vitres brisées. Le petit Martoire était étendu sur le ventre, les bras en croix. Il présentait une énorme plaie béante au cervelet.

— Avez-vous remarqué une flaque de sang sur le tapis au milieu du salon ?

Debrugère eut une longue seconde d'hésitation. Il regarda Maurizet avec son bloc-notes et son crayon à papier qu'il suçotait de temps à autre pour raviver la mine.

— Vous ne vous en souvenez pas ?

— Non, dit Debrugère. J'avais une folle envie de sortir, surtout lorsque Floher a retourné le cadavre du pied pour que je l'identifie. La balle était ressortie par un œil. Le garçon était défiguré d'une manière incroyable. J'ai senti que j'allais vomir de dégoût, alors je suis redescendu en courant.

Patiemment, Lesueur fit répéter chacune des informations recueillies pour voir si la récapitulation corroborait la première version.

— Vous ne lui avez pas demandé d'explications sur les raisons qui motivaient cette descente de la Milice patriotique. Je suppose qu'il fallait un ordre écrit des autorités militaires. Floher vous a-t-il montré ces documents ?

— Il m'a simplement affirmé que la commission d'épuration l'avait dépêché à Chèvreroche pour appréhender l'ancien maire, Paul Martoire, en raison de ses activités collaborationnistes, en 43 surtout.

— Ça ne vous a pas paru étrange qu'on s'en prenne au fils. Ce Maxime Martoire n'avait rien à voir avec les activités de son père.

— Je lui ai posé la question. Floher m'a répliqué avoir trouvé dans la maison des preuves accablantes contre le jeune homme. C'est alors que Max aurait pris peur et se serait enfui.

— Donc, précisa Lesueur, ce Floher n'avait aucun ordre de mission pour arrêter le gamin. Il a pris ça de sa propre initiative. Floher vous a-t-il montré ces fameuses « preuves accablantes » ?

— Je crois qu'il s'agissait de photos dédicacées.

— Vous les avez vues ?

— Non.

Lesueur haussa les épaules.

— Et vous ne trouvez pas ça curieux ?

— Je n'avais pas le pouvoir d'exiger quoi que ce soit de ces gens. Ils étaient armés, expliqua Debrugère, et excités contre la population.

— Parce qu'il y a des gens qui ont posé des questions ?

— Oui. Des réflexions ont été faites aussi.

— Qui, par exemple ?

— Je me souviens que ce diable d'Alivert a même été menacé. C'est le maréchal-ferrant. Sa maison est située au fond du village. Il y a deux grands sapins dans la cour et un travail où il ferre les chevaux. Vous ne pouvez pas vous tromper.

Le bonhomme les fit entrer dans la cuisine imprégnée d'une odeur d'ail frais. C'était l'heure sacrée du casse-croûte, et le maréchal-ferrant s'était méticuleusement préparé une « frotte » : un gros quignon de pain passé à l'ail et enduit de lard. Avant même que les journalistes n'eussent expliqué les raisons de leur visite, ils se retrouvèrent devant un gros ballon de rouge.

Alivert raconta qu'il avait été dans le maquis avec Raoul — pseudonyme dans la clandestinité d'André Bernical — après le massacre des Razets, lorsque le chef FTP décida de reconstituer un groupe de combattants.

— Mais, se défendit-il soudain, je ne suis pas d'accord avec ce que ces salauds ont fait au gamin. Le petit Maxime ne valait pas bien cher. De la graine de fasciste. Mais c'est pas une raison suffisante pour tuer.

— Vous ne croyez pas à la thèse de la fuite ?

Alivert éclata de rire.

— Mon œil, oui. Je les connais les gars de la Milice patriotique. Moi, je n'ai pas voulu m'engager dans ce manège-là. On sait où ça commence, on ne sait pas où ça finit ! Pas vrai ? D'ailleurs, je les ai traités de tueurs ! Les gens d'ici — et je puis vous dire qu'il y en avait des témoins ! — vous le diront. Tueurs ! Salopards ! Tout y est passé. Je leur ai même dit qu'ils déshonoraient la Résistance tout entière. Alors, l'un d'eux, un petit excité, a voulu me corriger. Je lui ai dit droit dans les yeux : « Où est-ce que tu étais, toi, dans le maquis ? Quel groupe ? Quel commandement ? Il ne me semble pas t'y avoir rencontré… » Comme il n'a pas pu me répondre, j'ai continué à gueuler… Et c'était à ce moment-là plutôt marrant, parce qu'il y avait des gens qui applaudissaient. Alors, leur chef, un dénommé Floher, est sorti de la mairie. Il a demandé ce qu'il se passait. L'un des gars de la bande a répondu qu'un provocateur faisait des histoires. Floher m'a bien regardé. Et je crois bien qu'il a fini par se souvenir de moi. Je lui ai dit : « Mon camarade — chez nous, au Parti, mon camarade, c'est une façon de se parler pour dire qu'on n'est pas d'accord —, mon camarade, tu te souviens de l'attaque du train avec Benoît. » C'était de Benoît Duc dont je voulais parler. Un pur celui-là. Comme par hasard, les purs y sont passés les premiers, comme quoi c'est bien mal fait le destin ! Floher a blêmi et m'a refilé une grande claque dans le dos. Il m'a dit : « T'es un copain. Un bon copain. Alors tu peux comprendre tout ça. » Puis, en me prenant à part : « On a été obligés de descendre cette petite frappe de Martoire. Le gamin voulait se barrer. L'idiot de service a tiré. Et voilà. Maintenant, on est dans la merde ! » J'ai répondu que ce garnement n'avait rien à voir avec son père. Son père, précisa Alivert, Paul Martoire, l'ex-président de la délégation spéciale du patelin, je l'ai bien connu. C'était un pétainiste notoire, comme on dit. Il n'a jamais, pour autant, dénoncé les types du maquis. S'il l'avait fait, moi, je m'en serais occupé à la Libération. Alors, ce con de Floher m'a sorti des photos où le garnement était en compagnie de Pensennier. J'ai dit: « Nom de Dieu, qu'est-ce que ça prouve des photos? » Il m'a répondu: « Ce petit saligaud était avec le chef milicien aux Razets. Si on a décidé de l'arrêter, c'est dans l'intérêt du Parti! Nous voulons faire la lumière sur les huiles qui ont organisé le massacre des copains à la grange. » Mais, j'ai demandé: « Où est l'intérêt du Parti à descendre ce gamin? » Il m'a regardé avec son air con. J'ai pensé: où est-ce qu'ils vont dénicher des cinglés pareils? Plus tard, j'ai posé la question à Raoul: « Y avait-il ce Maxime Martoire avec les Allemands le matin de l'attaque de la grange? » Raoul a paru étonné. Il m'a répondu — et je n'ai jamais entendu de lui une autre version — qu'il y avait eu un détachement important de SS conduit par Schmidt, une dizaine de types de la Gestapo et Jules Pensennier, le seul Français à être sur les lieux au moment de la tuerie. Plus tard, un groupe de GMR est venu en appui. Mais tout était réglé. Il n'y avait plus que de la viande froide sur le plateau. Alors, les SS ont exigé que les GMR fouillent les cadavres pour leur saloperie d'enquête.

Les journalistes se rendirent ensuite à Galiane-sur-Sévère. A la ferme des Rocs, ils tombèrent sur Bernical en train de faucher les hautes orties qui s'étaient développées sur un tas d'ordures contre sa grange. Depuis qu'on lui avait demandé de faire un faux témoignage, l'ancien résistant était d'une humeur massacrante pour tout ce qui relevait de cet épisode. L'allure des deux hommes lui parut d'entrée de jeu suspecte. Il en suivit la progression jusqu'à lui avec une moue de dédain. M'est avis, se dit-il en s'appuyant sur la lame de sa faux, que c'est là des charognards attirés sur mes terres par l'odeur de quelques viandes faisandées…

Lesueur eut la présence d'esprit de poser la seule et unique question qui importait à ce stade de son enquête: Maxime Martoire était-il présent aux côtés de Pensennier au moment de l'attaque allemande? Sans la moindre hésitation, Bernical affirma qu'il y était bel et bien. Comme on pouvait s'y attendre, la suite de l'entretien tourna court. La faux dressée en l'air, menaçante, le résistant les poursuivit jusqu'à la voiture.

— Pendant la guerre, hurlait-il, où étiez-vous? On se faisait tuer dans le maquis pendant que vous faisiez les beaux! Sales petits bourgeois de merde! Des journalistes, je n'en ai pas vu beaucoup défendre la liberté d'expression en ce temps-là! Allez donc remuer la merde pétainiste, ça vous changera!.. Saloperie! Saloperie!..

*
* *

La nouvelle de la libération d'Edouard Pauliat gagna rapidement le village et redivisa les familles. Intervenant à la veille des élections, cette décision du tribunal de Brivins était une aubaine inespérée pour André Bernical. Elle confirmait ce qu'il n'avait cessé de répéter, emboîtant en cela le pas aux considérations de son parti, que la politique d'épuration avait préservé les notables. La frénésie atteignit son comble lorsque Lalet lui apprit qu'une pétition avait circulé à l'initiative de Lafon et Gautier pour défendre le cultivateur des Vieilles Vignes, et que, surtout, presque tous les paysans l'avaient signée, même Goursat. Pour se frayer une place de choix entre les deux grosses listes concurrentes qualifiées de droitières, Bernical ferrailla ferme sur le thème des magouilles. Le clan hostile à Pauliat rallia son camp. Restait à endiguer la progression de Fayolle qui tentait, avec l'aide de Dubrot, de ramasser tous les suffrages de ceux qui avaient approuvé les activités de la Résistance. Bernical savait, plus que n'importe qui, qu'il y avait là un danger dans cette stratégie attrape-tout. Le médecin venait chasser sur ses terres avec son air de grand libéral ouvert à tous les courants de pensée.

Faute de pouvoir atteindre Fayolle dans ses idées gaullistes,

Bernical décida de l'attaquer sur sa vie privée. Pour ce faire, il n'eut qu'à enfourcher la rumeur, qui circulait depuis août 44 dans le pays, selon laquelle le médecin aurait eu pour maîtresse Léa Martoire. Personne ne pouvait jurer sur son honneur les avoir vus ensemble, mais tout le monde s'entendait à admettre que la rumeur était fondée. Pour tout arranger, Bernical apporta des précisions, toutes plus fantaisistes les unes que les autres évidemment, mais qui donnèrent libre cours aux fantasmes : c'était là tout ce qu'il fallait pour que le doute fût instillé dans l'opinion sans espoir de le voir jamais disparaître.

Léa Martoire avait commis un seul « crime avéré » : une liaison ordinaire avec un jeune officier allemand. A la Libération, comme toutes ses congénères, elle subit l'épreuve des tondues et quelques autres humiliations dans le feu des passions revanchardes. Le maire de Galiane parvint à la soustraire aux maquisards qui la détenaient prisonnière dans l'école. Heureusement pour elle, sinon c'était l'exécution en compagnie du petit contingent de miliciens qui entouraient le docteur Lestard à Augeat, Dubrot et Fayolle la firent transférer au camp des Farigoules, avec un témoignage en sa faveur qui indiquait qu'on ne possédait contre elle, hormis cette relation intime, pas la preuve d'une quelconque intelligence avec l'ennemi. Elle demeura incarcérée un mois, puis le commandant Ebrard, ne disposant d'aucune charge, décida de la relâcher. Personne, au juste, ne savait — et ne saurait — le rôle exact qu'elle avait joué, malgré elle, dans le massacre des Razets. En réalité, par une imbécile indiscrétion, Léa Martoire avait révélé à l'ennemi l'emplacement du camp où étaient retranchés les résistants FTP. Nul ne pouvait imaginer que l'origine de cette tuerie était due à un singulier malentendu, un mauvais concours de circonstances, une absurde ironie du destin. On préférait s'en remettre à la thèse, tellement plus alléchante et exploitable, du complot ourdi par des notables pétainistes. Cette suspicion, décidément, tiendrait place de vérité absolue jusqu'à la fin des temps. Ne préfère-t-on pas écrire l'histoire avec des légendes lorsque la réalité est trop décevante ? L'homme se trouve ainsi façonné qu'il adhère plus aisément à une sordide fiction qu'à une pâle vérité. Léa Martoire allait avoir le temps de méditer sur cette triste affaire dans la solitude de son existence à Brivins, une vie de petite serveuse dans un restaurant de la place des Gaules. La mort tragique de son frère Maxime réveilla en elle le sentiment de la culpabilité qui continuait à peser sur sa destinée. C'est moi, se dit-elle devant sa dépouille au cimetière de Chèvreroche le jour de l'enterrement, moi seule qui mériterais d'être là, à sa place, allongée dans la mort. Les jours suivants, dans cet état de désespoir extrême, elle songea à aller se dénoncer aux autorités militaires ; à la dernière minute, elle renonça avec la certitude qu'on ne prêterait aucun crédit à ses déclarations et que, une fois encore, on se retournerait contre sa famille.

La persistante rumeur reprochait à Franck Fayolle d'avoir usé de son pouvoir discrétionnaire au sein du Comité de libération de Brivins pour blanchir la jeune fille de toutes les accusations. Et comme le docteur avait été évincé dudit Comité suite à un différend avec Declotz, la rumeur intégra aisément cet événement anodin comme une sanction appliquée en représailles des prétendues faveurs accordées à la jeune fille.

Lorsque ses partisans évoquaient devant lui cette affaire, Fayolle souriait. C'était sa seule défense. Peut-être même se sentait-il flatté que l'opinion publique lui attribue une si jeune et si jolie maîtresse. Chez cet homme, il y avait un soupçon d'esprit libertin qui lui retombait sur le nez à retardement. Devant sa clientèle, il lui arrivait parfois d'émettre par plaisanterie quelques propos frivoles sur le commerce des couples illégitimes. Sans doute nombre de ces gens prirent-ils ces paroles au pied de la lettre. Ainsi devint-il peu à peu, dans l'inconscient collectif, l'homme à femmes, l'artisan cocufieur admiré et redouté, ce que la rumeur, désormais, lui ferait payer au prix fort.

A force de s'entendre plaindre à mots couverts ou déguisés, Adeline décida d'évoquer le sujet avec son mari. Afin d'éviter que cette conversation ne pût se perdre dans le dédale passionnel des scènes ménagères, elle choisit d'en parler en présence de Ferdinand Strenquel, témoin idéal pour ce genre de situation scabreuse. Ils prenaient le frais sur la terrasse face aux vastes parterres d'iris chamarrés du bleu intense des violettes de Parme ou du bleu vaporeux d'un ciel lavé après l'orage, des marron et des jaunes, de tous les jaunes acides et chauds.

— Pourquoi devrais-je me préoccuper de ces ragots ? répliqua Fayolle d'une moue hautaine.

— Parce qu'on ne parle plus que de ça à Galiane, à Augeat même…

— Qu'y puis-je ?

Ennuyé d'être ainsi mêlé à une conversation intime, Ferdinand se leva de sa chaise longue pour aller se dégourdir les jambes.

— Non. Restez, exigea Adeline. Vous n'êtes pas de trop. Je sais parfaitement que mon mari n'a rien à se reprocher de ce côté-là.

— Encore heureux, ricana Fayolle.

— Etes-vous intervenu pour qu'elle soit effectivement libérée ?

— Dubrot et moi, confirma le médecin, nous lui avons évité d'être lynchée à Galiane. Les plus excités, c'étaient les hommes de ce Bernical. Maintenant, ça voudrait jouer les bons apôtres moralistes.

— Et à Brivins ?

— La commission, que je sache, n'a rien retenu contre elle. Elle fut la maîtresse d'un certain Erhard Milkar, un petit lieutenant de la Wehrmacht. Elle passait son temps au Gri-Gri, un bar où se retrouvaient les Allemands et autour duquel gravitaient les hommes de la Milice. Ce claque a été fermé à la Libération. Les types du commandant Ebrard ont descendu le patron et la bonne dont on pense qu'elle avait donné des renseignements sur les activités au sein du Goujon agile. Moinot, par exemple, aurait été dénoncé par cette petite pute.

— Vous qui avez connu beaucoup de monde durant cette période, poursuivit Adeline en s'adressant à Ferdinand, conservez-vous en mémoire cette fille ? Est-elle aussi jolie qu'on le dit, au point de faire tourner les têtes de ces hommes qui deviennent si bêtes dès qu'un jupon les frôle ?

Strenquel eut un geste d'impuissance qui amusa le médecin.

— Notre ami ne s'engagera pas dans ces considérations. Ma chère Adeline, si vous voulez dire que j'aurais pu succomber devant cette donzelle plutôt que devant une de ces grosses paysannes qui fréquentent assidûment mon cabinet de consultations, alors je vous répondrai oui. Mais je vous jure que je n'ai jamais entretenu le moindre commerce avec cette fille.

— La rumeur, lança Ferdinand, a bien resurgi avec l'approche des élections ? Les intentions sont donc évidentes. Il s'agit de jeter le discrédit sur vous. L'opération, de mon point de vue, a toutes les chances de réussir. Les gens du village n'ont pas un gramme de jugeote dans la tête.

— Les ragots, dit Adeline, ont toujours fait partie de la vie de Galiane. C'est culturel, ici. On ne se fiche pas mal du contenu des accords de Yalta. La haute politique se résume à faire, défaire, refaire les couples. Cette drogue leur donne l'illusion d'exister au centre d'un vaste univers clos où les rapports humains se résumeraient en bassesses et calomnies, une singulière planète d'où les gens comme nous sont exclus pour ne parvenir à tirer une jouissance de ces médiocres occupations.

Le médecin se leva. Il ne parvenait pas à croire que l'on pouvait déstabiliser un homme par de simples calembredaines. L'idée de faire la cour à cette Léa Martoire ne lui était même pas venue à l'esprit. Mais la chose aurait bien pu se produire, se disait-il. Et alors ? On décide bien peu ces choses-là ! Elles arrivent on ne sait trop par quel prodige. Il se retourna pour rencontrer le regard de sa femme et n'y trouva que l'ennui sous ses sourcils bas. Comment était-ce donc arrivé avec Rochelle ? Par la même sorte d'absurdité que deux planètes se heurtant dans l'immensité de l'univers. Si l'on réfléchit à l'incalculable somme de probabilités que le destin met en mouvement pour que deux êtres se rencontrent, il y a de quoi ne plus vouloir descendre de son lit le restant de ses jours.

— En tout cas, je sais, moi, qui a ravivé cette calomnie…

— Alors, si vous savez, je ne vois pas pourquoi vous en faites mystère depuis tant de jours, dit Adeline, et me laissez baigner dans cet état d'inquiétude.

— Il y a de l'abaissement à patauger dans ce terreau-là ; car discuter de cela dans une campagne électorale, vous en conviendrez, n'est pas mon fort. Et que diraient les gens ? S'il éprouve le besoin de s'en défendre, c'est qu'il y a un peu de vérité dans l'air…

Strenquel se retourna, étonné.

— Qui manipule cette rumeur ?

— André Bernical ! dit Fayolle en secouant la tête. Et devant la mine dubitative affichée par Adeline, il insista : oui ! parfaitement, c'est à peine imaginable.

— Si telle est la vérité, dit Strenquel, cet homme serait bien avisé d'y réfléchir à deux fois avant d'exercer les effets de telles forces irrationnelles, qui ont déjà fait, dans un autre ordre d'idée, des victimes parmi les siens.

— Comment en êtes-vous arrivé à cette conclusion ? lança Adeline.

— Certains de mes amis ont noté que cette rumeur fait état de mon départ du Comité de libération en septembre 44. A en croire mes détracteurs, cette démission serait due au soutien actif apporté à cette malheureuse Léa Martoire. Une seule personne savait à Galiane que j'avais quitté le Comité de libération : Bernical ! Ce salaud a amplifié l'écho de la rumeur en y adjoignant cette petite information. Et voilà aujourd'hui le résultat !

Adeline quitta sa chaise longue pour gagner la limite de la terrasse que l'ombre du soir commençait à dévorer. Elle semblait plus ennuyée que jamais. Comment se fait-il, songeait-elle, que ma liaison avec Adrien n'ait pas encore été utilisée contre nous ? Si tel est le cas, qu'allons-nous devenir ? Qu'adviendra-t-il de notre amour, de Coraline ? Un sentiment d'angoisse lui torturait l'estomac.

— Franck ? cria-t-elle défigurée. Il faut que tu laisses tout tomber immédiatement. Abandonne tous ces gens à leur folie. Qu'ils en crèvent !

— Non ! se défendit le médecin d'un ton décidé, jamais ! Au contraire, je vais me battre.

— Comment cela ? intervint Ferdinand. On ne peut rien contre une calomnie. Personne ne vous écoutera. Croyez-moi !

— Je suis capable moi aussi de descendre à leur niveau. J'ai des révélations à faire sur Bernical.

*
* *

Juglard prit connaissance de l'article avec une jubilation d'enfant qui s'apprête à jouer un bien vilain tour. Il le relut deux ou trois fois, ajoutant quelques nuances par-ci par-là. Il s'écria enfin qu'il était enchanté du résultat, que l'on devait publier cette enquête dans la prochaine édition. Lesueur jeta un œil sur sa montre.

— Pour demain, c'est déjà bouclé. Vous n'y pensez pas !

Le directeur de *Brivins-Presse* était plus que jamais décidé.

— Si ça ne paraît pas demain, ça ne sortira jamais. J'ai l'habitude. Il nous faut surprendre tout le monde. Le premier tour des élections est fixé dans deux jours. Deux petites journées, répéta Juglard, l'index et le majeur dressés en forme de V. L'art de la politique, Lesueur, savez-vous à quoi ça tient ?

Le journaliste parut réfléchir. Il disposait, certes, au bord des lèvres, d'une réponse toute faite, mais il se doutait bien qu'il ne pouvait s'agir de celle-ci. Juglard avait la réputation d'un homme fin.

— La politique c'est l'art de gouverner, et gouverner, c'est prévoir.

— Foutaises, s'écria l'avoué. Mille foutaises. L'ordre des événements est aussi impénétrable que les voies du Seigneur. L'art de la politique, jeune homme, c'est deviner son moment décisif et le prendre à la surprise générale. A cet art, je suis maladroit. C'est pourquoi j'en parle comme d'un art. Il y faut plus que la connaissance des événements. De l'instinct. Beaucoup d'instinct. Ce qui manque en général le plus à l'homme politique. Regardez donc l'histoire de ces dernières années. Rien ne s'est déroulé tel que les hommes politiques l'ont imaginé. Toutes les décisions qui ont découlé des événements ont été prises à contretemps. Par exemple, personne n'a prévu la percée éclair de Hitler sur tous les fronts. C'est un comble d'incompétence dans l'art de la politique. Daladier ! Il lui aura fallu un voyage à Munich, le défilé de l'Arbeitskorps chantant en chœur le *Horst Wessel Lied* ou le *Deutschland über alles* pour qu'il comprenne enfin que tout était joué. Et son courage politique aura consisté à mentir jusqu'au bout sur l'approche de la tragédie. Donc, reprit Juglard, notre petit moment décisif à nous consiste à publier dans l'édition de demain cette enquête.

L'avoué fit appeler la voiture qui lui était affectée par la mairie depuis qu'il était l'adjoint de Declotz. Ils pénétrèrent dans l'imprimerie Saint-Benoît par la petite porte réservée aux ouvriers du Livre. Ils longèrent les lavabos, les pissotières, et gagnèrent en catimini le bureau des rédacteurs. Lesueur envoya sa secrétaire en éclaireur vers les bureaux du journal concurrent.

— Il n'y a que Patenôtre au marbre, rapporta-t-elle.

Juglard n'était pas né de la dernière pluie. Sa présence eût assurément intrigué un Gibaud. Maurizet, lui, était, comme à l'ordinaire, pessimiste.

— Vous croyez peut-être qu'ils vont laisser passer ça ?

— Et pourquoi ? s'étonna l'avoué. Michalon a déjà contrôlé l'édition. Ce serait bien le diable qu'il revienne à cette heure !

— Oui, confirma Lesueur. Il a visé la morasse de l'autre édition, celle qui était prévue pour demain…

— Pour celle-ci, on n'aura pas de visa ? s'inquiéta naïvement Maurizet.

— On s'en fiche. Quand elle sera partie, Michalon aura qu'à courir après pour la rattraper, ricana Juglard. Faut combien de temps pour changer l'article de une ?

— Ça fait deux cent cinquante lignes. Le temps de composer, de faire un titre : une heure ! pronostiqua Lesueur.

— Vous avez un lino sûr, un type qui n'ira pas vendre la mèche aux gars d'en face ?

— Il y a Pasquet, proposa Maurizet.

Comme Juglard s'apprêtait à passer deux ou trois coups de téléphone, Lesueur s'approcha de lui avec embarras.

— Qu'y a-t-il ? demanda l'avoué.

— La signature de l'article ?

— Eh bien, quoi ? Vous le signez conjointement avec Maurizet.

— Je ne souhaiterais pas, rectifia le journaliste, le rouge de honte sur les joues.

— Vous avez peur qu'on vous fasse des misères ? C'est moins dangereux que le maquis quand même !

Le journaliste l'observait avec insistance.

— Vous vous rendez compte de ce que nous écrivons ? Que Delanfroy, Declotz et le juge Sardel ont décidé de sortir Floher de la nasse pour éviter un scandale qui éclabousserait toute la Résistance, quitte à maquiller un assassinat et à faire disparaître des preuves. Vous, maître Juglard, vous avez les épaules assez larges pour assumer les retombées de ces accusations.

Juglard fixait le téléphone posé devant lui. Ce pleutre, songeait-il, serait bien foutu de se dégonfler.

— Je ne peux quand même pas signer l'enquête à votre place…

— Après tout, vous êtes le directeur du journal. Je vous conseillerais de faire mentionner ce titre sous votre nom. Ça serait plus compréhensible pour tout le monde.

— Soit ! admit Juglard. Et des deux mains.

Pendant que Michalon pénétrait par la porte principale avec ses quatre FFI sur les talons, on chargeait en hâte les derniers paquets de *Brivins-Presse* dans le coffre de la Citroën. En moins d'une heure, tout serait distribué ; quelques milliers d'exemplaires qui feraient l'effet d'une bombe s'abattant sur la ville. Du bureau vitré, Juglard suivait la progression de Michalon entre les linotypes. Il s'arrêta à hauteur d'un typographe et eut une petite conversation qui laissa penser que c'était là son indicateur. Pour laisser le temps à ses hommes de partir sans encombre par la petite ruelle située à l'arrière de l'imprimerie, Juglard s'avança au-devant du fonctionnaire.

— Quelle surprise ! ironisa l'avoué. Que nous vaut votre visite à cette heure tardive ?

Devant la mine enjouée du bonhomme, Michalon jugea immédiatement que l'information transmise par son espion était juste.

— J'ai incidemment appris que vous aviez changé votre une. Ça nécessite un nouveau contrôle de censure.

— En effet, reconnut Juglard, nous avons changé un article de une au dernier moment. Une information de première main et d'une telle importance que nous n'avons pas pu résister. Que voulez-vous ? Le réflexe de journaliste avant tout. Qu'importent les embarras administratifs.

— Ne jouez pas à ça avec moi, s'emporta-t-il. Où sont donc les châssis ? Vous me ferez tirer une petite épreuve, pour moi !

— Monsieur le délégué à l'information, dit Juglard d'un ton un peu solennel, je suis au regret de vous annoncer que notre édition est partie. Avez-vous vu l'heure ? Nous sommes même sacrément à la bourre.

— Montrez-moi un tirage ! ordonna Michalon défiguré.

Les deux hommes montèrent dans le bureau. Juglard tendit un exemplaire d'un air distrait. Le titre, qui barrait la une sur toute la largeur, fit immédiatement sursauter Michalon : *« De troublantes révélations sur l'assassinat du jeune Martoire par la Milice patriotique. »* Et au dessous : *« Les nouvelles autorités couvrent le forfait. »*

Michalon ne lut que les trois premiers paragraphes, puis il laissa retomber le journal. Tout cela est édifiant de justesse, pensa-t-il. Les détails annoncés sur la tache sanglante au milieu du salon laissaient apparaître à l'opinion publique qu'aucune enquête sérieuse n'avait été conduite. Il s'effondra entre les bras d'un fauteuil, anéanti. Une seconde, il dressa les yeux vers ses soldats et hésita à lancer un ordre. Pourtant, il avait encore ce pouvoir de lâcher ses chiens pour saisir le journal.

— Vous rendez-vous compte de la situation dans laquelle vous nous mettez ? commença Michalon. C'est d'autant plus incompréhensible que vous êtes de notre côté.

— Je me rends compte qu'il y a une folie qui s'est emparée de ce pouvoir. J'espère que les échéances électorales mettront un terme à ces dérives.

— Je dois avertir Delanfroy sur-le-champ.

— Tenez ! fit Juglard en tendant le téléphone.

— Vous risquez la saisie de votre journal. Un procès en diffamation. Peut-être plus encore…

Juglard se balançait sur sa chaise en fixant Michalon dans les yeux.

— Nous avons chassé les nazis de cette ville sans l'aide d'aucune force extérieure. Nous y avons mis en place un gouvernement provisoire et forcément arbitraire. De qui tirons-nous nos prérogatives ? De notre engagement dans la Résistance ? Le fait d'avoir lutté contre le fascisme ne nous garantit pas des tentations totalitaires. Des Milices patriotiques, des gardes civiques ont peu à peu tenté de s'assurer des positions fortes pour d'obscurs desseins. Votre Delanfroy a cru manœuvrer tout le monde. Et, à la vérité, il s'est pris, lui aussi, les pieds dans le tapis. Je sais que Sardel est tiède, sinon prêt à vous lâcher. Alors, la solution, pour vous, si vous ne voulez pas que tout ça finisse mal, serait de reprendre le procès de ces assassins et de les coller en prison pour un bout de temps.

— Que reprochez-vous à Delanfroy ? s'inquiéta Michalon.

Juglard se tut. Il ne voulait pas qu'on puisse lui imputer le moindre propos hostile à l'égard du commissaire de la République. C'était un homme trop imprévisible pour être traité avec légèreté. Si Juglard avait jugé nécessaire de presser le mouvement pour sortir l'affaire Martoire, ce n'était précisément qu'après avoir obtenu des assurances du côté du juge Sardel. Lors d'une conversation privée entre les deux hommes, le juge avait argumenté : « Vous et moi, nous sommes deux vieilles canailles. Moi, une canaille de droite, vous, une canaille de gauche. C'est dire si nous pouvons nous entendre au moins sur un point : faire chuter Delanfroy ! La seule solution n'est-elle pas de faire rouvrir le dossier ? Etc., etc. »

— Je crois avoir deviné, suggéra Michalon, pourquoi vous en voulez à Delanfroy…

L'avoué tendit l'oreille, comme si, à ce stade-là, la conversation commençait à prendre un tour intéressant.

— Vous lui reprochez d'avoir joué Declotz contre vous. Vous souhaitiez bien une union élargie contre les communistes ?

— Avoir propulsé Declotz au premier rang est évidemment une erreur, répondit Juglard. L'homme ne sera pas à la hauteur de la situation. Pas un gramme de sens politique dans la tête. A moins que le calcul de Delanfroy soit plus pernicieux. Declotz, vous en conviendrez, est à Brivins le plus à gauche des hommes de droite. Et mieux vaut un tel individu à la mairie plutôt qu'un radical.

— En effet, souligna Michalon, rien de plus naturel là-dedans. Declotz est plus gaulliste que MRP, disons issu de ce gaullisme populaire que nous sentons poindre dans le pays. Voilà tout.

— Par un calcul pernicieux, Delanfroy pense que Declotz nous ramènera Roland Maluzier au moment opportun. Car tout est là. Reconduire Maluzier aux affaires…

— Ce sera là le sujet de votre prochain feuilleton, ricana Michalon en s'emparant du téléphone, maintenant que vous vous êtes découvert une vocation de journaliste.

XVII

Gibaud et Michalon estimèrent qu'on ne devait rien tenter contre *Brivins-Presse*, au risque de conforter la suspicion dans les profondeurs mêmes de l'opinion. Certes, Delanfroy ne cachait pas son désir d'en découdre, mais devant les risques de dérive il se rangea à l'avis de ses deux conseillers. Il n'ignorait pas non plus que dans quelques semaines, un décret mettrait un terme à la censure de presse. Je ne voudrais tout de même pas, se disait le commissaire de la République, être le dernier des censeurs dans ce pays.

Dans les heures qui suivirent les premiers remous causés par l'enquête signée Juglard, Delanfroy reçut un appel de Declotz. Le maire provisoire de Brivins — pour quelques heures encore — hurla son étonnement de voir son nom mêlé à cette affaire pour laquelle, du reste, il s'était tenu scrupuleusement à l'écart. Curieusement, il n'en voulait pas à l'auteur de cet article, mais bien plus à Delanfroy. « C'est vous qui avez prononcé mon nom, dit-il d'une voix courroucée. Je comprends parfaitement les raisons. Dans ce genre de saloperie, on adore la compagnie. Faute de complices, on les invente. C'est proprement ignoble. » Le commissaire se défendit avec force. « Allez, allez, répliqua Declotz, je connais Juglard comme ma poche. Il n'a pas trouvé ça tout seul. On le lui a soufflé dans le creux de l'oreille. »

Retranché dans son cabinet de travail, Juglard guettait les résultats de son exploit, informé minute par minute par les gens de sa liste qui couraient à droite et à gauche pour glaner les réactions, sur le champ de foire, dans les cafés, chez les commerçants. Comme on pouvait s'y attendre, les révélations firent grand bruit dans la ville où l'on s'arracha le journal au fur et à mesure que les paquets parvenaient chez les vendeurs. L'affaire tombait à point nommé : les anciens pétainistes voyaient la vertueuse Résistance prise en flagrant délit ; les anciens réfractaires non communistes trouvaient la pleine justification de leur refus d'une association FTP prépondérante. Pour la première fois, un journal osait rompre la trêve de rigueur pour critiquer une action de la Résistance. Dans sa cachette, Roland Maluzier, en ouvrant le journal apporté comme chaque matin par Rose Cipriani, fut pris d'un grand fou rire. « Depuis des années, avoua-t-il à sa logeuse, je n'ai jamais eu un tel plaisir à ouvrir une feuille de chou. » Rose n'ignorait rien des dessous d'une telle affaire grâce aux confidences de son amant. Elle réservait le plus grand mépris pour ces jeux mesquins qu'elle avait espéré définitivement abolis après les graves leçons de la guerre. Au contraire, le dernier dimanche passé au château de la Coutance l'avait confortée dans l'opinion selon laquelle les tares du pouvoir sont une fatalité dont aucun régime ne pourra se prémunir. D'ores et déjà, son élection de conseillère sur la liste de Declotz paraissait acquise compte tenu des rapports de force. Pour la décider au dernier moment à se présenter devant les électeurs, on l'avait assurée qu'elle gérerait les affaires sociales. C'était tout ce qui pouvait la tenter dans cette aventure qui avait débuté dans les transes de la clandestinité.

Le juge Sardel se décida enfin à joindre Juglard. Le début de la conversation fut un échange de ricanements. Il n'y avait qu'une chose qui intéressait l'avoué, c'était la mine affichée par Delanfroy. Il eût payé une fortune pour être petite souris et déguster les fruits de son triomphe. Ça tombait à pic, parce que Sardel l'avait, quelques heures auparavant, rencontré dans son vaste bureau, boulevard du Moulin. Le juge ne dépeignit que ce que Juglard avait envie d'entendre. En vérité, Delanfroy n'envoya voler aucun dossier à la tête de ses secrétaires, comme on aurait pu le supposer. Le dialogue fut courtois, plus courtois même qu'à l'ordinaire.

— Avec la publication de tous ces éléments nouveaux, que

nous reste-t-il à faire, suggéra le président du tribunal, sinon rouvrir le dossier de l'affaire Martoire ?

— Vous désirez reprendre le même dossier, point par point ? s'inquiéta Delanfroy. Mon cher ami, vous allez vous couvrir d'opprobre. Il n'est pas d'usage, dans la justice française, de rouvrir les dossiers sur une simple pression de l'opinion. Sinon, où irions-nous ? On passerait son temps à rejuger les affaires ad vitam æternam. Je ne vous conseille pas de reprendre le dossier Floher. Celui-là est passé au travers des mailles du filet. Tant mieux pour lui. Il faut s'en faire une raison.

Au passage, Sardel apprécia les précautions oratoires qu'il mettait désormais dans la conversation. Une semaine auparavant, il eût dit « Je vous interdis de reprendre le dossier Floher », plutôt que « Je ne vous conseille pas… » C'était à cette sorte de détail qu'on discernait ce qui avait notablement changé chez Delanfroy. Par contre, plus que jamais, il affichait la détermination de ne point en rester là, dans l'ornière, à exercer un contre-feu pour limiter les dégâts du scandale.

— Je ne vois pas comment faire réexaminer l'affaire Martoire sans reprendre certains aspects sensibles du dossier, répliqua malicieusement le juge. On peut toujours accuser la commission d'enquête, Ebrard en tête, de ne pas avoir fait son travail.

— A mon avis, suggéra Delanfroy, il faudra reprendre l'affaire selon l'optique du lampiste. Faire trinquer le lampiste est une règle absolue pour se sortir d'un tel merdier. Le lampiste a l'avantage de n'intéresser personne. Il ne s'élèvera donc pas une seule voix pour le défendre. C'est parfait. Souvenez-vous du rapport secret. Lorsque l'assassinat a été commis, Floher se trouvait sur la place du village. Il y a plus de dix témoins qui vous le confirmeront, jusqu'à cet imbécile de maire, ce Debrugère que l'on a nommé un peu hâtivement dans l'euphorie de la Libération. A l'intérieur de la maison Martoire, il y avait donc deux hommes : l'auteur du rapport secret et l'exécuteur des basses œuvres, le dénommé Magnard. Voilà le lampiste, Magnard ! A votre place, je le ferais arrêter sans tarder et juger aux calendes. Ainsi l'opinion serait rassurée de voir que nous détenons le véritable tueur. Certes, le commanditaire du crime sera blanchi. On ne pourra rien y faire.

— Reste, ajouta Sardel, le cas de Maxime Martoire. La victime était-elle un milicien impliqué comme on l'a dit dans le massacre des Razets ? Tout repose sur le témoignage de ce Bernical.

— Bernical a menti pour sauver son ami Floher, c'est gros comme une montagne. Mais ce fait nous importe peu, fit Delanfroy. Les preuves de l'assassinat de ce Maxime Martoire sont là, irréfutables. Il suffit de lire le journal. Nous devrons juger l'exécuteur. Point final.

Juglard n'était pas du tout satisfait par ce qu'il venait d'entendre de la bouche même de Sardel. L'arrestation de ce Magnard va sauver Delanfroy et tout ce qui s'y rattache, songea-t-il amèrement. Mais l'avoué, devant son confident, ne montra rien de son désarroi. Par contre, le juge semblait satisfait de la tournure des événements. Tout Brivins resterait persuadé d'avoir retrouvé en Sardel un magistrat intègre, décidé plus que jamais à faire toute la lumière sur l'affaire après avoir été affranchi de la tutelle pesante du commissaire de la République. On allait enfin lui livrer sur un plateau un vrai coupable, avec toute latitude pour l'envoyer au trou un bon bout de temps. Il n'en fallait guère plus pour faire son bonheur.

En lisant et relisant les révélations de *Brivins-Presse*, le docteur Fayolle jugea qu'il disposait enfin d'une matière suffisante pour articuler ses attaques contre André Bernical. Le journal apportait la preuve, par la confrontation des deux versions, celle du maréchal-ferrant Alivert et celle du chef FTP Bernical, que ce dernier avait fait, devant le tribunal de Brivins, un faux témoignage. Malgré leurs mauvaises relations, le médecin décida aussitôt de rencontrer Juglard pour discuter de quelques petits points de détail ne figurant pas dans l'enquête. Le contact eut pour cadre le bar du Chêne fleuri. Rolande et Fabienne, les deux garçonnes, étaient juchées sur les hauts tabourets et promenaient un regard charbonné de khôl sur la maigre assistance. L'avoué leur adressa un petit salut discret de la tête et invita Fayolle à venir s'asseoir à l'autre bout de la salle, près du billard.

— Ce sont les deux morues de Philippon, nota Juglard.

— Philippon ?

— Un ingénieur des Ponts et Chaussées qui était avec nous dans le maquis. La clique à Declotz !

Fayolle éclata de rire.

— Pierre Declotz en vaut bien d'autres.

— Ah ! j'oubliais, ironisa Juglard, que tu es de son côté. Le MRP, fit-il d'une voix méprisante. Le mouvement républicain populiste !

— Je t'en prie. Nous sommes devenus de grands garçons sages. Il y a plus important dans la vie que les querelles politiciennes.

Quand le médecin eut expliqué le procès en sorcellerie qu'on lui intentait à Galiane-sur-Sévère, Juglard croula sous les rires. Fayolle prit assez mal ce ton désinvolte. A la vérité, l'avoué n'avait aucune idée de ce que pouvait être une campagne de calomnies pour n'avoir point eu lui-même à en souffrir.

— Si on ne m'avait pas mis en accusation au CDL, tout ça ne serait pas arrivé. D'autant que j'ai attendu vainement ton soutien. Un petit mot de toi, et tout aurait été arrêté, étouffé dans l'œuf. A croire que tu as douté de mon intégrité. Explique-moi comment tu as pu croire que j'avais eu des relations avec les Boches ?

Juglard détourna le regard vers la longue jambe nue de Fernande, échappée de son fourreau de soie noire fendu. Le talon haut sur lequel elle prenait appui faisait saillir le galbe élancé du mollet.

— Je te conseille un Picon. C'est le seul endroit à Brivins où l'on peut encore en boire.

L'amertume qui se dessinait sur le visage de Fayolle l'ennuyait. Plus que jamais, il sentait que ni le temps ni les paroles apaisantes n'effaceraient cette trahison. En septembre 44, Juglard espérait encore qu'un Declotz lui ferait la part belle dans la cité. Face à un tel calcul, à une si grande ambition, l'amitié fidèle d'un petit médecin de campagne ne pesa guère.

— Alors, toi aussi, tu t'es engagé dans cette galère, dit l'avoué pour détourner la conversation.

— Je veux avoir la peau de Bernical, jeta le médecin tout à trac.

— A cause de la rumeur ? Autrefois, tu ne haïssais pas les communistes à ce point-là. Tu avais les meilleurs relations avec ce pauvre Duc. Et si je me souviens bien, tu étais même un élément modérateur dans les débats intergroupes de la Résistance. Qu'est-ce qui t'a changé à ce point ?

— Benoît Duc, reprit Fayolle, était un vrai communiste. Un homme de parole. Il ne se serait jamais abaissé à répandre de telles ignominies sur moi.

— Qu'en sais-tu ? dit Juglard. On ne peut jamais jurer de rien avec les hommes. J'ai connu tant de déconvenues. Moi-même, plaida-t-il un peu penaud et profitant de ce que l'occasion lui était offerte de se justifier un brin, ne t'ai-je pas fait défaut ? Qui l'aurait cru entre nous qui avons risqué notre peau ensemble ? Autrefois, ce qui faisait notre solidarité, c'était le risque. On savait qu'à la moindre défaillance de l'un d'entre nous, tout le réseau tombait.

— Duc était un juste, jura Fayolle.

— Declotz, Floher, Davoust, Bernical, Murciat, c'étaient tous des justes. Nous voulions tous en finir avec le nazisme, le fascisme de Laval, le paternalisme de Pétain, en finir avec les injustices, les crimes, les massacres. Nous avons tous fêté la Libération ensemble, la main dans la main. Mais la trêve a été de courte durée. La volonté affirmée de prolonger dans le temps les idéaux de la Résistance s'est bien vite émoussée. La folie s'est emparée de nous. Oui, mon cher Fayolle, nous sommes tous devenus fous de pouvoir ! Tout le monde ne peut pas avoir raison en même temps, les radicaux, les socialistes, les gaullistes, les communistes. Tous fous à lier. Peu à peu, les électeurs vont nous ramener à la raison, départager les factions, désigner vainqueurs et vaincus. Il faudra s'incliner devant le verdict populaire. Je plains les nations qui ne connaîtront pas la justice des urnes. Pour celles-là, cette folie va continuer longtemps encore, jusqu'à déchirer l'Europe tout entière.

Fayolle refusait de céder à un tel pessimisme, imprégné qu'il était de la fièvre électorale. Il lui paraissait même que de tels propos dussent lui porter la poisse. On ne gagne pas avec des états d'âme, se disait-il en discernant déjà dans le visage de Juglard les stigmates de l'échec. Ce seront Declotz et Davoust les grands vainqueurs de la consultation. Il se manifestera là une sorte de justice, puisque l'avenir se sera choisi les plus résolus d'entre tous.

— J'ai lu l'enquête dans ton journal. C'est musclé à souhait. Certes, le cas de Floher m'est indifférent. Une brute restera une brute, et si celle-ci est enfin mise sur la touche, alors l'humanité aura fait un pas en avant.

Juglard lui envoya une tape amicale sur l'épaule en lui désignant les deux garçonnes juchées sur leur perchoir.

— Je ne savais pas que tu t'intéressais aux femmes !..

— Avant la guerre, j'allais aux putes régulièrement. J'ai baisé mes petites bonnes comme tout saligaud de petit bourgeois qui se respecte.

— Je leur trouve une animalité intéressante, jugea Fayolle après un rapide coup d'œil. Est-ce naturel ou de la sophistication ?

— Bien vu, dit l'avoué. Ça n'a rien de la professionnelle. Ça chercherait plutôt quelques jolis matelas de biffetons.

— Je poursuis donc ce que je disais à l'instant : ce Floher m'importe peu, mais, par contre, Bernical, je suis preneur.

— Tu veux connaître ce que je sais de ce cosaque ?

Juglard reposa son chapeau feutre gris souris sur sa tête.

— Un des adjoints de Floher est allé le trouver à Galiane, dans sa ferme, pour lui proposer de faire un faux témoignage devant la commission d'enquête. Il s'agissait tout simplement d'affirmer que Maxime Martoire était un petit salaud de milicien aux mains sales et qu'il se trouvait en compagnie de Jules Pensennier au moment de l'attaque de la grange des Razets. On sait que notre Bernical a été le seul survivant de la tuerie et qu'il n'a vu qu'un seul Français au moment du massacre, c'était Pensennier. Ce faux témoignage a permis de noircir la victime et, en quelque sorte, de justifier l'arrestation du gamin, non prévue au programme. Le fond de l'affaire, c'est que Floher, déçu de ne pas trouver le père Martoire, s'est vengé sur le fils. Il a donné l'ordre à un certain Magnard, une sorte d'abruti patibulaire, de l'abattre, et, ensuite, on a gentiment maquillé tout ça en un banal accident de parcours.

— Comment l'adjoint de Floher a-t-il pu obtenir ce service de Bernical ?

— Va le demander à ton paysan de Galiane ? ricana Juglard. M'est avis toutefois qu'il n'a pas dû résister longtemps.

*
* *

A voir déjà jaunir les frêles pouces de maïs et de blé sur la parcelle du plateau, Léon Goursat éprouvait un découragement sans bornes. Maintenant, marmonnait-il entre ses dents, je suis seul à travailler. Seul comme un pestiféré. Tout ça parce que je n'ai pas eu le courage de la remettre à sa place, la garce ! Et pour corser le tout, ça tourne à la catastrophe. Il avança dans la gadoue, les bottes enfoncées de plusieurs centimètres. Chaque pluie qui tombe met une semaine à dégorger. Résultat, ça pourrit que le diable ! D'un coup de pied rageur, il tira une taupinière, expédiant les mottes grasses alentour. Y a que les taupes qui aiment mon terrain. Le blé, le maïs, ça ne s'y plaît décidément pas. Quoi faire, nom de Dieu ? Je ne peux pas laisser aller la friche. Ça fait fainéant, la friche qui gagne ! Goursat promena un vaste regard sur la cuvette où de longues flaques rouille stagnaient. Il avait essayé le drainage. Une longue saignée en diagonale. La première année, le résultat fut encourageant. L'eau stagnante, qui s'étirait au creux des raies dessinées par le labour, disparut tout de suite après les abondantes giboulées de mars. L'effet bénéfique cessa à l'entrée de l'hiver. Goursat, qui ne s'abandonnait pas facilement au découragement, rouvrit le sillon. Une gangue de glaise colmatait les petits intervalles ménagés entre les conduits en terre cuite. Le cultivateur jugea cette solution insuffisante pour améliorer l'usage de sa parcelle. Pourtant, c'était là l'un de ses rares terrains cultivables qui, exposé au sud, présentait la meilleure situation qui fût.

Le vieux Delteil a raison, jura Léon Goursat. Faut creuser un puits au beau milieu de la cuvette. Pendant que l'eau montera dans le puisard, ma terre pourra respirer.

La source, qui traversait le plateau à peu de profondeur et que l'on pouvait entendre dans les fondrières en prêtant l'oreille, était responsable de cette situation. Cela aura l'avantage, pensait Léon, de valoriser le coin avec l'irrigation facile. Près du large chemin d'accès creusé sur les bords par le passage des roues de charrettes et bombé dans le milieu, il projetait déjà l'aménagement d'un potager. Ça donnera, se dit-il en jouant avec son béret sur son crâne dégarni, de sacrés melons gorgés d'eau et de sucre, des choux-fleurs à volonté, des haricots verts, des petits pois à rames, et jusqu'aux canicules on pourra garder de la tomate, de cette grosse espèce charnue.

Décidé, Léon se rendit chez Delteil. Le vieux bonhomme était occupé à plumer les feuilles cloquées de ses pêchers de vigne.

— Je les ai traités à la bouillie. Bien avant la floraison. Regarde moi ça ! Rien n'arrête cette saloperie ! J'ai remarqué que ça va de pair avec les années pluvieuses.

— A propos de pluie, jeta Léon, je crois que je vais me ranger à ton avis pour la terre du bas, au-dessus des fondrières.

— C'est une sage décision. Et puis, mon vieux Léon, ça va nous donner de l'occupation. Ça me rappellera ma jeunesse quand on allait creuser à Galiane directement dans le grès. Mon vieux, ça c'était une époque. Surtout quand tu sentais sous les pieds l'eau chanter dans le rocher, tu te disais : ça y est, je touche au but ! Là-bas, nous aurons un bon mètre et demi dans la terre avant de rencontrer le socle. C'est du tuf. Ça se pète à coups de barre à mine. Et ça part comme du sable. Prévois de quoi étayer. De la grosse planche mal dégrossie, des longues barres de châtaignier. Pour les outils, crois-moi, j'ai tout ce qu'il faut. Prêt à resservir, jura-t-il en lui frappant l'épaule. Je dispose de trois barres à mine, l'une à pointe plate pour découper tout autour, une grosse à pic pour rentrer dans le milieu. Et une petite, joliment maniable, pour fignoler le boulot.

Quand Léon avertit Emma de son intention d'ouvrir un puits sur le plateau des fondrières, elle se demanda s'il n'était pas tombé sur la tête.

— Un puits ! jura-t-elle. Pour quoi faire un puits alors que celui de notre basse-cour a besoin de curer ?

— Je vais perdre la moitié de la récolte de maïs à cause de cette pourriture au milieu du terrain. Faut en finir une bonne fois pour toutes.

— Je vois ! marmonna Emma. C'est ce poivrot de Delteil qui t'a mis cette idée en tête.

— J'ai pas besoin de Delteil, répliqua Léon vexé qu'elle eût découvert d'où provenait le conseil, pour comprendre ce que j'ai à faire.

Léon Goursat savait que, pour se tirer d'affaire, il n'avait qu'à annoncer son intention d'ouvrir un second potager. Alors, Emma refréna ses critiques.

— Creuse ce puits, ça va te dévorer tout ton temps, déplora-t-elle. Si encore Clément était là pour te donner la main.

Le bonhomme éclata de rire.

— M'a-t-il aidé sérieusement à quelque chose une seule fois dans son existence ?

— Il fait sa vie à la ville. Ça marche à ce qu'il prétend. Mais, pour en savoir plus…

— C'est toi qui dis ça ? sursauta Léon.

— La dernière fois qu'ils sont venus à Lavialatte, la petite m'a raconté que le patron avait l'intention de l'embaucher dans ses bureaux. C'est louche ! Un homme de cette intelligence, continua Emma pour qui tout homme pourvu d'une coquette fortune ne pouvait qu'être immanquablement intelligent, a bien vite vu qu'elle ne sait rien faire de ses dix doigts, sinon se pomponner et enfiler de belles toilettes. Qu'ira-t-elle bricoler dans un bureau ? Je ne l'ai jamais vue compter. Tu l'as vue, toi ? Moi, jamais. Je dirais même qu'elle ne sait que dépenser. Mais dépenser, chacun sait que c'est la spécialité de ceux qui ne savent pas compter.

— Qu'y a-t-il de louche là-dedans ? Si ce Saint-Assier veut engager Line, c'est son affaire, non ? Et pas la nôtre !

— Tu n'es quand même pas aveugle, mon pauvre ami ! Notre bru a le visage bien tourné. C'était une des raisons de mon opposition à ce mariage. Un garçon comme notre Clément n'avait rien à faire avec une fille pareille.

Léon hocha la tête de dénégation. Il constatait, une fois encore, que toute conversation sur les enfants, et sur Line en particulier, tournait systématiquement à la critique.

— Où veux-tu en venir ?

— Que ce Saint-Assier, pardi, a remarqué ça aussi bien que nous…

— Tu es un poison ! Un poison ! cria Léon en quittant la cuisine.

Les deux hommes se mirent à l'ouvrage dès le début de l'après-midi. Le vieux Delteil piochait en cadence. A son tour, Léon se glissait dans le trou pour ramener la terre en grosses pelletées. Chaque fois qu'il s'en revenait sur le bord, il rajustait sa large ceinture de flanelle enroulée autour de la taille. A la tombée du jour, le trou était si bien engagé que Goursat n'arrivait plus à lever assez haut les pelletées de terre : elles retombaient dans l'excavation. Alors, les deux hommes décidèrent d'en remplir de grands seaux.

— Faudra monter le palan à poulie dès demain, dit Delteil en heurtant avec le pic de sa pioche le tuf par petits coups sourds dans la coulée du sol. Cette fois, on y est, s'écria-t-il. Le travail sérieux commence.

Emma Goursat retint le vieux Delteil à dîner, ainsi qu'elle le ferait désormais durant tout le temps exigé par le forage du puits. Pour faire face à ce genre de situation, la maîtresse de Lavialatte plaçait sur les rayons du cellier une armada de confits de cochon conservés dans la graisse. Elle en accommoda les filets de petites pommes nouvelles rissolées dans la même graisse.

— Encore un que les Boches n'auront pas ! jura Léon en se servant avec un air de gourmandise.

— Cet idiot, ajouta Emma, répète toujours la même chose. Comme si nous avions à nous plaindre des Allemands…

— T'as la mémoire courte, fit Goursat en remplissant les verres. Tu ne te souviens donc pas du jour où j'ai sorti Pauliat de mon étable la fourche à la main ?

— Bah ! nota Delteil, il s'en est bien tiré l'animal. Lavé de tout, sauf qu'il ne pourra plus se présenter aux élections.

— Encore heureux, souligna Léon. On a vu comment il s'est emparé de la commune. Mais il ne leur en a pas assez fait aux gens, parce que, si ça se trouve, on le réélirait.

— Oui, admit Delteil, on trouve encore des imbéciles qui regrettent le bon vieux temps où Pauliat venait réquisitionner leurs vaches dans les étables.

Emma fit le tour de la tablée pour distribuer les dernières pommes de terre de sa poêle. Le vieux protesta qu'il n'avait pas l'habitude de manger autant le soir.

— En tout cas, fit Léon, on pourra dire que nous n'aurons pas crevé de faim pendant la guerre, ce qui n'a pas été le cas de tout le monde.

D'un geste énergique, Emma lui intima l'ordre de se taire. Mais Goursat feignait de n'avoir rien vu et continuait à évoquer les mésaventures du marché noir, des abattages clandestins. Elle vit qu'elle ne parviendrait pas à éteindre cette conservation qui appartenait, selon elle, au domaine des sujets tabous, de ces choses que l'on fait et dont on ne parle jamais, de ces choses que l'on loue dans son for intérieur et que l'on feint de mépriser. Alors, en désespoir de cause, elle décida de s'en mêler avec vigueur. Cette perspective l'emplissait d'autant plus de jubilation qu'elle savait Delteil proche d'un Bernical, proche des rouges qu'elle exécrait dans sa fibre mentale sans qu'elle pût, du reste, expliquer l'origine et le fondement de cette haine viscérale.

— Expliquez-moi donc ce qui a changé depuis que vos FFI ont pris le pouvoir ? Sur le champ de foire d'Augeat, on achète toujours des vaches cinq mille francs à la taxe, alors qu'elles valent vingt-cinq mille francs. Et au marché noir, poursuivit-elle en abaissant machinalement le timbre de la voix, la même vache rapporte soixante-dix mille francs. Moi, je ne vois pas la différence. C'est toujours la pagaille dans le pays. Et notre triste destinée se résume à tirer vaille que vaille notre épingle du jeu.

Léon reconnut que deux veaux sur trois partaient à l'abattage clandestin et qu'on ne verrait jamais sur le foirail la moindre queue tirebouchonnée de ses cochons.

— Et ce ne sont pas les élections qui vont apporter du beurre dans les épinards.

Les deux hommes se regardèrent dans un mouvement de connivence. Avant de se mettre à table, ils avaient juré ensemble, connaissant la virulence de l'hôtesse sur le sujet, de n'en pas parler. Léon pensa que la garce, ne voyant venir les nuées annonciatrices, devançait l'orage. Après ça, elle irait se plaindre de la sainte bêtise des querelles politiques. Ce qui intéressait la maîtresse femme, ce n'était pas de discourir sur les programmes des uns et des autres, sur les chances courues ou les échecs prévisibles, mais de la rumeur, la rumeur dont tout le monde parlait à mots couverts en se délectant.

— Je plains cette bonne Adeline, fit Emma d'une voix qui sentait le soufre. Ces hommes, décidément, sont tous pareils. Pour une typesse, ils en perdraient le boire et le manger. Je dis bien « je plains Adeline »... Mais à bien y réfléchir, elle a ce qu'elle mérite. Ça lui fera tomber un peu son air supérieur. Tous ces gaullistes, reprit-elle en voyant que les deux hommes conservaient le regard tourné vers le fond de l'assiette, ce sont des dévergondés, des gens sans église, des arrivistes. Que croit-il, ce brave docteur Fayolle ? Parce qu'il est médecin, il s'imagine nous en remontrer. Ah ! Ah ! Qu'il s'occupe donc de sa jolie maîtresse ! On n'a pas besoin d'un maire don juan à Galiane. Un simple cultivateur suffira à notre bonheur. Vous ne trouvez pas ?

Delteil n'était pas loin de penser la même chose, à la différence qu'il ne croyait rien de la fameuse rumeur. Il n'ignorait pas comment la situation avait été exploitée par Bernical. Sur le fond de la question, il ne se voyait pas en train de mélanger son suffrage avec ceux du médecin, figure emblématique du notable perché sur un nuage. A tout bien réfléchir, il eût tout autant préféré voter Lafon, car lui, au moins, même s'il avait des idées plus proches de Fayolle que de Bernical, était un paysan.

*
* *

— Je ne suis pas malade, dit André Bernical adossé à la porte de sa grange qui bringuebalait sous la nerveuse agitation de sa large carcasse.

Fayolle ouvrit la portière et hésita à mettre un pied à terre. Il s'était juste tourné sur le siège pour s'apprêter à descendre de sa Renault.

— Les médecins, jura le cultivateur, ça vous trouve malade même quand vous êtes en bonne santé.

— Je ne suis pas venu pour vous tâter le pouls.

L'homme détacha son corps de la porte et fit un pas vers l'automobile. En émergeant de la zone d'ombre portée par l'auvent de la bâtisse, la mine marquée par une barbe de trois jours apparut au médecin. Le gris acier du regard était teinté de mélancolie. Ce n'était plus le grand et fort Bernical des jours de triomphe, dominateur et arrogant. Sur la chemise à gros carreaux, il y avait encore les traces de brindilles et de graines de foin d'une sieste interrompue par le bruit du moteur.

— Je voudrais vous parler, proposa le médecin.

Bernical hocha la tête d'ennui et promena autour de lui un regard blessé par la violence de la lumière.

— Je sais ce que vous venez chercher, dit le paysan. Je peux même vous faire un aveu qui va bien vous flatter au passage. J'étais sûr que vous alliez venir me parler. Et je sais même de quoi ! Et si ça se trouve, je pourrais vous dire quel marché vous allez me proposer.

Fayolle n'aimait pas du tout la manière dont l'homme précipitait la conversation. Par cette saillie verbale, le paysan espérait sans doute prendre en main la situation. Mais c'était sans compter sur le flegme du médecin. Fayolle descendit de sa voiture, résolument, et claqua la portière, indiquant par ce geste énergique qu'il ne se contenterait pas d'une simple visite de courtoisie. Bernical se recula d'un pas jusqu'à venir heurter la pierre de la grange. Alors, avec son air soupçonneux, il amena les bras sur la poitrine, croisés, les épaules enflées d'une force de bloc indestructible.

Le médecin, d'une taille inférieure à son voisin, le chapeau posé à ras des yeux, le toisa attentivement sans se départir de son calme, qui signifiait qu'il n'était pas du tout impressionné par l'inégalité manifeste de force physique émanant des deux hommes.

— Tout homme est libre de ses opinions, de les exprimer, d'en exercer le cas échéant les principes de base. Vous et moi, nous nous sommes battus pour le rétablissement de cette liberté-là. Il se trouve que nous dirigeons, à Galiane, chacun, une liste concurrente pour les municipales. Le fait est des plus naturels. Il ne s'agit là que du plein exercice de la démocratie. Nous avons trop souffert, l'un et l'autre, de cette absence de consultations électorales pour ne pas mesurer la gravité de cet instant…

Bernical regardait par-dessus l'épaule du médecin, les yeux perdus vers le bleu du ciel et les gros nuages blancs caracolant à l'infini. Ces mots-là semblaient ne plus l'intéresser.

— Ça ne vous autorise pas, poursuivit Fayolle, à répandre sur mon compte des calomnies.

L'expression, claquant comme un coup de fouet, ramena le regard du paysan vers le médecin.

— Des vilenies, insista Fayolle, selon lesquelles j'aurais pour maîtresse cette Léa Martoire dont vos amis ont assassiné le frère. Et, plus grave, c'est que j'aurais usé de mon pouvoir discrétionnaire pour la faire libérer. Je n'ai rien à voir avec cette jeune fille. Rien. Et j'entends que vous me le signiez sur-le-champ. Je ne partirai pas avant que…

Le médecin sortit de sa poche une feuille pliée en quatre qu'il tendit à Bernical.

— Non ! coupa-t-il dans un mouvement de tête, je ne signerai rien. J'ai trop signé de conneries jusque-là.

— C'est bien mon avis, ajouta Fayolle. Mais celle-ci relève d'un autre ordre. Il s'agit de mon honneur.

Les bras de Bernical se déplièrent pour venir frapper vigoureusement ses cuisses. La carcasse partit d'un gros rire, s'agitant au soleil, clownesque dans son large pantalon de toile tenu par des bretelles à larges bandes noires ornées de plumetis rouge et vert.

— L'honneur ! Vous attachez encore de l'intérêt à des mots comme ceux-là ? Décidément, vous êtes impayable, toubib. Ne voyez-vous pas où nous en sommes, en train de reconstituer notre passé de héros à grands coups de mensonges pour que l'on puisse enfin entrer dans l'avenir la tête haute ? La guerre a fait de nous des fauves enragés. A tel point que je ne me reconnais plus certains jours. Parfois, j'ai l'impression que je me suis dédoublé. Et il m'arrive de me parler, plutôt de parler à cet autre moi dont je ne comprends plus les réactions. Ça ne vous fait pas ça, vous ? Non ! Vous semblez bien à l'aise dans votre peau. Magnifique homme que vous êtes à me réclamer un petit certificat de virginité. Vous pensez que je suis un salaud, n'est-ce pas ? Vous ne tombez peut-être pas loin de la triste réalité. Mais vous, cher homme, qu'êtes-vous de plus que moi ?

— Vous refusez donc de signer ce texte.

— Bien sûr que je refuse !

— Pourtant, vous savez qu'il s'agit là d'un grossier mensonge.

— Bien sûr que je le sais. Et cette petite bassesse que vous décelez en moi est un moindre mal. Je peux tenter des choses bien pires encore. Et vous, monsieur l'homme propre, ne seriez-vous pas par hasard l'agent des SR, du 2e Bureau dans cette contrée du Limousin ? N'auriez-vous pas, par hasard, négocié avec Bernner votre sécurité ?

— De quoi parlez-vous ?

— Bernner, le chef de la Gestapo de Brivins.

— Je ne connais pas.

— Vous alliez d'un maquis à un autre, sans jamais avoir été inquiété. C'est louche, voyez-vous ! Nous ? Nous ne pouvions faire un pas sans nous faire arrêter. Il y a là une troublante disproportion.

Fayolle soupira longuement.

— Vous êtes fou à lier. Mais cela ne me fera pas varier. La main droite qui ignore ce que fait la gauche, ce n'est pas de mon goût. Puisqu'il en est ainsi entre nous et que je vois qu'il ne m'est pas possible d'obtenir la moindre réaction sensée, je vais devoir abattre mes cartes. Oui, Bernical, c'est la minute de vérité ! Je vais révéler qui vous êtes…

Le paysan avança sur Fayolle et s'empara violemment du revers de la veste.

— Que savez-vous sur moi ? Saloperie !

Et d'une pichenette, il envoya valser dans la cour le chapeau du médecin.

— Je vais vous abattre, jura Fayolle. Certes, sans gaieté de cœur. L'affaire est trop grave. Ce sera vous ou moi. Vous ne me laissez décidément aucune autre possibilité.

— Tout ça, maugréa Bernical en tournant autour de la frêle silhouette, c'est du baratin.

— Je vais vous accuser publiquement d'avoir étranglé Jules Pensennier à la prison de Brivins de vos propres mains. L'affaire s'est produite à vingt-trois heures un certain 24 août 44, alors que l'individu devait être entendu le lendemain par le tribunal militaire.

— C'est du réchauffé ! hurla Bernical. Vous m'avez déjà fait le coup quand je suis venu appréhender cette ganache de Pauliat. Ça n'a rien donné. J'attends toujours les gendarmes. Il faut des preuves, cher toubib…

— Il se trouve justement que j'en dispose. Deux témoignages concordants de deux gardiens de prison en service ce soir-là.

Bernical se sentit blêmir. Sa mémoire n'était pas défaillante sur les événements de cette nuit terrible où, en l'espace de quelques minutes, il se sentit devenir une autre sorte d'individu. En effet, un gardien de prison l'avait introduit dans la cellule de Pensennier avec un clin d'œil de connivence. Durant toute la scène, la porte du cachot était restée entrouverte. N'importe qui eût pu assister à l'assassinat, entendre les cris de bête du milicien à l'heure du châtiment.

— Le meurtre, plus le faux témoignage. Ça fait beaucoup, dit Fayolle.

— Quel faux témoignage ?

— Vous avez menti au président Sardel pour sauver votre petit camarade Floher. Vous avez déclaré, entre autres choses, que Maxime Martoire était aux côtés de Jules Pensennier au moment de l'attaque. C'est inexact. Pensennier était le seul milicien présent. Charles Alivert de Chèvreroche, un de vos anciens hommes dans le maquis, a déclaré qu'avant ce témoignage fait devant la cour de justice de Brivins, vous avez toujours soutenu que Pensennier était bien seul sur les lieux de la tuerie. Pourquoi persécuter cette famille ? Bien entendu, les Martoire étaient pétainistes. Mais ce Maxime n'a rien à voir avec les Razets. C'était un petit imbécile qui tournait autour de quelques miliciens pour jouer les intéressants. A ce que je sache, Pensennier ne lui a jamais confié la moindre mission même de la plus petite importance.

Bernical commit alors un geste d'ennui. Comment avouer à Fayolle que ce faux témoignage avait été obtenu sous la pression de ses « amis » ? Bah ! se dit-il, à tout bien réfléchir, la peau d'un communiste coupable a plus de valeur que celle d'un pétainiste innocent.

— Votre petit exploit n'aura pas servi à grand-chose. Vous aurez peut-être réussi à sauver Floher, mais le tribunal vient d'ordonner la réouverture du dossier. Magnard, l'exécuteur du petit Martoire, a été mis sous les verrous hier soir. S'il veut se préserver, il a plutôt intérêt à raconter comment ça s'est passé à Chèvreroche. Vous êtes dans de sales draps.

Bernical se détourna, les mains au fond des poches.

— Allez vous faire foutre !

Le médecin tenta de faire mouvement dans sa direction. Planté au milieu de sa cour, le paysan affichait un air songeur. Fayolle ramassa son chapeau et épousseta la terre qui souillait la feutrine noire.

— Vous avez tort Bernical ! cria le docteur. Je ne suis pas l'homme que vous croyez. Il faut vous reprendre. Les gens qui vous manipulent vous feront porter le chapeau, alors que vous êtes un héros. Un authentique héros. Mais, au Parti, on n'aime plus les héros. Et on les aimera de moins en moins. Les héros bien en vie, c'est dérangeant. Vous vous souviendrez un jour de ce que je vous dis !

André Bernical se retourna tout en marchant à reculons et fit un bras d'honneur. Le médecin, épaules basses, le suivit des yeux jusqu'à ce qu'il eût disparu derrière une haie de tamaris. Il replanta le chapeau sur sa tête et revint vers la voiture d'un pas nonchalant. A l'instant de tourner le démarreur, son regard se porta machinalement vers le balcon. Il lui sembla apercevoir la silhouette fugitive d'Alice dans l'entrebâillement du rideau. Un doute s'empara de lui. Depuis cette nuit funeste où il avait examiné la jeune fille, jamais le mot viol n'était venu s'interposer entre eux. Il avait en cela suivi les commandements d'une parole d'honneur.

Fayolle ferma les yeux, la tête posée sur le volant, et toute la scène de cette nuit-là défila comme une séquence de film accéléré. La jeune fille était pelotonnée dans l'angle obscur de son cabinet, les genoux remontés jusqu'au menton. Elle ne pleurait pas. Elle offrait juste un regard vide où se lisait toute la détresse du monde. Son père n'osait la regarder, comme s'il avait honte, lui aussi, d'appartenir au sexe masculin. Le médecin avait essayé de la rassurer, de lui expliquer que l'oubli et la force du temps répareraient cette ignoble injustice. Alice Bernical s'était tournée, soudain, vers son père : « Cet homme, ce Jules Pensennier, ce salaud qui m'a violée, je me suis jurée de le tuer. Je ne sais pas si j'en aurai le courage, fit-elle d'un ton tellement désespéré que Fayolle, sur la seconde, en fut tout retourné. Peut-être me faudra-t-il des années pour y parvenir. Désormais, je ne vivrai plus que pour ça… » Bernical l'avait alors prise contre lui, la serrant de toutes ses forces, tandis que de grosses larmes dévalaient en silence sur ses joues.

— Tu ne feras rien, ma petite. Jure-moi que tu ne feras rien de tout ça. Ces miliciens ont tous les pouvoirs. Mais ça ne durera pas éternellement. Un jour, la situation se retournera contre eux.

— Ce qu'il peut m'arriver, avait-elle dit, je m'en moque.

— Ça, avait continué Bernical en regardant le médecin, c'est une affaire d'hommes. Tu dois rester à l'écart de cette haine. Sinon, elle finira par te détruire. Et ce Pensennier aura gagné sur tous les plans. Je te jure sur tout ce qui me reste à vivre que je tuerai ce Pensennier de mes propres mains. Je le ferai pour toi, pour te prouver que je t'aime et que je t'ai toujours aimée, et que je souffre autant que toi. Je saisirai la bête à la gorge et elle verra la mort venir à elle, lentement. Elle verra, répétait Bernical la voix étranglée par l'émotion, les yeux noirs de la camarde, comme personne.

*
* *

Ainsi qu'il en avait pris l'habitude, Barrat passait chaque soir apporter les nouvelles de la campagne. Bernical, prenant le frais contre le mur de sa maison, l'écoutait distraitement, la cigarette à la bouche.

— Les camarades, fit Barrat, trouvent que tu ne sors pas assez. Avant le scrutin de dimanche, faudrait que tu passes voir les gens. Un petit mot par-ci, un grand sourire par-là, ça fait toujours plaisir. Et je crois qu'après ça, on décrochera la timbale.

— Le toubib m'a rendu une visite de courtoisie, fit Bernical. Il a voulu m'arracher un aveu selon lequel ce serait moi qui aurais répandu la rumeur autour de Léa Martoire.

— T'as rien signé au moins ?

— Non. Mais il va révéler que j'ai liquidé le milicien à la prison de Brivins.

— Avec quelles preuves ?

— Le témoignage de deux gardiens.

— Je connais Fayolle, rassura Barrat. Il ne fera rien.

Le paysan fixait la pointe de ses chaussures.

— On ne cesse d'exiger de moi toutes sortes de signatures. Floher, Laujour. Ensuite, Davoust qui m'a contacté pour que je revienne sur ma déposition des Razets. Maintenant, Fayolle… Et demain, peut-être me faudra-t-il m'expliquer devant un tribunal populaire pour justifier l'assassinat d'un milicien. Quelle idée ai-je eu de m'échapper de cette grange ? J'aurais dû rester avec mes gars, jusqu'au bout, et mourir à leurs côtés. Ainsi aurais-je quitté cette horreur de monde le cœur en paix. Alors que je vais devoir partir dans les pires tourments, bourrelé de remords. Un héros, c'est fait pour être mort. Sur ce point, Fayolle a raison. Un héros vivant, ça n'a aucun sens. Tous les justes que j'aimais sont morts : Duc, Fargeot, Moinot, Briance, Lambert, le petit Arnoux, Pépie, Flash, Charly Lafon, Claude Pestour. Tous morts. Quand je songe à ces moments de la guerre, je ne revois que des visages disparus. Je leur parle. Que peuvent-ils pour moi ? Sinon me faire signe de les rejoindre.

Barrat, atterré, observait Bernical.

— Faut te reprendre, camarade ! Merde alors !.. Dimanche, on va leur foutre une tripotée. Fayolle, Lafon, on les renverra dos à dos. Ce sera la fête. Tu vois, là-bas, le pré ? Il se dressera, vieux, un de ces mais qui touchera le ciel.

Le paysan se leva de sa chaise et, jetant son mégot, dit :

— Allez ! Viens donc goûter ma prune plutôt que dire des conneries. Une bonne petite reine-claude de derrière les fagots, ça remonte le moral.

Dans le milieu de la nuit, Bernical se glissa hors des draps, délicatement pour ne pas éveiller sa femme. Il descendit les quelques marches qui le séparaient de la cuisine et avala une gorgée d'eau tirée à la pompe. Il grimaça. L'eau qui séjournait dans le corps de la pompe à bras prenait vite le goût caoutchouteux du joint. La pleine lune éclairait suffisamment la cuisine pour qu'on puisse y discerner la forme de tous les objets. La pendule indiquait 2 h 20. C'était l'heure où son cauchemar favori le tirait du sommeil. Le milicien était une marionnette qu'il tenait à bout de bras, spectre suspendu dans l'éther bleu du ciel. Entre ses doigts, il sentait un ondoiement visqueux de serpent pris au collet. Il lui semblait même que les longues jambes de la marionnette s'enroulaient autour de lui, comme des tentacules de poulpe. Alors, levant le regard vers ce visage, il distinguait les yeux révulsés de Pensennier. Puis, le sang se mettait à jaillir de la bouche même de cette marionnette dans un cri terrible, se déversant à gros bouillon sur son bras. Il lâchait prise. La bête va t'échapper, pensait-il. Alors, il serrait encore plus fort jusqu'à ce que tous les os du monde se missent à craquer avec le bruit sinistre des grands chênes qu'on abat.

Bernical donna trois ou quatre coups de pompe, histoire d'améliorer le goût de l'eau de son puits, et but à la régalade avec l'intense sentiment de se purifier. Dehors, on distinguait la nature comme en plein jour. Il entra dans sa grange et referma soigneusement la porte derrière lui. Une dame blanche, qui avait élu domicile dans le grenier, traversa l'espace en trois coups d'ailes, affolée, et disparut par la lucarne. L'homme était maintenant près de la corde. Il soupira profondément, roula les manches de sa chemise jusqu'aux coudes. Je sais que tu n'auras pas peur. Tu as eu tellement peur à la grange des Razets, une si grande peur qu'elle a détruit en toi à jamais toutes les autres peurs à venir. Il tira sur la poignée de la trappe qui donnait sur l'étable. Des paquets de graines descendirent dans le trou noir fleurant la bouse et le purin. Il s'assit, les pieds dans le vide. Aux Razets, tu as hésité avant de sauter, se dit-il. Comme maintenant. Tu as hésité parce que tu ne savais pas au juste si un Frisé t'attendait à point nommé. Désormais, aucune surprise, tu sais ce qui t'attend… Puis tu as rampé dans l'herbe haute, jusqu'à la vigne. L'odeur du sang flottait dans l'air. Il y avaient encore des cris, bien après le vacarme de la fusillade. Maman ! Je ne veux pas mourir ! Des hommes riaient avec des mots étrangers, des mots aboyés. Maman ! Maman ! Et le sol s'ouvrit dans un cri.

XVIII

Aux aurores, Jeantet, le chef de la gendarmerie d'Augeat, vint frapper aux volets du château de La Nadalie.

— Nous avons un suicide sur les bras, cria-t-il tandis qu'Adeline, toujours prompte à réagir, enfilait un peignoir de bain.

— Un suicide ! s'étonna le médecin en avançant à l'aveuglette au milieu des meubles qui encombraient son salon. Qui donc ?

— Bernical, fit le gendarme dont la silhouette apparaissait en contre-jour dans l'entrebâillement des volets de la porte-fenêtre.

— Bernical, répéta Fayolle. Bernical ? Ce n'est pas possible !

Un frisson d'angoisse lui traversa le corps.

— Venez donc boire une tasse de café, ordonna-t-il. Ça ne changera rien maintenant.

— Cet animal s'est pendu dans sa grange, cette nuit même. Sa femme a entendu qu'il se levait. Mais elle n'y a guère prêté attention. C'est seulement ce matin, en se réveillant, qu'elle a trouvé la place vide à côté d'elle dans le lit.

Pendant que Jeantet poursuivait son récit sur les premières constatations de l'enquête, Fayolle, le visage sombre, semblait absorbé par une intense réflexion. Il passait en revue chacun des détails de l'entrevue de la veille. La tête dans les mains, il revoyait l'ultime scène : le bras d'honneur de Bernical, fier et hautain. Un bras d'honneur en guise d'adieu.

— Mais, qu'est-ce qui a pu pousser cet homme à cette dernière extrémité ? demanda Adeline.

Le docteur, agacé, dressa la tête.

— Vous n'êtes pas originale. Chaque fois qu'il y a un suicide, il se trouve immanquablement quelqu'un pour s'interroger sur les raisons. Quand donc comprendrez-vous enfin qu'on ne peut pas se résoudre à tout expliquer sur cette terre ?

Adeline et Jeantet se regardèrent, surpris tous deux par la réplique brutale du médecin. La réflexion de sa femme irritait d'autant plus Fayolle qu'elle n'ignorait rien des derniers démêlés sur la fameuse rumeur. Il lui paraissait proprement incroyable qu'elle fît semblant de ne plus se souvenir, ou qu'au pire, elle feignît d'ignorer un lien possible entre celle-ci et le suicide.

— Qui peut savoir au juste ce qui se passe, à ce moment-là, dans la tête d'un individu ?

Et Jeantet se mit à raconter avec sa faconde habituelle deux ou trois cas de suicide dont il avait eu à s'occuper dans toute sa carrière. Fayolle se disait, le regard éperdu : c'est moi qui l'ai tué ! J'ai assassiné cet homme. Je l'ai acculé au suicide avec mes menaces. Il aura eu peur de la justice, d'une confrontation avec les deux gardiens de la prison de Brivins.

Les deux hommes refusèrent un second café et se mirent aussitôt en route. Le médecin conduisait l'air absent, tellement absent qu'il en attira l'attention du gendarme.

— Je connaissais bien André Bernical, avoua Fayolle. C'était un homme pour lequel j'avais une certaine estime.

— Vous n'aviez pourtant pas les mêmes idées.

— Ce n'était pas un communiste comme les autres.

— Il y a longtemps que vous l'avez vu ?

— Hier même, avoua-t-il.

La surprise s'imprima sur le visage du gendarme dont les sourcils se contractèrent.

— Vous seriez le dernier homme à l'avoir vu ?

— C'est possible. Et alors ?

Fayolle sentit que la suspicion de l'enquêteur prenait le pas sur la réserve dont il avait usé jusque-là en venant quérir de l'aide pour rédiger son rapport.

— Et pour quelles raisons l'avez-vous vu ?

— Les élections, fit le médecin évasif.

— Vous est-il paru déprimé ?

— C'était un homme de plus en plus refermé sur lui-même, taciturne. A mon avis, continua Fayolle après un silence de réflexion, André Bernical n'était pas sorti indemne de la guerre. Il était le seul survivant du massacre des Razets. On lui avait collé de lourdes responsabilités à la Libération. Il avait des difficultés à les assumer. Cet homme était en proie à des doutes terribles.

Deux gendarmes veillaient le mort étendu sur un lit de foin. Le médecin s'approcha et retira la couverture qui cachait le visage. Il glissa la main derrière la nuque, souleva la tête, palpa le cou bleui par la strangulation.

— Mort par rupture des cervicales, fit-il en se redressant. Autant dire qu'il n'a pas souffert.

— Il s'est passé la corde au cou, a ouvert la trappe et s'est jeté de tout son poids dans le vide, expliqua Jeantet tout en faisant de grands gestes.

Les deux hommes montèrent ensuite dans la cuisine où la mère et la fille pleuraient l'une près de l'autre toutes les larmes de leur corps. Le médecin bredouilla quelques mots incompréhensibles qui eurent pour seul effet de relancer le chagrin. Fayolle fit alors signe à Alice de le rejoindre au-dehors.

— Votre père a laissé un mot avant de partir ? s'inquiéta-t-il.

Alice Bernical répondit qu'elle ne savait pas, qu'elle ne comprenait rien à toute cette situation. Fayolle lui toucha l'épaule, embarrassé par ce qu'il projetait de dire.

— Dans la dernière période, nous n'étions plus très bien ensemble. Des différends, dirais-je… Des différends planaient entre nous deux. Ce sont des choses dont vous allez entendre parler. Cette situation sera immanquablement exploitée. Et il y aura alors grand risque que nous ne puissions plus discuter. Avant que tout cela n'arrive, je voudrais vous assurer que je n'aurais jamais tenté quoi que ce soit contre votre père…

Alice l'observait d'un regard teinté d'incompréhension.

— Ce monde, jura-t-elle, est bien trop compliqué pour moi.

Je n'ai jamais compris pourquoi papa se passionnait pour tous ces gens qui n'avaient, au fond, aucune estime pour lui, si ce n'est de l'intérêt tant qu'ils pouvaient se servir de lui. A quoi son combat dans la Résistance a-t-il servi ? A ce qu'il paraît, on voulait lui chercher des ennuis. Il aurait mieux fait de rester dans ses pénates et abandonner tout ça, ces rêves de justice, d'égalité, et faire comme tant d'autres qui sont aujourd'hui tellement comblés d'avoir profité de la situation. Mon père était un idéaliste. Les idées, je finirai par croire que ça rend les hommes bêtes. Maintenant, voilà le résultat, conclut-elle, le visage déformé par une crise de larmes.

Fayolle tenta de la rassurer sur le sens élevé du devoir dont son père avait fait preuve en toutes occasions. Il rapporta au passage quelques souvenirs de ses visites au maquis des Grumières et des discussions passionnées qu'il avait eues chaque fois avec le défunt. Le médecin sentait, non sans quelque honte, qu'il n'y avait aucun accent de sincérité dans le timbre de sa voix, que tout cela ressemblait à des condoléances formulées par politesse. Il se forçait à jouer les hommes de qualité, ce qu'il n'était plus depuis que la passion de la politique le dévorait. J'aurais marché sur Bernical pour réussir, songeait-il. Je l'aurais écrasé sans une seconde d'hésitation. Et cet animal l'a senti, hier même. Il a flairé en moi le fauve assoiffé de vengeance.

Ces messes basses intriguaient Jeantet. Il n'avait pas encore eu le temps d'interroger la famille Bernical, sinon une courte entrevue avec l'épouse sur la découverte du cadavre de son mari. Il ressentait surtout l'intrusion inopportune du médecin dans une affaire qui relevait uniquement de sa compétence. Il s'apprêtait donc à en faire vertement la remarque, lorsque surgit une moto. Le casque vivement ôté, puis jeté au sol, Barrat se précipita sur le couple.

— Cet homme est un assassin, hurla-t-il.

Et, se tournant vers Alice pour la prendre directement à partie :

— Ce salopard a tué ton père. Et tu lui parles comme si de rien n'était !

Instinctivement, par une sorte de réaction stupide dictée par la culpabilité, Fayolle s'éloigna de la jeune fille. Elle le regardait, incrédule.

— Qu'est-ce qu'il raconte ? s'inquiéta Alice.

— Je viens à l'instant de vous prévenir, dit Fayolle.

— J'ai parlé hier soir avec ton père. Ce fasciste, dit-il en désignant le médecin d'un doigt accusateur, ce trouble personnage voulait le faire chanter sur une ancienne affaire qui remonte à la Libération…

Jeantet pressa le pas pour se rapprocher de l'altercation et n'en perdre goutte. Du haut de son pas de porte, la mère appela sa fille par des cris stridents. Fayolle était sombre. Il n'avait pas réussi à lui dire tout ce qu'il voulait, par exemple que son père avait acquitté sa promesse envers elle : liquider le violeur, Jules Pensennier. Trop tard, maintenant, se dit-il. Tout se déroulera sur fond de malentendu. Que n'ai-je plus tôt décidé de prendre les devants, au lieu de rester sur mes hauteurs comme un imbécile prétentieux !

En vérité, Fayolle avait hésité jusqu'au dernier moment à remuer les fonds troubles de cette douloureuse scène qui avait eu pour cadre son cabinet, quelques heures seulement après le viol dans le petit bois des Rocs. Il avait craint de réveiller en Alice d'inutiles tourments qui l'eussent rejetée dans la dépression dont elle avait déjà eu grand mal à se défaire. Il se souvenait donc, comme si c'était hier, des menaces d'André Bernical dans le petit cabinet : « Si vous ne faites pas le nécessaire, j'étranglerai au berceau l'infâme rejeton de la vipère… » Quelque deux mois plus tard, Fayolle exécutait l'avortement. Depuis ce temps, une complicité s'était instaurée autour de ce secret, une complicité qui s'était malheureusement déchirée dans la première semaine de la Libération.

Par une sorte de crainte instinctive, Alice jugea qu'elle était de trop dans cette cour et que le mieux pour elle, ainsi que le lui intimait sa mère, serait de rester à l'écart de ces passions ravageuses. Cette fuite désespérait Barrat. Maintenant, en face de Jeantet, il se trouvait désarmé, jugeant dans son for intérieur que la maréchaussée serait, quoi qu'il pût dire, du côté d'un Fayolle. L'adjoint de Bernical se trompait lourdement. Le chef de la gendarmerie, pour des raisons qui remontaient à l'Occupation, détestait le médecin avec ses airs supérieurs. Comme tout le monde, il avait eu vent des rumeurs qui circulaient sur lui et pensait que celles-ci contenaient un fond de vérité. S'il ignorait parfaitement le rôle exact joué par Bernical dans la propagation et l'amplification de ces calomnies, il soupçonnait sous la colère de Barrat une réplique à quelques scélérates actions.

— Expliquez-vous ! ordonna Jeantet.

L'étalage d'une telle affaire ne relevait pas d'une dialectique aisée. Comment dire à un gendarme que l'ami Bernical, le pur héros des Grumières, avait cédé à la passion revancharde au point d'étrangler de ses propres mains un milicien ? C'eût été admissible d'un simple petit maquisard, mais certes pas d'un chef responsable.

— C'est une affaire entre résistants, jeta Barrat embarrassé par la curiosité du gendarme, comme il eût dit : « C'est une affaire de famille. » Vous n'avez pas à vous immiscer là-dedans. Pendant que nous risquions nos vies, vous épingliez les réfractaires du STO !

La déception s'afficha sur le visage de Jeantet.

— Vous venez de traiter le docteur Fayolle d'assassin. Il y a bien une raison ? Je suis là pour déterminer ce qui a pu pousser votre camarade au suicide.

— André Bernical, dit Fayolle, a eu le sentiment, ces derniers temps, d'être manipulé. Cherchez donc par qui.

— Je pourrais vous obliger à témoigner, menaça Jeantet en regardant tour à tour les deux hommes. Le fait que vous soyez tous deux candidats aux élections m'en empêche sérieusement, sinon…

Barrat et Fayolle étaient indifférents aux menaces. A leur mine rebelle, le gendarme comprit qu'il n'obtiendrait pas un mot. Ils se haïssent royalement, jugea Jeantet en retournant dans la grange, au point d'en venir aux mains, mais ils ne parleront plus, maintenant que Bernical est mort.

*
* *

Jacques Saint-Assier tint à faire sa commission tout seul, alors qu'il aurait tout aussi bien pu envoyer un petit mot de convocation. Aussi Line Goursat sursauta de surprise en ouvrant sa porte à l'industriel au beau milieu de l'après-midi.

— Mon Dieu, est-il arrivé quelque chose ?

— Pourquoi m'en viendrais-je à vous porteur de mauvaises nouvelles ?

Line le fit avancer dans son salon qu'elle avait transformé en salle de lecture pour les besoins de ses studieuses occupations. C'était le seul endroit convenable pour recevoir un visiteur, quoique sombre au point qu'elle devait y conserver une lampe allumée tout le jour. Feignant d'ignorer le siège qu'elle lui désignait, Saint-Assier fit le tour de la pièce comme d'un territoire conquis. Il vint buter, le nez en l'air, contre une montagne de livres répandue au pied du guéridon.

— Si je ne me trompe, vous passez toutes vos journées à lire des romans. Comme ce doit être ennuyeux de ne vivre ses passions que par héroïnes interposées !

Pour l'industriel, qui ne possédait sur l'existence que des idées simples — ce qui avait pour avantage de lui faciliter le jeu des rapports humains —, la passion de la lecture ne pouvait être qu'une occupation oisive, un délassement de dilettante. Il voyait en Line Goursat la femme contemplative se forgeant de l'existence une vision déformée. Sur l'instant, ce n'était pas l'envie qui lui manquait de ficher un coup de pied dans cette fourmilière de mots.

En suivant des yeux ses déambulations, Line se demandait où le bonhomme voulait en venir. Qu'il soit le patron de Clément ne lui prête aucun droit, se dit-elle. Sur le guéridon, il s'empara du petit portrait dont elle ne se séparait jamais et avec lequel elle conversait assez souvent dans sa nouvelle solitude du petit appartement de Brivins.

— Qui est donc ce charmant jeune homme ? demanda-t-il.

— Mon frère.

— Je ne savais pas que vous aviez un frère. Je vous imaginais plutôt en fille unique.

— J'avais un frère, reprit-elle, qui s'appelait Adrien et qui a rallié Londres pour s'engager dans les Forces françaises libres dès 41.

Saint-Assier marmonna quelques mots d'excuses et reposa le portrait, étonné comme toujours par la riche complexité de l'existence de ses voisins. Il était aisé et profitable à son égocentrisme d'imaginer la vie des petites gens plate et médiocre. Chaque fois, il découvrait avec horreur qu'il se trompait sur ceux-ci avec une stupide régularité.

Il se résolut enfin à s'asseoir dans le petit fauteuil crapaud lie de vin. Les reins à l'étroit, bras écartés par-dessus bord, il apparaissait ridicule sur ce siège de maison de poupée, lui qui était coutumier des larges fauteuils de cuir rembourrés de crin.

— Vous devez vous demander ce que je fais là, chez vous ? fit-il poussé à une telle réflexion par le mutisme de la jeune femme. J'ai une proposition à vous faire…

L'industriel zieutait l'espace de chair libéré par deux boutons défaits de la robe. Il la dévorait des yeux, sans retenue aucune, peu contrarié même qu'elle s'en rendît compte, persuadé dans sa mâle vanité qu'elle allait accueillir avec flatterie cette attention soutenue pour ce corps qu'il espérait conquérir au plus vite. Elle décroisa les jambes et la robe s'ouvrit plus largement encore. Alors, de la main, elle en reconduisit les pans sans oser rattacher les boutons malgré l'insistant regard.

— Seriez-vous disposée à venir travailler dans mes bureaux ? J'ai besoin d'une secrétaire pour taper le courrier, les rapports du conseil d'administration et autres babioles. Pour cela, je suis prêt à accorder un salaire égal à celui de votre mari.

L'offre était alléchante. Pourtant, Line hésitait. La manière dont l'affaire s'engageait ne lui plaisait qu'à moitié. Pourquoi, se dit-elle, l'industriel n'a-t-il pas jugé bon d'en parler à Clément ? Aurait-il une idée derrière la tête ? Elle connaissait suffisamment le bonhomme pour savoir qu'il n'était pas d'un genre à traiter cette sorte d'affaire lui-même. Pour cela, il disposait d'un comptable qui faisait office de chef du personnel.

Saint-Assier, piégé par sa suffisance qui le rendait en certaines circonstances d'une déconcertante naïveté, croyait que Line Goursat allait sauter sur l'occasion. Aussi ressentit-il son hésitation à répondre comme une méfiance qu'elle lui réservait et face à laquelle il se trouvait impuissant.

— Quoi donc ? fit-il en se dressant brutalement, bousculant le frêle fauteuil. Ne me dites pas que vous ne voulez pas de ma proposition !

Line se leva aussi de sa chaise. Elle le sentait dans l'attente anxieuse de sa réponse.

— Je dois réfléchir, en parler à Clément, dit-elle en le précédant vers le couloir de sortie.

— Vous ne faites rien sans lui, déplora-t-il.

— Nous sommes mariés, sourit-elle.

— Et alors, la belle affaire ! Je ne supporterais pas, moi, que mon épouse mette son grain de sel dans mes affaires.

Un sourire embarrassé traversa le visage de Line. Par une sorte de singulier malentendu, il y vit un encouragement à poursuivre sa cour. Voici un genre, pensa-t-il, qui ne dit jamais ni oui ni non. Un genre qu'il faut bousculer, pousser jusque dans ses ultimes retranchements. Je vais lui assener quelques sévères vérités qui l'obligeront à réagir, se jura-t-il.

— Vous préférez donc rester des journées entières à lire des romans, commença-t-il en s'emparant d'un des ouvrages sur la pile. Ce n'est pas vivre ça. Ça, continua-t-il, c'est de la contemplation. Vous vous satisfaites d'une existence contemplative. Ça vous rend aveugle, aveugle au monde environnant.

Line n'en revenait pas. C'était là, cette belle déclamation, une véritable scène de ménage. Il lui semblait entendre Clément se lamenter de son goût morbide pour le culte d'Adrien qui empoisonnait leurs relations.

— Les romans, moi, fit Saint-Assier avec rage, je trouve ça franchement d'une stupidité extraordinaire. Quel plaisir peut-on trouver à tressaillir d'émotion pour un fantôme de papier ? Tenez, moi, ne suis-je pas un personnage de roman ? Un personnage en chair et en os. Et si vous désirez savoir ce que je trame au prochain chapitre, faites-moi confiance, donnez-moi la main.

Il s'approchait en gesticulant, jusqu'à lui effleurer l'épaule. Soudain, par un mouvement imprévisible, il s'empara d'elle. Elle se recula, mais il revint à la charge et, cette fois, parvint à l'embrasser dans le cou. Line se réfugia au fond du salon où il la suivit en proie à la plus vive des effervescences qui lui jetait le feu aux joues.

— Ne comprenez-vous pas ce que j'éprouve pour vous ?

Il reposait la même question sans se lasser. Plaquée de tout son corps contre le mur, papillon aux parures éclatantes, elle ne disait mot. Il se jeta sur elle, étirant le tissu de la robe pour la dévêtir. Elle se dégagea lestement et courut s'enfermer à double tour dans la cuisine.

— Allons ! fit-elle, la voix entrecoupée par l'émotion, reprenez-vous.

— Mais, ma chère Line, je vous désire. Ne voyez-vous pas que je vous désire ? Je suis prêt à faire n'importe quoi pour vous mériter.

— Jusqu'à m'offrir un emploi ?

— Ça n'a rien à voir. Je n'ai pas l'habitude de mélanger le travail et les sentiments, répliqua-t-il d'une petite voix plaintive, le visage collé contre le bois de la porte.

Ce cri d'amour était assez éloquent pour que Line en comprît le sens profond. Certes, il la désirait. Mais ce n'était pas une raison pour qu'elle s'exécutât sur-le-champ. Sans doute était-ce de cette façon-là qu'il se comportait d'ordinaire avec les femmes. Il ne suffit pas d'exiger, songeait-elle le dos appuyé contre la porte, pour obtenir gain de cause. L'amour est un sentiment violent, irréfléchi, se disait-elle, pour lequel on souffre plus qu'on ne triomphe. Saint-Assier n'était pas exactement le prototype même du héros de ses romans favoris.

— Croyez-vous, dit-elle, que j'appartienne à l'espèce de gourgandines que vous fréquentez au Chêne fleuri ?

Saint-Assier hocha la tête en guise de réponse, avec un

éclair de défi dans les yeux. Pour cette fois, ça ira, se dit-il. Mais la prochaine sera la bonne ! Et pour éviter de sombrer dans le ridicule, il obtint non sans difficulté qu'elle sortît enfin de la cuisine. En effet, Saint-Assier, homme fier s'il en fut, se voyait assez mal quittant les lieux sur cette porte close. En la retrouvant la chevelure ébouriffée, la peau rosie par l'émotion, l'industriel éclata de rire. Cette réaction, assez inattendue de la part d'un homme floué, eut pour effet de tempérer les craintes de la jeune femme. Après tout, se disait-elle en l'observant du coin de l'œil, ce coureur de femmes a tenté sa chance. Il n'a pas trouvé ce qu'il cherchait. L'affaire est close.

Après quelques minutes encore d'un ballet de regards effarouchés et gênés, la discussion reprit son cours normal. Elle revint sur ce qui n'avait été que le prétexte de la visite et que Line, forcément, comptait exploiter dans les grandes largeurs.

— Vous seriez encore disposé à m'employer ?

L'industriel fronça les sourcils, se racla la gorge.

— Je n'ai qu'une parole, fit-il désappointé. Mais…

— Il y a un mais ?

— Je pensais qu'après cette ridicule attitude de ma part, tout était compromis.

— Avez-vous, oui ou non, besoin d'une employée dans vos bureaux, boulevard Leblanc ?

— Bien sûr ! Bien sûr que oui ! dit Saint-Assier à contrecœur.

Si le bonhomme n'aimait guère qu'on lui force la main, ne s'était-il pas enfermé dans son propre piège ? Il était venu chez Line Goursat avec la ferme intention d'en faire sa maîtresse et de la récompenser par un petit travail qui la mettrait, de fait, encore plus sous sa dépendance. Son calcul tournait au désastre : Line obtenait de lui les privilèges sans contrepartie.

Après le départ de Saint-Assier, la scène déconcertante qui venait de se dérouler plongea Line dans une longue réflexion où s'entremêlaient doutes et remords. Elle ne parvenait pas à comprendre pourquoi elle avait hésité à jeter dehors ce goujat. D'où venait donc une si étrange hésitation ? Craignait-elle, comme elle essayait de s'en persuader, des représailles sur

Clément et son emploi ? Ou, véritablement, devait-elle chercher une réponse au fond d'elle-même ? Depuis qu'elle passait force temps à s'analyser, elle avait acquis une certaine lucidité sur le moindre de ses comportements. Avoue donc, s'admonesta-t-elle avec cette rage qui était, depuis quelque temps, le signe même de l'émergence d'une nouvelle personnalité, que tu as été flattée de cette cour et que tu assignes peut-être à cet homme une place dans ton existence !

Ce constat connut son prolongement avec le retour de Clément. Alors qu'elle s'était juré de lui raconter cette mésaventure sur le mode burlesque, lorsque le moment arriva, elle ne dit rien.

— Je vais t'en apprendre une bien bonne. Ton cher patron m'a convoquée rue des Lilas, mentit-elle, pour m'offrir un travail de secrétariat. J'ai accepté, affirma-t-elle. Une telle chance ne se refuse pas.

Comme on pouvait s'y attendre, cette nouvelle, qui eût dû en l'état normal le réjouir, réveilla la jalousie qui sommeillait en lui. Il était trop exténué pour engager le fer sur cette question. Il s'écria simplement :

— Ce Saint-Assier est le diable en personne. Après nous avoir corrompus, il nous détruira si nous n'y prenons garde.

— Que veux-tu dire ? se dressa Line.

— Mon travail se pratique sur le fil du rasoir. Le trafic de tabac, en comparaison de mes activités actuelles, c'était de la roupie de sansonnet.

Line, tellement absorbée par sa propre histoire, un peu troublée aussi par le mensonge dont elle faisait usage de plus en plus régulièrement, n'attacha que peu d'attention au sens de cette petite phrase.

— Ça va nous apporter un peu plus d'argent. Ce n'est pas négligeable. Tu ne voudrais pas que nous restions indéfiniment dans ce petit appartement triste et sombre ?

— Je croyais, s'étonna Clément, que tu t'y plaisais.

Quoiqu'elle s'en défendît dans son for intérieur, les propos de Jacques Saint-Assier sur l'existence contemplative avaient touché une corde sensible. Maintes fois, elle avait entendu de semblables avis de la bouche même d'Adrien: on ne peut indéfiniment se satisfaire de l'abstraction, il faut savoir se brûler les ailes.

*
* *

Les ultimes heures de la campagne des municipales à Galiane-sur-Sévère furent marquées par l'exploitation éhontée du suicide d'André Bernical. Sur ce terrain, du moins, se rejoignirent Lafon et Barrat pour crier haro contre Fayolle. Bien sûr, on y mit, de part et d'autre, quelques nuances. Si Barrat, désormais intronisé tête de liste en lieu et place du malheureux Bernical, accusait ouvertement le médecin d'avoir acculé l'ancien chef de la Résistance au suicide par un odieux chantage, Lafon, lui, se contentait, à cette charge tonitruante, d'ajouter que le docteur avait joué avec le feu en remuant le douloureux passé du héros désormais irréprochable des Grumières.

Franck Fayolle, retranché à La Nadalie, promenait un air tellement sombre et taciturne que Ferdinand Strenquel crut devoir lui remonter le moral.

— Comme vous aviez raison, dit le médecin, j'aurais dû rester tranquillement dans mon coin à soigner mes malades. Que suis-je allé faire dans cette galère ? Je suis entré dans la Résistance par idéal. Jusqu'à la Libération, tout s'est bien passé. Avec les jours de victoire, mes déboires ont commencé.

— Ils ont commencé, reprit Ferdinand, quand vous avez clamé votre intention de vous engager dans une action politique. Dès lors, vous cessiez d'être un compagnon d'armes pour devenir un ennemi potentiellement dangereux dans le marigot de la démocratie.

Ferdinand Strenquel eut beau expliquer qu'il n'avait aucune responsabilité dans la mort de Bernical, rien n'y fit. Aucun argument n'était assez décisif pour lui apporter la moindre consolation. Et Strenquel comprit assez vite que le nœud du problème se situait entre lui et sa propre conscience ; un déchirement intérieur qui puisait ses racines dans cette propension au cynisme qui, encore une fois, lui jouait un vilain tour.

— André Bernical, soupira Fayolle, était un homme sensible. J'ai refusé de le voir tel qu'il était. J'ai préféré épancher mon dégoût du communisme. Il a servi de bouc émissaire à toutes mes haines. L'homme est foncièrement mauvais, mon cher Strenquel, continua le médecin en battant sa coulpe. Il le devient d'autant plus quand il touche à la politique. Cet appétit de puissance doit remonter à l'aube de l'humanité avec, déjà, les luttes tribales. Nous avons construit des nations modernes, peaufiné des systèmes de démocratie avec tous les garde-fous possibles. Et pour quel résultat ? Faisant fi de tous ces attirails institutionnels, l'homme moderne continue de se comporter comme notre frère antédiluvien, jouit du désordre des Etats avec la même sauvagerie que son frère ancien jouissait alors à l'idée de bouffer le foie de son ennemi. Rien n'a évolué en dépit de tous les rêves des humanistes. Que reste-t-il des illusions rousseauistes sur la bonté naturelle de l'homme, des émerveillements panthéistes d'un Spinoza, de l'irruption du pessimisme cartésien ? Rien n'a éveillé l'homme à la conscience universelle. Chacun bricole ses théories dominatrices dans son coin, avec l'anxieuse attente de les appliquer en grandeur nature. Regardez notre XXe siècle. Le fascisme, le national-socialisme, le communisme… Et il se trouve encore assez d'imbéciles pour croire que l'homme pourrait devenir meilleur au contact de ces « ismes ».

— Vous êtes tout de même un type incroyable, mon cher docteur, s'amusa Ferdinand. Il vous faut donc une expérience de ce genre pour que vous redécouvriez ce que vous savez depuis toujours.

— De fait, ajouta Fayolle, ce sont des choses auxquelles on croit assez régulièrement quand l'histoire est au creux de la vague. Quelques années de paix parviennent à nous persuader qu'il y a dans l'évolution de notre espèce une nette tendance à l'amélioration. Puis, soudain, la catastrophe. La guerre. Les tueries organisées. La chair à canon pour tous, richesse la mieux partagée sur la surface sensible du globe. Alors, on retourne vers les nuits barbares comme si on ne les avaient jamais quittées. Tous nos grandiloquents rêves humanistes s'écroulent. Voilà l'histoire, mon cher Strenquel, une courbe sinusoïdale faisant alterner hauts et bas, et jamais, comme on pourrait le croire, une ligne montante en pente douce vers le Dieu unificateur.

— Vous allez sans doute perdre ces élections, pronostiqua Ferdinand. Et ce sera une chance. Ainsi n'aurez vous plus envie de devenir un *homo politicus*. Cette défaite annoncée est tout ce qui peut advenir de mieux pour la santé de votre âme.

— Croyez-vous vraiment que le mensonge et la perfidie vont l'emporter dans ce village ?

— Evidemment ! Le mensonge est plus séduisant que la vérité. Les peuples, en général, ne cessent de réclamer le vrai, l'authentique, le juste, mais, à l'instant crucial, ne cèdent qu'aux sirènes du trompe-l'œil, du falbala, du toc, parce que tout n'est qu'habillage. Le masque cache la tragédie pour la rendre plus prégnante encore. Il n'y a aucune jouissance pour les peuples à se voir dépouillés d'un masque qui les convainc de leur bonheur.

Au soir du scrutin, Fayolle envoya Strenquel en éclaireur dans la petite salle de la mairie où l'on dépouillait les bulletins. Dubrot officiait. C'était la dernière besogne de son règne. Chaque bulletin émargé entraînait des applaudissements et des cris. On eût dit une sorte de match qui se jouait, où les supporters de chaque camp clamaient avec force la venue du moindre but comme un point décisif. A tout bout de champ, le maire devait attendre que le tumulte s'apaisât pour reprendre le décompte. Le dépouillement se traînait donc à une allure de limace. Tous ces contretemps finissaient par exciter chacun des camps, et l'on finit dans ce climat délétère par s'adresser insultes et jurons.

Au bout d'une petite heure se dessina une première estimation : Lafon et Barrat au coude à coude. Et, comme prévu, la liste Fayolle s'effondrait. Ce constat ravissait les deux équipes concurrentes.

— Le toubib va gagner une belle veste, s'écria Lafon.

— Il s'en doutait bien, le salopard ! Tellement bien qu'il se cache au fond de son manoir, répliqua Barrat en toisant Strenquel.

— Ainsi, reprit Vacherin, le putassier aura tout loisir de sauter sa tondue.

Ferdinand partit avant la fin. Il en avait assez vu. A La Nadalie, le médecin arpentait nerveusement sa terrasse.

— Le parti paysan est au coude à coude avec les communistes, clama Strenquel en s'approchant avec un air compatissant. Et vous, mon cher, vous êtes dans les choux.

— La rumeur a engrangé des voix, fit-il en prenant Ferdinand par les épaules. Qu'à cela ne tienne. On ne remplacera pas Dubrot comme ça. Et Lafon et Barrat n'ont pas fini de se chamailler. Pendant ce temps, tout ira à vau-l'eau.

— Pourquoi ces propos pleins de ressentiment ? s'étonna Strenquel. Lafon fera peut-être un bon maire, comme on les aime par ici : matois, combinard, menant le troupeau à la cravache…

— Vous avez raison, rigola Fayolle. Laissons-les entre eux. Parlez-moi plutôt de votre ami Gillard. Il me semble que vous avez de bonnes nouvelles…

— Comme je vous le disais ce matin, dit Strenquel qui n'avait jusque-là trouvé le temps d'évoquer cette information que brièvement entre deux portes, Régis Gillard m'a annoncé les conclusions du procès. Il est condamné à l'indignité nationale pendant trois ans, six mois de prison avec sursis et quinze millions d'amende.

— L'indignité nationale, c'est un incident de parcours dont on se console aisément, sourit Fayolle.

— L'essentiel est préservé. Gillard pourra reprendre ses activités à la tête du groupe. Il est satisfait, tellement satisfait qu'il m'a lancé une invitation pour fêter cette étrange victoire.

— Vous vous rendez donc à Paris ?

— La semaine prochaine.

— Profitez-en pour faire examiner Marie, suggéra Fayolle. Le professeur Akelberg, dont je vous ai parlé, est le meilleur neurologue de France. Je vais m'occuper de votre rendez-vous.

Ils s'étaient avancés jusqu'au bout de l'allée, dans la sombre perspective des marronniers. Ils montèrent vers le bois pour jouir d'une large vue et admirer en toute tranquillité les couleurs fauves du crépuscule.

— Autrefois, avec la montée du soir, Adrien disait qu'il y a dans cette région de la Corrèze des crépuscules comme nulle part ailleurs, confia Ferdinand avec de l'émotion dans la voix. Il faut guetter l'instant où les pâles violines du ciel tournent au vert. Un fragment de minute seulement. Puis, la palette du clair-obscur l'emporte enfin. Le jour mourant jette ses derniers feux. C'est bref, figurez-vous. Adrien me montra bien souvent ce spectacle inouï.

— Je vois, dit Fayolle, que vous ne cessez de penser à lui.

— A chaque crépuscule…

Assis dans les hautes herbes, ils regardèrent l'ombre courir sur la terre, bois, champs et ciel confondus. Ils s'attardèrent sous les étoiles, dans le silence qui portait au loin les murmures de la nuit.

*
* *

Le commissaire de la République Delanfroy avait dépêché dans chacun des douze bureaux de vote installés à Brivins des coursiers chargés de ramener, après la première demi-heure de dépouillement, les résultats. Michalon, fort de ces précieux chiffres, rendit rapidement le verdict prévisible de ces municipales. Le PCF réalisait là son meilleur score dans toute l'histoire de la IIIe République.

— Il manque encore, soutint Gibaud, les résultats de deux bureaux du centre-ville. C'est là que Declotz réalisera son meilleur score.

Delanfroy, d'un geste de la main, écarta ces propos réconfortants. On ne lui rendrait pas son optimisme maintenant qu'il avait saisi, dans un éclair de lucidité, tout ce qu'il y avait à parier de l'avenir.

— Appelez moi Albert Lauwel ! ordonna-t-il à l'une de ses secrétaires assise devant sa machine à écrire.

La jeune femme alla jusqu'au guéridon chinois qui supportait le combiné.

— Pourquoi Lauwel ? s'étonna Michalon.

Le commissaire haussa les épaules.

— Qui préférez-vous aux commandes de la ville ? Un communiste ou un socialiste ?

— Ni l'un ni l'autre, répliqua Gibaud.

— De toute manière, il nous faudra composer avec ce qui sortira des urnes. Ça ne s'annonce pas brillant !

— Croyez-vous, reprit Michalon, que vous n'allez pas un peu vite en besogne. Grand Dieu ! Declotz n'est pas encore battu !

Levant la feuille qui était posée devant lui, Delanfroy montra les additions.

— Et ça, c'est du pipi de chat ?

Cinq minutes plus tard, le journaliste frappait à la porte du cabinet de Declotz à l'hôtel de ville. Il y avait là une atmosphère de veillée d'armes dans la fumée lourde des cigarettes. Rose Cipriani bâillait aux corneilles, le dos appuyé contre le grand rideau de velours vieil or qui tombait du plafond comme un rideau de scène. Elle en avait détaché les embrasures pour qu'on ne pût rien voir de la rue où stationnaient déjà de petits groupes de badauds.

— Delanfroy croit que vous êtes déjà battu, lança Gibaud tout essoufflé d'avoir escaladé les marches du grand escalier quatre à quatre.

Declotz éclata de rire.

— Ces préfets sont tous pareils. Ils vous enterreraient avant votre dernier souffle.

— Il a peut-être raison. Les cocos font le forcing, ajouta le journaliste.

— Juglard ne me lâchera pas face aux communistes, dit Declotz. Et les radicaux feront bien toujours assez pour me donner la majorité. On négociera, voilà tout, comme d'habitude.

— Vous ne connaissez rien aux résultats partiels dont nous disposons déjà, reprit Gibaud en tendant les notes prises dans le bureau du commissaire.

— Evidemment, dit Declotz, une partie importante de l'électorat radical d'avant-guerre s'est déportée vers la SFIO. Les radicaux vont donc se retrouver réduits à la portion congrue. Cette portion-là me suffira.

— Disons, ajouta Rose Cipriani d'une voix lasse, que les choses se passent un peu plus mal que prévu.

— Etes vous assuré de l'appui de Juglard ? demanda Gibaud.

— Que voudriez-vous qu'il fasse tout seul de sa petite poignée de voix ? Au lendemain du scrutin, il n'y aura qu'une stratégie qui vaille, celle qui isolera les communistes pour endiguer la marée rouge.

Rose s'étonnait de la passion dépensée par son amant, Serge Gibaud, dans cette affaire. Qu'importent les conséquences de ce vote, se disait-elle, il y aura de toute façon une coalition de centre gauche à la tête de la ville, avec, en face, un peu plus ou un peu moins de communistes. Elle l'observait, le front baigné de sueur, allant et venant, comme il le faisait depuis une semaine sans désemparer, s'escrimant en savants pronostics pour se rassurer, et songeait, à le voir aussi fébrile, que, lui aussi, avait besoin de cette béquille-là pour tenir debout : une cause à aimer et à servir, une cause pour ne pas désespérer. Si la lutte âpre et mortelle dans la Résistance avait constitué la toile de fond de ses vingt ans, Rose ne parvenait plus à se passionner, au point de se demander si ce nouvel engagement n'était pas au-delà de ses forces, une ennuyeuse traversée vers un continent de chimères. Malgré les différences qui eussent dû les séparer immanquablement, elle trouvait plus d'intérêt à converser avec un Roland Maluzier, dont elle se sentait plus proche, qu'avec ce journaliste qui pourtant partageait sa couche. Du reste, il n'y avait que l'acte sexuel qui l'unissait à Gibaud. Il lui offrait ce plaisir sauvage qu'une peur d'aimer n'amputait point. Et quand il se détachait d'elle, effaçant d'un geste automatique, ainsi qu'un désir gommé trop vite, le sperme épanché sur son ventre, elle se demandait combien de temps encore durerait cette liaison stupide.

— C'est bizarre, soupira Laroque.

— Qu'est-ce donc qui est bizarre ? demanda Rose.

— Que les communistes fassent autant de voix. Décidément, j'en démordrai pas, les Français sont des cons. Des cons en 40, comme disait Daladier. Et encore des cons en 45. C'est un pays de cons. Un pays où on ne sait pas ce qu'on veut.

— Je croyais, dit Gibaud, qu'avec les excès de l'épuration, ça ferait tomber la température dans le thermomètre.

— Davoust, on doit lui reconnaître ce mérite, a su prendre le virage à temps, affirma Declotz. Et dire que c'est encore ce Delanfroy qui l'a aidé à se débarrasser et à se démarquer de ces voyous. C'est incroyablement irresponsable. Il suffisait de les laisser faire joujou avec leurs flingues jusqu'à l'heure fatidique des élections, et la France tout entière aurait pris peur. Mais non, on a craint l'insurrection bolchevique dans le plus pur style de la prise du Palais d'Hiver. En France ? Il y a de quoi rigoler.

— On dit ça maintenant, coupa Gibaud. Mais, en septembre 44, c'était dans le domaine du possible.

— Les débordements de l'épuration n'ont rien été en comparaison des horreurs de la guerre, ajouta Rose. Les gens savent bien le rôle héroïque des communistes dans la Résistance. Ce n'est pas un fait qui s'efface d'un trait de plume. S'ils savent jouer de la situation — tout est fonction de ce que Staline fera d'un traité comme celui de Yalta —, les communistes ont encore de beaux jours devant eux.

— A croire que l'opinion publique nous a désavoués de n'avoir pas été plus intraitables dans la politique d'épuration, dit Gibaud.

— C'était une erreur grave à Brivins de laisser Sardel s'occuper de ça, confia Laroque. Quand les gens ont vu qu'il était toujours en place, ce lèche-cul de Pétain, il ont pensé dans leur for intérieur : décidément, il n'y a rien de changé. Les communistes ont bien raison. Voilà !

Delanfroy, qui ne péchait guère par excès de modestie, estimait que le secret en politique est d'avoir toujours une longueur d'avance dans l'appréciation d'une situation. Ainsi s'impatientait-il en trépignant devant les difficultés rencontrées pour joindre Lauwel. La secrétaire en était à son dixième coup de fil sans succès.

— Faut que je tombe dessus avant Davoust, sinon les carottes seront cuites, marmonnait-il au bord de la crise de nerfs.

La secrétaire lui adressa un petit signe discret. Le commissaire ordonna à ses gens de sortir. Michalon tira la porte sur lui en traînant les pieds. C'était un de ces instants de délice où le politique prend toute sa saveur qu'il n'aurait voulu rater pour un empire. Mais Delanfroy réservait trop de mépris à ses collaborateurs pour leur accorder la moindre confiance.

— Ah ! mon cher Lauwel, fit-il d'un ton mielleux, je suis ravi de vous joindre enfin. Au vu des premiers résultats, nous risquons de nous retrouver avec un communiste à la tête de la ville. Je voudrais avoir le fond de votre pensée sur la question, tout à fait amicalement…

— Vous vous avancez beaucoup, répliqua l'homme de la SFIO. Les communistes sont nos alliés objectifs, comme ils étaient nos compagnons d'armes dans la Résistance.

Delanfroy fit répéter. C'était le genre de phrase à double sens qui lui faisait l'effet d'un poil à gratter.

— Précisez donc votre pensée…

— Si les communistes sont devant nous, nul doute qu'ils n'hésiteront pas à revendiquer notre appui.

— Mais ils le seront, jura Delanfroy. Vous voulez dire que vous avez signé un contrat municipal avec eux.

— Nous avons un contrat moral, dit Lauwel.

— C'est de la foutaise, avança Delanfroy. Nous, nous désirions Declotz. Mais si Declotz ne possède pas une majorité pour gérer la ville, alors nous vous demanderons de prendre la tête de cette coalition qui irait de Declotz à Juglard.

Un lourd silence s'installa. Le commissaire de la République hésitait à s'engager plus avant. Cet Albert Lauwel appartenait à une nouvelle génération de politiciens issue de la Résistance qu'il n'avait pas encore pratiquée. Ne disait-on pas, avec sans doute l'exagération d'usage propre aux petits marigots, qu'il y avait du Saint-Just chez cet homme plutôt que du Mirabeau. Pourtant, face à cette Berezina esquissée déjà par les premiers résultats sortis des urnes, il n'y avait rien d'autre à tenter que la manœuvre méditée depuis plus d'une demi-heure.

— Quel âge avez-vous, mon cher Lauwel ? lança le commissaire.

La question lui parut tellement décalée par rapport à la situation que Lauwel en sursauta d'étonnement à l'autre bout du fil.

— Que vient faire là-dedans mon âge ?

— Vingt-cinq, vingt-six ?

— Vingt-huit.

— Vingt-huit, répéta Delanfroy. Vous êtes à l'aube d'une belle carrière politique. Mais il vous faut évidemment avaler les couleuvres avant de caresser le maroquin.

— Soyez plus explicite.

— Est-ce qu'un poste de secrétaire d'Etat vous intéresserait dans l'avenir ?

— Que voulez-vous dire ?

— Jouez la carte Declotz sans la jouer. Laissez les communistes à leur sort. Et vous deviendrez secrétaire d'Etat après les législatives d'octobre.

— Vous n'êtes pas placé pour ce genre de…

— Ça vous tenterait, cher ami ? Ça vous chatouillerait ? Comme je vous comprends. Brivins est une petite ville de trente mille âmes. Juste de quoi s'aiguiser les dents pour des festins plus conséquents. Croyez-vous que si vous faites cet honnête, trop honnête, cadeau aux communistes, ils vous le revaudront ?..

— Qui vous autorise, reprit Lauwel, à traiter ce genre d'affaire ?

— Je suis l'un des vingt hommes de confiance du général. La mariée vous agrée-t-elle ?

— Oui, susurra Lauwel d'une petite voix intimidée.

Le commissaire s'empressa d'annoncer à Pierre Declotz que Lauwel renoncerait en fin de compte à signer un accord municipal avec les communistes, ce qui lui laissait désormais le champ libre pour ravauder une majorité avec les radicaux. Le maire de Brivins accueillit cette nouvelle comme une humiliation de plus. Qu'a-t-il donc à se mêler de ça ? Je suis bien assez grand pour régler mes affaires tout seul, se dit Declotz. Rose Cipriani, qui tenait l'écouteur, s'amusait des efforts de langage de Delanfroy pour éviter de froisser une susceptibilité mise à mal.

— Que lui avez-vous promis en échange de ce reniement ? demanda le maire. Rien qui gênerait ma carrière je suppose, sinon tout commissaire de la République que vous êtes, vous m'entendrez vous chanter pouilles !

— Ça ne vous regarde pas.

— Mon cher Delanfroy, fit Declotz, il y a des moments, j'en arrive à regretter la période de l'Occupation. Nous n'avions pas des petits cons de votre espèce sur le dos.

Declotz raccrocha sèchement.

— Ce petit con comme vous dites, reprit Rose, vous a quand même sauvé la mise. Vous pouviez dire adieu à votre poste de maire.

— Vous n'allez pas vous y mettre vous aussi, Rose, pitié ! N'ayez crainte vous l'aurez votre délégation des affaires sociales.

— Mais, s'offusqua-t-elle, je n'attends rien.

Il essaya de lui prendre la main pour se faire pardonner cette exécrable humeur qu'il manifestait depuis le début de la veillée électorale.

— La fréquentation de ce journaliste ne vous améliore pas le caractère.

Rose fit le tour du large bureau en noyer pour venir se placer en face de lui.

— Le pouvoir vous monte à la tête, Pierre.

Il soupira avec un air de lassitude, balançant son corps en arrière pour croiser les jambes.

— Vous souvenez-vous du temps où nous allions distribuer les tracts de De Gaulle dans les boîtes aux lettres de Brivins à la barbe des GMR ? A cette époque, nous savourions chaque minute avec le sentiment étrange que c'était la dernière. On ne disait jamais : demain… C'était un mot dangereux. Un mot tabou. Et cette fois encore où nous avons installé un poste émetteur clandestin sur le puy de Merliac, ce premier message codé venu de Londres. Je n'oublierai jamais ces moments extraordinaires. Que seront nos minables petits compromis politiques à côté de ces heures d'exaltation ?

— La guerre ne pouvait durer indéfiniment.

— A croire que la paix sera terrible aussi, mais terriblement ennuyeuse.

Declotz éclata de rire. Rose Cipriani le regardait avec un air grave.

— Pierre, fit-elle, je sais que vous vous ennuyez aussi. Vous êtes comme moi, ces combines vous emmerdent. Après tout, qu'est-ce qui nous retient ici ? On pourrait tout envoyer promener. Voulez-vous que je vous prédise de quoi nos beaux lendemains seront faits ? A la mairie, les luttes intestines vont reprendre du poil de la bête. En octobre, vous briguerez un siège de député. Vous serez forcément élu. En Corrèze, il y aura un MRP, ce sera vous. Un socialiste, ce sera Lauwel. Et un communiste : Davoust. Le match reprendra zéro à zéro.

Declotz alla à la fenêtre et écarta les deux pans du rideau mordoré. La foule bruissante attendait la proclamation des résultats. De jeunes communistes chantaient *l'Internationale* en agitant des drapeaux rouges sous le regard amusé des badauds.

XIX

Jarrige fit tourner, à la bride, les deux percherons dans le pré afin de reculer la charrette en travers du chemin.

— Dia ! Dia ! ordonna-t-il.

Les chevaux se cabrèrent et, dans un mouvement brusque, la charrette vint se placer contre le talus, si vivement que les anneaux de la ridelle arrière labourèrent le flanc moussu du dévers. Le paysan sauta dans le chemin gorgé d'eau. Un véritable ruisselet, résultant du gros orage de la veille, se faufilait sur les galets dont les dos bombés luisaient comme des écailles. S'accrochant aux racines d'une souche, il se hissa sur la bordure du bois.

Dans le milieu du taillis, Maury cherchait la marque qu'il avait laissée depuis une semaine, deux petits coups de hachette croisés qui avaient fait sauter un éclat d'écorce sur dix centimètres.

— L'était droit comme un i, ça je peux te le jurer, dit-il en se retournant vers son voisin.

Pestour tenait, jeté sur l'épaule, un grand sac en toile de jute fermé par une ficelle de lieuse.

— Quand je l'ai vu, continua Maury, je me suis dit, sur le coup, tiens ! ç'en est un comme ça qu'il nous faudrait. A tout hasard, je l'ai marqué. A tout hasard… Car faut pas vendre la peau de l'ours avant de l'avoir tué.

— Des fois qu'on aurait eu que des vestes à suspendre au bout !

Les deux hommes éclatèrent de rire et repartirent à la recherche de la marque introuvable. A quelques dizaines de mètres, Jarrige fouillait machinalement un banc de fougères. Certes, c'était encore un peu tôt pour les girolles, mais avec la série d'orages qui s'était abattue sur la région au cours de la semaine, on pouvait espérer une petite poussée.

— Tu crois qu'il est si loin du chemin ? hurla-t-il en direction de ses deux acolytes.

Jarrige avança encore de quelques pas et tomba par surprise sur la marque. Il leva les yeux vers les frondaisons. Le chêne, qui faisait bien à la base ses quatre mains de diamètre, ne lui parut guère dépasser les dix mètres de hauteur.

— On était partis le chercher au diable vauvert, rigola Pestour.

— Dans un bois comme ça, fit Maury, si dense, ça peut tromper son monde facilement. Pourtant, il me semblait bien qu'il était là-bas vers les petits genévriers.

— Tu reconnais bien ta marque ? dit Jarrige.

— Tant mieux qu'il soit près du chemin, nota Pestour. On en chiera moins pour le traîner sur la charrette.

— Ce n'est pas un problème, suggéra Jarrige. Je détache un bourrin et tu peux être sûr qu'on n'aura pas de peine à l'amener ce fi de garce. Mais, je dis, moi, fit-il en dressant la tête d'un air sceptique, il n'est pas si haut que ça.

— Tu verras, fit Maury, quand on l'aura abattu, que c'est un géant, ce putain, aussi géant que notre victoire.

— Ça te paraît comme ça avec les autres. Mais, dit Pestour, il fait bien, mine de rien, ses treize mètres de haut.

Le paysan laissa choir, avec un fort bruit métallique, le sac sur les fougères. La ficelle ôtée, il sortit deux grandes haches. Jarrige en prit une et passa le doigt sur le fil.

— Je leur ai donné un coup de meule ce matin, dit Pestour.

Jarrige cracha dans ses mains et attaqua la besogne. Les copeaux volaient alentour, blancs et gorgés de sève. Puis, reprenant son souffle, il fit signe à Pestour qui mordit à pleine lame sur l'autre versant du tronc. Un craquement annonciateur de la chute les fit se reculer. L'arbre s'inclina contre la fourche épaisse d'un chêne voisin. Maury prit la cognée et l'acheva de quatre coups ajustés dans la profonde entaille.

Le pied arrimé sur la charrette, Jarrige commanda à ses chevaux d'avancer par à-coups afin d'éviter que le ballant fît rompre les amarres et n'endommageât la précieuse pointe. Une fois la bête étendue dans le chemin, Jarrige, armé d'une petite hache, émonda les branches, laissant seulement la fourche du sommet qui faisait un toupet fourni.

— Je veux en avoir le cœur net, dit Pestour en dépliant un mètre. Ça fait ses quinze mètres. Qu'est-ce que je t'avais dit ? Lafon sera content, vieux !

— Oui que ça fera un beau mai, ajouta Maury. On n'en a pas planté un comme ça depuis belle lurette.

— Faut remonter à l'époque où Dubrot a été élu maire pour la première fois, dans les années trente, dit Pestour.

— Même qu'il n'était pas si beau, dit Jarrige.

— Celui de Lafon, rigola Maury, sera le plus grand et le plus beau qu'on n'aura jamais planté.

— Pourvu qu'il y ait assez de gars pour le lever, soupira Jarrige.

— T'inquiète ! rassura Pestour. On a fait passer le mot. Avec une bonne bouteille au bout, ça m'étonnerait que les galapiats se fassent tirer l'oreille.

A trois reprises, après un sondage rapide à la barre à mine, on changea l'emplacement où le mai serait érigé. Laloy, le garde champêtre, découvrit un endroit idéal derrière la cour à cochons. Cette bande, si riche en terreau, servait au propriétaire à cultiver les premiers radis et à faire pousser les plants de melons et de tomates. Lafon refusa encore. C'était le seul endroit de sa ferme où il ne désirait pas voir trépigner la moitié de la population de Galiane. Enfin, après moult palabres, on décida de le planter derrière la grange.

— Il sera masqué par la bâtisse, déplora Gautier. Un mai, nom de Dieu, c'est fait pour être vu de partout, à des kilomètres à la ronde. Il faut que les gens puissent dire : c'est le fameux mai de Lafon, le nouveau maire de Galiane-sur-Sévère !

Le propriétaire haussa les épaules. Il trouvait cette idée-là puérile. Lafon, en vérité, se fût bien dispensé de cette corvée. Mais la tradition restait la tradition. Durant toute la campagne, certaines personnes du village n'avaient cessé de clamer :

« On vote pour toi, si tu nous promets un mai à tout casser. » A croire que Fayolle avait perdu des voix simplement parce qu'on imaginait mal une telle cérémonie dans le parc du château de La Nadalie, avec la fière Adeline distribuant les coups de rouge. Au bigaut, Laloy attaqua la croûte herbeuse sous l'œil attentif des compères qui ne se quittaient plus d'une semelle depuis leur intronisation à la mairie de Galiane-sur-Sévère. A la vérité, le nouveau maire et son premier adjoint étaient aux anges. Leur ennemi juré, Franck Fayolle, venait d'annoncer, la veille, sa démission du conseil au profit de son second sur la liste MRP qu'il avait conduite, Mauricée, désormais promu chef de la nouvelle opposition.

— Je pariais, ironisa Gautier, que la partie s'annoncerait plus rude que prévu. Ce départ de Fayolle, le lendemain de son élection de conseiller, est ridicule. La ganache aura pris la mouche. Ça espérait bien avoir la majorité. Mais les braves gens de Galiane ne sont pas si bêtes. Ils ont préféré lui donner un bon coup de pied au cul. Comme ça, il aura tout le temps de s'occuper de sa salope. Pas vrai ?

Lafon lui tourna un regard furieux, à cause de la présence de Laloy. Certes, le garde champêtre faisait le sourd en creusant le trou, mais rien ne prouvait, malgré une apparente allégeance de l'employé communal au nouveau patron de Galiane, qu'il n'irait pas, un jour ou l'autre, en faire des racontars. D'un geste discret de la main, Lafon l'attira à l'écart.

— Laloy n'a pas à entendre ça. Tu es fou ou quoi ?

— Laloy ? s'étonna Gautier. Il est de notre côté.

— Oui, comme hier il était du côté de Dubrot… Il est du côté de sa gamelle, voilà tout.

— En tout cas, la bonne nouvelle, c'est qu'on en a fini avec la ganache de La Nadalie, reprit Gautier qui trouvait enfin l'occasion de vider son fiel contre un Fayolle qui l'avait humilié à l'époque de la Libération, et un Dubrot qui n'avait cessé de lui faire la leçon pour ses engagements aux côtés du maréchal. Ça n'aura même pas été nécessaire de le combattre. Il sera tombé tout seul, comme une poire blette.

Lafon hocha la tête avec un sourire contrit. Décidément, il

n'aimait pas cette manière revancharde d'évoquer la personnalité de Fayolle. Sans doute Gautier avait-il ses raisons de se réjouir aussi ouvertement, mais, pour Lafon, mieux valait songer aux tâches urgentes — la réorganisation du syndicat agricole, les futurs projets d'adduction d'eau — que cultiver des rabâchages stériles.

— Fayolle témoigne d'un certain courage, dit Lafon. Après ce désaveu public, il renonce à tout. J'avais pensé qu'il resterait quand même. Sa présence dans le conseil n'aurait pas été de trop. Car, continua-t-il, en dehors de toi et moi, qui vois-tu pour s'occuper des affaires de la commune ? Nos amis, les Jarrige, les Pestour, les Maury, ils sont bien gentils, mais ils ne nous seront d'aucune aide. Des suiveurs. Voilà ce qu'ils sont : des suiveurs, toujours d'accord avec tout le monde. Ça ne sert à rien des gens comme ça. En son temps, Dubrot avait plus de chance. Il disposait de types de caractère, comme le vieux Delteil ou Franchet, et même Jubert. Les trois communistes élus, Barrat, Vacherin et Capel, vont s'en donner à cœur joie contre nous. Je ne vois personne, dans cette assemblée, pour arbitrer les passions.

— Merde alors, jura Gautier. A nous deux, on va faire une sacrée équipe. La boutique va tourner, ça je te le jure ! Tu ne vas pas te dégonfler un jour comme celui-là ? Un jour de victoire !

Le charroi pénétra dans la cour de ferme suivi par une ribambelle d'enfants. Certains avaient même sauté sur la charrette et d'autres encore, les plus téméraires, s'étaient assis sur le mai dont le toupet balayait le sol. Près du hangar, La Ramée fabriquait une bombe dans un moyeu de roue de charrette. Il tassait précautionneusement avec un pilon de bois une potée de poudre sous une grosse poignée de sable. En le voyant à l'œuvre, Maury ordonna aux gamins de s'écarter.

Les percherons traînèrent le mai au pied de la fosse. Jarrige sauta dans le trou pour mieux en évaluer la profondeur. Le bord lui arrivait à la ceinture.

— Je suis descendu jusqu'au rocher, dit Laloy le visage baigné de sueur.

— Allez, t'as bien mérité un petit coup, dit Gautier en lui tendant un ballon de rouge.

— Pour descendre plus profond, précisa Laloy en goûtillant le pinard, faudrait une barre à mine.

— Là, ricana Pestour, il y a un spécialiste. C'est Delteil.

— Ouais, dit Maury. Mais il est occupé à creuser le puits de Goursat.

— Goursat fait creuser un puits ? s'étonna Jarrige. Et pour quoi faire ? Bientôt, il y aura l'eau de la ville à Galiane. Pas vrai, Pierre ? Ça fait bien partie de nos projets ?

— Oui, répondit Gautier. Mais Goursat, ce n'est pas un type comme tout le monde. Goursat, c'est un original. Il fait creuser un puits pour assécher un terrain et non pour avoir de l'eau.

Tous les hommes éclatèrent de rire.

— Son Emma doit en faire une trombine, ajouta Jarrige, devant tant de bêtises pour un seul homme.

— Si tous les paysans étaient comme notre Léon national, repartit Gautier, l'agriculture serait bien lotie !

Le nouvel adjoint choisissait de piquer Léon Goursat pour avoir soutenu le docteur Fayolle plutôt que Lafon. Cette prise de position avait été jugée telle une trahison. Gautier répétait à qui voulait l'entendre, dans l'espoir que ça donnerait quelques idées dans le village : « Quand il lui faudra des bras pour rentrer son foin ou battre le blé, il n'aura qu'à aller demander de l'aide auprès de son ami Fayolle ! »

Contre le mur de la grange, une foule s'était agglutinée. Il y avait là une grosse partie de la population de Galiane, même cette frange qui avait apporté son soutien à Fayolle et qui jurait, désormais, la main sur le cœur, avoir tout fait pour l'élection de Lafon. Gautier examinait la belle brochette de badauds avec des ricanements contenus. Ces ralliements de dernière minute lui faisaient toucher du doigt sa puissance, sa puissance contre ceux qui l'avaient combattu à la Libération. Le vent a tourné, se dit-il. Et pour cela, il aura fallu moins d'une année. Comme quoi, la rivière finit toujours, tôt ou tard, par revenir dans son lit.

L'explosion de la bombe actionnée par La Ramée réveilla, soudain, des terreurs anciennes. Les femmes se mirent à courir vers la route. La fumée âcre de la poudre grise brûlée rappela quelques instants terrifiants aux hommes qui avaient rejoint le maquis au mois de juillet 44. Mais chacun se rendit vite compte que c'était du chiqué. Le tonnerre de la guerre en plus et les risques en moins. Ce tintamarre donna le signal de la levée du mai. Jarrige et Maury avaient accroché des cordages au sommet du mât tandis que Laloy clouait une planchette ripolinée bleu-blanc-rouge sur laquelle étaient calligraphiés en lettres noires ces mots : « Honneur à notre maire ». Tandis que les uns tiraient la pièce de bois vers le ciel, les autres maintenaient le ballant qui eût pu ruiner la manœuvre. Et au fur et à mesure que le mât se dressait, Pestour et Maury venaient appliquer une échelle contre le tronc pour assurer une assise provisoire. Sur l'ordre de Gautier, les bras se raidirent à nouveau et, à force de patience, le pied glissa naturellement dans le trou sous les applaudissements.

Lafon faisait courir la bouteille d'une personne à l'autre. Il versait abondamment le pinard éclusé cul sec, puis s'en revenait à la charge chaque fois qu'on le complimentait sur la qualité de sa piquette.

*
* *

L'élection de Pierre Declotz au poste de maire de Brivins se fit sous les huées des élus communistes, dépités d'avoir été trahis par les socialistes. Le refus, au dernier moment, d'une alliance tactique pour faire barrage au MRP permit de ne rien changer dans ce qui avait déjà été instauré dans le provisoire de la Libération, mis à part que les communistes se retrouvèrent plus isolés que jamais, malgré un bon score.

La première question dont le nouveau conseil eut à débattre concerna le retour des prisonniers et déportés. Selon une note de Delanfroy, les instances municipales étaient chargées de préparer au mieux l'accueil de ces malheureux avant qu'ils ne s'en retournent vivre dans leurs foyers. Le train des libérés devait entrer en gare de Brivins le jeudi 7 mai peu avant midi. Le maire souleva donc la nécessité de former au plus vite un comité d'organisation sous l'autorité duquel devaient se ranger les responsables du centre d'entraide et des autres associations caritatives afin d'éviter le désordre autour d'initiatives séparées. Le maire fit savoir, à toutes fins utiles, que les discours ne suffiraient pas à améliorer les conditions de retour à la vie ordinaire des prisonniers. Surtout, il s'agirait d'héberger dans les meilleures conditions ces compatriotes pour qui chaque Français devait ressentir des devoirs plus que des obligations.

Davoust, chef de file du groupe baptisé « Elus républicains », demanda d'une voix ferme que ce fameux comité soit confié à Camille Parmelin. Autour de Declotz, on se regarda, dubitatifs. Pourquoi, précisément, Camille Parmelin ? demanda Juglard d'un ton goguenard. Murciat, qui avait prévu une telle question, débita le panégyrique de cette obscure militante communiste, membre active des Femmes de France. L'adjoint de Davoust expliqua d'une voix enflammée, où se lisait l'émotion de ne parvenir à être suffisamment convaincant et de rater en quelque sorte cette première épreuve du feu dans le nouveau conseil municipal, que la « camarade Camille » — ainsi qu'on la nommait dans certains milieux — était une femme méritante qui avait organisé, dès 41, le Noël de l'Absent, fait tricoter les couvertures pour les prisonniers, soutiré des commerçants un brin collabos des denrées alimentaires, confectionné, à la Libération, des colis acheminés ensuite dans les camps en Allemagne.

Sans même réfléchir sur les conséquences de cette réaction, Declotz opposa un non catégorique. L'idée de devoir supporter cette « camarade Camille » dans chacune des réunions lui hérissait le poil. Davoust, vivement ému, se dressa pour exiger, puisqu'on ne pouvait plus discuter raisonnablement avec le maire, que Juglard arbitre la séance. Il suffisait, en effet, que ce dernier se rangeât du côté des communistes pour que la question fût réglée. Mais Juglard, bien que se fichant éperdument de cette question, ne voulait point risquer une crise ouverte dans le front anticommuniste, promptement rabiboché pour la circonstance. Davoust hurla :

— Même pour ça, vous êtes contre nous ! Faut-il vous rappeler, chers camarades radicaux, le mot de Camille Pelletan : « Pas d'ennemis à gauche » ?

Juglard baissait la tête. Encore une ânerie débitée dans un de ces congrès kafkaïens après le gigot aux haricots, se dit-il. Voyant comment les communistes se trouvaient isolés, Davoust décida qu'un coup de théâtre serait la meilleure façon de se tirer d'affaire. Les membres de son groupe quittèrent la séance et, dans le couloir voisin, se consultèrent à mots déguisés pour décider d'une démission collective.

Au bout d'une demi-heure, l'huissier de service les invita à revenir siéger. Davoust et Murciat, intrigués, se regardèrent. Etait-ce du lard ou du cochon ? Quand ils eurent pris place et que le brouhaha fut retombé, Rose Cipriani se leva pour lire un court message qu'elle venait juste de rédiger au terme d'une vive prise de bec. Elle y annonçait sans détour que la « camarade Camille » était nommée, à la demande du groupe des élus républicains, présidente du comité d'organisation. Davoust adressa à Juglard un large sourire de victoire.

Cette première crise municipale valut à Declotz, malgré la reculade, une volée de bois vert dans *A l'Assaut.* Les termes employés par le rédacteur du pamphlet étaient si violents que Delanfroy, en découvrant l'article devant les tartines de son petit-déjeuner, téléphona aussitôt à Davoust pour savoir s'il s'agissait là d'une attaque de circonstance sans lendemain, une banale poussée d'urticaire en somme, ou le début d'une grandissime campagne. L'homme demeura évasif :

— Mais qui est donc cette Camille Parmelin ? demanda le commissaire de la République. Une Passionaria ? Une nouvelle Jeanne d'Arc ? Vaut-elle au juste le risque d'une crise grave au moment où l'on s'apprête tous ensemble à fêter la victoire ?

Cette réflexion sous une telle forme interrogative, passablement méprisante, laissa Davoust sans voix.

— Je sais, continua Delanfroy avec perfidie, que vous êtes

de mauvaise humeur depuis que vos petits camarades de la SFIO vous ont fait un enfant dans le dos. Mais ce n'est pas à un homme tel que vous, mon cher Davoust, que je vais apprendre qu'il faut conserver, quoi qu'il arrive, son sang froid et préserver l'essentiel contre le ressentiment.

La fameuse « camarade Camille » se révéla à l'usage d'une pugnace autorité. En cette journée historique du 7 mai 45 — date du retour au pays des déportés et prisonniers —, fort riche en discours, vin d'honneur et repas, elle présenta un long catalogue de revendications. Le maire considéra alors, à l'écoute de ces exigences, qu'il n'avait plus qu'à suivre le chemin tracé et balisé par la fougueuse. En entendant cela, Juglard comprit enfin pourquoi Davoust et Murciat avaient avancé ce pion. Celle-là, se dit le vieux radical qui, pourtant, durant sa longue vie, en avait vu d'autres, ça doit faire un moment qu'on nous la mijote… Rose Cipriani, qui avait pris auparavant fait et cause pour la demande des élus républicains, eu égard au sacrifice consenti par les communistes durant la Résistance, se dressa cette fois avec la même ardeur contre l'intransigeance de la militante. Camille Parmelin n'avait jamais appris ce que le mot négocier veut dire. Ainsi croyait-elle, dans sa naïve candeur, parce qu'on l'avait investie présidente du comité, qu'elle pouvait user de ce titre sans autre frein que les recommandations d'un Davoust.

Plus tard, chacun réalisa que les communistes désiraient donner au retour de Boscot du camp de la mort lente de Mauthausen un éclat particulier. Ce militant avait été arrêté par la police française dès 40, jugé par Sardel pour « menées terroristes » et emprisonné à Drancy d'où on l'avait sorti en 43 pour l'envoyer mourir en Allemagne. Davoust et Murciat avaient jugé opportun d'utiliser cette figure de martyr pour dénoncer les faiblesses de l'épuration, puisque le juge Sardel, qui avait prononcé sous Pétain la condamnation d'un des premiers résistants de France, était encore en poste pour y poursuivre un Magnard, « résistant émérite » selon le journal *A l'Assaut.* Declotz défendit alors d'une voix lasse, comme si une telle constatation n'allait pas de soi, que le train qui conduirait Boscot en gare de Brivins y acheminerait aussi une trentaine d'autres déportés, de Ravensbrück, Dachau, Auschwitz, tous également condamnés pour « menées terroristes », et il énuméra quelques noms de ces survivants : Chapelier, Ulawski, Marchand, Demestre, etc.

Dans l'édition du 6 mai 45, le lendemain, *A l'Assaut* consacrait une page entière à Boscot sous ce titre : *« Tous les communistes à la gare de Brivins pour accueillir Fred Boscot, le rescapé des camps de la mort. »* On y évoquait le long voyage douloureux et tragique de ce jeune homme engagé dès l'été 40 contre le régime de Vichy. En bas de page, on profitait de la circonstance pour tailler des croupières au juge Sardel, avec en conclusion cette question : « Quand donc décidera-t-on de mettre un terme aux activités de ce collabo ? »

Pierre Declotz essaya d'inciter le commissaire de la République à jouer le rôle qu'on lui assignait généreusement dans ce genre de situation.

— Clouez-leur donc le bec ! C'est votre boulot… ordonna le maire en chiffonnant le journal.

Delanfroy se marrait ouvertement. Pour une fois que le juge Sardel se faisait copieusement assaisonner… La poisse changerait-elle de camp ? Cet état de fait lui laissait entrevoir la fin d'une longue période de revers.

— Et en plus, ça vous fait rire ?

— Oui, franchement, répliqua le commissaire. Vous êtes élu, mon cher Declotz, protégé par le suffrage universel, caparaçonné de légitimité, alors vous ne risquez rien. Gérez votre ville et foutez-moi la paix. Je ne suis plus là pour accomplir vos basses besognes. Les communistes veulent fêter le retour de leur camarade, c'est leur affaire. Ça ne me regarde pas. Quand au juge, si l'on me demande en haut lieu mon avis, je dirai qu'on aura raison de le virer. C'est un incompétent. Incompétent sous Pétain. Incompétent sous de Gaulle.

*
* *

Par des coups de sifflet stridents et répétés, le train en provenance de Paris annonça son entrée en gare de Brivins. La foule s'avança à la limite de la voie. La masse noire de la locomotive cernée de floches blanches gagna au pas les derniers mètres. Dans la trouée de la fumée, les gens virent des centaines de bras qui s'agitaient aux fenêtres. Alors, pour marquer son accueil, la foule, elle aussi, se mit à agiter les petits drapeaux tricolores que les gens du comité avaient copieusement distribués. Des soldats FFI formèrent un cordon pour empêcher la population de s'approcher du train. Des femmes ébouriffées couraient de droite et de gauche, se frayant difficilement un passage dans la masse humaine, pour trouver le mari ou le fils tant attendu. Ainsi des prénoms fusaient par-dessus le brouhaha, des appels qui, lorsqu'ils rencontraient un écho, se transformaient en cris et larmes de joie. Les FFI ne continrent pas longtemps la foule agitée. Dès que le convoi fut stoppé, on se précipita de partout contre les voitures, saisissant les bras tendus. Par haut-parleur, une voix hésitante demanda aux familles de faire preuve de discipline afin de laisser travailler les organisateurs et les personnels de la Croix-Rouge. Enfin, les portières s'ouvrirent et, un à un, patiemment, les premiers prisonniers mirent le pied sur le quai. Ils portaient encore les hardes de l'ancienne armée française. Il parut à tous ces gens que le temps s'en revenait en arrière et que se tenait, en face d'eux, l'ombre funeste d'une troupe défaite. De la foule compressée, s'échappaient, au fur et à mesure que les arrivants s'approchaient, des femmes et des enfants qui s'agglutinaient après ces hommes hâves formant alors d'étranges grappes humaines chancelantes de cris et de pleurs.

Quand les prisonniers eurent tous retrouvé leurs familles, le quai apparut alors immensément vide, jonché de petits drapeaux en papier. Devant le guichet, il restait, dans l'attente, une cinquantaine de personnes. Autour s'agitaient les infirmières de la Croix-Rouge, les unes tirant des fauteuils roulants, les autres déployant des brancards. C'est alors que les déportés apparurent. Un mouvement d'effroi se dessina sur les visages en découvrant ces hommes et ces femmes amaigris, le regard livide.

Dans le hall d'entrée, Davoust et Murciat s'avancèrent en direction de Boscot qui tenait sa mère par les épaules.

— Cher camarade, nous te souhaitons la bienvenue, s'écria le secrétaire de la section de Brivins du PCF.

Boscot, crâne rasé, geste hésitant, se tourna vers le comité d'accueil avec un rictus où se lisait une douleur infinie. Murciat renonça alors à lire le petit discours qu'il avait préparé tant l'idée même de cet acte lui parut, à la seconde, décalée par rapport à la réalité. Ce n'était plus le Frédéric Boscot des premiers mois de l'année 40 qu'ils avaient sous les yeux, mais un autre homme, décharné, épuisé, qui leur paraissait arriver d'une autre planète. Péniblement, il s'avança pour serrer quelques mains, tout en prononçant des mercis d'une petite voix éraillée. Puis, il se recula, levant les yeux vers le calicot et, sans un mot, se dirigea vers la sortie. Comme sa mère l'aidait à descendre les marches du parvis, il reconnut l'homme qui demeurait là, interdit, à quelques pas, ne sachant s'il devait s'approcher ou s'en aller. Boscot fit un sourire en tendant une main tremblotante.

— Luski, souffla-t-il. Mon bon vieux Luski.

Les deux hommes s'enlacèrent longuement.

— Tu es revenu, pleurait le cheminot. Je pensais que tu ne reviendrais pas. Je pensais, reprit-il en reculant, que tu ne survivrais pas à toutes ces horreurs.

— Et Duc, bon sang, Duc n'est pas avec toi ?

— Duc est mort, dit Luski. Mort au combat de la libération de Brivins.

— J'ai souvent pensé à vous là-bas, à toi, à Duc, à tous mes premiers camarades. Nous sommes, toi et moi, les seuls survivants du premier groupe, souffla-t-il. C'est bien triste cette victoire, bien triste.

Boscot se recula, muet d'émotion, pour montrer les stigmates de son calvaire à Mauthausen. Regarde donc ce qu'ils ont fait de moi ! semblait-il vouloir dire à son ami comme pour excuser par avance l'image triste qu'il offrait de lui.

— Ce qui compte, dit Luski, c'est que tu sois vivant, bien

vivant. Et que tu redeviennes peu à peu le garçon passionné que tu étais autrefois. Le temps a le pouvoir de tout réparer.

— Je ne crois pas, soupira le déporté. Je ne serai jamais plus comme avant. D'ailleurs, pour un empire, je ne voudrais pas redevenir le jeune homme en colère que j'étais, avec des certitudes plein la tête.

En apercevant Luski, Davoust eut un mouvement de recul. Depuis des mois et des mois, le cheminot était mis en quarantaine sur ordre du Parti pour avoir critiqué ouvertement l'action des Milices patriotiques.

— Mon camarade, dit Murciat en lui touchant l'épaule pour attirer son attention, ça fait un sacré bout de temps qu'on ne t'a pas vu du côté de la rue Barthou…

Les regards de Boscot et Luski se croisèrent.

— Je reviendrai au Parti, répondit Luski, quand la direction sera décidée à faire le ménage dans ses rangs.

Davoust s'approcha au premier rang du petit comité qui entourait Boscot.

— Alors, jura-t-il, tu peux revenir dès aujourd'hui. La porte est grande ouverte. Tu y seras le bienvenu, camarade !

Boscot toucha la main de Luski.

— Tu te souviens, fit-il, on se faisait engueuler quand on allait distribuer les tracts contre Pétain. Paraît-il, il ne fallait pas bouger sans l'ordre de Staline. L'histoire nous a, hélas, donné raison. Churchill, de Gaulle, Hitler, ce n'était pas la même chose…

— Le camarade Boscot, dit Luski en fixant Davoust dans les yeux, est le plus méritant d'entre nous. Son internement dans un camp est une expérience précieuse pour nous tous. Je souhaiterais qu'à la prochaine assemblée des communistes, on le désigne pour diriger notre Parti.

Davoust sentit le vent du boulet et comprit qu'il n'échapperait pas à son destin. Le propos signifiait que Boscot, dans quelques mois, serait présenté à sa place aux élections législatives et serait probablement élu député de la Corrèze. Malgré tous ses efforts pour rebâtir le Parti, lui, Davoust, serait mis sur la touche ou jeté aux oubliettes.

A petits pas, on s'achemina vers l'hôtel de la Gare où une grande réception était organisée en l'honneur des prisonniers sous la présidence du maire de la ville. L'hôtel, qui avait servi de base à la Milice pendant l'Occupation, était entièrement réquisitionné avec ses deux cent cinquante chambres pour loger les prisonniers et déportés en l'attente du règlement des dossiers pour ceux qui n'avaient plus de famille, tandis que le centre d'accueil et d'entraide avait élu domicile à l'hôtel des Tilleuls, de l'autre côté de l'avenue.

Lorsque Boscot entra dans la grande salle de réception, accompagné de ses amis, Declotz terminait juste son discours de bienvenue. Camille Parmelin s'installa à son tour devant le micro. Comme le discours était long et ennuyeux, un brouhaha s'instaura au bout d'une dizaine de minutes, malgré les « chut » répétés de certains membres du comité d'organisation. Delanfroy chercha du regard Davoust et finit par le trouver au fond de la salle.

— La signature de la capitulation allemande à Berlin est imminente, annonça le commissaire. Ce n'est plus qu'une question d'heures. Il nous faut prendre toute disposition pour fêter cette journée du 8 mai 1945, jour de victoire du monde civilisé sur la barbarie. Le conseil municipal devrait se réunir, ce soir, pour décider que la place du théâtre sera baptisée « Place du 8 mai 1945 », et qu'au cœur du petit square de la Croix-Bleue sera édifié un monument à la gloire des résistants français. C'est bien en ce lieu que les premiers groupes de la Résistance non encore unifiée se contactaient ?

Cette nouvelle ne réussissait pas à rendre à Davoust la bonne humeur, chagriné qu'il restait depuis qu'il sentait la situation lui échapper. Décidément, se dit-il, il y aura toujours un Boscot, un Luski ou un Lutz pour me reprocher d'être entré dans la Résistance après la rupture du pacte germano-soviétique, d'avoir trop attendu pour me décider. Le fantôme de Duc s'en revenait du royaume des martyrs pour se venger.

— La victoire, la victoire, fit Davoust, nous l'avons tellement attendue, désirée. Nous avons perdu tant et tant de copains, de rêves et d'espoirs dans cette interminable nuit, que ce sera une victoire au goût amer.

— Comme je vous comprends ! ajouta Delanfroy lissant sa chevelure gominée. Maintenant, soyez assez aimable pour me présenter à Frédéric Boscot.

Près du couloir d'entrée de l'hôtel, il y avait une petite alcôve où l'on avait entreposé des denrées alimentaires pour distribuer aux prisonniers libérés. Delanfroy tira un fauteuil et fit signe à Boscot de s'asseoir. Le commissaire était impressionné par ces deux grands yeux bleus qui lui dévoraient le visage. Il émanait une flamme intense qui n'en finissait plus de détailler le monde alentour, comme un aveugle qui redécouvre la beauté du monde après des années de cécité.

— Je suis le commissaire de la République à Brivins, nommé par le général de Gaulle. Par avance, je vous prie de me pardonner ce tour de langage un peu solennel. Mais je me dois, puisque vous voici revenu parmi nous, de vous présenter les excuses du ministère public, que je représente en partie dans cette ville, pour le procès ignominieux qui vous a été intenté en 1940. Il s'agissait d'un acte de patriotisme et même, dirais-je, déjà de résistance. Il m'est particulièrement pénible de penser que ce sont des policiers et des juges français qui vous ont livré à l'ennemi. Toute réparation sera prononcée à votre égard. Dès que la situation le permettra, nous vous décernerons la médaille de la Résistance, et j'instruirai personnellement un dossier pour que l'on vous élève au titre de compagnon de la Libération.

Boscot eut un petit sourire amusé en repensant à son procès où on lui avait refusé la moindre défense, son avocat lui conseillant même de ne rien déclarer qui pût contrarier le tribunal. Avant qu'on ne l'emmène vers sa prison, il avait eu encore la force de crier devant une salle goguenarde, tellement assurée des clés de l'avenir : « Vive la France libre. A bas Pétain et ses valets ! »

— Tout ça m'indiffère, savez-vous ? Mais j'accepte volontiers ces excuses, d'autant plus que vous n'êtes personnellement pour rien dans cette tragédie de l'histoire.

Delanfroy se laissa aller à un petit rire. Après tant de propos guindés, il appréciait cet humour froid qui l'engageait à une discussion plus sérieuse. A quelques pas de là, l'oreille attentive, Davoust n'avait rien perdu du petit discours développé par le commissaire de la République.

Et flairant que Boscot se faisait embobeliner par la faconde du fonctionnaire, il lança :

— Je ne peux pas entendre ça sans réagir…

Le commissaire le toisa, bras croisés sur la poitrine.

— Le juge qui a prononcé la condamnation de notre camarade Boscot, continua-t-il, est toujours en poste à Brivins. Il en est même le président du tribunal. Sardel est passé du pétainisme au gaullisme sans le moindre état d'âme.

— Je ne lui en veux pas, dit Boscot. Pourtant, j'aurais toutes les raisons de lui en vouloir. Mais je n'y parviens pas. Ce magistrat obéissait au régime qui l'avait investi. J'étais alors l'ennemi à abattre, le représentant du bolchevisme, du cancer de l'Europe. Le vent a tourné. Le communisme offre aujourd'hui une grande espérance en Europe. Souhaitons que nos actes soient à la hauteur des rêves que les peuples nourrissent pour l'avenir.

— Nous avons demandé le départ de Sardel, ajouta Davoust.

Boscot leva une main impuissante.

— Qu'il parte, qu'il reste, qu'est-ce que ça changera ? Ne trouvez-vous pas ? fit-il à l'adresse de Delanfroy médusé. L'homme est un loup pour l'homme. Le vieil adage se vérifie depuis la nuit des temps. Cultiver une vengeance, instaurer une justice expéditive, ne fera que relancer la machine de la terreur. Dans les camps, certains de nos camarades sont devenus nos tortionnaires pour échapper à la « douche ». Et, parfois, nous-mêmes avons été contraints de prendre des décisions inhumaines, simplement parce que nous n'avions pas d'autre choix. Les nazis voulaient anéantir en nous toute trace de sentiment humain.

Frédéric Boscot s'interrompit, lèvres tremblantes, puis se leva brusquement et sortit dans le couloir. Il ne supportait plus le moindre regard sur ses larmes, lui qui n'avait jamais pleuré sur son sort à Drancy comme à Mauthausen.

*
* *

Depuis que de Gaulle l'avait invité à une réunion de travail à l'hôtel de ville de Paris sur la reconstruction économique, Régis Gillard ne tarissait plus d'éloge sur le général. Lui, qui, d'ordinaire, ne cachait pas sa méfiance à l'égard des hommes politiques et encore plus des militaires, avait été subjugué par les idées de cet homme et la manière dont il mettait tout en mouvement autour de lui. Gillard, qui avait connu l'administration Pétain, l'indolence de ces hauts fonctionnaires se défilant dans les longs couloirs pour échapper à leurs responsabilités, les changements d'avis entre le matin et le soir, cette fois, découvrait dans le désordre d'un vaste chantier ouvert une volonté opiniâtre de relever la France de ses ruines, tant matérielles que morales.

A l'approche funeste de son procès, l'industriel avait craint que la revanche l'emportât sur l'absoute, et que, par manque de discernement, son empire industriel fût confié à des rats de fonctionnaires. Un matin, alors qu'il attendait avec une impatience désespérée son jugement, on le pria de venir expliquer les capacités productives de ses usines dans le cadre du plan de reconstruction des villes dévastées par les bombardements anglais et américains. Gillard présenta un rapport optimiste, ainsi que l'exigeait la politique de l'heure. Le chef de cabinet du ministre, qui avait en charge ce dossier, lui fit savoir que les commandes seraient honorées à hauteur des prévisions les plus hautes. Tout se déroulait donc pour le mieux. Les établissements Gillard et Cie allaient pouvoir produire au maximum de leur capacité. Avant de se quitter sur de si bonnes résolutions, l'industriel demanda quelques minutes d'entretien seul à seul. L'homme le conduisit dans son bureau.

— Ignoreriez-vous, dit Gillard, que je suis l'objet d'une procédure pour collaboration économique avec l'ennemi devant la cinquième cour et que je ne sais pas encore si je pourrai reprendre ou non mes activités ?

— Mon cher Gillard, répliqua le chef de cabinet, laissez donc courir ça ! Nous avons plus urgent à faire. Un homme comme vous, un capitaine d'industrie, nous est indispensable.

Trois jours plus tard, la cinquième cour rendait sa décision. La condamnation se solda essentiellement par une forte amende. Gillard ne saurait au juste jamais s'il y eut, pour une peine aussi dérisoire, une intervention en haut lieu sur l'autorité judiciaire. Mais il plaisait à l'industriel de le croire et, surtout, d'en répandre le bruit autour de lui, histoire de faire comprendre à ceux qui l'avaient boudé au lendemain de son inculpation qu'il était enfin redevenu une personnalité incontournable pour le gouvernement. A Paris, trois à quatre coups de téléphone suffisent pour colporter une nouvelle dans le milieu de la finance. Aussi, quelques heures plus tard, Albertinet, le fondé de pouvoir du Crédit de Paris, débarqua rue Cambon avec sa petite secrétaire, qui le suivait partout comme un animal de compagnie.

— Vous avez décroché le contrat du siècle, fit-il en entrant dans le salon. Félicitations.

— Comment savez-vous ça ?

— Ça se murmure.

— Je n'ai pas eu de difficultés, fanfaronna Gillard. Ne suis-je pas le premier fabricant de briques en France ? Des pleines, des creuses. pour tous les goûts.

— Les Yankees et les Rosbifs s'en sont donné à cœur joie sur nos cités. Il y a de quoi faire pour reconstruire. Vous les aviez soudoyés, ce n'est pas Dieu possible…

L'industriel se détourna pour récupérer son cigare qui fumait sur la coupelle dorée du secrétaire.

— Vous voudriez me faire des offres de service ?

— Au Crédit de Paris, il y aura toujours de l'argent frais pour vous.

— Ces derniers temps, ironisa Gillard, cette denrée se faisait rare. J'apprécie beaucoup que vous m'apportiez un parapluie maintenant que le beau temps est revenu.

Sur la place de la Bastille, il y avaient plusieurs milliers de personnes, promenant des drapeaux frappés aux couleurs des troupes alliées. Gillard ouvrit la vitre pour entendre la rumeur qui enflait en vagues déferlantes. « La paix… La victoire… » Ces mots-là revenaient comme des litanies, criés, chantés sur tous les tons. *La Marseillaise… Le Chant des Partisans…* Les soldats, mêlés à la foule bariolée, se laissaient emporter dans des pas de danses improvisées.

Marie Strenquel plongea la tête sur ses genoux pour ne plus voir. Elle ne comprenait pas ce que signifiait toute cette joie bestiale. Peut-être était-ce là les prémices d'un nouveau cauchemar, le recommencement de l'exode avec les piqués effrayants des Stukas dans le ciel d'été, le sang sur les murs, les gens qui couraient dans les rues inondées de poussière tandis que les corps tombaient au milieu des gravats… Ferdinand la serrait contre lui de toutes ses forces.

— Oui, murmura-t-il à son oreille dans le brouhaha, nous allons te soigner. Et tout redeviendra comme avant.

Des larmes dévalaient sur ses joues. Triste victoire ! songea-t-il. Triste victoire, sans Adrien, sans Rochelle, désormais poussière, comme dans la prophétie d'Esaïe : « Les peuples seront des fournaises de chaux, des épines coupées qui brûlent dans le feu. »

La foule entourait la voiture qui n'avançait plus qu'au pas. Marie redressa la tête dans un mouvement d'effroi en découvrant les masques grimaçants qui l'encerclaient.

— Ce n'est rien, dit Ferdinand. Les Parisiens fêtent la victoire.

— Quelle victoire ?

— La fin de la guerre.

— Alors, soupira Marie avec un éclair de joie fugitif dans le regard, mon Adrien va revenir. Nous allons le chercher, n'est-ce pas Ferdinand ? Et puis ensuite, nous rentrerons tous ensemble à Amiens. La vie reprendra.

Ferdinand et Régis se regardèrent tristement. Un couple s'était assis sur l'avant de la Mercedes. Ferdinand observa le fin visage de la jeune fille à la chevelure flottant au vent. Il pensa à Line, à sa petite Line du temps où elle offrait encore ce visage de bonheur, avec l'impression que le vie n'en viendrait jamais à bout.

Au sortir de la place de la Bastille, la Mercedes s'engagea rue Saint-Antoine. La foule occupait la moitié de la chaussée, marchant vers l'Hôtel de Ville où, disait-on, de Gaulle allait faire un discours du balcon. D'autres pronostiquaient qu'il se rendrait à l'arc de triomphe de l'Etoile. On ne savait pour quoi se décider. On attendait des mots décisifs pour croire enfin à la réalité de la victoire.

— J'ai vu, raconta Gillard, les Allemands entrer dans Paris. Il y avait aussi des badauds sur les trottoirs. J'ai du mal à imaginer que ce sont peut-être les mêmes qui gesticulent ici.

— Ils étaient bien quelque part, ricana Paulin.

— Les Français ont toujours besoin de fêter un chef, ajouta Ferdinand. Il n'y a pas si longtemps, Pétain mobilisait les foules. Maintenant, c'est ce général.

— Nous sommes, dit Gillard, comme cette Rome antique au temps joyeux du déclin, fêtant ses héros pour des contrées conquises dont la plèbe n'avait aucune idée.

— Y a-t-il un sage philosophe derrière le général pour lui rappeler que la gloire est éphémère ?

— De Gaulle ne se fait guère d'illusions. Son passage aux affaires sera de courte durée. Les bons vieux partis d'avant-guerre vont reprendre du poil de la bête. Vous avez vu les élections ? La république est incorrigible. Bah, cet homme providentiel nous aura au moins évité les soviets. Ce n'est déjà pas si mal.

Strenquel éclata de rire. L'outrance des idées était ce qui caractérisait le mieux Gillard. Combien de fois, lors de sa dernière visite à Paris en ces heures critiques des règlements de comptes, ne l'avait-il pas entretenu de cette peur: voir les communistes prendre le pouvoir en France…

Des jeeps, des camions militaires, des half-tracks occupaient toute la longueur de l'avenue de Rivoli. Une traction décorée de la croix de Lorraine leur coupa la route, des drapeaux tricolores flottant aux fenêtres comme de longs oriflammes.

— Je suis étonné que vous soyez devenu gaulliste, dit Strenquel d'un ton malicieux.

— Oui. Je le confesse. Pourtant je n'avais aucune sympathie pour cette armée débraillée qui courait derrière lui. Mais que reste-t-il en dehors de De Gaulle ? Il nous donnera dans les prochains mois une assemblée législative, une constitution. Ce sont des idées simples. Il est le seul à parler de ces choses essentielles. Préféreriez-vous l'AMGOT ? Ce sera déjà bien assez de subir les contraintes économiques des Américains. Vous verrez. Vous y viendrez vous aussi à de Gaulle. Finalement, entre les communistes et lui, il n'y a rien. Cette SFIO, c'est de la raclure de l'ancien régime.

Aude conduisit Marie directement dans sa chambre. Fayolle avait pris un rendez-vous pour le lendemain chez le professeur Akelberg. Ferdinand attendait les conclusions avec angoisse, une angoisse que son hôte tentait d'atténuer par des propos rassurants sur les progrès récents accomplis par les aliénistes.

Les enfants Gillard, Marion et Denis, avaient l'oreille collée contre la TSF pour écouter le discours du général qui venait de débuter. Comme Régis parlait fort, son fils lui intima l'ordre de se taire.

— Ça ne t'intéresse donc pas ?

— Moi ? s'étonna-t-il, je ne l'ai jamais écouté à la BBC, c'est pas maintenant que je vais commencer.

Les deux hommes allèrent s'installer dans le bureau. L'industriel ne désespérait pas de convaincre Ferdinand de prendre la direction d'une usine dans le Sud. Chaque fois qu'il s'engageait sur ce terrain, Strenquel s'arrangeait pour dévier la conversation.

Comme le discours la barbait, parce qu'on n'y parlait pas assez à son goût des Américains, Marion rejoignit les hommes dans le cabinet de travail. Régis était fier de sa fille, même quand elle disait des âneries.

— Les Américains, clama-t-elle, ont fondé une nouvelle civilisation. C'est vers elle que nous devons nous tourner, puisque l'Europe est fichue à cause des Allemands.

Strenquel fixait un agrandissement d'une photo sépia. Le capitaine d'industrie y était entouré de tout son encadrement, vingt-cinq directeurs qui avaient eu la haute main sur l'empire. Il s'approcha un peu pour vérifier à quoi il ressemblait avant-guerre. C'était une époque, songea-t-il, pleine d'insouciance où le temps nous semblait interminable. On n'ouvrait la bouche que pour évoquer des futilités. La guerre nous aura rendus muets à jamais.

— Mon plus grand regret, avoua Marion en se rapprochant de Ferdinand, c'est de n'avoir pas réussi à convaincre Adrien de venir aux USA. Savez-vous que la veille de la mobilisation générale, je l'ai supplié de partir avec moi ?..

Strenquel se détourna légèrement pour cacher les larmes qui brillaient dans ses yeux.

XX

En entendant tinter les cloches de la victoire au sommet de l'église Saint-Benoît, Jacques Saint-Assier jugea que le temps était maintenant venu de se montrer. Ainsi le vit-on apparaître soudainement au premier rang de toutes les manifestations publiques. Il vint juste se poster derrière Pierre Declotz quand celui-ci coupa le ruban tricolore qui barrait l'accès au square de la Croix-Bleue. Une statue, flambant neuve, les attendait au centre du petit espace de verdure. Elle représentait, en style pompier, un FFI, genoux à terre, la Sten prête à faire feu sur l'ennemi. Gravée dans le bronze, une épigraphe à la gloire des premiers résistants de Brivins rappelait qu'en ce lieu se constitua l'un des premiers groupes de réfractaires dès la signature de l'armistice honteux. Saint-Assier se sentait des droits dans une telle cérémonie, car il avait largement contribué par un gros chèque à l'érection du monument.

A la vérité, Declotz voyait d'un mauvais œil la présence dans son ombre de cet énergumène. Depuis que Delanfroy l'avait imposé dans son conseil municipal, le maire nourrissait la crainte qu'il ne fût, à l'avenir, rien d'autre que l'espion du commissaire chargé de le surveiller et, le cas échéant, de le faire trébucher.

A la réception qui mit un terme aux manifestations de ce 8 mai historique dans les salons de l'hôtel de ville, Declotz remarqua, non sans désagrément, que ce Saint-Assier était au mieux avec Gibaud, faisant une longue conversation comme si les deux hommes se connaissaient assez intimement.

— Nous étions ensemble dans la Résistance, avoua le journaliste agacé par cette manie que prenait de plus en plus le maire, depuis son intronisation officielle à la tête de la ville, de le considérer comme un plumitif de service, à la botte, devant, à tout moment, faire des comptes rendus sur le petit monde qui gravitait autour de la place Saint-Benoît.

— Vous étiez ensemble, feignit-il de découvrir.

— Au camp de la Coutance.

— Comme cela est singulier.

— Il n'y a rien de singulier là-dedans. Saint-Assier n'a fait que son devoir.

— Son père n'était-il pas un collaborateur notoire ?

— Le fils l'a, en effet, bien sorti de là…

— Cela montre, persifla Declotz, qu'il y a chez cet homme encore quelques traces d'humanité.

Declotz n'ignorait pas toutes les critiques qui assaillaient régulièrement l'industriel, même au sein de la chambre de commerce où des chefs d'entreprise, hier fervents pétainistes, lui reprochaient de ne posséder aucun sens patriotique. Le maire parut fouiller dans les zones obscures de sa mémoire. Décidément, le visage de ce Saint-Assier lui rappelait un vieux souvenir.

— Ne serait-ce pas l'homme, par hasard, qui aurait monté une attaque à main armée contre la banque de ce pauvre Maluzier ?

Le journaliste le fixa sans répondre.

— Vous y étiez vous aussi ? Ne me dites pas que vous faisiez partie de cette équipe de voyous !

Gibaud fronça les sourcils.

— Nous avons apporté de l'argent à la Résistance à un moment crucial. Sans cet oxygène, où auriez-vous trouvé la nourriture pour vos hommes ?

— Je vois, marmonna Declotz, que les loups sortent du bois.

Alors que le journaliste s'apprêtait à s'éloigner vers Philippon qu'il venait d'entr'apercevoir, le maire le saisit à la manche et l'entraîna vers son cabinet de travail qui jouxtait la grande salle de réception, puis il ferma la porte soigneusement.

— Roland Maluzier sait-il que vous étiez dans le coup ?

— Je ne vois pas l'intérêt de lui raconter cette histoire. Pour l'heure, la seule chose qui le préoccupe, c'est de survivre à l'épuration.

— Les fureurs retombent, ajouta Declotz. A l'automne, Pétain et Laval seront jugés et condamnés à mort. Ce sera le clou de la vengeance. Ensuite, on appellera les Français à la réconciliation.

— Il n'empêche que Maluzier trouve le temps long dans sa tanière.

— Nous pourrions le cacher au château de la Coutance. Le cadre conviendrait mieux à ses goûts personnels. Au fait, glissa le maire, ce cher homme a-t-il fini par savoir qui avait volé les fameux lingots de la Banque de France ? Si je ne me trompe, cette petite fortune a pris la poudre d'escampette le jour même où votre Saint-Assier a fait son coup de main…

— Où voulez-vous en venir ? demanda Gibaud. Du chantage ?..

— Je ne voudrais pas que ce Saint-Assier piétine mes plates-bandes. Sinon…

— J'ai un conseil à vous donner, fit le journaliste, c'est d'éviter un conflit ouvert avec Jacques. Cet homme, mieux vaut l'avoir dans sa manche que contre soi.

Le maire hocha la tête.

— Je n'ai pas l'intention de remuer cette merde. Je ne suis pas comme votre Delanfroy, moi, un fouille-merde, un commissaire du peuple.

— D'autant, menaça Gibaud, que la population de Brivins ne comprendrait guère, après toutes vos belles déclarations tonitruantes de septembre 44, que vous ayez protégé un salopard, un traître à la patrie, tel que Maluzier.

Après ces propos aigres-doux, les deux hommes sortirent du bureau, bras dessus bras dessous, et s'en revinrent la mine enjouée vers la table d'honneur où Juglard, parlant haut et fort, portait des toasts à tous les avenirs possibles et imaginables. En voyant le maire et Gibaud dans de telles dispositions, Saint-Assier flaira que le moment était venu d'avancer ses pions, d'autant que la cérémonie commençait à le barber sérieusement et qu'il lui tardait de prendre congé.

— Alors monsieur le maire, s'écria-t-il en se glissant dans le cercle des intimes, je vous félicite pour la réussite de cette journée mémorable en tous points.

Declotz chercha par où il pourrait fuir cette conversation, mais Gibaud les prit tous les deux par le bras afin de les amener côte à côte dans l'angle du salon désert.

— Les communistes, affirma Saint-Assier, vont lancer, à partir de demain, une solide campagne sur les difficultés du ravitaillement à Brivins.

— Comment savez-vous ça ? s'étonna Declotz.

— Les ouvriers sont disposés à retrousser les manches, continua-t-il, mais ils voudront rapidement des compensations. Ce sera bien beau d'augmenter les salaires s'il n'y a rien à acheter…

— J'en conviens, reconnut le maire. La situation est préoccupante. Plus de lait, plus de viande en quantité suffisante. Le pain et les pommes de terre ne suffiront pas.

— Sans oublier le pinard, dit Saint-Assier. Avez-vous lu l'article dans *A l'Assaut* ? Un travailleur de force a droit à sa chopine de vin par jour. Les types sont prêts à remplir les cellules du Parti pour revendiquer leur chopine. Les communistes ont compris qu'on ne fait pas seulement de la politique avec des discours.

— On ne pourra pas tout réaliser en quelques semaines, ajouta le maire.

— Maintenant que la paix est signée, avança Saint-Assier, qu'on ne vienne plus nous bassiner avec le prétexte de l'effort de guerre. Si les restrictions, les réquisitions continuent encore longtemps, les gens vont vite s'impatienter. Et je n'ai pas envie de voir les rouges mettre la main sur nos institutions. J'ai une offre à vous faire pour remédier à cette gabegie. Il faudrait évidemment me confier dans le conseil municipal la délégation au ravitaillement. Je puis vous garantir que les enfants ne crèveront plus de faim dans les cantines, que la population aura sa ration de lait et de pinard. Et s'il manque des véhicules pour acheminer la marchandise, je me charge d'en trouver sans avoir recours à la réquisition.

— Pourquoi voudriez-vous m'aider ? questionna Declotz à brûle-pourpoint. Ce n'est pas votre intérêt. Vous avez été imposé dans mon équipe municipale par Delanfroy. Le saviez-vous ? Je suis donc enclin à penser que vous n'êtes pas là pour jouer les saint-bernard, mais plutôt les…

Declotz hésita une fraction de seconde.

— Les Judas ! ricana l'industriel. C'est ce que vous vouliez dire ?

Par cette manière volontairement abrupte, le maire espérait désarçonner son interlocuteur. La peur de trébucher, maintenant qu'il atteignait la dernière marche de son pouvoir, le rendait d'une méfiance maladive et lui interdisait de croire que, dans la situation actuelle, Delanfroy avait tout intérêt à le conserver intact.

— Allons ! Pourquoi faites-vous tout ça pour moi ? insista le maire.

— Figurez-vous que j'ai une réputation à sauver. Jusqu'alors, dans cette bonne ville, on considère que je ne suis qu'un combinard, un trafiquant de marché noir, avoua Saint-Assier dans un fort accent de sincérité qui troubla Declotz. Je désire donc me racheter, me tailler une petite popularité, si vous voyez ce que je veux dire…

Gibaud n'en revenait pas de tant d'audace dans l'hypocrisie. Il se disait en l'écoutant bouche bée : ça ne marchera jamais. Declotz est un manieur d'idées. Cette conversation va l'ennuyer dans la minute. Mais cela faisait cinq minutes, puis dix déjà, que le maire l'écoutait attentivement, sans perdre une miette. C'est donc là, songeait Declotz, l'auteur du fameux coup de main de 44 sur la Banque Maluzier. Les maquis de la Coutance n'avaient plus de nourriture, à un point que la situation était désespérée. Alors, cet homme-là — comme aujourd'hui — s'était présenté au petit matin et avait sorti une solution de son chapeau. Le lendemain, l'affaire était réglée.

— Vous ne serez pas grand perdant dans l'opération, fit le maire. J'y consens donc. Vous aurez le dossier du ravitaillement.

En sortant de l'hôtel de ville, l'industriel aspira un grand bol d'air frais. La journée sentait bon le printemps. Il y avait foule sur les trottoirs. Les femmes étaient plus belles que jamais, ouvertes au plaisir maintenant que les bals étaient de nouveau autorisés et que l'on pouvait rire à gorge déployée sans risquer de se faire mal juger, comme c'eût été le cas hier encore.

Jacques Saint-Assier avait toutes les raisons du monde d'être heureux. Il venait d'obtenir ce qu'il convoitait depuis des mois, depuis le premier jour de la Libération. Je serai l'homme de la reconstruction ou rien, s'était-il juré. Enfin, il touchait au but. Les affaires et la politique, l'argent et le pouvoir, c'était tout ce qui allait faire ses délices. Et quelle satisfaction de constater que, malgré les prévisions les plus pessimistes, Declotz n'avait pas résisté plus de cinq minutes ! Cependant, l'industriel n'était pas stupide au point de croire qu'il ne devait cette victoire qu'à son seul pouvoir de bonimenteur. L'ampleur de la gabegie et l'urgence d'un remède ont largement œuvré en ma faveur, se dit-il. Il m'a suffi, à point nommé, jouer l'homme providentiel.

Il s'arrêta devant un café, qui avait déballé chaises et tables en osier sur le trottoir, pour humer l'odeur du Pernod et de la limonade. Cette odeur-là rappelait l'avant-guerre, les belles soirées de La Boule d'Or avec des concerts de musique légère. Saint-Assier jeta un regard circulaire. Dans des robes à fleurs à larges décolletés, de jolies jeunes filles étalaient au soleil la blancheur de leur peau. Elles goûtillaient des orangeades en échangeant quelques propos futiles qui s'évanouissaient timidement derrière de petites mains potelées. L'industriel pensa à Line Goursat et en ressentit un tressaillement de tout son être. Dans quelques heures, il allait enfin la retrouver au château de la Coutance et brûlait d'impatience devant la lenteur du temps.

*
* *

Le rendez-vous chez le professeur Akelberg eut lieu le lendemain de leur arrivée à Paris. Marion Gillard se proposa de les conduire dans son petit coupé Mercedes. Un beau vieillard à la barbiche taillée à l'espagnole les accueillit avec amabilité. Aude, l'épouse de Gillard, avait expliqué, le matin même, que ce distingué aliéniste était l'auteur de nombre de communications à l'Académie de médecine sur des observations concernant l'aphasie, la schizophrénie et autres maladies graves du comportement. Avant-guerre, il avait contribué à répandre les écrits fort contestés de Sigmund Freud, d'Otto Rank et de Ferenczi, tout en organisant des colloques sur la psychanalyse freudienne.

Il reçut d'abord Ferdinand dans son cabinet garni de tapis byzantins jusque sur les murs.

— C'est mon souk à rêves, fit-il en le priant de s'asseoir au milieu d'une orgie de gros coussins lamés d'or et d'argent. Le cadre, ici, est propice au dépaysement. C'est tout à fait ce qu'il convient pour briser les censures du langage.

Ferdinand Strenquel raconta sommairement les événements qui marquèrent leur existence au cours des dix dernières années, s'attardant un peu sur la mort d'Adrien. Le professeur axa ses questions sur ce dernier. Et comme Ferdinand se bornait à répéter ce qu'il venait de dire quelques minutes auparavant, Akelberg chercha les failles par lesquelles il ferait déraper le discours préétabli qu'on lui servait pour, enfin, entrer dans le vif du sujet qu'il désirait cerner. Strenquel s'enferma dans un grand mutisme. Le professeur demeura un long moment à l'observer sans dire un seul mot, comme s'il désirait préserver plus que tout le long travail opéré par ce silence.

— Ce n'est pas moi qui suis malade, fit soudain Ferdinand.

— Mais qui vous a dit que nous parlions de maladie ? Nous évoquions la douloureuse image de votre fils. Cette image est traumatique. Chez vous, elle a perdu son caractère obsessionnel et, semble-t-il, s'est retirée dans son passé, là où elle doit se situer de toute évidence.

Ferdinand se décida enfin à décrire le sentiment de culpabilité qui l'avait agité après le départ d'Adrien pour Londres. Akelberg sentit que cette révélation lui coûtait beaucoup et que là se situait la partie invisible de l'iceberg. Strenquel cherchait ses mots, s'empêtrait dans des phrases inutiles, comme pour différer l'instant de la révélation.

— J'aurais pu, de fait, éviter cet engagement dans les Forces françaises libres. Et on me le reprocha. Et on me le reproche encore. Mais voilà, j'ai manqué d'esprit de décision. Je n'ai jamais rien su refuser à Adrien.

— Vous dites « on ». Mais qui est « on » ?

— Ma femme, dit Ferdinand.

— Votre femme pense donc que vous êtes le principal, sinon le seul, responsable de la mort de cet enfant ?

— C'est cela même. Aujourd'hui, forcément, compte tenu de l'évolution de son état de santé, elle ne me reproche plus rien. Mais, j'en retrouve le cri dans les profondeurs insondables de son regard. Son silence n'en est que plus accusateur.

— Cette accusation, dont vous parlez, revenait-elle dans chacune de vos conversations ?

— Elle était au centre. Je n'avais pas été assez fort pour écarter les doigts funestes du destin.

— Quand vous a-t-elle attribué ce pouvoir déifique ?

— J'ai sauvé Adrien une première fois en allant le récupérer à Amiens juste après son évasion.

— L'éternel retour, dit Akelberg.

— J'avais alors le pouvoir de réaliser les choses les plus extraordinaires.

— La deuxième fois, vous n'avez rien pu faire ?

— Non.

— Alors vous êtes devenu un dieu déchu, redevenu en somme un misérable mortel, subissant comme tout un chacun les affres du destin. Pensez-vous, reprit Akelberg, que si votre fils n'était pas parti à Londres, il serait encore vivant ?

Ferdinand hocha la tête. Le professeur se leva pour décrocher le téléphone qui venait de sonner, mais sans répondre. Il voulait uniquement interrompre la dissipatrice sonnerie.

— Qu'est-ce qui vous fait dire ça ? Il aurait tout aussi bien pu être tué dans un maquis de Corrèze. Il y a tellement de scénarios possibles. Et tous les scénarios comportent au départ le même risque. Le fait de naître, sourit-il, vous prédispose déjà à la mort. Il y a tout le scénario de la mort dans la naissance. C'est une idée à laquelle on ne veut jamais souscrire en

Occident. Les orientaux, de ce point de vue, ont tellement à nous apprendre.

— Adrien, soupira Ferdinand, aurait adhéré sans restriction à cette philosophie. Au fond, je crois qu'il était fataliste. Agnostique, certes, tout comme moi. Mais fataliste.

— Marie, ajouta Akelberg, aurait sans doute désiré qu'Adrien demeure dans ses jupes. On meurt, savez-vous, aussi à cet endroit-là, étouffé.

— J'en suis convaincu.

— La guerre, voyez-vous, poursuivit le professeur en raccrochant son téléphone, a exacerbé les sentiments tels que ceux inhérents à la fatalité des destins, tout autant du reste que ceux se rapportant à l'esprit de sacrifice. La guerre a pour conséquence de rendre le prix de la vie dérisoire, c'est pourquoi l'idée même du sacrifice devient une question banale. Le destin de votre Adrien est singulièrement ordinaire. J'ai perdu la moitié de ma famille dans les camps de concentration. Mais, voyez-vous, la paix ne laisse pas non plus les âmes tranquilles.

Ferdinand raconta alors sa visite à Lesparre, sa longue conversation avec le curé Delcoste, mais passa sous silence la tentative de suicide. Il n'y avait que Fayolle qui était dans la confidence, Fayolle qui eut froid dans le dos à l'idée qu'il pût mettre son funeste projet à exécution.

— Vous avez échappé à la névrose traumatique dont semble souffrir votre épouse parce que vous avez cherché la vérité, dit Akelberg. Il y a deux façons de s'accommoder d'un traumatisme affectif, la vôtre, et celle de votre femme par le refus de s'engager dans le présent et le futur.

— Elle a décidé, ajouta Ferdinand, que la mort de son fils remontait à 1939. C'est cela. Adrien est mort à la déclaration de guerre. L'évadé, le résistant, ce sont des figures qu'elle ne reconnaît plus.

— Alors, la vie, pour elle aussi, s'est arrêtée en 1939.

Marion Gillard ramena Marie plusieurs jours de suite. Au dernier rendez-vous, le professeur Akelberg fit appeler Strenquel pour lui faire part de ses conclusions. Le malheureux n'apprit rien qu'il ne savait déjà. Les conversations partagées avec elle se rapportaient toutes au temps passé. Elle excellait dans la peinture de ces moments heureux, ramenant en surface des détails troublants qui le laissaient dans le plus vif des accablements, tandis qu'elle prenait plaisir à les évoquer comme s'ils appartenaient au présent. Quand elle parlait à Gillard, c'était pour lui demander des nouvelles d'une Marion qui n'avait que dix ans. La véritable, celle qui la conduisait chaque matin à ses consultations, n'était plus, pour elle, qu'une jeune fille étrangère.

Ferdinand réalisa que l'éminent professeur ne pouvait rien pour sa femme, sinon lui prédire un lent glissement vers l'abîme dont il serait le témoin privilégié et impuissant. Le traumatisme causé par la disparition de ce fils magnifié avait entraîné une irrémédiable cassure qui irait en s'élargissant au fil du temps. Marie resterait définitivement accrochée aux années d'avant-guerre tandis que la réalité s'éloignerait d'elle comme un continent à la dérive.

Cette nuit-là, il rêva qu'elle était debout sur une banquise décrochée du continent dans un sinistre craquement de tremblement de terre. Il l'appela pour qu'elle se risquât quand même à enjamber ce vide qui les séparait progressivement…

— Non ! protesta-t-elle. C'est à toi de me rejoindre…

Il la regarda s'éloigner, debout sur le morne de glace, stoïque. Bientôt, il n'aperçut d'elle qu'un petit point noir sur le blanc de la banquise. Puis, plus rien. Il se réveilla sur cette douloureuse impression, descendit au jardin d'hiver en quête d'une boisson. Les rumeurs d'une conversation le firent hésiter. Il avança derrière l'écran végétal d'un caoutchouc et distingua les deux enfants de Régis. Lorsqu'il pénétra dans le petit cercle de lumière diffusée par le lampadaire du salon autour duquel tournoyaient des phalènes dorés, la conversation s'interrompit. Ferdinand indiqua qu'il ne faisait que passer et qu'on ne devait point se déranger pour lui. Au contraire, Denis l'invita à s'asseoir dans un fauteuil en rotin, puis alla lui tirer un grand verre d'eau au robinet du fond de la serre. Strenquel profita de l'occasion pour annoncer son départ en

Corrèze le lendemain. Par son père, Denis savait que leur ami ne reprendrait pas ses activités au sein de la société, malgré toutes les sollicitations dont il avait été l'objet.

— Qu'est-ce qui vous attire dans ce trou perdu du Limousin ? demanda Marion.

— Je veux rester près de Line. Elle y a fait sa vie avec un gentil garçon un peu sous la domination familiale. Mais je viendrai bien à bout de ces désagréments. Je compte l'aider à y installer une entreprise. Dans quelques années… Il me faudra bien un an ou deux pour y voir clair. J'ai tout le temps devant moi, s'amusa-t-il. Votre père me fait fructifier un gros portefeuille d'actions. Pour un défenseur des grands rêves de 36, vous allez dire que je suis en train de mal tourner. Qui sait ? Ainsi, je monterais à Paris une fois par trimestre. Ce sera bien suffisant.

Marion expliqua ensuite qu'elle allait retourner vivre aux Etats-Unis où elle escomptait créer, avec l'appui de sa mère, la romancière Aude Balwin, une maison de couture. Denis révéla qu'il venait de s'inscrire en première année de Sciences-Po. La découverte d'un Paris en liesse aiguisait son appétit de l'avenir. Son père lui avait déjà conseillé d'adhérer au mouvement gaulliste.

— Qu'en pensez-vous Ferdinand ? Croyez-vous que c'est là une bonne idée ?

— Mes chers enfants, fit-il en bâillant, je vais me recoucher.

*
* *

Malgré trois visites à Brivins, réservées comme toujours à maître Madel-Bourgon, petits paniers garnis à l'appui, Emma se refusa toujours à franchir le seuil de ce que Ferdinand nommait « le nid amoureux ». Elle savait n'y trouver que Line. Aussi n'imaginait-elle pas la conversation entre elles deux sans quelque crainte. La dernière fois, le tête à tête avait tourné à son désavantage, et il n'y avait, cette fois encore, aucune raison pour que la mode en fût changée. Léon, par contre, brûlait du désir de revoir ses enfants. Ces deux longs mois de séparation lui pesaient déjà comme une malédiction d'autant plus douloureuse qu'il ne s'était jamais mêlé à l'algarade. Chaque fois que son regard se portait sur le petit Patrice, les larmes lui venaient au bord des yeux. Emma fulminait contre cette sensiblerie parce qu'elle y voyait la faille par laquelle, sans tarder, Line s'engouffrerait.

— Ce n'est pas normal, jura-t-il, une telle situation. Une mère doit être avec son enfant.

— Est-ce bien une mère que nous avons là ? interrogea Emma.

Léon se dressa en crispant les poings. C'était d'ordinaire par ce signe qu'il lui montrait sa force rentrée et l'effort consenti pour éviter un drame.

— Parfois, jura-t-il en tournant les sabots, je me demande si tu as encore un cœur qui bat dans ta poitrine.

Souvent, le soir, à l'heure de s'endormir, Patrice réclamait sa mère. Emma faisait assaut de minauderies et de gâteries pour atténuer ces demandes qui relançaient contre elle les piques acerbes de Léon. Ensuite, les propos dérivaient vers la mésentente qui avait conduit Clément et Line à quitter Lavialatte. Chacun se rejetait la responsabilité sur le dos.

Un matin, au foirail d'Augeat, où Léon s'était rendu avec sa carriole à cheval pour acheter des rouleaux de corde à lieuse en prévision des moissons, il aperçut son fils en habit de maquignon qui négociait âprement l'achat de quelques vieilles vaches. Près de lui, Macheron, le sinistre Macheron, relançait les offres lorsque les arguments de ce pauvre Clément mollissaient. Léon, devant ce spectacle, ressentit un pincement au cœur. Que fait-il donc avec cette crapule ? se demanda-t-il, car le vieux Macheron avait, à Augeat et à mille lieues à la ronde, une réputation de voleur. Et l'époque de l'Occupation n'avait rien arrangé à sa réputation. En ces années-là, il avait aussi servi de rabatteur à Edouard Pauliat quand il courait les foires pour remplir les wagons à bestiaux destinés à la réquisition. Ce fouineur connaissait sur le bout des doigts tous les élevages du canton et, sous le prétexte de faire réaliser de mirobolantes affaires, il s'introduisait dans les étables avec un culot monstre, repérait parmi les paysans les fieffés couillons qui allaient servir ses intérêts. Qui a pu indiquer cette fameuse adresse à mon fils ? Il ne l'a pas trouvée tout seul, se demanda Léon avec anxiété. Certes, il était le premier à reconnaître les défauts de Clément, sa paresse, son indolence, mais sûrement pas la malhonnêteté. Il y avait bien eu ce marché noir, ces petits trafics de tabac, mais rien de bien méchant, des affaires menées sur une petite échelle, comme tout le monde. Là, désormais, avec ce saligaud de Macheron, il s'agissait d'un exercice de vaste envergure dans l'art du faisandage.

Quand les deux hommes se trouvèrent face à face, ils ne purent retenir une larme. Léon fut le plus gêné. Chez ce diable d'homme, il y avait du déshonneur à montrer une émotion, plus encore une irrémédiable preuve de faiblesse. Laissant Macheron à ses tractations laborieuses, ils se rendirent au café du foirail envahi de paysans qui fêtaient la vente de leur bétail.

— Tu sais, dit Léon Goursat d'une petite voix hésitante, ta mère se fait du souci depuis que vous êtes partis.

Clément sourit. Le vous du « depuis que vous êtes partis » souleva en lui une bouffée de scepticisme.

— Tu veux dire, précisa-t-il, qu'elle se fait du souci pour moi, seulement pour moi, mais sûrement pas pour Line.

— Ta mère, soupira Léon, je la connais mieux que toi. Elle affirme des choses qu'elle regrette aussitôt.

— Alors, puisqu'il en est ainsi, rien n'empêche qu'elle aille voir Line à Brivins. La micheline, après tout, ce n'est pas fait pour les chiens. Je peux t'assurer que nous l'accueillerons à bras ouverts et que, s'il le faut, nous tirerons un trait sur cette malheureuse affaire.

— Mon avis, dit Léon, est que ta mère a eu tort de ne pas assister aux obsèques de ce pauvre Adrien.

— Oui, sursauta Clément, c'est bien joli de le reconnaître maintenant, mais pourquoi l'as-tu donc suivie dans cette folie ? Il fallait lui désobéir. Papa, mais quand auras-tu donc la force de lui résister ? Toute mon enfance, je n'ai vu que ça : toi ployant l'échine devant le moindre de ses caprices.

Léon Goursat baissait la tête, sans réaction. Il savait que son fils ne se trompait pas. A cause de cette passivité légendaire, il était devenu la risée de toute la contrée. Et il y avait seulement trois jours, Delteil ne lui avait pas tenu un autre langage quand Emma était descendue au bord du puits qu'ils étaient en train de creuser pour leur donner l'ordre d'arrêter cette fantaisie. « On n'a jamais vu une idiotie pareille à cent kilomètres à la ronde, creuser un puits pour assécher un terrain. Tout le village rigole de nous à gorge déployée !.. » Léon, cette fois encore, avait plié bagage.

— En face d'elle, poursuivit Clément, tu ne montres aucun caractère. C'est ce qui fait notre malheur. L'enterrement n'a été qu'un malheureux prétexte.

Devant ce flot de remontrances, Goursat demeurait de marbre ; à croire qu'il était prédestiné au martyr. Il y avait de quoi surprendre pour quelqu'un qui, hier encore, ne souffrait la moindre réflexion de son fils sans embrayer sur la panoplie des reproches ordinaires. A la vérité, Léon n'avait pas envie de prêter le flanc à une nouvelle querelle.

— Es-tu au moins satisfait de ton nouveau travail ? interrogea-t-il, histoire de faire dévier la conversation.

Clément ne répondit rien. A son embarras, Léon sentit que la place acquise par relation n'était pas aussi mirobolante qu'elle en avait l'air.

— Tu travailles avec ce Macheron ? lança-t-il d'un ton affecté par le dégoût que cet homme lui inspirait profondément.

— Pourquoi, tu le connais ?

— C'est un drôle de client !

— Pour moi, ce n'est rien d'autre qu'un courtier chargé de me prospecter le marché.

— Oui, je comprends bien, mais un drôle de client quand même. Tu aurais pu trouver mieux ?

— Je ne l'ai pas choisi. C'est un homme dévoué à Saint-Assier.

— Ce Saint-Assier a de bien mauvaises fréquentations.

— Dans les affaires… attaqua Clément sans conviction.

— Moi, coupa Léon, je n'ai peut-être jamais réalisé de bonnes affaires, comme dirait ta mère, mais j'ai la conscience pour moi.

Clément hocha la tête. Comment aurait-il pu expliquer à son père qu'il se sentait redevable à l'égard de l'industriel de Brivins pour l'avoir sorti des griffes de la justice ? Léon, du reste, ne savait toujours pas qu'il avait été arrêté pour trafic illicite de tabac.

— Je suis un employé. Rien de plus, avoua Clément. Un employé qui n'a pas réussi à obtenir une commission honorable sur le volume des achats. La seconde roue de la brouette.

Le jeune homme prenait plaisir à détruire ce malentendu qui avait prévalu jusqu'alors selon lequel il jouissait chez Saint-Assier d'une position de confiance. A son grand étonnement, ces éclaircissements parurent rassurer Léon Goursat, à croire qu'il n'y avait eu, au fond, que de la comédie dans cette façon de le croire parvenu au faîte d'une enviable situation.

Le paysan expliqua alors à son fils qui était ce Macheron, et comment il lui avait escroqué un magnifique veau au début de l'année 44. Clément feignit de s'en étonner pour préserver encore auprès de son père quelques rinçures d'honnêteté. Depuis toujours, le jeune homme savait qu'il n'y avait dans l'univers particulier de son père que deux sortes de gens : les purs et les crapules. Le fait de s'enrichir un tant soit peu, le fait même d'exprimer ce désir-là suffisait à rendre un homme malhonnête. Aussi, intérieurement, Léon pensait-il, sous les sarcasmes et les quolibets de ses voisins, que sa pauvreté était à tous égards un gage absolu de pureté par lequel tout individu conserve un sens à sa vie. C'est pourquoi il ressentit comme une déchirure le fait de devoir signer une absoute à Pauliat, ce Pauliat préfigurant à ses yeux l'homme malhonnête dont il devait s'éloigner et se garantir par principe.

Redressant soudain la tête et offrant un visage grave, Léon Goursat se persuada qu'il devait sauver son fils des méfaits engendrés par ces gens riches de la ville, la ville corruptrice pour laquelle il nourrissait depuis 1921 une profonde aversion.

— Tu dois revenir à Lavialatte, affirma le paysan d'un ton

abrupt et sans réplique. Ta place est près de nous. Le travail de la terre est ce qu'il y a de plus vrai et de plus sain pour un homme. Depuis que le monde est monde, l'homme tire sa survie de la terre. Depuis qu'il a déserté cette entreprise pour amasser de l'or, le malheur est sur lui et ne cessera que par son renoncement à tirer autre chose de la vie que la semence promise au cycle des saisons. A Brivins, ce Saint-Assier fera de toi une crapule, une crapule à son image. L'homme de pouvoir et de mercantilisme ne rêve qu'à façonner son prochain à son image. Crois-en mon expérience.

— Qu'est-ce donc qui te fait dire ça ?

— Tu verras, fit Léon en lissant sa moustache, un jour on en reviendra de tout ça. Lorsque toute la société sera gangrenée par l'appétit de l'or, il en faudra des gens comme nous. Il en faudra, je te le dis, il en faudra…

Le soir même, en rentrant chez lui, Clément évoqua cette rencontre par le détail. Au passage, il se garda bien de donner le moindre avis, comme s'il craignait par avance les réactions de sa femme. Quand il eut terminé son récit, un long silence s'instaura. Par la fenêtre ouverte, on entendait les rumeurs qui montaient de la rue, les cris aigus des enfants se poursuivant dans les petites ruelles du quartier.

— Il faudrait un événement extraordinaire pour me décider à revenir à Lavialatte.

Clément ne parvenait pas à saisir s'il y avait au juste de la sincérité dans cette phrase ou de la provocation.

— Même si ma mère reconnaît ses erreurs et se fend en plates excuses ?

— Elle ne les reconnaîtra jamais.

Longtemps ils s'observèrent dans la pénombre. Personne ne songea à presser la poire du lampadaire pour donner un peu de lumière dans le salon. Ils entendaient battre leurs cœurs dans la nuit. Et cette chamade à l'unisson semblait un appel désespéré de leur amour finissant.

— Tu es heureuse de vivre à Brivins ? marmonna-t-il.

— Là ou ailleurs, fit-elle.

— Moi, la campagne me manque. Les grands tilleuls de

Lavialatte, les bords ombragés de la Sévère. L'odeur des foins. Les caresses froides de la rosée sur les pieds nus.

— Tu n'as jamais voulu travailler la terre.

— Je déteste ce Saint-Assier et sa clique de maquignons, et son argent-roi avec lequel il croit pouvoir tout acheter.

Comme Line n'ajoutait rien, il s'approcha d'elle :

— Tu ne penses pas comme moi ?

— Je ne sais pas. Chaque fois que nous avons eu besoin de nous sortir du pétrin, Saint-Assier a volé à notre secours.

— Et tu trouves ça naturel ? Nous aurions pu tout aussi bien parvenir aux mêmes résultats sans lui, son argent et ses airs de supériorité.

Il avança une main dans sa lourde chevelure défaite tombant sur ses épaules nues. Elle se déplaça vivement.

— Je n'ai pas envie, fit-elle d'une petite voix agacée pour prévenir ce désir qu'elle sentait poindre avec dégoût.

— Ça fait au moins quinze jours que nous n'avons pas fait l'amour, pleurnicha Clément en agrippant le pan de la robe qu'il rabattit sur ses cuisses.

Il pouvait s'épuiser à la caresser, elle le laissait faire ; du moins en apparence, car il n'obtenait d'elle aucune réaction. Quand il se fut assuré, une fois encore, que la énième tentative conduirait au même résultat, il se recula vexé. Ce désir de la posséder en brèves étreintes croissait au fur et à mesure qu'elle en repoussait les rares occasions. Parfois, Line se sentait coupable de se refuser à lui. Alors, Clément croyait avoir enfin gagné une place dans l'immensité insaisissable de ce cœur indifférent. D'ordinaire, elle l'accompagnait un peu par de petits cris qu'il prenait pour argent comptant, mais éloigné d'elle, il ne pouvait saisir dans ses yeux la moindre trace de ce plaisir qui rend les femmes tout aussi belles qu'énigmatiques. Une fois, il se hasarda à lui demander si elle avait joui. A sa réaction, il comprit que rien n'était advenu. « Tu as été si vite », soupira-t-elle. Dès lors, par crainte, il jugea préférable de ne plus s'enquérir de ces mystères par lesquels un homme finit par perdre la confiance en soi.

— Je vais finir par croire qu'il y a quelqu'un d'autre.

— Ne recommence pas ! jura-t-elle.

— Avoue donc que Saint-Assier est ton amant ! Avoue-le donc !

Line éclata de rire, un rire nerveux qui montait du fond de la gorge, un rire aux accents rauques, qui lui déchira le cœur.

— Saint-Assier ! Pourquoi Saint-Assier ? Et pourquoi pas n'importe quel idiot dans la rue ?

— Parce que Saint-Assier te tourne autour depuis des mois. C'est un homme de ton monde. Un homme riche. Tu as toujours été fascinée par l'argent. Ce n'est pas de ta faute. On t'a élevée dans ces idées-là.

— On croirait entendre parler ta mère, répliqua Line.

— Je ne suis pas aveugle. Ce Saint-Assier n'a qu'une ambition : détruire le peu d'amour qui nous lie encore.

— Puisque tu penses qu'il en est ainsi, va donc le voir ? Mais tu n'en auras pas le courage. Au fond, tu es comme ton père, un velléitaire !

Line se glissa dans le coin lecture. En semblable situation, elle avait hâte de s'en retourner vers ses héros. La vie ordinaire est tellement laide, se disait-elle, une longue agonie le doigt pointé sur un horizon où il ne se passe rien. Sans doute, ce soir-là Clément continua-t-il à fulminer de questions en réponses, mais en vain car elle ne l'écoutait plus.

*
* *

Pour fêter la victoire, Saint-Assier décida de rassembler tous ses amis au château de la Coutance loué à grands frais pour la circonstance. Ce repaire, luxueux et confortable, niché non loin de la ville dans son bel écrin de verdure, convenait parfaitement à la situation. En fin d'après-midi, la foule commença à s'y presser autour d'un large buffet mis à disposition. Il y avait là hommes d'affaires, banquiers, industriels, commerçants. Certains d'entre eux, comme Ramirez, Béranger ou Darmont, fraîchement élus dans la nouvelle équipe municipale, commentaient la situation avec force détails et rodomontades dans la voix. On les entourait en héros. Par quels prodiges étaient-ils parvenus à contenir la marée bolchevique ? En effet, toute la petite société d'affaires de la ville avait vécu ces ultimes heures électorales dans la fièvre et le désespoir. Dans les derniers instants, au comble de l'hystérie, la rumeur avait circulé que cinq mille FTP en armes étaient prêts à appuyer le verdict des urnes. Tout cela, bien sûr, n'était que pure allégation. Nul ne pouvait — ou ne voulait — soupçonner le rôle prépondérant joué par Delanfroy. On préférait attribuer ce franc succès à Declotz, le nouveau maître de la situation, dont on se plaisait à vanter les mérites après l'avoir, dans les mois précédents, tant décrié. Un fin manœuvrier, disait-on. Ces commentaires à chaud ravissaient Gibaud et Rose Cipriani, car le nouveau maire était tout ce qu'on voulait sauf un machiavel.

L'industriel choisit d'arriver au château après les agapes, à cet instant crépusculaire où, l'ivresse aidant, les invités commençaient à se répandre sur les pelouses. Du haut de la longue allée où son chauffeur venait de le délivrer de sa Commodore, il huma l'air avec ce contentement béat des gens pour qui le seul pouvoir de l'argent apporte à leur existence toute raison de vivre.

Philippon l'aperçut le premier et courut aussitôt le rejoindre, suivi par les deux garçonnes. Saint-Assier observa les filles d'un air soupçonneux. Il n'aimait pas ce genre ambigu, ce style gomorrhéen. Comprenant cela, Philippon les renvoya vers les grands cèdres sous lesquels on avait tiré des tables de jardin pour servir les rafraîchissements.

— Comment peux-tu te fourrer avec des morues pareilles ? fit Saint-Assier en les regardant s'éloigner bras dessus bras dessous, tortillant du popotin.

— L'ennui, avoua-t-il d'un air embarrassé. L'ennui.

L'ingénieur prit son ami par le bras et l'attira à l'écart, vers les pelouses où s'ébattaient des paons.

— On ne parle que du coup d'éclat de Declotz qui aurait évité, en achetant l'appui de Lauwel, un maire communiste à Brivins.

Saint-Assier sourit en hochant la tête.

— Chacun sait bien que tout cela est l'œuvre de Delanfroy.

— Tu n'empêcheras pas la populace de se faire un roman. L'essentiel n'est-il pas que la SFIO ait le mauvais rôle ?

— Declotz, reprit l'industriel, n'a strictement rien fait pour mériter ces louanges. Il a commis une seule erreur, ricana Saint-Assier, une erreur qui lui sera fatale…

— Quoi donc ?

— Cette après-midi même, j'ai obtenu le dossier, ô combien précieux, du ravitaillement.

Philippon poussa un cri de jubilation en se frappant les cuisses.

— C'est dire, poursuivit Saint-Assier, qu'avec ce dossier-là, on le descend comme on veut. Il n'a pas fini de signer des papiers compromettants. Je te le jure !

Philippon et Gibaud firent copieusement acclamer l'arrivée de Jacques Saint-Assier dans le grand salon de la Coutance par des salves d'applaudissements. L'industriel se lança dans un discours ridicule que personne n'écoutait, fort heureusement pour lui. C'était un défaut du nouveau responsable au ravitaillement que de perdre tout moyen en public. Les plus attentifs crurent comprendre que, dans ces lendemains de l'histoire, on raserait gratis, on veillerait enfin au sort de la veuve et de l'orphelin.

Après qu'on eut repoussé fauteuils et tables rondes, un orchestre de musette lança le bal. Javas, marches et tangos endiablés emportèrent les invités dans la lumière tamisée. Jacques Saint-Assier choisit d'ouvrir les festivités en invitant sur la piste de danse l'exubérante Floria, la maîtresse de Pierre Declotz, celle qu'on surnommait « l'éminence rose » du maire parce qu'on la soupçonnait d'avoir sur son amant une forte influence. Cette Floria Lambon servait tout juste de faire-valoir à un Declotz qui se moquait éperdument du moindre de ses avis. Il l'avait envoyée à la réception de Saint-Assier pour espionner les propos des invités. Le lendemain, quand elle ferait le compte rendu, elle n'omettrait sans doute pas de lui indiquer qu'on ne parla à cette soirée que de son foudroyant succès et de la médiocre prestation du marchand de cochons.

L'industriel avait tenu à se montrer avec Floria pour prouver à la petite assemblée des notables de Brivins, au cas où ils en douteraient encore, que désormais les relations avec le maire étaient au beau fixe, et qu'à l'avenir on ne pourrait faire de la politique dans cette ville sans lui. Lorsqu'il eut accompli ses devoirs mondains, Saint-Assier jugea en s'étirant d'aise que le moment était enfin venu de s'occuper de ses affaires intimes. Il alla arracher Line Goursat des mains molles de son mari pour un tango qu'elle n'osa lui refuser. Clément vit s'éloigner le couple enlacé avec un serrement de cœur.

Depuis le début de la soirée, il la suppliait de partir : « Qu'avons-nous à faire au milieu de tous ces gens où nous ne connaissons personne ? » Line haussa les épaules en répliquant qu'il était toujours utile de se faire de bonnes relations. Il insista encore, lourdement, ce qui gâchait la griserie à laquelle la jeune femme, pour une fois, désirait volontiers succomber. Ça la changeait un peu de ses longues soirées de solitude à ne consommer les émotions fortes de la vie que par héros interposés. « Mon pauvre Clément, jura-t-elle, tu manques d'ambition ! » Goursat jugea alors, le cœur plein d'amertume, qu'un gouffre d'incompréhension les séparait, et que chaque minute passée ne faisait qu'ajouter au malaise.

Saint-Assier l'invita à cinq reprises. Cette constance déchirait Clément à la fois de jalousie et d'humiliation. Il essaya de s'interposer. « Allons, répliqua l'industriel d'un ton insolent, tu l'as toute la semaine, ta jolie petite femme, tu peux bien me la laisser un peu aujourd'hui. Je ne vais pas te la manger ! »

Goursat sortit dans l'air frais de la nuit pour calmer sa rage. Il fit deux ou trois fois le tour du bassin et finit par se persuader que toute cette comédie n'était au fond pas aussi grave, et que Line, d'ordinaire, dansait avec tous les hommes qui la demandaient sans qu'il faille y voir la moindre conséquence. Sous le vaste cèdre où Fabienne et Rolande amusaient l'assistance à raconter des histoires grivoises, Clément but encore quelques coupes de champagne. Et, à force de trinquer, il finit par admettre dans son for intérieur que, décidément, il avait bien des torts avec Line, qu'à Lavialatte il n'avait pas su prendre sa défense, et qu'elle lui faisait payer indirectement sa lâcheté.

Dans le petit boudoir jouxtant le grand salon du bal, l'industriel allait vite en besogne. Il avait glissé une main conquérante sous le bustier et pétrissait un sein d'un mouvement lancinant. Un de ses genoux s'était insinué entre les cuisses de Line, et il ne lui suffisait plus que de pousser le jeu un peu plus loin pour qu'elle fût enfin à sa merci.

— Je vous désire comme un fou, murmura-t-il contre l'oreille qu'il tentait de mordiller et qui se dérobait devant ses lèvres. Et je ne trouverai la paix que lorsque vous aurez enfin compris que mon amour est sincère.

Line, qui avait forcé sur le porto au champagne en début de soirée, et que deux ou trois valses interminables avaient achevée, était prise d'une envie de rire. Elle résistait autant qu'elle pouvait, d'autant que les doigts lourds qui fouillaient son corsage la chatouillaient plus qu'autre chose. Et l'idiot, pesant contre elle de tout son poids, croyait lire dans ces yeux agités les braises activées du plaisir. Depuis tout le temps que Saint-Assier la poursuivait de son zèle amoureux, elle n'arrivait désormais plus à prendre cette affaire-là, archirabâchée, au sérieux. Elle eût tout aussi bien pu le gifler dans la seconde, mais cette perspective, à laquelle elle avait bien souvent songé, lui paraissait d'un goût stupide. N'était-il pas plus grisant de savoir jusqu'où irait cette aventure ? Elle possédait quelque part au tréfonds d'elle-même un trouble désir inavouable, un désir qui ne devait rien à la personnalité de Saint-Assier pour laquelle elle ne nourrissait aucun amour, mais un désir de voir bouger enfin quelque chose dans le vide de sa propre existence.

La jeune femme parvint à décider son soupirant à prendre l'air. En opiniâtre séducteur, Saint-Assier ne prisa guère cette situation qui l'obligeait à lâcher quelques minutes ce corps assiégé avec le sentiment désagréable de ne retrouver avant longtemps une telle occasion.

En amour, il en va comme en commerce ou en politique, se disait souvent l'industriel, il y a un instant décisif et l'art consiste à saisir cet instant. Et furtivement, pour monter qu'il n'avait pas renoncé à son projet, il glissa une main sous la robe jusqu'à toucher l'élastique de la culotte. L'idée même de frôler cette pilosité pubienne, dont il se construisait une obsédante image, le jeta dans une excitation violente. Et comme il revint à la charge, plus excité que jamais, cette fois, à s'emparer de ce triangle de soie caché, elle s'esquiva.

— Décidément, vous êtes incorrigible, jeta Line d'un ton furieux.

Ils sortirent par la petite porte des cuisines où s'affairaient les gens de Gillibert, longèrent le flanc droit du château par une petite allée faiblement éclairée. Saint-Assier, mine de rien, tout en devisant sur les splendeurs de la nuit, l'entraînait vers la lisière du parc, à deux doigts du petit bosquet où commençait la belle et vaste forêt de Coutance. Line Goursat s'arrêta, soudain. Quelques pas de plus et ils entraient dans la nuit totale. Ce mur d'inconnu la fit reculer d'un pas décidé.

— Pourquoi vous intéressez-vous à une femme comme moi ? Je ne représente rien à vos yeux. Et quand vous aurez enfin obtenu ce que vous cherchez, je ne compterai plus pour vous.

L'industriel vint la prendre contre lui comme pour étouffer sa voix. Il n'avait rien à répondre à une telle lucidité. D'ordinaire, il objectait que la justification d'un amour est la conquête du plaisir, et que, hors le plaisir, point de salut. Mais Saint-Assier avait compris depuis longtemps que Line Goursat n'était pas un gibier ordinaire, d'un genre facile à culbuter. Certes, en séducteur averti, il avait flairé en elle la présence de cet étrange désir, mais ne savait comment briser l'élastique qui la retirait de ses griffes à l'instant même où il croyait la posséder.

D'un geste brutal, il la plaqua au sol.

— Vous êtes fou, cria-t-elle, ça ne nous mènera à rien !

Le cœur chaviré et une oppressante envie de vomir dans la poitrine, Line Goursat songea que la situation, au fond, n'était pas aussi grave. Ça devait bien finir par arriver, se dit-elle en le voyant se débattre avec son pantalon. Tu fermeras les yeux. Et tout compte fait, ce sera vite fini…

Une poigne rude happa le col de la chemise, et l'industriel, le froc en bas des pieds, partit à reculons. Un uppercut au nez l'envoya valser sur la pelouse. Il se redressa péniblement, soufflant du naseau, puis porta le pan de sa chemise déchirée sur son visage pour éponger le sang qui dégoulinait.

— Les maris sont des cons ! jura-t-il. Qui est-ce qui a inventé cette catégorie d'imbéciles ?

Line avait envie de rire malgré la gifle magistrale que Clément venait de lui coller.

— Tu vas me le payer Goursat ! renifla Saint-Assier. D'abord, t'es viré. Toi et ta salope de pouffiasse, virés tous les deux. Vous irez reprendre le manchon de la charrue, ça vous fera les pieds, tas de petits minables, culs-terreux !

— Je t'emmerde, fit Clément Goursat. Je t'emmerde, toi et ton fric, et tes sales petites combines. Ton or du Reyssat, tu peux te le foutre au cul. Maintenant, je ne te dois plus rien. Les lingots, j'en ai jamais voulu. Je crevais dans mon jus de me sentir redevable, toujours redevable. Surtout à une saloperie comme toi. Je ne t'ai rien demandé, moi ? Le casse de la Banque Maluzier, je ne l'ai jamais voulu ! C'est toi qui m'as entraîné dans ce piège à rats. Tu pourris tout ce que tu touches, raclure ! Va donc baiser d'autres imbéciles. Avec Goursat, c'est terminé. Terminé !

XXI

Davoust mesura rapidement, non sans amertume, le degré d'impopularité dont il était l'objet dans l'appareil du Parti. La première assemblée des communistes dans la France victorieuse vit cette singulière alliance se nouer entre Laujour, le pur et dur, et Luski, le modéré. Davoust et Murciat payèrent indirectement l'élimination de Floher, d'autant que cette passation de pouvoir se régla sur de vives empoignades autour du fameux rapport secret. Des hommes tels que Luski ou Lutz, revenus en odeur de sainteté dans le comité de section, ne se privèrent pas de démontrer aux plus naïfs d'entre eux que la méthode consistant à manipuler un agent de la droite, un ennemi de classe, pour démolir un camarade, fût-il un infâme salaud, relevait de la pire des ignominies. Certes, ces accusations-là, à fleurets mouchetés, ne furent jamais évoquées qu'en comité restreint. Des plus modérés aux plus ultras, l'intérêt du Parti — expression magique en de semblables situations — dictait de ne laver ce linge qu'en famille.

Boscot — comme on pouvait s'y attendre — fut donc unanimement installé à la tête du PCF de Brivins tandis que Davoust et Murciat, sans autre forme de procès, passèrent à la trappe, relégués à d'ingrates besognes administratives. Après cette reprise en main en douceur, le comité décida la tenue d'une kermesse populaire au cours de laquelle on développerait un long discours sur la situation nouvelle créée à Brivins par les élections municipales. Ce rassemblement serait aussi l'occasion de présenter à l'opinion publique le nouveau journal qui allait remplacer *A l'Assaut* — titre jugé désormais trop martial —, et qui serait baptisé *Le Journal des Travailleurs.*

En fait, on assisterait à un changement de pure forme. La

nouvelle mouture allait se révéler encore plus polémique, caustique, que l'ancienne, surtout contre la SFIO devenue, après les municipales, la cible favorite. Au passage, on en profiterait pour effacer le courrier des lecteurs, qui avait fait le succès de l'ancien *A l'Assaut*, mais était devenu le tremplin d'une fronde incontrôlée dans le Parti reposant sur d'incessants appels à l'épuration ou à la dénonciation de commerçants pratiquant des prix jugés prohibitifs.

La démolition partielle des baraquements aux Farigoules avait laissé sur les hauteurs de la ville un immense no man's land. C'est à cet endroit vacant et hautement chargé de symboles que les militants s'activèrent comme des fourmis pour installer leur kermesse. Tout fut prêt de justesse pour le dimanche suivant. A l'entrée, une immense banderole donnait le la de cette initiative, la première d'importance à Brivins depuis la mobilisation générale. « L'Union des forces républicaines est un devoir sacré », pouvait-on lire. Après l'échec des négociations avec les socialistes au sein du comité de liaison, les communistes espéraient reprendre l'offensive avec, en point de mire, le programme du CNR. C'était le moment ou jamais de rappeler au front uni de la Résistance les promesses lancées dans l'euphorie de la Libération.

Dès le début du dimanche après-midi, une foule compacte se porta aux Farigoules. Les militants se frottaient les mains. Ils trouvaient dans ce succès d'affluence la confirmation du vote historique obtenu dans les urnes quelques jours auparavant. Autour des stands tenus par les cellules communistes baptisées du nom des caciques de l'heure, Jacques Duclos, André Marty, Maurice Thorez ou Benoît Frachon, des grappes de badauds jouaient comme des enfants. On lançait avec force rires des boules de pétanque contre des marionnettes figurant Laval, Hitler, Mussolini, Pétain. On pêchait des bouteilles de pinard enlisées dans un gros tas de sable. Parfois, on tirait, comble de malchance, une bouteille vide contenant, comme lot de consolation un vieux numéro des *Cahiers du communisme* des années trente rempli de paroles prophétiques. Plus loin, une pancarte signalait le sandwich de Boukharine au goût et à la saveur d'avant-guerre. Les militantes des Femmes de France vendaient à la criée, Camille Parmelin en tête, habillée en Mère Courage, des crêpes rissolées au beurre. Les amis des FTPF avaient installé, dans un des derniers baraquements qui avaient servi à enfermer les collabos dans l'attente d'un jugement, une exposition informative. Il y avait là quelques tirages de photos de sabotages du rail, des défilés de Francs-Tireurs entrant à Brivins en libérateurs, et des figures de la Résistance dont on allait désormais cultiver le souvenir : Benoît Duc en petit costume trois-pièces d'employé de la Banque Maluzier, Fargeot en uniforme FTP, Moinot en adolescent d'avant-guerre. Autour de ces documents photographiques, on avait aussi punaisé quelques-uns des glorieux « papillons » qui avaient servi à la propagande contre le régime de Vichy, dont le très prisé « Dehors les hitlériens français » diffusé au printemps 41. Au-dessous, un commentaire dactylographié expliquait que le PCF n'avait pas attendu la rupture du pacte germano-soviétique pour entrer en guerre contre les nazis et leurs valets français. En découvrant cette légende, apposée sous le fameux tract qu'il avait lui-même distribué un certain 1er mai 1941 avec Duc, Lutz et un certain gaulliste nommé Rochelle, Luski piqua une violente colère et amena Laujour, le nouveau secrétaire à la propagande, sur les lieux pour lui demander de retirer ce tissu de mensonges.

— Je ne t'en veux pas, dit l'ancien compagnon de Duc, tu n'étais pas dans la Résistance à ce moment-là. Ce tract a été diffusé à l'initiative de Duc, contre l'avis du Parti. Et quand Davoust a compris qu'il ne pourrait pas nous empêcher d'agir, alors il a exigé qu'on ajoute ce « Vive Staline » dont on se serait bien passé.

— Je sais, je sais, maugréa Laujour en le prenant par l'épaule pour le tirer au large. Nous avons fait ce commentaire dans l'intérêt du Parti. C'est tout. Camarade ! L'histoire ne t'appartient pas. Ni à toi, ni à moi du reste. Notre devoir, désormais, est d'écrire l'histoire du Parti. Ce qui importe, ce n'est pas la vérité historique. Ça ne présente aucun intérêt pour notre peuple. Ce qui compte, continua Laujour, c'est une vérité qui donnera à notre Parti le meilleur rôle dans l'histoire. Cette vérité-là que nous allons écrire aidera notre organisation à conquérir les bastilles du futur.

— Si Duc revenait, tu n'oserais pas clamer ces âneries. Il te les ferait rentrer dans la gorge, mon camarade.

— Oui, ricana Laujour. Mais Duc n'est plus là. Duc, maintenant, est un de nos héros. Sa mémoire appartient au Parti. Il restera aux yeux des générations futures comme l'homme qui a donné sa vie pour le triomphe de son idéal. Voilà tout.

Au beau milieu de l'après-midi, sous un soleil de plomb, la petite formation Jacky's Jazz interrompit sa prestation pour laisser place au discours programmé. Contre toute attente, Laujour se présenta devant le microphone. Une clameur parcourut l'assistance qui attendait fébrilement Boscot. La déception atteignit son comble au point que Luski dut venir expliquer en deux mots que le nouveau secrétaire était encore trop fatigué pour tenir à la tête du PCF des activités normales.

Le speech de Laujour tourna essentiellement autour des relations entre communistes et socialistes. Le nom de Lauwel fut copieusement sifflé au fur et à mesure qu'on exhortait la nécessité de l'union telle une incantation aux effets magiques. Chacun avait en mémoire le Front populaire et le désastre qui accompagna la crise entre les formations de gauche.

Laujour narra ensuite la soirée de gala au château de la Coutance où, selon ses dires, y fut fêtée en grandes pompes, dans la débauche et le stupre, la nouvelle union sacrée entre Lauwel et Declotz.

— Jamais on ne vit à l'entrée du château autant de voitures à essence, s'écria Laujour. La plupart des occupants de ces fameuses automobiles étaient des noceurs notoires accompagnés de leurs poulardes. Ces gens-là, on les rencontre partout où on godaille, où on bringue. On nous dira qu'il n'y a pas d'essence, pas de pneus pour le ravitaillement. Mais l'essence coule à flots pour les bombistes, pour les gigolos de Brivins.

Laujour, emporté par son lyrisme, se proposa même de publier les noms des personnes invitées à cette nuit de débauche pour démontrer qu'on n'y trouverait pas l'ombre d'un seul communiste. Les jours suivants, il dut renoncer à ce projet, quand il découvrit, la mort dans l'âme, que Lauwel et Declotz n'avaient, en fait, jamais mis les pieds à cette fameuse soirée.

*
* *

De retour à Brivins, Clément se réfugia dans la cuisine, comme un animal blessé, regardant fixement devant lui le gouffre insondable qui venait de s'ouvrir sous ses pas.

Les années de bonheur défilaient dans sa tête. Il se souvenait encore de l'odeur du foin dans lequel ils s'étaient roulés pour la première fois, des attentes fébriles derrière le petit bois, des bains de minuit dans la Sévère, des interminables tangos dans les bals clandestins. Toutes ces belles saveurs remontaient à la surface. Ce serait donc fini ? se demandait-il en se frappant la tête de ses gros poings fermés. Cette interrogation le plongeait dans la stupeur. Cela signifierait la fin ! Un vaste trou noir, la mort, l'oubli, l'anéantissement. Ainsi qu'une douleur aiguë qui s'éloigne, il se reprenait à espérer au temps réparateur, aux jours rapiéçant le chagrin, aux promesses du pardon. Puis, la cinglante image de Saint-Assier vautré sur Line, pantalon au fond des pieds, s'en revenait titiller sa douleur.

Dégrisée maintenant, Line allait et venait dans le petit salon dont elle avait ouvert la fenêtre en grand sur la rue pour faire entrer un peu d'air frais. Elle entendait, à travers la porte, les gémissements de bête qu'il poussait de temps à autre. A plusieurs reprises, elle résista au désir d'aller le rejoindre, puis jugea que c'était encore trop tôt et qu'une telle précipitation pouvait engendrer des gestes irréparables. Tandis qu'elle resongeait par le détail aux événements de la soirée, elle ne parvenait pas à prendre au tragique cette scène ultime. Ça lui était d'autant plus facile que ce Saint-Assier n'était rien pour elle. Comme ce sera facile à démontrer ! se disait-elle pour se rassurer. Sans doute eût-elle cédé à cette aventure sans lendemain sans l'intervention musclée de ce pauvre Clément et, sans doute aussi, n'en eût-il jamais rien su… A la vérité, la jeune femme s'avoua à cette seconde bien incapable du moindre remords devant les cris de douleur qui venaient de la cuisine. Elle en trouvait même les accents ridicules, elle qui avait subi sans manifestation visible la mort d'Adrien. C'était autre chose la perte d'un frère, une irréversible cassure. Décidément, lui que l'existence avait préservé de tous les drames, il ne pourrait jamais comprendre cela. Rien d'étonnant alors qu'il se formalisât pour cette mésaventure comique. J'ai bien été stupide de repousser si longtemps les avances de ce Saint-Assier. Au moins, ça lui aurait donné une bonne leçon d'humilité ! se disait-elle, le nez à la fenêtre, scrutant l'épaisseur de la nuit, le silence de la ville.

Line Goursat était ainsi faite qu'elle ne parvenait pas à se trouver des raisons valables de culpabilité. Elle avait assez eu sous les yeux l'exemple du volage Adrien, du temps heureux de leur adolescence, pour ne poser sur ces affaires-là qu'un regard amusé. Il lui paraissait même que ce qui venait d'arriver concernait une autre sorte de Line, frivole et inconsciente, dont elle se plaisait parfois à courtiser les désirs. Ce goût pour les changements de rôle lui venait de son tempérament fantasque et de cette facilité de se mouler, Hécate moderne, dans une peau étrangère pour en éprouver les émotions. Clément était loin de soupçonner les secrets désirs de cette épouse qu'il vénérait au point de se laisser aisément dominer.

A travers la porte de la cuisine, troublée par ce long silence, elle tenta de lui parler. Ses premiers appels demeurèrent vains. Elle insista en jurant, la main sur le cœur, qu'elle n'éprouvait aucun sentiment à l'égard de l'industriel, que l'animal avait simplement profité de la situation pour tenter de la séduire.

Au bout d'une heure de ce long monologue, la porte s'entrouvrit timidement. Un Clément défiguré émergea enfin.

— Tu as voulu me tromper, jura-t-il en se cramponnant à elle, c'est horrible. Moi qui t'ai tant aimée !.. Maintenant, je ne pourrai plus loger la moindre confiance en toi. Pourquoi tu as tout détruit ? Nous étions si heureux.

— L'amour s'est envolé à cause de cette mésaventure ? Ce beau et fort sentiment ne tenait donc qu'à ça ?

— Je savais que ce salaud te désirait. D'ailleurs, il ne m'a fait entrer dans son entreprise qu'avec l'espoir de te gagner. Tu n'étais, à ses yeux, qu'une belle proie.

— Cesse donc de te faire du mal. C'est fini. N'en parlons plus. Je reconnais tout mes torts dans cette misérable affaire. Voilà tout.

Elle était installée le dos à la fenêtre. Il n'osait donner de la lumière et préférait deviner son visage dans l'obscurité du salon. Jamais il ne l'avait désirée autant qu'à cette seconde, depuis tout ce temps qu'elle se refusait à lui. La prendre ainsi était comme ces animaux sauvages qui marquent leur territoire. Il avait remporté la bataille contre son rival. Maintenant, Line lui appartenait plus que jamais, plus qu'elle ne lui avait appartenu dans le passé, plus que par les simples liens illusoires d'un mariage. Il amena à lui ce corps hésitant qui palpitait sous ses doigts. Si tu résistes, se jura-t-il, je te frappe ! Mais elle se laissa conduire jusqu'à l'orgasme par un long gémissement. Il hésita à s'abandonner aussi vite, avant d'avoir fouillé dans le désarroi de ce regard une réponse à son angoisse. Elle jura qu'elle était toute à lui, aussi longtemps que la vie les unirait. Et il lui sembla qu'elle jouissait de nouveau, encore et encore, et il se dit que cet état-là des corps et des âmes devrait durer l'éternité. Puis, il renonça lui aussi, vaincu. Alors, elle se glissa à côté de lui, flanc à flanc, sur le tapis. Par dessus les toits bleuis par la nuit, ils fixaient les étoiles.

— Tu m'as trompée, jadis, fit-elle hésitante. Je ne t'en ai pourtant pas voulu.

— Moi ? sursauta-t-il. Avec qui donc ?

— Paula. Paula Mauricée. C'était pendant la guerre. Au bord de la Sévère. Nous prenions un bain de minuit.

Clément se renversa sur les coudes, pensif.

— Son amant, Claude Pestour, poursuivit Line, avait été tué aux Razets lors de l'attaque allemande. Elle était inconsolable, tellement inconsolable qu'elle passait des heures à parler toute seule à ce jeune homme mort, à remémorer tous leurs souvenirs communs et à regretter ce qu'ils n'avaient su entreprendre ensemble. A force, elle ne savait plus au juste où elle en était, cette pauvre Paula. Je me souviens qu'elle t'appelait parfois Claude. La confusion nous faisait rire. Cette fameuse nuit où nous avons pris un bain dans la Sévère, Paula avait décidé de rester sur la berge, à cet endroit même que nous aimions tant à cause de ces grands arbres, ces trembles immenses dans lesquels nous écoutions le vent jouer avec le feuillage. A cette époque-là, elle refusait de se livrer à ces plaisirs, comme de nager nue dans la rivière, par égard à la mémoire de son amant. Au bout d'une demi-heure, tu es sorti de la Sévère. Moi, je suis restée avec Elyette un long moment encore. Puis, lorsque nous sommes remontées sur le pré, vous n'étiez plus là. J'ai suivi le bord jusqu'aux grands fourrés de genêts. Et je vous ai trouvés enfin, enlacés comme deux amoureux.

— Pourquoi ne m'en as-tu jamais rien dit ?

— Je t'aimais.

— Et tu m'aimes encore ?

— Ce n'est plus comme autrefois. Tes lâchetés devant l'arrogance de ta mère ont écorné cet amour. Mais à cela, nous ne pouvons rien, ni l'un ni l'autre. Sans doute seras-tu toujours ainsi, privé d'énergie devant Emma. Il faudra que je m'en fasse une raison. Et ensuite…

— Quoi ensuite ?..

— Il y a eu Saint-Assier. Je n'ai pas supporté la façon dont il te traitait. Un homme, me disais-je, un homme véritable n'accepterait jamais toutes ces humiliations. Ou alors, il y a une raison, une raison supérieure qui supplante toutes les autres raisons.

— La question ne se pose plus, fit-il. Le salopard nous a virés, toi et moi, virés comme des malpropres. Maintenant, je ne lui dois plus rien.

— Il reviendra sur sa décision, soupira-t-elle, et tout recommencera.

— Je te jure que non.

— Pourtant, tu disposes d'une arme imparable contre lui.

— Quelle arme ?

— Ne me prends pas pour une idiote. J'ai fait mon enquête.

J'ai cherché à comprendre pourquoi tu étais autant attaché à ce sale type. Et j'ai trouvé.

Un long silence s'installa. Line fixait la nuit. Clément voyait briller ses grands yeux mouillés de larmes.

— J'ai trouvé l'existence de l'or, l'or caché au Reyssat.

Clément se dressa en proie à une vive agitation. Elle avait donc fini par l'apprendre, ce secret si bien gardé, qui lui empoisonnait la vie depuis plus d'un an. Clément se persuada dans la seconde que Saint-Assier avait révélé le trafic des lingots pour lui nuire en démontrant à Line quelle sorte d'homme il était véritablement, voleur malgré ses airs de bon apôtre.

— C'est vrai, reconnut Clément désormais décidé à dire toute la vérité sur cette affaire. Lorsque nous avons attaqué la Banque Maluzier avec Gibaud et Philippon, nous avons chargé, en plus des gros sacs de billets, six cents kilos environ de lingots d'or appartenant à la Banque de France. Pendant le retour vers le camp de la Coutance où nos maquis étaient retranchés, Saint-Assier a décidé de faire un détour par le Reyssat. Nous y avons caché les lingots dans une vieille ferme abandonnée. Cet or y est encore, sous un gros monticule de terre. A la Libération, nous nous sommes organisés en une véritable association de malfaiteurs, le Quadrille du Reyssat, pour gérer cette fortune. D'un commun accord, il a été décidé que nous nous partagerions cet or quand la situation permettrait de négocier l'entrée d'une telle fortune dans les circuits financiers sans attirer l'attention.

— Voilà ton arme, mon pauvre Clément ! jeta Line avec une moue ennuyée. Tu le tiens ton Saint-Assier. Tu le tiens, il te tient par la barbichette. Bref, en deux mots, on se tient mutuellement comme la corde soutient le pendu.

— Il ne me tient pas, jura Clément dans un rire démoniaque. Je te jure qu'il ne me tient pas, pour la bonne raison que j'ai décidé de renoncer à ma part. Je me fiche de son or. Je veux être libre. Totalement libre. Et ne plus avoir cette épée de Damoclès sur ma tête.

— Tu parles sérieusement ? s'étonna Line.

— Oui.

Ils s'étreignirent longuement, de toute leur force, et déambulèrent ainsi au milieu du salon, s'enroulant les pieds dans le tapis jusqu'à chuter.

— C'est une belle et grande décision d'homme, lui murmura-t-elle contre l'oreille. La première grande et belle décision que je te vois prendre dans la vie.

Etranglée par l'émotion, elle demeura là, dans l'étau de ses bras, de longues minutes.

— Je ne comprenais pas pourquoi tu me cachais ce secret.

— Tu le savais depuis longtemps ?

— Saint-Assier m'en a parlé la première fois quand je suis allée le trouver pour organiser ta libération du camp des Farigoules. C'est la seule raison qui a motivé son engagement personnel dans cette affaire. Il craignait tellement que tu avoues cette affaire aux gens de la commission d'épuration. C'est aussi à ce moment-là que tu es devenu jaloux. Je me disais : comment peut-il me jouer toute cette comédie ? L'un des éléments du pacte du Quadrille n'était-il pas de se soutenir mutuellement quoi qu'il arrive ?

— N'en parlons plus, soupira-t-il. Tout ça nous a fait trop de mal. Dire que ça aurait pu ruiner notre bel amour à jamais…

— Je ne t'aurais jamais pardonné ça, dit-elle gravement.

— Quoi donc ?

— Je n'aurais pas pu me résigner à vivre avec un salaud, un salaud dont la présence m'aurait rappelé à chaque seconde de ma vie que le sacrifice d'Adrien n'a servi à rien.

Clément Goursat se rendit rue des Lilas, dès le lendemain, pour annoncer sa démission. Saint-Assier, rasséréné malgré sa mésaventure de la veille, accueillit cette annonce avec incrédulité. Le visiteur comprit que l'industriel était disposé à revenir sur les menaces proférées dans la colère de la déconvenue. Mais, par orgueil, Saint-Assier adopta d'entrée un ton cassant :

— On ne va pas rompre une si belle association pour une simple affaire de drap. Allez ! Rassure-toi, jura-t-il, ta chère petite Line est un modèle de vertu. Ça, je peux te le garantir. Les liens qui nous unissent sont plus importants que tout. Tu ne le réalises donc pas ? Avec cet argent, nous allons bâtir un empire. Gibaud aura enfin son propre journal avec lequel il pourra faire la pluie et le beau temps en Corrèze. Philippon son entreprise de travaux publics… Et toi ? N'y a-t-il pas quelque chose qui te tente, nom de Dieu ? Une bonne affaire juteuse ? La politique ! Voilà ce qu'il te faut. Avec ton air de bon samaritain, tu es fait pour la politique. Tu rassureras la populace. Un journal en appui, de l'argent, le succès est assuré. Tu commences par te présenter au conseil général pour représenter ton canton en septembre prochain. Ensuite, la députation. L'avenir appartient à des gens comme nous.

Il le secouait tout en parlant, secouait un poids mort. Quand Saint-Assier fut arrivé au bout de ses arguments favoris, Goursat le repoussa vivement.

— Je n'ai pas envie d'être confondu, dans un an ou dans dix ans, par une enquête sur ce vol.

— Ça ne risque rien. Rien.

— Je veux rester libre de mes actes, ne rien devoir à personne. C'est la seule chose que mon cul-terreux de père m'a bien enseigné. Certes, il ne m'a pas appris grand-chose, mais ça, il a su me le faire comprendre. Un homme n'est libre que s'il n'est redevable à personnc. Mon cher Saint-Assier, décidément, un monde nous sépare. Tu appartiens à cette race qui croit que le pouvoir de l'argent suffit à remplir utilement une vie d'homme. Moi, je suis d'une autre espèce. Je ne crois qu'en ces valeurs que tu méprises souverainement. L'avenir me donnera raison. Sinon, tant pis pour moi, tant pis pour mes rêves. Mais, il ne fait aucun doute que tu rencontreras d'autres hommes comme moi sur ton chemin pour te désigner la petitesse de tes ambitions.

L'industriel, resserrant la ceinture de son peignoir qui le faisait plus grand qu'il n'était en réalité, se recula insensiblement comme s'il voulait au plus vite prendre congé du petit paysan planté devant lui et qui ne lui inspirait qu'une incommensurable pitié.

— Goursat ! Tu fais là la plus grosse bêtise de ta vie. Mais puisqu'il en est ainsi, sache donc ne point te trouver, à l'avenir, sur mon passage, parce que je t'écraserai comme une merde.

Clément reflua jusqu'à venir toucher la rambarde de la cage d'escalier.

— Un jour, fit-il d'une petite voix posée qui l'étonna lui-même, tu rencontreras ton maître en canaillerie. A ce jeu, il y a plus féroce que toi.

— Va au diable ! s'écria Saint-Assier en claquant la porte de son bureau derrière lui.

Le jeune homme promena une dernière fois les yeux sur les riches boiseries et descendit les marches lentement. La bonne voulut le raccompagner.

— Je connais encore le chemin, dit-il en gagnant le couloir baigné d'une oppressante odeur de térébenthine.

*
* *

Léon Goursat guetta avec impatience le retour des Strenquel de Paris. Il avait demandé au docteur Fayolle de l'informer aussitôt de leur arrivée, en évitant d'en dire le moindre mot à sa femme. Devant cette démarche inhabituelle, Ferdinand comprit qu'il se passait quelque chose d'important à Lavialatte. Aussi se rendit-il directement à la grange où le paysan ruminait dans sa barbe un chagrin qui le dévorait tout entier depuis une semaine. En le voyant s'avancer à contre-jour dans l'encadrement de la porte, Léon eut un soupir de soulagement et se jeta dans ses bras en pleurant comme un enfant.

— Il y a un malheur ? frissonna Strenquel en le voyant ainsi dans tous ses états.

— Le petit réclame ses parents, marmonna-t-il. Il fait des cauchemars toutes les nuits. Et en plus, pour tout arranger, il refuse de manger. Vous trouvez que c'est normal, vous, cette situation ?

Ferdinand réalisa que le grand-père exagérait à dessein l'état de santé du petit Patrice. Des deux, c'était lui le plus malade.

— Nos enfants sont têtus comme des mules. Il n'y a pas

moyen de les raisonner.

— Vous avez vu ma fille récemment ? s'inquiéta Strenquel.

— J'ai juste vu Clément à Augeat. Mon garçon a une pierre à la place du cœur. Il ne veut entendre parler de rien. Vous savez, avec cette manie qu'ont les jeunes de maintenant de faire semblant de ne rien comprendre.

— Mais non, rassura Ferdinand, tout juste de l'orgueil. Il n'y a que nous deux, mon pauvre ami, qui savons que cet orgueil-là est mal placé. Et votre femme, qu'en dit-elle ? Car elle a bien quelques responsabilités dans cette désunion.

— Une garce reste une garce, déplora Léon dans un grand geste d'impuissance.

— Qu'attendez-vous pour porter enfin la culotte dans la maison ? Allons ! Réveillez-vous donc ! Ne croyez-vous pas que cette comédie a assez duré ?

Goursat reçut ces reproches amicaux avec un certain baume au cœur, surtout venant de Ferdinand pour lequel il éprouvait la plus haute estime.

— Si vous étiez à ma place, bredouilla-t-il.

— A votre place, je la secouerais Emma. Je la secouerais comme un prunier, comme vous dites chez vous.

— Souvent, expliqua Léon, j'ai renoncé à toute discussion pour éviter la zizanie.

— Oui, répliqua Strenquel, je le conçois. Mais il arrive aussi qu'à trop vouloir bien faire on travaille contre ses propres intérêts. C'est le cas maintenant.

Pour étayer sa crainte, Léon raconta l'entrevue d'Augeat et exprima son angoisse de voir Clément filer un mauvais coton avec des maquignons comme ce Macheron. Le noir portrait qu'il traça de l'individu faillit entraîner chez Ferdinand une crise de rire. La découverte que son petit Clément fricotait avec cette terreur des étables, ce vil mercanti, avait donc servi de déclic chez Goursat, craignant qu'à ce négoce-là son fils pût gagner une semblable réputation dans le pays.

— Je connais Clément aussi bien que vous, fit Strenquel. Et on peut, me semble-t-il, lui accorder quelque confiance.

— Tout ça ne serait pas arrivé si j'avais su le retenir à la ferme. A la ville, on n'apprend que de mauvaises choses, continua Léon sur cette idée fixe qui avait guidé, depuis les années vingt, sa vision du progrès.

Ils sortirent dans la pleine lumière de l'été. Le paysan désigna d'un geste large les grands prés de Lavialatte déjà dorés par la canicule de la dernière semaine.

— Le foin est mûr. Et dire qu'il faudra bientôt faucher avec ces seuls bras, fit-il en tendant ses mains ouvertes. Je ne peux plus compter sur personne en dehors du vieux Delteil. On me tient en quarantaine parce que j'ai soutenu Fayolle aux élections. Je m'en fiche. Je n'ai besoin de personne. La politique, c'est de la merde. Ce Lafon se révèle être un sectaire, savez-vous ? C'est bien fait. Avec un homme sectaire à la tête d'une commune, on n'arrive à rien. Ça veut toujours avoir raison contre tout le monde.

Strenquel hocha la tête avec ennui.

— Vous semblez vous en foutre ?

— Complètement, soupira Ferdinand. J'ai traversé des épreuves qui m'ont caparaçonné l'âme. Nul homme n'a jamais encore déplacé une montagne. Et ce Lafon fera, comme les autres, il finira par mesurer la petitesse de sa destinée.

Soudain, au terme de ce silence qui s'était installé entre eux, Léon Goursat se réveilla de son long engourdissement qui semblait le posséder depuis des siècles. Il prit Ferdinand par le bras, rudement, et le conduisit au pas de charge dans la cuisine où Emma écossait des petits pois. Léon, arrachant le panier d'osier qu'elle tenait posé sur ses genoux, l'envoya promener dans la pièce, les gousses semées alentour.

— Il est trépané ou quoi ! s'écria-t-elle en serrant contre sa poitrine le saladier qui contenait les petits pois écossés.

— Je ne suis pas fou, hurla-t-il. Je suis même bien portant. Je ne me suis jamais aussi bien porté qu'en cette minute.

Le petit Patrice, qui jouait avec une locomotive en bois sur le palier attenant aux chambres du haut, se mit à pleurer. Ferdinand alla le prendre dans ses bras pour le rassurer devant tous ces cris.

— La musique a assez duré, poursuivit Léon avec force

gestes, si menaçant qu'elle en recula contre sa cuisinière. Tu vas dire à monsieur Ferdinand : Pardon ! Pardon ! Je vous demande de me pardonner pour ne pas avoir accueilli dans ma maison la dépouille de votre fils !

Emma Goursat agitait la tête de droite à gauche, tremblant sur ses jambes.

— On ne me fera pas dire ça ! lança-t-elle en cherchant à fuir le regard de Ferdinand.

— Je te le ferai dire ou je fous le camp ! Tu le diras, garce ! sinon je me pends. Je te jure que je me pends, comme Bernical. Couic ! hurla Léon en l'attrapant au col de sa petite blouse bleu roi émaillée de plumetis blancs.

Les larmes coulèrent, ponctuées par un rictus de douleur qui la défigura.

— C'est de la comédie, jura Léon en se tournant vers Strenquel. Tu dis pardon sur-le-champ ou je t'étrangle, garce, et je me fous un coup de fusil après.

— Pardon, bredouilla-t-elle en direction de Ferdinand qui observait cette scène surréaliste, médusé, ne sachant que dire face à cet accès de colère qui paraissait gommer toutes les occasions perdues par Léon dans les années passées pour recouvrer son autorité. Pardon. Je vous demande de me pardonner.

Le reste des mots se perdit sous le cri de triomphe de Goursat. Il y eut alors, à cette seconde, cet étrange mouvement qui poussa Emma vers Ferdinand.

— On me demande de trahir ma religion, fit-elle. Peut-être que je me suis trompée.

— Laissons donc Dieu juger de ce qu'il convient, dit Ferdinand en l'embrassant sur les joues humides des larmes qui dévalaient sans fin.

— Maintenant, s'écria Léon, nous allons chercher les petits à Brivins et en finir avec cette histoire. Tu diras pardon à Line aussi. Et tout ira bien. N'est-ce pas, Ferdinand, que tout ira bien ?

*
* *

Ignorant tout des événements qui privaient désormais le jeune couple de travail, Léon et Ferdinand déboulèrent dans le petit appartement de Brivins au milieu de l'après-midi. Line, justement, bouclait les valises du retour.

— Qu'est-ce que vous faites là ? s'étonna Clément.

Puis se tournant vers Line :

— C'est toi qui a monté ce coup-là ?

— Je te jure que non, se défendit-elle.

— Nous allons nous installer à Augeat, dit le jeune homme.

— A Augeat ? s'étonna Léon. Pour quoi faire ?

— On y a loué un petit appartement. Une coopérative agricole va être montée. On a besoin d'un magasinier.

— Comme s'il n'y avait pas assez de labeur à Lavialatte, ricana Léon.

— Vous avez quitté l'entreprise de Saint-Assier ? demanda Ferdinand.

— Oui, fit laconiquement Line.

— Lavialatte, pouffa Clément en regardant son père dans les yeux, tu sais bien que maman n'y supporte pas Line. Quand nous serons installés, tu nous amèneras Patrice. Il a suffisamment été séparé de nous, maintenant.

— Si nous sommes venus, Ferdinand et moi, dit Léon d'une voix embarrassée, c'est pour vous dire qu'Emma est prête à faire ses excuses et à reconnaître tous ses torts. Ça lui a coûté, je vous le garantis.

— C'est vrai ? demanda Line en fixant son père.

Ferdinand hocha la tête pour confirmer les paroles de Léon. Un léger sourire de connivence flotta entre eux deux. La méthode brutale adoptée par Line pour contrer Emma avait fini à la longue par porter ses fruits. Strenquel se mit aussitôt en retrait pour ne pas trop abonder dans son sens. Sa fille n'avait pas le triomphe modeste. Ce sera bien assez de digérer cette victoire sans y ajouter mon grain de sel, se dit-il en détournant les yeux du visage réjoui de Line.

A deux pas, Clément Goursat expliquait à son père, aux

anges pour une fois, qu'il avait décidé de donner sa démission de la fameuse Viande Saint-Assier SA parce qu'il ne pouvait plus supporter le rôle qu'on lui faisait jouer.

— Ah ! s'écria Léon, lorsque je t'ai vu en compagnie de ce Macheron de sinistre renommée, un dépouilleur de paysans celui-là, j'ai pleuré de honte. Je me suis dit : un Goursat ne portera pas ainsi le déshonneur sur sa famille. Et j'étais bien décidé à venir t'en parler. Je vois que la raison l'a emporté pour une fois. Ah ! je suis fier de mon garçon, dit-il, en prenant à témoin Strenquel d'une joie qu'il ne pouvait plus contenir. Les Goursat n'ont été que d'honnêtes paysans depuis que les paysans existent. Des serfs, des métayers, peut-être, mais rien à redire.

Il regardait Strenquel, que cette conversation amusait de plus en plus, avec une fièvre qui se lisait dans son regard. Ces propos dans sa bouche étaient peu habituels, lui qui passait d'ordinaire son temps à se diminuer. Mais l'occasion était trop bonne, pour une fois, de montrer à ce Ferdinand Strenquel, l'industriel d'Amiens, que sa famille en valait bien d'autres et qu'elle n'avait point à rougir de ses origines modestes.

— Et propriétaire seulement depuis 1902. Il ne faut pas que la race s'éteigne. Demain, on aura encore plus besoin de paysans qu'aujourd'hui. Ce ne sont pas les maquignons qui enrichiront la France.

La Citroën conduisit Line et Clément à Lavialatte. En retrouvant ses parents, Patrice se roula par terre de plaisir. Le face-à-face Line-Emma fut de courte durée. Comme promis, la maîtresse de Lavialatte reconnut ses erreurs et certifia qu'elle avait beaucoup prié pour Adrien, et que, sans doute, un tel héros était maintenant au paradis dans la félicité de l'Eternel. Pour montrer sa bonne volonté, elle ajouta dans le pêle-mêle la photo d'Adrien. Il alla rejoindre le frère de Léon tombé en 1916 à Verdun dans une autre guerre qui devait être, elle aussi, la dernière.

Quand la table fut dressée et que Léon eut débouché sa

dernière bouteille de pommard, un long silence s'installa. Comme une prière. Le jour déclinait sur Lavialatte. Un petit vent secouait le feuillage des tilleuls. Léon se leva pour trinquer. Les autres l'accompagnèrent. Marie, seule, demeura assise, le regard perdu dans les limbes.

— Je trinque à notre avenir, fit Léon en reniflant son émotion.

On sentait qu'il avait envie, pour une fois, de prononcer un grand discours, mais les mots restèrent au fond de sa gorge.

— La guerre, balbutia-t-il, la guerre nous aura pris ce pauvre Adrien, mais nous aurons fini par gagner sur elle. Maintenant, nous sommes une grande famille unie.

— Une famille de paysans, reprit Ferdinand, qui se souvenait des propos tenus quelques heures auparavant à Brivins, et une famille d'industriels, c'est la meilleure alliance qu'on puisse espérer. Vous verrez, fit-il en levant son verre et en adressant un petit clin d'œil à Clément, nous allons faire fructifier les affaires de Lavialatte. Dans deux ans, nous produirons les meilleurs foies gras du pays que nous vendrons à Paris. Le foie gras Goursat sera vite le plus réputé de la capitale.

Emma apporta de larges tranches de jambon de sa production personnelle, un jambon qu'elle avait mis sécher sous la cendre, dur et ferme comme on les aimait en ce temps-là en Corrèze.

— La première fois que vous nous avez accueillis dans votre maison… ajouta Ferdinand.

— C'était en juin 40, précisa Léon. Je m'en souviens comme si c'était hier. Il faisait une chaleur épouvantable. Vous ressembliez à des fantômes. On se demandait : mais d'où viennent ces gens-là ? On n'avait pas encore compris que c'était la guerre.

— Vous nous avez offert, poursuivit Ferdinand, de ce délicieux jambon avec ces larges tartines de pain de campagne. J'en garderai indéfiniment le goût. Pour moi, cette saveur-là fut celle de la fraternité retrouvée.

— Mais, plaisanta Line, on nous avait sorti la porcelaine

de Limoges.

Emma, confuse, ne sachant au juste si elle devait prendre au pied de la lettre la remarque, courut vers le vaisselier.

— Regardez-la, rit Léon. Ne vois-tu donc pas qu'on se moque de toi ! Ferdinand sait bien que nous avons de la belle porcelaine.

— Les travaux sont terminés dans notre maison, ajouta Ferdinand. Demain, nous vous invitons à pendre la crémaillère. Comme nous ne disposons pas de porcelaine pour vous recevoir dignement, peut-être nous la prêterez-vous ?

Une petite moue d'inquiétude traversa le visage d'Emma. C'était un cadeau de mariage. Le seul grand cadeau qu'elle eut dans sa vie. Elle accepta finalement sous les gros yeux chargés de menace d'un Léon pour qui ces choses-là n'avaient qu'une valeur négligeable.

Plus tard, dans la nuit avancée, sous les tilleuls où l'on avait tiré les chaises, la famille se retrouva pour goûter la petite gnôle que Léon, selon ses dires, n'offrait qu'aux vrais amis. Vingt ans d'âge et toutes ses dents pour mordre le gosier. L'ivresse aidant, Clément s'enhardit à conduire son beau-père à l'écart des éclats de voix et des rires.

— Pensez-vous, lui demanda-t-il à brûle-pourpoint, que six cents kilos d'or valent l'honneur d'un homme ?

— L'honneur d'un homme, mesura Ferdinand. Rien, sans doute, ne vaut l'honneur d'un homme.

Après un court silence, s'étonnant que son beau-père n'essayât pas de savoir pourquoi, au juste, six cents kilos d'or, Clément Goursat voulut lui révéler son grand secret. Strenquel l'arrêta tout net.

— L'honneur, sourit-il. Nous allons vers des temps nouveaux où une telle question sera vide de sens. Votre homme en question passera sans doute pour un imbécile. Mais qui pourra comprendre ce que nous avons été dans ces années-là, les dilemmes et les cas de conscience qu'il aura fallu surmonter ?

Alors, Clément fut pris d'un doute. Bien sûr, se dit-il en

revenant vers la tablée où l'on avait allumé des bougies pour donner un peu d'éclairage, bien sûr, il connaît l'existence de cet or. Et il ne m'en a jamais parlé.

Achevé d'imprimer sur les presses de

BUSSIÈRE

GROUPE CPI

à Saint-Amand-Montrond (Cher)
en mai 2007